Ś W

Z

ŚWIAT ZOFII

JOSTEIN GAARDER

przełożyła Iwona Zimnicka

WYDANIE IV POPRAWIONE

Wydawnictwo Czarna Owca
Warszawa 2013

Tytuł oryginału
SOFIES VERDEN

Redakcja
ANNA TABACZYŃSKA, MAGDALENA ŚLÓSARSKA

Redakcja merytoryczna
ZESPÓŁ WYDAWNICTWA

Redakcja techniczna
PAWEŁ LUBOŃSKI

Korekta
AGNIESZKA ZUZAK

Projekt okładki
SARAH PERKINS
(Phoenix House, London)

Skład i łamanie
OFICYNA WYDAWNICZA „REWASZ", PRUSZKÓW

Druk i oprawa
GRAFMAR, Kolbuszowa Dolna

ISBN 978-83-60207-50-5

Wydawnictwo
CZARNA OWCA
ul. Alzacka 15a, 03-972 Warszawa
e-mail: wydawnictwo@czarnaowca.pl
Dział handlowy: tel. (22) 616 29 36
Księgarnia: tel. (22) 616 12 72
Zapraszamy do naszego sklepu internetowego:
www.czarnaowca.pl

Książka ta nie powstałaby bez wsparcia i zachęty Siri Dannevig. Dziękuję także Maiken Ims za cenne komentarze po przeczytaniu rękopisu. Szczególne podziękowania składam Trondowi Bergowi Eriksenowi za trzeźwe uwagi i wieloletnią fachową pomoc.

SPIS TREŚCI

Komu trzy tysiące lat
nie mówią nic,
niech w ciemności niewiedzy
żyje z dnia na dzień.

Goethe

OGRÓD EDENU

...w końcu coś kiedyś musiało powstać z niczego...

Zofia Amundsen wracała ze szkoły do domu. Pierwszy odcinek drogi przeszła razem z Jorunn. Rozmawiały o elektronicznych robotach. Jorunn twierdziła, że mózg człowieka jest jak skomplikowany komputer, ale Zofia nie była pewna, czy się z nią zgadza. Człowiek musi być chyba czymś więcej niż tylko maszyną?

Rozstały się przy dużym sklepie spożywczym. Zofia mieszkała na obrzeżu rozległej dzielnicy willowej, do szkoły miała prawie dwa razy dalej niż Jorunn. Dom stał jakby na krańcu świata, bo za jej ogrodem nie było już innych zabudowań. Tu zaczynał się głęboki las.

Zofia skręciła w ulicę Koniczynową. Na końcu uliczka zataczała ostry łuk. Miejsce to często nazywano Zakrętem Kapitańskim. Ludzie chodzili tędy niemal wyłącznie w soboty i niedziele.

Był początek maja. W ogrodach, pod drzewami owocowymi kwitły gęste kępy żonkili. Brzozy pokryły się delikatnym zielonym welonem listków.

Czy to nie dziwne, że o tej porze roku wszystko tak po prostu zaczyna rosnąć? Co sprawia, że kiedy tylko robi się cieplej i znikają ostatnie resztki śniegu, z pozbawionej życia ziemi wyłaniają się tony zielonych liści?

Otwierając furtkę do swojego ogrodu, Zofia zajrzała do skrzynki na listy. Na ogół było w niej mnóstwo reklam i kilka wielkich kopert do matki. Zofia zwykle kładła gruby plik poczty na kuchennym stole, potem szła na górę do swojego pokoju i zabierała się do odrabiania lekcji.

Do ojca przychodziły jedynie od czasu do czasu jakieś zawiadomienia z banku, ale też i nie był on wcale, ot takim sobie, zwyczajnym ojcem. Ojciec Zofii był kapitanem wielkiego tankowca i większą część roku spędzał poza domem. Kiedy przyjeżdżał na kilka tygodni, przechadzał się po pokojach wolnym krokiem i uprzyjemniał życie Zofii i jej matce, ale gdy przebywał na morzu, stawał się bardzo daleki.

Dziś w skrzynce leżał tylko jeden nieduży list — i był do Zofii.

Zofia Amundsen — głosił napis na małej kopercie — *ul. Koniczynowa 3*. To wszystko, nigdzie nie podano, kto go wysłał. Nie było nawet znaczka.

Zofia szybko zatrzasnęła furtkę i zaraz otworzyła kopertę. W środku znalazła jedynie mały arkusik papieru, nie większy od samej koperty. Napisano na nim: *Kim jesteś?*

I nic więcej. Ani pozdrowień, ani podpisu, tylko te dwa odręcznie napisane słowa i duży znak zapytania.

Jeszcze raz obejrzała kopertę. No tak, list był do niej, ale kto wsunął go do skrzynki?

Zofia w pośpiechu otwierała drzwi do czerwonego domu. Jak zwykle kot Shere Khan zdążył chyłkiem przemknąć wśród krzewów, wskoczyć na schodki i prześlizgnąć się przez drzwi, zanim zamknęła je za sobą.

— Kici, kici, kici!

Gdy matka Zofii złościła się na to czy owo, zdarzało się, że nazywała dom, w którym mieszkali — menażerią. Menażeria to zbiorowisko rozmaitych zwierząt i prawdę powiedziawszy, Zofia była bardzo zadowolona ze swego zwierzyńca. Najpierw dostała wazę ze złotymi rybkami: Złotowłosą, Czerwonym Kapturkiem i Czarnym Piotrusiem. Później przybyły papużki, Kruszyna i Okruszek, żółw Gowinda, a wreszcie żółtobrązowy jak pręgowany tygrys kot Shere Khan. Wszystkie zwierzaki miały stanowić swoistą rekompensatę za to, że matka późno wracała z pracy, a ojciec tułał się gdzieś po morzach i oceanach.

Zofia zrzuciła z ramion szkolny plecak i wystawiła dla Shere Khana miseczkę z kocim jedzeniem. Wreszcie klapnęła na kuchenny stołek z tajemniczym listem w dłoni.

Kim jesteś?

Skąd mogła wiedzieć? Oczywiście była Zofią Amundsen, ale kto to taki? Na razie jeszcze dokładnie tego nie wiedziała.

A gdyby nazywała się zupełnie inaczej? Na przykład Anna Knutsen? Czy wówczas byłaby kimś innym?

Nagle przypomniało jej się, że tata z początku chciał, by miała na imię Synnøve. Zofia spróbowała wyobrazić sobie, że wyciąga rękę i przedstawia się jako Synnøve Amundsen, ale nie, to nie było to. Przez cały czas przedstawiała się zupełnie inna dziewczynka.

Zeskoczyła na podłogę i nie wypuszczając z ręki niezwykłego listu, przeszła do łazienki. Stanęła przed lustrem i głęboko zajrzała sobie w oczy.

— Jestem Zofią Amundsen — powiedziała.

Dziewczynka w lustrze nawet się nie skrzywiła. Bez względu na to, co robiła Zofia, i ona robiła to samo. Zofia starała się uprzedzić swe lustrzane odbicie, wykonując błyskawiczny ruch, ale ta druga okazała się równie szybka.

— Kim jesteś? — zapytała.

I teraz także nie otrzymała żadnej odpowiedzi, ale przez moment poczuła, że sama zapędziła się w kozi róg, nie wiedziała bowiem, kto zadał pytanie — czy ona sama, czy też jej lustrzane odbicie.

Zofia przysunęła palec wskazujący do nosa w lustrze i powiedziała:

— Ty to ja.

Kiedy jej oświadczenie pozostało bez odzewu, odwróciła zdanie:

— Ja to ty.

Zofia Amundsen nie zawsze była zadowolona ze swojego wyglądu. Często słyszała, że ma piękne migdałowe oczy, ale z pewnością powtarzano jej to tylko dlatego, że miała za mały nos i za duże usta. W dodatku uszy tkwiły zbyt blisko oczu. A już najgorsze ze wszystkiego były proste, gładkie włosy, za nic nie dające ułożyć się w żadną fryzurę. Czasami ojciec gładził ją po głowie i mówił: „Moje ty dziewczę o włosach jak len", nawiązując do utworu muzycznego

Claude'a Debussy'ego. Mógł sobie tak mówić, nie był skazany na to, by przez całe życie zwisały mu z głowy proste czarne strąki. Na włosy Zofii nie działały ani pianki, ani żele.

Czasami własny wygląd zdawał jej się do tego stopnia dziwny, że zastanawiała się, czy przypadkiem nie jest kaleką. W każdym razie matka wspominała o trudnym porodzie. Ale czy to naprawdę sam poród decydował o wyglądzie człowieka?

Czy to nie dziwne, że nie wiedziała, kim jest? I czy nie bezsensowne, że sama nie może decydować o swoim wyglądzie? Został jej podany na tacy. Owszem, mogła wybierać sobie przyjaciół, ale samej siebie nie wybrała. Nie wybrała nawet tego, że jest człowiekiem.

Co to jest człowiek?

Zofia znów popatrzyła na dziewczynkę w lustrze.

— Chyba pójdę odrabiać biologię — oznajmiła, jakby chciała się usprawiedliwić. W następnej chwili była już na korytarzu.

Nie, raczej wyjdę do ogrodu, pomyślała.

— Kici, kici, kici!

Zofia wypchnęła kota na schody i zamknęła za sobą drzwi.

Stała na wysypanej żwirem alejce, trzymając w dłoni tajemniczy list, gdy nagle ogarnęło ją dziwne uczucie. Miała wrażenie, że jest lalką, która za dotknięciem czarodziejskiej różdżki stała się nagle żywą istotą.

Czy to nie dziwne, że znajdowała się teraz na świecie, że mogła przebywać w tak niezwykłej baśni?

Shere Khan lekkimi susami przeskoczył żwirowaną alejkę i wślizgnął się między gęste krzewy porzeczek. Prawdziwy, żywy kot; żywy od białych wąsów aż po ruchliwy ogon kończący gładkie, smukłe ciało. I kot także przebywał w ogrodzie, ale na pewno nie zdawał sobie z tego sprawy w taki sam sposób jak Zofia.

Kiedy Zofia coraz głębiej zastanawiała się nad tym, że istnieje, przyszło jej też do głowy, że nie zawsze tak będzie.

Jestem teraz na świecie, myślała. Ale pewnego dnia zniknę.

Czy istnieje życie po śmierci? I tego pytania kot był raczej nieświadomy.

Nie tak dawno temu zmarła babcia Zofii, matka ojca. Od ponad pół roku dziewczynka niemal codziennie rozmyślała o tym, jak jej brakuje. Czy to jest sprawiedliwe, że w pewnym momencie życie po prostu się kończy?

Zofia stała na żwirowanej alejce, zatopiona w myślach. Usiłowała skupić się na tym, że istnieje, by zapomnieć, że nie zawsze tak będzie. Okazało się to jednak niemożliwe. Kiedy tylko koncentrowała się na swym istnieniu, natychmiast pojawiała się myśl o końcu życia. Podobnie było, gdy próbowała myśleć odwrotnie: dopiero gdy świadomość, że pewnego dnia przestanie istnieć, stała się dostatecznie silna, naprawdę zdała sobie sprawę, jak nieskończenie cenne jest życie. To trochę tak, jak awers i rewers, dwie strony monety; monety, którą stale obracała w dłoni. Im większa i wyraźniejsza była jedna strona, tym większa i wyraźniejsza stawała się druga. Życie i śmierć były jak dwie strony tej samej sprawy.

Nie można przeżywać tego, że się istnieje, bez świadomości, że kiedyś się umrze, pomyślała. Tak jak niemożliwe jest myślenie o śmierci bez myślenia o tym, jak wspaniałe jest życie.

Zofia przypomniała sobie, że babcia powiedziała coś podobnego tego dnia, gdy dowiedziała się od lekarza o swojej chorobie: „Dopiero teraz rozumiem, jak wspaniałe jest życie".

Czy to nie smutne, że większość ludzi musi zachorować, by zdać sobie sprawę z cudowności życia? A przynajmniej potrzeba im do tego tajemniczego listu w skrzynce!

Może powinna sprawdzić, czy w skrzynce nie leży coś jeszcze? Zofia pobiegła do furtki i uniosła zielone wieczko. Drgnęła przestraszona, ujrzawszy identyczną kopertę. Czy wyciągając pierwszy list, nie upewniła się, że skrzynka jest pusta?

Na tej kopercie także napisano jej nazwisko. Rozerwała ją i wyłowiła ze środka taki sam arkusik papieru jak poprzedni.

Skąd wziął się świat? — przeczytała.

Nie mam pojęcia, pomyślała Zofia. Tego chyba nie wie nikt? A mimo wszystko Zofia uznała, że pytanie jest w pełni uzasadnione. Pierwszy raz w życiu doszła do wniosku, że właściwie nie da się żyć na świecie, przynajmniej nie pytając, skąd się ten świat wziął.

Tajemnicze listy tak zamieszały Zofii w głowie, że postanowiła usiąść w Zaułku.

Zaułek był supertajną kryjówką Zofii. Przychodziła tu tylko wtedy, gdy była bardzo zła, bardzo smutna albo bardzo szczęśliwa. Tego dnia miała po prostu mętlik w głowie.

Czerwony dom stał w wielkim ogrodzie. Było tu wiele rabat z kwiatami, krzewów i rozmaitych drzew owocowych, rozległy trawnik z ogrodową huśtawką i nawet nieduża altana; dziadek, ojciec ojca, zbudował ją dla babci, kiedy straciła pierwsze dziecko, które zmarło zaledwie w kilka tygodni po urodzeniu. Biedactwo miało na imię Maria. Na jej nagrobku wyryto napis: *Mała Maria do nas przybyła, przywitała się i zawróciła.*

W jednym z rogów ogrodu, z tyłu, za malinami rosły gęste zarośla, które nigdy nie wydawały ani kwiatów, ani owoców. Właściwie był to stary żywopłot odgradzający ogród od wielkiego lasu, ale ponieważ przez ostatnie dwadzieścia lat nikt go nie pielęgnował, zmienił się w nieprzebyty gąszcz. Babcia opowiadała, że w czasie wojny żywopłot utrudniał przejście lisom, przychodzącym tu na polowanie, kiedy kury chodziły wolno po ogrodzie.

Dla wszystkich, poza Zofią, stary żywopłot był równie niepotrzebny co klatki dla królików w innym miejscu ogrodu, ale nikt nie znał tajemnicy Zofii.

Odkąd mogła sięgnąć pamięcią, Zofia znała wąskie przejście w żywopłocie. Czołgając się przez nie, docierało się do wolnego miejsca otoczonego krzakami. Było tutaj jak w małej chatce. Mogła mieć pewność, że nikt jej tu nie znajdzie.

Ściskając w ręku dwie koperty, Zofia pobiegła przez ogród do żywopłotu i na czworakach przecisnęła się przez gęstwinę. Zaułek był dość duży, mogła w nim stanąć prawie wyprostowana, ale teraz wolała przysiąść na grubych korzeniach. Stąd mogła wyglądać przez małe prześwity między gałęziami i liśćmi. Choć żaden z nich nie był większy od pięciokoronówki, miała widok na cały ogród. Kiedy była mała, lubiła stąd przyglądać się, jak matka czy ojciec szukają jej między drzewami.

Zofia zawsze uważała, że ogród tworzy odrębny świat. Za każdym razem, gdy słyszała o ogrodzie Edenu w historii o stworzeniu świata, miała wrażenie, że siedzi w Zaułku i wygląda na swój mały raj.

„Skąd wziął się świat?".

Nie, Zofia nie potrafiła odpowiedzieć na to pytanie. Wiedziała, że Ziemia jest tylko maleńką planetą zawieszoną w ogromnej przestrzeni kosmosu. Ale skąd wzięła się przestrzeń kosmiczna?

Można było, rzecz jasna, założyć, że kosmos istniał od zawsze, i wówczas nie trzeba było szukać odpowiedzi, skąd się wziął. Ale czy cokolwiek mogło istnieć od zawsze? W głębi jej duszy coś gwałtownie protestowało przeciwko takiemu twierdzeniu. Wszystko, co istnieje, musiało chyba mieć jakiś początek? A więc i przestrzeń kosmiczna musiała kiedyś powstać z czegoś innego.

Ale jeśli kosmos powstał nagle z czegoś innego, to i to coś innego musiało kiedyś powstać z czegoś jeszcze innego. Zofia zrozumiała, że zepchnęła tylko cały problem na dalszy plan. W końcu coś kiedyś musiało powstać z niczego. Ale czy to możliwe? Czy nie jest to równie nieprawdopodobne, jak wyobrażenie sobie, że świat istnieje od zawsze?

W szkole uczono ją, że świat został stworzony przez Boga, i Zofia usiłowała teraz uspokoić się myślą, że ta odpowiedź jest najlepsza. Zaraz jednak znów zaczęła się zastanawiać. Chętnie zgodzi się z twierdzeniem, że to Bóg stworzył przestrzeń kosmiczną, ale co z samym Bogiem? Czy on stworzył się sam, z niczego? Znów coś w niej ostro zaprotestowało. Nawet jeśli Bóg potrafił stworzyć to czy tamto, z pewnością nie zdołałby stworzyć samego siebie, *zanim* miał jakiegoś „siebie", przy pomocy którego mógł tworzyć. Pozostawała więc tylko jedna możliwość: Bóg istnieje od zawsze. Ale przecież tę możliwość odrzuciła już na początku! Wszystko, co istnieje, musi mieć jakiś początek.

— Cholera!

Jeszcze raz otworzyła obie koperty.

Kim jesteś?

Skąd wziął się świat?

Podstępne pytania! I od kogo przyszły te listy? Pozostawało to równie wielką tajemnicą.

Kto wyrwał Zofię z codzienności i zmusił do szukania rozwiązań wielkich zagadek wszechświata?

Zofia po raz trzeci poszła do skrzynki.

Dopiero teraz listonosz przyniósł codzienną porcję poczty. Zofia wyłowiła pękaty plik reklam, gazety i parę listów do matki. Zauważyła też widokówkę z egzotyczną plażą. Odwróciła kartkę i zobaczyła, że przyklejono na niej norweskie znaczki. Na stemplu widniał napis: *Batalion ONZ*. Czy to kartka od tatusia? Ale przecież on miał znajdować się w zupełnie innym miejscu, a w dodatku to wcale nie jego pismo!

Zofia poczuła, że puls uderza jej szybciej, kiedy czytała, do kogo zaadresowana jest kartka: *Hilda Møller Knag, c/o Zofia Amundsen, ul. Koniczynowa 3*... Dalej adres się zgadzał. Przeczytała kartkę:

Kochana Hildo!

Najserdeczniejsze życzenia z okazji piętnastych urodzin! Jak pewnie rozumiesz, chciałbym Ci ofiarować prezent, który pomoże Ci dorastać. Wybacz, że wysyłam kartkę do Zofii. Tak było najłatwiej.

Ucałowania, Tatuś

Zofia pędem wróciła do domu i wpadła do kuchni. Czuła, że wzbiera w niej burza.

Kim była ta Hilda, która kończyła piętnaście lat trochę ponad miesiąc przed jej piętnastymi urodzinami?

Zofia przyniosła z korytarza książkę telefoniczną. Sprawdziła. Wiele osób nosiło nazwisko Møller, było też sporo Knagów. Ale nikt w całym grubym tomie nie nazywał się Møller Knag.

Jeszcze raz zbadała tajemniczą pocztówkę. Tak, była prawdziwa, z prawdziwym znaczkiem i stemplem.

Dlaczego jakiś ojciec wysłał kartkę z życzeniami urodzinowymi pod adresem Zofii, jeśli jasne było, że przeznaczone są dla kogoś zupełnie innego? Jaki ojciec chciałby pozbawić własną córkę przyjemności z otrzymania urodzinowej kartki, wysyłając ją, ot tak sobie, gdzieś w świat? Dlaczego tak miałoby być „najłatwiej”? I przede wszystkim: w jaki sposób zdoła odnaleźć Hildę?

Zofii trafił się więc jeszcze jeden twardy orzech do zgryzienia. Spróbowała uporządkować myśli.

W ciągu kilku zaledwie popołudniowych godzin pojawiły się przed nią trzy zagadki. Pierwsza: kto wsunął dwie białe koperty do skrzynki na listy. Druga to owe trudne pytania zadane w listach. Trzecia zagadka brzmiała: kim jest Hilda Møller Knag i dlaczego Zofia otrzymała kartkę urodzinową przeznaczoną dla obcej dziewczynki.

Była przekonana, że wszystkie trzy zagadki muszą w jakiś sposób wiązać się ze sobą, bo do tego dnia wiodła całkiem zwyczajne życie.

CYLINDER

...zdziwienie jest tą przyczyną, dla której ludzie zaczęli filozofować...

Zofia przyjęła za pewnik, że osoba, która napisała do niej trzy anonimowe listy, ponownie się z nią skontaktuje. Postanowiła na razie nikomu o nich nie wspominać.

W szkole trudniej jej było skoncentrować się na lekcjach. Uznała nagle, że nauczyciel rozprawia tylko o rzeczach nieistotnych. Dlaczego nie mówił raczej o tym, czym jest człowiek albo czym jest świat i jak powstał?

Ogarnęło ją uczucie, którego nigdy dotąd nie doznała: i w szkole, i wszędzie dookoła ludzie zajmowali się sprawami mniej lub bardziej przypadkowymi. A przecież istniały poważne, trudne problemy, których rozwikłanie było ważniejsze niż zwykłe przedmioty szkolne.

Czy ktoś w ogóle znał odpowiedź na takie pytania? Zofia w każdym razie uważała, że zastanawianie się nad nimi jest ważniejsze niż wkuwanie odmiany czasowników.

Kiedy zabrzęczał dzwonek na koniec ostatniej lekcji, tak prędko opuściła dziedziniec szkoły, że Jorunn musiała biec, by ją dogonić.

Po chwili Jorunn zapytała:

— Zagramy wieczorem w karty?

Zofia wzruszyła ramionami.

— Chyba już mnie nie interesuje gra w karty.

Jorunn wyglądała, jakby właśnie spadła z księżyca.

— Nie? No to może zagramy w badmintona?

Zofia wbiła wzrok w asfalt, ale zaraz podniosła oczy na przyjaciółkę.

— Badminton też już mnie chyba nie interesuje.

— Ach tak!

Zofia usłyszała w głosie Jorunn ton goryczy.

— A może mogłabyś mi powiedzieć, co tak nagle stało się dla ciebie takie ważne?

Zofia ledwie widocznie potrząsnęła głową.

— To... to tajemnica.

— Phi! Na pewno się zakochałaś!

Dziewczęta przez dłuższą chwilę nie odzywały się do siebie ani słowem. Kiedy doszły do boiska, Jorunn oświadczyła:

— Idę przez boisko.

Przez boisko — to była najkrótsza droga dla Jorunn, ale chodziła tędy tylko wtedy, gdy musiała spieszyć się do domu, żeby zdążyć na jakieś spotkanie albo wizytę u dentysty.

Zofia czuła, że robi jej się przykro, ponieważ uraziła przyjaciółkę. Ale co mogła odpowiedzieć? Że nagle problem, kim jest i skąd wziął się świat, pochłonął ją do tego stopnia, że nie miała czasu zagrać w badmintona? Czy Jorunn by to zrozumiała?

Dlaczego tak trudno zajmować się pytaniami najważniejszymi, choć w pewien sposób najzwyklejszymi ze wszystkich?

Czuła, że serce mocniej uderza jej w piersi, kiedy otwierała skrzynkę, ale niestety znalazła tylko list z banku i kilka dużych żółtych kopert dla matki. A taką miała nadzieję na kolejną przesyłkę od nieznanego nadawcy.

Dopiero zamykając furtkę, odkryła swoje imię na jednej z dużych kopert. Na odwrocie, w miejscu, w którym miała zamiar ją rozerwać, umieszczono napis: *Kurs filozofii. Obchodzić się ostrożnie.*

Zofia pobiegła żwirowaną alejką i zostawiła plecak na schodach. Pozostałe listy wsunęła pod wycieraczkę i pomknęła do ogrodu za dom. Postanowiła ukryć się w Zaułku. Ten list należało otworzyć właśnie tam.

Shere Khan długimi susami pomknął za nią, ale Zofia uznała, że to nie szkodzi. Była pewna, że kot nic nikomu nie piśnie.

W kopercie znalazła trzy kartki maszynopisu spięte spinaczem. Zaczęła czytać.

Co to jest filozofia?

Droga Zosiu!

Ludzie mają różne hobby. Są tacy, co zbierają stare monety albo znaczki, niektórzy lubią robótki ręczne, inni poświęcają wolny czas na uprawianie jakiejś dyscypliny sportu.

Wiele osób lubi także czytać, jednakże dobór ich lektur bardzo się różni. Jedni czytają tylko gazety albo komiksy, inni wolą powieści, a jeszcze inni książki z różnych dziedzin nauki, na przykład astronomii, życia zwierząt czy wynalazków technicznych.

Jeśli interesują mnie konie albo kamienie szlachetne, nie mogę żądać, aby wszyscy inni również się tym interesowali. Jeżeli z napięciem śledzę relacje sportowe w telewizji, muszę też tolerować zdanie tych, którzy uważają, że sport jest nudny.

Czy mimo wszystko jednak jest coś, co powinno interesować każdego bez wyjątku? Czy istnieje coś, co dotyczy wszystkich ludzi, bez względu na to, kim są i w jakim miejscu na świecie mieszkają? Tak, droga Zosiu. Istnieją pytania, które powinny zajmować wszystkich ludzi. Takich właśnie pytań dotyczyć będzie ten kurs.

Co jest najważniejsze w życiu? Jeśli zapytamy kogoś, kto głoduje, odpowiedź będzie brzmiała: jedzenie. Gdy takie samo pytanie zadamy komuś, kto marznie, odpowie: ciepło. A kiedy spytamy człowieka, który czuje się samotny, stwierdzi z pewnością, że najważniejsza jest więź z innymi ludźmi.

Ale gdy wszystkie takie potrzeby zostaną zaspokojone, czy nadal jest coś niezbędnego wszystkim ludziom? Filozofowie uważają, że tak. Sądzą, że nie samym chlebem człowiek żyje. Naturalnie wszyscy ludzie potrzebują pożywienia. Wszyscy również potrzebują miłości i troski. Jest jednak coś jeszcze, coś niezbędnego każdemu człowiekowi. Mamy potrzebę znalezienia odpowiedzi na pytanie, kim jesteśmy i dlaczego żyjemy.

Zainteresowanie sensem i przyczyną istnienia nie jest równie „przypadkowe” jak zainteresowanie zbieraniem znaczków.

Ten, kto szuka odpowiedzi na pytania dotyczące istoty życia, zajmuje się tym, nad czym ludzie zastanawiali się, odkąd żyjemy na Ziemi. W jaki sposób powstała przestrzeń kosmiczna, kula ziemska i życie na niej — to pytania poważniejsze i istotniejsze, niż kto zdobył złoty medal na zeszłorocznej olimpiadzie.

Najlepszym sposobem zbliżenia się do filozofii jest postawienie sobie kilku filozoficznych pytań.

Jak powstał świat? Czy za tym, co się dzieje, kryje się czyjaś wola, jakiś sens? Czy istnieje życie po śmierci? W jaki w ogóle sposób znaleźć odpowiedź na podobne pytania? I przede wszystkim: Jak powinniśmy żyć?

Pytania takie jak te zadawali sobie ludzie od niepamiętnych czasów. Nie znamy kultury, która nie dociekałaby, kim są ludzie czy skąd wziął się świat.

W zasadzie pytań filozoficznych nie jest tak wiele. Najważniejsze już sobie zadaliśmy. Na każde z nich w przeszłości udzielono wielu różnych odpowiedzi.

Łatwiej jest zadawać filozoficzne pytania, niż na nie odpowiadać.

Dzisiaj także każdy człowiek musi znaleźć własną odpowiedź na te pytania. Nie da się niestety zajrzeć do encyklopedii, by dowiedzieć się, czy istnieje Bóg lub czy jest jakieś życie po śmierci. Encyklopedia nie udzieli nam także odpowiedzi na pytanie, jak powinniśmy żyć. Jednakże studiowanie tego, co wymyślili inni ludzie, może okazać się pomocne w formowaniu naszego poglądu na życie.

Pogoń filozofów za prawdą można chyba porównać do opowieści detektywistycznej. Niektórzy uważają, że mordercą jest Jakobsen, inni podejrzewają Nielsena albo Jepsena. Gdy mamy do czynienia z prawdziwą zagadką kryminalną, zdarzyć się może, że policji nagle uda się ją rozwiązać. Możliwe jest także, że nigdy nie zdoła się jej rozwikłać. Ale przecież tajemnica mimo to ma jakieś rozwiązanie.

Choćby na jakieś pytanie trudno było odpowiedzieć, należy jednak przyjąć, że istnieje na nie tylko jedna jedyna odpowiedź. Albo jest jakiś rodzaj egzystencji po śmierci, albo go nie ma.

Wiele dawnych zagadek z czasem rozwiązała nauka. Kiedyś wielką tajemnicą był wygląd drugiej strony Księżyca. Do odpowiedzi na to pytanie nie dało się dojść przez dyskusję, pozostawało więc pole do popisu dla fantazji. Dziś jednak wiemy dobrze, jak Księżyc wygląda z drugiej strony. Nikt już nie wierzy, że mieszka tam jakiś człowieczek lub że Księżyc to wielki ser.

Jeden z dawnych filozofów greckich, który żył ponad dwa tysiące lat temu, uważał, że filozofia narodziła się z ludzkiego zdziwienia. Człowieka tak dziwiło własne istnienie, że pytania filozoficzne same mu się nasunęły.

To trochę tak jak wtedy, gdy obserwujemy czarodziejską sztuczkę: nie możemy pojąć, jak mogło dojść do tego, co widzimy. Pytamy więc właśnie o to: w jaki sposób czarodziej zdołał przemienić kilka jedwabnych białych chustek w żywego królika?

Wielu ludzi ma poczucie, że świat jest równie niepojęty jak sztuka czarodzieja, nagle wyciągającego królika z pustego przed chwilą cylindra.

Jeśli chodzi o królika, rozumiemy, że czarodziej musiał nas oszukać, i pragniemy odkryć, w jaki sposób tego dokonał. Ze światem sprawa przedstawia się nieco inaczej. Wiemy, że świat to nie żadne szachrajstwo i bujda, bo przecież chodzimy po Ziemi, sami jesteśmy częścią świata. Właściwie to my sami jesteśmy białym królikiem wyciągniętym z cylindra. Różnimy się od białego królika tylko tym, że on nie zdaje sobie sprawy, iż bierze udział w sztuczce. Z nami jest inaczej. My uważamy, że uczestniczymy w czymś zagadkowym i chcielibyśmy dowiedzieć się, jak właściwie sprawy się mają.

PS Jeśli chodzi o białego królika, to lepiej chyba będzie przyrównać go do całego wszechświata. My, którzy tu mieszkamy, jesteśmy malutkimi stworzonkami, żyjącymi głęboko w futrze królika. Ale filozofowie próbują się wspinać po jednym

z cienkich włosków, aby zajrzeć wielkiemu czarodziejowi prosto w oczy.

Czy to dla Ciebie nie za nudne, Zosiu? Ciąg dalszy nastąpi.

Zofia była kompletnie oszołomiona. Czy to nie jest nudne? Czytała z zapartym tchem, nawet na moment nie mogła się oderwać.

Kto przyniósł ten list? Kto? Kto?

Niemożliwe, by była to ta sama osoba, która wysłała pocztówkę z życzeniami urodzinowymi do Hildy Møller Knag, na kartce był przecież znaczek i stempel. Żółtą kopertę włożono bezpośrednio do skrzynki na listy, tak samo jak poprzednio dwie białe koperty.

Zofia zerknęła na zegarek. Była dopiero za kwadrans trzecia, a więc jeszcze prawie dwie godziny do powrotu matki z pracy.

Zofia wyczołgała się do ogrodu i znów pobiegła do skrzynki na listy. Czy możliwe, by leżało tam coś jeszcze?

Znalazła kolejną żółtą kopertę ze swoim nazwiskiem. Tym razem rozejrzała się dokoła, ale nikogo nie zobaczyła. Wybiegła za furtkę aż na skraj lasu, zbadała ścieżkę.

I tam także ani żywej duszy.

Nagle wydało jej się, że z głębi lasu doszedł ją trzask łamanych gałązek. Nie była tego jednak całkiem pewna, zresztą i tak na nic by się zdało ruszanie w pogoń za kimś, kto uciekał.

Zofia otworzyła kluczem drzwi i weszła do domu, odłożyła szkolny plecak i pocztę dla matki. Wbiegła na górę do swego pokoju, wyciągnęła wielką puszkę po ciastkach, pełną ślicznych kamieni, wysypała kamienie na podłogę i włożyła do puszki obie duże koperty. Znów wybiegła do ogrodu z puszką pod pachą. Zanim wyszła, wystawiła jeszcze jedzenie dla Shere Khana.

— Kici! Kici! Kici!

Gdy znów znalazła się w Zaułku, otworzyła kopertę i wyciągnęła kilka zapisanych na maszynie kartek. Zaczęła czytać:

Niezwykła istota

A więc znów się spotykamy. Jak już pewnie zrozumiałaś, nasz mały kurs filozofii dostawać będziesz w odpowiednio strawnych porcjach. Oto kilka kolejnych uwag wstępnych.

Czy mówiłem już, że jedyne, czego nam potrzeba, abyśmy stali się dobrymi filozofami, to zdolność do dziwienia się światem? Jeśli nie, oznajmiam to teraz: JEDYNE, CZEGO NAM POTRZEBA, ABYŚMY STALI SIĘ DOBRYMI FILOZOFAMI, TO ZDOLNOŚĆ DO DZIWIENIA SIĘ ŚWIATEM.

Zdolność tę posiadają wszystkie małe dzieci. Po kilku zaledwie miesiącach wślizgują się w olśniewająco nową rzeczywistość. Wydaje się jednak, że kiedy rosną, zdolność dziwienia się zaczyna zanikać. Dlaczego tak jest? Czy Zofia Amundsen zna na to odpowiedź?

Gdyby niemowlę umiało mówić, z pewnością wspomniałoby o tym, jak zadziwiający jest świat, na którym się pojawiło. Bo choć dziecko nie umie mówić, widzimy, z jakim zainteresowaniem wskazuje na wszystko dokoła i z jaką ciekawością chwyta przedmioty znajdujące się w pokoju.

Kiedy dziecko zaczyna wymawiać pierwsze słowa, zatrzymuje się i woła „hau, hau" za każdym razem, gdy zobaczy psa. Często widzimy, jak malec radośnie podskakuje w wózku i wymachując rączkami, krzyczy: „Hau, hau! Hau, hau!". Nas, którzy mamy już trochę lat na karku, drażni być może taki zapał. „Tak, tak, to hau-hau — mówimy tonem ludzi znających życie — ale siedź spokojnie, bo inaczej wypadniesz z wózka". Nie podzielamy zachwytów dziecka. Widzieliśmy już sporo psów.

Być może taki szalony, radosny popis odbędzie się kilkaset razy, zanim dziecko zdoła przejść obok psa, nie tracąc głowy z radości. Albo obok słonia czy hipopotama. Jednak na długo przedtem, nim dziecko nauczy się poprawnie mówić — i na długo zanim nauczy się myśleć filozoficznie — świat staje się czymś zwyczajnym.

Szkoda — powiesz pewnie!

Moją sprawą jest, abyś nie znalazła się wsród tych, którzy przyjmują świat za oczywistość, droga Zosiu. Dla pewności, zanim na dobre rozpoczniemy kurs filozofii, przeprowadzimy parę eksperymentów.

Wyobraź sobie, że pewnego dnia wybierasz się na wycieczkę do lasu. Nagle przed sobą, na ścieżce, dostrzegasz nieduży statek kosmiczny. Ze statku wychodzi mały Marsjanin, staje jak wryty i wgapia się w ciebie...

Co byś wówczas pomyślała? Ach, to zresztą nie jest takie ważne, ale czy nie przyszło Ci do głowy, że ty sama jesteś taką Marsjanką?

Nie jest rzeczą szczególnie prawdopodobną, byś kiedykolwiek potknęła się o stwora z innej planety. Nie wiemy nawet, czy na innych planetach istnieje życie. Ale można sobie wyobrazić, że potkniesz się o samą siebie. Może się zdarzyć, że pewnego dnia zatrzymasz się i spojrzysz na siebie w zupełnie inny sposób. Może zdarzy się to właśnie podczas wycieczki do lasu.

Jestem niezwykłą istotą, pomyślisz. Jestem tajemniczym stworem...

To tak, jakbyś nagle obudziła się ze stuletniego snu Śpiącej Królewny. Kim jestem? — zapytasz. Wiesz, że chodzisz po jakimś globie, zawieszonym we wszechświecie. Ale czym jest wszechświat?

Jeśli w taki sposób odkryjesz samą siebie, odkryjesz coś równie tajemniczego jak ów Marsjanin na leśnej ścieżce. Nie tylko zobaczyłaś istotę z przestrzeni kosmicznej. W głębi duszy czujesz, że sama jesteś taką zadziwiającą istotą.

Nie straciłaś wątku, Zosiu? Przeprowadzimy jeszcze jeden eksperyment myślowy.

Pewnego dnia mama, tatuś i mały, dwu- albo trzyletni Thomas siedzą w kuchni i jedzą śniadanie. Wkrótce mama wstaje od stołu i odwraca się do kuchennego blatu, a tatuś, tak, tatuś nagle na oczach małego Thomasa unosi się w powietrze i wzlatuje pod sufit.

Jak myślisz, co wówczas mówi Thomas? Może wyciągnie rękę, wskaże na ojca i ogłosi: Tata lata!

Mały Thomas trochę się zdziwi, ale nie bardziej niż zwykle. Tatuś i tak robi tyle niezwykłych rzeczy, że ot, taki sobie mały przelot nad stołem po śniadaniu niewiele zmieni w oczach chłopca. Ojciec przecież co dzień goli się zabawną maszynką, czasami wchodzi na dach i kręci anteną telewizyjną albo wsadza głowę do silnika samochodowego, a potem jest czarny jak murzyn.

Teraz kolej na mamę. Usłyszała, co mówi Thomas, i zaraz się odwraca. Jak sądzisz, w jaki sposób zareaguje na widok męża unoszącego się lekko nad kuchennym stołem?

Wypuści z rąk słoik z dżemem i uderzy w krzyk z przerażenia. Być może potrzebna jej będzie pomoc lekarska, gdy tatuś wreszcie znajdzie się z powrotem na krześle. (Już dawno powinien nauczyć się ładnie siedzieć przy stole!).

Jak sądzisz, dlaczego Thomas i mama reagują tak różnie?

Ma to związek z przyzwyczajeniem. (Zapamiętaj to sobie!). Mama nauczyła się, że ludzie nie mogą fruwać, Thomas natomiast jeszcze o tym nie wie. Nadal nie jest pewien, co na tym świecie jest możliwe, a co nie.

A jak jest z samym światem, Zosiu? Czy *świat* jest możliwy? Przecież on także swobodnie unosi się w przestrzeni.

Najsmutniejsze jest to, że dorastając, przyzwyczajamy się nie tylko do prawa ciążenia. Przyzwyczajamy się jednocześnie także do świata jako takiego.

Wygląda na to, że w czasie dorastania tracimy zdolność do dziwienia się światem. Tracimy wówczas coś bardzo istotnego, co filozofowie powtórnie usiłują pobudzić do życia, bo gdzieś w głębi nas samych tkwi coś, co podpowiada nam, że życie jest wielką zagadką. Wiedzieliśmy to na długo przedtem, zanim nauczyliśmy się o tym myśleć.

Sprecyzuję: Chociaż pytania filozoficzne dotyczą wszystkich ludzi, nie wszyscy zostaną filozofami. Z rozmaitych powodów większość ludzi tak bardzo pochłonięta jest codziennymi problemami, że zdumienie samym życiem zostaje odepchnięte w najgłębsze zakamarki myśli. (Ci ludzie kryją się głęboko w futrze królika, wygodnie się układają i pozostają tam aż do końca życia).

Dla dzieci świat i wszystko, co się w nim znajduje, jest czymś nowym, czymś, co budzi zdziwienie. Nie każdy dorosły myśli podobnie. Większość z nich postrzega świat jako coś zupełnie zwyczajnego.

I tu właśnie filozofowie są szczytnym wyjątkiem. Filozof nigdy nie zdoła tak naprawdę przyzwyczaić się do świata. Dla niego (lub dla niej) świat nadal pozostaje czymś nieprawdopodobnym. Tak, zagadkowym i tajemniczym. Filozofowie i małe dzieci mają więc pewną cechę wspólną. Można powiedzieć, że filozof przez całe życie pozostaje równie wrażliwy, zachowuje cienką skórę, jaką ma dziecko.

Możesz więc teraz wybierać, droga Zosiu. Czy jesteś dzieckiem, które jeszcze nie zdążyło przyzwyczaić się do świata, czy raczej filozofem, który może przysiąc, że to nigdy nie nastąpi?

Jeśli tylko potrząśniesz głową i nie rozpoznasz w sobie ani dziecka, ani filozofa, to dlatego, że tak już się zadomowiłaś na świecie, aż przestał Cię zdumiewać. W takim razie zagraża ci niebezpieczeństwo. I dlatego właśnie dostajesz ten kurs filozofii, na wszelki wypadek. Nie chcę, byś Ty właśnie była jedną z tych ospałych i obojętnych. Chcę, abyś żyła świadomie.

Kurs jest bezpłatny, dlatego też nie licz na zwrot pieniędzy, jeśli go nie ukończysz. Ale jeśli chciałabyś go przerwać, masz na to pełną szansę. Musisz mi tylko zostawić wiadomość w skrzynce na listy. Odpowiednia będzie na przykład żywa żaba; w każdym razie powinno to być coś zielonego, inaczej listonosz mógłby się nie na żarty wystraszyć.

Krótkie podsumowanie: Z pustego cylindra wyciągnięty zostaje biały królik. Ponieważ królik jest olbrzymi, sztuczka ta trwa wiele miliardów lat. Na samych koniuszkach cieniuteńkich włosków króliczego futerka rodzą się ludzkie dzieci. Z tego miejsca potrafią się dziwić nieprawdopodobną czarodziejską sztuczką. Ale z czasem są coraz starsze, wślizgują się coraz dalej w głąb króliczego futra. Tam już zostają. Czują się tam tak przyjemnie, że nigdy nie ośmielą się ponownie wdrapać na szczyt cienkich włosków. Jedynie filozofowie wyprawiają się w niebezpieczną podróż ku ostatecznym granicom istnienia. Niektórzy

z nich spadają, ale inni mocno wczepiają się we włosy i z góry wołają do ludzi wtulonych głęboko w królicze futro i opychających się smakołykami.

— Panie i panowie! Unosimy się w próżni!

Ale nikt z ludzi zamieszkujących zaciszne połacie króliczego futra nie przejmuje się wołaniem filozofów.

— Ach, cóż za awanturnicy! — stwierdzają.

I kontynuują rozmowę: Czy możesz podać mi masło? Jak stoją dzisiaj akcje banku? Ile kosztują pomidory? Czy słyszałeś, że Lady Di znów spodziewa się dziecka?

Kiedy matka Zofii po południu wróciła do domu, dziewczyna była w szoku. Puszka z listami od tajemniczego filozofa leżała dobrze ukryta w Zaułku. Zofia próbowała zabrać się do lekcji, ale siedziała tylko, zastanawiając się nad tym, co przeczytała.

O tak wielu rzeczach przedtem nie myślała! Nie była już dzieckiem, ale nie była też jeszcze całkiem dorosła. Zrozumiała, że zaczęła już powoli zapadać się w głąb futerka królika wyciągniętego z czarnego cylindra wszechświata. Filozof jednak zatrzymał ją w pół drogi. On — a może ona? — mocno chwycił ją za kark i pociągnął w górę, na czubek włoska, gdzie kiedyś bawiła się jako dziecko. I stamtąd właśnie, z samego czubka włoska, przyjrzała się światu, jak gdyby ujrzała go po raz pierwszy.

Filozof ją ocalił. Nie miała co do tego żadnych wątpliwości. Nieznany nadawca uratował ją od obojętności codziennego życia.

Kiedy matka wróciła do domu około piątej, Zofia zaciągnęła ją do salonu i posadziła w fotelu.

— Mamo, czy nie uważasz, że to niezwykłe: żyć? — zaczęła.

Matka była tak zaskoczona, że nie wiedziała, co odpowiedzieć. Na ogół kiedy wracała do domu, zastawała córkę siedzącą nad lekcjami.

— Hmmm — mruknęła. — Czasami, owszem.

— Czasami? A czy nie uważasz, że to dziwne, że w ogóle *istnieje* jakiś świat?

— Och, Zosiu, nie mów takich rzeczy!

— Dlaczego nie? Może wydaje ci się, że świat jest całkiem normalny?

— No, bo tak przecież jest. W każdym razie na ogół.

Zofia zrozumiała, że filozof miał rację. Dorośli traktowali świat jako rzecz całkiem naturalną. Raz na zawsze, jak Śpiąca Królewna, ukołysali się do stuletniego snu codzienności.

— Phi! To tylko ty na dobre zadomowiłaś się na świecie i przestał już cię dziwić — powiedziała.

— Co ty pleciesz?

— ie za bardzo się przyzwyczaiłaś do świata. Innymi słowy, całkiem zgłupiałaś.

— Nie wolno ci się tak do mnie odzywać, Zofio.

— Dobrze, wyjaśnię ci to inaczej. Ułożyłaś się głęboko w futrze białego królika, który właśnie w tym momencie wyciągany jest z czarnego cylindra wszechświata. Zaraz pójdziesz nastawić ziemniaki, potem przeczytasz gazetę, a po półgodzinnej poobiedniej drzemce obejrzysz dziennik.

Na twarzy matki pojawił się wyraz zatroskania. Rzeczywiście poszła do kuchni nastawić ziemniaki. Nieco później wróciła do salonu i teraz ona usadziła Zofię w fotelu.

— Muszę z tobą porozmawiać — zaczęła. Zofia z tonu wywnioskowała, że chodzi o coś poważnego. — Nie zaplątałaś się przypadkiem w jakieś narkotyki, kochanie?

Zofia wybuchnęła śmiechem, ale dobrze rozumiała, dlaczego to pytanie padło akurat teraz.

— Skąd! — powiedziała. — Od tego człowiek obojętnieje jeszcze bardziej.

Tego dnia nie mówiły już więcej ani o narkotykach, ani o białych królikach.

MITY

...chwiejna równowaga między dobrymi a złymi mocami...

Następnego ranka nie było żadnego listu do Zofii. Dziewczynka nudziła się przez długi dzień w szkole. Na przerwach starała się być wyjątkowo miła dla Jorunn, a w drodze do domu zaczęły planować wspólną wycieczkę z namiotem, kiedy tylko w lesie trochę przeschnie.

Wreszcie Zofia znów stanęła przed skrzynką. Najpierw otworzyła liścik ze stemplem z Meksyku. To kartka od taty. Tęsknił za domem i pierwszy raz udało mu się pokonać w szachach pierwszego oficera. Poza tym uporał się już prawie z dwudziestoma kilogramami książek, które zabrał ze sobą, kiedy wyruszał w rejs po zimowych wakacjach.

Ale w skrzynce leżała także zaadresowana do niej żółta koperta! Zofia zostawiła w domu plecak oraz resztę poczty i pobiegła do Zaułka. Wyciągnęła kolejne zapisane na maszynie kartki i zaczęła czytać.

Mityczny obraz świata

Witaj, Zosiu! Mamy sporo do zrobienia, przystąpmy więc od razu do rzeczy.

Przez filozofię rozumiemy nowy sposób myślenia, który narodził się w Grecji, około 600 lat przed Chrystusem. Wcześniej odpowiedź na wszystkie pytania dawały ludziom rozmaite religie. Takie religijne wyjaśnienia przekazywane były z pokole-

nia na pokolenie w postaci *mitów*. Mity to opowieści o bogach, wyjaśniające, dlaczego życie jest takie, jakie jest.

Przez tysiące lat na całym świecie wyrósł prawdziwie dziki i bujny gąszcz mitycznych wyjaśnień problemów filozoficznych. Filozofowie greccy starali się wykazać, że ludzie nie powinni wierzyć mitom.

Aby pojąć sposób myślenia pierwszych filozofów, musimy zrozumieć, co to jest mityczny obraz świata. Jako przykład posłużą nam mity pochodzące ze Skandynawii. By zaczerpnąć wody, nie trzeba przechodzić na drugą stronę strumienia.

Z pewnością znany Ci jest bóg THOR z młotem. Zanim chrześcijaństwo dotarło do Norwegii, tu, na Północy, ludzie wierzyli, że Thor podróżuje po niebie wozem ciągniętym przez dwa kozły. Kiedy obracał swym młotem, powstawały grzmoty i błyskawice. Norweskie słowo *torden* (grzmot) pochodzi od *Tor-dønn* (huk Thora). Po szwedzku grzmot nazywa się *åska*, a właściwie *ås-aka*, co znaczy „podróż boga" przez niebo.

Kiedy błyska i grzmi, na ogół towarzyszy temu deszcz. Dla chłopów w epoce wikingów opady miały ogromne znaczenie. Dlatego właśnie Thora czczono jako boga płodności.

A zatem na pytanie, dlaczego pada deszcz, mityczna odpowiedź brzmiała następująco: bo Thor wywija młotem. A po deszczu wszystko kiełkowało, obsiane pola rodziły.

W jaki sposób rośliny rosną i wydają owoce, samo w sobie pozostawało niepojęte. Chłopi wiedzieli jednak, że ma to coś wspólnego z deszczem. Powszechnie wierzono również, że deszcz jest wynikiem działania Thora. Przez to stał się on jednym z najważniejszych bogów w Skandynawii.

Wielkie znaczenie Thora miało jeszcze inne przyczyny, związane z porządkiem świata.

Wikingowie wyobrażali sobie, że cały zamieszkany przez ludzi świat jest wyspą, której stale grożą niebezpieczeństwa z zewnątrz. Tę część świata nazywali MIDGARD, czyli kraina położona w środku. W Midgardzie znajdował się także ASGARD, czyli siedziba bogów. Wokół Midgardu rozciągał się

UTGARD, czyli kraj położony na zewnątrz. Tu mieszkali groźni *jotunowie* — olbrzymi, którzy wymyślnymi sztuczkami bezustannie usiłowali zniszczyć świat. Takie złośliwe potwory często określamy jako „moce chaosu". Zarówno w religii staroskandynawskiej, jak i w większości innych kultur, ludzie wierzyli w chwiejną równowagę sił między dobrymi i złymi mocami.

Jednym ze sposobów, jakimi olbrzymi mogli zniszczyć Midgard, było porwanie bogini płodności FREYJI. Gdyby tego dokonali, ziemia przestałaby wydawać plony, a kobiety nie rodziłyby dzieci. Dlatego tak istotne było, by bogowie zdołali utrzymać olbrzymów w szachu.

I tu także ważną rolę odgrywał Thor. Jego młot nie tylko sprowadzał deszcz, był także niezawodną bronią w walce z niebezpiecznymi siłami chaosu. Młot zapewniał mu prawie nieograniczoną siłę. Mógł rzucać nim za olbrzymami i w ten sposób je uśmiercać. Nie musiał się też bać, że go straci, gdyż młot działał jak bumerang i zawsze wracał do właściciela.

Takie było *mityczne wyjaśnienie* istnienia natury i przyczyn bezustannie toczącej się walki dobra ze złem. Jednakże filozofowie takich właśnie wyjaśnień nie chcieli uznać.

Nie chodziło jednak tylko o wyjaśnienia.

Ludzie nie mogli siedzieć z założonymi rękami i czekać, aż spadną na nich nieszczęścia — na przykład susza lub zakaźne choroby. Sami ludzie także musieli brać udział w walce ze złem. Dokonywało się to poprzez rozmaite obrzędy religijne, czyli *rytuały*.

W epoce staroskandynawskiej najważniejszym religijnym obrzędem była *ofiara*. Dzięki ofierze składanej bogu jego siła wzrastała. Ludzie musieli składać ofiary bogom, by dodać im mocy w walce z siłami chaosu. W ofierze składano zwierzęta. Thorowi prawdopodobnie ofiarowywano kozły. ODYNOWI składano czasem nawet ofiary z ludzi.

Najpopularniejszy w Norwegii mit znamy z poematu *Thrymskvida*, czyli *Pieśni o Thrymie*. Opowiada on, jak to Thor pogrążony był we śnie, a kiedy się obudził, zobaczył, że jego młot zniknął. Thor wpadł w taki gniew, że aż drżały mu ręce i trzęsła się broda. Wraz ze swym towarzyszem LOKIM udał się do Freyji i poprosił ją o pożyczenie szaty z piór, aby Loki mógł pofrunąć do Jotunheim, siedziby olbrzymów, i sprawdzić, czy to nie oni skradli młot. Tu właśnie Loki spotyka króla olbrzymów, THRYMA, który rzeczywiście chełpi się, że ukrył młot osiem mil pod ziemią. Dodaje także: Asowie (bogowie) nie odzyskają go, dopóki Freyja nie zostanie jego żoną.

Słuchasz uważnie, Zosiu? Dobrzy bogowie stają nagle w obliczu straszliwego szantażu z zakładnikiem. Olbrzymi przejmują teraz władzę nad najpotężniejszą bronią bogów, sytuacja staje się więc niezwykle napięta. Dopóki olbrzymi mają młot Thora, dzierżą władzę nad światem bogów i ludzi. W zamian za młot żądają Freyji. Taka transakcja jest jednak niemożliwa. Jeśli bogowie będą zmuszeni oddać boginię płodności, która strzeże wszelkiego życia, wówczas zwiędnie trawa na łąkach, a bogów i ludzi niechybnie czeka śmierć. Jest to więc sytuacja bez wyjścia. Jeśli wyobrazisz sobie grupę terrorystyczną grożącą zrzuceniem bomby atomowej na Londyn albo Paryż, gdy nie zostaną spełnione ich śmiertelnie niebezpieczne żądania, z pewnością zrozumiesz, o co mi chodzi.

Mit opowiada dalej, że Loki wrócił do domu, do Asgardu. Prosi Freyję, by przywdziała ślubny strój, bo niestety musi zostać poślubiona olbrzymowi. Freyja gniewa się i mówi, że ludzie posądzą ją o całkowite szaleństwo na punkcie mężczyzn, jeśli zgodzi się poślubić jednego z olbrzymów.

Na świetny pomysł wpada jednak bóg HEIMDALL. Proponuje, aby zamiast Freyji, przebrać za oblubienicę Thora. Żeby przypominał kobietę, mogą odpowiednio ułożyć mu włosy, a na piersi zawiesić kamienie. Thor naturalnie nie jest zachwycony propozycją, ale w końcu pojmuje, że jedynym sposobem na odzyskanie młota jest usłuchanie rady Heimdalla.

Thor przebiera się za pannę młodą, Loki ma mu towarzyszyć jako druhna. „Tak więc my, dwie niewiasty, wyruszamy do Jotunheim" — mówi Loki.

Posługując się bardziej nowoczesnym językiem, możemy stwierdzić, że Thor i Loki to „brygada antyterrorystyczna" bogów. Przebrani za kobiety mają wedrzeć się do twierdzy olbrzymów i odzyskać młot Thora.

Ledwie przybywają do Jotunheimu, a już olbrzymi zaczynają szykować ucztę ślubną. Ale podczas biesiady panna młoda — czyli Thor w przebraniu — zjada całego wołu i osiem łososi i do tego wypija trzy beczki piwa. Budzi to podejrzenia Thryma i niewiele brakuje, by „komandosi" zostali zdemaskowani. Loki potrafi jednak w porę zażegnać niebezpieczeństwo. Wyjaśnia, że Freyja nic nie jadła od ośmiu dni, tak ogromnie cieszyła się na przybycie do Jotunheimu.

Następnie Thrym unosi welon ślubny, chcąc ucałować pannę młodą, ale spojrzawszy w ziejące nienawiścią oczy Thora, odskakuje przerażony. I tym razem Loki ratuje sytuację. Wyjaśnia, że narzeczona nie spała przez osiem nocy, tak bardzo radowała się zamążpójściem. Thrym, zadowolony z odpowiedzi, nakazuje przynieść młot i położyć go na kolanach panny młodej na czas zaślubin.

Podobno gdy Thor poczuł swój młot na kolanach, wybuchnął radosnym gromkim śmiechem. Najpierw uderzeniem młota pozbawił życia Thryma, a później resztę olbrzymów. W ten sposób straszna historia terrorystyczna zakończyła się szczęśliwie. Jeszcze raz Thor — Batman czy James Bond bogów — zwyciężył złe moce.

Tyle opowiada nam sam mit, Zosiu. Ale co właściwie chce nam przekazać? Z pewnością nie wymyślono go jedynie dla zabawy. Ma on coś wyjaśnić. Można na przykład rozumieć go następująco:

Kiedy w kraju nastała susza, ludziom potrzebne było wyjaśnienie, dlaczego nie nadchodzi deszcz. Może dlatego, że olbrzymi skradli młot Thora?

Można również przypuszczać, że mit usiłuje wytłumaczyć zmieniające się pory roku: zimą natura zamiera, ponieważ młot Thora znajduje się w Jotunheimie, ale wiosną udaje się go Thorowi odzyskać. W taki sposób mit wyjaśnia ludziom coś, czego nie rozumieją.

Rola mitu nie kończyła się jednak na wyjaśnianiu. Często ludzie odprawiali obrzędy związane z mitem. Możemy wyobrazić sobie, że sposobem ludzi na suszę czy nieurodzaj było odegranie dramatu, o którym mówi mityczna opowieść. Być może któregoś z mężczyzn z wioski przebierano za oblubienicę, przywiązując mu zamiast piersi kamienie, by wykradł młot olbrzymom. W taki sposób ludzie mogli podjąć działania, by przywołać deszcz i by ziarno na polu zakiełkowało.

Wiadomo, że istnieje wiele pochodzących z innych części świata przykładów na to, że ludzie odgrywali mit o porach roku, by przyspieszyć procesy zachodzące w przyrodzie.

Ledwie uchyliliśmy drzwi prowadzące do świata mitów skandynawskich. Istniało całe mnóstwo innych mitów o Thorze i Odynie, FREYU i Freyji, HODZIE i BALDRZE, i wielu, wielu innych bogach. Mityczne wyobrażenia kwitły na całym świecie, zanim zabrali się za nie filozofowie. Tak, bo kiedy rodziła się filozofia, Grecy także posługiwali się mitycznym obrazem świata. Przez stulecia, z pokolenia na pokolenie przekazywano opowieści o bogach. Greccy bogowie nazywali się ZEUS i APOLLO, HERA i ATENA, DIONIZOS i ASKLEPIOS, HERAKLES i HEFAJSTOS. Wymieniłem tylko kilku.

Około roku 700 przed Chrystusem wiele greckich mitów zostało spisanych przez HOMERA i HEZJODA. Zaistniała całkiem nowa sytuacja. Gdy mity zostały zapisane, można było o nich dyskutować.

Pierwsi greccy filozofowie krytykowali mitologię Homera za to, że bogowie tak bardzo przypominali ludzi, że byli równie egoistyczni i wiarołomni jak zwykli śmiertelnicy. Po raz pierwszy stwierdzono, że mity być może są jedynie wytworami ludzkiej fantazji.

Przykład krytyki mitów znaleźć możemy u filozofa KSENOFANESA, który urodził się około 570 r. p.n.e. „Ludzie stworzyli bogów na własny obraz — mówił. — Śmiertelnym się zdaje, że bogowie zostali zrodzeni jak oni, że noszą ich szaty, mają ich głos i postać. Etiopowie uważają, że ich bogowie mają

spłaszczone nosy i są czarni, Trakowie zaś, że mają niebieskie oczy i rude włosy. Gdyby woły, konie i lwy miały ręce i mogły nimi malować, to konie malowałyby obrazy bogów podobne do koni, a woły podobne do wołów".

W tym właśnie okresie Grecy założyli wiele miast-państw, zarówno w Grecji, jak i w południowej Italii i w Azji Mniejszej. Wszelką pracę fizyczną wykonywali niewolnicy, wolni obywatele mogli więc poświęcać wiele czasu na politykę i życie kulturalne.

W owych środowiskach miejskich nastąpił przełom w sposobie myślenia. Każdy człowiek mógł indywidualnie, na własny rachunek stawiać sobie pytania, w jaki sposób należy zorganizować społeczeństwo. Każdy człowiek mógł również zadawać pytania filozoficzne, nie odwołując się do mitów.

Mówimy, że dokonało się przejście od mitycznego sposobu myślenia do myślenia opartego na doświadczeniu i rozumie. Celem pierwszych greckich filozofów było znaleźć *naturalne wyjaśnienia* procesów zachodzących w przyrodzie.

Zofia spacerowała po ogrodzie. Starała się zapomnieć o wszystkim, czego nauczyła się w szkole, a zwłaszcza o tym, czego dowiedziała się na lekcjach przyrody.

Gdyby wyrosła w tym ogrodzie, gdyby nie miała całej szkolnej wiedzy, jak wtedy patrzyłaby na wiosnę?

Jak próbowałaby wytłumaczyć, dlaczego pewnego dnia nagle zaczyna padać deszcz? Czy dzięki wyobraźni zrozumiałaby, dlaczego śnieg znika, a słońce wznosi się na niebie coraz wyżej?

Tak, na pewno tak właśnie by było, stwierdziła, i natychmiast zaczęła wymyślać wyjaśnienie:

Zima skuła okowami mrozu cały kraj, ponieważ zły Muriat uwięził piękną księżniczkę Sikitę w zimnym lochu. Ale pewnego dnia mężny książę Bravato ją uwolnił. Uszczęśliwiona Sikita zaczęła tańczyć po łąkach, nucąc piosenkę, którą ułożyła w ponurym więzieniu. Ziemia i drzewa, słysząc to, wzruszyły się tak bardzo, że śnieg przemienił się w łzy, zaraz też na niebie pokazało się słońce i osuszyło je. Ptaki podjęły piosenkę Sikity, a gdy księżniczka rozpuściła złote włosy, kilka loków upadło na ziemię i w jednej chwili zamieniło się w żonkile.

Zofia uznała, że wymyśliła bardzo piękną historię. Czuła, że gdyby nie znała innego wyjaśnienia następujących po sobie pór roku, na pewno uwierzyłaby w historię wymyśloną przez siebie.

Zrozumiała, że ludzie zawsze odczuwali potrzebę wyjaśnienia zjawisk zachodzących w przyrodzie. Chyba nie mogli żyć bez tego, i w czasach gdy nie istniała jeszcze nauka, tworzyli mity.

FILOZOFOWIE PRZYRODY

...nic nie może powstać z tego, czego nie ma...

Kiedy matka po południu wróciła z pracy, Zofia siedziała na ogrodowej huśtawce rozmyślając, jaki może istnieć związek między kursem filozofii a Hildą Møller Knag, która raczej nie dostanie kartki z życzeniami urodzinowymi od swego ojca.

— Zosiu! — zawołała matka z daleka. — Przyszedł do ciebie jakiś list!

Zofia drgnęła. Przecież sama wyjmowała pocztę, a więc musiał to być list od filozofa. Co ma powiedzieć matce?

Powoli wstała z huśtawki i wyszła matce na spotkanie.

— Nie ma na nim znaczka. To na pewno list miłosny.

Zofia odebrała kopertę z rąk matki.

— Nie otworzysz?

Co mogła powiedzieć?

— Słyszałaś, żeby ktoś otwierał list miłosny w obecności matki zaglądającej przez ramię?

Niech raczej wierzy, że to coś takiego. Zofia czuła się strasznie głupio, bo doprawdy była jeszcze bardzo młoda jak na osobę otrzymującą miłosne liściki, ale jeszcze głupiej by było, gdyby pewnego dnia wydało się, że dostaje cały kurs korespondencyjny od zupełnie nieznajomego, obcego filozofa, który na dodatek bawi się z nią w kotka i myszkę.

Była to następna mała, biała koperta. Zofia u siebie w pokoju przeczytała kolejne trzy pytania napisane na niedużym arkusiku:

Czy istnieje pierwotna materia, z której powstało wszystko inne?
Czy woda może przemienić się w wino?
W jaki sposób ziemia i woda mogą zmienić się w żywą żabę?

Zofia uznała, że pytania są zwariowane, ale przez cały wieczór nie przestawały jej brzęczeć w głowie. Również następnego dnia w szkole zaczęła je po kolei rozważać.

Czy istnieje pierwotna materia, z której powstało wszystko inne? Ale jeśli istnieje jakaś materia, z której składa się wszystko na świecie, to w jaki sposób ta sama materia może przeobrazić się za jednym razem w jaskier, a za drugim na przykład w wielkiego słonia?

Ta sama wątpliwość dotyczyła również następnego pytania: czy woda może przemienić się w wino. Zofia słyszała o Jezusie, który przemienił wodę w wino, ale nigdy nie traktowała tego dosłownie. A jeśli Jezus rzeczywiście przemienił wodę w wino, to był to cud, a więc coś, co właściwie jest niemożliwe. Zofia zdawała sobie sprawę, że zarówno w winie, jak i niemal wszędzie w przyrodzie jest bardzo dużo wody, jednak chociaż ogórek zawiera 95 procent wody, to musi być w nim coś jeszcze, żeby ogórek mógł być ogórkiem, a nie samą wodą.

Następny problem, z żabą. Nauczyciel filozofii w ogóle zastanawiająco interesował się żabami. Zofia mogła ewentualnie zgodzić się z twierdzeniem, że żaba składa się z ziemi i wody, ale pod warunkiem, że ziemia nie składa się z jednego jedynego rodzaju materii. Natomiast jeśli ziemia składa się z wielu rodzajów materii, to rzeczywiście można by uznać, że ziemia i woda razem mogą stać się żabą. Oczywiście gdyby ominęły drogę od żabiego skrzeku poprzez kijankę. Bo przecież żaba nie wyrośnie ot, tak sobie, na grządce warzywnej, nawet gdyby nadzwyczaj starannie się ją podlewało.

Kiedy po południu Zofia wróciła ze szkoły do domu, w skrzynce czekała na nią pękata koperta. Tak jak w poprzednich dniach, Zofia pospieszyła do Zaułka.

Założenie filozoficzne

Znów się spotykamy! Od razu zabieramy się za dzisiejszą lekcję, nie zahaczając o białe króliki i inne temu podobne historie.

Spróbuję w ogólnym zarysie opowiedzieć Ci, co ludzie myśleli na temat problemów filozoficznych od greckiej starożytności aż do chwili obecnej. Ale wszystko po kolei.

Ponieważ filozofowie żyli w innych czasach, a być może i w zupełnie innej kulturze niż nasza, często dobrze jest określić, jakie były *założenia* poszczególnych filozofów. Chodzi mi o to, że musimy się zorientować, czego najbardziej chciał się dowiedzieć dany filozof. Jeden interesował się, jak powstały planety i zwierzęta. Innego pasjonowało poszukiwanie odpowiedzi na pytanie, czy istnieje Bóg lub czy człowiek ma nieśmiertelną duszę.

Kiedy już zdołamy zorientować się, jakie jest założenie danego filozofa, łatwiej nam będzie prześledzić jego sposób myślenia. Jeden filozof bowiem nie zajmuje się wszystkimi problemami filozoficznymi.

Mówiąc o filozofie, użyłem sformułowania „*jego* sposób myślenia". Tak, bo również historia filozofii zdominowana jest przez mężczyzn. Kobiety były ciemiężone jako płeć i jako istoty myślące. Wielka szkoda, bo w ten sposób zaprzepaszczono wiele istotnych doświadczeń. Dopiero w naszym stuleciu kobiety naprawdę wkraczają do historii filozofii.

Nie będę Ci zadawał prac domowych, a w każdym razie trudnych zadań matematycznych. Nie interesuje mnie też odmiana czasowników angielskich. Czasami jednak poproszę Cię o wykonanie jakiegoś, i to wcale niełatwego doświadczenia.

Jeśli zgadzasz się na te warunki, zaczynamy.

Filozofowie przyrody

Pierwszych filozofów w Grecji często nazywa się filozofami przyrody, ponieważ interesowali się przede wszystkim przyrodą i zjawiskami, jakie w niej zachodzą.

Zadaliśmy już sobie pytanie, skąd wszystko się bierze. W dzisiejszych czasach wielu ludzi skłonnych jest twierdzić, że coś kiedyś musiało powstać z niczego. Myśl ta wśród Greków nie była równie popularna. Z takiego czy innego powodu przyjmowali za pewnik, że *coś* musiało istnieć od zawsze.

Zasadniczym pytaniem nie było więc, w jaki sposób wszystko mogło powstać z niczego. Grecy zastanawiali się natomiast, jak to możliwe, że woda może zmienić się w żywą rybę, a martwa ziemia w wysokie drzewa i barwne kwiaty. Nie mówiąc już o tym, jak dziecko może powstać w łonie matki!

Filozofowie na własne oczy widzieli, że w przyrodzie nieustannie zachodzą *zmiany*. Ale w jaki sposób te zmiany były możliwe? W jaki sposób jakaś substancja może zmienić się w coś zupełnie innego, na przykład w coś żywego?

Wspólny dla pierwszych filozofów jest pogląd, że musi istnieć określona *pierwotna materia*, będąca *zasadą* wszelkich zmian. Trudno powiedzieć, jak wpadli na taką myśl. Wiemy jedynie, że rozprzestrzeniło się przekonanie o konieczności istnienia określonej prasubstancji, która kryje się za wszelkimi zmianami w przyrodzie. Musi istnieć coś, z czego wszystko bierze swój początek i do czego powraca.

Rozwiązania, do jakich doszli pierwsi filozofowie, nie są dla nas najbardziej interesujące. Ciekawsze jest, jakie zagadnienia rozważali i jakiego typu odpowiedzi poszukiwali. Bardziej interesuje nas, *w jaki sposób* myśleli, niż *co* dokładnie myśleli.

Możemy stwierdzić na pewno, że zadawali pytania dotyczące widocznych zmian zachodzących w przyrodzie. Starali się określić odwieczne prawa natury. Pragnęli zrozumieć to, co dzieje się w przyrodzie, nie odwołując się przy tym do wyjaśnień podawanych przez mitologię. Przede wszystkim starali się zrozumieć procesy zachodzące w przyrodzie, obserwując samą przyrodę. To coś zupełnie innego niż wyjaśnianie błyskawicy i grzmotu, zimy i wiosny wydarzeniami w świecie bogów!

W ten sposób filozofowie uwolnili się od religii. Możemy powiedzieć, że filozofowie przyrody uczynili pierwszy krok w kierunku *naukowego* sposobu myślenia. Dali podstawy wszystkim późniejszym naukom przyrodniczym.

Większość z tego, co mówili i pisali filozofowie przyrody, nie zachowała się dla potomności. Garść informacji, które dane nam było poznać, znaleźć można w pismach ARYSTOTELESA, żyjącego około dwustu lat później niż pierwsi filozofowie. Arystoteles przedstawia jedynie wnioski, jakie wyciągnęli jego poprzednicy. Oznacza to, że nie zawsze wiemy, w jaki sposób doszli oni do swoich konkluzji. Wiemy jednak wystarczająco wiele, by móc z całą pewnością stwierdzić, że założeniem pierwszych greckich filozofów były zagadnienia dotyczące pierwotnej materii i zmian zachodzących w przyrodzie.

Trzej filozofowie z Miletu

Pierwszym filozofem, jakiego znamy, był TALES z MILETU, greckiej kolonii z Azji Mniejszej. Wiele podróżował po świecie. Mówi się, że podał wysokość jednej z piramid w Egipcie, mierząc jej cień akurat w momencie, gdy jego własny cień miał tę samą długość, co on sam. Podobno zdołał także przepowiedzieć zaćmienie Słońca w 585 r. p.n.e.

Tales był zdania, że początkiem wszystkiego jest *woda*. O co dokładnie mu chodziło, nie wiemy. Może uważał, że wszelkie życie bierze swój początek w wodzie i gdy ulega rozkładowi, znów się w nią zmienia?

Kiedy przebywał w Egipcie, z pewnością widział, jak zaczynają kiełkować rośliny, gdy Nil ustępuje z pól wokół jego delty. Być może zauważył także dżdżownice i żaby pokazujące się po deszczu.

Prawdopodobne jest również, że Tales myślał o tym, jak woda przemienia się w lód i w parę, by później znów przybrać postać wody.

Tales miał poza tym powiedzieć: „Wszystko pełne jest bogów". I tu także możemy jedynie zgadywać, co miał na myśli. Być może obserwował czarną glebę, która jest początkiem wszystkiego, poczynając od kwiatów i zboża aż do małych owadów i karaluchów, i wyobrażał sobie, że ziemia pełna jest maleńkich, niewidzialnych „zarodków życia". Pewne jest w każdym razie, że nie chodziło mu o bogów Homera.

Następnym filozofem, o jakim się dowiadujemy, jest ANAKSYMANDER, który także pochodził z Miletu. Uważał, że nasz świat jest tylko jednym z wielu światów, które powstają i giną w tym, co nazywał *bezkresem*. Niełatwo powiedzieć, co miał na myśli, mówiąc o bezkresie, ale jasne się wydaje, że nie chodziło mu o konkretny rodzaj materii — jak Talesowi. Być może uważał, że to, z czego wszystko jest stworzone, musi właśnie różnić się od wszystkiego, co tworzy. Pierwotną materią nie mogła być zwykła woda, lecz coś nieokreślonego, czyli bezkres.

Trzecim filozofem z Miletu był ANAKSYMENES (ok. 570–526 r. p.n.e.). Uważał, że pierwotną materią, z której wszystko powstało, jest *powietrze* albo *mgła*.

Anaksymenes znał oczywiście naukę Talesa o wodzie. Ale skąd wzięła się woda? Anaksymenes był zdania, że woda to zgęszczone powietrze. Widzimy wszak, że kiedy powietrze gęstnieje, zmienia się w wodę i pada deszcz. Kiedy woda zgęstnieje jeszcze bardziej, zmienia się w ziemię. Być może widział, jak ziemia i piasek wyłaniają się z topniejącego lodu. Anaksymenes był również przekonany, że ogień to rozrzedzone powietrze. Jego zdaniem więc zarówno ziemia, woda, jak i ogień powstały z powietrza.

Droga od ziemi i wody do roślin na polu nie jest wcale taka daleka. Być może Anaksymenes uważał, że po to, by mogło powstać życie, niezbędna jest i ziemia, i powietrze, i ogień, i woda, jednakże punktem wyjścia było jego zdaniem powietrze czy mgła. Podzielał więc pogląd Talesa, że musi istnieć jeden rodzaj materii, będący przyczyną wszelkich zmian zachodzących w przyrodzie.

Nic nie może powstać z tego, czego nie ma

Wszyscy trzej filozofowie z Miletu wyobrażali sobie, że musi istnieć jeden i tylko jeden rodzaj pierwotnej materii, z którego powstało wszystko inne. Ale w jaki sposób jedna materia może nagle się zmienić i stać się czymś zupełnie innym? Ten problem możemy nazwać *problemem zmian*.

Na przełomie VI i V w. p.n.e. w Elei, greckiej kolonii w południowej Italii, żyło kilku filozofów, i właśnie oni, tzw. eleaci, zajmowali się podobnymi zagadnieniami. Najbardziej znanym spośród nich był PARMENIDES (ok. 540–480 r. p.n.e.).

Parmenides uważał, że wszystko, co istnieje, istnieje od zawsze. Był to dość powszechny pogląd wśród Greków. Przyjmowali niemal za pewnik, że wszystko, co istnieje na świecie, jest wieczne. Parmenides był zdania, że „nic nie może powstać z tego, czego nie ma, a to co jest, nie może przestać być".

Parmenides posunął się jednak jeszcze dalej. Był przekonany, że żadna prawdziwa zmiana nie jest możliwa. Nic nie może zmienić się w nic innego niż w to, czym dokładnie jest.

Parmenides zdawał sobie oczywiście sprawę, że w przyrodzie widoczne są ciągłe zmiany. *Zmysłami* rejestrował, jak zmieniają się rzeczy, ale nie zgadzało się to z tym, co podpowiadał mu rozum. Kiedy jednak został zmuszony, by wybrać, czy bardziej ufa zmysłom czy rozumowi, opowiedział się po stronie rozumu.

Znamy wyrażenie: „Nie uwierzę, dopóki nie zobaczę". Parmenides jednak nie wierzył i w to, co widział. Sądził, że zmysły dają nam fałszywy obraz świata, obraz, który nie zgadza się z ludzkim rozumem. Uważał, że jego zadaniem jako filozofa jest ujawnianie wszelkich form złudzenia zmysłowego.

Tak silna wiara w ludzki rozum zwie się *racjonalizmem*. Racjonalista to ktoś, kto wierzy, że źródłem poznania świata jest ludzki rozum.

Wszystko płynie

Współcześnie z Parmenidesem żył HERAKLIT (ok. 540–480 r. p.n.e.) z Efezu w Azji Mniejszej. Uważał, że najbardziej charakterystyczną cechą przyrody jest jej ciągła zmienność. Możemy stwierdzić, że Heraklit, bardziej niż Parmenides, ufał temu, co obserwował zmysłami.

„Wszystko płynie" — twierdził Heraklit. Wszystko jest w ruchu, nic nie trwa wiecznie. Dlatego nie możemy „dwa razy wejść do tej samej rzeki". Kiedy bowiem wchodzę do rzeki po raz drugi, i ja jestem już inny, i rzeka jest inna.

Heraklit podkreślał także, że świat pełen jest ciągłych przeciwieństw. Gdybyśmy nigdy nie chorowali, nie rozumielibyśmy, co to znaczy być zdrowym. Gdybyśmy nigdy nie zaznali głodu, nie mielibyśmy żadnej radości z tego, że się najemy. Gdyby nie było wojny, nie cenilibyśmy pokoju, a gdyby nigdy nie było zimy, nie dostrzegalibyśmy nadejścia wiosny.

Heraklit uważał, że zarówno dobro, jak i zło jest konieczne dla dopełnienia całości. Gdyby nie ciągła walka przeciwieństw, świat przestałby istnieć.

„Bóg to dzień i noc, zima i lato, wojna i pokój, głód i sytość" — mówił. Choć używa słowa „bóg", pewne jest, że nie ma na myśli bogów, o których opowiadały mity. Dla Heraklita Bóg — czy boskość — to coś, co obejmuje cały świat. Tak, Bóg ukazuje się właśnie w stale zmieniającej się i pełnej przeciwieństw przyrodzie.

Zamiast używać słowa „bóg", posługuje się często greckim słowem *logos*, które oznacza rozum. Heraklit uważał, że chociaż my, ludzie, nie zawsze myślimy podobnie i nie zawsze mamy taki sam rozum, musi istnieć swoisty „rozum świata", który rządzi wszystkim, co dzieje się w naturze. Ów „rozum świata", czy też „prawo natury", jest wspólny dla wszystkich i wszyscy ludzie muszą się mu podporządkować. Zdaniem Heraklita większość ludzi żyje jednak, kierując się własnym rozumem. Zresztą nie bardzo cenił on sobie bliźnich. „Opinie większości ludzi można porównać do zabaw małych dzieci" — twierdził.

Tak więc wśród wszystkich zmian zachodzących w przyrodzie i tkwiących w niej przeciwieństw Heraklit dostrzegał pewną jedność czy też całość. Owo coś, będące początkiem wszystkiego, nazywał Bogiem albo *logos*.

Cztery pierwiastki

Parmenides i Heraklit stanowili właściwie krańcowe przeciwieństwa. *Rozum* Parmenidesa uznawał, że nic nie może się zmienić, natomiast *doświadczenia zmysłowe* Heraklita wykazywały, że w przyrodzie zachodzą ciągłe zmiany. Który z nich miał rację? Czy mamy ufać temu, co podpowiada nam rozum, czy też raczej dowierzać doświadczeniom zmysłowym?

I Parmenides, i Heraklit wysunęli dwa twierdzenia. Parmenides mówi:

a) nic się nie zmienia
b) i dlatego nie można polegać na wrażeniach zmysłowych.

Heraklit twierdzi natomiast:

a) wszystko się zmienia („wszystko płynie")
b) i można polegać na wrażeniach zmysłowych.

Chyba bardziej już filozofowie nie mogą się nie zgadzać! Ale który z nich miał rację? Zawiłości, w które uwikłała się filozofia, zdołał rozwiązać EMPEDOKLES (494–434 r. p.n.e.) z Sycylii. Stwierdził, że zarówno Parmenides, jak i Heraklit mieli rację co do jednego z punktów, natomiast w drugim — obydwaj się mylili.

Empedokles był zdania, że tak wielka niezgodność dwu filozofów bierze się stąd, iż obaj założyli istnienie tylko jednego pierwiastka. Gdyby było to prawdą, przepaść między tym, co mówi rozum, a tym, co widzimy na własne oczy, byłaby nie do pokonania.

Woda, rzecz jasna, nie może przemienić się w rybę ani w motyla. Woda w ogóle nie może się zmieniać. Czysta woda na wieczność pozostanie czystą wodą. Parmenides miał więc rację, że nic się nie zmienia.

Jednocześnie Empedokles zgadzał się z Heraklitem, że możemy ufać naszym doświadczeniom. Musimy wierzyć w to, co widzimy, a wszak w przyrodzie obserwujemy ciągłe zmiany.

Empedokles doszedł do wniosku, że należy odrzucić wyobrażenie o istnieniu jednej tylko pierwotnej materii. Ani sama woda, ani samo powietrze nie zdoła przemienić się w krzew różany czy też w motyla. Niemożliwe jest więc, by w przyrodzie występował tylko jeden „pierwiastek".

Empedokles uważał, że przyroda zbudowana jest w sumie z czterech pierwotnych składników czy „korzeni", jak je nazywał. Owe cztery korzenie to *ziemia, powietrze, ogień* i *woda*.

Wszystkie zmiany zachodzące w przyrodzie powodowane są łączeniem się i rozdzielaniem tych czterech substancji, wszystko bowiem składa się z ziemi, powietrza, ognia i wody, ale wymieszanych w różnych proporcjach. Kiedy ginie kwiat albo zwierzę, cztery składniki znów się rozłączają. Tę zmianę możemy zauważyć gołym okiem. Jednakże i ziemia, i powietrze, i ogień, i woda pozostają niezmienione, nietknięte, pomimo procesów łączenia, w których biorą udział. Nie jest więc prawdą, że wszystko się zmienia. W zasadzie nie zmienia się nic. Jedyne, co się dzieje, to to, że cztery różne składniki łączą się ze sobą i rozdzielają, by później znów się połączyć.

Możemy ten proces przyrównać do pracy artysty malarza. Jeśli ma tylko jedną farbę, na przykład czerwoną, nie może namalować zielonych drzew. Ale jeśli będzie miał żółtą, czerwoną, niebieską i czarną, może namalować setkę rozmaitych kolorów, mieszając farby w różnych proporcjach.

Inny przykład, kuchenny, pokazuje nam to samo. Gdybyś miała tylko mąkę, musiałabyś być czarodziejką, by upiec z niej ciasto. Jeślibyś natomiast miała jajka, mąkę, mleko i cukier, z tych czterech surowców możesz upiec rozmaite ciasta.

Empedokles wcale nieprzypadkowo wskazywał na ziemię, powietrze, ogień i wodę jako „korzenie" przyrody. Inni, żyjący przed nim filozofowie próbowali udowodnić, że woda, powietrze lub ogień są pierwotną materią. Tales i Anaksymenes wskazali na to, że woda i powietrze są ważnymi elementami w przyrodzie. Grecy uważali także, że wielkie znaczenie ma również ogień. Widzieli przecież, jaką rolę odgrywa w przyrodzie słońce, znali oczywiście ciepło ludzkiego i zwierzęcego ciała.

Być może Empedokles obserwował, jak spala się kawałek drewna. Wtedy właśnie coś się rozłącza. Słyszymy, jak drzewo trzaska i syczy. To woda. Coś unosi się z dymem. To powietrze. Ogień widzimy przez cały czas. A kiedy ognisko dogasa, coś w nim zostaje — to popiół, czyli ziemia.

Gdy Empedokles stwierdził już, że wszelkie zmiany w przyrodzie zachodzą, ponieważ cztery „korzenie" łączą się i rozdzielają, do wyjaśnienia nadal pozostawał pewien problem. Co jest przyczyną łączenia się składników tak, że powstaje nowe życie?

I co sprawia, że nowa „mieszanka", na przykład kwiat, ulega ponownemu rozdzieleniu?

Doszedł do wniosku, że w przyrodzie muszą działać dwie zupełnie różne *siły*. Nazwał je „miłością" i „niezgodą". Miłość łączy rzeczy, niezgoda rozdziela.

Empedokles rozróżnia materię i siłę. Tę myśl warto zapamiętać. Współczesna nauka mówi o *pierwiastkach* i *siłach przyrody*. Naukowcy są zdania, że wszystkie procesy zachodzące w przyrodzie można przedstawić jako współgranie rozmaitych *pierwiastków* i *sił przyrody*.

Empedokles zastanawiał się również nad pytaniem, co się dzieje, kiedy postrzegamy coś za pomocą zmysłów. Jak to się dzieje na przykład, że widzę kwiat? Czy myślałaś o tym kiedyś, Zosiu? Jeśli nie, masz teraz szansę!

Uważał, że nasze oczy, jak i wszystko inne w przyrodzie, składają się z ziemi, powietrza, ognia i wody. „Ziemia" w moim oku dostrzega ziemię w tym, co widzę, „powietrze" widzi to, co jest powietrzem, „ogień" — to, co jest ogniem, a „woda" — to, co wodą. Gdyby w oku zabrakło jednego z owych czterech składników, nie moglibyśmy widzieć całej przyrody.

We wszystkim jest część wszystkiego

Innym filozofem, którego nie zadowalał pogląd, że określona pierwotna materia — na przykład woda — może przemienić się we wszystko inne, co spotykamy w przyrodzie, był ANAKSAGORAS (500 – 428 r. p.n.e.). Nie akceptował on również myśli, że ziemia, powietrze, ogień czy woda mogą zmienić się w krew albo kość.

Anaksagoras uważał, że przyroda zbudowana jest z bardzo maleńkich cząsteczek, niewidocznych dla oka. Wszystko można podzielić na mniejsze cząstki, ale nawet w najmniejszych jest część wszystkiego. Skóra i włosy nie mogą powstać z niczego innego, tak więc jego zdaniem i skóra, i włosy muszą znajdować się i w mleku, które pijemy, i w pokarmach, które spożywamy.

Dwa współczesne nam przykłady pomogą Ci zrozumieć, co wyobrażał sobie Anaksagoras. Za pomocą techniki laserowej można tworzyć obrazy zwane hologramami. Jeśli, na przykład, połamalibyśmy na kawałki hologram przedstawiający samochód, w jednym kawałku ujrzelibyśmy znów cały samochód, chociaż przedtem widać na nim było tylko zderzak. To dlatego, że w każdej najmniejszej nawet cząstce hologramu obecny jest cały motyw.

Podobnie jest z komórkami, z których zbudowane jest nasze ciało. Kiedy pobieram komórkę skóry z palca, jądro tej komórki zawiera nie tylko „przepis" na to, jak wygląda moja skóra. W tej samej komórce jest także „przepis" na to, jakie są moje oczy, jaki mam kolor włosów, ile i jakie palce, i tak dalej, i tak dalej. W każdej, każdziuteńkiej komórce ciała znajduje się szczegółowy opis budowy wszystkich innych komórek ciała. W każdej komórce tkwi więc „coś ze wszystkiego". Całość istnieje w każdej najmniejszej cząstce.

Anaksagoras nazwał owe najmniejsze cząstki, które zawierają w sobie „coś ze wszystkiego", „ziarnami" albo „zarodkami".

Jak pamiętamy, Empedokles uważał, że to miłość łączy części w całość. Także Anaksagoras wyobrażał sobie pewną rozumną siłę porządkującą i tworzącą zwierzęta i ludzi, kwiaty i drzewa. Siłę tę nazwał „duchem" (*nous*).

Osoba Anaksagorasa budzi zainteresowanie także i dlatego, że był on pierwszym znanym filozofem, który osiadł w Atenach. Pochodził z Azji Mniejszej, ale gdy miał czterdzieści lat, przeniósł się do Aten. Tu został oskarżony o bezbożność i w końcu znów musiał opuścić miasto. Twierdził między innymi, że Słońce nie jest bogiem, lecz rozżarzoną masą, większą niż półwysep Peloponez.

Anaksagoras interesował się także astronomią. Uważał, że wszystkie ciała niebieskie są z tej samej substancji co Ziemia. Do takiego wniosku doszedł, zbadawszy meteoryt. Dlatego sądził, iż możliwe jest, że również na innych planetach mieszkają ludzie. Twierdził także, że Księżyc nie świeci sam z siebie, lecz odbija światło z Ziemi. Wyjaśnił poza tym przyczynę zaćmień Słońca.

PS Dziękuję Ci za uwagę, Zosiu. Być może będziesz musiała przeczytać ten rozdział ze dwa albo trzy razy, zanim wszystko dokładnie zrozumiesz. Ale takie są koszty, jakie musisz ponieść. Na pewno nie podziwiałabyś koleżanki, która zna się na tym czy na tamtym, gdyby nie kosztowało jej to żadnego wysiłku.

Najlepsze rozwiązanie zagadnienia pierwotnej materii oraz zmian zachodzących w naturze musi poczekać do jutra. Poznasz wtedy Demokryta. Na razie więcej nie wyjawię!

Zofia siedziała w Zaułku i przez mały otworek w gęstych zaroślach patrzyła na ogród. Chciała uporządkować myśli po tym, co przeczytała.

Jasne jak słońce było, że zwykła woda może przeobrazić się tylko w lód i parę wodną. Woda nie może nawet przemienić się w arbuza, bo nawet arbuz składa się z czegoś więcej niż samej tylko wody. Ale mogła być tego pewna chyba jedynie dlatego, że tak jej powiedziano w szkole. Czy byłaby równie pewna, że lód składa się wyłącznie z wody, gdyby się tego nie uczyła? W takim razie musiałaby bardzo dokładnie obserwować, jak woda zamarza, a lód topnieje.

I znów Zofia próbowała myśleć, posługując się tylko własnym rozumem, a nie tym, czego dowiedziała się od innych.

Parmenides odrzucił wszelkie formy zmiany. Zofia także, im dłużej nad tym rozmyślała, tym bardziej była przekonana, że na swój sposób miał rację. Jego rozum nie mógł zaakceptować, że „coś" mogło nagle zmienić się w „coś zupełnie innego". Twierdząc to, musiał naprawdę mieć sporo odwagi, bo przecież tym samym zaprzeczał wszelkim zmianom zachodzącym w przyrodzie, które mógł zaobserwować każdy człowiek. Z pewnością wiele osób naśmiewało się z niego.

Empedokles także świetnie umiał posługiwać się rozumem, kiedy orzekł, że świat musi składać się z więcej niż tylko jednego rodzaju pierwotnej materii, i w ten sposób wszystkie zmiany zachodzące w przyrodzie stały się możliwe, choć właściwie nic się nie zmieniało.

Dawny grecki filozof doszedł do takich wniosków, posługując się jedynie rozumem. Naturalnie, obserwował przyrodę, ale nie miał możliwości przeprowadzenia analiz chemicznych, jakimi dysponuje dzisiejsza nauka.

Zofia nie była do końca przekonana, że akurat ziemia, powietrze, ogień i woda są składnikami wszystkiego. Ale czy to takie ważne? W zasadzie Empedokles miał rację. Jedyne wyjście, by uznać wszystkie zmiany, jakie dostrzegają nasze oczy, nie popadając przy tym w obłęd, to przyjąć istnienie więcej niż jednego rodzaju pierwotnej materii.

Zofia uznała, że filozofia jest ciekawsza, niż sądziła. Mogła analizować po kolei myśli filozofów własnym rozumem i wcale nie musiała pamiętać o tym wszystkim, co wbijali jej do głowy w szkole. Doszła do wniosku, że filozofii nie można się nauczyć, ale być może można się nauczyć *myśleć filozoficznie*.

DEMOKRYT

...najgenialniejsza zabawka świata...

Zofia zamknęła puszkę po ciastkach, pełną zapisanych na maszynie kartek, które dostała od nieznanego nauczyciela filozofii. Wyczołgała się z Zaułka i przez chwilę stała, rozglądając się po ogrodzie. Nagle przypomniała sobie, co zdarzyło się poprzedniego dnia. Matka jeszcze przy śniadaniu żartowała sobie z niej i „listu miłosnego". Dziewczynka pobiegła do skrzynki, by zapobiec powtórzeniu się sytuacji. Dostawać listy miłosne dwa dni z rzędu to dwa razy bardziej zawstydzające, niż gdyby dostało się tylko jeden.

W skrzynce znów leżała nieduża biała koperta! Zofia zaczynała dostrzegać pewien system: każdego popołudnia znajdowała w skrzynce dużą żółtą kopertę. Kiedy była pochłonięta czytaniem długiego listu, filozof przekradał się do skrzynki z małą białą kopertą.

Oznaczało to, że Zofia z łatwością mogła go odkryć. Jego? A może to jakaś ona? Ale jeśli stanie przy oknie w swoim pokoju, będzie miała dobry widok na skrzynkę na listy i na pewno zauważy tajemniczego filozofa. No, bo przecież białe koperty nie mogą powstawać same z siebie.

Zofia postanowiła przeprowadzić dokładną obserwację następnego dnia. Przypadał akurat piątek, będzie miała przed sobą cały weekend.

Teraz poszła do swego pokoju i tam otworzyła kopertę. Tym razem na kartce widniało tylko jedno pytanie, lecz — o ile to możliwe — jeszcze bardziej szalone niż te, które przeczytała w „liściku miłosnym".

Dlaczego klocki Lego są najgenialniejszą zabawką świata?

Po pierwsze, Zofia nie była wcale taka pewna, czy klocki Lego rzeczywiście są najgenialniejszą zabawką na świecie, w każdym razie już wiele lat temu przestała się nimi bawić. W dodatku nie mogła pojąć, co klocki Lego mają wspólnego z filozofią.

Była jednak pilną uczennicą. Pogrzebała na najwyższej półce szafy i znalazła plastykową torbę, pełną klocków Lego we wszystkich kolorach i kształtach.

Pierwszy raz od bardzo, bardzo dawna zajęła się budowaniem z małych plastykowych klocków. Wkrótce do głowy zaczęły jej napływać myśli o klockach Lego.

Z tych klocków łatwo się buduje, myślała. Chociaż mają różną wielkość i kształt, wszystkie dadzą się ze sobą połączyć. Poza tym są niezniszczalne. Zofia nie mogła sobie przypomnieć, by kiedykolwiek widziała zniszczony klocek Lego. Właściwie wszystkie wyglądały jak nowe, tak samo jak wtedy, kiedy je dostała wiele lat temu. I przede wszystkim — z klocków Lego mogła zbudować, co tylko chciała, potem to rozebrać i zrobić coś zupełnie innego.

Czego więcej można żądać? Zofia doszła do wniosku, że klocki Lego rzeczywiście można nazwać najgenialniejszą zabawką na świecie. Ale co wspólnego miały z filozofią, nadal pozostawało niezrozumiałe.

Dość szybko Zofia zdążyła zbudować spory domek dla lalek. Choć przyszło jej to z niejakim trudem, to w duchu musiała przyznać, że od dawna tak świetnie się nie bawiła. Dlaczego ludzie przestają się bawić?

Kiedy matka wróciła do domu i zobaczyła, czym zajmuje się Zofia, wyrwało jej się szczerze z głębi serca:

— Jak miło widzieć, że ciągle umiesz bawić się jak dziecko!

— Phi! Prowadzę bardzo skomplikowane badania filozoficzne.

Matka głęboko westchnęła. Pomyślała pewnie o białym króliku i cylindrze.

Kiedy Zofia wróciła ze szkoły następnego dnia, czekały już na nią w żółtej kopercie kolejne zapisane kartki. Zabrała kopertę do swego pokoju. Chciała od razu wziąć się za czytanie, ale tego dnia postanowiła przecież obserwować skrzynkę na listy.

Teoria atomów

I znów się spotykamy, Zosiu. Dzisiaj usłyszysz o ostatnim wielkim filozofie przyrody. Nazywał się DEMOKRYT (ok. 460––370 r. p.n.e.) i pochodził z Abdery, miasta położonego na północnym wybrzeżu Morza Egejskiego. Jeśli udało Ci się odpowiedzieć na pytanie dotyczące klocków Lego, nie będziesz miała szczególnych trudności ze zrozumieniem, co było założeniem tego filozofa.

Demokryt zgadzał się ze swymi poprzednikami, że zmiany zachodzące w przyrodzie nie mogą być powodowane tym, że coś naprawdę się zmienia. Dlatego właśnie uznał, że wszystko musi być zbudowane z małych, niewidocznych cząsteczek — cegiełek, z których każda jest wieczna i niezmienna. Te najmniejsze cząsteczki Demokryt nazwał *atomami*.

Słowo *atom* oznacza „niepodzielny". Dla Demokryta bardzo istotne było stwierdzenie, że elementów, z których wszystko jest zbudowane, nie można bez końca dzielić na coraz mniejsze cząstki. Gdyby tak było, nie mogłyby one służyć jako cegiełki. Tak, gdyby atomy dało się zmniejszać, dzielić na coraz mniejsze elementy, cała przyroda z czasem przybrałaby postać płynną, stawałaby się coraz rzadszą zupą.

Cegiełki będące budulcem przyrody muszą być poza tym wieczne — no bo nic nie może powstać z tego, czego nie ma. W tej kwestii Demokryt zgadzał się z Parmenidesem i eleatami. Sądził też, że atomy muszą być trwałe i mieć pewną masę. Nie mogą być natomiast identyczne. Gdyby wszystkie atomy były takie same, nie zdołalibyśmy wyjaśnić, w jaki sposób mogą się łączyć, tworząc taką rozmaitość — od maków i drzew oliwkowych po kocią sierść i ludzkie włosy.

Demokryt uważał, że w przyrodzie znajduje się nieskończenie wiele atomów. Niektóre są okrągłe i gładkie, inne chropowate, o nieregularnym kształcie. Właśnie dlatego, że ich formy są takie różne, mogą łączyć się w rozmaite ciała. Ale choć jest ich tak bardzo wiele i tak różnią się między sobą, wszystkie są wieczne, niezmienne i niepodzielne.

Kiedy jakieś ciało — na przykład drzewo albo zwierzę — ginie i ulega rozkładowi, atomy rozłączają się i znów mogą służyć do budowy nowych ciał. Atomy bowiem poruszają się w próżni, ale ponieważ mają najrozmaitsze „haki" i „zaczepy", stale się łączą, tworząc rzeczy, które znajdują się wokół nas.

Teraz rozumiesz już pewnie, dlaczego pytałem Cię o klocki Lego? Mają one mniej więcej te same cechy, które Demokryt przypisywał atomom, i właśnie dlatego tak dobrze się z nich buduje. Przede wszystkim są niepodzielne. Różnią się kształtem i wielkością, mają masę i są trwałe. Klocki Lego mają poza tym haczyki i zaczepy, które sprawiają, że można je dowolnie łączyć. Połączenie można później rozerwać i z tych samych klocków budować nowe przedmioty.

Popularność klocków Lego wynika właśnie z tego, że dają się używać ciągle od nowa. Jednego dnia klocek jest cząstką samochodu, a następnego służy do budowania zamku. Nie popełnimy błędu, stwierdzając, że klocki Lego są „wieczne". Dzisiejsze dzieci bawią się tymi samymi klockami, którymi kiedyś bawili się ich rodzice.

Można również formować rzeczy z glinki, ale glinka nie nadaje się do używania ciągle od nowa, właśnie dlatego, że da się ją kruszyć na coraz to mniejsze kawałeczki, a takich malusieńkich kawałeczków gliny nie zlepimy w nowe przedmioty.

Dzisiaj możemy właściwie stwierdzić, że teoria atomów Demokryta była prawdziwa. Przyroda rzeczywiście zbudowana jest z różnych atomów, które łączą się ze sobą, a potem rozdzielają. Atom wodoru, tkwiący w komórce na samym czubku mego nosa, wchodził kiedyś w skład słoniowego kła. Atom węgla, który znajduje się w moim mięśniu sercowym, był kiedyś w ogonie dinozaura.

Współczesna nauka odkryła, że atomy dzielą na mniejsze cząsteczki elementarne, które nazywamy protonami, neutronami i elektronami. Być może one także składają się z jeszcze mniejszych cząstek. Fizycy jednak są zgodni, że gdzieś musi być granica podziału. Muszą istnieć *najmniejsze cząsteczki*, z których zbudowany jest świat.

Demokryt nie miał dostępu do współczesnej aparatury elektronicznej. Jego jedynym narzędziem był rozum i to on doprowadził go do tych konkluzji. Jeśli najpierw przyjmiemy założenie, że nic się nie zmienia, że nic nie powstaje z tego, czego nie ma, i że nic nie ginie, wobec tego przyroda musi składać się z maluteńkich klocków, które mogą się łączyć i rozdzielać.

Demokryt nie zakładał istnienia żadnej siły — czy ducha — która by ingerowała w procesy zachodzące w przyrodzie. Uważał, że jedyne, co istnieje, to atomy i próżnia. Ponieważ nie wierzył w istnienie niczego innego poza światem materialnym, nazywamy go *materialistą*.

Za ruchem atomów nie kryje się więc żaden świadomy cel. W naturze wszystko odbywa się całkiem *mechanicznie*, choć nie znaczy to wcale, że wszystko dzieje się przypadkiem, wszystko bowiem podlega nieuchronnie prawom przyrody. Demokryt był zdania, że za wszystkim, co się dzieje, kryje się naturalna przyczyna, przyczyna, która tkwi w samych rzeczach. Powiedział kiedyś, że wolałby odkryć prawo rządzące przyrodą niż zostać królem Persji.

Zdaniem Demokryta, teoria atomów wyjaśniała także naszą *zdolność postrzegania zmysłowego*. Gdy postrzegamy coś za pomocą zmysłów, to dlatego, że atomy poruszają się w próżni. Widzę księżyc, ponieważ atomy księżyca przedostają się do wnętrza oka.

Ale co ze *świadomością*? Ona chyba nie może składać się z atomów, a więc rzeczy materialnych? Ależ tak, Demokryt wyobrażał sobie, że dusza składa się ze szczególnie regularnych i gładkich „atomów duszy". Kiedy człowiek umiera, atomy duszy rozpierzchają się na wszystkie strony. Później mogą wchodzić w skład nowej, tworzącej się duszy.

Oznacza to, że dusza ludzka nie jest nieśmiertelna. Również tę myśl podziela dzisiaj wiele osób. Uważają, tak jak Demokryt, że dusza związana jest z mózgiem, a więc gdy mózg przestaje istnieć, przestaje także istnieć wszelka świadomość.

Swoją teorią atomów Demokryt tymczasowo zamknął grecką filozofię przyrody. Zgadzał się z twierdzeniem Heraklita,

że wszystko w przyrodzie „płynie", bowiem formy rodzą się i znikają. Za wszystkim jednak, co „płynie", kryją się wieczne i niezmienne elementy, takie, które nie „płyną". Demokryt nazwał je atomami.

Podczas czytania Zofia raz po raz zerkała w okno, sprawdzając, czy przypadkiem tajemniczy nadawca nie pojawił się przy skrzynce na listy. Teraz siedziała wpatrzona w uliczkę, zastanawiając się nad tym, co przeczytała.

Uznała, że sposób myślenia Demokryta był bardzo prosty, a zarazem bardzo sprytny. Mędrzec zdołał znaleźć rozwiązanie zagadnienia pierwotnej materii i zmian. A przecież ten zawiły problem był naprawdę twardym orzechem do zgryzienia dla wielu pokoleń filozofów. W końcu jednak Demokryt znalazł rozwiązanie, i to posługując się jedynie rozumem.

Zofia omal nie wybuchnęła śmiechem. To *musi* być prawdą, że przyroda zbudowana jest z maleńkich cząsteczek, które się nigdy nie zmieniają. A jednocześnie Heraklit miał oczywiście rację, mówiąc, że wszystkie formy w przyrodzie „płyną". Przecież wszyscy ludzie i zwierzęta umierają, a nawet łańcuch górski powoli ulega rozpadowi. Ale najważniejsze jest, że góry zbudowane są z maleńkich, niepodzielnych cząstek, które nie rozsypują się na kawałki.

Jednocześnie Demokryt wysunął nowe problemy. Twierdził na przykład, że wszystko odbywa się mechanicznie, że procesy zachodzące w przyrodzie podlegają tylko jej prawom. Nie zakładał istnienia żadnych duchowych sił, jak czynili to Empedokles i Anaksagoras. Demokryt sądził także, że człowiek nie ma nieśmiertelnej duszy.

Czy mogła być pewna, że to prawda?

Nie wiedziała, co o tym myśleć, ale przecież kurs filozofii dopiero się zaczął.

PRZEZNACZENIE

...wróżbita usiłuje odczytać coś, czego właściwie odczytać się nie da...

Czytając o Demokrycie, Zofia co jakiś czas zerkała ku furtce prowadzącej do ogrodu. Dla pewności jednak postanowiła przejść się do skrzynki na listy.

Kiedy otworzyła wejściowe drzwi, na schodkach zauważyła niedużą kopertę. No i oczywiście — na kopercie napisano: *Zofia Amundsen*.

A więc jednak tajemniczy filozof ją przechytrzył! Akurat tego dnia, kiedy tak uważnie pilnowała furtki, przekradł się do domu od zupełnie innej strony i zwyczajnie położył list na schodach, a potem znów uciekł do lasu. Cholera!

Skąd mógł wiedzieć, że Zofia akurat tego dnia będzie obserwować furtkę? Może ten on (albo ona) zobaczył ją w oknie? No cóż, i tak się cieszyła, że przechwyciła kopertę przed powrotem matki.

Zofia poczłapała z powrotem do swojego pokoju i tam otworzyła list. Biała koperta była troszkę mokra na brzegach, a w dodatku widać było na niej parę dość głębokich zadrapań. Ale dlaczego koperta była wilgotna? Przecież od wielu dni nie padało.

Przeczytała mały arkusik:

Czy wierzysz w przeznaczenie?

Czy choroba jest karą bogów?

Jakie siły rządzą biegiem historii?

Czy wierzy w przeznaczenie? Nie, doprawdy, nie była tego wcale taka pewna. Ale zna wielu ludzi, którzy w nie wierzą. Na przykład koleżanki z jej klasy czytają horoskopy w tygodnikach.

A jeśli one wierzą w astrologię, to znaczy, że wierzą również w przeznaczenie, bo przecież astrologowie uważają, że pozycja gwiazd na niebie może powiedzieć coś o życiu człowieka tu, na Ziemi.

A jeśli ktoś uważa, że czarny kot przebiegający drogę przynosi nieszczęście, to chyba wierzy w przeznaczenie? Im dłużej się nad tym zastanawiała, tym więcej przykładów wiary w przeznaczenie przychodziło jej do głowy. Dlaczego na przykład mówi się „odpukać w niemalowane drewno"? I dlaczego piątek trzynastego uznano za nieszczęśliwy dzień? Zofia słyszała, że w wielu hotelach nie ma pokoi numer 13. Pewnie dlatego, że ludzie często bywają przesądni.

Przesąd. Czy poza wszystkim nie jest to dziwne słowo? Jeśli ktoś wyznaje chrześcijaństwo lub islam, to nazywa się to po prostu „wiara". Ale jeśli wierzy się w astrologię lub w piątek trzynastego, natychmiast mowa o przesądach!

Kto ma prawo nazywać wiarę innych ludzi przesądami?

W każdym razie Zofia była pewna jednego: Demokryt nie wierzył w przeznaczenie. Był materialistą. Wierzył jedynie w atomy i próżnię.

Zofia próbowała zastanowić się nad pozostałymi pytaniami.

„Czy choroba jest karą bogów?". Dzisiaj nikt już chyba tak nie myśli? Przyszło jej jednak do głowy, że wiele osób uważa, że modlitwa do Boga o wyzdrowienie pomaga, a w takim razie muszą oni także wierzyć, że Bóg macza palce w sprowadzaniu choroby i decyduje o tym, kto będzie chory, a kto zdrowy.

Trudniej było odnieść się do ostatniego pytania. Zofia nigdy nie zastanawiała się, co steruje biegiem historii. Chyba ludzie? Gdyby historią kierował Bóg albo przeznaczenie, to wówczas ludzie nie mieliby wolnej woli?

Wolna wola naprowadziła Zofię na coś innego. Dlaczego miałaby pozwolić na to, by tajemniczy filozof bawił się z nią w kotka i myszkę? Dlaczego sama nie miałaby napisać do filozofa? On czy ona na pewno wsunie kolejną dużą kopertę do skrzynki albo nocą, albo jutro przed południem. Tak, tak, i wtedy znajdzie jej list.

Zofia zabrała się do dzieła. Bardzo trudne wydało jej się pisanie do kogoś, kogo nigdy w życiu nie widziała. Nie wiedziała nawet, czy filozof jest mężczyzną czy kobietą, czy jest stary czy młody. Poza tym mógł to przecież być ktoś, kogo znała.

Dość szybko jednak udało jej się ułożyć niedługi liścik:

Wielce Szanowny Filozofie!

Bardzo sobie cenimy okazaną nam łaskawość i korespondencyjny kurs filozofii. Niepokoi nas jednak fakt, że nie wiemy, kim Pan albo Pani jest. Dlatego prosimy o podanie nam pełnego imienia i nazwiska. W zamian serdecznie zapraszamy do nas do domu na filiżankę kawy, najchętniej w porze, kiedy nie będzie mamy. Mama jest w pracy od siódmej trzydzieści do siedemnastej codziennie od poniedziałku do piątku. Ja jestem uczennicą i w tych samych dniach jestem zajęta od rana, ale oprócz czwartków wracam do domu kwadrans po drugiej. Poza tym umiem zaparzyć naprawdę dobrą kawę. Z góry dziękuję.

Z wyrazami szacunku

pilna uczennica, Zofia Amundsen, 14 lat

Na samym dole kartki dopisała: *Uprasza się o odpowiedź.*

Zofia uznała, że list jest nazbyt uroczysty. Niełatwo jednak dobrać odpowiednie słowa, kiedy pisze się do kogoś, kto właściwie nie ma twarzy.

Włożyła kartkę do różowej koperty i zakleiwszy ją, napisała na wierzchu: *Do Filozofa.*

Problemem pozostawało, jak zostawić kopertę, tak by matka jej nie znalazła. Po pierwsze, Zofia musiała wstrzymać się z umieszczeniem koperty w skrzynce na listy aż do powrotu matki z pracy. Zarazem będzie musiała pamiętać, by zajrzeć do skrzynki następnego dnia rano, zanim przyniosą gazetę. Jeśli w ciągu wieczora albo nocy nie nadejdzie następna przesyłka, będzie zmuszona zabrać różową kopertę.

Dlaczego wszystko musi być tak skomplikowane?

Tego wieczora, pomimo że był piątek, Zofia wcześnie poszła do swego pokoju. Matka próbowała skusić ją pizzą i telewizyjnym kryminałem, ale Zofia powiedziała, że jest zmęczona i ma ochotę poczytać w łóżku. Kiedy matka siedziała wpatrzona w ekran telewizora, dziewczynce udało się niepostrzeżenie wymknąć z domu i wrzucić liścik do skrzynki.

Mama najwyraźniej niepokoiła się o nią. Od chwili, gdy zaistniał problem dużego królika i cylindra, rozmawiała z Zofią w zupełnie nowy sposób. Zofia nie chciała denerwować matki, ale musiała przecież być teraz u siebie w pokoju, by obserwować skrzynkę.

Kiedy matka weszła na górę około jedenastej, Zofia siedziała przy oknie, wpatrzona w uliczkę.

— Nie wpatrujesz się chyba przez cały czas w skrzynkę na listy? — zapytała matka.

— Patrzę na to, na co mam ochotę.

— Chyba naprawdę jesteś zakochana, Zosiu. Ale jeśli on ma zamiar przynieść następny list, to na pewno nie w środku nocy.

Fuj! Zofia nie mogła znieść tego nudnego gadania o miłości. Ale dobrze, niech mama raczej myśli, że to coś takiego.

Matka pytała dalej:

— Czy to on powiedział ci o króliku i cylindrze?

Zofia kiwnęła głową.

— Posłuchaj... On... on się chyba nie narkotyzuje?

Zofii zrobiło się naprawdę przykro. Nie mogła pozwolić, by matka tak się tym denerwowała, choć prawdę powiedziawszy to strasznie głupio sądzić, że ciekawe myśli muszą od razu mieć coś wspólnego z narkotykami. Dorośli czasami zachowują się naprawdę jak wariaci.

Odwróciła się do matki i oświadczyła:

— Mamo, obiecuję ci, że nigdy czegoś takiego nie spróbuję... I on też nie bierze narkotyków. Za to interesuje się filozofią.

— Czy jest starszy od ciebie?

Zofia pokręciła głową.

— W tym samym wieku?

Pokiwała.

— I interesuje się filozofią?

Zofia jeszcze raz pokiwała głową.

— Na pewno jest bardzo miły, kochanie. A teraz myślę, że powinnaś spróbować zasnąć.

Ale Zofia jeszcze przez kilka godzin siedziała wpatrzona w uliczkę. Około pierwszej była już tak śpiąca, że powieki same opadały jej na oczy. Już postanowiła się położyć, kiedy nagle zauważyła jakiś cień, wyłaniający się z lasu.

Na dworze było prawie całkiem ciemno, ale jeszcze na tyle widno, by mogła dostrzec zarys ludzkiej postaci. To był mężczyzna, i w dodatku niemłody. W każdym razie na pewno nie w jej wieku! Na głowie miał beret albo coś podobnego.

W pewnej chwili wydało jej się, że podniósł głowę i spojrzał na dom, ale w pokoju Zofii nie paliło się żadne światło. Mężczyzna skierował się prosto do skrzynki i wsunął do niej dużą kopertę. W tym momencie dostrzegł list Zofii. Włożył rękę głębiej i wyciągnął go. W następnej chwili już zmierzał z powrotem do lasu. Przebiegł kilka kroków ścieżką i zniknął dziewczynce z oczu.

Zofia czuła, że serce wali jej jak młot. Najchętniej pobiegłaby za nim w samej tylko koszuli nocnej, ale nie, bała się, nie miała odwagi biec za obcym człowiekiem w środku nocy. Jasne było jednak, że musi wyjść i zabrać kopertę.

Po krótkiej chwili wymknęła się na schody, ostrożnie uchyliła wejściowe drzwi i pobiegła do furtki. Wkrótce była już z powrotem w swoim pokoju i trzymała w dłoniach dużą kopertę. Usiadła na łóżku i wstrzymała oddech. Kiedy upłynęło kilka minut, a w domu nadal panowała niczym nie zmącona cisza, otworzyła kopertę i zaczęła czytać.

Rzecz jasna, nie mogła się spodziewać odpowiedzi na swój list. Będzie mogła nadejść najwcześniej jutro rano.

Przeznaczenie

Witaj znów, droga Zosiu! Na wszelki wypadek pozwól mi podkreślić, że nigdy nie wolno Ci mnie szpiegować. Nadejdzie pora naszego spotkania, ale to ja wyznaczę miejsce i czas. Myślę, że nie chcesz być nieposłuszna?

Wracamy więc do filozofów. Przyjrzeliśmy się, w jaki sposób usiłowali oni znaleźć naturalne wyjaśnienia dla zmian zachodzących w przyrodzie. Wcześniej zmiany takie tłumaczono mitami.

Ale stare przesądy należało usunąć także z innych dziedzin. Widzimy to zarówno w zagadnieniu *choroby i zdrowia*, jak również jeśli chodzi o *wydarzenia polityczne*. W obu tych dziedzinach Grecy zachowali silną wiarę w przeznaczenie.

Wiara w przeznaczenie oznacza przekonanie, że to, co się stanie, jest z góry ściśle określone. Takie poglądy spotkać możemy na całym świecie, zarówno w dzisiejszych czasach, jak i w dziejach ludzkości. W Skandynawii wiara w nieuchronność losu również była rozpowszechniona, czego dowody znaleźć można w starych islandzkich sagach rodowych.

Zarówno w Grecji, jak i w innych częściach świata stykamy się ponadto z przekonaniem, że ludzie mogą poznać swe przeznaczenie dzięki różnym formom *wyroczni*. Oznacza to, że los pojedynczego człowieka albo państwa można poznać na wiele rozmaitych sposobów.

Są tacy, którzy uważają, że mogą dowiedzieć się, co ich czeka, przez wróżenie z kart, czytanie z ręki lub czytanie z gwiazd.

Szczególnym norweskim wariantem jest wróżenie z fusów kawy. Kiedy filiżanka z kawą jest już opróżniona, na dnie często osiada trochę fusów. Przy odrobinie fantazji możemy w nich ujrzeć jakiś obraz albo wzór. Jeśli fusy przypominają samochód, być może oznacza to, że osobę, która piła kawę z tej filiżanki, czeka długa podróż samochodem?

Widzimy tutaj, że wróżbita usiłuje odczytać coś, czego właściwie odczytać się nie da. Jest to charakterystyczne dla całej sztuki wróżenia. I chyba właśnie dlatego, że jest to tak niewyraźne, trudno sprzeciwić się wróżbicie.

Kiedy patrzymy na rozgwieżdżone niebo, widzimy prawdziwy chaos świetlistych punkcików. A mimo to przez tyle wieków ludzie wierzyli, że w gwiazdach zapisane jest nasze życie na Ziemi. Nawet w dzisiejszych czasach niektórzy politycy przed podjęciem ważnej decyzji pytają astrologów o radę.

Wyrocznia w Delfach

Grecy wierzyli, że ludzie mogą poznać swój przyszły los dzięki słynnej wyroczni w Delfach. Bogiem wyroczni był sam APOLLO. Przemawiał ustami kapłanki PYTII, która siedziała na trójnogu nad szczeliną w ziemi. Z tej szczeliny wydobywały się oszołamiające wyziewy, wprawiające Pytię w stan zamroczenia. Było to konieczne, by mogła przemawiać w imieniu Apollina.

Każdy, kto przybywał do Delf, przekazywał najpierw swe pytania tamtejszym kapłanom. Dopiero oni dostarczali je Pytii. Jej odpowiedzi były tak niezrozumiałe lub wieloznaczne, że kapłani musieli tłumaczyć je osobie, która zwróciła się z pytaniem. W taki sposób Grecy mogli czerpać korzyści z wiedzy Apollina, wierzyli bowiem, że Apollo wie wszystko, i o przeszłości, i o przyszłości.

Wielu przywodców nie odważyło się wyruszyć na wojnę ani podejmować ważnych decyzji, nie poradziwszy się uprzednio wyroczni w Delfach. W ten sposób kapłani Apollina pełnili funkcję niemal dyplomatów i doradców, dobrze znających kraj i naród.

Na świątyni w Delfach widniał słynny napis: *Znaj siebie samego!* Miało to znaczyć, że człowiekowi nie wolno wierzyć, iż jest kimś więcej niż tylko człowiekiem, i nikt nie zdoła uciec przed swym losem.

Wśród Greków krążyły liczne historie o ludziach, których dosięgło przeznaczenie. O takich tragicznych postaciach powstało wiele dramatów. Najsłynniejszym z nich jest opowieść o królu EDYPIE.

Historia i medycyna

Przeznaczenie decydowało nie tylko o życiu pojedynczych ludzi. Grecy wierzyli, że kieruje ono również losami świata. Byli przekonani, że ingerencja bogów może przesądzić o wyniku wojny. Dzisiaj także wiele osób sądzi, że Bóg lub inne tajemne siły rządzą historią.

W tym samym czasie, kiedy greccy filozofowie usiłowali w naturalny sposób wyjaśnić procesy zachodzące w przyrodzie, powstała nowa nauka, historia, starająca się znaleźć naturalne przyczyny biegu wydarzeń na świecie. Przegranej państwa w bitwie nie tłumaczono już zemstą bogów. Najsłynniejszymi historykami greckimi byli HERODOT (484 – 424 r. p.n.e.) i TUKIDYDES (460 – 400 r. p.n.e.).

Kiedyś Grecy wierzyli również, że to bogowie zsyłają na ludzi choroby. Bardzo często epidemie tłumaczono jako karę bogów. Z drugiej strony bogowie byli władni uleczyć ludzi, jeśli ci złożyli im odpowiednie ofiary.

Taki sposób myślenia nie jest wcale charakterystyczny dla Greków. Zanim w czasach nowożytnych rozwinęła się nowoczesna medycyna, powszechnie mniemano, że choroba ma przyczyny ponadnaturalne. Na przykład słowo „influenca" (dawna nazwa grypy) oznacza, że człowiek znalazł się pod złym wpływem gwiazd.

Do dzisiaj wielu ludzi na całym świecie uważa, że rozmaite choroby — na przykład AIDS — to kara boża. Liczni sądzą poza tym, że chorego można uzdrowić w ponadnaturalny sposób.

Właśnie w czasach, kiedy greccy filozofowie przyjęli nowy sposób myślenia, narodziła się również grecka medycyna, usiłująca znaleźć naturalne wyjaśnienia stanów choroby i zdrowia. Podstawy medycynie w Grecji miał dać HIPOKRATES, urodzony na wyspie Kos około roku 460 r. p.n.e.

Według Hipokratesa najważniejszym sposobem ochrony przed chorobą jest umiar i zdrowy styl życia. Dla człowieka naturalne jest być zdrowym. Kiedy pojawia się choroba, to dlatego, że natura „zboczyła z drogi" z powodu braku cielesnej lub duchowej równowagi. Drogą człowieka do zdrowia jest umiar, harmonia i „zdrowy duch w zdrowym ciele".

Dzisiaj wiele się mówi o etyce lekarskiej. Oznacza to, że lekarz zobowiązany jest działać zgodnie z pewnymi etycznymi zasadami. Nie wolno mu na przykład wypisywać zdrowym ludziom recept na lekarstwa. Lekarza poza tym obowiązuje tajemnica lekarska, a to znaczy, że nie może opowiadać nikomu, co pacjent powiedział mu o swojej chorobie. Idee te mają swe korzenie w działalności Hipokratesa, który żądał, aby jego uczniowie składali następującą przysięgę:

Sposób życia urządzać będę chorym dla ich dobra, podług sił moich i zdolności, dalekim będąc od wszelkiego uszkodzenia i krzywdy wszelkiej.

Nigdy nikomu, ani na żądanie, ani na prośby niczyje nie podam trucizny, ani też takiego nie powezmę zamiaru, jak również nie udzielę żadnej niewieście środka poronnego.

W czystości i niewinności świętej zachowam życie moje i sztukę moją, ani też operacji kamienia nigdy wykonywać nie będę, pozostawiając to ludziom tego rzemiosła.

Do czyjegokolwiek domu wnijdę, celem wejścia mojego będzie jedynie dobro chorego, jakoż nigdy kierować mną nie będzie rozmyślne bezprawie, ani występek, ani chuć lubieżna, bądź względem niewiasty, bądź względem mężczyzny, ani wolnych, ani niewolników.

Cokolwiek podczas pełnienia obowiązków zawodu mojego, a nawet poza obrębem czynności lekarskich, w życiu ludzkim bym zobaczył lub posłyszał, co rozgłaszanem być nie potrzebuje, przechowam w milczeniu, nigdy, nikomu, nie wypowiadając tego.

Jeżeli przysięgi tej dotrzymam w świętości i w niczem jej nie naruszę, oby mi wolno było w szczęśliwości i poważaniu wszystkich ludzi wieść życie po wsze czasy i błogich owoców sztuki mojej używać w obfitości; jeżeli naruszę przysięgę tę i stanę się wiarołomnym, przeciwnej niech doznam doli.

Zofia obudziła się w sobotę rano i gwałtownie usiadła na łóżku. Czy to był tylko sen, czy też naprawdę widziała filozofa?

Pomacała ręką pod łóżkiem. Tak, leżał tam list, który nadszedł w nocy. Zofia pamiętała, że czytała o wierze Greków w przeznaczenie. A więc nie był to jedynie sen.

Oczywiście, że to był filozof! I co więcej — na własne oczy widziała, że zabrał list od niej.

Zofia wstała i schyliła się pod łóżko. Wyciągnęła wszystkie zapisane na maszynie kartki. Ale co to? Tuż przy ścianie leżało coś czerwonego. Jakaś chustka?

Dziewczynka wsunęła się pod łóżko i wyłowiła czerwoną jedwabną apaszkę. Zofia była absolutnie pewna: chustka nigdy nie należała do niej.

Zaczęła dokładnie oglądać apaszkę i z ust wyrwał jej się stłumiony okrzyk, kiedy zobaczyła, że wzdłuż brzegu napisano coś czarnym flamastrem: *Hilda*.

Hilda! Ale kim była Hilda? Jak to możliwe, że ich drogi skrzyżowały się w taki sposób?

SOKRATES

...najmądrzejszy jest ten, który wie, czego nie wie...

Zofia włożyła letnią sukienkę i wkrótce była już na dole w kuchni. Matka stała pochylona nad kuchennym blatem. Zofia postanowiła nie wspominać nic o jedwabnej apaszce.

— Przyniosłaś już gazetę? — zapytała pospiesznie.

Matka odwróciła się w jej stronę.

— Może ty będziesz taka kochana i ją przyniesiesz?

Zofia pobiegła żwirowaną alejką i po chwili pochylała się nad zieloną skrzynką na listy.

Tylko gazeta. No jasne, nie mogła spodziewać się odpowiedzi na swój list tak od razu. Na pierwszej stronie gazety przeczytała kilka linijek o norweskim batalionie ONZ w Libanie.

Batalion ONZ... Czy nie taki sam napis widniał na stemplu na pocztówce od ojca Hildy? Ale na kartce były norweskie znaczki. Może norwescy żołnierze ONZ zabrali ze sobą norweską pocztę...

Kiedy wróciła do kuchni, matka zagadnęła drwiącym tonem:

— Ostatnio jakoś bardzo interesują cię gazety.

Na szczęście nie wspomniała już o skrzynkach pocztowych i listach ani podczas śniadania, ani później w ciągu dnia. Kiedy wyszła po zakupy, Zofia zabrała list o wierze w przeznaczenie do Zaułka.

Serce podskoczyło jej w piersi, kiedy dostrzegła niedużą białą kopertę tuż obok puszki z listami od nauczyciela filozofii. Była przekonana, że to nie ona ją tam położyła.

I ta koperta była wilgotna na brzegach. W dodatku tak jak i biała koperta, którą dostała wczoraj, miała parę głębokich zadraśnięć.

Czy filozof był tutaj? Czyżby wiedział o jej tajemniczej kryjówce? Ale dlaczego koperty były mokre?

Od tych wszystkich pytań Zofii zakręciło się w głowie. Otworzyła kopertę i zaczęła czytać list:

Droga Zosiu!

Przeczytałem Twój list z wielkim zainteresowaniem, ale szczerze mówiąc i z pewnym smutkiem. Muszę Cię bowiem zmartwić i odmówić zaproszenia na kawę. Pewnego dnia się spotkamy, ale na razie jeszcze przez długi czas nie mogę się pokazać na Kapitańskim Zakręcie.

Muszę też dodać, że od tej pory nie będę osobiście przekazywać Ci listów. To zbyt ryzykowne. Kolejne listy przyniesie mój mały posłaniec. Będą one natomiast dostarczane bezpośrednio do tajemnego miejsca w ogrodzie.

Nadal możesz się ze mną kontaktować, jeśli przyjdzie Ci na to ochota. Wówczas musisz zostawić różową kopertę i włożyć do niej herbatnik albo kostkę cukru. Kiedy posłaniec zauważy taki list, na pewno przyniesie pocztę do mnie.

PS Naprawdę nie jest przyjemnie odrzucać zaproszenie na kawę od młodej damy. Tym razem jednak było to absolutnie konieczne.

PS PS Gdybyś kiedyś znalazła czerwoną jedwabną apaszkę, proszę, byś dobrze jej pilnowała. Czasami zdarza się, że takie rzeczy zostają zamienione. Zwłaszcza w szkole i podobnych instytucjach. A to przecież jest szkoła filozofii.

Pozdrowienia,
Alberto Knox

Zofia przeżyła czternaście lat i w tym czasie zdążyła dostać już sporo listów, przynajmniej na święta, urodziny i podobne okazje. Ten list był jednak najdziwniejszy, jaki kiedykolwiek otrzymała.

Nie było na nim znaczka. Nie został nawet wsunięty do żadnej skrzynki. Przyniesiono go bezpośrednio do jej supertajnej kryjówki w starym żywopłocie. Niezwykłe także, że list był mokry, choć pogoda utrzymywała się ładna, wiosenna i sucha.

A najdziwniejsza ze wszystkiego była jedwabna apaszka. Nauczyciel filozofii miał także inną uczennicę i właśnie ta uczennica zgubiła czerwoną jedwabną chustkę. Ale jakim sposobem zgubiła apaszkę pod łóżkiem Zofii?

No i Alberto Knox... Czy to nie cudaczne nazwisko?

List ten potwierdził przynajmniej, że istnieje związek między nauczycielem filozofii a Hildą Møller Knag. Ale że również ojciec Hildy zaczął mylić adresy — to było kompletnie niezrozumiałe.

Zofia długo zastanawiała się, jaki związek ma Hilda z nią samą. Wreszcie westchnęła zrezygnowana. Nauczyciel filozofii napisał, że pewnego dnia się spotkają. Czy pozna wtedy także Hildę?

Odwróciła kartkę. Dopiero teraz odkryła, że i na drugiej stronie napisano kilka zdań:

Czy istnieje naturalna wstydliwość?
Najmądrzejszy jest ten, który wie, czego nie wie.
Właściwa wiedza pochodzi z głębi.
Ten, kto wie, co jest właściwe, będzie również postępował właściwie.

Zofia wcześniej już zrozumiała, że krótkie zdania i pytania przysyłane jej w białych kopertach mają przygotować ją do następnej dużej koperty, która zwykle pojawiała się wkrótce potem. Teraz coś przyszło jej do głowy: jeśli posłaniec miał dostarczyć żółtą kopertę tu, do Zaułka, Zofia może po prostu posiedzieć i zaczekać na niego. A może tym razem będzie to ona? W każdym razie nie wypuści tego kogoś, dopóki nie powie jej czegoś więcej o filozofie. W liście przeczytała, że posłaniec jest mały. Czyżby to było dziecko?

„Czy istnieje naturalna wstydliwość?"

Zofia wiedziała, że „cnotliwość" to staroświeckie określenie skromności — na przykład wstydu przed pokazywaniem się nago. Ale czy właściwie jest rzeczą naturalną wstydzić się nagości? Jeśli coś jest naturalne, oznacza to chyba, że dotyczy wszystkich ludzi. A przecież w wielu częściach świata nagość jest czymś jak najbardziej naturalnym. Wobec tego chyba *społeczeństwo* decyduje o tym, co można, a czego nie można? Na przykład, kiedy babcia była młoda, absolutnie nie uchodziło opalanie się topless, dzisiaj jednak wiele osób twierdzi, że to całkiem naturalne, choć w wielu krajach nadal jest surowo zabronione. Zofia podrapała się w głowę. Czy to ma być filozofia?

Kolej na następne zdanie: „Najmądrzejszy jest ten, który wie, czego nie wie".

Mądrzejsza od kogo? Jeśli filozofowi chodziło o to, że ktoś, kto zdaje sobie sprawę, że nie wie wszystkiego pod słońcem, jest mądrzejszy od kogoś, kto wie równie niewiele, ale wyobraża sobie, że wie wszystko, to wcale nietrudno się z tym zgodzić. Zofia nigdy wcześniej się nad tym nie zastanawiała. Ale im dłużej myślała, tym większego nabierała przekonania, że wiedzieć, czego się nie wie, jest również pewną formą wiedzy. Najgłupsi na świecie byli w każdym razie ludzie pewni czegoś, o czym w ogóle nie mieli pojęcia.

Teraz stwierdzenie, że prawdziwa wiedza pochodzi z głębi. Przecież w pewnym momencie wszystkie wiadomości dostają się do ludzkiej głowy z zewnątrz? Z drugiej jednak strony Zofia pamiętała dobrze sytuacje, kiedy mama albo nauczyciele w szkole próbowali czegoś ją nauczyć, a ona pozostawała kompletnie odporna na tę naukę. Ilekroć naprawdę czegoś się uczyła, zawsze wymagało to wysiłku z jej strony. Zdarzało się, że nagle coś do niej docierało i to chyba właśnie można nazwać wiedzą.

Tak, tak, Zofia doszła do wniosku, że całkiem nieźle poradziła sobie z trzema pierwszymi zadaniami. Teraz jednak przyszła kolej na twierdzenie tak dziwne, że zaczęła się śmiać: „Ten, kto wie, co jest właściwe, będzie postępował właściwie".

Czy ma to znaczyć, że jeśli włamywacz rabuje bank, to dlatego, że nie wie, iż źle postępuje? Zofia nie mogła się z tym zgodzić. Przeciwnie, uważała, że zarówno dorośli, jak i dzieci robią wiele głupstw — i czasami nawet później żałują — mimo iż od początku wiedzieli, że postępują niewłaściwie.

Siedziała pogrążona w myślach, kiedy usłyszała trzask suchych gałązek w żywopłocie od strony lasu. Czy mógł to być posłaniec? Zofia poczuła, jak serce podskoczyło jej w piersi. Przestraszyła się jeszcze bardziej, kiedy usłyszała, że ten ktoś, kto się zbliża, sapie ciężko jak zwierzę.

W następnej chwili duży pies przedostał się do Zaułka od strony lasu. Był to labrador. W pysku niósł żółtą kopertę, którą upuścił tuż przy kolanach Zofii. Odbyło się to tak szybko, że Zofia nie zdążyła zareagować. Przez parę sekund siedziała z dużą kopertą w dłoniach, a płowy pies znów skrył się w lesie. Dopiero kiedy już było po wszystkim, Zofia ukryła twarz w dłoniach i wybuchnęła płaczem.

Nie wiedziała, jak długo tak siedzi, ale po pewnym czasie podniosła głowę.

A więc to był posłaniec! Zofia odetchnęła z ulgą. To dlatego białe koperty miały mokre brzegi i oczywiście stąd te głębokie zadrapania. Że też wcześniej nie wpadło jej to do głowy! Sensu nabrała też prośba, by za każdym razem, gdy będzie chciała przekazać list filozofowi, wkładała do koperty herbatnik albo kostkę cukru.

Niestety, nie zawsze udawało jej się myśleć tak szybko, jak by tego chciała. Fakt, że posłańcem okazał się tresowany pies, był mimo wszystko dość szczególny. Tym samym mogła pożegnać się z myślą, że przyciśnie posłańca, by zdradził jej, gdzie mieszka Alberto Knox.

Zofia otworzyła dużą kopertę i zabrała się za czytanie:

Filozofia w Atenach

Droga Zosiu! Kiedy zaczniesz to czytać, być może będziesz już miała za sobą spotkanie z HERMESEM. Dla pewności dodam tylko, że Hermes to pies. Ale nie bój się go. Jest bardzo łagodny, a w dodatku rozumniejszy niż wielu ludzi. W każdym razie nie stara się uchodzić za mądrzejszego, niż jest naprawdę.

Chciałbym, abyś zwróciła uwagę, że jego imię nie zostało wcale wybrane przypadkowo. Hermes był posłańcem greckich bogów. Był także opiekunem żeglarzy, ale tym nie będziemy się zajmować, przynajmniej na razie. Ważniejsze jest, że od jego imienia pochodzi słowo „hermetyczny", które oznacza „ukryty lub niedostępny". Bardzo pasuje do sytuacji, Hermes wszak ukrywa nas przed sobą wzajemnie.

Przedstawiłem Ci więc posłańca. Oczywiście reaguje na swoje imię i w ogóle jest posłuszny i dobrze wychowany.

Wróćmy do filozofii. Pierwszy rozdział mamy już za sobą. Myślę o filozofii przyrody i porzuceniu mitycznego obrazu świata. Teraz czeka nas spotkanie z trzema największymi filozofami starożytności: SOKRATESEM, PLATONEM I ARYSTOTELESEM. Każdy z nich na swój sposób wywarł wielki wpływ na cywilizację europejską.

Filozofów przyrody często nazywa się „przedsokratykami", ponieważ żyli przed Sokratesem. Demokryt, co prawda, zmarł kilka lat po Sokratesie, ale jego sposób myślenia należy mimo wszystko do przedsokratejskiej filozofii przyrody. Mówiąc o Sokratesie, musimy uwzględnić nie tylko czas, ale także miejsce, w którym żył. Przeniesiemy się co nieco także geograficznie. Sokrates był bowiem pierwszym filozofem urodzonym w Atenach i zarówno on, jak dwaj jego wielcy następcy mieszkali i działali w Atenach. Pamiętasz może, że Anaksagoras również przez jakiś czas mieszkał w tym mieście, ale został stamtąd wygnany, ponieważ twierdził, że słońce jest ognistą kulą (Sokratesowi też wcale lepiej się nie powiodło!).

Od czasów Sokratesa greckie życie kulturalne skupia się w Atenach, ale jeszcze ważniejsze jest, by zauważyć, że kiedy przechodzimy od filozofów przyrody do Sokratesa, zmieniają się także założenia filozoficzne.

Zanim zetkniemy się z Sokratesem, usłyszymy co nieco o tak zwanych *sofistach,* którzy odcisnęli piętno na wizerunku Aten w czasach Sokratesa.

Kurtyna w górę, Zosiu! Historia myśli jest jak dramat w wielu aktach!

Człowiek w centrum

Około roku 450 r. p.n.e. Ateny stały się ośrodkiem kultury greckiego świata. W filozofii pojawił się nowy kierunek.

Filozofowie przyrody byli przede wszystkim badaczami przyrody, dlatego zajmują tak ważną pozycję również w historii nauki. W Atenach zainteresowanie koncentrowało się na człowieku i jego miejscu w społeczeństwie.

W Atenach z czasem narodziła się demokracja, zwoływano zgromadzenia ludowe i działały sądy. Aby system mógł sprawnie funkcjonować, ludzie uczestniczący w życiu publicznym musieli otrzymać niezbędne wykształcenie. Również w dzisiejszych czasach obserwujemy, że młoda demokracja potrzebuje światłych ludzi. Dla Ateńczyków najważniejsze było przede wszystkim opanowanie sztuki wypowiadania się, przedstawiania i uzasadniania swoich poglądów.

Wkrótce do Aten zaczęli napływać z kolonii greckich wędrowni nauczyciele i filozofowie. Nazywano ich *sofistami*. „Sofista" znaczy tyle co „uczony" lub „biegły". W Atenach sofiści uczynili nauczanie obywateli miasta sposobem zarabiania na życie.

Sofistów łączy z filozofami przyrody krytycyzm wobec przekazywanych mitów. Odrzucali natomiast wszystko, co uważali za zbędne filozoficzne spekulacje. Stali na stanowisku, że nawet jeśli istnieją odpowiedzi na pytania stawiane przez filozofów, ludzie i tak nie są w stanie rozwikłać zagadek przyrody i wszechświata. Taki punkt widzenia zwany jest w filozofii *sceptycyzmem*.

Jednakże nawet jeśli nie potrafimy rozwiązać wszystkich tajemnic natury, wiemy, że jesteśmy ludźmi, którzy muszą nauczyć się żyć razem. Sofiści postanowili zająć się człowiekiem i jego miejscem w społeczeństwie.

„Człowiek jest miarą wszystkich rzeczy" — twierdził sofista PROTAGORAS (ok. 487 – 420 r. p.n.e.). Chciał przez to powiedzieć, że co prawdziwe, a co nieprawdziwe, co dobre, a co złe, należy zawsze oceniać w stosunku do potrzeb człowieka. Kiedy zapytano go, czy wierzy w greckich bogów, odparł: „Sprawa jest trudna, a życie ludzkie krótkie". Kogoś, kto nie umie stwierdzić z pewnością, czy bóg istnieje, czy też nie, nazywamy *agnostykiem*.

Sofiści zwykle dużo podróżowali po świecie, znali więc różne formy rządów. Obyczaje, tradycja, a także prawa w poszczególnych miastach-państwach często zasadniczo różniły się od siebie. Porównując je, sofiści wywołali w Atenach dyskusję o tym, co jest *określone przez naturę*, a co *narzucone przez społeczeństwo*. W ten sposób stworzyli w ateńskim mieście-państwie podstawy krytyki społecznej.

Potrafili na przykład wskazać, że wyrażenie w rodzaju „naturalna wstydliwość" nie zawsze jest trafne. Jeśli bowiem jest naturalne być wstydliwym, musi to być wrodzone. Ale czy to naprawdę *jest* wrodzone, Zosiu, czy też zostało narzucone przez społeczeństwo? Dla kogoś, kto sporo jeździł po świecie, odpowiedź jest prosta. Nie jest rzeczą naturalną — czyli wrodzoną — obawa przed pokazywaniem się nago. Pojęcie wstydliwości — czy też jej braku — jest przede wszystkim związane z obyczajami i tradycjami obowiązującymi w danym społeczeństwie.

Jak pewnie rozumiesz, wędrowni nauczyciele mądrości spowodowali burzliwą dyskusję w społeczności ateńskiej, wykazując, że nie istnieją właściwe żadne *normy* określające, co jest dobre, a co złe. Sokrates natomiast starał się udowodnić, że niektóre normy *są* bezwarunkowe i uniwersalne.

Kim był Sokrates?

Sokrates (470 – 399 r. p.n.e.) jest chyba najbardziej tajemniczą postacią w całej historii filozofii. Nie napisał ani pół zdania, a mimo to należy do tych, którzy wywarli największy wpływ na rozwój myśli w Europie. Niemałe znaczenie miała także jego dramatyczna śmierć.

Wiemy, że przyszedł na świat w Atenach i większą część życia spędził na ulicach lub na rynku miasta, rozmawiając z napotkanymi ludźmi. „Drzewa na wsi niczego mnie nie nauczą" — mawiał. Często także można go było zobaczyć, jak przez wiele godzin stoi w jednym miejscu, głęboko pogrążony w myślach.

Już za życia traktowano go jako wielce tajemniczą osobistość, a po śmierci uznano za prekursora wielu różnych kierunków w filozofii. Właśnie dlatego, że był tak zagadkowy i wieloznaczny, powoływały się na niego kierunki bardzo różniące się między sobą.

Pewne jest, że jego brzydota stała się wręcz przysłowiowa. Był mały i gruby, miał wyłupiaste oczy i zadarty nos. Powiadano jednak, że dzięki przymiotom ducha był chodzącym ideałem. „Można szukać współcześnie, można szukać w przeszłości, ale nigdy nie znajdzie się człowieka takiego jak on". A mimo to skazano go na śmierć za jego filozoficzną działalność.

Życie Sokratesa znamy przede wszystkim dzięki Platonowi, który był jego uczniem i sam stał się jednym z największych filozofów wszech czasów. Platon jest autorem *Dialogów* — czyli rozmów filozoficznych — w których zabiera głos Sokrates.

Kiedy Platon wkłada jakieś słowa w usta Sokratesa, nie mamy pewności, czy słowa te Sokrates wypowiedział naprawdę. Trudno jest więc ustalić, co było nauką Sokratesa, a co własnymi poglądami Platona. Ten sam problem dotyczy wielu innych postaci historycznych, które nie pozostawiły po sobie żadnych pisanych źródeł. Najszerzej znanym przykładem jest oczywiście Jezus. Nie mamy żadnej pewności, czy historyczny Jezus naprawdę powiedział to, co wkładają mu w usta Mateusz czy Łukasz. Zagadką pozostanie dla nas także, co mówił historyczny Sokrates.

Ale kim naprawdę był Sokrates, nie jest wcale takie istotne. Przez blisko 2500 lat myślicieli Zachodu inspirował przede wszystkim wizerunek Sokratesa stworzony przez Platona.

Sztuka rozmowy

Samo sedno działalności Sokratesa kryło się w tym, że pozornie nie starał się wcale pouczać ludzi. Przeciwnie, sprawiał wrażenie, że to on pragnie się czegoś od nich nauczyć. Nie dawał lekcji jak pierwszy lepszy nauczyciel, o nie, Sokrates jedynie *rozmawiał*.

Nie zostałby jednak sławnym filozofem, gdyby tylko przysłuchiwał się, co mówią inni, ani rzecz jasna nie skazano by go na śmierć. Sokrates rozpoczynał rozmowę od zadawania pytań. W ten sposób *udawał*, że nic nie wie. W trakcie pogawędki zmuszał rozmówcę, by ten dostrzegł słabości w swoim sposobie myślenia. Przyparty do muru rozmówca musiał wreszcie rozróżnić, co jest prawdziwe, a co nie.

Podobno matka Sokratesa była akuszerką i Sokrates porównywał swą działalność ze „sztuką położniczą” uprawianą przez akuszerki. To przecież nie akuszerka rodzi dziecko. Ona tylko jest obecna przy porodzie, pomaga położnicy. Sokrates uważał, że jego zadaniem jest pomagać „wydać na świat” właściwą wiedzę. Prawdziwe poznanie bowiem musi pochodzić z wnętrza każdego człowieka. Inni nie mogą mu go narzucić. Jedynie poznanie, które pochodzi z głębi, jest prawdziwą wiedzą.

Spróbuję sprecyzować: zdolność rodzenia dzieci jest właściwością przyrodzoną. Podobnie wszyscy ludzie mają przyrodzoną zdolność zrozumienia prawd filozoficznych, jeśli tylko posłużą się własnym rozumem. Kiedy człowiek zaczyna używać rozumu, czerpie coś z siebie.

Właśnie odgrywając rolę nieświadomego, Sokrates zmuszał napotkanych ludzi, by używali rozumu. Sokrates potrafił udawać, że wie mniej i jest głupszy niż rozmówca. Nazywamy to „sokratyczną ironią". W ten sposób mógł bezustannie wytykać słabości w sposobie myślenia Ateńczyków. Zdarzało się to na przykład na rynku — a więc publicznie. Spotkać się z Sokratesem mogło oznaczać tyle, co zrobić z siebie głupca i ośmieszyć się wobec zgromadzonego tłumu.

Nic dziwnego więc, że z czasem Sokrates zaczął budzić ogólną irytację i był uważany za dokuczliwego, zwłaszcza dla tych, którzy dzierżyli władzę. „Ateny są jak ospały koń — powiedział kiedyś Sokrates — a ja jak giez, który próbuje go ożywić". (A co się robi z gzem, Zosiu? Czy możesz odpowiedzieć mi na to pytanie?).

Boski głos

Sokrates bezustannie kąsał swych bliźnich wcale nie dlatego, że chciał im dokuczyć. Coś, co w nim tkwiło, nie pozostawiało mu wyboru. Mawiał, że w jego wnętrzu odzywa się boski głos.

Odmawiał na przykład uczestnictwa w skazywaniu ludzi na śmierć, sprzeciwiał się także donoszeniu na przeciwników politycznych. W końcu przypłacił to życiem.

W 399 r. p.n.e. został oskarżony o wprowadzanie nowych bogów i o zwodzenie młodzieży na manowce. Niewielką większością głosów został uznany winnym przez zgromadzenie liczące 500 osób.

Na pewno mógł prosić o ułaskawienie, a w każdym razie uratowałby głowę, gdyby zgodził się na opuszczenie Aten. Jeśliby jednak na to przystał, nie byłby Sokratesem. On cenił spokój własnego sumienia — i prawdę — wyżej niż życie. Zapewnił, że działał, mając na uwadze jedynie dobro państwa. Skazano go na śmierć. Nieco później, w obecności najbliższych przyjaciół, opróżnił kielich z trucizną i zmarł.

Dlaczego, Zosiu? Dlaczego Sokrates musiał umrzeć? Pytanie to zadają sobie ludzie od 2400 lat. On jednak nie jest jedynym człowiekiem w historii, który przeciągnął strunę i musiał zapłacić życiem za swe przekonania. Wspomniałem już o Jezusie. Między osobami Jezusa i Sokratesa jest więcej podobieństw. Wymienię kilka z nich.

I Jezus, i Sokrates uważani byli za postacie tajemnicze już przez swoich współczesnych. Żaden z nich nie zapisał swojego przesłania, jesteśmy więc zdani wyłącznie na wizerunki, jakie przekazali nam ich uczniowie. Pewne jest natomiast, że obaj osiągnęli mistrzostwo w sztuce prowadzenia rozmowy. Poza tym przemawiali z pewnością siebie, która mogła zachwycać, ale i irytować. Bardzo ważne jest również, że obaj uważali, iż przemawiają w imieniu kogoś od nich potężniejszego. Rzucali wyzwanie osobom sprawującym rządy w społeczeństwie, krytykując wszelkie formy niesprawiedliwości i nadużycia władzy. I na koniec: obaj swoją działalność przypłacili życiem.

Również jeśli chodzi o procesy przeciwko Jezusowi i Sokratesowi, możemy dostrzec cechy wspólne. Obaj mogli prosić o ułaskawienie i tym samym uratować życie. Czuli jednak, że nie wypełniliby swego powołania, gdyby nie dotrwali do końca. Właśnie dlatego, że ruszyli na spotkanie śmierci z podniesioną głową, zyskali sobie tysiące zwolenników również po śmierci.

Przeprowadzam to porównanie Jezusa i Sokratesa wcale nie po to, by stwierdzić, że byli tacy sami. Przede wszystkim chciałem powiedzieć, że obaj głosili przesłanie, którego nie da się oddzielić od ich osobistej odwagi.

Dżoker w Atenach

Sokrates, Zosiu! Jeszcze z nim nie skończyliśmy. Powiedzieliśmy sobie co nieco o jego metodzie. Ale co było jego filozoficznym założeniem?

Sokrates żył współcześnie z sofistami i tak jak oni bardziej interesował się człowiekiem i jego życiem aniżeli problemami filozofii przyrody. Pewien rzymski filozof, CYCERO, kilkaset lat później stwierdził, że Sokrates „sprowadził filozofię z nieba na ziemię, do miast, a nawet do domów, i kazał jej badać życie i obyczaje oraz to, co dobre, a co złe".

Sokrates różnił się jednak od sofistów w bardzo istotnej kwestii. Sam nie uważał się za sofistę — a więc uczonego, mędrca. W przeciwieństwie więc do sofistów nie przyjmował zapłaty za swe nauczanie. Nie, Sokrates nazywał siebie filozofem w prawdziwym znaczeniu tego słowa. „Filo-zof" znaczy „ten, który poszukuje mądrości".

Siedzisz wygodnie, Zosiu? Bardzo ważne dla całego kursu, byś zrozumiała różnicę między sofistą a filozofem. Sofiści pobierali opłatę za swe mniej lub bardziej drobiazgowe objaśnienia i tacy „sofiści" przewijali się przez całą historię ludzkości. Myślę tu o wszystkich tych nauczycielach i besserwisserach, którzy albo są zadowoleni z niewielkiej wiedzy, jaką posiadają, albo też chlubią się, że świetnie orientują się w wielu zagadnieniach, o których tak naprawdę nie mają pojęcia. Z pewnością w swym krótkim życiu spotkałaś już przynajmniej kilku takich „sofistów". Prawdziwy *filozof*, Zosiu, to ktoś zupełnie inny, wręcz całkowite przeciwieństwo. Filozof zdaje sobie sprawę, jak mało w gruncie rzeczy wie. Właśnie dlatego ciągle od nowa poszukuje prawdziwej wiedzy. Sokrates był jednym z takich rzadko spotykanych ludzi. *Był świadomy,* że nie wie nic o życiu i świecie. I, uwaga, teraz dochodzimy do najważniejszego: brak wiedzy naprawdę mu dokuczał.

Filozof więc to ktoś taki, kto przyznaje, że jest cała masa spraw, których nie rozumie. I bardzo mu to przeszkadza. Tym samym i tak jest mądrzejszy od wszystkich, którzy chwalą się, że znają się na rzeczach, o których nie mają pojęcia. „Najmądrzejszy jest ten, który wie, czego nie wie" — tak Ci napisałem. Sam Sokrates twierdził, że wie tylko jedno — a mianowicie, że nic nie wie. Dobrze zapamiętaj sobie tę wypowiedź, bo takie wyznanie rzadkie jest nawet wśród filozofów. Publiczne jego wygłaszanie może poza tym okazać się na tyle niebezpieczne, że przypłacisz to życiem. Największe zagrożenie stanowią zawsze ci, którzy *pytają*. Odpowiadanie na pytania nie jest już tak niebezpieczne. W jednym pytaniu zawierać się może więcej prochu niż w tysiącu odpowiedzi.

Czy słyszałaś kiedyś o nowych szatach cesarza? W rzeczywistości cesarz był kompletnie nagi, ale nikt z jego poddanych nie śmiał mu tego powiedzieć. Dopiero jakieś dziecko zawołało, że król jest nagi. To było *odważne* dziecko, Zosiu. Sokrates także miał dość odwagi, by oznajmić, jak mało my, ludzie, naprawdę wiemy. Ale podobieństwo dzieci i filozofów omówiliśmy już wcześniej.

Sprecyzuję: ludzkość stoi w obliczu kilku bardzo ważnych pytań, na które jak na razie nie potrafimy znaleźć właściwych odpowiedzi. Otwierają się przed nami dwie drogi: możemy albo oszukiwać siebie i resztę świata, twierdząc, że wiemy już to, co warto wiedzieć, albo też przymknąć oczy na owe poważne pytania i raz na zawsze postanowić więcej się tym nie zajmować. W ten sposób ludzkość dzieli się na dwa obozy. Ogólnie rzecz ujmując, ludzie są albo bardzo pewni swej wiedzy, albo też obojętni. (Obie te grupy czołgają się głęboko, głęboko w króliczym futrze). To tak, jakby dzieliło się talię kart na dwie części, droga Zosiu. Na jeden stosik kładziemy czerwone karty, a na drugi czarne. Ale czasami z talii wyłania się dżoker, który nie należy ani do kierów, ani do kar, trefli czy pików. Sokrates był takim dżokerem w Atenach. Nie był on ani pewny czegoś, ani obojętny. Wiedział tylko, że nic nie wie i nie dawało mu to spokoju. Stał się więc filozofem — kimś, kto się nie poddaje, kto niestrudzenie poszukuje pewnej wiedzy.

Podobno ktoś z Ateńczyków zapytał wyrocznię w Delfach, kto jest najmądrzejszym człowiekiem w Atenach. Wyrocznia odpowiedziała, że jest nim Sokrates. Kiedy o tym usłyszał Sokrates, łagodnie mówiąc, zdziwił się. (Osobiście przypuszczam, że wybuchnął śmiechem, Zosiu!). Udał się natychmiast do miasta i odwiedził człowieka, który zarówno we własnych oczach, jak i w oczach innych uchodził za mędrca. Kiedy jednak okazało się, że człowiek ów nie potrafił udzielić Sokratesowi żadnej pewnej odpowiedzi na zadane pytania, Sokrates zrozumiał wreszcie, że wyrocznia miała rację.

Dla Sokratesa ogromnie ważne było znalezienie solidnego fundamentu naszej wiedzy. Uważał, że ów fundament odnalazł w ludzkim rozumie. Tak silna wiara w ludzki rozum sprawiła, że był typowym racjonalistą.

Właściwa wiedza prowadzi do właściwego działania

Wspomniałem już o tym, iż Sokrates uważał, że przemawia przezeń boski głos, i że to sumienie mówi mu, co jest dobre i właściwe. Powiadał, że ten, kto wie, co jest dobre, będzie także czynił dobro. Był przekonany, że właściwa wiedza prowadzi do właściwego działania i tylko ten, kto postępuje dobrze, jest „prawdziwym człowiekiem". Postępujemy źle, bo nie zdajemy sobie z tego sprawy. Dlatego tak ważne jest wzbogacanie naszej wiedzy. Sokrates zajmował się znalezieniem jasnych i powszechnych definicji tego, co dobre, a co złe. W przeciwieństwie do sofistów uważał, że zdolność rozróżniania między dobrem a złem tkwi w rozumie, a nie w społeczeństwie.

Być może powiesz, Zosiu, że ten ostatni pogląd trudno przełknąć. Spróbuję jeszcze raz: Sokrates uznał, że niemożliwe jest osiągnięcie szczęścia, jeśli działa się wbrew własnemu przekonaniu. Ten, kto wie, w jaki sposób może stać się szczęśliwym człowiekiem, będzie próbował to osiągnąć. Dlatego ten, kto wie, co jest dobre, będzie także czynił dobro. Bo przecież chyba żaden człowiek nie pragnie być nieszczęśliwym?

A co Ty o tym myślisz, Zosiu? Czy mogłabyś być szczęśliwa, bez przerwy robiąc coś, o czym w głębi ducha wiesz, że nie jest właściwe? Wielu ludzi bezustannie kłamie, kradnie i obgaduje innych. No, cóż. Pewnie i oni wiedzą, że to nie jest dobre, czy jak wolisz, sprawiedliwe. Ale czy sądzisz, że ci ludzie są szczęśliwi?

Sokrates uważał, że to niemożliwe.

Kiedy Zofia przeczytała do końca list o Sokratesie, pospiesznie wsunęła kartki do puszki po ciastkach i wyczołgała się do ogrodu. By uniknąć lawiny pytań o to, gdzie była i co robiła, chciała znaleźć się w domu, zanim matka wróci ze sklepu. W dodatku Zofia obiecała pozmywać.

Ledwie zdążyła napełnić zlew wodą, kiedy matka zjawiła się w kuchni, taszcząc dwie ogromne torby z zakupami. Być może dlatego właśnie rzuciła:

— Jesteś chyba trochę na bakier z czasem, Zosiu.

Zofia zupełnie nie wiedziała, dlaczego to powiedziała, po prostu tak się jej wyrwało:

— Sokrates też był na bakier z czasem.

— Sokrates?

Matka, zdumiona, szeroko otworzyła oczy.

— Szkoda tylko, że musiał przypłacić to życiem — ciągnęła Zofia pogrążona w głębokiej zadumie.

— Ależ Zosiu! Już nie wiem, co mam robić!

— Sokrates też nie wiedział. Wiedział tylko, że nic nie wie. A i tak był najmądrzejszym człowiekiem w Atenach.

Matka kompletnie osłupiała. W końcu zdołała spytać:

— Czy tego nauczyłaś się w szkole?

Zofia energicznie pokręciła głową.

— Nie, tam niczego się nie uczymy... Różnica między nauczycielem a filozofem polega na tym, że nauczycielowi wydaje się, że wie mnóstwo rzeczy, które stara się wtłoczyć uczniom do głowy. A filozof próbuje znaleźć odpowiedź na pytania wspólnie z uczniami.

— A więc znów rozmawiamy o białych królikach. Niedługo zażądam od ciebie, żebyś mi przedstawiła tego swojego narzeczonego. Jeśli nie, zacznę sądzić, że ma co nieco poprzestawiane w głowie.

Zofia odwróciła się od zlewu. Wymachując matce przed nosem zmywakiem, oświadczyła:

— To nie on ma poprzestawiane w głowie, ale jak giez próbuje poprzestawiać w głowach innym ludziom. Chce, żeby oderwali się od starego sposobu myślenia.

— Och, przestań już. Wydaje mi się, że trochę z niego domorosły mędrek.

Zofia znów nachyliła się nad zlewem.

— On nie jest ani mędrkiem, ani mędrcem. Ale usiłuje zdobyć prawdziwą mądrość. Na tym polega różnica między dżokerem a wszystkimi pozostałymi kartami w talii.

— Powiedziałaś „dżoker"?

Zofia kiwnęła głową.

— Czy zastanawiałaś się kiedyś nad tym, że w talii kart jest dużo kierów i dużo kar? Jest też sporo trefli i pików. Ale dżoker jest tylko jeden.

— Jak ty mi odpowiadasz, moje dziecko!

— A jak ty pytasz!

Matka zdążyła już pochować wszystkie zakupy. Teraz zabrała gazetę i poszła do salonu. Zofii wydało się, że wyjątkowo głośno zamknęła za sobą drzwi.

Kiedy Zofia uporała się ze zmywaniem, ona także poszła do swojego pokoju. Wcześniej schowała czerwoną jedwabną apaszkę do szafy na górną półkę, razem z klockami Lego. Teraz znów ją wyjęła i zaczęła starannie oglądać.

Hilda...

ATENY

...z ruin powstało wiele wysokich budowli...

Wczesnym wieczorem matka Zofii wybrała się z wizytą do przyjaciółki. Gdy tylko wyszła z domu, Zofia wybiegła do ogrodu i dalej do Zaułka w starym żywopłocie. Tym razem przy dużej puszce po ciastkach znalazła pękatą paczkę. Dziewczynka w pośpiechu rozerwała papier. W środku była kaseta wideo!

Zofia biegiem wróciła do domu. Kaseta wideo! To coś zupełnie nowego. Ale skąd filozof mógł wiedzieć, że u nich w domu jest magnetowid? I co jest na kasecie?

Zofia wsunęła kasetę do odtwarzacza. Na ekranie telewizora pojawił się obraz jakiegoś miasta. Upłynęła krótka chwila, a Zofia już zorientowała się, że muszą to być Ateny, bo zaraz zobaczyła zbliżenie Akropolu. Dziewczynka wielokrotnie widziała zdjęcia tych starych ruin.

Był to żywy obraz. Wśród ruin świątyni kłębili się lekko poubierani turyści z aparatami fotograficznymi na szyjach. Czy jeden z nich nie niósł także sporego transparentu? O, znów ten transparent. Czy nie jest na nim napisane: *Hilda*?

Po krótkiej chwili pojawiło się zbliżenie mężczyzny w średnim wieku. Był niewysoki, miał starannie wypielęgnowaną czarną brodę, a na głowie niebieski beret. Patrząc prosto w kamerę, powiedział:

— Witaj w Atenach, Zosiu. Jak pewnie już zrozumiałaś, to ja jestem Alberto Knox. Jeśli jeszcze tego nie pojęłaś, powtórzę ci, że wciąż jesteśmy w trakcie wyciągania wielkiego białego królika z czarnego cylindra wszechświata. Znajdujemy się na Akropolu.

Wyraz ten oznacza „warownię", a właściwie „miasto na wzgórzu". Już w epoce kamiennej mieszkali tu ludzie. Powodem jest oczywiście szczególne położenie. Wysokiego wzgórza łatwo było bronić przed wrogami. W dodatku z Akropolu roztaczał się widok na jeden z najdogodniejszych portów Morza Śródziemnego. Z czasem, gdy Ateny rozrosły się na równinie poniżej wzgórza, Akropol wykorzystywany był jako twierdza i obszar świątynny. W pierwszej połowie V w. p.n.e. toczyła się zaciekła wojna z Persami, a w roku 480 król perski KSERKSES splądrował Ateny i spalił wszystkie drewniane budynki na Akropolu. Rok później Persowie zostali pokonani i od tej pory rozpoczął się złoty wiek Aten, Zosiu. Akropol odbudowano — dumniejszy i piękniejszy niż kiedykolwiek; od tego czasu służył wyłącznie jako teren świątynny. W tym właśnie okresie Sokrates przemierzał ulice i place miasta, wdając się w rozmowy z Ateńczykami. Mógł więc być świadkiem odbudowy Aten z ruin i powstawania wszystkich okazałych budynków, które tutaj widzimy. To był dopiero plac budowy! Za mną widzisz największą ze świątyń. To PARTENON — czyli „siedziba Dziewicy" — wzniesiona ku czci ATENY, opiekuńczej bogini Aten. Wielka marmurowa budowla nie ma ani jednej linii prostej, wszystkie cztery boki są lekko wykrzywione. Uczyniono to, by budynkowi nadać więcej życia. Choć ogromnych wymiarów, budowla wcale nie sprawia wrażenia ciężkiej. Powodem jest złudzenie optyczne. Kolumny lekko pochylają się do środka i gdyby przedłużyć je tak, by zetknęły się w jednym punkcie, wysoko ponad sklepieniem, utworzyłyby piramidę wysokości 1500 metrów. W ogromnej świątyni mieścił się jedynie dwunastometrowy posąg Ateny. Dodam jeszcze, że biały marmur, pomalowany na żywe kolory, został tu przywieziony z góry odległej o szesnaście kilometrów...

Zofia czuła, że ma serce w gardle. Czy z kasety wideo naprawdę przemawiał do niej nauczyciel filozofii? Wtedy, w ciemnościach, zdołała dostrzec zaledwie kontury jego sylwetki, ale mógł to być ten sam mężczyzna, który stał teraz na Akropolu w Atenach.

Zaczął właśnie iść wzdłuż dłuższego boku świątyni, kamera ruszyła za nim. Przystanął na krawędzi urwiska i wskazał dłonią na pejzaż. Kamera wykonała zbliżenie starego teatru położonego poniżej wzgórz Akropolu.

— Tu widzisz stary teatr Dionizosa — podjął mężczyzna w berecie. — To prawdopodobnie najstarszy teatr w Europie. Za życia Sokratesa wystawiano tu sztuki wielkich tragików: AJSCHYLOSA, SOFOKLESA I EURYPIDESA. Wspominałem już tragedię o nieszczęsnym królu Edypie. Po raz pierwszy sztukę tę wystawiono właśnie tutaj. Ale grano także komedie. Najbardziej znanym twórcą tego gatunku był ARYSTOFANES, który między innymi napisał złośliwą komedię o miejskim dziwaku Sokratesie. Na samym końcu widzisz ścianę z kamienia, na której tle występowali aktorzy. Nazywano ją *skene*, stąd nasze słowo „scena". Wyraz *teatr* pochodzi od dawnego greckiego słowa „widzenie, widok". Zaraz jednak wrócimy do filozofów, Zosiu. Obejdziemy Partenon i zejdziemy przez bramę wejściową...

Nieduży mężczyzna okrążył wielką świątynię, po jego prawej ręce pojawiło się kilka mniejszych. Kiedy znalazł się u stóp Akropolu, wspiął się na niewielkie wzgórze i ręką zatoczył krąg na Ateny.

— Wzgórze, na którym stoimy, to AREOPAG. Tutaj najwyższy sąd Aten rozstrzygał sprawy o morderstwa. Kilkaset lat później z tego właśnie miejsca apostoł Paweł nauczał Ateńczyków o Jezusie i chrześcijaństwie. Do tej przemowy wrócimy później. W dole, z lewej strony widzisz ruiny starego rynku w Atenach. Oprócz wielkiej świątyni Hefajstosa, kowala bogów i boga kowali, pozostały tu jedynie marmurowe bloki. Zejdźmy niżej...

W następnej chwili pojawił się wśród ruin. Wysoko pod niebem — na samej górze ekranu telewizora — na szczycie Akropolu wznosiła się wielka świątynia Ateny. Nauczyciel filozofii przysiadł na odłamku marmuru i patrząc prosto w kamerę, mówił:

— Znajdujemy się na skraju dawnego rynku w Atenach. Przykry widok, prawda? Kiedyś wznosiły się tu dumne świątynie, gmachy sądu i inne budynki użyteczności publicznej, sklepy, sala koncertowa, a nawet gimnazjon — ośrodek ćwiczeń gimnastycznych. Wszystkie budowle otaczały rynek, duży czworoboczny plac... Na tym niewielkim obszarze stworzono podstawy całej cywilizacji europejskiej. Takie słowa jak „polityka" i „demokracja", „ekonomia" i „historia", „biologia" i „fizyka", „matematyka" i „logika", „teologia" i „filozofia", „etyka" i „psychologia", „teoria" i „metoda", „idea" i „system" oraz wiele, wiele innych — pochodzą od niewielkiego narodu, który wiódł swe codzienne życie wokół tego placu. Tu przechadzał się Sokrates, rozmawiając z napotkanymi ludźmi. Być może w tym miejscu zaczepił niewolnika niosącego amforę z oliwą, by zadawać nieborakowi filozoficzne pytania? Sokrates był bowiem przekonany, że nawet niewolnik posiada rozum równy osobie wysokiego urodzenia. Może wdał się tu w utarczkę słowną z jednym z obywateli miasta lub półgłosem prowadził rozmowę ze swym młodym uczniem Platonem. Dziwnie jest o tym myśleć. Nadal mówimy o filozofii sokratycznej czy platońskiej, ale to zupełnie co innego niż *być* Platonem czy Sokratesem.

Tak, Zofia zgadzała się, że dziwnie jest o tym myśleć. Uważała jednak, że co najmniej równie dziwny jest sposób, w jaki filozof nagle przemówił do niej z kasety wideo, przyniesionej do jej supertajnej kryjówki przez tajemniczego psa.

Filozof wstał z marmurowego bloku, na którym przysiadł. Teraz zaczął mówić dość cicho:

— Właściwie na tym miałem zamiar poprzestać, Zosiu. Chciałem pokazać ci Akropol i ruiny dawnego rynku w Atenach. Ale nadal nie jestem przekonany, czy zrozumiałaś, jak wspaniałe było to miasto w dawnych czasach i dlatego uległem pokusie, by posunąć się jeszcze dalej... To naturalnie jest zupełnie poza regulaminem... ale mam do ciebie zaufanie i wierzę, że to pozostanie między nami. No, w każdym razie musi wystarczyć tylko krótki błysk...

Urwał — i nic więcej nie powiedział, przez długą chwilę wpatrywał się tylko w milczeniu w kamerę. W następnym momencie na ekranie pojawił się nowy obraz. W miejscu ruin stały teraz wysokie budynki. Jak za dotknięciem czarodziejskiej różdżki stare ruiny zamieniły się w dostojne budowle. Nad horyzontem nadal górował Akropol, ale był teraz, jak i pozostałe budynki, całkiem nowy, pokryty złoceniami, pomalowany na jaskrawe kolory. Po wielkim czworokątnym placu przechadzali się ludzie ubrani w barwne chitony. Niektórzy mieli przypasane miecze, inni nieśli na głowie dzbany, a jeden trzymał pod pachą zwój papirusu.

Dopiero w tym momencie Zofia poznała nauczyciela filozofii. Na głowie nadal miał beret, ale ubrany był, jak inni ludzie na ekranie, w żółty chiton. Zbliżył się do Zofii, spojrzał w kamerę i rzekł:

— A więc tak to wygląda. Znajdujemy się w starożytnych Atenach, Zosiu. Pragnąłem, byś sama je zobaczyła. Jest 402 r. p.n.e., zaledwie trzy lata przed śmiercią Sokratesa. Mam nadzieję, że docenisz tę nadzwyczajną wizytę, bo widzisz, bardzo trudno było wypożyczyć kamerę wideo...

Zofia poczuła, że kręci jej się w głowie. Jak to możliwe, by ów tajemniczy człowiek znalazł się nagle w Atenach sprzed 2400 lat? Jak to możliwe, że ona ogląda film nakręcony w innej epoce? Zofia wiedziała oczywiście, że w starożytności nie istniało wideo. Czyżby film kostiumowy? Ale przecież wszystkie marmurowe budynki wyglądają na prawdziwe. Gdyby dla potrzeb jednego tylko filmu odbudowano z ruin cały rynek w Atenach i w dodatku cały Akropol, ileż musiałaby kosztować scenografia? W każdym razie byłaby to bardzo wygórowana cena za to, by Zofia mogła poznać Ateny.

Mężczyzna w berecie znów podniósł na nią wzrok.

— Zosiu, czy widzisz tych dwóch mężczyzn tam, pod kolumnadą?

Dziewczynka zauważyła starszego człowieka w nieco postrzępionym chitonie, z długą rozczochraną brodą, o płaskim nosie, wyłupiastych niebieskich oczach i pucołowatych policzkach. Obok niego stał młody przystojny mężczyzna.

— To Sokrates i jego młody uczeń Platon. Rozumiesz to, Zosiu? Zaraz poznasz ich osobiście.

Powiedziawszy to, nauczyciel filozofii ruszył w stronę dwóch mężczyzn stojących pod wysokim sklepieniem. Kiedy był tuż przy nich, uniósł beret i rzekł coś, czego Zofia nie zrozumiała. Pewnie mówił po grecku. Po chwili popatrzył w kamerę i oznajmił:

— Powiedziałem, że jesteś dziewczynką z Norwegii, która chce ich poznać. Platon zada ci kilka pytań, nad którymi możesz się zastanowić. Ale musimy się spieszyć, by nie dostrzegły nas straże.

Zofia poczuła, jak krew pulsuje jej w skroniach, bo młodzieniec postąpił o krok naprzód i spojrzał w kamerę.

— Witaj w Atenach, Zosiu! — odezwał się miłym, łagodnym głosem. Mówił z wyraźnym obcym akcentem. — Nazywam się Platon i zadam ci cztery zadania. Najpierw zastanów się, w jaki sposób piekarzowi udaje się upiec pięćdziesiąt całkiem identycznych ciastek. Potem możesz zadać sobie pytanie, dlaczego wszystkie konie są jednakowe. Następnie pomyśl, czy człowiek ma nieśmiertelną duszę. Na koniec odpowiedz na pytanie, czy kobiety i mężczyźni są równi rozumem. Powodzenia!

W jednej chwili obraz na ekranie telewizora zniknął. Zofia przewijała taśmę do przodu i do tyłu, ale na kasecie nic więcej nie było.

Zofia próbowała pozbierać myśli, ale gdy tylko zaczynała zastanawiać się nad jakąś myślą, inna myśl wchodziła jej w paradę, zanim jeszcze pomyślała pierwszą myśl do końca.

Od dawna już wiedziała, że jej nauczyciel filozofii jest bardzo oryginalny, ale teraz, kiedy zaczął wykorzystywać metody nauczania łamiące wszelkie znane prawa natury, Zofia uznała, że posunął się za daleko.

Czy na ekranie telewizora naprawdę widziała Sokratesa i Platona? Nie, oczywiście, że nie, to przecież niemożliwe. Ale przecież to, co oglądała, to nie był film rysunkowy.

Zofia wyjęła kasetę z magnetowidu i pobiegła z nią na górę do swojego pokoju. Wepchnęła ją do szafy na najwyższą półkę, tam gdzie klocki Lego. Zmęczona położyła się na łóżku i zaraz zasnęła.

Kilka godzin później do pokoju zajrzała matka. Potrząsnęła córkę za ramię.

— Co się z tobą dzieje, Zosiu?

— Mmmmm...

— Położyłaś się spać w sukience?

Zofia ledwie zdołała unieść powieki.

— Byłam w Atenach — powiedziała.

Więcej nie zdołała wykrztusić, przekręciła się na drugi bok i spała dalej.

PLATON

...tęsknota duszy za powrotem do właściwej siedziby...

Następnego ranka Zofia nagle drgnęła i obudziła się. Popatrzyła na zegarek. Było dopiero trochę po piątej, ale ona czuła się całkiem przytomna, usiadła więc na łóżku.

Dlaczego spała w sukience? Przypomniała sobie wszystko. Przystawiła stołeczek do szafy, stanęła na nim i zajrzała na najwyższą półkę. Tak, leżała tam kaseta wideo. W takim razie nie był to sen, a przynajmniej nie wszystko nim było.

Ale chyba nie *widziała* Platona i Sokratesa? Ach, miała już dość zastanawiania się nad tym. Może matka ma rację, mówiąc, że Zofia jest trochę na bakier z czasem?

Nie udało się jej już zasnąć. A może powinna zejść do Zaułka i sprawdzić, czy pies nie przyniósł nowego listu?

Zofia po cichutku przemknęła się po schodach, założyła adidasy i wyszła.

W ogrodzie powietrze było cudownie przejrzyste, panował spokój. Ptaszki szczebiotały tak energicznie, że Zofia aż musiała się uśmiechnąć. Na trawie kropelki porannej rosy połyskiwały niczym drobiny kryształu.

Znów uderzyła ją myśl, jak niepojętym cudem jest świat.

W starym żywopłocie też czuło się wilgoć. Nigdzie nie było widać kolejnego listu od filozofa, ale Zofia mimo to oczyściła gruby korzeń i usiadła.

Przypomniało jej się, że filmowy Platon dał jej kilka zadań. Pierwsze dotyczyło piekarza, który potrafi upiec pięćdziesiąt identycznych ciastek.

Zofia musiała się dobrze zastanowić, uznała bowiem, że zadanie wcale nie jest takie łatwe. Kiedy od wielkiego dzwonu mama piekła kruche ciasteczka, wcale nie wychodziły jej identyczne. Co prawda nie była zawodowym piekarzem czy cukiernikiem, więc nic dziwnego, że rezultat nie okazywał się doskonały. Ale ciastka, które kupowali w sklepie, też nigdy nie były identyczne. Każde przecież uformowały ręce piekarza.

Nagle na buzi Zofii pojawił się chytry uśmieszek. Przypomniało jej się, jak kiedyś około Bożego Narodzenia wybrała się do miasta razem z ojcem, podczas gdy mama zajęta była pieczeniem. Kiedy wrócili do domu, cała kuchenna lada zasypana była piernikowymi ludzikami. Choć nie wszystkie pierniczki były doskonałe, to jednak na swój sposób identyczne. A dlaczego tak było? Oczywiście dlatego, że mama przy wycinaniu wszystkich ciasteczek posłużyła się tą samą *formą*.

Zofia była tak zadowolona z pierniczkowego rozwiązania, które nagle przyszło jej na myśl, że po prostu uznała, iż to zadanie ma z głowy. Piekarz piecze pięćdziesiąt identycznych ciastek, ponieważ do wszystkich używa tej samej formy. Na tym koniec.

Następnie Platon z wideo popatrzył w ukrytą kamerę i zapytał, dlaczego wszystkie konie są jednakowe. Ale to przecież nieprawda! Wręcz przeciwnie, Zofia była zdania, że każdy koń jest inny, tak jak inny jest każdy człowiek.

Już miała zamiar uznać i to zadanie za zakończone, kiedy wróciła myślą do pierniczków. Żadne ciastko nie było przecież całkiem identyczne, niektóre były trochę grubsze od innych, inne trochę pokruszone. A mimo to dla wszystkich było jasne, że są „zupełnie identyczne".

Może Platon chciał zapytać, dlaczego koń zawsze będzie koniem, a nie na przykład czymś pośrednim między koniem a świnią. Bo chociaż niektóre konie są brunatne jak niedźwiedzie, a inne białe jak jagnięta, to jednak wszystkie mają ze sobą coś wspólnego. Zofia na przykład nigdy nie spotkała konia o sześciu albo ośmiu nogach.

Ale Platonowi nie mogło chyba chodzić o to, że wszystkie konie są takie same, ponieważ są zrobione za pomocą tej samej formy?

Następne pytanie, jakie zadał jej Platon, było naprawdę poważne i trudne. Czy człowiek ma nieśmiertelną duszę? Zofia czuła, że na to pytanie nie potrafi odpowiedzieć. Wiedziała jedynie, że ciało po śmierci zostaje spalone albo pogrzebane w ziemi, a więc nie ma ono żadnej przyszłości. Gdyby dusza ludzka była nieśmiertelna, trzeba by było jednocześnie założyć, że człowiek składa się z dwóch bardzo różniących się od siebie części: ciała, które po latach niszczeje i ulega rozkładowi, i z duszy, istniejącej mniej lub bardziej niezależnie od tego, co dzieje się z ciałem. Babcia powiedziała kiedyś, że czuje, iż starzeje się tylko jej ciało, a w głębi ducha pozostała na zawsze młodą dziewczyną.

Wspomnienie „młodej dziewczyny" naprowadziło Zofię na ostatnie pytanie: czy kobiety i mężczyźni są równi rozumem? Nie była tego do końca pewna. Zależy, co Platon miał na myśli, mówiąc o rozumie.

Nagle przypomniała sobie, co nauczyciel filozofii powiedział o Sokratesie. Sokrates twierdził, że wszyscy ludzie mogą pojąć prawdy filozoficzne, jeśli tylko posłużą się rozumem. Uważał też, że niewolnikom dany jest taki sam rozum do rozwiązywania zagadnień filozoficznych, jak wysoko urodzonym. Zofia była przekonana, że stwierdziłby także, że kobiety i mężczyźni obdarzeni są takim samym rozumem.

Kiedy tak siedziała, rozmyślając, raptem usłyszała trzaskanie gałązek żywopłotu i ciężkie sapanie, jakby nagle ruszyła maszyna parowa. W następnej chwili do Zaułka wpadł jak burza płowy pies. W pysku trzymał dużą kopertę.

— Hermes! — wykrzyknęła Zofia. — Dziękuję.

Pies upuścił kopertę na kolana Zofii, a dziewczynka wyciągnęła rękę i zaczęła gładzić go po grzbiecie.

— Hermes, dobry piesek.

Psisko ułożyło się na ziemi, z zadowoleniem przyjmując pieszczoty. Po kilku minutach pies jednak wstał i poczłapał z powrotem przez żywopłot tą samą drogą, którą przyszedł. Zofia z żółtą kopertą w dłoni ruszyła za nim. Wiła się wśród zarośli jak piskorz i zaraz znalazła się poza ogrodem.

Hermes skierował się do lasu, a za nim w odległości kilku metrów szła Zofia. Pies kilkakrotnie odwrócił się i warknął ostrzegawczo, ale Zofia nie rezygnowała. Tym razem postanowiła odnaleźć filozofa, nawet gdyby miała dojść aż do Aten.

Pies zaczął biec coraz szybciej, wkrótce skręcił w małą ścieżkę. Zofia także przyspieszyła, ale kiedy biegła przez kilka minut, pies odwrócił się i zaczął szczekać, jakby chciał ją odpędzić. Zofia nie poddawała się, postanowiła wykorzystać szansę i biegła za nim.

Hermes popędził dalej ścieżką. W końcu Zofia musiała przyznać, że nie zdoła go dogonić. Dość długo stała wsłuchana w odgłos oddalających się kroków zwierzęcia. Wreszcie zapadła cisza.

Zofia przysiadła na pieńku na niewielkiej leśnej polance. W ręku cały czas trzymała dużą żółtą kopertę. Otworzyła ją, wyciągnęła zapisane na maszynie kartki i zaczęła czytać.

Akademia Platona

Dziękuję za ostatnie miłe spotkanie, Zosiu. Chodzi mi oczywiście o nasze spotkanie w Atenach. Przynajmniej mogłem Ci się przedstawić. Ponieważ przedstawiłem Ci również PLATONA, możemy od razu zabrać się do rzeczy.

Platon (427 – 347 r. p.n.e.) miał dwadzieścia dziewięć lat, kiedy Sokrates musiał opróżnić kielich z cykutą. Od dawna był już uczniem Sokratesa i z uwagą śledził proces toczący się przeciw niemu. Fakt, że Ateny mogły skazać na śmierć najszlachetniejszego człowieka w mieście, wywarł na nim niezatarte wrażenie, a przede wszystkim wytyczył kierunek dla całej jego filozoficznej działalności.

Dla Platona śmierć Sokratesa była jawnym dowodem przeciwieństw między *faktycznymi* stosunkami panującymi w społeczeństwie a tym, co *prawdziwe* czy *idealne*. Pierwszym dziełem filozoficznym Platona była mowa obrończa Sokratesa. Przekazał w niej słowa Sokratesa wypowiedziane przed sądem.

Pamiętasz pewnie, że sam Sokrates niczego nie napisał, w przeciwieństwie do wielu przedsokratyków, choć większość

pisanych materiałów nie zachowała się dla potomności. Natomiast jeśli chodzi o Platona, uważamy, że przechowała się spora część jego głównych dzieł (oprócz mowy obrończej Sokratesa napisał on zbiór listów i aż 35 dialogów filozoficznych). Pisma te zachowały się przede wszystkim dlatego, że Platon założył własną szkołę filozoficzną w pobliżu Aten, w gaju oliwnym, początkowo poświęconym Akademosowi, herosowi z mitologii greckiej. Stąd właśnie szkoła Platona nazwana została Akademią. (W późniejszych czasach na całym świecie powstało wiele tysięcy akademii. Do dziś mówimy o akademikach i przedmiotach akademickich).

W Akademii Platońskiej nauczano filozofii, matematyki i gimnastyki, choć „nauczanie" nie jest w tym przypadku najwłaściwszym określeniem. Również w Akademii Platońskiej najważniejsza była żywa rozmowa. Nic więc dziwnego, że dialogi były ulubioną przez Platona formą literacką.

Wieczna prawda, wieczne piękno i wieczne dobro

Przy okazji wprowadzenia do całego kursu filozofii powiedziałem, że wygodnie jest określić, co było założeniem danego filozofa. Pytam więc teraz: Co pragnął zbadać Platon?

W krótkich słowach możemy stwierdzić, że Platon zajmował się zależnością między tym, co wieczne i niezmienne, a tym, co „płynie" (a więc dokładnie tym samym, co przedsokratycy!).

Powiedzieliśmy sobie, że Sokrates odwrócił się od zagadnień filozofii przyrody, a zajął człowiekiem i społeczeństwem. Tak, tak, ale również sofiści i Sokrates zajmowali się stosunkiem między tym, co wieczne i trwałe, a tym, co „płynie". Rozważali ten problem w odniesieniu do *moralności* człowieka, do *ideałów* czy *cnót* społeczeństwa. Najogólniej mówiąc sofiści uważali, że odpowiedź na pytanie, co jest dobre, a co złe, jest różna w różnych miastach-państwach, a także w różnych pokoleniach. Tak więc odpowiedź na pytanie o dobro i zło jest również czymś, co „płynie". Sokrates nie mógł tego zaakceptować. Uważał, że istnieją wieczne, ponadczasowe reguły mówiące o tym, co dobre, a co złe. Posługując się rozumem, wszyscy ludzie mogą poznać owe niezmienne *normy,* ludzki rozum bowiem sam jest wieczny i niezmienny.

Nie straciłaś wątku, Zosiu? Następny jest Platon. On zajmuje się *zarówno* tym, co wieczne i niezmienne w przyrodzie, *jak i tym,* co wieczne i niezmienne, gdy chodzi o moralność i życie społeczne. Dla Platona staje się to jedną i tą samą sprawą. Usiłuje on pochwycić rzeczywistość, która jest wieczna i niezmienna. I, prawdę mówiąc, do tego właśnie potrzebni nam są filozofowie. Nie obchodzą ich wybory najpiękniejszej dziewczyny roku ani najtańsze pomidory na rynku (dlatego też nie zawsze bywają lubiani!). Oni starają się przymykać oczy na nieistotne sprawy, na aktualności dnia, próbują natomiast dotrzeć do tego, co jest wiecznie prawdziwe, wiecznie piękne, wiecznie dobre.

Mamy więc przynajmniej ogólny zarys filozoficznego założenia Platona. Teraz zajmiemy się każdą rzeczą po kolei. Postaramy się zrozumieć jego niezwykły sposób myślenia, który pozostawił niezatarty ślad w całej późniejszej filozofii europejskiej.

Świat idei

Już Empedokles i Demokryt wskazali, że wszystkie zjawiska w naturze „płyną", lecz mimo to musi istnieć coś, co nigdy się nie zmienia (cztery korzenie albo atomy). Platon również podejmuje to zagadnienie, lecz rozwiązuje je w odmienny sposób.

Platon uważał, że *wszystko,* czego możemy dotknąć w przyrodzie, „płynie". Nie istnieją więc żadne pierwiastki, które nie ulegają rozkładowi. Absolutnie wszystko, co należy do świata zmysłów, stworzone jest z materiału, który podlega niszczącemu działaniu czasu. Wszystko zarazem stworzone jest według ponadczasowej formy, która pozostaje wieczna i niezmienna.

Nie chwytasz? No cóż...

Dlaczego wszystkie konie są takie same, Zosiu? Być może myślisz sobie, że wcale tak nie jest. Istnieje jednak coś, co jest wspólne dla wszystkich koni, coś, co sprawia, że nigdy nie mamy kłopotu ze wskazaniem, że to właśnie jest koń. Poszczególny koń oczywiście „płynie". Może się starzeć, okuleć, chorować, aż wreszcie padnie. Sama jednak forma konia pozostaje wieczna i niezmienna.

Dla Platona więc owo wieczne i niezmienne nie jest wcale żadną fizyczną pramaterią. Wieczne i niezmienne są duchowe czy abstrakcyjne obrazy, wzorce, według których wszystko jest stworzone.

Sprecyzuję: przedsokratycy podali całkiem niezłe wyjaśnienie zmian zachodzących w przyrodzie, niekoniecznie zakładając, że coś rzeczywiście się zmienia. Uważali, że w obiegu przyrody istnieją wieczne i trwałe najmniejsze cząsteczki, które nie ulegają rozpadowi.

A jednak, Zosiu! Powtarzam: *A jednak!* A jednak nie potrafili podać żadnego rozsądnego wyjaśnienia, *w jaki sposób* owe najmniejsze cząstki, klocki, z których niegdyś zbudowany był koń, mogły nagle złożyć się w zupełnie nowego konia czterysta albo pięćset lat później! Albo, na przykład, w krokodyla lub nosorożca. Platon zauważył, że atomy Demokryta nigdy nie złożą się w krokorożca ani w nosodyla. Właśnie to pobudziło jego filozoficzną refleksję.

Jeśli rozumiesz, o co mi chodzi, możesz opuścić ten fragment. Na wszelki wypadek powtórzę: masz pudełko klocków Lego i budujesz z nich konia. Następnie rozbierasz go i wkładasz klocki do pudełka. Nie możesz oczekiwać, że z klocków powstanie nowy koń, gdy tylko potrząśniesz pudełkiem. W jaki sposób klocki Lego miałyby same z siebie ułożyć się w konia? Nie, to T y go musisz zbudować, Zosiu. A uda Ci się to, ponieważ nosisz w sobie obraz tego, jak wygląda koń. Koń z klocków Lego jest więc stworzony według wzorca, który nie zmienia się i nie zależy od tego, jak wygląda jakiś konkretny koń.

Udało Ci się rozwiązać zadanie dotyczące pięćdziesięciu identycznych ciastek? Załóżmy, że spadłaś z kosmosu na Ziemię i nigdy przedtem nie widziałaś cukierni. Wchodzisz więc do odpowiednio kuszącej ciastkarni i w oko wpada Ci pięćdziesiąt identycznych pierniczków ułożonych rządkiem na ladzie. Przypuszczam, że podrapałabyś się w głowę, zdziwiona, jak to możliwe, że są takie same. Prawdopodobnie jednak któremuś z piernikowych ludzików odłamała się ręka, innemu ukruszył się kawałek głowy, a jeszcze inny ma wielki brzuch. Po namyśle doszłabyś do wniosku, że mimo to wszystkie pierniczki mają jakiś *wspólny mianownik*. Choć żaden nie jest idealny, będziesz przekonana, że mają *wspólny pierwowzór*. Zrozumiesz, że wszystkie ciasteczka zostały zrobione za pomocą tej samej formy. I co więcej, Zosiu, będziesz miała wielką ochotę *zobaczyć* tę formę. Jasne jest bowiem, że sama forma jest o wiele, wiele bliższa ideałowi, a więc na swój sposób piękniejsza niż którakolwiek z ułomnych kopii.

Jeśli udało Ci się rozwiązać zadanie samodzielnie, to rozwiązałaś ten problem filozoficzny dokładnie w taki sam sposób jak Platon. Jak większość filozofów „spadł na Ziemię z kosmosu" (i wylądował na samym koniuszku jednego z cienkich włosków króliczej sierści). Zdumiało go takie podobieństwo zjawisk występujących w przyrodzie i w końcu doszedł do wniosku, że istnieje ograniczona liczba *form*, które są „ponad" lub kryją się „za" wszystkim, co widzimy wokół nas. Formy te Platon nazwał *ideami*. Za wszystkimi końmi, świniami i ludźmi tkwi odpowiednio: idea „koń", idea „świnia", idea „człowiek". (Tak samo w omawianej przez nas cukierni można znaleźć pierniczkowe ludziki, pierniczkowe świnki i pierniczkowe koniki, bo w cukierniach mają na ogół więcej niż jedną formę. Ale jedna jedyna forma wystarczy na *każdy* rodzaj pierniczków).

Konkluzja: Platon uważał, że poza światem zmysłowym musi istnieć odrębna rzeczywistość. Nazwał ją *światem idei*. Tu właśnie znajdują się wieczne i niezmienne wzorce, kryjące się za zjawiskami, które napotykamy w przyrodzie. Ten godny uwagi pogląd nazywamy platońską *teorią idei*.

Wiedza pewna

Ufam, że na razie nie straciłaś wątku, droga Zosiu. Ale może zapytasz: Czy Platon rzeczywiście tak myślał? Czy naprawdę sądził, że w całkiem innej rzeczywistości istnieją takie formy?

Pewnie nie przez całe życie myślał dosłownie tak, lecz przynajmniej z niektórych jego dialogów wynika, że tak należy go rozumieć. Spróbujmy prześledzić jego argumentację.

Jak już powiedzieliśmy, filozof stara się pochwycić coś, co jest wieczne i niezmienne. Nie byłoby rzeczą szczególnie przydatną pisanie rozprawy filozoficznej o egzystencji pewnej konkretnej bańki mydlanej. Po pierwsze, nie można się jej nawet dobrze przyjrzeć, a już znika. Po drugie, najprawdopodobniej bardzo trudno byłoby sprzedać rozprawę o czymś, czego nikt inny nie widział, a co w dodatku istniało zaledwie przez pięć sekund.

Platon uważał, że wszystko, co dostrzegamy w otaczającej nas przyrodzie i czego możemy dotknąć, da się porównać do bańki mydlanej. Nic bowiem z tego, co istnieje w świecie zmysłowym, nie jest trwałe. Na pewno zdajesz sobie sprawę, że wszyscy ludzie i zwierzęta prędzej czy później umierają i ulegają rozkładowi. Powoli zmienia się i rozpada nawet blok marmuru. (Akropol leży w ruinach, Zosiu! To skandal, powiesz może. Ale tak właśnie jest). Dla Platona istotne jest, że nigdy nie zdołamy uzyskać pewnej, bezspornej wiedzy o czymś, co ulega ciągłym zmianom. O tym, co należy do świata zmysłowego, a więc o tym, co możemy zobaczyć, czego możemy dotknąć, mamy tylko złudne pojęcie albo *przypuszczenie. Pewną wiedzę* możemy osiągnąć jedynie w odniesieniu do tego, co możemy „zobaczyć" rozumem.

Dobrze, dobrze, Zosiu, postaram się wyjaśnić Ci to dokładniej. Jakiś jeden piernikowy ludzik może po całym tym mieszaniu, ugniataniu, wycinaniu i pieczeniu okazać się tak zniekształcony, że trudno stwierdzić, co to właściwie jest. Obejrzawszy jednak dwadzieścia czy trzydzieści takich pierniczków, mniej lub bardziej doskonałych, z dużą pewnością mogę stwierdzić, jak wygląda forma użyta do zrobienia ciastek. Mogę to odgadnąć, choć samej formy nigdy nie widziałem. Nie jest nawet pewne, czy zobaczenie formy na własne oczy przyniosłoby większą korzyść. Nie zawsze bowiem możemy zaufać własnym zmysłom. Zdolność widzenia może być u każdego człowieka inna. Możemy natomiast zaufać temu, co mówi nam rozum, rozum bowiem wszyscy ludzie mają taki sam.

Wyobraź sobie, że siedzisz w klasie z trzydziestoma innymi uczniami i nauczyciel zapyta, który z kolorów tęczy jest najładniejszy. Na pewno usłyszy wiele różnych odpowiedzi. Ale kiedy spyta, ile jest osiem razy trzy, cała klasa powinna podać taki sam wynik. Takie rozstrzygnięcie podaje rozum, który jest dokładnym przeciwieństwem opinii i poznania zmysłowego. Możemy powiedzieć, że rozum jest wieczny i uniwersalny właśnie dlatego, że wypowiada się o wiecznej i uniwersalnej rzeczywistości.

Platon w ogóle bardzo interesował się matematyką, a powodem tego był fakt, że prawa matematyczne nigdy się nie zmieniają i dlatego wiedzę o nich możemy uważać za pewną. Posłużmy się teraz jakimś przykładem. Wyobraź sobie, że gdzieś w lesie znajdujesz okrągłą szyszkę. Być może powiesz, że twoim zdaniem szyszka jest idealnie okrągła. Jorunn natomiast będzie twierdzić, że z jednej strony jest odrobinę spłaszczona (oczywiście zaczniecie się kłócić!). Nie możecie jednak być pewne czegoś, co widzicie oczami. Z całą pewnością natomiast możecie stwierdzić, że pełny okrąg ma 360 stopni. Mówiąc to, wypowiadacie się oczywiście o *idealnym* okręgu, którego być może nie da się znaleźć w naturze, ale który z łatwością możecie sobie wyobrazić (rozmawiacie o ukrytej formie do wycinania pierniczków, a nie o przypadkowym pierniczku na kuchennym stole).

Krótkie podsumowanie: o tym, co postrzegamy *zmysłami,* możemy mieć jedynie złudne pojęcie. Pewną wiedzę natomiast możemy osiągnąć o tym, co *postrzegamy rozumem.* Suma kątów w trójkącie przez całą wieczność wynosić będzie 180 stopni. I tak samo idea „koń” zawsze będzie stała na czterech nogach, nawet jeśli wszystkie konie w świecie zmysłów okuleją.

Nieśmiertelna dusza

Dowiedzieliśmy się już, że zdaniem Platona rzeczywistość podzielona jest na dwie części.

Jedna część to *świat zmysłów,* o którym przybliżoną i niedoskonałą wiedzę uzyskać możemy dzięki wykorzystaniu naszych pięciu (ulegających złudzeniom i niedoskonałych) zmysłów. Do tego, co poznajemy zmysłami, odnosi się twierdzenie, że „wszystko płynie", a nic w świecie dostępnym zmysłom nie trwa wiecznie. A więc w świecie zmysłów nie ma niczego, co *jest,* tylko całe mnóstwo rzeczy, które powstają i znikają.

Drugą częścią jest *świat idei,* o którym możemy uzyskać pewną wiedzę, posługując się rozumem. Świata idei nie da się poznać zmysłami. Za to idee (albo formy) są wieczne i niezmienne.

Według Platona człowiek również jest istotą dwudzielną. Mamy *ciało,* które „płynie". Jest ono nierozerwalnie związane ze światem zmysłów i czeka je taki sam los jak wszystko inne, co do tego świata należy (na przykład bańka mydlana). Wszystkie nasze zmysły wiążą się z ciałem, dlatego też nie można na nich polegać. Mamy jednak także nieśmiertelną *duszę,* która jest siedliskiem rozumu. Dusza nie jest materialna i właśnie dlatego może zajrzeć do świata idei.

Dużo już powiedziałem. Ale to nie koniec, Zosiu. Powtarzam: TO NIE KONIEC!

Platon uważał także, że dusza istniała, *zanim* jeszcze zamieszkała w ciele. Kiedyś dusza przebywała w świecie idei (leżała w szafie na górnej półce wraz ze wszystkimi foremkami do ciastek). Kiedy dusza budzi się w ludzkim ciele, zapomina o doskonałych ideach. Coś jednak zaczyna się dziać, rozpoczyna się niezwykły proces. Z czasem, gdy człowiek doświadcza form występujących w przyrodzie, w duszy kiełkować zaczyna nieśmiałe wspomnienie. Człowiek widzi konia — ale takiego, któremu daleko do doskonałości (tak, tak, pierniczkowego konika). To wystarczy, by obudzić w duszy niejasne wspomnienie doskonałego konia, którego widziała kiedyś w świecie idei. Tym samym budzi się także tęsknota za powrotem do właściwej siedziby duszy. Tęsknotę tę Platon nazywa *eros*, co znaczy miłość. Dusza odczuwa więc miłosną tęsknotę za powrotem do miejsca, z którego przybyła. Od tej chwili ciało i wszystko, co zmysłowe, wydaje się niedoskonałe i nieistotne. Na skrzydłach miłości dusza powróci „do domu", do świata idei. Uwolni się z cielesnego więzienia.

Muszę natychmiast podkreślić, że Platon opisuje tu idealny bieg życia. Nie wszyscy ludzie uwalniają duszę i pozwalają jej wyruszyć w powrotną podróż do świata idei. Większość trzyma się mocno tego, co jest odbiciem idei w świecie zmysłów. Widzą konia, i jeszcze jednego konia. Nie dostrzegają jednak tego, czego wszystkie konie są tylko nieudolnym naśladownictwem (wpadają do kuchni i rzucają się na pierniczki, nie pytając nawet, skąd się wzięły). A Platon opisuje drogę filozofów. Jego poglądy można odczytywać jako opis działalności filozofów.

Kiedy widzisz cień, Zosiu, myślisz od razu, że coś musi rzucać ten cień. Dostrzegasz cień jakiegoś zwierzęcia. Może to koń, myślisz, ale nie jesteś pewna. Odwracasz głowę i widzisz prawdziwego konia, który jest o wiele piękniejszy, ma ostrzejsze kontury niż złudny „cień konia". A PLATON UWAŻAŁ, ŻE WSZYSTKIE ZJAWISKA W PRZYRODZIE SĄ TYLKO CIENIAMI WIECZNYCH FORM, CZYLI IDEI. Większość ludzi zadowala się jednak życiem wśród cieni. Nie myślą wcale o tym, że coś ten cień musi rzucać. Sądzą, że poza cieniami nie ma niczego innego, dla nich więc cienie wcale nie są cieniami. Dlatego zapominają o nieśmiertelności swej duszy.

Wyjście z mroku jaskini

Platon swój pogląd ilustruje porównaniem zwanym często parabolą jaskini. Postaram się przekazać Ci ją własnymi słowami.

Wyobraź sobie ludzi mieszkających w jaskini pod ziemią. Siedzą zwróceni plecami do wyjścia, ręce i nogi mają związane i mogą patrzeć jedynie na ścianę jaskini. Za nimi wznosi się wysoki mur, a za murem przechadzają się podobne ludzkie istoty, trzymające ponad krawędzią muru rozmaite figury. Ponieważ jeszcze dalej płonie ognisko, figury rzucają migotliwe cienie na ścianę jaskini. Mieszkańcy jaskini mogą więc widzieć jedynie ów „teatr cieni". Siedzą w tej samej pozycji od urodzenia i dlatego wierzą, że cienie to jedyne, co istnieje.

Wyobraź sobie, że jeden z mieszkańców jaskini wyrywa się z niewoli. Wszystko zaczyna się od pytania, jakie sobie zadaje: skąd biorą się cienie na ścianie? Wreszcie udaje mu się zerwać więzy. Jak myślisz, co się stanie, kiedy odwróci się ku figurom trzymanym ponad krawędzią muru? Naturalnie, przede wszystkim oślepi go ostre światło. Będzie też oszołomiony widokiem figur, bo przecież dotychczas widział tylko ich cienie. Gdy uda mu się przejść przez mur i pójdzie dalej, mijając ognisko, zagłębi się w przyrodę otaczającą jaskinię i znów jego oczy na moment oślepną. Ale przetarłszy je, przeżyje wstrząs, widząc, jak piękne jest wszystko dokoła. Pierwszy raz ujrzy kolory i ostre kontury. Zobaczy prawdziwe zwierzęta i kwiaty, których jedynie nieudolnym naśladownictwem były cienie w jaskini. Zada sobie pytanie, skąd biorą się wszystkie te kwiaty i zwierzęta, zobaczy słońce na niebie i zrozumie, że to ono daje życie całej przyrodzie, tak jak w jaskini ognisko sprawiło, że mógł widzieć cienie.

Szczęśliwy mieszkaniec jaskini mógłby teraz zanurzyć się w przyrodzie i radować odzyskaną wolnością. Ale on myśli o tych wszystkich, którzy zostali w jaskini. Postanawia do nich wrócić. Gdy tylko znów znajdzie się na dole, usiłuje przekonać pozostałych mieszkańców jaskini, że cienie na ścianie są tylko niewyraźnym naśladownictwem *prawdziwych* rzeczy. Nikt jednak mu nie wierzy. Wszyscy wskazują ścianę jaskini i powtarzają, że istnieje jedynie to, co tam widzą. W końcu go zabijają.

To, co Platon przedstawia w swojej paraboli jaskini, to droga filozofa od złudnych domysłów do prawdziwych idei, które kryją się za wszystkimi zjawiskami przyrody. Ma też z pewnością na myśli Sokratesa, zgładzonego przez „mieszkańców jaskini" za to, że zaczął mieszać w ich tradycyjnych wyobrażeniach i pragnął pokazać drogę do prawdziwego poznania.

Zdaniem Platona, stosunek między mrokiem jaskini a przyrodą znajdującą się poza nią odpowiada stosunkowi między formami w przyrodzie a światem idei. Platon nie uważał wcale, że przyroda jest mroczna i smutna, ale jest mroczna i smutna *w porównaniu* z jasnością i wyrazistością idei. Zdjęcie ślicznej dziewczyny nie jest wcale mroczne ani smutne, raczej przeciwnie. Ale to przecież tylko zdjęcie.

Państwo filozofów

Parabolę jaskini znajdujemy w dialogu Platona zatytułowanym *Państwo*. Platon przedstawia w nim także obraz państwa idealnego, to znaczy wymyślonego wzoru państwa, czy — jak to nazywamy — państwa utopijnego. Mówiąc o tym w krótkich słowach, Platon jest zdania, że państwem powinni rządzić filozofowie. Wyjaśniając, dlaczego tak uważa, za punkt wyjścia przyjmuje sposób, w jaki zbudowany jest każdy człowiek.

Według Platona ludzkie ciało podzielone jest na trzy części, to znaczy *głowę, pierś* i *podbrzusze*. Każdej z tych części odpowiada pewna cecha duszy. Głowie odpowiada *rozum*, piersi — *wola*, a podbrzuszu — *pożądanie*. Każdej z trzech części duszy przypisany jest z kolei pewien ideał, czyli cnota. Rozum powinien dążyć do *mądrości*, wola — okazywać *męstwo*, a nad pożądaniem należy panować, okazując *umiar*. Dopiero gdy wszystkie trzy części człowieka funkcjonują jako całość, mamy do czynienia z człowiekiem „sprawiedliwym". W szkole młodzież powinna najpierw uczyć się panować nad żądzami, a następnie rozwijać męstwo. Na koniec rozum powinien osiągnąć mądrość.

Platon wyobraża sobie państwo zbudowane dokładnie na tej samej zasadzie jak człowiek — z zachowaniem identycznego podziału. Jak ciało ma głowę, pierś i podbrzusze, tak państwo ma *władców, strażników* (czyli żołnierzy) i *wytwórców* (na przykład chłopów). Wyraźnie widać tutaj, że Platon wzoruje się na greckiej medycynie. Jak zdrowy, harmonijny człowiek wykazuje równowagę i umiar, tak „sprawiedliwe" państwo charakteryzuje się tym, że każdy zna swoje miejsce w całości.

Jak całą filozofię Platona, tak również jego filozofię państwa cechuje *racjonalizm*. Decydującym czynnikiem wpływającym na stworzenie dobrego państwa jest fakt, że będzie ono rządzone *rozumem*. Tak jak głowa kieruje ciałem, tak i społeczeństwem kierować powinni filozofowie.

Spróbujmy naszkicować sobie stosunek między trzema częściami człowieka i państwa:

CIAŁO	DUSZA	CNOTA	PAŃSTWO
głowa	rozum	mądrość	władcy
pierś	wola	męstwo	strażnicy
podbrzusze	pożądanie	umiar	wytwórcy

Idealne państwo Platona przypomina nieco stary indyjski podział na kasty, w którym każdemu przypisana jest szczególna funkcja, mająca na względzie dobro całości. Już od czasów Platona, a nawet jeszcze wcześniej, w indyjskim systemie kastowym istniał taki sam podział na trzy kasty: kastę rządzącą (czyli kastę kapłanów), kastę wojowników i kastę wytwórców.

Dzisiaj państwo Platona nazwalibyśmy może państwem totalitarnym. Warto jednak zauważyć, że zdaniem Platona tak samo jak mężczyźni mogłyby również władać państwem kobiety, a to dlatego, że władcy obejmują rząd z racji swego *rozumu*. Platon uważał, że kobiety mają dokładnie taki sam rozum jak mężczyźni, o ile odbiorą takie samo wykształcenie, a ponadto zostaną zwolnione z obowiązku zajmowania się dziećmi i z zajęć domowych. Platon pragnął, by władcy i strażnicy wyrzekli się rodziny i własności prywatnej. Wychowanie dzieci i tak jest sprawą zbyt poważną, by można ją było powierzyć zwykłym ludziom i odpowiedzialność za nie powinno przejąć państwo (Platon był pierwszym filozofem, który postulował organizację publicznych przedszkoli i całodziennej szkoły).

Przeżywszy kilkakrotnie rozczarowanie polityką, Platon napisał dialog *Prawa*. Przedstawił w nim „państwo prawa" jako nieomal najlepsze państwo. Tym razem przywraca do łask własność prywatną i więzi rodzinne, ale w ten sposób wolność kobiet zostaje ograniczona. Twierdzi jednak, że państwo, które

nie kształci i nie ćwiczy kobiet, jest jak człowiek, który ćwiczy tylko prawą rękę.

Ogólnie możemy powiedzieć, że Platon miał pozytywne nastawienie do kobiet, w każdym razie gdy weźmiemy pod uwagę czasy, w jakich żył. W dialogu *Uczta* to właśnie kobieta, DIOTYMA, przekazuje Sokratesowi wiedzę filozoficzną.

Taki właśnie był Platon, Zosiu. Przez ponad dwa tysiące lat ludzie dyskutowali — i krytykowali — jego zadziwiającą teorię idei. Pierwszym, który to uczynił, był jego własny wychowanek z Akademii. Nazywał się ARYSTOTELES — to trzeci wielki filozof z Aten. Ale na razie więcej nic nie powiem!

Podczas gdy Zofia siedziała na pieńku zaczytana w wykład o Platonie, słońce wzeszło nad porośnięte lasem wzgórza na wschodzie. Tarcza słoneczna uniosła się nad horyzontem akurat w chwili, gdy dziewczynka czytała o Sokratesie, który wydostał się z jaskini i stał, mrużąc oczy, oślepiony jasnym światłem.

Zofia miała wrażenie, jakby sama właśnie wyszła z podziemnej groty. Wydawało jej się w każdym razie, że po przeczytaniu o Platonie spogląda na przyrodę w całkiem nowy sposób. Miała wrażenie, że przedtem nie rozróżniała kolorów, jak daltonista. Dostrzegała cienie, lecz nie widziała jasnych, wyraźnych idei.

Nie była pewna, czy Platon, mówiąc o wiecznych wzorach, we wszystkim miał rację, ale myśl, że wszystko, co żyje, to tylko niedoskonałe kopie wiecznych form w świecie idei, wydała jej się piękna. Bo czy nie jest prawdą, że wszystkie kwiaty i drzewa, ludzie i zwierzęta są niedoskonali?

Wszystko, co widziała wokół siebie, stało się tak piękne i pełne życia, że aż musiała przetrzeć oczy. Nic z tego, na co patrzyła, nie będzie trwało wiecznie. A jednak za sto lat będą tu kwitły takie same kwiaty, biegały takie same zwierzęta. Choć każdy kwiat i każde zwierzę zostanie w pewien sposób wytarte z pamięci, zapomniane, to jednak „coś" zapamięta, jak wszystko powinno wyglądać.

Zofia zapatrzyła się w dzieło stworzenia. Nagle na pień sosny skoczyła wiewiórka. Kilka razy okręciła się wokół pnia i zaraz zniknęła wśród gałęzi.

Już cię kiedyś widziałam! — pomyślała Zofia. Oczywiście zdawała sobie sprawę, że to nie jest to samo zwierzątko, które spotkała wcześniej, ale widziała już kiedyś tę „formę". Platon mógł mieć rację, i ona kiedyś widziała ową „wieczną wiewiórkę" w świecie idei, zanim jej dusza zamieszkała w ciele.

Czy to prawda, że żyła już wcześniej? Czy jej dusza istniała już, zanim znalazła ciało, do którego mogła się wślizgnąć? Czy to prawda, że przez cały czas nosi w sobie skarb, maleńką bryłkę złota, klejnot, którego nie zniszczy czas; duszę, która będzie żyć dalej, gdy ciało zestarzeje się i umrze, żyć będzie dalej?

CHATA MAJORA

...dziewczynka w lustrze mrugnęła obojgiem oczu...

Zofia skończyła czytać kwadrans po siódmej, nie musiała więc wracać od razu do domu. Matka na pewno pośpi jeszcze ze dwie godziny, w niedzielę nigdy wcześnie nie wstawała.

A może by tak zapuścić się głębiej w las, poszukać Alberta Knoxa? Ale dlaczego pies tak paskudnie na nią warczał?

Zofia podniosła się z pieńka i pomaszerowała dróżką, którą pobiegł Hermes. W ręku niosła żółtą kopertę z wykładem o Platonie. Ścieżka rozwidlała się kilka razy, dziewczynka konsekwentnie wybierała szerszą.

Wszędzie dookoła — na drzewach, w powietrzu, w zaroślach i krzewach — ćwierkały ptaki, najwyraźniej bardzo zajęte poranną toaletą. Nie odróżniały zwykłego dnia od niedzieli. Kto nauczył ptaki robić to, co robiły? Czy w każdym zamontowany był malutki komputer, specjalny program wydający polecenia, jak powinny się zachowywać?

Ścieżka wspięła się na niewielkie wzniesienie, by później opaść dość stromo między wysokimi sosnami. Las był w tym miejscu tak gęsty, że Zofia mogła zajrzeć zaledwie kilka metrów w głąb.

Nagle między pniami sosen coś zalśniło, najwyraźniej jakaś woda. Ścieżka zakręcała akurat w tym miejscu w inną stronę, ale dziewczynka postanowiła wejść między drzewa. Nie umiałaby powiedzieć dlaczego, ale nogi same niosły ją właśnie tędy.

Jezioro nie było większe od boiska do piłki nożnej. Po drugiej stronie, na małej polance, otoczonej brzozami o białych pniach, dostrzegła pomalowaną na czerwono chatę. Z komina unosiła się cienka smużka dymu.

Zofia zeszła nad wodę. Na samym brzegu jeziorka było bardzo wilgotno, ale zaraz zauważyła łódź do połowy wyciągniętą na ląd. W łódce leżała para wioseł.

Zofia rozejrzała się dokoła. Niestety, suchą nogą i tak nie uda się dotrzeć do czerwonej chatki, nawet okrążając jezioro. Zdecydowanym krokiem podeszła więc do łodzi i zepchnęła ją na wodę. Wsiadła, wsunęła wiosła w dulki i wypłynęła. Po niedługiej chwili łódź uderzyła o drugi brzeg. Zofia wyskoczyła na ląd i spróbowała wciągnąć łódkę, ale tu brzeg był o wiele bardziej stromy niż po drugiej stronie, skąd przypłynęła.

Raz tylko obejrzała się za siebie i ruszyła w kierunku chaty.

Sama była sobą przerażona. Nie wiedziała, skąd bierze się jej śmiałość. Miała wrażenie, jakby coś ją prowadziło.

Zofia podeszła do drzwi i zapukała. Dość długo czekała, ale nikt nie otwierał. Ostrożnie nacisnęła klamkę i drzwi ustąpiły.

— Hop, hop! — zawołała. — Jest tu kto?

Weszła do środka, do dużej izby. Bała się zamknąć drzwi za sobą.

Widać było wyraźnie, że ktoś tu mieszka. Zofia usłyszała, jak w starym piecu trzaska dopalające się drewno. A więc jeszcze niedawno ktoś musiał tu być.

Na wielkim stole stała maszyna do pisania, leżało kilka książek, parę długopisów i całe mnóstwo papieru. Pod oknem, wychodzącym na jezioro, stał stolik i dwa fotele. Poza tym niewiele było tu mebli, a jedną ścianę całkowicie zakrywały półki wypełnione książkami. Nad białą komodą wisiało duże okrągłe lustro w masywnej ramie z mosiądzu. Wyglądało na strasznie stare.

Na drugiej ścianie wisiały dwa obrazy. Jeden z nich, olejne malowidło, przedstawiał biały dom położony o rzut kamieniem od małej zatoczki, nad którą stała czerwona szopa na łodzie. Pomiędzy domem a szopą rozciągał się opadający ku wodzie ogród, w którym wśród wystających kamieni i skał rosła jabłoń i kilka gęstych krzewów. Ogród otaczały brzozy. Obraz zatytułowany był *Bjerkely*, czyli „Brzozowe Zacisze”.

Obok tego obrazu wisiał stary portret mężczyzny siedzącego na krześle przy oknie, z książką na kolanach. I tu także w tle widać było małą zatokę i drzewa rosnące pośród skał. Obraz z pewnością namalowany został kilkaset lat temu, nosił tytuł *Berkeley*. Ten, kto namalował obraz, nazywał się Smibert.

Berkeley i Bjerkely. Czy to nie dziwaczne?

Zofia nadal rozglądała się po chacie. Z pokoju prowadziły drzwi do małej kuchenki. Ktoś niedawno tu zmywał. Talerzyki i filiżanki ustawiono na lnianej ścierce, na kilku spodkach widać było jeszcze banieczki piany. Na podłodze stała blaszana miska z resztkami jedzenia. A więc mieszkało tu także jakieś zwierzę, pies albo kot.

Zofia wróciła do pokoju. Kolejne drzwi prowadziły do niedużej sypialni. Przy łóżku dostrzegła dwa chodniki, złożone w grube posłanie. Znalazła na nich kilka jasnych włosów. To był dowód, teraz stało się jasne jak słońce, że w chatce mieszka Alberto Knox z Hermesem.

Wróciwszy do saloniku Zofia stanęła przed lustrem wiszącym nad komodą. Tafla lustra była matowa, nierówna, odbicie trudno było nazwać ostrym. Zofia zaczęła stroić miny do lustra, jak to często robiła w domowej łazience. Lustrzane odbicie powtarzało każdy jej grymas, czegoś innego zresztą nie można było się spodziewać.

I nagle wydarzyło się coś niezwykłego: raz, przez jedną krótką chwilę, Zofia wyraźnie dostrzegła, że dziewczynka w lustrze mrugnęła obojgiem oczu. Zofia przerażona odskoczyła w tył. Jeśli ona sama zamrugała w tej chwili, to jak mogła widzieć, że ta druga także mrugnęła? I co więcej, wydawało się, że dziewczynka w lustrze mrugnęła właśnie do Zofii. Jakby chciała powiedzieć: „Widzę cię, Zosiu. Jestem tutaj, po drugiej stronie".

Zofia czuła, że serce mocno wali jej w piersiach. Jednocześnie w oddali rozległo się szczekanie psa. To na pewno Hermes! Musi natychmiast stąd wyjść.

Nagle na komodzie, pod lustrem w mosiężnych ramach, dostrzegła zielony portfelik. Podniosła go i ostrożnie otworzyła. W środku tkwiły banknoty: setka i pięćdziesiątka oraz legitymacja szkolna. Do legitymacji przymocowane było zdjęcie dziewczynki o jasnych włosach. Pod zdjęciem nazwisko: *Hilda Møller Knag*... i napis: *Szkoła podstawowa w Lillesand*.

Zofia poczuła, że oblewa ją zimny pot. Zaraz jednak znów usłyszała szczekanie psa. Musiała wyjść stąd jak najprędzej.

Mijając stół, wśród rozrzuconych książek i papierów dostrzegła białą kopertę. Drukowanymi literami wypisano na niej: *ZOFIA*.

Zanim zdążyła się zastanowić, wzięła list ze stołu i wsunęła go do dużej żółtej koperty z wykładem o Platonie. Wybiegła z chatki, zamykając za sobą drzwi.

Na dworze szczekanie psa rozlegało się wyraźniej. Najgorsze jednak było to, że łódź zniknęła. Upłynęła jednak tylko sekunda albo dwie, a już zorientowała się, że łódka spokojnie unosi się na wodzie pośrodku jeziorka. Pływało przy niej jedno z wioseł.

To dlatego, że nie udało jej się wyciągnąć łódki na ląd! Pies znów zaczął szczekać. W dodatku słyszała teraz, że coś porusza się między drzewami po drugiej stronie jeziora.

Zofia nie zastanawiała się dłużej. Nie wypuszczając z ręki koperty, wbiegła w krzaki rosnące za chatą. Wkrótce natrafiła na moczary, kilkakrotnie wpadła w bagno prawie po kolana, ale musiała biec dalej, musiała dotrzeć do domu.

Po pewnym czasie, potykając się, wypadła na ścieżkę. Czy to ta sama ścieżka, którą przyszła? Zofia zatrzymała się, by wyżąć sukienkę. Woda strumykiem pociekła jej po nogach. Dopiero teraz dziewczynka zaczęła płakać.

Jak mogła zachować się tak głupio? Najgorsza ze wszystkiego była historia z łódką. Przed oczami cały czas miała łódź i wiosło kołyszące się na wodzie pośrodku jeziora. To takie głupie, taki wstyd...

Filozof na pewno dotarł już nad jezioro. Potrzebował łodzi, żeby dostać się do domu. Zofia poczuła się jak złoczyńca, a przecież wcale nie miała zamiaru wyrządzić nikomu krzywdy.

Koperta! To chyba jeszcze bardziej przykra sprawa. Dlaczego zabrała ją ze sobą? Oczywiście dlatego, że napisane na niej było jej imię, a więc to tak, jakby trochę należała i do niej. A mimo to czuła się jak złodziej. A w dodatku zostawiła wyraźną informację, że to właśnie ona tam była.

Wyciągnęła z koperty kartkę i zaczęła czytać:

Co było pierwsze — kura czy idea „kura"?
Czy człowiek ma wrodzone idee?
Jakie są różnice między rośliną, zwierzęciem i człowiekiem?
Dlaczego pada deszcz?
Co jest potrzebne, aby człowiek żył szczęśliwie?

Zofia nie była w stanie w tej chwili zastanawiać się nad pytaniami, ale doszła do wniosku, że muszą mieć coś wspólnego z kolejnym filozofem, chyba z tym, który nazywał się Arystoteles.

Kiedy po długim, długim biegu przez las zobaczyła żywopłot, poczuła się jak rozbitek z zatopionego statku, który nareszcie dopłynął do lądu. Dziwne było patrzeć na żywopłot od drugiej strony. Dopiero gdy dotarła do Zaułka, spojrzała na zegarek. Wskazywał pół do jedenastej. Włożyła dużą kopertę do puszki po ciastkach razem z innymi papierami. Kartkę z nowymi pytaniami wetknęła pod rajstopy.

Gdy weszła do kuchni, matka siedziała przy telefonie. Akurat w momencie, gdy Zofia stanęła w drzwiach, odłożyła słuchawkę.

— Gdzie ty byłaś, Zosiu?

— Ja... poszłam się przejść... po lesie — wyjąkała.

— No, rzeczywiście, to widzę.

Zofia nie odpowiedziała, zauważyła, że z sukienki ciągle skapuje woda.

— Musiałam zadzwonić do Jorunn...

— Do Jorunn?

Matka przygotowała dla niej suche ubranie. Zofii ledwie udało się przemycić arkusik z pytaniami od nauczyciela filozofii. Usiadły w kuchni, matka zajęła się przyrządzaniem czekolady na gorąco.

— Byłaś razem z nim? — spytała zaraz.

— Z nim?

Zofia myślała tylko o nauczycielu filozofii.

— No tak, z nim. Z tym twoim... „królikiem".

Zofia potrząsnęła głową.

— Co robicie, kiedy jesteście razem, Zosiu? Dlaczego jesteś taka mokra?

Zofia siedziała poważna, ze wzrokiem wbitym w stół, ale gdzieś, w jakimś tajemniczym miejscu ukrytym w jej duszy, coś się śmiało. Biedna mama, teraz znów niepokoi się o *to*.

Jeszcze raz potrząsnęła głową, ale zaraz spadł na nią cały grad pytań.

— Chcę usłyszeć całą prawdę. Wychodziłaś w nocy? Dlaczego położyłaś się do łóżka w sukience? Wymknęłaś się z domu zaraz, jak tylko się położyłam? Masz dopiero czternaście lat, Zosiu. Żądam, żebyś mi powiedziała, z kim się przyjaźnisz!

Zofia wybuchnęła płaczem, a potem zaczęła mówić. Nadal się bała, a kiedy ktoś się boi, na ogół nie kłamie.

Opowiedziała, jak obudziła się wcześnie rano i wybrała się na spacer do lasu. Opowiedziała też o chatce i łódce, a także o niezwykłym lustrze. Udało jej się jednak przemilczeć wszystko, co miało związek z tajemniczym kursem korespondencyjnym. Nie wspomniała także ani słowem o zielonym portfelu. Nie wiedziała do końca dlaczego, ale sprawę Hildy *musiała* zatrzymać dla siebie.

Matka mocno ją objęła. Zofia zrozumiała, że nareszcie jej uwierzyła.

— Nie mam żadnego chłopaka — wykrztusiła przez łzy. — Powiedziałam tak tylko dlatego, że się zmartwiłaś tym białym królikiem.

— I naprawdę poszłaś aż do samej Chaty Majora... — zdumiała się matka.

— Do Chaty Majora? — Zofia zdziwiona szeroko otworzyła oczy.

— Tak nazwano tę małą chatę, którą odwiedziłaś rano. Dlatego, że kiedyś, wiele, wiele lat temu mieszkał tam pewien stary major. Był z niego trochę odmieniec, dziwak. Ale nie myślmy o tym teraz, Zosiu. Od tamtej pory chata stoi pusta.

— Tak ci się tylko wydaje. Teraz mieszka tam pewien filozof.

— Dobrze już, dobrze, Zosiu. Przestań fantazjować.

Zofia siedziała w swoim pokoju pogrążona w myślach o tym, co jej się przydarzyło. Miała wrażenie, że jej głowa zmieniła się w hałaśliwy cyrk, pełen ciężkich słoni, zabawnych klaunów, odważnych akrobatów i tresowanych małpek. Cały czas jednak przed oczami stawał jej obraz niedużej łodzi i wiosła, unoszących się na wodzie pośrodku jeziora w lesie, i kogoś, kto potrzebuje łódki, żeby dostać się do domu...

Zofia czuła się bezpiecznie. Była przekonana, że nauczyciel filozofii nie zrobi jej nic złego, a jeśli zrozumie, że to właśnie ona weszła do jego chaty, z czasem jej wybaczy. Wiedziała jednak, że złamała umowę. Takie było jej podziękowanie za to, że obcy człowiek podjął się jej filozoficznego wychowania. Jak mogła to naprawić?

Zofia wyciągnęła różową papeterię i zaczęła pisać:

Drogi Filozofie!

To ja byłam w chatce wczesnym rankiem w niedzielę. Bardzo chciałam Cię spotkać, żeby dokładniej przedyskutować kilka zagadnień filozoficznych. Na razie jestem fanką Platona, ale wcale nie jestem pewna, czy miał rację, twierdząc, że idee czy wzorcowe obrazy istnieją w innej rzeczywistości. One istnieją oczywiście w naszej duszy, ale przynajmniej na razie jestem zdania, że to zupełnie inna sprawa. Muszę też niestety przyznać, że na razie nie jestem wcale przekonana o tym, że nasza dusza jest naprawdę nieśmiertelna. Osobiście nie mam żadnych wspomnień z moich poprzednich istnień. Gdybyś zdołał przekonać mnie, że duszy mojej zmarłej babci jest dobrze w świecie idei, byłabym bardzo wdzięczna.

Właściwie wcale nie ze względu na filozofię zaczęłam pisać ten list, który włożę do różowej koperty wraz z kostką cukru. Chciałam jedynie prosić o wybaczenie mego nieposłuszeństwa. Próbowałam wyciągnąć łódź na brzeg, ale widocznie miałam za mało siły. Bardzo możliwe też, że jakaś wyjątkowo silna fala ściągnęła ją na wodę.

Mam nadzieję, że zdołałeś wrócić do domu suchą nogą. Jeśli nie, może pocieszy Cię myśl, że ja wróciłam przemoczona do suchej nitki i prawdopodobnie porządnie się przeziębię. Ale to przecież moja wina.

Niczego nie ruszałam w chacie, ale na nieszczęście nie mogłam opanować pokusy i zabrałam kopertę, na której napisane było moje imię. Zrobiłam to wcale nie dlatego, że miałam zamiar coś ukraść, ale ponieważ zauważyłam kopertę ze swoim imieniem i przez kilka zwariowanych sekund wydało mi się, że ona należy do mnie. Szczerze proszę o wybaczenie i obiecuję nie sprawiać już więcej zawodu.

PS Od razu dokładnie przemyślę wszystkie pytania.

PS PS Czy lustro w mosiężnych ramach nad białą komodą to zwyczajne lustro, czy zaczarowane? Pytam tylko dlatego, że nie przywykłam, by moje własne odbicie mrugało obojgiem oczu.

Pozdrowienia
Twoja szczerze zainteresowana uczennica Zofia

Przed włożeniem listu do koperty Zofia przeczytała go dwa razy. Nie był przynajmniej tak oficjalny, jak ten poprzedni, który napisała do filozofa. Zanim zeszła do kuchni, żeby niepostrzeżenie zabrać kostkę cukru, wyjęła kartkę z zadaniami do przemyślenia.

Co było pierwsze — kura czy idea „kura"? Pytanie trudnością dorównywało starej zagadce o kurze i jajku. Bez jajka nie byłoby kury, ale bez kury nie byłoby jajka. Czy równie trudno znaleźć odpowiedź na pytanie, czy pierwsza była kura, czy idea „kura"? Zofia wiedziała, co na ten temat myślał Platon. Uważał, że idea „kura" istniała w świecie idei na długo przedtem, zanim pojawiła się w świecie zmysłów. Według Platona dusza widziała ideę „kura", zanim zamieszkała w ciele. Ale Zofia uznała, że właśnie w tym Platon się myli. Człowiek, który nigdy nie widział żywej kury ani żadnego obrazka czy zdjęcia kury, nie będzie miał chyba także żadnej idei „kura". Przeszła do następnego pytania.

Czy człowiek ma jakieś wrodzone idee? Bardzo wątpliwe, pomyślała Zofia. Trudno jej było uwierzyć, by noworodek posiadał szczególne bogactwo idei. Naturalnie nie można być tego całkiem pewnym, bo chociaż dziecko nie umie mówić, nie musi to wcale oznaczać, że ma zupełnie pustą głowę. Ale musimy chyba najpierw zobaczyć jakąś rzecz na świecie, by móc cokolwiek o niej wiedzieć?

Jakie są różnice między rośliną, zwierzęciem i człowiekiem? Zofia natychmiast stwierdziła, że różnice są bardzo wyraźne. Uważała na przykład, że duchowe życie rośliny nie jest szczególnie skomplikowane. Nigdy nie słyszała o niebieskim dzwonku, który przeżyłby zawód miłosny. Roślina rośnie, pobiera pożywienie, wytwarza maleńkie nasionka, dzięki którym się rozmnaża. I to chyba mniej więcej wszystko, co da się powiedzieć o roślinie. Zofia doszła do wniosku, że to, co dotyczy roślin, dotyczy chyba także zwierząt i ludzi. Ale zwierzęta mają jeszcze inne cechy. Potrafią na przykład się poruszać (a kiedy jakaś róża startowała w biegu na sześćdziesiąt metrów?). Trudniejsze okazało się natomiast wskazanie różnic między człowiekiem a zwierzęciem. Człowiek potrafi myśleć, ale zwierzętom chyba także nie jest to obce. Zofia była przekonana, że kot Shere Khan umie myśleć, a w każdym razie potrafi zachowywać się przemyślnie. Ale czy jest w stanie rozważać problemy filozoficzne?

Czy kot może zastanawiać się nad różnicami między rośliną, zwierzęciem i człowiekiem? Na pewno nie! Kot z pewnością może być zadowolony albo smutny, ale czy zada sobie pytanie o istnienie Boga albo nieśmiertelność duszy? Zofia stwierdziła, że to bardzo wątpliwe. Ale tu znów kłaniało się zagadnienie dotyczące dziecka i wrodzonych idei. Równie trudno jest rozmawiać o takich problemach z kotem jak z noworodkiem.

Dlaczego pada deszcz? Zofia wzruszyła ramionami. Pada dlatego, że woda z morza paruje, a chmury zagęszczają się tak, że para wodna się skrapla i zaczyna padać. Uczyła się o tym chyba w trzeciej klasie. Można też rzecz jasna powiedzieć, że deszcz pada, by rośliny i zwierzęta mogły rosnąć. Ale czy to prawda? Czy deszczowe chmury mają jakiś cel?

No właśnie, cel. Czy coś jest wspólnym celem? *Co jest potrzebne, aby człowiek mógł żyć szczęśliwie?* Nauczyciel filozofii pisał o tym na samym początku. Wszyscy ludzie potrzebują pożywienia, ciepła, miłości i troski. To wymieniał jako podstawowe warunki, by móc dobrze żyć. Później wskazał również, że wszystkim potrzebna jest odpowiedź na pewne filozoficzne pytania. Bardzo istotne jest też chyba wykonywanie pracy, którą się lubi. Jeśli ktoś na przykład nienawidzi ruchu ulicznego, nie będzie specjalnie szczęśliwy, gdy zostanie kierowcą taksówki. A jeśli ktoś nienawidzi odrabiania lekcji, na pewno nie będzie dobrze się czuł w roli nauczyciela. Zofia bardzo lubiła zwierzęta, mogła więc wyobrazić sobie, że w przyszłości zostanie weterynarzem. W każdym razie nie uważała, by wygranie miliona w lotto było konieczne do szczęśliwego życia. Przeciwnie. Było nawet takie powiedzenie: „Lenistwo jest źródłem wszelkiego zła".

Zofia siedziała u siebie w pokoju aż do chwili, gdy matka zawołała ją na obiad. Przyrządziła antrykot i pieczone ziemniaki. Pycha! Zapaliła też świece. Na deser miał być krem z moroszkami.

Przy obiedzie rozmawiały o różnych sprawach. Matka zapytała, jak Zofia chciałaby obchodzić swoje piętnaste urodziny. Do tego czasu pozostawało jeszcze kilka tygodni.

Zofia wzruszyła ramionami.

— Nie chcesz nikogo zaprosić? Nie chcesz urządzić zabawy?

— Może...

— Moglibyśmy zaprosić Martę i Annę Marię... i Hege. No i oczywiście Jorunn. I może jeszcze Jørgena... Ale ty sama zdecydujesz najlepiej. Wiesz, ja świetnie pamiętam swoje piętnaste urodziny. I wcale nie wydaje mi się, że to było tak bardzo dawno temu. Już wtedy czułam się dorosła. Czy to nie dziwne, Zosiu? Wydaje mi się, że od tej pory wcale się nie zmieniłam.

— Bo to prawda. Nic się nie zmienia. Ty się po prostu rozwinęłaś, zrobiłaś starsza...

— Hmm... bardzo po dorosłemu powiedziane. Ale wydaje mi się, że ten czas minął strasznie szybko.

ARYSTOTELES

...porządniś, który chciał zaprowadzić ład wśród pojęć...

Matka drzemała po obiedzie, a Zofia poszła do Zaułka. Do różowej koperty wsunęła kostkę cukru i napisała na wierzchu: *Dla Alberta.*

Żadnego nowego listu nie było, ale już po kilku minutach Zofia usłyszała psa.

— Hermes! — zawołała i w następnej chwili pies przedarł się do Zaułka z dużą żółtą kopertą w pysku.

— Dobry piesek!

Zofia objęła go za kark; dyszał i sapał jak maszyna parowa. Dziewczynka wyjęła różową kopertę z kostką cukru i włożyła mu do pyska. Pies wyczołgał się z Zaułka i pobiegł do lasu.

Otwierając kopertę, Zofia była odrobinę zdenerwowana. Czy będzie tu coś o chatce i łodzi?

W kopercie, jak zwykle, były arkusiki spięte spinaczem. Ale była też jedna luźna kartka. Zofia zaczęła od niej.

Droga Panno Detektyw!

A raczej, żeby być bardziej dokładnym, panno włamywaczko. Sprawa została już zgłoszona policji...

Nie, nie, aż tak bardzo się nie gniewam. Jeśli taką samą ciekawość wykazujesz w szukaniu odpowiedzi na zagadki filozofii, to bardzo obiecujące. Szkoda tylko, że będę zmuszony się wyprowadzić. No cóż, to naturalnie moja wina. Powinienem wiedzieć, że należysz do tych, którzy pragną dotrzeć do samego sedna.

Pozdrowienia, Alberto

Zofia odetchnęła z ulgą. A więc nie jest na nią zły. Ale dlaczego musi się wyprowadzić?

Zabrała duże kartki i pobiegła na górę do swego pokoju. Lepiej być w domu, kiedy matka się obudzi. Ułożyła się wygodnie na łóżku i zaczęła czytać o Arystotelesie.

Filozof i uczony

Droga Zosiu!

Na pewno zastanowiła Cię teoria idei Platona. I nie Ciebie pierwszą. Nie wiem, czy przyjęłaś ją bez zastrzeżeń, czy też nasunęły Ci się jakieś wątpliwości. Jeśli jednak masz jakieś uwagi krytyczne, możesz być pewna, że takie same wysunął już ARYSTOTELES (384–322 r. p.n.e.), który był uczniem Akademii Platona przez całe dwadzieścia lat.

Arystoteles nie był Ateńczykiem. Pochodził z Macedonii, ale przybył do Aten i wstąpił do Akademii, kiedy Platon miał sześćdziesiąt jeden lat. Był synem poważanego lekarza, a więc uczonego-przyrodnika. Już takie pochodzenie może nam coś powiedzieć o filozoficznym założeniu Arystotelesa. Najbardziej interesowała go żywa przyroda. Był nie tylko ostatnim z wielkich greckich filozofów, lecz także pierwszym wielkim biologiem Europy.

Choć może zabrzmi to zbyt ostro, wyrażę się następująco: Platon tak bardzo zajęty był wiecznymi formami czy ideami, że nie zwracał szczególnej uwagi na zmiany w przyrodzie. Arystoteles natomiast zajmował się właśnie tymi zmianami, czy — jak powiemy dzisiaj — procesami zachodzącymi w przyrodzie.

Mówiąc jeszcze wyraźniej, możemy stwierdzić, że Platon zupełnie odwrócił się od świata dostępnego zmysłom i na wszystko wokół siebie patrzył, mrużąc oczy. (Chciał przecież wydostać się z jaskini. Pragnął zajrzeć do wiecznego świata idei!). Arystoteles czynił całkiem odwrotnie: na czworakach obserwował ryby i żaby, anemony i maki.

Możesz powiedzieć, że Platon posługiwał się tylko swoim rozumem. Arystoteles wykorzystywał także i zmysły.

Różnica między nimi widoczna jest także w sposobie pisania. Podczas gdy Platon był twórcą, którego dzieła pełne są przenośni i poetyckich obrazów, pisma Arystotelesa są suche i szczegółowe jak leksykon. Natomiast bardzo często za tym, co pisze, kryją się autentyczne studia przyrody.

W różnych starożytnych przekazach wymienionych jest aż 170 tytułów pism Arystotelesa; zachowało się z nich tylko 47. Nie chodzi tu o gotowe książki; są to głównie notatki do wykładów. Również w czasach Arystotelesa filozofii nauczano przede wszystkim ustnie.

Arystoteles stworzył profesjonalny język, którym nauka posługuje się do dzisiaj, i to jest jego największy wkład do kultury europejskiej. Był wielkim systematykiem, który uporządkował podstawowe pojęcia z różnych dziedzin wiedzy.

Arystoteles pisał o niemal wszystkich naukach, ja zadowolę się omówieniem tylko tych najważniejszych. Ponieważ tak wiele opowiedziałem Ci o Platonie, najpierw dowiesz się, jak Arystoteles traktuje naukę Platona o ideach. Następnie przyjrzysz się, jak formułuje własną filozofię przyrody. To przecież właśnie Arystoteles podsumował to, co przed nim powiedzieli filozofowie przyrody. Zobaczymy również, w jaki sposób porządkuje nowe pojęcia i daje podstawy logice jako nauce. Na koniec przedstawię Ci poglądy Arystotelesa na człowieka i społeczeństwo.

Jeśli akceptujesz te warunki, to zakasujemy rękawy i zabieramy się do pracy.

Nie ma wrodzonych idei

Tak jak jego poprzednicy, Platon wśród bezustannie zachodzących zmian pragnął odnaleźć coś wiecznego i niezmiennego. Dla niego tym czymś okazały się idee stojące ponad światem zmysłowym. Platon uważał ponadto, że idee są bardziej rzeczywiste od zjawisk przyrody. Najpierw pojawiła się idea „koń", a dopiero później nadbiegły kłusem konie ze świata zmysłów, jak cienie na ścianie jaskini. Idea „kura" była więc wcześniejsza niż kura i jajko.

Arystoteles uznał, że Platon postawił wszystko na głowie. Zgadzał się ze swym nauczycielem, że konkretny koń „płynie" oraz że żaden koń nie żyje wiecznie. Zgadzał się także, że sama forma konia jest wieczna i niezmienna. Ale idea „koń" jest jedynie pojęciem, które my, ludzie, stworzyliśmy sobie po tym, jak zobaczyliśmy pewną liczbę koni. Tak więc idea czy forma konia nie istnieje sama w sobie. Forma „koń" to dla Arystotelesa cechy konia, czyli to, co dzisiaj określamy jako *gatunek* — koń.

Sprecyzuję: przez formę konia Arystoteles rozumie to, co wspólne jest dla wszystkich koni. I tu okazuje się, że przykład z pierniczkami nie pasuje, bo formy pierniczków istnieją przecież całkiem niezależnie od konkretnych pierniczków. Arystoteles nie wierzył w istnienie takich właśnie form, które, powiedzmy, leżą gdzieś na odrębnej półce poza przyrodą. Dla Arystotelesa bowiem formy tkwią w samych rzeczach, jako cechy wyróżniające je spośród innych rzeczy.

Arystoteles nie zgadza się więc z Platonem, że idea „kura" jest wcześniejsza od samej kury. To, co Arystoteles nazywa formą kury, obecne jest w każdej kurze jako jej szczególne cechy, na przykład znoszenie jajek. Tak więc kura i forma kury są nierozłączne jak ciało i dusza.

Właściwie powiedzieliśmy już sobie najważniejsze o krytyce teorii idei Platona przeprowadzonej przez Arystotelesa. Ale pamiętaj, Zosiu, że mówimy teraz o dramatycznym zwrocie w sposobie myślenia. Dla Platona najwyższym stopniem rzeczywistości jest to, co *myślimy* z użyciem rozumu. Dla Arystotelesa równie oczywiste było, że najwyższym stopniem rzeczywistości jest to, co *postrzegamy* za pomocą zmysłów. Platon twierdzi, że przyroda, jaką wokół nas widzimy, to tylko odbicie czegoś, co istnieje w sposób bardziej rzeczywisty w świecie idei. Arystoteles wyrażał pogląd dokładnie przeciwny: to, co jest w ludzkiej duszy, to tylko odbicia przedmiotów istniejących w przyrodzie. Prawdziwym światem jest więc przyroda. Zdaniem Arystotelesa Platon zachował mityczny obraz świata, w którym ludzkie wyobrażenia plączą się z rzeczywistym światem.

Arystoteles twierdził, że w świadomości nie istnieje nic, czego przedtem nie doświadczylibyśmy zmysłami. Platon mógłby powiedzieć, że w naturze nie istnieje nic, czego przedtem nie było w świecie idei. Arystoteles uważał, że Platon w ten sposób „podwaja liczbę przedmiotów". Wyjaśnia istnienie konkretnego konia, wskazując na ideę „koń". Ale co to za wyjaśnienie, Zosiu? Skąd wzięła się idea „koń"? A może istnieje jeszcze jakiś trzeci koń, którego idea „koń" jest tylko odbiciem?

Arystoteles uważał, że wszystkie myśli i idee, jakie w sobie nosimy, przedostały się do naszej świadomości dzięki temu, co widzimy i słyszymy. Posiadamy jednak rozum, z którym się rodzimy. Mamy wrodzoną zdolność porządkowania wrażeń zmysłowych w rozmaite grupy i klasy. W taki sposób powstają pojęcia: kamień, roślina, zwierzę, człowiek. Tak powstają pojęcia: koń, homar, kanarek.

Arystoteles nie zaprzecza temu, że człowiek posiada przyrodzony mu rozum. Przeciwnie, jest zdania, że rozum jest najbardziej charakterystyczną cechą człowieka. Ale nasz rozum jest całkiem pusty, dopóki nie poznamy czegoś zmysłami. Człowiek nie posiada więc żadnych wrodzonych idei.

Formy są właściwościami rzeczy

Wyjaśniwszy swój stosunek do platońskiej teorii idei, Arystoteles konstatuje, że rzeczywistość składa się z rozmaitych konkretnych rzeczy, które stanowią jedność *formy i materii.* Materia to materiał, z którego rzecz jest zrobiona, podczas gdy forma to szczególne właściwości rzeczy.

Przed Tobą, Zosiu, trzepocze skrzydłami kura. Formą kury jest właśnie to, że trzepocze skrzydłami, gdacze i znosi jajka. Przez formę kury rozumie się więc właściwości szczególne dla tego gatunku — czyli to, co kura *robi.* Kiedy kura zdycha — a więc przestaje gdakać — przestaje także istnieć forma kury. Jedyne, co zostaje, to materia kury (przykra sprawa, Zosiu!), ale to nie jest już kura.

Jak już mówiłem, Arystoteles interesował się zmianami zachodzącymi w przyrodzie. W materii zawsze tkwi możliwość osiągnięcia określonej formy. Możemy powiedzieć, że materia dąży do urzeczywistnienia tkwiącej w niej możliwości. Według Arystotelesa każda zmiana w przyrodzie jest przekształceniem z możliwości w rzeczywistość.

Dobrze, dobrze, Zosiu. Zaraz Ci to wyjaśnię. Opowiem Ci pewną zabawną historyjkę. Był sobie raz rzeźbiarz, który stał pochylony nad wielkim blokiem granitu. Każdego dnia rzeźbił i rył w bezkształtnym kamieniu. Któregoś ranka odwiedził go mały chłopczyk. „Czego szukasz?" — zapytał. „Poczekaj, to zobaczysz" — odparł rzeźbiarz. Chłopiec wrócił po kilku dniach, a w tym czasie rzeźbiarz wykuł już w granicie pięknego konia. Chłopiec wpatrywał się w niego z rozdziawioną buzią. Potem odwrócił się do rzeźbiarza i zapytał: „Skąd wiedziałeś, że on tam jest?".

No właśnie, skąd mógł to wiedzieć? Rzeźbiarz w pewien sposób widział formę konia w bloku granitu, bo w tym akurat kawałku kamienia tkwiła możliwość, by nadać mu tę formę. Arystoteles uważał, że tak samo w każdej rzeczy w przyrodzie tkwi możliwość realizacji czy osiągnięcia określonej formy.

Wróćmy do kury i jajka. W kurzym jajku tkwi możliwość, by kiedyś stało się kurą. Nie znaczy to wcale, że wszystkie kurze jajka będą kiedyś kurami, bo przecież niektóre trafiają na stół nakryty do śniadania — jako jajko na miękko, omlet czy jajecznica — bez urzeczywistnienia tkwiącej w jajku formy. Wiadomo także, że z kurzego jajka nigdy nie wykluje się gęś. Taka możliwość nie tkwi w kurzym jajku. Forma jakiejś rzeczy mówi więc coś o możliwości tkwiącej w tej rzeczy, a także o ograniczeniach, które tej rzeczy dotyczą.

Kiedy Arystoteles mówi o formie i materii rzeczy, ma na myśli nie tylko żywe organizmy. Tak jak formą kury jest gdakanie, trzepotanie skrzydłami oraz składanie jaj, tak formą kamienia jest to, że spada na ziemię. Naturalnie możesz podnieść kamień i wyrzucić go wysoko w powietrze, ale ponieważ w naturze kamienia leży spadanie na ziemię, nie zdołasz dorzucić go do księżyca. (Przeprowadzając ten eksperyment, musisz być bardzo ostrożna, bo kamień może się zemścić. Będzie starał się powrócić na ziemię jak najszybciej, i niech się strzeże ten, kto stanie mu na drodze!).

Przyczyna celowa

Zanim zakończymy rozważania o tym, że wszystkie żywe i nieożywione rzeczy posiadają formę mówiącą coś o możliwej „działalności" rzeczy, muszę dodać, że Arystoteles miał dość niezwykły pogląd na przyczyny działające w przyrodzie.

Dzisiaj, kiedy mówimy o przyczynie tego czy tamtego, chodzi nam o to, w *jaki sposób* coś się dzieje. Szyba jest rozbita dlatego, że Petter rzucił w nią kamieniem; but powstaje, ponieważ szewc zszywa kawałki skór. Arystoteles uważał jednak, że w przyrodzie jest kilka typów przyczyn. W sumie wymienia cztery różne typy. Najważniejsze jest zrozumienie, co miał na myśli, mówiąc o *przyczynie celowej*.

Jeśli chodzi o wybijanie szyb, nasuwa się oczywiście pytanie, *dlaczego* Petter rzucił w okno kamieniem. Pytamy, jaki miał w tym cel. Nie mamy także wątpliwości, że zamiar czy cel odgrywa również bardzo ważną rolę przy szyciu buta. Arystoteles uważał jednak, że mamy do czynienia z ową przyczyną celową także wtedy, gdy chodzi o wszystkie procesy zachodzące w przyrodzie. Wystarczy nam jeden przykład.

Dlaczego pada deszcz, Zosiu? Na pewno w szkole uczyłaś się, że pada dlatego, iż para wodna w chmurach schładza się i gęstnieje w krople wody, które spadają na ziemię z powodu siły ciążenia. Arystoteles zgodnie pokiwałby głową. Dodałby jednak, że wymieniłaś dopiero trzy przyczyny. *Przyczyna materialna* to ta, że para wodna (czyli chmury) znalazła się akurat w tym miejscu, gdzie powietrze było chłodne. *Przyczyna sprawcza* to fakt, że para wodna ochładza się i *przyczyna formalna* to to, że formą czy naturą wody jest spadanie na ziemię. Gdybyś nic już więcej nie dodała, Arystoteles uzupełniłby Twoją wypowiedź stwierdzeniem, że pada dlatego, *ponieważ* rośliny i zwierzęta potrzebują wody deszczowej, aby mogły rosnąć. To właśnie nazwał przyczyną celową. Jak widzisz, Arystoteles przypisywał kroplom wody życiodajne zamiary.

My pewnie postawilibyśmy to wszystko na głowie i powiedzielibyśmy, że rośliny rosną dlatego, że istnieje wilgoć. Dostrzegasz różnicę, Zosiu? Arystoteles uważał, że celowość istnieje w całej przyrodzie. Deszcz pada po to, by rośliny mogły rosnąć, pomarańcze i winogrona rosną po to, by ludzie mogli je jeść.

Dzisiejsza nauka stoi na odmiennym stanowisku. Mówimy, że pożywienie i wilgoć to warunki, które muszą być spełnione, aby zwierzęta i ludzie mogli żyć. Gdyby było inaczej, nie moglibyśmy istnieć. Karmienie nas nie jest jednak *celem* wody czy pomarańczy.

Jeśli chodzi o pogląd na przyczyny, może ogarnąć nas ochota, by stwierdzić, że Arystoteles się pomylił. Ale nie spieszmy się zbytnio. Wielu ludzi wierzy, że Bóg stworzył świat takim, jaki jest, właśnie po to, by ludzie i zwierzęta mogli na nim żyć. Na takiej podstawie można naturalnie twierdzić, że w rzekach płynie woda dlatego, że ludzie i zwierzęta potrzebują jej do życia. Mówimy jednak wtedy o celu czy zamiarze Boga. A więc nie krople deszczu czy woda w rzece chcą naszego dobra, lecz Bóg.

Logika

Rozdział między formą a materią odgrywa istotną rolę również wtedy, gdy Arystoteles opisuje sposób, w jaki ludzie poznają świat.

Gdy coś poznajemy, porządkujemy rzeczy w różne grupy, czyli kategorie. Widzę konia, później jeszcze jednego konia, i jeszcze jednego. Konie nie są wcale identyczne, ale we wszystkich tkwi coś takiego samego, i właśnie to, co wspólne dla wszystkich koni, jest formą konia. To, co różni konie od siebie — cechy indywidualne — należy do materii konia.

Tak właśnie my, ludzie, chodzimy po świecie i sortujemy rzeczy, wkładając je do różnych przegródek. Umieszczamy krowy w oborze, konie w stajni, świnie w chlewie, a kury w kurniku.

To samo się dzieje, kiedy Zofia Amundsen sprząta w swoim pokoju. Wkłada książki na półkę z książkami, podręczniki do plecaka, a tygodniki do szuflady w komodzie. Starannie składa ubrania i układa je w szafie — na jednej półce majtki, na drugiej swetry, a skarpety w oddzielnej szufladzie. Zwróć uwagę, że to samo robimy w naszych głowach: rozróżniamy przedmioty zrobione z kamienia, przedmioty zrobione z wełny, przedmioty zrobione z gumy. Odróżniamy rzeczy żywe od nieożywionych, rozróżniamy rośliny, zwierzęta i ludzi.

Nie pogubiłaś się, Zosiu? Arystoteles pragnął więc zrobić gruntowne porządki w panieńskim pokoiku przyrody. Starał się udowodnić, że wszystkie rzeczy w przyrodzie należą do różnych grup i podgrup (Hermes to żywa istota, dokładniej — zwierzę, dokładniej — kręgowiec, dokładniej — ssak, dokładniej — pies, dokładniej — labrador, dokładniej — samiec labradora).

Pójdź do swojego pokoju, Zosiu. Podnieś z podłogi jakikolwiek przedmiot. Bez względu na to, co weźmiesz do ręki, przekonasz się, że to, co podniosłaś, należy do jakiejś klasy. W dniu, kiedy ujrzałabyś coś, czego nie umiałabyś sklasyfikować, przeżyłabyś prawdziwy szok. Gdybyś na przykład zobaczyła jakiś mały kłębek czegoś i nie mogła z pewnością orzec, czy należy on do królestwa roślin, królestwa zwierząt czy królestwa minerałów, myślę, że bałabyś się tego dotknąć.

Powiedziałem: królestwo roślin, królestwo zwierząt i królestwo minerałów. Przypomina mi się gra towarzyska, w której jakiegoś nieboraka albo nieboraczkę wygania się na korytarz, a reszta towarzystwa ustala, o czym będzie myśleć. Ów nieborak, kiedy wróci do pokoju, ma odgadnąć, o czym myślą pozostali.

Towarzystwo postanawia myśleć o kotku Monsie, który właśnie w tej chwili siedzi w ogrodzie sąsiadów. Nieborak wraca z przedpokoju i zaczyna zgadywać. Zebrani mogą mu tylko odpowiadać „tak" lub „nie". Jeśli nieborak jest dobrym arystotelikiem — a w takim razie wcale nie jest nieborakiem — zabawa może przebiegać następująco: Czy to coś konkretnego? (Tak!). Czy to należy do królestwa minerałów? (Nie!). Czy to coś żywego? (Tak!). Czy to należy do królestwa roślin? (Nie!). Czy to zwierzę? (Tak!). Czy to ptak? (Nie!). Czy to ssak? (Tak!). Czy to całe zwierzę? (Tak!). Czy to kot? (Tak!). Czy to Mons? (Taaak! Śmiech...).

A więc tę zabawę towarzyską wymyślił Arystoteles. Zasługą Platona jest wymyślenie zabawy w chowanego. Uznanie dla Demokryta za wynalezienie klocków Lego już wyraziliśmy.

Arystoteles był pedantycznym porządnisiem, pragnącym zaprowadzić ład wśród pojęć, którymi posługują się ludzie. On to właśnie dał podstawy *logice* jako nauce. Podał wiele surowych zasad ustalania, jakie sądy i pojęcia są logicznie udowodnione. Znów wystarczy nam jeden przykład: jeśli stwierdzę najpierw, że „wszystkie żywe istoty są śmiertelne" (pierwsze założenie), a później, że „Hermes jest żywą istotą" (drugie założenie), to mogę z tego wyciągnąć elegancką konkluzję, że „Hermes jest śmiertelny".

Przykład ten pokazuje, że logika Arystotelesa dotyczy stosunku między pojęciami, w tym przypadku pojęciami żywej istoty i śmiertelności. Choć musimy przyznać Arystotelesowi rację, że powyższy wniosek jest w stu procentach prawdziwy, musimy także powiedzieć sobie, że nie wnosi on niczego nowego. Z góry wiedzieliśmy, że Hermes jest śmiertelny (jest przecież psem, a wszystkie psy to żywe istoty, w przeciwieństwie do kamieni na Mount Evereście). Tak, Zosiu, wiedzieliśmy to już wcześniej. Nie zawsze jednak stosunek między grupami rzeczy może wydawać się równie jasny. Czasami konieczne jest uporządkowanie naszych pojęć.

Podam Ci jeszcze jeden przykład: czy to naprawdę możliwe, że maleńkie myszki ssą mleko matki tak jak jagnięta i prosięta? Niewątpliwie brzmi to nieco dziwnie, ale zastanówmy się. W każdym razie myszy nie składają jaj (kiedy ostatnio widziałaś mysie jajko?). To znaczy, że rodzą żywe dzieci — tak jak świnie i owce. Zwierzęta, które rodzą żywe młode, nazywamy ssakami, a ssaki to zwierzęta, które ssą mleko matki! Tym samym dotarliśmy do celu. Nosiliśmy odpowiedź w sobie, ale musieliśmy się zastanowić. W biegu zapomnieliśmy, że małe myszki naprawdę piją mleko matki. Może dlatego, że nigdy nie obserwowaliśmy karmienia mysich dzieci, a to oczywiście dlatego, że myszy nie lubią pokazywać ludziom, jak opiekują się młodymi.

Drabina natury

„Porządkując" świat, Arystoteles wskazuje przede wszystkim na fakt, że rzeczy w przyrodzie można podzielić na dwie główne grupy. Z jednej strony mamy *rzeczy nieożywione* — takie jak kamienie, krople wody, grudki ziemi. One pozbawione są wrodzonej możliwości zmian. Zdaniem Arystotelesa, takie nieożywione rzeczy mogą zmienić się jedynie pod wpływem oddziaływań z zewnątrz. Z drugiej strony mamy *rzeczy ożywione,* w których tkwi możliwość zmian.

Jeśli chodzi o rzeczy ożywione, Arystoteles wskazuje, że można je podzielić na dwie różniące się od siebie główne grupy. Z jednej strony mamy *żywe rośliny,* z drugiej *żywe istoty.* Wreszcie żywe istoty można podzielić na dwie podgrupy — *zwierzęta i ludzi.*

Musisz przyznać Arystotelesowi rację; podział ten jest jasny i przejrzysty. Między rzeczami ożywionymi a nieożywionymi, na przykład między różą a kamieniem, jest istotna różnica. Rośliny i zwierzęta, na przykład róża i koń, także znacznie się różnią od siebie. Jestem również zdania, że istnieje pewna rozbieżność między kamieniem a człowiekiem. Ale na czym polegają te różnice? Czy możesz mi na to odpowiedzieć?

Nie mam, niestety, czasu czekać, aż mi odpiszesz i włożysz odpowiedź do różowej koperty razem z kostką cukru, sam więc powiem: dzieląc zjawiska przyrody na różne grupy, Arystoteles za podstawę podziału przyjmuje właściwości poszczególnych rzeczy, czyli to, co *mogą* lub *robią.*

Wszystkie rzeczy ożywione (rośliny, zwierzęta i ludzie) posiadają zdolność do pobierania pokarmu, rośnięcia i rozmnażania. Wszystkie żywe istoty (zwierzęta i ludzie) mają również zdolność wyczuwania świata zewnętrznego i poruszania się w naturze. Wszyscy ludzie mają poza tym zdolność myślenia, a więc porządkowania wrażeń zmysłowych w grupy i klasy.

Jednak w przyrodzie nie ma żadnych naprawdę ostro zarysowanych granic. Możemy zaobserwować gładkie przejście od bardzo prostych roślin do bardziej skomplikowanych. Na samym szczycie tej drabiny stoi człowiek, który — zdaniem Arystotelesa — żyje całym życiem przyrody. Człowiek rośnie i pobiera pokarm jak rośliny, ma uczucia i zdolność poruszania się jak zwierzęta, a w dodatku posiada szczególną właściwość, która jest charakterystyczna tylko dla niego, a mianowicie zdolność racjonalnego myślenia.

Tym samym człowiek posiada iskrę boskiego rozumu. Tak, tak, Zosiu, boskiego. W kilku miejscach Arystoteles wskazuje, że musi istnieć Bóg, który wprawił w ruch wszelkie zmiany w przyrodzie. W ten sposób Bóg stanowi absolutny szczyt drabiny przyrody.

Arystoteles wyobrażał sobie, że ruchy gwiazd i planet rządzą ruchem na Ziemi. Musi jednak istnieć coś, co wprawia w ruch również ciała niebieskie. Arystoteles nazwał to „pierwszym poruszającym", czyli Bogiem. Pierwszy poruszający sam pozostaje w bezruchu, ale jest pierwszą przyczyną ruchów ciał niebieskich, a tym samym wszelkich ruchów w przyrodzie.

Etyka

Wrócimy teraz do człowieka, Zosiu. Formą człowieka jest według Arystotelesa to, że ma on zarówno „duszę roślinną", „duszę zwierzęcą", jak i „duszę myślącą". Arystoteles zadaje więc pytanie: Jak powinien żyć człowiek? Co jest potrzebne, by życie człowieka było szczęśliwe? Krótko odpowiem: człowiek będzie szczęśliwy jedynie wtedy, gdy wykorzysta wszystkie swoje zdolności i możliwości.

Arystoteles uważał, że istnieją trzy formy szczęścia. Pierwszą formą szczęścia jest życie wśród namiętności i przyjemności. Drugą — życie wolnego i odpowiedzialnego obywatela, a trzecią — życie badacza i filozofa.

Arystoteles podkreśla, że aby człowiek był naprawdę szczęśliwy, spełnione muszą być te trzy warunki jednocześnie. Gdyby żył dzisiaj, być może stwierdziłby, że człowiek, który troszczy się wyłącznie o swoje ciało, żyje niepełnie i ułomnie, tak samo jak ten, który wykorzystuje tylko głowę. Obie te skrajności są wyrazem skrzywionego stylu życia.

Również jeśli chodzi o stosunek do innych ludzi, Arystoteles zaleca drogę *złotego środka*: mamy nie być ani tchórzliwi, ani zuchwali, lecz mężni (zbyt mało męstwa to tchórzostwo, zbyt dużo — zuchwalstwo). Nie powinniśmy też być ani skąpi, ani rozrzutni, lecz hojni (zbyt mało hojności to skąpstwo, zbyt dużo — rozrzutność).

To dokładnie tak jak z jedzeniem. Niebezpiecznie jest jeść za mało, ale zbyt dużo jedzenia także szkodzi. Zarówno etyka Platona, jak i Arystotelesa przypomina grecką medycynę: jedynie zachowując równowagę i umiar, mogę być szczęśliwym, harmonijnym człowiekiem.

Polityka

Stwierdzenie, że człowiek nie może bez reszty oddać się jednej dziedzinie życia, pojawia się także w poglądach Arystotelesa na społeczeństwo. Arystoteles powiedział, że człowiek jest istotą polityczną. Uważał, że bez otaczającego nas społeczeństwa nie bylibyśmy prawdziwymi ludźmi. Był zdania, że rodzina i wioska lub miasteczko mogą zaspokoić potrzeby życiowe niższego rzędu, takie jak pożywienie i ciepło, małżeństwo i wychowanie dzieci. Najwyższą jednak formą ludzkiej wspólnoty jest państwo.

Czas więc na pytanie, w jaki sposób powinno być zorganizowane państwo. (Pamiętasz chyba „państwo filozofów" Platona?) Arystoteles wymienia trzy różne formy państwa. Jedną z nich jest *monarchia* — co znaczy, że jest tylko jeden najwyższy szef państwa. Aby ta forma państwa była dobra, nie może przekształcić się w tyranię, a więc w taki stan, gdzie jedynowładca rządzi państwem, kierując się wyłącznie własnym dobrem.

Drugą dobrą formą państwa jest *arystokracja*. W państwie arystokratycznym rządzi mniejsza lub większa grupa przywódców. Ta forma państwa powinna wystrzegać się, by nie przeobrazić się w oligarchię, dziś nazwalibyśmy to juntą. Trzecią dobrą formę państwa Arystoteles nazwał *politeją*, co oznacza demokrację. Również ta forma państwa ma złą stronę. Demokracja może szybko przerodzić się w ochlokrację, czyli rządy tłumu (nawet gdyby tyran Hitler nie był szefem państwa w Niemczech, wszyscy drobniejsi naziści mogliby stworzyć straszliwą ochlokrację).

Pogląd na kobiety

Na koniec powiemy sobie trochę o poglądach Arystotelesa na kobiety. Nie były one niestety równie budujące jak Platona. Arystoteles uważał, że kobiecie czegoś brakuje. Jest „zdeformowanym mężczyzną". Podczas zapłodnienia kobieta pozostaje bierna, przyjmująca, podczas gdy mężczyzna jest stroną aktywną, dającą. Dziecko dziedziczy jedynie cechy mężczyzny. Arystoteles wierzył, że wszelkie cechy dziecka tkwią gotowe w nasieniu mężczyzny. Kobieta jest jak rola uprawna, która tylko przyjmuje w siebie ziarno i nosi je w sobie, aż wyrośnie, podczas gdy mężczyzna jest „siewcą". Mówiąc to w sposób prawdziwie Arystotelesowy, mężczyzna daje formę, a kobieta materię.

Że człowiek tak rozumny jak Arystoteles mógł się tak mylić, gdy chodziło o stosunek do płci, jest oczywiście zdumiewające, a poza tym godne ubolewania. Wskazuje nam to jednak na dwie rzeczy: po pierwsze, że Arystoteles nie mógł mieć zbyt dużego doświadczenia, jeśli chodzi o życie kobiet i dzieci. Po drugie, jak zły obrót mogą przyjąć sprawy, kiedy mężczyźni mają wyłączność na filozofię i naukę.

Stosunek Arystotelesa do kobiet został niestety utrwalony, gdyż to jego poglądy, a nie Platona, rozpowszechniły się w średniowieczu. W ten sposób Kościół przejął stosunek do kobiet, który właściwie nie znajduje żadnego uzasadnienia w Biblii. Jezus także nie był wrogiem kobiet!

Na razie na tym kończę, ale obiecuję, że jeszcze się do Ciebie odezwę.

Przeczytawszy rozdział o Arystotelesie półtora raza, Zofia włożyła kartki do żółtej koperty i zaczęła rozglądać się po pokoju. Na podłodze przewalały się książki i segregatory. Z szafy wystawały skarpetki i bluzki, rajstopy i dżinsy. Na krześle przy biurku kłębiła się bezładna plątanina brudnych ciuchów.

Zofię ogarnęła nagle nieprzeparta ochota, by *wprowadzić ład*. Zaczęła od opróżnienia z ubrań wszystkich półek w szafie. Wyrzuciła rzeczy na podłogę. To ważne, by zacząć od samego początku. Teraz zabrała się do mozolnej pracy, polegającej na starannym składaniu każdej części garderoby i wybieraniu dla niej miejsca. W szafie było siedem półek. Zofia przeznaczyła oddzielną półkę na majtki i koszulki, inną na skarpety i rajstopy, a jeszcze inną na długie spodnie. W ten sposób po kolei zapełniła całą szafę. Nie miała wątpliwości, gdzie powinna umieścić jakąś część ubrania. To, co kwalifikowało się do prania, wsadziła do plastykowej torby, znalezionej na najniższej półce.

Z jedną tylko rzeczą miała problem, nie wiedziała, gdzie ją umieścić. Była to dość zwyczajna biała podkolanówka. I wcale nie o to chodziło, że drugiej do pary brakowało. Ta podkolanówka nigdy nie należała do Zofii.

Dziewczynka przez kilka minut na wszystkie strony oglądała skarpetkę. Nie była oznaczona żadnym imieniem, ale Zofia miała swoje podejrzenia, do kogo mogła należeć. Rzuciła ją na najwyższą półkę razem z torbą pełną klocków Lego, kasetą wideo i czerwoną jedwabną apaszką.

Teraz przyszła kolej na podłogę. Zofia posortowała książki i segregatory, tygodniki i plakaty — dokładnie tak, jak nauczyciel filozofii opisał w rozdziale o Arystotelesie. Kiedy uporała się z podłogą, zaścieliła łóżko, a następnie wzięła się za biurko.

Na koniec zebrała wszystkie kartki wykładu o Arystotelesie w porządny stosik. Znalazła pusty segregator, wyciągnęła dziurkacz, przedziurkowała kartki i włożyła je do segregatora. Segregator wsunęła na górną półkę w szafie, tam gdzie wcześniej wrzuciła białą podkolanówkę. Postanowiła, że później przyniesie z Zaułka puszkę po ciastkach.

Od tej pory będzie panował porządek. Zofia nie myślała tylko o przedmiotach w pokoju. Po przeczytaniu o Arystotelesie zrozumiała, że równie ważne jest utrzymywanie porządku w pojęciach i wyobrażeniach. Na podobne zagadnienia zarezerwowała najwyższą półkę w szafie. Było to jedyne miejsce w pokoju, nad którym nie miała pełnej kontroli.

Matka od kilku godzin nie dawała o sobie znać. Zofia zeszła na dół. Przed obudzeniem matki musiała nakarmić swoje zwierzaki.

W kuchni pochyliła się nad akwarium ze złotymi rybkami. Jedna rybka była czarna, druga pomarańczowa, a trzecia biało-czerwona. Dlatego właśnie nazwała je Czarny Piotruś, Złotowłosa i Czerwony Kapturek. Sypiąc pokarm do wody, powiedziała:

— Należycie do ożywionej części przyrody, a to znaczy, że możecie pobierać pokarm, rosnąć i rozmnażać się. Określając bliżej, należycie do królestwa zwierząt, a więc możecie się poruszać i patrzeć na świat. A mówiąc jeszcze dokładniej, jesteście rybami, a więc oddychacie skrzelami i pływacie sobie tam i z powrotem w wodzie życia.

Zofia zakręciła wieczko naczynka z pokarmem dla rybek. Zadowolona była z umiejscowienia złotych rybek w porządku przyrody, a już szczególną przyjemność sprawiło jej wyrażenie „woda życia". Teraz przyszła kolej na papużki. Nasypała trochę ziarenek do korytka i powiedziała:

— Kochana Kruszynko i Okruszku! Jesteście ślicznymi małymi papużkami dlatego, że rozwinęłyście się ze ślicznych małych papużkowych jajeczek, a ponieważ w formie tych jajeczek tkwiła możliwość, że rozwiniecie się w papużki, to na szczęście teraz nie jesteście wielkimi, skrzeczącymi papugami.

Zofia przeszła do dużej łazienki. Tu, w sporym pudle leżał leniwy żółw. Zdarzało się, że kiedy matka brała prysznic, głośno wołała, że któregoś dnia go zamorduje. Na razie jednak były to tylko czcze pogróżki. Zofia wyjęła ze słoika liść sałaty i położyła go w pudełku.

— Kochany Gowindo — przemówiła. — Nie należysz do najszybszych zwierząt na świecie, ale w każdym razie jesteś zwierzęciem i możesz przeżywać przynajmniej maleńką część ogromnego świata, w którym żyjemy. Niech cię pocieszy to, że nie ty jeden nie umiesz przeskoczyć samego siebie.

Shere Khan na pewno był gdzieś na dworze, bo taka już jest kocia natura. Zofia skierowała się do sypialni matki. Przeszła przez salon. Na stoliku stał wazon pełen żonkili. Kiedy Zofia je mijała, żółte kwiaty jakby pochyliły się w ukłonie. Dziewczynka przystanęła na moment i palcami delikatnie musnęła gładkie korony.

— I wy także należycie do ożywionej części przyrody — powiedziała. — Jesteście w pewien sposób uprzywilejowane w stosunku do wazonu, w którym stoicie. Ale niestety nie potraficie tego zrozumieć.

Teraz Zofia wślizgnęła się do sypialni matki. Mama spała głęboko, ale Zofia położyła jej rękę na głowie.

— A ty należysz do największych szczęśliwców — powiedziała. — Nie tylko żyjesz jak lilie na łące. I nie tylko jesteś żywą istotą jak Shere Khan i Gowinda. Jesteś człowiekiem i posiadasz zdolność myślenia.

— Co ty takiego mówisz, Zosiu?

Najwyraźniej mama obudziła się szybciej niż zwykle.

— Mówię tylko, że przypominasz ospałego żółwia. Poza tym chciałam poinformować, że posprzątałam w pokoju. Zabrałam się do dzieła z filozoficzną dokładnością.

Matka na wpół uniosła się w łóżku.

— Już wstaję — powiedziała. — Czy możesz zrobić kawę?

Zofia uczyniła, o co ją poproszono, po czym usiadły z matką w kuchni przy kawie, soku i czekoladzie. W pewnej chwili Zofia zapytała:

— Czy kiedykolwiek zastanawiałaś się, mamo, dlaczego żyjemy?

— Widzę, że się nie poddajesz.

— Tak, bo znam już odpowiedź. Ludzie żyją na tej planecie po to, by ktoś nazwał wszystkie rzeczy, które się tu znajdują.

— Ach tak? Nigdy o tym nie myślałam.

— To znaczy, że masz poważny problem, bo człowiek jest istotą myślącą. Jeśli nie myślisz, to znaczy, że nie jesteś człowiekiem.

— Zosiu!

— Wyobraź sobie, że na Ziemi żyłyby tylko zwierzęta i rośliny. Nie byłoby nikogo, kto mógłby wyodrębnić koty, psy, lilie, agrest. Rośliny i zwierzęta także żyją, ale tylko my możemy uporządkować przyrodę w grupy i klasy.

— Doprawdy, jesteś najdziwniejszą z córek, jakie mam — stwierdziła matka.

— Coś podobnego! — odparła Zofia. — Wszyscy ludzie są mniej lub bardziej dziwni. Jestem człowiekiem, a więc jestem mniej lub bardziej dziwna. Ty masz tylko jedną córkę, a więc ja jestem najdziwniejsza.

— Chodziło mi o to, że przeraża mnie to twoje... mówienie, które ostatnio zaczęłaś.

— To znaczy, że łatwo cię przestraszyć.

Późnym popołudniem Zofia wróciła do Zaułka. Udało jej się przemycić puszkę po ciastkach do pokoju tak, że matka tego nie zauważyła.

Najpierw ułożyła wszystkie kartki w odpowiedniej kolejności, później przedziurkowała je i wsadziła do segregatora przed rozdziałem o Arystotelesie. Na koniec wpisała numer każdej strony w prawym górnym rogu. Miała ich już ponad pięćdziesiąt. W ten sposób przygotowała swój własny podręcznik filozofii. Nie ona go napisała, ale został napisany specjalnie dla niej.

O lekcjach na poniedziałek nie zdążyła nawet pomyśleć. Być może będzie klasówka z religii, ale nauczyciel zawsze powtarzał, że ceni przede wszystkim osobiste zaangażowanie i samodzielne opinie. Zofia miała wrażenie, że nareszcie zaczyna mieć podstawy do jednego i drugiego.

HELLENIZM

...iskra z ogniska...

Nauczyciel filozofii zaczął przysyłać listy bezpośrednio do starego żywopłotu, ale Zofia w poniedziałek rano starym zwyczajem i tak zajrzała do skrzynki.

Skrzynka była pusta, czegoś innego zresztą nie należało się spodziewać. Dziewczynka ruszyła w dół ulicy Koniczynowej.

Nagle zobaczyła leżącą na ziemi fotografię. Było to zdjęcie białego dżipa z niebieską flagą. Na fladze widniał napis: *UN*. Czy to nie flaga ONZ?

Zofia odwróciła zdjęcie i dopiero teraz zorientowała się, że to widokówka. Dla *Hildy Møller Knag, c/o Zofia Amundsen...* Na kartce naklejono norweski znaczek i ostemplowano: *Batalion ONZ, piątek, 15 czerwca 1990.*

15 czerwca! To przecież urodziny Zofii!

Przeczytała kartkę:

Kochana Hildo!

Zakładam, że nadal świętujesz piętnaste urodziny. A może jest już dzień później? No, to nie ma znaczenia, dopóki prezent trwa. W pewnym sensie będzie trwał całe życie. Ale jeszcze raz życzę Ci wszystkiego najlepszego. Być może zrozumiałaś już, dlaczego wysyłam kartki do Zofii. Pewien jestem, że ona Ci je przekaże.

PS Mama mówiła mi, że zgubiłaś portfel. Obiecuję niniejszym zwrócić Ci te 150 koron. W szkole na pewno wydadzą Ci nową legitymację jeszcze przed wakacjami.

Ucałowania, Tatuś

Zofia stała jak przyklejona do asfaltu. Jaka data była na stemplu poprzedniej kartki? Po głowie kołatała jej myśl, że kartka z widokiem plaży także została ostemplowana w czerwcu, chociaż do czerwca jeszcze cały miesiąc. Że też dokładnie tego nie sprawdziła...

Zerknęła na zegarek i pędem wróciła do domu. W takiej sytuacji wolała raczej spóźnić się do szkoły.

Otworzyła drzwi kluczem i pobiegła na górę do swojego pokoju. Pod czerwoną apaszką znalazła pierwszą kartkę do Hildy. Tak, i ta także miała stempel z datą 15 czerwca! Dzień urodzin Zofii i dzień przed rozpoczęciem wakacji!

Biegnąc co sił w nogach w stronę sklepu spożywczego, żeby zdążyć na spotkanie z Jorunn, myślała gorączkowo.

Kim jest Hilda? Jak jej ojciec może przyjmować za pewnik, że Zofia ją odnajdzie? Bez względu na wszystko i tak nic nie tłumaczy, dlaczego wysyła kartki do Zofii, a nie bezpośrednio do córki. Zofia uznała za niemożliwe, aby nie znał adresu własnej córki. Czy to jakiś żart? Czy w ten sposób chciał sprawić córce urodzinową niespodziankę? Posługując się całkiem obcą dziewczynką w roli detektywa i posłańca? Może dlatego miała zapas jednego miesiąca. A może wykorzystując Zofię jako łącznika między sobą a córką, chciał ofiarować Hildzie w roli prezentu urodzinowego nową przyjaciółkę? Może właśnie ona, Zofia, miała być podarunkiem „na całe życie"?

Ale jeśli ten dziwny człowiek naprawdę przebywał w Libanie, to w jaki sposób zdobył adres Zofii? W każdym razie Zofię i Hildę łączyły przynajmniej dwie sprawy. Jeśli Hilda ma urodziny także 15 czerwca, to znaczy, że urodziły się tego samego dnia. I obie miały ojców jeżdżących po świecie.

Zofia czuła, że wplątano ją w jakiś magiczny świat. Może jednak wiara w przeznaczenie nie jest wcale tak głupia. No, ale nie wolno za szybko wyciągać pochopnych wniosków, może wszystko wyjaśni się całkiem naturalnie. Ale skąd Alberto Knox miał portfel Hildy, przecież Hilda mieszka w Lillesand? To wiele, wiele kilometrów stąd. I dlaczego Zofia znalazła widokówkę na ulicy? Czy wypadła listonoszowi z torby, zanim doszedł do skrzynki Zofii? Ale dlaczego zgubił akurat tę kartkę?

— Całkiem zgłupiałaś! — wykrzyknęła Jorunn, ujrzawszy Zofię przy sklepie spożywczym.

— Przepraszam.

Jorunn obrzuciła ją surowym spojrzeniem, prawie jak nauczyciel.

— Mam nadzieję, że masz dobre wytłumaczenie.

— Ma to pewien związek z wojskami ONZ — powiedziała Zofia. — Zostałam zatrzymana przez wrogie oddziały w Libanie.

— Phi! Jesteś po prostu zakochana!

Pobiegły do szkoły co sił w nogach.

Klasówka z religii, do której Zofia nawet nie zajrzała, była na trzeciej lekcji. Na arkuszu znalazły się cztery pytania:

ŚWIATOPOGLĄD I TOLERANCJA

1. *Sporządź listę tego, co człowiek może wiedzieć, a następnie listę tego, w co może tylko wierzyć.*
2. *Wskaż kilka czynników mających wpływ na kształtowanie światopoglądu człowieka.*
3. *Co to jest sumienie? Czy twoim zdaniem wszyscy ludzie mają takie samo sumienie?*
4. *Co to jest hierarchia wartości?*

Zofia długo się zastanawiała, zanim zaczęła pisać. Czy będzie mogła wykorzystać to, czego nauczyła się od Alberta Knoxa? Musi tak zrobić, bo przecież od wielu dni nie otworzyła nawet książki do religii. Kiedy już zaczęła pisać, zdania ciurkiem spływały z długopisu.

Zofia napisała, że wiemy, iż Księżyc nie jest wcale dużym serem, że po jego drugiej stronie także są kratery, że i Sokrates, i Jezus zostali skazani na śmierć, że wszyscy ludzie prędzej czy później umrą, że wielkie świątynie na Akropolu zbudowano po wojnach perskich, w V wieku przed Chrystusem, oraz że najważniejszą wyrocznią starożytnych Greków była wyrocznia w Delfach. Jako przykłady pytań, na które nie ma pewnej odpowiedzi, podała: „Czy istnieje życie na innych planetach? Czy Bóg istnieje, czy też nie? Czy jest życie po śmierci? Czy Jezus był naprawdę synem Boga, czy tylko mądrym człowiekiem?". „W każdym razie nie wiemy, skąd wziął się świat — napisała na koniec. — Wszechświat można porównać do wielkiego królika, którego wyciągnięto z olbrzymiego cylindra.

Filozofowie próbują wspinać się po jednym z cienkich włosów króliczego futra, by zajrzeć w oczy Wielkiemu Czarodziejowi. Pytanie, czy kiedykolwiek im się to uda. Ale jeśli filozofowie będą kolejno stawać sobie na ramiona, zbliżając się coraz bardziej do powierzchni króliczego futra, wtedy, osobiście uważam, że pewnego dnia im się to uda. PS W Biblii czytamy o czymś, co mogło być jednym z cienkich włosków w futrze królika. Ten włosek nazywał się wieża Babel i został zrównany z ziemią, ponieważ Czarodziejowi nie podobało się, że nędzne ludzkie robaki zaczęły wspinać się na powierzchnię futra królika, którego dopiero co stworzył".

Zabrała się za następne pytanie: *Wskaż kilka czynników, mających wpływ na kształtowanie światopoglądu człowieka.* „Oczywiście ogromnie ważnymi czynnikami są wychowanie i środowisko. Ludzie, którzy żyli w czasach Platona, mieli inny światopogląd niż wielu ludzi dzisiaj, po prostu dlatego, że żyli w innych czasach i w innym środowisku. Poza tym spore znaczenie mają również doświadczenia, jakie człowiek zdobył. Przy kształtowaniu światopoglądu ważny jest również ludzki rozum. A rozum nie zależy od środowiska, jest wspólny dla wszystkich ludzi. Środowisko i stosunki społeczne można przyrównać do sytuacji w jaskini Platona. Dzięki rozumowi niektórzy zaczynają wypełzać z mroków jaskini. Taka wędrówka jednak wymaga sporej dawki osobistej odwagi. Sokrates jest przykładem osoby, która zdołała oderwać się od powszechnych w jego czasach poglądów właśnie dzięki rozumowi". Na koniec napisała: „W dzisiejszych czasach ludzie z wielu różnych krajów i kultur coraz częściej kontaktują się ze sobą. W tym samym domu mogą mieszkać chrześcijanie, muzułmanie i buddyści. Tolerancja dla wiary innych ludzi jest ważniejsza niż pytanie, dlaczego nie wszyscy wierzą w to samo".

Tak, tak, Zofia uznała, że nieźle sobie radzi na podstawie tego, czego dowiedziała się od nauczyciela filozofii. Potrafiła też wykorzystać porcję wrodzonego rozumu plus to, co zasłyszała i o czym czytała przy innych okazjach.

Zabrała się za kolejne pytanie: *Co to jest sumienie? Czy twoim zdaniem wszyscy ludzie mają takie samo sumienie?* Wiele mówili o tym w klasie. Zofia zaczęła pisać: „Sumienie to zdolność człowieka do odróżniania dobra od zła. Osobiście uważam, że tę zdolność posiadają wszyscy ludzie, a to znaczy, że sumienie jest cechą wrodzoną. Sokrates powiedziałby to samo. To jednak, co dokładnie mówi sumienie, może się bardzo różnić w zależności od człowieka. Pytanie, czy to nie sofiści wpadli w tej kwestii na właściwy trop. Uważali, że o tym, co jest dobre, a co złe, decyduje przede wszystkim środowisko, w jakim dany człowiek wyrasta. Sokrates natomiast uważał, że sumienie wszystkich ludzi jest identyczne. Być może rację miały obie strony. Choć pewnie nie wszyscy mają wyrzuty sumienia, pokazując się nago, to w każdym razie większość ludzi odczuwa wyrzuty sumienia, postępując źle wobec drugiego człowieka. Przy okazji należy podkreślić, że mieć sumienie to wcale nie to samo, co postępować zgodnie z nim. W niektórych sytuacjach można odnieść wrażenie, że ludzie zachowują się, jakby byli całkiem pozbawieni sumienia, ale moim zdaniem oni także posiadają jakąś formę sumienia, chociaż pewnie jest ono dobrze ukryte. Czasami może się też wydawać, że niektórzy ludzie nie mają ani odrobiny rozumu, a to tylko dlatego, że się nim nie posługują. PS Zarówno rozum, jak i sumienie można przyrównać do mięśnia. Kiedy jakiegoś mięśnia przestaje się używać, staje się on coraz słabszy".

Pozostawało jeszcze tylko jedno pytanie: *Co to jest hierarchia wartości?* O tym także wiele rozmawiali w ostatnim czasie. Wartością jest na przykład możliwość szybkiego przemieszczania się z miejsca na miejsce samochodem. Ale ponieważ ruch samochodowy prowadzi do wymierania lasów i zanieczyszczenia przyrody, człowiek staje w obliczu wyboru wartości. Zofia po gruntownym przemyśleniu uznała, że zdrowe lasy i czysta przyroda są cenniejsze od szybkiego dojazdu do pracy. Wymieniła jeszcze kilka podobnych przykładów. Zakończyła następująco: „Osobiście jestem zdania, że filozofia jest ważniejszym przedmiotem niż gramatyka angielska, uważam więc, że rozsądną zmianą w hierarchii wartości byłoby wprowadzenie filozofii do rozkładu lekcji, a zmniejszenie liczby godzin angielskiego".

Na ostatniej przerwie nauczyciel religii odwołał Zofię na bok.

— Przeczytałem już twoją klasówkę — powiedział. — Leżała prawie na samym wierzchu.

— Mam nadzieję, że dała panu trochę do myślenia.

— Właśnie o tym chciałem z tobą porozmawiać. Twoje odpowiedzi były pod różnymi względami bardzo dojrzałe. Zaskakująco dojrzałe, Zosiu. I samodzielne. Ale czy przygotowałaś się do klasówki?

Zofia próbowała się wykręcać:

— Mówił pan, że ceni sobie osobiste opinie.

— No, tak... ale są pewne granice!

Zofia popatrzyła nauczycielowi prosto w oczy. Uznała, że może sobie na to pozwolić po tym, co przeżyła podczas ostatnich dni.

— Zaczęłam studiować filozofię — powiedziała. — To daje dobre podstawy do formułowania samodzielnych opinii.

— Ale mnie niełatwo będzie ocenić twoją pracę. Muszę ci postawić albo dostateczny z minusem, albo bardzo dobry.

— Dlatego, że odpowiedziałam albo całkiem dobrze, albo całkiem źle? Czy o to panu chodzi?

— Postawię ci piątkę — odparł nauczyciel. — Ale następnym razem nauczysz się też tego, co zadane.

Kiedy Zofia po południu wróciła ze szkoły do domu, rzuciła plecak na schody i od razu pobiegła do Zaułka. Na grubych korzeniach leżała żółta koperta. Brzegi miała całkiem suche, a to znaczyło, że Hermes był tutaj już jakiś czas temu.

Dziewczynka zabrała kopertę i weszła do domu. Najpierw nakarmiła zwierzaki, a potem poszła do siebie. Wyciągnęła się na łóżku, otworzyła list od Alberta i zaczęła czytać.

Hellenizm

Miło znów się z Tobą spotkać, Zosiu! Poznałaś już filozofów przyrody, a także Sokratesa, Platona i Arystotelesa. Tym samym znasz już fundamenty filozofii europejskiej. Od tej chwili rezygnujemy z wprowadzających zadań do przemyślenia, które do tej pory dostawałaś w białych kopertach. Przypuszczam, że ćwiczeń, klasówek i sprawdzianów masz po uszy w szkole.

Opowiem Ci teraz o długim okresie, który rozciąga się od Arystotelesa (koniec IV wieku przed Chrystusem) aż do początków średniowiecza (około roku 400 po Chrystusie). Zwróć

uwagę na to, że używamy teraz określeń: przed i po narodzeniu Chrystusa. Bo jedną z najważniejszych — i najbardziej niezwykłych — rzeczy w tym okresie było właśnie chrześcijaństwo.

Arystoteles zmarł w 322 r. p.n.e. W tym czasie Ateny utraciły swą przewodnią rolę. Miało to związek przede wszystkim z wielkimi zmianami politycznymi, będącymi wynikiem podbojów ALEKSANDRA WIELKIEGO (356-323 r. p.n.e.).

Aleksander Wielki był władcą Macedonii. Z Macedonii pochodził także Arystoteles, a przez pewien czas był on nawet nauczycielem młodego Aleksandra. Aleksander odniósł decydujące zwycięstwo nad Persami, i co więcej, Zosiu, przez swoje liczne wyprawy przyłączył do cywilizacji greckiej Egipt, a także cały Orient, aż do Indii.

W historii ludzkości rozpoczęła się nowa epoka. Rozwijał się świat, w którym kultura grecka i język grecki odgrywały dominującą rolę. Okres ten, który trwał około trzystu lat, nazywany bywa często *hellenizmem.* Przez hellenizm rozumie się zarówno epokę, jak i kulturę zdominowaną przez wpływy greckie, panującą w trzech wielkich hellenistycznych państwach — Macedonii, Syrii i Egipcie.

Od około 50 r. p.n.e. przewagę militarną i polityczną zdobył Rzym. Nowa potęga kolejno podbijała państwa hellenistyczne — i od tej pory od Hiszpanii na zachodzie po Azję dominowała kultura rzymska i język łaciński. Rozpoczął się *okres rzymski,* nazywany także *późnym antykiem.*

Ale zapamiętaj sobie dobrze: zanim Rzymianie zdołali podbić świat hellenistyczny, Rzym był kulturalną prowincją Grecji. Tak więc kultura grecka — w tym grecka filozofia — odgrywała bardzo istotną rolę jeszcze długo po tym, jak Grecja utraciła znaczenie polityczne.

Religia, filozofia i nauka

Hellenizm cechowało zatarcie granic między różnymi państwami i kulturami. Wcześniej Grecy, Rzymianie, Egipcjanie, Babilończycy, Syryjczycy i Persowie czcili swoich bogów w obrębie tego, co często nazywamy religią narodową. Teraz różne kultury wymieszały się w jednym wielkim czarodziejskim kotle poglądów religijnych, filozoficznych i naukowych.

Możemy pokusić się o stwierdzenie, że rynek miejski zastąpiła arena światowa. Na dawnym rynku rozlegał się gwar głosów, które to zachwalały towary na sprzedaż, to znów przedstawiały rozmaite myśli i idee. Nowością było to, że rynki miejskie zaczęły zapełniać się towarami i ideami z całego ówczesnego świata. Słychać było wielojęzyczny gwar.

Wspomnieliśmy już, że myśli greckie rozeszły się daleko poza obszary dawnych greckich wpływów. Teraz jednak wokół całego Morza Śródziemnego czczono także bogów orientalnych. Powstawały nowe religie, które często łączyły bogów i myśli religijne kilku dawnych narodów. Takie zjawisko nazywamy *synkretyzmem*, czyli przemieszaniem religii.

Wcześniej ludzie odczuwali silną przynależność do własnego narodu i rodzinnego miasta-państwa. Z czasem, gdy takie granice, linie podziału zatarły się, wielu ludzi doświadczało wątpliwości i niepewności w kwestii światopoglądu. Ogólnie, dla późnego antyku charakterystyczne było zwątpienie religijne, rozpad kulturowy i pesymizm. „Świat jest stary" — mówiono.

Wspólna dla nowych prądów religijnych w okresie hellenizmu była często występująca w nich nauka o tym, jak człowiek może zostać zbawiony od śmierci. Nierzadko była to wiedza tajemna. Przyswajając sobie taką wiedzę oraz odprawiając określone rytuały, człowiek mógł mieć nadzieję na nieśmiertelność duszy i wieczne życie.

Wiedza o prawdziwej naturze wszechświata mogła być równie ważna dla zbawienia duszy jak obrzędy religijne.

Takie były nowe religie, Zosiu, ale także *filozofia* zmierzała coraz częściej w kierunku zbawienia i pociechy w życiu. Wiedza filozoficzna nie była już tylko wartością samą w sobie, lecz miała także uwolnić ludzi od strachu przed śmiercią i pesymizmu. W ten sposób zatarły się granice między religią a filozofią.

Ogólnie możemy powiedzieć, że filozofia hellenizmu była mało oryginalna. Nie pojawił się żaden nowy Platon ani Arystoteles. Natomiast trzej wielcy filozofowie z Aten stali się źródłem inspiracji dla kilku kierunków filozoficznych, które niedługo w ogólnym zarysie Ci naszkicuję.

Na *naukę* okresu hellenizmu również wywarło wpływ przemieszanie doświadczeń różnych kultur. Kluczową rolę, jako miejsce zetknięcia się Wschodu z Zachodem, odegrało miasto Aleksandria w Egipcie. Podczas gdy Ateny pozostały stolicą filozofii, gdzie znajdowały się szkoły Platona i Arystotelesa, Aleksandria stała się centrum nauki. Miasto to, posiadając ogromną bibliotekę, było ośrodkiem matematyki, astronomii, biologii i medycyny.

Kulturę hellenistyczną można przyrównać do dzisiejszego świata. Także wiek XX charakteryzuje się coraz bardziej otwartym społeczeństwem globalnym, co w naszych czasach doprowadziło do wielkich zmian religijnych i światopoglądowych. Jak na początku naszej rachuby czasu można się było natknąć w Rzymie na egipskie i orientalne wizerunki bogów, tak i teraz, w końcu XX wieku, w każdym wielkim mieście europejskim spotkać możemy elementy prądów religijnych ze wszystkich części świata.

Dzisiaj także obserwujemy, jak przemieszanie dawnej i nowej religii, filozofii i nauki tworzy podstawy dla nowych ofert na „rynku światopoglądowym". Bardzo wiele z takich nowych nauk to w rzeczywistości powtórzenie od dawna znanych koncepcji, których korzenie sięgają m.in. do okresu hellenizmu.

Jak już wcześniej wspomniałem, filozofia hellenistyczna dalej zajmowała się zagadnieniami podjętymi przez Sokratesa, Platona i Arystotelesa. Wspólne dla nich było poszukiwanie odpowiedzi, jak najlepiej człowiek powinien żyć i umrzeć. Na pierwszy plan wysunęła się więc *etyka*. W nowym społeczeństwie świata stała się głównym założeniem filozoficznym. Zadawano sobie pytanie, co składa się na prawdziwe szczęście i w jaki sposób można je osiągnąć. Przyjrzyjmy się wybranym czterem kierunkom filozoficznym.

Cynicy

O Sokratesie opowiada się, że pewnego razu przystanął przed kramem, na którym wyłożono wiele towarów na sprzedaż. W końcu wykrzyknął: „Tyle tu rzeczy, których mi nie potrzeba!".

Ten okrzyk mógłby posłużyć jako hasło *filozofii cynickiej*, której podstawy dał ANTYSTENES z Aten około 400 r. p.n.e. Był uczniem Sokratesa, fascynował go przede wszystkim Sokratesowy umiar i wstrzemięźliwość.

Cynicy twierdzili, że prawdziwe szczęście nie ma związku z dobrami zewnętrznymi, takimi jak luksus materialny, władza polityczna czy dobre zdrowie. Prawdziwe szczęście polega na uniezależnieniu się od takich przypadkowych i łatwych do utracenia rzeczy. A zatem, ponieważ szczęście nie łączy się ani z bogactwem, ani ze sławą czy stanowiskiem, może zostać osiągnięte przez każdego. Poza tym, kiedy już się je osiągnie, nie można go utracić.

Najbardziej znanym z cyników był DIOGENES, uczeń Antystenesa. Opowiada się o nim, że mieszkał w beczce i nie posiadał nic innego poza płaszczem, kosturem i torbą na chleb. (Niełatwo więc było mu odebrać szczęście!). Pewnego razu, kiedy wygrzewał się w słońcu koło swej beczki, odwiedził go Aleksander Wielki. Stanął przed mędrcem i zapytał go, czego pragnie, chciał bowiem natychmiast spełnić jego życzenie. Diogenes odparł: „Chciałbym, abyś przesunął się o krok, tak by słońce mogło na mnie świecić". W taki oto sposób Diogenes pokazał, że jest bogatszy i szczęśliwszy od wielkiego wodza. Miał wszak wszystko, czego pragnął.

Cynicy uważali, że ludzie nie muszą martwić się o swoje zdrowie, nie powinni bać się nawet cierpienia ani śmierci, ani też przejmować się cierpieniem innych ludzi.

Dzisiaj słów „cyniczny" i „cynizm" używa się w znaczeniu niewrażliwości na cierpienia innych.

Stoicy

Cynicy wywarli wpływ na *filozofię stoicką,* która narodziła się w Atenach około 300 r. p.n.e. Jej twórcą był Zenon z Cypru, który przybył do Aten jako rozbitek i przyłączył się do cyników. Zwykle zbierał swych słuchaczy w tzw. Pstrym Portyku w Atenach. Określenie „stoicki" pochodzi od greckiego słowa *stoa,* oznaczającego portyk.

Stoicy uważali, podobnie jak Heraklit, że wszyscy ludzie są częścią tego samego rozumu świata, czyli *logosu.* Byli zdania, że każdy człowiek jest światem w miniaturze, *mikrokosmosem,* będącym odbiciem *makrokosmosu.*

Prowadziło to do poglądu, że istnieje powszechne prawo, tak zwane *prawo naturalne.* Ponieważ prawo natury opiera się na wiecznym rozumie człowieka i kosmosu, nie zmienia się w zależności od miejsca i czasu. Stoicy stali więc po stronie Sokratesa w sporze z sofistami.

Prawo naturalne dotyczy wszystkich ludzi, a więc także niewolników. Kodeksy prawne różnych państw stoicy traktowali jako niedoskonałe naśladownictwo praw tkwiących w samej naturze.

Stoicy zatarli różnicę między pojedynczym człowiekiem a wszechświatem; podobnie odrzucili przeciwstawienie ducha i materii. Uważali, że istnieje tylko jedna przyroda. Taki pogląd nazywa się monizmem (w przeciwieństwie na przykład do bardzo wyraźnego u Platona dualizmu, czyli dwudzielności rzeczywistości).

Jako nieodrodne dzieci swoich czasów, stoicy byli prawdziwymi kosmopolitami, bardziej otwartymi na współczesną im kulturę niż „filozofowie z beczki" (cynicy). Podkreślali wspólnotę ludzkości, zajmowali się polityką, byli aktywnymi działaczami państwowymi, jak na przykład rzymski cesarz MAREK AURELIUSZ (121 – 180). Przyczynili się do rozpowszechnienia greckiej kultury i filozofii w Rzymie, zwłaszcza mówca, filozof i polityk CYCERO (106 – 43 r. p.n.e.). On właśnie był twórcą pojęcia „humanizm", które oznacza, że w centrum zainteresowania jest człowiek. Stoik SENEKA (4 r. p.n.e. – 65 r. n.e.) powiedział, że „człowiek jest dla człowieka świętością". Powiedzenie to stało się hasłem całego humanizmu.

Ponadto stoicy podkreślali, że wszystkie procesy zachodzące w przyrodzie — na przykład choroba i śmierć — są zgodne z niezłomnymi prawami natury. Dlatego człowiek musi nauczyć się godzić ze swoim losem. Uważali, że nic nie jest dziełem przypadku. Wszystko, co się dzieje, jest koniecznością i na nic się nie zda użalanie, kiedy przeznaczenie zapuka do drzwi. Także szczęśliwe chwile w życiu człowiek powinien przyjmować z największym spokojem. Dostrzec tu można pokrewieństwo z cynikami, którzy twierdzili, że wszystkie rzeczy zewnętrzne są nieistotne. Dzisiaj używamy określenia „stoicki spokój", kiedy ktoś nie daje się ponieść uczuciom.

Epikurejczycy

Jak wiemy, Sokrates rozważał zagadnienie, jak człowiek może żyć szczęśliwie. Zarówno cynicy, jak i stoicy z jego poglądów wysnuwali twierdzenie, że człowiek musi uwolnić się od materialnego luksusu. Ale Sokrates miał jeszcze innego ucznia, o imieniu ARYSTYP, który uważał, że celem człowieka jest osiągnięcie jak największej zmysłowej przyjemności. Głosił, że „jedynym dobrem jest przyjemność, a jedynym złem — przykrość". Pragnął rozwinąć sztukę życia, polegającą na unikaniu wszelkiej przykrości. (Celem cyników i stoików było *wytrzymać* wszelkie formy bólu. To coś innego niż za wszelką cenę *unikać* bólu).

Około 300 r. p.n.e. EPIKUR (341 – 270) założył w Atenach szkołę filozoficzną (epikurejczycy). Rozwinął on etykę przyjemności Arystypa i połączył ją z nauką Demokryta o atomach.

Szkoła Epikura mieściła się w ogrodzie, dlatego uczęszczających do niej filozofów nazywano „filozofami z ogrodu". Podobno nad wejściem do ogrodu wisiał napis: *Gościu, tutaj będzie ci dobrze, tutaj najwyższym dobrem jest przyjemność.*

Epikur zwracał uwagę na to, że przyjemny aspekt jakiegoś działania należy zawsze rozważyć w stosunku do ewentualnych skutków ubocznych. Jeśli kiedykolwiek przejadłaś się czekoladą, zrozumiesz, o co mi chodzi. Jeśli nie, to zadaję Ci następujące ćwiczenie: Weź ze skarbonki oszczędności i kup czekolady za dwieście koron (zakładam oczywiście, że lubisz czekoladę). W tym ćwiczeniu bardzo ważne jest, abyś całą czekoladę zjadła na raz. Mniej więcej pół godziny po przełknięciu ostatniej cząstki tego przysmaku zrozumiesz, co miał na myśli Epikur mówiąc o skutkach ubocznych.

Epikur uważał również, że doraźną przyjemność należy rozważyć w stosunku do możliwości większej, trwalszej lub bardziej intensywnej, choć oddalonej w czasie przyjemności (wyobraź sobie na przykład, że postanawiasz przez rok nie jeść czekolady, bo wolisz oszczędzać całą tygodniówkę na nowy rower albo na kosztowne wakacje za granicą). W przeciwieństwie bowiem do zwierząt ludzie mają możliwość planowania swego życia. Potrafią przeprowadzić „kalkulację przyjemności". Pyszna czekolada może oczywiście być wartością, ale wartością jest także rower czy wycieczka do Anglii.

Epikur podkreślał, że przyjemność nie musi wcale oznaczać przyjemności zmysłowej, jaką na przykład daje czekolada. Przyjemnością mogą być takie wartości jak przyjaźń czy przeżycie artystyczne. Warunkiem prawdziwego korzystania z życia były dla niego także stare greckie ideały, takie jak opanowanie, umiar i spokój ducha. Żądzę bowiem należy hamować, a spokój ducha pomoże nam znieść także cierpienie.

Do ogrodu Epikura często zaglądali ludzie owładnięci religijnym strachem. Przydatnym środkiem przeciwko religii i przesądom okazała się nauka Demokryta o atomach. By móc żyć szczęśliwie, bardzo ważne jest, by przezwyciężyć lęk przed śmiercią. I tu właśnie Epikur posłużył się teorią Demokryta o atomach duszy. Pamiętasz może twierdzenie tego ostatniego, iż żadne życie po śmierci nie jest możliwe, ponieważ kiedy umieramy, atomy duszy rozpierzchają się na wszystkie strony.

„Śmierć wcale nas nie dotyczy — twierdził Epikur po prostu. — Bo gdy my istniejemy, śmierć jest nieobecna, a gdy tylko śmierć się pojawi, wtedy nas już nie ma" (z takiego punktu widzenia żaden człowiek tak naprawdę nie cierpiał z tego powodu, że już nie żyje).

Epikur sam podsumował swą uwalniającą od trosk filozofię w tym, co nazwał „czterema leczniczymi ziołami":

Bogowie nie są straszni.
Śmierć jest niczym.
To, co jest dobre, jest łatwe do zdobycia.
To, co jest złe, jest łatwe do zniesienia.

W tradycji greckiej porównanie zadania, jakie spoczywa na filozofie, do sztuki lekarskiej nie było niczym nowym. Tym razem stykamy się z poglądem, że człowiek musi wyposażyć się w „filozoficzną apteczkę podróżną", zawierającą cztery ważne leki.

Inaczej niż stoicy, epikurejczycy wykazywali małe zainteresowanie polityką i życiem społecznym. „Żyj w ukryciu" — tak brzmiała rada Epikura. Wolno nam chyba przyrównać jego „ogród" do dzisiejszych wspólnot, w jakich żyją niektórzy ludzie. Także w naszych czasach wiele osób poszukuje wyspy czy bezpiecznej przystani w społeczeństwie wielkomiejskim.

Po śmierci Epikura wielu epikurejczyków popadło w obsesję rozkoszy. Ich hasło brzmiało: „Żyj chwilą". Określenia „epikurejczyk" używa się obecnie w pejoratywnym znaczeniu, na przykład mówiąc o rozpustniku.

Neoplatonizm

Zobaczyliśmy, że cynicy, stoicy i epikurejczycy odwołują się do Sokratesa. Sięgali oni także do poglądów przedsokratyków, na przykład Heraklita i Demokryta. Najbardziej godny uwagi prąd filozoficzny w okresie późnego antyku zainspirowała teoria Platona o ideach. Dlatego nazywamy ją neoplatonizmem.

Najważniejszym neoplatończykiem był PLOTYN (ok. 205–270), który studiował filozofię w Aleksandrii, lecz później przeniósł się do Rzymu. Warto zauważyć, że filozof ten pochodził z Aleksandrii, miasta, które wówczas już od wieluset lat było miejscem zetknięcia się filozofii greckiej z mistyką Orientu. Do Rzymu przywiózł Plotyn naukę o zbawieniu, która miała poważnie konkurować z chrześcijaństwem, gdy zaczęło ono odgrywać coraz większą rolę. Neoplatonizm miał także wywrzeć wielki wpływ na teologię chrześcijańską.

Przypomnij sobie, Zosiu, teorię idei Platona. Przypomnij sobie, że rozgraniczał on świat idei od świata zmysłów, a tym samym ostro oddzielał duszę ludzką od ciała człowieka. W ten sposób człowiek stał się istotą dwoistą: nasze ciało składa się z ziemi i pyłu, jak wszystko inne, co należy do świata zmysłów, ale mamy także nieśmiertelną duszę. Taki pogląd rozpowszechniony był wśród Greków już na długo przed Plotynem. Z podobnymi poglądami Plotyn zetknął się także w Azji.

Plotyn uważał, że świat rozciągnięty jest między dwoma biegunami. Na jednym krańcu znajduje się boskie światło, które nazwał *jednią*. Czasami mówi o nim: Bóg. Na drugim krańcu panuje absolutna ciemność, do której nie dociera nawet odrobina światła jedni. Zdaniem Plotyna jednak, owa ciemność nie jest żadnym bytem, lecz tylko nieobecnością światła, sama w sobie nie istnieje. Jedyne, co istnieje, to Bóg czy jednia, ale tak jak blask pochodzący od źródła światła stopniowo roztapia się w mroku, tak też istnieje granica, poza którą nie sięgają boskie promienie.

Według Plotyna duszę opromienia światło „jedni", podczas gdy materia znajduje się w ciemności, niebędącej właściwym bytem. Formy w naturze oświetlane są lekkim blaskiem jedni.

Droga Zosiu, wyobraź sobie duże ognisko, które płonie nocą. Z ogniska na wszystkie strony sypią się iskry. W dość dużym promieniu wokół ogniska mrok nocy jest rozświetlony, a słabe światło ognia widać także z odległości wielu kilometrów. Gdy odsuniemy się jeszcze dalej, ognisko będzie tylko maleńką, jaśniejącą plamką, jak mała latarenka. A jeśli jeszcze bardziej oddalimy się od ogniska, jego blask przestanie do nas docierać. W jakimś miejscu promienie światła rozpływają się w ciemności, a jeśli będzie naprawdę ciemno, to nic nie zobaczymy. Cienie, kontury, zarysy przestaną istnieć.

Wyobraź sobie, że rzeczywistość jest takim właśnie ogniskiem. To, co płonie, to Bóg, a ciemność poza nim to zimna materia, z której zrobieni są ludzie i zwierzęta. Najbliżej Boga znajdują się wieczne idee, będące pierwotną formą wszystkich stworzeń. „Iskrą z ogniska" jest przede wszystkim dusza ludzka, ale wszędzie w przyrodzie połyskuje boskie światło. Dostrzegamy je we wszystkich żywych istotach, i nawet róża czy polny dzwonek opromieniony jest boskim światłem. Najdalej od żywego Boga znajduje się ziemia, woda i kamień.

We wszystkim, co istnieje, jest jakaś część Boskiego misterium. Widzimy jego delikatny odblask w słoneczniku i czerwonym maku. Więcej owego niezgłębionego misterium dostrzegamy w motylu, który podrywa się do lotu, czy w złotej rybce pływającej w akwarium. Ale najbliżej Boga znajdujemy się my, nasza dusza. Tylko tam możemy się połączyć z owym wielkim misterium życia. Tak, w rzadkich chwilach możemy nawet doznać, że *sami jesteśmy owym wielkim boskim misterium.*

Obrazowy przykład Plotyna przypomina porównanie z jaskinią Platona. Im bliżej znajdujemy się wejścia do jaskini, tym bliżej jesteśmy tego, od czego pochodzi wszystko, co istnieje. W przeciwieństwie jednak do wyraźnej dwoistości rzeczywistości, jaką spotykamy u Platona, sposób myślenia Plotyna cechuje przeżycie całości. Wszystko jest jednym, bo wszystko jest Bogiem. Nawet cienie głęboko w jaskini Platona oświetla słabe światło jedni.

Kilkakrotnie w ciągu swego życia Plotyn doświadczył, że jego dusza stapia się w jedno z Bogiem. Nazywamy to *przeżyciem mistycznym.* Plotyn nie był jedynym człowiekiem, który doznawał podobnych przeżyć. Opowiadali o nich ludzie we wszystkich epokach i wszystkich kulturach. Opisywali oni swoje przeżycia w różny sposób, ale w tych opisach powtarza się wiele charakterystycznych cech. Spróbujmy się temu przyjrzeć.

Mistycyzm

Przeżycie mistyczne to chwila, w której człowiek doświadcza jedności z Bogiem czy też „duszą świata". W wielu religiach podkreśla się istnienie przepaści między Bogiem a jego dziełem stworzenia, mistyk jednak odczuwa, że taka przepaść nie istnieje. Przeżywa „połączenie", „zespolenie" z Bogiem.

Mistycy uważają, że to, co na co dzień określamy jako „ja", nie jest naszym właściwym ja. Przez krótkie chwile możemy przeżyć zespolenie z jakimś większym ja. Niektórzy mistycy nazywają to Bogiem, inni duszą świata, wszechnaturą czy solą świata. Kiedy następuje stopienie w jedno, mistyk „zatraca się", znika, rozpływa w Bogu, tak jak kropla wody zatraca się, kiedy miesza się z morzem. Pewien mistyk indyjski powiedział: „Kiedy istniałem, nie było Boga. Teraz jest Bóg, a mnie już nie ma". Chrześcijański mistyk SILESIUS (1624 - 1677) wyraził to tak: „Morzem staje się każda kropla, która dociera do morza, a dusza staje się Bogiem, kiedy dociera do Boga".

Pomyślisz sobie, że to wcale nie takie przyjemne — utracić siebie. Tak, Zosiu, rozumiem, o co Ci chodzi. Ale pamiętaj, to, co tracisz, jest nieskończenie mniejsze od tego, co zyskujesz. Tracisz siebie w takiej postaci, jaką przybrałaś akurat w tym momencie, lecz jednocześnie masz świadomość, że w rzeczywistości jesteś czymś nieskończenie większym. Stajesz się solą świata. Tak, to właśnie Ty jesteś duszą świata, droga Zosiu. To Ty jesteś Bogiem. Nawet jeśli musisz pożegnać się ze sobą jako Zofia Amundsen, możesz pocieszać się myślą, że owo „codzienne ja" i tak pewnego dnia utracisz. Twoje prawdziwe ja — którego możesz doświadczyć, jeśli zdołasz się rozstać ze sobą — jest, zdaniem mistyków, jak niesamowity ogień, który płonie przez całą wieczność.

Takie przeżycie mistyczne nie zawsze następuje samo z siebie. Aby mistyk mógł spotkać się z Bogiem, musi często przebyć „drogę oczyszczenia i objawienia". Droga ta to prowadzenie ascetycznego życia i różne techniki medytacji. Mistyk nagle znajduje się u celu i może zakrzyknąć: „Jestem Bogiem" albo „Jestem Tobą".

Prądy mistyczne znaleźć możemy we wszystkich wielkich religiach świata. Opisy przeżyć przedstawione przez mistyków wykazują rzucające się w oczy podobieństwo, bez względu na warunki kulturowe, w jakich powstały. Dopiero kiedy mistyk próbuje podać religijne lub filozoficzne wytłumaczenie swego mistycznego przeżycia, ujawnia się tło kulturowe.

W *mistyce zachodniej* — to znaczy w judaizmie, chrześcijaństwie i islamie — mistyk twierdzi, że doświadcza osobistego spotkania z samym Bogiem. Chociaż Bóg znajduje się w przyrodzie i w duszy ludzkiej, jest także wyniesiony wysoko ponad światem. W *mistyce Wschodu*, czyli w hinduizmie, buddyzmie i religiach Chin, bardziej powszechne jest twierdzenie, że mistyk przeżywa całkowite zespolenie z Bogiem czy „duszą świata". „Ja jestem duszą świata" — może powiedzieć mistyk, albo: „Ja jestem Bogiem". Bóg bowiem nie tylko jest obecny w świecie, ale też nigdzie indziej go nie ma.

Silne prądy mistyczne rozpowszechnione były jeszcze na długo przed czasami Platona, szczególnie w Indiach. SWAMI VIVEKANANDA (1862 - 1902), jeden z tych, którzy przenieśli myśl hinduizmu na Zachód, powiedział kiedyś:

> *Tak jak niektóre religie na świecie twierdzą, że ateistą jest człowiek nie wierzący w Boga, który istnieje poza nim, tak my mówimy, że ateistą jest człowiek, który nie wierzy w samego siebie. My ateizmem nazywamy niewiarę we wspaniałość własnej duszy.*

Przeżycie mistyczne może mieć także znaczenie dla etyki. Były prezydent Indii, RADHAKRISHNAN, powiedział: „Kochaj bliźniego swego, bo to ty sam jesteś swoim bliźnim. Iluzja tylko sprawia, że wierzysz, iż twój bliźni to ktoś inny, a nie ty sam".

Również ludzie żyjący współcześnie, nie wyznający żadnej religii, mówią o przeżyciach mistycznych. Opowiadają, że nagle doznali czegoś, co określają jako „świadomość kosmiczną" lub

„uczucie oceanu". Poczuli się oderwani od czasu i ujrzeli świat z punktu widzenia wieczności.

Zofia uniosła się na łóżku. Musiała sprawdzić, czy wciąż ma ciało...

Czytając o Plotynie i mistykach, poczuła nagle, że zaczyna unosić się w powietrzu, wypłynęła przez okno i wzleciała wysoko nad miastem. Zobaczyła w dole ludzi na rynku, ale leciała dalej nad globem, na którym mieszkała, nad Morzem Północnym i Europą, nad Saharą i rozległymi stepami Afryki.

Cała planeta stała się nagle jakby jedną żywą osobą, a ta osoba była jakby samą Zofią. To ja jestem światem, pomyślała. Cały ogromny wszechświat, który często wydawał się jej niezgłębiony i straszny — to było jej własne ja. Wszechświat także i teraz był ogromny i majestatyczny, ale to ona sama była taka wielka.

Owo niezwykłe uczucie ustąpiło bardzo szybko, ale Zofia była pewna, że nigdy go nie zapomni. Miała wrażenie, że coś wyskoczyło z wnętrza jej głowy i wymieszało się z czymś innym, tak jak kropelka farby potrafi zabarwić cały dzban wody.

Kiedy to minęło, miała uczucie, jakby z bólem głowy obudziła się ze wspaniałego snu. Zofia z odrobiną zawodu stwierdziła, że nadal posiada ciało, które próbuje wstać z łóżka. Od leżenia na brzuchu i czytania wykładu Alberta Knoxa bolał ją kręgosłup, ale przeżyła coś, czego nigdy nie zapomni.

Wreszcie udało jej się stanąć na podłodze. Przedziurkowała kartki i wpięła je starannie do segregatora wraz z poprzednimi lekcjami. Wyszła, by przejść się po ogrodzie.

Ptaki ćwierkały, jakby świat został stworzony dopiero przed chwilą. Jasna zieleń brzóz rosnących za starymi klatkami dla królików była tak ostra, jakby Stwórca nie zakończył jeszcze mieszania kolorów.

Czy naprawdę mogła uważać, że wszystko jest boskim Ja? Czy mogła wierzyć, że nosi w sobie duszę, która jest „iskrą z ogniska"? Jeśli to prawda, to znaczy, że ona sama jest istotą boską.

POCZTÓWKI

...nakładam na siebie surową cenzurę...

Upłynęło kilka dni, podczas których Zofia nie dostawała więcej listów od nauczyciela filozofii. W czwartek przypadało święto narodowe 17 maja, następny dzień także mieli wolny od zajęć.

W środę 16 maja w drodze ze szkoły Jorunn zaproponowała nagle:

— Wybierzemy się na biwak pod namiotem?

Zofia w pierwszej chwili pomyślała sobie, że nie może tak długo pozostawać poza domem. Wzięła się jednak w garść.

— Bardzo chętnie — odparła.

Kilka godzin później Jorunn stawiła się u Zofii z wielkim plecakiem. Zofia także się już spakowała, to ona miała namiot. Zabierały ze sobą śpiwory, karimaty, ciepłe ubranie, latarki, wielkie termosy z herbatą i mnóstwo pysznego jedzenia.

Gdy około piątej wróciła do domu matka Zofii, usłyszały całą litanię pouczeń o tym, co im wolno, a czego nie wolno. Matka zażądała ponadto, by dokładnie określiły, gdzie mają zamiar obozować.

Powiedziały, że rozbiją namiot na Głuszcowym Wzgórzu. Może rano usłyszą pieśń godową głuszca?

Zofia miała też inny zamysł, postanawiając tam właśnie biwakować. O ile dobrze pamiętała, z Głuszcowego Wzgórza było niedaleko do Chaty Majora. Coś znów ją tam ciągnęło, chociaż wiedziała na pewno, że nigdy więcej nie odważy się tam pójść w pojedynkę.

Jorunn i Zofia ruszyły ścieżką odchodzącą od niedużego placyku, na którym mogły zawracać samochody, tuż przy furtce do ogrodu

Zofii. Po drodze rozmawiały, właściwie o niczym. Zofia pragnęła odpocząć trochę od wszystkiego, co łączyło się z filozofią.

Już około ósmej uporały się z rozbiciem namiotu na polanie przy Głuszcowym Wzgórzu. Przygotowały posłanie na noc, rozłożyły śpiwory. Kiedy zjadły zabrany z domu prowiant, Zofia zapytała:

— Słyszałaś o Chacie Majora?

— Chacie Majora?

— Gdzieś tu w lesie jest domek... nad małym jeziorkiem. Kiedyś mieszkał w nim dziwny major, stąd nazwa: Chata Majora.

— Czy teraz ktoś tam mieszka?

— Pójdziemy zobaczyć?

— Ale gdzie to jest?

Zofia wskazała ręką na drzewa.

Jorunn przyjęła plan bez entuzjazmu, ale w końcu stanęło na tym, że wyruszyły. Słońce było już nisko na niebie.

Z początku wędrowały między wysokimi sosnami, ale potem musiały przedzierać się przez krzaki i zarośla. Wreszcie znalazły jakąś ścieżkę. Czy była to ta sama dróżka, którą Zofia szła w niedzielę rano?

Tak, niebawem między drzewami po prawej stronie ścieżki coś zalśniło.

— To tam — powiedziała Zofia.

Po chwili stały już nad jeziorkiem. Zofia popatrzyła na chatkę. Była zamknięta, okna zasłaniały okiennice. Dawno już nie widziała czegoś sprawiającego wrażenie równie opuszczonego jak ten czerwony domek.

Jorunn rozejrzała się dokoła.

— Będziemy chodzić po wodzie? — zapytała.

— Nie, przepłyniemy łódką.

Zofia wskazała na sitowie. Dokładnie w tym samym miejscu co poprzednio leżała łódź wiosłowa.

— Byłaś tu już wcześniej?

Zofia potrząsnęła głową. Zbyt skomplikowane wydało jej się opowiadanie przyjaciółce o poprzedniej wizycie. Jak zdołałaby dochować tajemnicy o Albercie Knoxie i kursie filozofii?

Wiosłując, śmiały się i żartowały. Zofia tym razem zatroszczyła się o to, by starannie wyciągnąć łódź na brzeg po drugiej stronie. Wkrótce stanęły przy drzwiach. Jorunn nacisnęła klamkę, wyraźnie widać było, że w domku nie ma nikogo.

— Zamknięte... Nie sądziłaś chyba, że będzie otwarte?

— Może znajdziemy klucz — odparła Zofia i zaczęła szukać między kamieniami podmurówki.

— Eee, wracajmy do namiotu — zaproponowała Jorunn po kilku minutach.

Zofia jednak w tej samej chwili zawołała:

— Znalazłam, znalazłam!

Triumfalnie pokazała klucz. Wsunęła go do zamka i zaraz drzwi się otworzyły.

Przyjaciółki chyłkiem wślizgnęły się do środka z poczuciem, że robią coś niedozwolonego. Wewnątrz było zimno i ciemno.

— Przecież tu nic nie widać! — zaprotestowała Jorunn.

Ale Zofia przewidziała także i to. Wyciągnęła z kieszeni pudełko zapałek i zapaliła jedną. Zanim zapałka zgasła, zdążyły zorientować się tylko, że chatka jest całkiem pusta. Zofia zapaliła kolejną zapałkę i teraz dostrzegła na kominku niedużą świeczkę w kutym żelaznym świeczniku. Zapaliła ją trzecią zapałką, świeczka zapłonęła wątłym płomykiem, oświetlając jednak niewielką izdebkę na tyle, by mogły się dokładniej rozejrzeć.

— Czy to nie dziwne, że jedna mała świeczka może rozświetlić taką ciemność? — spytała Zofia.

Przyjaciółka tylko pokiwała głową.

— Ale w jakimś miejscu światło rozpływa się w mroku — mówiła dalej Zofia. — Właściwie ciemność sama w sobie nie istnieje. Jest tylko brakiem światła.

— Och, przestań tak gadać. Idziemy stąd...

— Najpierw popatrzymy w lustro.

Zofia pokazała palcem na lustro w mosiężnej ramie, wiszące nad komodą dokładnie tak jak ostatnio.

— Jakie śliczne...

— Ale to zaczarowane lustro.

— Lustereczko, powiedz przecie, kto jest najpiękniejszy w świecie?

— Wcale nie żartuję, Jorunn. Myślę, że przez to lustro da się zobaczyć to, co jest po drugiej stronie.

— Mówiłaś, że nigdy wcześniej tu nie byłaś? A poza tym, dlaczego tak cię bawi straszenie mnie do szaleństwa?

Na to pytanie Zofia nie umiała odpowiedzieć.

— Sorry!

Tym razem to Jorunn odkryła coś, co leżało na podłodze. Było to nieduże pudełko, Jorunn podniosła je z podłogi.

— Pocztówki — stwierdziła.

Zofia jęknęła przestraszona.

— Nie ruszaj tego! Słyszysz! Nie wolno ci tego dotykać!

Jorunn drgnęła przerażona. Wypuściła pudełko z rąk, jakby nagle się oparzyła. Kartki rozsypały się po podłodze. Dziewczynka po kilku sekundach wybuchnęła śmiechem.

— Przecież to tylko zwyczajne widokówki.

Jorunn usiadła na podłodze i zaczęła zbierać kartki. Zaraz i Zofia kucnęła przy niej.

— Liban... Liban... Liban... Wszystkie kartki wysłano z Libanu — oznajmiła Jorunn.

— Wiem o tym — wyrwało się Zofii.

Jorunn podniosła głowę i popatrzyła Zofii prosto w oczy.

— Byłaś tu już kiedyś.

— Może i byłam, no i co z tego?

Doszła do wniosku, że łatwiej jej będzie, jeśli przyzna się, że już wcześniej odwiedziła to miejsce. Chyba nie zaszkodzi, jeśli zdradzi przyjaciółce chociaż część tajemniczych wydarzeń, jakie przeżyła w ciągu ostatnich dni.

— Nie chciałam ci o tym mówić, dopóki tu nie przyszłyśmy.

Jorunn zaczęła czytać kartki.

— Wszystkie są do jakiejś Hildy Møller Knag.

Zofia na razie nie dotknęła żadnej pocztówki.

— Czy to już cały adres?

Jorunn przeczytała:

— Hilda Møller Knag, c/o Alberto Knox, Nad Jeziorem, Norwegia.

Zofia odetchnęła z ulgą. Obawiała się, że i na tych kartkach napisane będzie *c/o Zofia Amundsen*. Dopiero teraz zaczęła przyglądać się im bliżej.

— 28 kwietnia... 4 maja... 6 maja... 9 maja... Mają stemple zaledwie sprzed kilku dni.

— Zobacz, jest jeszcze coś... Wszystkie stemple są n o r w e s k i e. Patrz, „Batalion ONZ". I norweskie znaczki...

— Myślę, że oni tak właśnie robią. Mają być neutralni, i tam, w Libanie, jest norweska poczta.

— Ale jak przysyłają pocztę tu, do kraju?

— Pewnie samolotem wojskowym.

Zofia postawiła świecę na podłodze i dziewczęta zabrały się za czytanie pocztówek. Jorunn ułożyła je w odpowiedniej kolejności i to ona właśnie przeczytała pierwszą kartkę:

Kochana Hildo!

Możesz mi wierzyć, że bardzo się cieszę na powrót do domu, do Lillesand. Liczę, że wyląduję na Kjevik wczesnym wieczorem w wigilię świętego Jana. Bardzo chciałbym być na Twoich piętnastych urodzinach, ale podlegam przecież komendzie wojskowej. W zamian mogę Ci tylko obiecać, że całe serce wkładam w wielki prezent, który otrzymasz w dniu urodzin. Ucałowania od tego, który bez przerwy myśli o przyszłości swojej córki. PS Kopię tej kartki wysyłam do naszego wspólnego znajomego. Na pewno zrozumiesz, co mam na myśli, Hilduniu. Jestem co prawda bardzo tajemniczy, ale Ty zrozumiesz.

Zofia wyjęła następną kartkę:

Kochana Hildo!

Tu, w Libanie, przeżywamy każdy dzień z osobna. Ze wszystkich miesięcy tutaj pewnie najlepiej zapamiętam to wieczne czekanie. Ale staram się, jak mogę, żebyś dostała jak najwspanialszy prezent na piętnaste urodziny. Na razie nie mogę zdradzić nic więcej. Nakładam na siebie surową cenzurę.

Uściski,
Tatuś

Dziewczynkom aż dech zaparło z przejęcia. Żadna z nich nie odezwała się ani słowem, czytały tylko dalej pocztówki.

Moje Kochane Dziecko!

Najbardziej chciałbym przesłać Ci moje zwierzenia za pośrednictwem białego gołębia. Niestety, białe gołębie są w Libanie niedostępne. Są towarem, którego w tym udręczonym kraju najbardziej brakuje. Oby ONZ-owi udało się wreszcie przywrócić pokój na całym świecie. PS Być może swoim prezentem na piętnaste urodziny będziesz się mogła podzielić z innymi ludźmi? Zastanowimy się nad tym, kiedy wrócę do domu. Ale Ty przecież nadal nie wiesz, o co mi chodzi. Pozdrowienia od tego, który ma dość czasu, by myśleć o nas obojgu.

Przeczytały już sześć kartek, została tylko jedna:

Kochana Hildo!

Mało nie pęknę od wszystkich tajemnic związanych z Twoimi urodzinami i wiele razy dziennie muszę się powstrzymywać, żeby do Ciebie nie zadzwonić i wszystkiego nie opowiedzieć. To cały czas rośnie. A jak wiesz, kiedy coś się stale powiększa, coraz trudniej jest też zatrzymać to dla siebie.

Pozdrowienia,
Tatuś

PS Poznasz kiedyś dziewczynkę, która ma na imię Zofia. Abyście miały szansę dowiedzieć się trochę o sobie, zanim się spotkacie, zacząłem posyłać jej kopie wszystkich kartek, które do Ciebie piszę. Ciekawe, czy ona wkrótce się nie zorientuje, co, Hildo? Na razie nie wie więcej niż Ty. Zofia ma przyjaciółkę, która ma na imię Jorunn. Może ona będzie mogła w czymś pomóc?

Kiedy Jorunn i Zofia przeczytały ostatnią kartkę, popatrzyły sobie w oczy. Jorunn mocno ścisnęła dłoń Zofii.

— Boję się — powiedziała.

— Ja też.

— Jaka była data na stemplu na ostatniej kartce?

Zofia jeszcze raz obejrzała widokówkę.

— 16 maja — odparła. — To przecież dzisiaj!

— Niemożliwe! — zaprotestowała Jorunn niemal rozgniewana.

Jeszcze raz dokładnie sprawdziły stempel. Data odbiła się wyraźnie, nie można było się pomylić. *16 – 05 – 90*.

— To nieprawdopodobne — upierała się Jorunn. — W dodatku nie pojmuję, kto mógł to napisać. To musi być ktoś, kto nas zna. Ale skąd mógł wiedzieć, że przyjdziemy tu akurat dzisiaj?

Jorunn bała się okropnie, była naprawdę przerażona. Dla Zofii sprawa Hildy i jej ojca nie była żadną nowością i już się z nią trochę oswoiła.

— Myślę, że to musi mieć coś wspólnego z tym mosiężnym lustrem.

Jorunn znów drgnęła.

— Nie chcesz chyba powiedzieć, że pocztówki wysypują się z lustra w tej samej chwili, gdy zostaną ostemplowane na poczcie w Libanie?

— A masz jakieś lepsze wytłumaczenie?

— Nie.

— Ale tu jest jeszcze coś tajemniczego.

Zofia wstała i oświetliła świeczką dwa obrazy na ścianie. Jorunn pochyliła się, by lepiej widzieć.

— „Berkeley" i „Bjerkely". Co to znaczy?

— Nie mam pojęcia.

Świeczka już się prawie wypaliła.

— Idziemy — gorączkowała się Jorunn. — Chodź!

— Zabiorę tylko to lustro.

Zofia zdjęła ze ściany duże lustro w mosiężnych ramach wiszące nad białą komodą. Jorunn usiłowała protestować, ale Zofia nie pozwoliła się powstrzymać.

Kiedy wyszły na zewnątrz, okazało się, że jest tak ciemno, jak bywa w majową noc. Zostało jeszcze tyle światła, by krzewy i drzewa nadal zachowały wyraźne kontury. W tafli jeziora, jak w lustrze, odbijało się niebo. Dwie przyjaciółki, wiosłując powoli, przeprawiały się na drugą stronę.

W powrotnej drodze żadna nie mówiła nic szczególnego, ale każda wiedziała, że druga intensywnie myśli o tym, co widziały. Od czasu do czasu przestraszyły jakiegoś ptaka, ze dwa razy słyszały głos puszczyka.

Gdy tylko dotarły do namiotu, wsunęły się do śpiworów. Jorunn nie zgodziła się, by lustro zostało na noc w namiocie. Zanim zasnęły, wspólnie orzekły, że nawet świadomość, iż leży ono przy wejściu, jest dość okropna. Zofia zabrała z chatki także wszystkie widokówki. Włożyła je do bocznej kieszeni plecaka.

Nazajutrz obudziły się wcześnie. Zofia pierwsza wyślizgnęła się ze śpiwora, wciągnęła buty i wyszła z namiotu. Mosiężne lustro leżało w trawie, pokryte kropelkami rosy. Zofia przetarła je swetrem i teraz mogła przyjrzeć się swemu odbiciu. Miała wrażenie, że sama patrzy na siebie z dołu. Na szczęście nie znalazła żadnej widokówki z najświeższymi wiadomościami z Libanu.

Nad otwartą polaną za namiotem unosiły się, niby kłaczki waty, postrzępione poduchy mgły. Dokoła rozlegał się energiczny ćwierkot małych ptaszków, żadnego większego ptaka nie widziały, ani nie słyszały.

Dziewczęta założyły dodatkowe swetry i zjadły śniadanie przed namiotem, rozmawiając o Chacie Majora i tajemniczych pocztówkach.

Po śniadaniu zwinęły namiot i ruszyły w powrotną drogę do domu. Zofia przez cały czas dźwigała pod pachą wielkie lustro w mosiężnych ramach. Co jakiś czas musiała przystawać, żeby odpocząć, bo Jorunn za nic nie chciała dotknąć lustra.

Kiedy zbliżały się do pierwszych zabudowań, usłyszały kilka odległych wybuchów. Zofii przypomniało się to, co ojciec Hildy pisał o udręczonym wojną Libanie. Uderzyło ją, jak wiele mają szczęścia, że żyją w kraju, w którym panuje pokój. Huk pochodził od niewinnych petard.

Zofia zaprosiła Jorunn na gorącą czekoladę. Matka nie chciała im dać spokoju i dopytywała się, skąd wzięły to wielkie lustro. Zofia powiedziała wreszcie, że znalazły je przy Chacie Majora. Matka znów powtórzyła, że od wielu, wielu lat nikt tam nie mieszka.

Kiedy Jorunn poszła do domu, Zofia założyła czerwoną sukienkę. Dalej dzień święta narodowego przebiegał normalnie. W wieczornych wiadomościach telewizyjnych pokazano reportaż o tym, jak święto obchodzą norweskie oddziały ONZ w Libanie. Zofia oczu nie odrywała od ekranu, bo przecież jednym z mężczyzn, których widziała, mógł być ojciec Hildy.

Ostatnią rzeczą, jaką Zofia zrobiła 17 maja, było zawieszenie lustra w pokoju. Nazajutrz przed południem znalazła w Zaułku nową żółtą kopertę. Rozerwała ją i nie zwlekając, zabrała się za czytanie.

DWA KRĘGI KULTUROWE

...tylko w ten sposób unikniesz zawieszenia w próżni...

Już niedługo się spotkamy, droga Zosiu. Zakładałem, że wrócisz do Chaty Majora, dlatego zostawiłem tam wszystkie pocztówki od ojca Hildy. Jedynie w ten sposób mogą zostać jej przekazane. Nie musisz się martwić o to, w jaki sposób do niej dotrą. Jeszcze wiele wody upłynie przed 15 czerwca.

Przyjrzeliśmy się, jak filozofowie okresu hellenizmu przetrawili dawnych greckich myślicieli. Prawie uczynili z nich twórców religii. Plotyn nie był wszak daleki od ogłoszenia Platona zbawicielem ludzkości.

Ale jak wiemy, w połowie okresu, który omawialiśmy, narodził się inny zbawiciel, i to poza obszarem grecko-rzymskim. Myślę o JEZUSIE Z NAZARETU. W tym rozdziale przyjrzymy się, w jaki sposób chrześcijaństwo zaczęło wnikać do świata grecko-rzymskiego — mniej więcej tak, jak świat Hildy stopniowo zaczął przenikać do *naszego* świata.

Jezus był Żydem, a Żydzi należą do semickiego kręgu kulturowego, natomiast Grecy i Rzymianie wywodzą się z kręgu indoeuropejskiego. Możemy więc stwierdzić, że cywilizacja europejska ma dwa korzenie. Warto przyjrzeć im się bliżej, zanim omówimy, jak chrześcijaństwo stopniowo zespalało się z kulturą grecko-rzymską.

Indoeuropejczycy

Mówiąc o kręgu indoeuropejskim, mamy na myśli kraje i kultury posługujące się językami indoeuropejskimi. Należą do nich wszystkie języki europejskie poza językami z grupy ugrofińskiej (lapońskim, fińskim, estońskim i węgierskim) oraz baskijskim. Również większość języków indyjskich i irańskich należy do tej rodziny.

Kiedyś, około 4000 lat temu, Praindoeuropejczycy żyli na obszarach wokół Morza Czarnego i Morza Kaspijskiego. Plemiona indoeuropejskie wielkimi falami rozpoczęły wędrówkę na południowy wschód do Iranu i Indii, na południowy zachód do Grecji, Włoch i Hiszpanii, na zachód przez Europę Środkową do Anglii i Francji, na północny zachód do Skandynawii i na północ do Europy Wschodniej i Rosji. Wszędzie, gdzie docierali Indoeuropejczycy, mieszali się z kulturami przedindoeuropejskimi, ale zarówno religia, jak i język indoeuropejski odgrywały rolę dominującą.

Tak więc i stare indyjskie księgi Wedy, i filozofia grecka, i mitologia SNORRIEGO zapisane zostały w pokrewnych językach. Ale spokrewnione były nie tylko języki. W ślad za spokrewnionymi językami napływają także spokrewnione myśli. Dlatego właśnie mówimy o indoeuropejskim kręgu kulturowym.

Kulturę indoeuropejską charakteryzowała przede wszystkim wiara w wielu różnych bogów. Takie zjawisko określa się jako *politeizm*. Zarówno imiona bogów, jak i wiele istotnych słów i wyrażeń mających związek z wierzeniami odnaleźć można na całym obszarze indoeuropejskim. Przedstawię kilka przykładów.

Dawni Indusi czcili boga niebios imieniem *Dyaus*. Po grecku bóg ów nazywa się *Zeus*, po łacinie *Jupiter*, a właściwie — *Iovpater*, czyli Ojciec Iov, zaś w staronordyjskim — *Tyr*. Imiona Dyaus, Zeus, Iov i Tyr są różnymi dialektalnymi wariantami jednego i tego samego słowa.

Pamiętasz pewnie, że wikingowie w Skandynawii wierzyli w bogów, których nazywali *asami*. Także i to słowo oznaczające bogów znajdujemy na całym obszarze indoeuropejskim. W języku staroindyjskim (sanskrycie) bogowie nazywają się *asura*, a po irańsku — *ahura*. Inne słowo oznaczające boga w sanskrycie brzmi *deva,* po irańsku *daeva,* po łacinie *deus,* a w staronordyjskim — *tivurr.*

W Skandynawii wierzono ponadto w odrębną grupę bogów płodności (na przykład Njord, Frey i Freyja). Bogów tych nazywano *vanami.* Słowo to spokrewnione jest z łacińskim imieniem bogini płodności *Venus.* W sanskrycie także istnieje pokrewne słowo *vani,* które oznacza żądzę lub pożądanie.

Również niektóre mity wykazują wyraźne pokrewieństwo na całym obszarze indoeuropejskim. Kiedy Snorri opowiada o bogach skandynawskich, niektóre z jego mitów przypominają mity indyjskie, opowiadane dwa-trzy tysiące lat wcześniej. Oczywiście w mitach Snorriego znajdujemy odbicie północnej skandynawskiej przyrody, a w mitach indyjskich — przyrody indyjskiej. W wielu mitach jednak odnaleźć można jądro, świadczące o ich dawnym, wspólnym pochodzeniu. Jądro takie najwyraźniejsze jest w opowieściach o napoju nieśmiertelności i o walce bogów z potworem chaosu.

Także w sposobie myślenia dostrzec możemy wyraźne podobieństwo kultur indoeuropejskich. Typową cechą wspólną jest przekonanie, że świat jest sceną, na której dobre i złe moce toczą ze sobą nierozstrzygniętą walkę. Dlatego Indoeuropejczycy próbowali przewidzieć, jak potoczą się losy świata.

Możemy zatem powiedzieć, iż nie jest wcale dziełem przypadku, że grecka filozofia narodziła się właśnie na terenie indoeuropejskim. Zarówno indyjska, grecka, jak i skandynawska mitologia zawiera zaczątki myślenia filozoficznego czy też *spekulatywnego.*

Indoeuropejczycy starali się zgłębić wiedzę o losach świata. Tak, możemy nawet porównać słowo oznaczające „wgląd" czy „wiedzę" w różnych kulturach całego obszaru indoeuropejskiego. W sanskrycie słowo to brzmi *vidya* i ma ten sam rdzeń co greckie słowo *idea,* które, jak pamiętasz, odegrało ważną rolę w filozofii Platona. Z łaciny znamy słowo *video,* ale dla Rzymian oznaczało ono po prostu „patrzeć, widzieć" (dopiero za naszych czasów zaczęło kojarzyć się z wpatrywaniem w ekran telewizyjny). Z angielskiego znamy takie słowa jak *wise* i *wisdom* (mądrość), z niemieckiego — *wissen* (wiedza). W norweskim mamy słowo *viten* (wiedza). Norweskie słowo *viten* ma więc ten sam korzeń, co indyjskie słowo *vidya*, greckie *idea* i łacińskie *video*.

Generalnie możemy powiedzieć, że *wzrok* był dla Indoeuropejczyków najważniejszym ze zmysłów. Literaturę Indusów, Greków i Germanów cechowały wielkie kosmiczne wizje (i znów to samo słowo „wizja", utworzone od łacińskiego czasownika *video*). Poza tym typowe dla kultur indoeuropejskich było tworzenie wizerunków bogów, obrazów czy rzeźb ilustrujących mity.

Na koniec możemy jeszcze powiedzieć, że Indoeuropejczycy uważali, że historia jest *cykliczna*, czyli toczy się kołem, występują w niej cykle, podobnie jak pory roku zmieniają się od wiosny do zimy. Historia nie ma więc właściwie początku ani końca. Często mówi się o różnych światach, które powstają i giną w wiecznej przemianie między życiem a śmiercią.

Obydwie wielkie religie Wschodu — hinduizm i buddyzm — mają pochodzenie indoeuropejskie, tak samo jak filozofia grecka. Pomiędzy hinduizmem a buddyzmem z jednej strony, a filozofią grecką z drugiej istnieją więc wyraźne paralele. Hinduizm i buddyzm do dzisiaj cechuje głęboka refleksja filozoficzna.

W hinduizmie i buddyzmie nierzadko podkreśla się, że pierwiastek boski jest obecny we wszystkim na świecie (panteizm) oraz że człowiek może osiągnąć jedność z Bogiem dzięki wiedzy religijnej (przypomnij sobie Plotyna, Zosiu!). Aby to mogło nastąpić, konieczne jest zagłębienie się w myślach, czyli medytacja. Dlatego na Wschodzie bierność i odosobnienie bywa religijnym ideałem. Również w Grecji często można było zetknąć się z poglądem, że człowiek powinien żyć w ascezie czy w religijnym odosobnieniu, aby dusza mogła zostać zbawiona. Wiele cech średniowiecznych klasztorów można wyprowadzić od takich poglądów, wywodzących się ze świata grecko-rzymskiego.

W kulturach indoeuropejskich bardzo istotna również była wiara w wędrówkę duszy. Przez ponad 2500 lat celem człowieka było wybawienie duszy od wędrówki. Pamiętamy, że w wędrówkę duszy wierzył również Platon.

Semici

Kolej teraz na Semitów, Zosiu. Przechodzimy do całkiem odrębnego kręgu kulturowego, z zupełnie innym językiem. Semici wywodzą się właściwie z Półwyspu Arabskiego, ale semicki krąg kulturowy także rozpostarł się na duże obszary świata. Przez ponad dwa tysiące lat Żydzi żyli daleko od swej pierwotnej ojczyzny. Najdalej od swych geograficznych korzeni semicka historia i kultura dotarła wraz z chrześcijaństwem. Kultura semicka rozprzestrzeniała się także wraz z islamem.

Wszystkie trzy religie Zachodu — judaizm, chrześcijaństwo i islam — mają podłoże semickie. *Koran* — święta księga muzułmanów — i *Stary Testament* napisane zostały w spokrewnionych ze sobą językach semickich. Jedno ze słów Starego Testamentu oznaczających Boga, posiada ten sam źródłosłów co muzułmańskie *Allah* (*allah* znaczy po prostu „bóg").

Jeśli chodzi o chrześcijaństwo, obraz staje się znacznie bardziej skomplikowany. Chrześcijaństwo oczywiście także ma podstawy semickie. Jednakże *Nowy Testament* napisany został po grecku, a chrześcijańska teologia, czyli nauka o wierze, kształtowała się pod wpływem języka greckiego i łacińskiego, i co za tym idzie — filozofii hellenistycznej.

Powiedzieliśmy sobie, że Indoeuropejczycy wierzyli w wielu różnych bogów. Natomiast wśród Semitów dość wcześnie zaczęła przeważać wiara w jednego Boga, czyli *monoteizm*. Główną ideą zarówno judaizmu, jak chrześcijaństwa czy islamu jest istnienie tylko jednego boga.

Inną cechą wspólną dla kultur semickich było *linearne* traktowanie historii. A to znaczy, że historię wyobrażano sobie jak linię, której początkiem jest stworzenie świata przez Boga. Od tego momentu rozpoczyna się historia. Kiedyś jednak nadejdzie jej kres, nastąpi to w Dniu Sądu, w którym Bóg będzie sądził żywych i umarłych.

W trzech wielkich religiach Zachodu właśnie historia odgrywa ważną rolę. Bóg włącza się w historię, przez historię realizuje w świecie swoją wolę. Tak jak kiedyś poprowadził Abrahama do Ziemi Obiecanej, tak wiedzie ludzi przez historię aż do Dnia Sądu. Wówczas unicestwione zostanie wszelkie zło istniejące na świecie.

Przywiązując tak wielkie znaczenie do udziału Boga w losach świata, Semici od tysięcy lat zajmowali się zapisywaniem historii. Samo jądro świętych pism stanowi właśnie opis dziejów.

Dzisiaj miasto Jerozolima jest ważnym centrum religijnym żydów, chrześcijan i muzułmanów. I to także mówi coś o wspólnym podłożu historycznym tych trzech religii. W mieście tym znajdują się żydowskie domy modlitwy (synagogi), świątynie chrześcijańskie (kościoły) i islamskie (meczety). Dlatego tak tragiczne jest, iż właśnie Jerozolima stała się jabłkiem niezgody, że wciąż tysiące ludzi ginie, bo nie potrafią dojść do porozumienia, kto ma mieć władzę nad Wiecznym Miastem. Oby ONZ-owi udało się pewnego dnia zmienić Jerozolimę w miejsce religijnych spotkań tych trzech religii. (Tymczasem nie będziemy się jednak zajmować praktyczną stroną kursu filozofii. Pozostawimy to w całości ojcu Hildy. Bo zrozumiałaś chyba, że jest on obserwatorem z ramienia ONZ w Libanie? Mogę jeszcze zdradzić, że służy w stopniu majora. Jeśli zaczynasz domyślać się istniejącego związku, to bardzo dobrze. Ale na razie nie uprzedzajmy biegu wydarzeń).

Powiedzieliśmy sobie, że dla Indoeuropejczyków najważniejszym ze zmysłów był wzrok. Podobną rolę na obszarach semickich odgrywał *słuch*. Nie jest przypadkiem, że żydowskie wyznanie wiary rozpoczyna się od słów: „Słuchaj, Izraelu". W Starym Testamencie czytamy o tym, jak to ludzie usłyszeli słowa Pana, a żydowscy prorocy rozpoczynali swoje proroctwa formułą: „Tak mówi Jahwe (Bóg)". Również w chrześcijaństwie przykłada się wagę do słuchania słowa Bożego. Nabożeństwa żydowskie, chrześcijańskie i muzułmańskie cechuje przede wszystkim głośne czytanie czy recytacja.

Powiedziałem Ci, że Indoeuropejczycy zawsze tworzyli wizerunki bogów, malowidła i posągi. Dla Semitów charakterystyczne jest przestrzeganie zakazu tworzenia wizerunków. Oznacza to, że nie wolno tworzyć obrazów ani rzeźb na podobieństwo Boga i tego, co święte. O tym, że ludziom nie wolno tworzyć żadnego obrazu Boga, napisano również w Starym Testamencie. Reguła ta do dzisiaj obowiązuje w islamie i w religii żydowskiej. Ponadto w całym świecie islamskim panuje ogólna niechęć do fotografii i obrazów ludzi i zwierząt. Ludziom nie wolno konkurować z Bogiem.

Pomyślisz może, że przecież w kościołach katolickich aż gęsto od wizerunków Boga i Jezusa. Masz rację, Zosiu, ale to jest właśnie przykład wpływu, jaki na chrześcijaństwo wywarł świat grecko-rzymski. (W Kościele prawosławnym — w Grecji czy w Rosji — nadal obowiązuje zakaz tworzenia „rzeźbionych obrazów" z historii biblijnych, tzn. rzeźb i krucyfiksów).

W przeciwieństwie do wielkich religii Wschodu trzy religie zachodnie podkreślają przepaść, jaka istnieje między Bogiem a dziełem jego stworzenia. Celem nie jest uwolnienie duszy od wędrówki, lecz zbawienie od grzechu i odpuszczenie winy. Ponadto życie religijne charakteryzują modlitwy, kazania i czytanie pism, a nie zagłębianie się w siebie i medytacja.

Izrael

Nie mam zamiaru stawać w zawody z Twoim nauczycielem religii, Zosiu. Przeprowadzimy jednak krótkie podsumowanie żydowskich podstaw chrześcijaństwa.

Wszystko zaczęło się od tego, że Bóg stworzył świat. W jaki sposób to nastąpiło, możesz przeczytać na pierwszych stronach Biblii. Później ludzie sprzeciwili się Bogu. Karą za to było nie tylko wygnanie Adamy i Ewy z ogrodu Edenu. Na świecie pojawiła się także śmierć.

Nieposłuszeństwo ludzi wobec Boga niczym czerwona nitka przewija się przez całą Biblię. Kiedy poczytamy dalej w I Księdze Mojżeszowej, dowiemy się o potopie i arce Noego. Następnie dowiadujemy się o tym, jak Bóg zawarł przymierze z Abrahamem i jego rodem. ABRAHAM i jego ród obiecali przestrzegać przykazań Boga, a Bóg w zamian miał chronić następców Abrahama. Przymierze to zostało później odnowione, kiedy MOJŻESZ otrzymał na górze Synaj tablice z Prawami (Prawo Mojżeszowe). Wydarzyło się to około 1200 r. p.n.e. Izraelici od dawna byli już niewolnikami w Egipcie, ale z pomocą boską naród powrócił do Izraela.

Około X wieku przed Chrystusem — a więc na długo przed tym, zanim zaistniała grecka filozofia — słyszymy o trzech wielkich królach Izraela. Pierwszym z nich był SAUL, po nim przyszedł DAWID, po którym nastąpił SALOMON. Cały lud Izraela został zjednoczony w jednym królestwie, które zwłaszcza pod rządami króla Dawida przeżyło okres świetności: politycznej, militarnej i kulturalnej.

Wstępując na tron, królowie byli namaszczani przez lud. Otrzymywali tytuł *Mesjasza*, czyli pomazańca. Królowie traktowani byli jako pośrednicy między Bogiem a narodem, dlatego też mogli mienić się „ synami Boga", a kraj nazywano „Królestwem Bożym".

Potęga Izraela nie trwała jednak długo. Królestwo osłabło i podzieliło się na część północną (Izrael) i południową (Judea). W roku 722 królestwo północne zostało podbite przez Asyryjczyków i utraciło wszelkie znaczenie polityczne i religijne. Losy południa nie potoczyły się lepiej. Judeę podbili Babilończycy w roku 585. Zniszczono Świątynię, a wielką część narodu uprowadzono do Babilonu. Niewola babilońska skończyła się w roku 539. Ludzie mogli powrócić do Jerozolimy i odbudować z ruin Świątynię. Ale aż do czasów Chrystusa Żydzi nadal pozostawali pod obcym panowaniem.

Żydzi nie przestawali zadawać sobie pytania, *dlaczego* rozpadło się królestwo Dawidowe, a na lud spadały ciągłe nieszczęścia. Bóg obiecał wszak trzymać chroniącą dłoń nad Izraelem. Ale też i ludzie przyrzekli wypełniać Boże przykazania. Z czasem rozpowszechniło się przekonanie, że Izrael został ukarany przez Boga za nieposłuszeństwo.

Od około 750 r. p.n.e. wielu *proroków* głosiło karę Bożą, która dotknęła Izrael za to, że ludzie nie dotrzymali warunków przymierza z Panem. Pewnego dnia Bóg osądzi Izrael, tak mówili. Takie proroctwa nazywamy „ proroctwami sądu".

Wkrótce pojawili się także prorocy, którzy głosili, że Bóg uratuje resztę narodu i ześle „księcia" albo „króla pokoju" z rodu Dawida. On odbuduje dawne królestwo Dawidowe, a naród czeka szczęśliwa przyszłość.

„Naród kroczący w ciemnościach ujrzał światłość wielką — głosił prorok Izajasz — nad mieszkańcami kraju mroków zabłysło światło". Takie proroctwa nazywamy „proroctwami zbawienia".

Podsumuję: Lud Izraela żył szczęśliwie pod rządami króla Dawida. Kiedy dla Izraelitów nadeszły ciężkie czasy, prorocy głosili, że pewnego dnia nadejdzie nowy król z rodu Dawida. Ów Mesjasz czy Syn Boży miał zbawić lud, odbudować potęgę Izraela i założyć Królestwo Boże.

Jezus

Dobrze, Zosiu. Mam nadzieję, że się nie pogubiłaś. Nowe hasła to Mesjasz, Syn Boży, zbawienie i Królestwo Boże. Z początku wszystko rozumiano politycznie. Również w czasach Chrystusa wielu wyobrażało sobie, że nadejdzie nowy Mesjasz, polityczny, militarny i religijny przywódca kalibru króla Dawida. Owego zbawiciela widziano jako bohatera narodowego, który położy kres cierpieniom Żydów pod panowaniem rzymskim.

Znalazło się jednak wielu ludzi o odrobinę szerszych horyzontach. Już parę setek lat przed narodzeniem Chrystusa pojawiali się prorocy, których zdaniem obiecany Mesjasz będzie zbawicielem całego świata. Nie tylko uwolni Izraelitów od obcych oków, ale także zbawi wszystkich ludzi od grzechu i winy, a przede wszystkim od śmierci. Nadzieja na zbawienie w tym właśnie znaczeniu była także rozpowszechniona w hellenistycznym świecie.

A potem przychodzi Jezus. Nie jest jedynym, który twierdzi, że jest obiecanym Mesjaszem. Jezus używa słów: Syn Boży, Królestwo Boże, Mesjasz i zbawienie, ciągle nawiązując do dawnych proroctw. Wjeżdża do Jerozolimy na osiołku i pozwala zgromadzonym obwołać się zbawicielem ludu. Odwołuje się więc do typowego rytuału osadzania na tronie dawnych władców. Pozwala się także namaścić. „Czas się wypełnił — mówi. — Bliskie jest Królestwo Boże".

Wszystko to warto zapamiętać. Ale teraz, Zosiu, musisz szczególnie uważać: Jezus różnił się od innych „mesjaszy", albowiem dał do zrozumienia, że nie jest wcale przywódcą wojskowym czy politycznym buntownikiem. Ma o wiele większą misję do spełnienia. Głosił zbawienie i przebaczenie Boże dla wszystkich ludzi. Napotkanym mówił: „Twoje grzechy są ci odpuszczone".

Taki sposób udzielania odpuszczenia grzechów bulwersował środowisko żydowskie. Jezus dolał oliwy do ognia nazywając Boga swym Ojcem (*abba*). To było już zupełnie nie do przyjęcia. Dlatego właśnie niebawem wśród uczonych w piśmie podniósł się szmer skierowanych przeciw niemu protestów. Z czasem zaczęto czynić przygotowania, by go zgładzić.

Podsumuję: W czasach Jezusa wielu ludzi spodziewało się Mesjasza, który z wielkim hałasem (tzn. z włócznią i mieczem w ręku) przywróci Królestwo Boże. Samo wyrażenie „królestwo boże" przewija się niczym czerwona nić także przez przesłanie, które głosi Jezus — lecz w o wiele szerszym znaczeniu. Jezus mówił, że Królestwo Boże to miłość bliźniego, opieka nad słabymi i ubogimi oraz odpuszczenie winy tym, którzy błędnie postąpili.

Mamy tu całkowitą zmianę znaczenia starego, na poły militarnego wyrażenia. Ludzie spodziewali się wojskowego przywódcy, który wkrótce ogłosi Królestwo Boże. Tymczasem zjawia się Jezus w prostej szacie i sandałach i mówi, że Królestwo Boże — czyli Nowe Przymierze— polega na tym, byś kochał bliźniego swego jak siebie samego. I co więcej, Zosiu, mówił, byśmy miłowali naszych wrogów. Kiedy nas biją, nie wolno nam odpłacać tą samą monetą, lecz nadstawić drugi policzek. I mamy wybaczać — nie siedem razy, lecz siedemdziesiąt razy po siedem razy.

Swoim własnym życiem Jezus udowadnia, że nie uwłacza jego godności rozmowa z nierządnicami, skorumpowanymi celnikami i politycznymi wrogami ludu. To nie wszystko: mówi, że utracjusz, który zaprzepaścił całe dziedzictwo po ojcu, który zagarnął pieniądze, jest sprawiedliwy przed Bogiem, jeśli tylko zwróci się do Niego i poprosi o wybaczenie. Tak szczodry jest Bóg w swej łasce. Ale Jezus posuwa się jeszcze dalej, i teraz, Zosiu, trzymaj się mocno! Powiada, że nawróceni grzesznicy są dla Boga bardziej sprawiedliwi — a więc bardziej zasługują na Boże wybaczenie — niż faryzeusze i inni porządni obywatele, którzy z dumą obnoszą swą nieskazitelność.

Jezus podkreślał, że żaden człowiek nie może sam zasłużyć na łaskę bożą. Nie możemy zbawić się sami (a wielu Greków tak właśnie uważało!). Kiedy Jezus w Kazaniu na Górze przedstawia niezwykle surowe wymagania etyczne, robi to nie tylko po to, by przekazać wolę bożą. Pragnie pokazać także, że dla Boga żaden człowiek nie jest sprawiedliwy. Łaska boża nie ma granic, ale musimy zwrócić się do Boga z prośbą o wybaczenie.

Dokładne przedstawienie losów Jezusa i jego nauki pozostawiam Twemu nauczycielowi religii. Czeka go trudne zadanie. Mam nadzieję, że zdoła wam przekazać, jak wyjątkową osobą był Jezus. W genialny sposób posługiwał się językiem tamtych czasów, nadając jednocześnie starym hasłom zupełnie nowe, szersze znaczenie. Nic dziwnego, że skończył na krzyżu. Jego radykalne przesłanie zbawienia kolidowało z interesami ludzi będących u władzy, musiał więc zostać usunięty z drogi.

Gdy mówiliśmy o Sokratesie, zobaczyliśmy, jak bardzo niebezpieczne może być apelowanie do ludzkiego rozumu. Przy omawianiu historii Jezusa widzimy, jak niebezpieczne może być żądanie bezwarunkowej miłości bliźniego i równie bezwarunkowego wybaczania. Nawet w dzisiejszym świecie obserwujemy, jak potężne państwa są zupełnie bezradne wobec prostych żądań pokoju, miłości, pożywienia dla ubogich i wybaczania wrogom.

Pamiętasz, jak bardzo rozgoryczony był Platon faktem, że najwspanialszy z mieszkańców Aten musiał rozstać się życiem. Według nauki chrześcijańskiej Jezus był jedynym sprawiedliwym człowiekiem, jaki kiedykolwiek żył na świecie. A mimo to został skazany na śmierć i umarł dla zbawienia ludzi. Często określa się to jako odkupienie Jezusa. Jezus był cierpiącym sługą, który wziął na siebie winy ludzi po to, byśmy mogli pogodzić się z Bogiem i zostać zbawieni.

Paweł

Kilka dni po tym, jak Jezus został ukrzyżowany i złożony w grobie, rozniosła się wieść, że powstał z martwych. W taki sposób pokazał, że jest kimś więcej niż tylko człowiekiem. Pokazał, że naprawdę jest Synem Bożym.

Możemy powiedzieć, że religia chrześcijańska narodziła się w poranek wielkanocny wraz z wieścią o zmartwychwstaniu Jezusa. Już Paweł stwierdza: „ A jeśli Chrystus nie zmartwychwstał, daremne jest nasze nauczanie, próżna jest także wiara nasza".

Teraz wszyscy ludzie mogli żywić nadzieję na zmartwychwstanie ciała, Jezus został wszak ukrzyżowany dla naszego zbawienia. A teraz, droga Zosiu, zapamiętaj sobie to dobrze — na gruncie żydowskim nie chodzi wcale o nieśmiertelność duszy czy jakąkolwiek formę wędrówki duszy. To była myśl grecka, a więc indoeuropejska. A według nauki chrześcijańskiej w człowieku nie ma niczego — na przykład duszy — co byłoby nieśmiertelne samo z siebie. Kościół głosi „ciała zmartwychwstanie i żywot wieczny", ale to właśnie za sprawą cudu bożego zostajemy uratowani od śmierci i zatracenia. Nie jest to naszą własną zasługą ani też żadną naturalną, wrodzoną cechą.

Pierwsi chrześcijanie zaczęli więc głosić Dobrą Nowinę o zbawieniu poprzez wiarę w Jezusa Chrystusa. Wraz z jego dziełem zbawienia Królestwo Boże miało rozkwitnąć. Cały świat miał być zdobyty dla Chrystusa (słowo „chrystus" jest greckim tłumaczeniem żydowskiego słowa „mesjasz", znaczy więc tyle co „pomazaniec").

Już w kilka lat po śmierci Jezusa faryzeusz PAWEŁ nawrócił się na chrześcijaństwo. Dzięki swym licznym podróżom misjonarskim po całym ówczesnym świecie grecko-rzymskim uczynił chrześcijaństwo religią światową. Dowiadujemy się o tym z Dziejów Apostolskich. Z naukami głoszonymi przez Pawła i jego pracą misyjną zapoznać się możemy także poprzez liczne listy, które pisał do pierwszych społeczności chrześcijańskich.

Wreszcie przybył do Aten. Wszedł na rynek stolicy filozofii. I podobno „burzył się wewnętrznie na widok miasta pełnego bożków". Odwiedził żydowską synagogę w Atenach i wdał się w rozmowę z filozofami epikurejskimi i stoickimi. Oni zabrali go ze sobą na wzgórze Areopag. Tu zapytali: „Czy moglibyśmy się dowiedzieć, jaką to nową naukę głosisz? Bo jakieś nowe rzeczy wkładasz nam do uszu. Chcielibyśmy więc dowiedzieć się, o co w tym wszystkim chodzi".

Czy potrafisz to sobie wyobrazić, Zosiu? Na rynku w Atenach pojawia się Żyd i zaczyna opowiadać o Zbawicielu, który został ukrzyżowany, a później powstał z grobu. Można by przypuszczać, że podczas tej wizyty Pawła w Atenach nastąpi kolizja między filozofią grecką a chrześciajańską nauką o zbawieniu. Ale Pawłowi najwyraźniej udaje się porwać Ateńczyków swoją przemową. Kiedy stoi na Areopagu — pod dawnymi świątyniami Akropolu — wygłasza następującą mowę:

„Mężowie ateńscy — zaczyna — widzę, że jesteście pod każdym względem bardzo religijni. Przechodząc bowiem i oglądając wasze świętości jedną po drugiej, znalazłem też ołtarz z napisem: *Nieznanemu Bogu.* Ja wam głoszę to, co czcicie, nie znając. Bóg, który stworzył świat i wszystko na nim, On, który jest Panem nieba i ziemi, nie mieszka w świątyniach zbudowanych ręką ludzką i nie odbiera posługi z rąk ludzkich, jak gdyby czegoś potrzebował, bo sam daje wszystkim życie i oddech, i wszystko. On z jednego człowieka wyprowadził cały ród ludzki, aby zamieszkiwał całą powierzchnię Ziemi. Określił właściwe czasy i granice ich zamieszkania, aby szukali Boga, czy nie znajdą go niejako po omacku. Bo w rzeczywistości jest On niedaleko każdego z nas. Bo w Nim żyjemy, poruszamy się i jesteśmy, jak też powiedzieli niektórzy z waszych poetów: «Jesteśmy bowiem z jego rodu». Będąc więc z rodu bożego, nie powinniśmy sądzić, że bóstwo jest podobne do złota albo do srebra, albo do kamienia, wytworu rąk i myśli człowieka. Nie zważając na czasy nieświadomości, wzywa Bóg teraz wszędzie i wszystkich ludzi do nawrócenia, dlatego że wyznaczył dzień, w którym sprawiedliwie będzie sądzić świat przez Człowieka, którego na to przeznaczył, po uwierzytelnieniu Go wobec wszystkich przez wskrzeszenie Go z martwych".

Paweł w Atenach, Zosiu. Mówimy o tym, jak chrześcijaństwo zaczęło przenikać do świata grecko-rzymskiego. Coś nowego, coś całkiem innego niż filozofia epikurejska, stoicka czy neoplatońska! A jednak Paweł znajduje możliwość zaczepienia w tej kulturze. Wskazuje, że potrzeba poszukiwania Boga tkwi we wszystkich ludziach. Dla Greków nie było to niczym nowym. Nowością, którą głosił Paweł, było to, że Bóg objawił się ludziom i naprawdę spotkał się z nimi. Nie jest więc „ filozoficznym" Bogiem, którego istnienie ludzie mogą poznać za pomocą rozumu. Nie jest też podobny „do złota albo do srebra, albo do kamienia" — takich bogów na Akropolu i na wielkim rynku było aż za dużo. Ale Bóg „nie mieszka w świątyniach zbudowanych ręką ludzką". Jest Bogiem, który ingeruje w bieg historii i dla ludzi umiera na krzyżu.

Dzieje Apostolskie mówią, że po tym, jak Paweł wygłosił mowę na wzgórzu Areopag, wyśmiano go za słowa o zmartwychwstaniu Jezusa. Niektórzy jednak ze słuchaczy powiedzieli: „Posłuchamy cię o tym innym razem". Znaleźli się też tacy, którzy przyłączyli się do Pawła i przyjęli wiarę chrześcijańską. Wśrod nich znalazła się też kobieta, DAMARIS, co godne jest zauważenia, bowiem na chrześcijaństwo nawróciło się wiele kobiet.

Tak oto Paweł prowadził swą działalność misyjną. Już w kilkadziesiąt lat po śmierci Chrystusa powstały społeczności chrześcijańskie we wszystkich najważniejszych miastach greckich i rzymskich — Atenach, Rzymie, Aleksandrii, Efezie i Koryncie. W ciągu trzech - czterech stuleci chrystianizacja objęła cały świat hellenistyczny.

Wyznanie wiary

Ogromne znaczenie Pawła dla chrześcijaństwa polegało nie tylko na jego działalności misjonarskiej. Miał również wielki wpływ na społeczności chrześcijańskie, w których panowała wielka potrzeba duchowego poradnictwa.

W pierwszych latach po śmierci Jezusa ważnym pytaniem było, czy nie-Żydzi mogą stać się chrześcijanami bez uprzedniego przejścia przez judaizm. Czy na przykład Grek musi najpierw przestrzegać prawa mojżeszowego? Paweł uważał, że nie jest to konieczne. Chrześcijaństwo było czymś więcej niż tylko żydowską sektą. Zwracało się do wszystkich ludzi z uniwersalnym przesłaniem zbawienia. „Stare przymierze" między Bogiem a Izraelem zastąpione zostało przez „nowe przymierze", które Jezus ustanowił między Bogiem a wszystkimi ludźmi.

Ale chrześcijaństwo nie było jedyną religią w tym czasie. Widzieliśmy, że okres hellenizmu cechowało przemieszanie religii. Dlatego dla Kościoła bardzo ważne było krótkie podsumowanie nauki chrześcijańskiej. Zarówno po to, by odgraniczyć się od innych religii, jak po to, by zapobiec rozłamowi. W taki sposób powstały pierwsze *wyznania wiary*. Wyznanie wiary podsumowuje najważniejsze chrześcijańskie dogmaty.

Jednym z takich ważnych dogmatów było stwierdzenie, że Jezus był i Bogiem, i człowiekiem. Nie był więc tylko Bogiem, który zmartwychwstał. Był Bogiem Jedynym. Ale był także prawdziwym człowiekiem, który dzielił z ludźmi trudy życia i naprawdę cierpiał na krzyżu.

Może się to wydać sprzecznością. Ale przesłaniem religii chrześcijańskiej jest właśnie to, że *Bóg stał się człowiekiem*. Jezus nie był „półbogiem" (istotą na poły ludzką, na poły boską). Wiara w „półbogów" była dość rozpowszechniona w re-

ligiach greckich i hellenistycznych. Kościół naucza, że Jezus był „w pełni Bogiem, w pełni człowiekiem".

Postscriptum

Staram się wytłumaczyć Ci, droga Zosiu, jak wszystko łączy się ze sobą. Kiedy chrześcijaństwo przenika do grecko-rzymskiego świata, mamy do czynienia z dramatycznym zetknięciem dwóch kręgów kulturowych. Obserwujemy także wielkie zmiany w kulturze.

Wychodzimy ze starożytności. Od czasów pierwszych greckich filozofów upłynęło prawie tysiąc lat. Przed nami chrześcijańskie średniowiecze. Ono też trwało około tysiąca lat.

Niemiecki poeta GOETHE powiedział kiedyś, że ten, „komu trzy tysiące lat nie mówią nic, niech w ciemności niewiedzy żyje z dnia na dzień". Nie chcę, byś Ty znalazła się wśród takich ludzi. Robię, co mogę, byś poznała swe historyczne korzenie. Tylko w ten sposób możesz stać się człowiekiem. Tylko w ten sposób będziesz czymś więcej niż tylko nagą małpą. Tylko w ten sposób unikniesz zawieszenia w próżni.

„Tylko w ten sposób możesz stać się człowiekiem. Tylko w ten sposób będziesz czymś więcej niż tylko nagą małpą..."

Zofia siedziała przez chwilę, patrząc na ogród przez prześwity w żywopłocie. Zaczynała rozumieć, jak ważne jest poznanie swych historycznych korzeni. W każdym razie było to istotne dla ludu Izraela.

Ona sama jest tylko przypadkowym człowiekiem. Ale gdyby poznała swe historyczne korzenie, byłaby mniej przypadkowa.

Żyje na tej planecie zaledwie kilkanaście lat. Ale jeśli historia ludzkości jest także jej historią, to znaczy, że w pewnym sensie i ona ma wiele tysięcy lat.

Zofia pozbierała wszystkie kartki i wyczołgała się z Zaułka. W ogrodzie wykonała kilka radosnych skoków i pobiegła do swojego pokoju.

ŚREDNIOWIECZE

...pójść drogą tylko kawałek to nie to samo,
co wybrać złą drogę...

Upłynął tydzień, a Zofia nie miała żadnych wiadomości od Alberta Knoxa. Nie dostała też więcej pocztówek z Libanu, ale w rozmowach z Jorunn ciągle powracały do widokówek, które znalazły w Chacie Majora. Jorunn nadal była przerażona, ale kiedy nic więcej się nie wydarzyło, lęk w końcu rozpłynął się pośród odrabiania lekcji i gry w badmintona.

Zofia wiele razy czytała listy od Alberta, żeby sprawdzić, czy przypadkiem nie znajdzie czegoś, co rzuciłoby trochę światła na całą sprawę z Hildą. Przy okazji przetrawiła filozofię antyku. Przestała mieć problemy z odróżnieniem Demokryta od Sokratesa, a Platona od Arystotelesa.

W piątek, 25 maja, stała przy kuchence i przygotowywała obiad dla matki i dla siebie, miały go zjeść razem. Taka była tradycyjna piątkowa umowa. Dzisiaj gotowała zupę rybną, klopsiki rybne i marchewkę. Bardzo proste dania.

Na dworze zerwał się wiatr. Mieszając w garnku, Zofia spojrzała przez okno. Brzozy pochylały się jak źdźbła trawy.

Nagle coś uderzyło o szybę. Zofia odwróciła się jeszcze raz i dostrzegła kartonik, który przykleił się do szyby.

Dziewczynka podeszła do okna i zobaczyła, że to widokówka. Przez szybę przeczytała: *Hilda Møller Knag, c/o Zofia Amundsen....*

No tak, cóż innego by to mogło być? Otworzyła okno i wyjęła kartkę. Nie przywiało jej chyba tutaj aż z samego Libanu?

I ta pocztówka datowana była 15 czerwca.

Zofia zdjęła garnek z płytki i usiadła przy kuchennym stole. Przeczytała:

Kochana Hildo!
Nie wiem, czy kiedy będziesz czytać tę kartkę, nadal będą Twoje urodziny. W pewnym sensie mam taką nadzieję, a przynajmniej mam nadzieję, że nie upłynęło od nich zbyt wiele dni. Jeśli dla Zofii minął tydzień lub dwa, nie musi to wcale znaczyć, że i dla nas upłynęło tyle samo czasu. Wracam do domu w wigilię świętego Jana. Usiądziemy wtedy na ogrodowej huśtawce i razem będziemy patrzeć na morze, Hildo. Wiele mamy sobie do powiedzenia. Pozdrowienia od ojca, który czasami wpada w rozpacz na myśl o tysiącletniej walce między żydami, chrześcijanami i muzułmanami. Stale muszę sobie przypominać, że wszystkie te trzy religie wywodzą się od Abrahama! A to chyba znaczy, że modlą się do tego samego Boga? W każdym razie tutaj Kain i Abel nie zaprzestali jeszcze bratobójczej walki.

PS Czy mogę Cię prosić, żebyś pozdrowiła Zofię? Biedne dziecko, ciągle jeszcze nie rozumie, jak to wszystko się ze sobą splata. Ale może Ty już zrozumiałaś?

Zofia załamana oparła się o stół. Pewne było, że ona nie rozumie, jak to się łączy. A czy Hilda rozumie?

Jeśli ojciec Hildy prosił córkę, by pozdrowiła Zofię, musiało to znaczyć, że Hilda wie więcej o Zofii niż Zofia o Hildzie. Całość wydała jej się tak zagmatwana, że powróciła do gotowania.

Kartka, która sama z siebie uderzyła o kuchenne okno. Poczta powietrzna, i to dosłownie...

Kiedy tylko znów postawiła garnek na płytce, zadzwonił telefon.

Może to tatuś! Gdyby wrócił do domu, opowiedziałaby mu, co jej się przydarzyło przez ostatnie tygodnie. Ale to na pewno była tylko Jorunn albo mama... Zofia pobiegła do aparatu.

— Halo, tu Zofia Amundsen.

— To ja — usłyszała z drugiego końca linii.

Zofia była pewna trzech rzeczy: Po pierwsze, to nie był ojciec. Po drugie, w słuchawce rozległ się męski głos. A po trzecie, była przekonana, że już gdzieś ten głos słyszała.

— Kto mówi? — zapytała.

— Tu Alberto.

— Och...

Zofia nie wiedziała, co mówić. Pamiętała ten głos z filmu wideo o Atenach.

— Wszystko w porządku?

— Tak, tak...

— Od tej pory nie będzie już więcej listów!

— Ale przecież nie dotknęłam nawet żadnej żaby!

— Musimy się spotkać osobiście, Zosiu. Zrozum, trzeba zacząć się spieszyć.

— Ale dlaczego?

— Ojciec Hildy próbuje nas osaczyć.

— Jak to osaczyć?

— Ze wszystkich stron, Zosiu. Musimy teraz współpracować.

— Jak...

— Ale nie możesz zbyt wiele pomóc, dopóki nie opowiem ci o średniowieczu. Musimy też zdążyć z renesansem i wiekiem XVII. Kluczową rolę odgrywa ponadto Berkeley...

— Ten, którego portret wisiał w Chacie Majora?

— Ten sam. Być może o jego filozofię rozegra się główna bitwa.

— Czy tu chodzi o jakąś wojnę?

— Nazwałbym to raczej walką duchową. Musimy przykuć uwagę Hildy i przeciągnąć ją na naszą stronę, zanim jej ojciec wróci do domu, do Lillesand.

— Nic z tego nie rozumiem.

— Być może filozofowie otworzą ci oczy. Spotkaj się ze mną w kościele Świętej Marii, jutro, raniutko, o czwartej. Ale pamiętaj, moje dziecko, przyjdź sama.

— Mam przyjść w środku nocy?

...klik!

— Halo?

Co za spryciarz! Odłożył słuchawkę. Zofia biegiem wróciła do kuchenki. Niewiele brakowało, a zupa by wykipiała. Wrzuciła do garnka klopsiki rybne i marchewkę i zmniejszyła grzanie.

W kościele Świętej Marii? To stary, średniowieczny kościół z kamienia. Zofii wydawało się, że wykorzystywano go tylko na koncerty i specjalne nabożeństwa. Latem czasami otwierano go dla turystów. Ale chyba nie w środku nocy?

Zanim matka wróciła do domu, Zofia wsadziła pocztówkę z Libanu do szafy wraz z innymi rzeczami od Alberta i Hildy. Po obiedzie poszła do Jorunn.

— Musimy zawrzeć dość szczególną umowę — oznajmiła, kiedy tylko przyjaciółka wpuściła ją do środka.

Nie powiedziała nic więcej, dopóki nie zamknęły się za nimi drzwi do pokoju Jorunn.

— To trochę nie w porządku — ciągnęła Zofia.

— Dalej, mówże wreszcie, o co chodzi!

— Będę zmuszona powiedzieć mamie, że dziś przenocuję u ciebie.

— Bardzo fajnie!

— Ale zrozum, tak tylko powiem! Będę zupełnie gdzie indziej.

— To już trochę gorzej. Czy to jakaś historia z chłopakiem?

— Nie, to historia z Hildą.

Jorunn gwizdnęła cichutko, a Zofia surowo popatrzyła jej w oczy.

— Przyjdę do ciebie wieczorem — powiedziała. — Ale około trzeciej będę się musiała wymknąć. Przygotuj się na to, żeby mnie kryć, dopóki nie wrócę.

— Ale dokąd się wybierasz? Co będziesz robić, Zosiu?

— Sorry. Otrzymałam surowe rozkazy.

Nocowanie u przyjaciółki nie stanowiło żadnego problemu, raczej wprost przeciwnie. Czasami Zofia miała wrażenie, że matka chce mieć dom tylko dla siebie.

— Wrócisz chyba jutro przed południem na leguminę? — zapytała i było to jedyne upomnienie, jakie usłyszała przed wyjściem.

— Jeśli nie, to wiesz, gdzie mnie szukać.

Dlaczego tak powiedziała? Przecież to właśnie był najsłabszy punkt.

Odwiedziny z noclegiem rozpoczęły się tak, jak to zwykle bywa z podobnymi wizytami, czyli od długich zwierzeń do późnej nocy. Ale gdy wreszcie koło pierwszej postanowiły iść spać, Zofia musiała nastawić budzik na kwadrans po trzeciej.

Kiedy dwie godziny później Zofia wyłączała budzik, Jorunn ledwie się przebudziła.

— Bądź ostrożna — powiedziała tylko.

Zofia ruszyła w drogę. Kościół św. Marii usytuowany był w odległości kilku kilometrów. Chociaż spała zaledwie dwie godziny, czuła się całkiem przytomna. Nad wzgórzami na wschodzie malowała się czerwona smuga.

Kiedy stanęła wreszcie przed wejściem do starego kamiennego kościoła, dochodziła czwarta. Zofia pchnęła ciężkie wrota kościoła. Były otwarte!

W środku panowała niezwykla cisza, wrażenie pustki, jakby stare ściany od stuleci odgradzały wnętrze od świata. Przez witraże wpadało niebieskawe światło, które odkrywało tysiące maleńkich drobinek kurzu wznoszących się w powietrze z drewnianych belek. Zofia przycupnęła na jednej z ławek w nawie. Siedziała wpatrzona w ołtarz i stary krucyfiks pomalowany wyblakłymi farbami.

Upłynęło kilka minut. I nagle ciszę przerwała gra organów. Zofia nie miała odwagi odwrócić głowy. Melodia przypominała stary pslam, na pewno także średniowieczny.

Po chwili znów zapadła cisza. Wkrótce jednak za plecami usłyszała odgłos zbliżających się kroków. Czy powinna się teraz odwrocić? Wolała trwać nieruchomo ze wzrokiem wbitym w Jezusa na krzyżu.

Ktoś ją minął, zobaczyła postać idącą środkiem kościoła, ubraną w mniszą opończę. Zofia gotowa była przysiąc, że to średniowieczny mnich.

Bała się, ale nie była porażona strachem. Przed ołtarzem mnich skręcił i wszedł na ambonę. Oparł się o jej krawędź, popatrzył z góry na Zofię i zaczął mówić po łacinie:

— Gloria patri et filio et spiriti sancto. Sicut erat in principio et nunc et semper in saecula saeculorum.

— Mów po norwesku, ty wariacie! — wykrzyknęła Zofia.

Słowa poniosły się echem wśród kamiennych ścian starego kościoła.

Zrozumiała, że mnichem jest Alberto Knox. A mimo to żałowała, że tak nieuroczyście odezwała się w starym kościele. Ale bała się, a kiedy człowiekiem owładnie strach, trochę pomaga przełamanie wszelkich reguł.

— Ciiicho!

Alberto uniósł dłoń w górę, jak czynią to księża, nakazując wiernym usiąść.

— Która godzina, moje dziecko? — zapytał.

— Za pięć czwarta — odpowiedziała Zofia, która zupełnie przestała już się bać.

— To znaczy, że czas już nadszedł. Teraz zaczyna się średniowiecze.

— Średniowiecze zaczyna się o czwartej? — spytała zdumiona Zofia.

— Tak, mniej więcej około czwartej. Mija godzina piąta, szósta i siódma, ale czas jakby zatrzymał się w miejscu. Mija ósma, dziewiąta i dziesiąta, a średniowiecze wciąż trwa. Pomyślisz może, że najwyższy czas wstać i przywitać nowy dzień. Tak, tak, rozumiem, o co ci chodzi. Ale jest święto, jedno długie święto. Bije godzina jedenasta, dwunasta i trzynasta. To czas, który nazywamy rozkwitem średniowiecza. O tej porze zbudowano w Europie wielkie katedry. Dopiero około godziny czternastej zaczyna piać pierwszy kogut. I wtedy, dopiero wtedy następuje zmierzch długiego średniowiecza.

— To znaczy, że średniowiecze trwało przez dziesięć godzin — stwierdziła Zofia.

Alberto odrzucił kaptur brunatnej opończy, wystawił głowę i popatrzył na zgromadzenie wiernych, które w tym momencie składało się tylko z jednej czternastoletniej dziewczynki.

— Jeśli jedną godzinę przyjmiemy za sto lat, to tak. Załóżmy, że Jezus narodził się o północy. Paweł rozpoczął swe podróże misyjne nieco przed pół do pierwszej i zmarł w Rzymie kwadrans później. Do godziny trzeciej chrześcijaństwo było mniej lub bardziej zakazane, ale w roku 313 stało się w cesarstwie rzymskim uznaną religią. Nastąpiło to pod rządami cesarza Konstantyna. Sam cesarz przyjął chrzest dopiero na łożu śmierci, wiele lat później. Od roku 380 chrześcijaństwo stało się religią państwową w całym cesarstwie.

— Czy cesarstwo rzymskie się nie rozpadło?

— Owszem, zaczęło trzeszczeć w szwach. Stoimy w obliczu najważniejszych przemian kulturowych, jakie dokonały się w dziejach ludzkości. W IV wieku Rzymowi zagrażały zarówno plemiona napierające od północy, jak i rozpad wewnętrzny. W roku 330 cesarz Konstantyn przeniósł stolicę cesarstwa rzymskiego do Konstantynopola, miasta, które sam założył przy cieśninie wiodącej na Morze Czarne. Przez niektórych było ono traktowane jako „nowy Rzym". W roku 395 cesarstwo rzymskie rozpadło się na cesarstwo zachodniorzymskie z ośrodkiem w Rzymie i cesarstwo wschodniorzymskie z nowym miastem Konstantynopolem jako stolicą. W roku 410 Rzym został splądrowany przez plemiona barbarzyńskie, a w 476 nastąpił upadek państwa rzymskiego. Cesarstwo wschodniorzymskie jako twór państwowy przetrwało do roku 1453, kiedy Turcy podbili Konstantynopol.

— I wtedy miasto otrzymało nazwę Stambuł?

— To prawda. Kolejną datą, którą powinniśmy zapamiętać, jest rok 529. Zamknięto wówczas Akademię Platona w Atenach. W tymże roku założono *zakon benedyktynów*. Był to pierwszy duży zakon. Tym samym rok 529 stał się symbolem zwycięstwa chrześcijaństwa nad filozofią grecką. Od tej chwili klasztory miały monopol na nauczanie, refleksje i dociekania. Wskazówka zegara zbliżała się do pół do szóstej...

Zofia dawno już zrozumiała, o co chodzi Albertowi z tymi wszystkimi godzinami. Północ — to rok 0, godzina pierwsza — to 100 lat po narodzeniu Chrystusa, szósta — 600 lat po Chrystusie, a czternasta — 1400 lat po Chrystusie...

Alberto mówił dalej:

— Średniowiecze oznacza właściwie okres pomiędzy dwiema innymi epokami. Określenie to powstało w renesansie. Uważano wówczas, że średniowiecze to jedna długa „tysiącletnia noc", która zapadła nad Europą pomiędzy antykiem a renesansem. Nadal używa się określenia „ średniowieczny" w pejoratywnym znaczeniu, na określenie wszystkiego co autorytarne i skostniałe. Są jednak i tacy, którzy uważają średniowiecze za tysiąc lat wzrostu. W średniowieczu na przykład ukształtował się system szkolnictwa. Już na początku tej epoki powstały pierwsze szkoły przyklasztorne. Od XII wieku pojawiają się szkoły katedralne, a około roku 1200 zakładane są pierwsze uniwersytety. Jeszcze dzisiaj przedmioty podzielone są na różne grupy czy fakultety, tak jak w średniowieczu.

— Tysiąc lat to bardzo długi okres.

— Ale chrześcijaństwo potrzebowało czasu, by dotrzeć do głębi świadomości ludzkiej. Poza tym właśnie w średniowieczu kształtowały się narody, z miastami i twierdzami, muzyką ludową i ludowymi podaniami. Czym byłyby baśnie i piosenki ludowe bez średniowiecza? Tak, Zosiu, czym bez średniowiecza byłaby Europa? Prowincją rzymską? Ale ton, jaki dźwięczy w nazwach takich jak Norwegia, Anglia i Niemcy — to właśnie owa bezdenna głębia zwana średniowieczem. W tej głębi pływa wiele tłustych ryb, chociaż nie zawsze potrafimy je dojrzeć. Snorri był postacią średniowiecza, a także święty Olaf i Karol Wielki, nie wspominając już o Romeo i Julii, Tristanie i Izoldzie, Robin Hoodzie. Plus cała sfora dumnych książąt i pełnych majestatu królów, walecznych rycerzy i cud-dziewic, anonimowych witrażystów i genialnych budowniczych organów. A nie wspomniałem jeszcze o braciach zakonnych, krzyżowcach i czarownicach.

— Nie wspomniałeś też o księżach.

— Masz rację. Do Norwegii chrześcijaństwo dotarło dopiero w XI wieku, ale przesadą byłoby twierdzenie, że Norwegia stała się krajem chrześcijańskim po bitwie pod Stiklestad. Pod powierzchnią nowej religii żyły dawne pogańskie wierzenia i wiele elementów przedchrześcijańskich wymieszało się z wiarą chrześcijańską. Na przykład w norweskich obchodach świąt Bożego Narodzenia tradycje chrześcijańskie wzięły ślub z obyczajami staroskandynawskimi. I sprawdza się tu stara zasada, która mówi, że małżonkowie upodabniają się do siebie. Kołacz, prosiak i piwo przygotowywane na Boże Narodzenie zaczynają kojarzyć się z trzema mędrcami ze Wschodu i stajenką w Betlejem. Trzeba jednak podkreślić, że z czasem światopogląd chrześcijański stał się jedynym i dominującym. Dlatego właśnie o średniowieczu mówimy często jako o „kulturze jednorodnej".

— I nie było ono wcale tylko smutne i ponure?

— Pierwsze stulecia po roku 400 były rzeczywiście okresem kulturalnego upadku. Okres rzymski to czas wysokiej kultury, z miastami, które posiadały system ścieków, publiczne łaźnie i publiczne biblioteki. Nie mówiąc już o okazałej architekturze. W pierwszych stuleciach średniowiecza kultura ta upadła. Taki sam los spotkał handel i gospodarkę pieniężną. W średniowieczu rozpowszechniła się gospodarka naturalna i handel wymienny. To czas feudalizmu. Wielcy panowie feudalni posiadali ziemię, na której chłopi musieli niewolniczo pracować, by zarobić na życie. W ciągu pierwszych stuleci zmalała też znacznie liczba ludności. Wspomnę tylko, że Rzym w starożytności był milionowym miastem, a już w VII wieku liczba mieszkańców dawnej „stolicy świata" spadła do 40 000, a więc zaledwie ułamka. Nieliczni rzymianie wałęsali się wśród ruin majestatycznych budowli powstałych w okresie świetności miasta. Kiedy potrzebowali budulca, dość było wokół gruzów, z których można było czerpać. Budzi to, rzecz jasna, ogromny żal współczesnych archeologów, którzy woleliby, by ludzie średniowiecza pozostawili dawne zabytki nietknięte.

— Łatwo jest być mądrym po szkodzie.

— Okres potęgi politycznej Rzymu minął już w końcu IV wieku. Ale biskup Rzymu został wkrótce głową całego Kościoła rzymskokatolickiego. Nadano mu miano „papież" — ojciec; z czasem zaczął być uważany za zastępcę Jezusa na Ziemi. W ten sposób Rzym pozostał stolicą Kościoła niemal przez całe średniowiecze. Niewielu znalazło się takich, którzy ośmielili się „sprzeciwić Rzymowi". Co prawda z czasem królowie i książęta tworzących się państw zdobyli tak wielką władzę, że niektórzy z nich odważyli się przeciwstawić silnej władzy Kościoła. Jednym z nich był norweski król Sverre...

Zofia z uwagą popatrzyła na uczonego mnicha.

— Powiedziałeś, że Kościół zamknął Akademię Platona w Atenach. Czy zapomniano o wszystkich greckich filozofach?

— Tylko częściowo. Znano trochę pism Arystotelesa i trochę pism Platona. Ale dawne cesarstwo rzymskie podzieliło się na trzy obszary kulturowe. W Europie Zachodniej dominowała chrześcijańska kultura *łacińskojęzyczna* ze stolicą w Rzymie. W Europie Wschodniej — chrześcijańska kultura *greckojęzyczna* ze stolicą w Konstantynopolu. Później miasto otrzymało grecką nazwę Bizancjum. Dlatego mówimy o średniowieczu bizantyjskim w odróżnieniu od średniowiecza rzymskokatolickiego. Ale do cesarstwa rzymskiego należała także Afryka Północna i Środkowy Wschód, a na tym obszarze w średniowieczu rozwinęła się *arabskojęzyczna* kultura muzułmańska. Po śmierci Mahometa w roku 632 islam podbił zarówno Środkowy Wschód, jak i Afrykę Północną. Do muzułmańskiego obszaru kulturowego dołączyła wkrótce także Hiszpania. Islam miał swoje święte miejsca, miasta takie jak Mekka, Medyna, Jerozolima i Bagdad. Ze względu na znaczenie kulturowo-historyczne warto zauważyć, że Arabowie podbili także dawne hellenistyczne miasto Aleksandrię. Przejęli oni wiele z dziedzictwa nauki greckiej. Przez całe średniowiecze właśnie Arabowie przewodzili w takich naukach jak matematyka, chemia, astronomia i medycyna. Do dzisiaj przecież posługujemy się cyframi arabskimi. W wielu dziedzinach kultura arabska przewyższała znacznie chrześcijańską.

— Pytałam, jak potoczyły się losy filozofii greckiej.

— Czy potrafisz wyobrazić sobie szeroką rzekę, która na pewnym odcinku rozgałęzia się na trzy odnogi, by później znów popłynąć jednym korytem?

— Owszem, potrafię.

— Więc tak właśnie kultura grecko-rzymska została przechowana częściowo przez rzymskokatolicką kulturę Zachodu, częściowo przez bizantyjską kulturę Wschodu, a częściowo przez arabską kulturę Południa. To wprawdzie wielkie uproszczenie, ale możemy powiedzieć, że neoplatonizm popłynął na zachód, Platon na wschód, a Arystoteles do Arabów — na południe. W każdej jednak z tych trzech odnóg znalazło się coś nowego. A najważniejsze, że w końcu średniowiecza wszystkie rzeki *łączą się* ze sobą w północnych Włoszech. Wpływy arabskie docierają tu poprzez Arabów z Hiszpanii, wpływy greckie z Grecji i Bizancjum. I teraz zaczyna się *renesans*, rozpoczyna się odrodzenie kultury antycznej. W pewnym sensie więc kultura antyku przeżyła długie średniowiecze.

— Rozumiem.

— Nie uprzedzajmy jednak biegu wydarzeń. Najpierw pomówimy trochę o filozofii średniowiecznej, moje dziecko. Ale nie będę już przemawiał z ambony. Schodzę na dół.

Zofia pod powiekami czuła, że tej nocy spała zaledwie kilka godzin. Kiedy ujrzała, jak ten niezwykły mężczyzna schodzi z ambony w kościele św. Marii, miała wrażenie, że to sen.

Alberto podszedł do balustrady przy prezbiterium. Spojrzał najpierw na ołtarz ze starym krucyfiksem, później odwrócił się ku Zofii, wolnym krokiem zbliżył do niej i usiadł na kościelnej ławce.

Po raz pierwszy Zofia znalazła się tak blisko niego i poczuła się nieswojo. Pod kapturem dostrzegła parę piwnych oczu. Należały do mężczyzny w średnim wieku, o ciemnych włosach i szpiczastej brodzie.

Kim jesteś? — pomyślała. Dlaczego wdarłeś się w moje życie?

— Z czasem na pewno lepiej się poznamy — powiedział, jakby czytając w jej myślach.

Gdy tak siedzieli, a światło wpadające przez witraże stawało się coraz ostrzejsze, Alberto Knox zaczął opowiadać o filozofii średniowiecza.

— Średniowieczni filozofowie przyjmowali niemal za pewnik, że nauka chrześcijańska jest prawdziwa — rozpoczął. — Pozostawało tylko pytanie, czy musimy *wierzyć* w chrześcijańskie objawienie, czy też możemy zbliżyć się do prawd wiary za pomocą rozumu. Jak ma się filozofia grecka do tego, co napisano w Biblii? Czy Biblia jest przeciwieństwem rozumu, czy też wiarę i wiedzę da się ze sobą połączyć? Właściwie cała filozofia średniowieczna obracała się wokół jednego problemu.

Zofia z niecierpliwością pokiwała głową. Na pytanie o wiarę i wiedzę odpowiedziała przecież na klasówce z religii.

— Zobaczymy, jak ten problem pojmowali dwaj najważniejsi filozofowie średniowiecza. Zaczniemy od AUGUSTYNA, który żył w latach 354–430. W historii życia tego człowieka możemy prześledzić przejście od późnego antyku do początków średniowiecza. Augustyn urodził się w małym mieście Tagasta w Afryce Północnej, ale już jako szesnastolatek wyruszył do Kartaginy na studia. Później przyjechał do Rzymu i Mediolanu, a ostatnie lata życia spędził jako biskup Hippony, miasta w pobliżu Kartaginy. Nie przez całe życie jednak był chrześcijaninem. Zanim nim został, fascynowało go wiele innych prądów religijnych i filozoficznych.

— Jakich, na przykład?

— Przez pewien czas był *manichejczykiem*. Manichejczycy to jedna z sekt religijnych, typowa dla późnego antyku. Głosili na wpół religijną, na wpół filozoficzną naukę o zbawieniu. Przyjmowali oni, że świat podzielony jest na dobro i zło, światłość i ciemność, ducha i materię. Duchem człowiek może wznieść się ponad świat materialny i przygotować podstawy do zbawienia duszy. Ale ostry rozdział dobra od zła nie dawał spokoju młodemu Augustynowi. Był pochłonięty tym, co nazywamy „problemem zła", czyli pytaniem, skąd bierze się zło. Przez pewien okres pozostawał pod wpływem filozofii stoickiej, a według stoików nie istniał wyraźny podział między dobrem a złem. Przede wszystkim jednak na Augustyna wywarł wpływ inny ważny kierunek filozofii późnego antyku — a mianowicie neoplatonizm. Zetknął się w nim z myślą, że wszelkie istnienie ma boską naturę.

— A potem został neoplatońskim biskupem?

— Tak, tak chyba można to określić. Przede wszystkim był chrześcijaninem, ale poglądy Augustyna pozostają pod wpływem myśli platońskiej. A to znaczy, Zosiu, że początki chrześcijańskiego średniowiecza nie oznaczają wcale dramatycznego zerwania z filozofią grecką. Wiele z filozofii greckiej przenieśli w nowe czasy Ojcowie Kościoła, tacy jak Augustyn.

— Chcesz powiedzieć, że Augustyn był w pięćdziesięciu procentach chrześcijaninem, a w pięćdziesięciu neoplatończykiem?

— On sam, naturalnie, uważał, że jest w stu procentach chrześcijaninem. Ale nie dostrzegał żadnych ostrych przeciwieństw między chrześcijaństwem a filozofią Platona. Uważał, że zbieżność filozofii platońskiej z nauką chrześcijańską narzuca się sama do tego stopnia, że zastanawiał się, czy przypadkiem Platon nie znał części Starego Testamentu. To oczywiście bardzo wątpliwe. Możemy raczej powiedzieć, że to Augustyn „ schrystianizował" Platona.

— W każdym razie nie powiedział do widzenia wszystkiemu, co miało związek z filozofią, choć przyjął wiarę chrześcijańską?

— Wskazał jednak, że dla ludzkiego rozumu istnieją granice poznania w kwestiach religijnych. Chrześcijaństwo to także boskie misterium, do którego zbliżyć się możemy jedynie przez żarliwą wiarę. Jeśli jednak oddamy się Bogu, Bóg „oświeci" naszą duszę i wówczas będziemy mogli osiągnąć swoistą wiedzę nadprzyrodzoną. Augustyn sam doświadczył, jak daleko może sięgać filozofia. Dopiero kiedy stał się chrześcijaninem, jego dusza osiągnęła spokój. „Niespokojne jest serce nasze, póki nie spocznie w Tobie" — pisał.

— Nie bardzo rozumiem, jak można było połączyć naukę Platona o ideach z chrześcijaństwem — wtrąciła Zofia. — A co z wiecznymi ideami?

— Augustyn obstaje przy twierdzeniu, że Bóg stworzył świat z niczego, a to myśl biblijna. Grecy bardziej skłonni byli uważać, że świat istniał od zawsze. Ale Augustyn twierdził, że zanim Bóg stworzył świat, idee istniały już w jego umyśle. Przypisał więc platońskie idee Bogu i w ten sposób uratował platońskie wieczne idee.

— Bardzo sprytnie.

— Tu właśnie znakomicie widać, że Augustyn i wielu innych Ojców Kościoła wysilali się do granic ostateczności, by połączyć grecki i żydowski sposób myślenia. Byli oni w pewnym sensie obywatelami dwóch kultur. Również w swoich poglądach na zło Augustyn nawiązuje do neoplatonizmu. Uważał, tak jak Plotyn, że zło to brak Boga. Samo w sobie nie posiada żadnej samodzielnej egzystencji, jest czymś, czego nie ma. Boskie dzieło stworzenia jest bowiem tylko dobre. Augustyn uważał, że złu winne jest ludzkie nieposłuszeństwo. Albo mówiąc jego własnymi słowami: „Dobra wola jest dziełem Boga, zła wola to odsunięcie się od dzieła Bożego".

— Czy uważał także, że człowiek posiada boską duszę?

— I tak, i nie. Augustyn twierdzi, że między Bogiem a człowiekiem jest nieprzebyta otchłań. Trzyma się tutaj podstaw biblijnych i odrzuca tym samym naukę Plotyna o tym, że wszystko stanowi jedność. Podkreśla jednak także, że człowiek jest istotą duchową. Posiada materialne ciało, należące do świata fizycznego, który drążą robaki i rdza, ale posiada także duszę, która może poznać Boga.

— A co dzieje się z ludzką duszą, kiedy umieramy?

— Według Augustyna po upadku pierwszych rodziców cała ludzkość skazała się na zagładę. Mimo to Bóg postanowił, że niektórzy mogą zostać zbawieni od wiekuistego zatracenia.

— Uważam, że równie dobrze mógł postanowić, że żaden człowiek nie będzie potępiony.

— Ale w tym punkcie Augustyn odrzuca jakiekolwiek prawo człowieka do krytykowania Boga. Wskazuje na to, co Paweł pisał w swoim liście do Rzymian: „Człowiecze! Kimże ty jesteś, byś mógł spierać się z Bogiem? Czyż może naczynie gliniane zapytać tego, który je ulepił: «Dlaczego mnie takim uczyniłeś?» Czyż garncarz nie ma mocy nad gliną i nie może z tej samej zaprawy zrobić jednego naczynia ozdobnego, drugiego zaś na użytek niezaszczytny?"

— To znaczy, że Bóg siedzi w niebie i bawi się ludźmi? Gdy jest niezadowolony z czegoś, co sam stworzył, wyrzuca to do śmieci?

— Augustyn uważał, że żaden człowiek nie zasługuje na zbawienie, a mimo to miłosierny Bóg wybrał takich, którzy zostaną zbawieni od zatracenia. Dla niego nie jest tajemnicą, kto zostanie zbawiony, a kto skazany na potępienie. Zostało to z góry określone. A więc tak, jesteśmy gliną w rękach Boga. Jesteśmy w pełni zależni od jego łaski.

— Czyli cofnął się jakby do dawnej wiary w przeznaczenie.

— Może i coś w tym jest. Ale Augustyn nie zwalnia człowieka od odpowiedzialności za swoje życie. Radzi, byśmy żyli tak, aby z przebiegu własnego życia zorientować się, czy należymy do wybranych. Nie zaprzecza bowiem, że posiadamy wolną wolę. Ale Bóg „z góry wyznaczył" nasz los.

— Czy to nie jest trochę niesprawiedliwe? — zapytała Zofia. — Sokrates uważał, że wszystkim ludziom dane są takie same możliwości, ponieważ wszyscy mają taki sam rozum. A Augustyn podzielił ludzi na dwie grupy: jedni będą zbawieni, drudzy skazani na wieczne zatracenie.

— Owszem, poprzez teologię Augustyna oddaliliśmy się znacznie od ateńskiego humanizmu. Ale to przecież nie Augustyn podzielił ludzi na dwie grupy. Oparł się wszak na nauce Biblii o zbawieniu i zagładzie. Pogłębia to w swym wielkim dziele *O Państwie Bożym*.

— Opowiadaj!

— Określenie „Państwo Boże" czy „Królestwo Boże" pochodzi ze Starego Testamentu i nauki głoszonej przez Jezusa. Augustyn uważał, że całe dzieje opisują walkę pomiędzy Państwem Bożym a państwem ziemskim. Owe dwa „państwa" nie są państwami w sensie politycznym, wyraźnie od siebie oddzielonymi. Walczą one o władzę w każdym człowieku. Obecność Państwa Bożego wyraźna jest w Kościele, a państwa ziemskiego w politycznych tworach państwowych, na przykład w cesarstwie rzymskim, którego upadek nastąpił właśnie w czasach Augustyna. Taki pogląd głoszono coraz chętniej, gdy z czasem w średniowieczu rozpętała się walka o władzę pomiędzy Kościołem a władzą świecką. „Nie ma zbawienia poza Kościołem" — mówiono teraz. Państwo Boże Augustyna identyfikowano w końcu z Kościołem jako organizacją. Dopiero w XVI wieku, w czasach reformacji, rozległy się protesty przeciw temu, że człowiek musi przejść drogę przez Kościół, by zyskać zbawienie boże.

— Był już na to chyba najwyższy czas.

— Możemy też zauważyć, że Augustyn jest pierwszym myślicielem, z jakim się stykamy, który do swej filozofii włącza *historię*. Walka między dobrem a złem nie była niczym nowym. Nowością było, iż rozgrywa się ona w dziejach. Trudno się w tym doszukać śladów Platona. Augustyn mocno trzyma się linearnego spojrzenia na historię, z jakim spotykamy się w Starym Testamencie. Istotne jest tutaj, że Bogu potrzebna jest cała historia, by mógł urzeczywistnić swe Państwo Boże. Historia jest niezbędna, by wychować ludzi i unicestwić zło. Albo, mówiąc słowami Augustyna: „Boski nadzór prowadzi dzieje ludzkości od Adama do końca historii, jakby to była historia jednego człowieka, który stopniowo rozwija się od dzieciństwa do starości".

Zofia zerknęła na zegarek.

— Już ósma — stwierdziła. — Niedługo będę musiała iść.

— Ale najpierw opowiem ci o drugim wielkim filozofie średniowiecza. Może usiądziemy na zewnątrz?

Alberto podniósł się z kościelnej ławki. Złożył dłonie i ruszył środkiem ku wyjściu. Zdawał się jakby modlić albo przemyśliwać jakieś prawdy duchowe. Zofia uważając, że nie ma innego wyboru, ruszyła za nim.

Na dworze ciągle jeszcze unosiła się nad ziemią cieniutka warstewka mgły. Słońce dawno już wstało, ale nie przedarło się jeszcze w pełni przez poranne opary. Kościół św. Marii leżał na skraju starej dzielnicy miasta.

Alberto usiadł na ławce przed kościołem. Zofia zastanawiała się, co się stanie, jeśli ktoś będzie tędy przechodził. Już samo siedzenie na ławce przy kościele o godzinie ósmej rano było czymś szczególnym, a cóż dopiero siedzenie w towarzystwie średniowiecznego mnicha.

— Jest godzina ósma — zaczął mówić Alberto. — Od czasów Augustyna upłynęło około czterystu lat, rozpoczyna się długi dzień nauki. Do godziny dziesiątej wyłączność na nauczanie mają szkoły przyklasztorne. Między godziną dziesiątą a jedenastą zakładane są pierwsze szkoły katedralne, a około dwunastej — pierwsze uniwersytety. W tym czasie budowane są także wielkie gotyckie katedry. Również ten kościół zbudowano w XIII wieku, w okresie, który nazywamy rozkwitem średniowiecza. Tu, w mieście, nie było pieniędzy na budowę większej katedry.

— Pewnie też i nie było to wcale potrzebne — wtrąciła Zofia. — Najgorsze, co może być, to puste kościoły.

— Wielkie katedry budowano nie po to jedynie, by mogły pomieścić liczne zgromadzenie wiernych. Wznoszono je ku czci Boga i same w sobie były w pewnym sensie nabożeństwem. Ale w okresie rozkwitu średniowiecza wydarzyło się coś jeszcze, co powinno szczególnie zainteresować takich filozofów jak my.

— Opowiadaj!

Alberto podjął:

— Znaczenie zaczęły mieć wpływy Arabów z Hiszpanii. Wśród Arabów przez całe średniowiecze pozostawała żywa tradycja Arystotelesa, a od końca XII wieku do północnych Włoch zaczęli na zaproszenie tamtejszych książąt przybywać arabscy uczeni. W ten sposób poznano wiele z pism Arystotelesa, a z czasem przetłumaczono je z greki i arabskiego na łacinę. Wywołało to kolejną falę zainteresowania problemami przyrodniczymi, a poza tym ożywiło pytanie o stosunek chrześcijańskiego objawienia do filozofii greckiej. W kwestiach przyrodoznawczych nie można się już było obejść bez Arystotelesa. Ale kiedy należało słuchać „filozofa", a kiedy trzymać się tylko i wyłącznie przekazów Biblii? Nie pogubiłaś się?

Zofia pokręciła tylko głową i mnich mówił dalej:

— Największym i najważniejszym filozofem okresu rozkwitu średniowiecza był TOMASZ Z AKWINU, który żył w latach 1225–1274. Pochodził z małego miasteczka Akwin, położonego między Rzymem a Neapolem, ale działał także jako nauczyciel na uniwersytecie w Paryżu. Nazywam go filozofem, ale był on właściwie teologiem. W owych czasach nie istniało wyraźne rozgraniczenie między filozofią a teologią. Najkrócej możemy powiedzieć, że Tomasz z Akwinu „schrystianizował" Arystotelesa, tak jak na początku średniowiecza Augustyn ochrzcił Platona.

— Czy to nie dziwaczne chrzcić filozofów, którzy żyli wiele setek lat przed Chrystusem?

— Owszem, może się tak wydawać. Ale przez „ochrzczenie" dwóch wielkich greckich filozofów mamy na myśli to, że ich poglądy zostałe zinterpretowane i wyjaśnione tak, że przestano je już traktować jako zagrożenie dla nauki chrześcijańskiej. O Tomaszu z Akwinu mówi się, że „wziął byka za rogi".

— Naprawdę? Nie wiedziałam, że filozofia ma coś wspólnego z walką byków.

— Tomasz z Akwinu należał do tych, którzy starali się połączyć filozofię Arystotelesa z chrześcijaństwem. Mówimy, że stworzył on wielką syntezę wiary i wiedzy. Uczynił to właśnie, zagłębiając się w filozofię Arystotelesa i biorąc go za słowo.

— Albo za rogi. Niestety, dziś w nocy prawie nie spałam i obawiam się, że musisz mi to wyjaśnić dokładniej.

— Tomasz z Akwinu uważał, że między tym, co mówi nam filozofia, czyli rozum, a tym, co mówi chrześcijańskie objawienie, nie ma wcale sprzeczności. Bardzo często chrześcijaństwo i filozofia mówią nam to samo. Dlatego posługując się rozumem, możemy dojść do tych samych prawd, o których czytamy w Biblii.

— Jak to możliwe? Czy rozum może nam powiedzieć, że Bóg stworzył świat w sześć dni? Albo że Jezus był Synem Bożym?

— Nie, do takich czystych prawd wiary mamy dostęp tylko poprzez wiarę i chrześcijańskie objawienie. Tomasz jednak uważał, że istnieje wiele „naturalnych prawd teologicznych". Chodziło mu o prawdy, do których można dotrzeć *zarówno* przez objawienie chrześcijańskie, jak i przez nasz wrodzony, „naturalny" rozum. Taką prawdą jest na przykład, że istnieje jakiś Bóg. Tomasz był więc zdania, że do Boga prowadzą dwie drogi. Jedna z nich prowadzi przez wiarę i objawienie. Druga wiedzie przez rozum i postrzeganie zmysłowe. Z tych dwóch dróg pewniejsza jest, co prawda, droga wiary i objawienia, łatwo bowiem zbłądzić, kiedy zaufa się wyłącznie rozumowi. Ale zdaniem Tomasza najważniejsze jest, że między takim filozofem jak Arystoteles a nauką chrześcijańską nie ma sprzeczności.

— To znaczy, że równie dobrze możemy trzymać się Arystotelesa jak Biblii?

— O nie, nie, Arystoteles uszedł tylko kawałek drogi, ponieważ nie dostąpił chrześcijańskiego objawienia. Ale iść drogą tylko kawałek to nie to samo, co obrać złą drogę. Nie jest na przykład błędem twierdzenie, że Ateny leżą w Europie, ale nie jest to też szczególnie precyzyjne określenie. Jeśli w jakiejś książce znajdziesz informację, że Ateny to miasto europejskie, dobrze jest zajrzeć do podręcznika geografii. W nim znajdziesz całą, pełną prawdę. Ateny są stolicą Grecji, niedużego kraju w południowo-wschodniej części Europy. Jeśli będziesz miała szczęście, dowiesz się także co nieco o Akropolu. Nie wspominając już o Sokratesie, Platonie i Arystotelesie!

— Ale ta pierwsza informacja o Atenach również była prawdziwa.

— No właśnie! Dla Tomasza istotne jest wskazanie, że istnieje tylko jedna prawda. Kiedy Arystoteles wskazuje na coś, co rozumem uznajemy za prawdziwe, oznacza to, że nie kłóci się to także z wiarą chrześcijańską. Do sporej części prawdy możemy w pełni dotrzeć za pomocą rozumu i postrzegania zmysłowego — i takie właśnie prawdy omawia Arystoteles, opisując na przykład królestwo roślin i zwierząt. Inną część prawdy objawił nam Bóg poprzez Biblię.

W wielu jednak istotnych punktach te dwie części prawdy nakładają się na siebie. Są zagadnienia, o których Biblia i rozum mówią nam w identyczny sposób.

— Na przykład o tym, że istnieje Bóg?

— Właśnie. Również filozofia Arystotelesa zakładała istnienie Boga — albo pierwszej przyczyny — która wprawia w ruch wszystkie procesy. Arystoteles nie dał jednak żadnego bliższego opisu Boga. W tej kwestii możemy polegać jedynie na Biblii i nauce głoszonej przez Chrystusa.

— Ale czy to rzeczywiście takie pewne, że naprawdę istnieje Bóg?

— Rzecz jasna, można na ten temat dyskutować. Ale nawet dzisiaj większość ludzi zgodzi się, że ludzki rozum nie może w każdym razie przedstawić dowodów na to, że Bóg nie istnieje. Tomasz posunął się dalej. Uważał, że na podstawie filozofii Arystotelesa można udowodnić istnienie Boga.

— Całkiem nieźle.

— Uważał, że posługując się rozumem, także możemy stwierdzić, że wszystko, co nas otacza, musi mieć jakąś „pierwszą przyczynę". Bóg więc objawił się ludziom zarówno przez Biblię, jak i przez rozum. Istnieje „teologia objawiona" i „teologia naturalna". Podobnie jest z moralnością. W Biblii możemy przeczytać, jakie życie jest zgodne z wolą Boga. Ale Bóg wyposażył nas także w sumienie, dzięki któremu potrafimy w naturalny sposób odróżnić dobro od zła. Do moralnego życia prowadzą więc także dwie drogi. Wiemy, że źle jest krzywdzić ludzi, choć nie czytaliśmy w Biblii, że „wszystko więc, co byście chcieli, żeby wam ludzie czynili, i wy im czyńcie". Ale i w tym przypadku najbezpieczniejsze jest wypełnianie przykazań Biblii.

— Chyba już rozumiem — powiedziała Zofia. — To mniej więcej tak, jak wiemy, że jest burza, ponieważ widzimy błyskawicę i słyszymy grzmot.

— Bardzo dobrze. Choć jesteśmy niewidomi, słyszymy, że grzmi. A choć jesteśmy głusi, widzimy błyskawice. Najlepiej rzecz jasna i widzieć, i słyszeć. Ale między tym, co widzimy, a tym, co słyszymy, nie ma sprzeczności. Przeciwnie — te dwa wrażenia uzupełniają się nawzajem.

— Rozumiem.

— Pozwól mi to uzupełnić jeszcze jednym przykładem. Kiedy czytasz jakąś powieść, powiedzmy *Wiktorię* Knuta Hamsuna...

— Naprawdę to czytałam!

— Czy nie zyskujesz jakiejś wiedzy o pisarzu, czytając książkę, którą napisał?

— W każdym razie mogę założyć, że istnieje jakiś pisarz, który napisał tę książkę.

— Czy możesz dowiedzieć się o nim czegoś więcej?

— Wiem, że ma dość romantyczny pogląd na miłość.

— Kiedy czytasz tę powieść — która jest dziełem Hamsuna — masz pewien wgląd także i w naturę Hamsuna. Nie możesz się jednak spodziewać, że znajdziesz tam dane personalne pisarza. Czy z *Wiktorii* możesz na przykład wyczytać, ile lat miał autor, kiedy pisał książkę, gdzie mieszkał albo na przykład, ile miał dzieci?

— Nie, oczywiście, że nie.

— Ale takie informacje znajdziesz w biografii Knuta Hamsuna. Tylko w takiej biografii — czy autobiografii — zawrzesz bliższą znajomość z *osobą* pisarza.

— Owszem, tak właśnie jest.

— Podobnie ma się sprawa ze stosunkiem boskiego dzieła stworzenia do Biblii. Już tylko chodząc po świecie i podziwiając przyrodę, możemy stwierdzić, że Bóg istnieje. Po jakimś czasie zrozumiemy, że lubi ptaki i zwierzęta, bo inaczej by ich nie stworzył. Ale informacje o osobie Boga znajdziemy jedynie w Biblii — czyli w „autobiografii" Boga.

— To bardzo sprytny przykład.

— Mhm...

Pierwszy raz Alberto zatopił się w myślach i nic nie odpowiedział.

— Czy to ma coś wspólnego z Hildą? — wyrwało się Zofii.

— Nie wiemy przecież, czy jakaś Hilda w ogóle istnieje.

— Ale wiemy, że jej ślady zostawiane są to tu, to tam. Pocztówki i jedwabna apaszka, zielony portfel, podkolanówka...

Alberto kiwnął głową:

— I wydaje się, że to od ojca Hildy zależy, ile takich śladów zechce zostawić. Na razie jednak wiemy tylko, że jakaś osoba wysłała nam te wszystkie widokówki. Chciałbym, żeby napisał choć trochę o sobie. Ale do tego jeszcze wrócimy.

— Jest już dwunasta. Muszę wrócić do domu przynajmniej przed końcem średniowiecza.

— Zakończę kilkoma słowami o tym, w jaki sposób Tomasz z Akwinu przejął filozofię Arystotelesa we wszystkich dziedzinach, w których nie sprzeciwiała się ona teologii Kościoła. Dotyczy to arystotelesowej logiki, teorii poznania, a przede wszystkim filozofii przyrody. Czy pamiętasz na przykład, jak Arystoteles opisywał drabinę życia, od roślin i zwierząt do ludzi?

Zofia przytaknęła.

— Już Arystoteles uważał, że kolejne szczeble prowadzą do Boga, który stanowi jakby zwieńczenie egzystencji. Schemat ten łatwo dał się dopasować do teologii chrześcijańskiej. Według Tomasza egzystencja osiąga coraz wyższy stopień: od roślin i zwierząt do ludzi, od ludzi do aniołów i od aniołów do Boga. Ludzie, tak jak zwierzęta, mają ciało i narządy zmysłów, ale człowiek wyposażony jest także w rozum, czyli zdolność myślenia. Aniołowie nie posiadają ciała z narządami zmysłów, ale obdarzeni są bezpośrednio i błyskawicznie działającą inteligencją. Nie muszą się zastanawiać, jak ludzie, nie potrzebują dochodzić do prawd. Wiedzą wszystko, czego może dowiedzieć się człowiek, i nie muszą się przy tym poruszać, tak jak my, drobnymi kroczkami. Ponieważ aniołowie nie mają ciała, nigdy nie umrą. Nie są wieczni jak Bóg, albowiem kiedyś zostali przez Boga stworzeni. Nie mają jednak ciała, od którego mogliby się oddzielić, dlatego nigdy nie umrą.

— To brzmi naprawdę fantastycznie!

— Ale nad aniołami króluje Bóg. Wszystko widzi w jednej ogólnej wizji.

— To znaczy, że nas teraz widzi.

— Tak, być może nas widzi. Ale nie „teraz". Dla Boga czas nie istnieje tak jak dla nas. Nasze „teraz" nie jest „teraz" bożym. Choć dla nas upłynie kilka tygodni, nie oznacza to wcale, że kilka tygodni upłynie także dla Boga.

— Jakie to straszne! — wyrwało się Zofii z głębi serca.

Nagle przerażona zakryła usta dłonią. Alberto popatrzył na nią zdziwiony, Zofia wyjaśniła:

— Dostałam kolejną kartkę od ojca Hildy. I on napisał coś podobnego, że nawet jeśli upłynie tydzień albo dwa dla mnie, nie musi to wcale znaczyć, że im minie tyle samo czasu. To prawie dokładnie to samo, co ty powiedziałeś o Bogu!

Zofia dostrzegła grymas, który przebiegł po twarzy ukrytej pod brunatnym kapturem.

— Powinien się wstydzić!

Zofia nie zrozumiała, o co mu chodziło, może tylko tak sobie powiedział. Alberto podjął wykład:

— Niestety, Tomasz z Akwinu przejął od Arystotelesa także jego poglądy dotyczące kobiet. Pamiętasz być może opinię Arystotelesa, że kobieta to zdeformowany mężczyzna. Uważał on także, że dzieci dziedziczą tylko cechy ojca, kobieta bowiem jest pasywna i przyjmująca, a mężczyzna aktywny i formujący. Takie myśli, zdaniem Tomasza, harmonizowały ze słowami Biblii, w której mówi się na przykład, że kobieta została stworzona z żebra mężczyzny.

— Co za głupstwa!

— Trzeba wiedzieć, że jajeczka odkryto u ssaków dopiero w 1827 roku. Może więc nic dziwnego, iż wcześniej wierzono, że to mężczyzna jest w zapłodnieniu stroną formującą, dającą życie. Możemy poza tym zauważyć, że zdaniem Tomasza kobieta jest istotą niższego rzędu tylko w sensie przyrodniczym. Dusza kobiety jest równorzędna z duszą mężczyzny. W niebie panuje całkowite równouprawnienie płci, dlatego po prostu, że wszystkie cielesne różnice przestają istnieć.

— Kiepska pociecha. Czy w średniowieczu nie było żadnej kobiety-filozofa?

— Życie Kościoła w średniowieczu zdominowane było przez mężczyzn. Nie oznacza to jednak wcale, że nie było kobiet-myślicielek. Jedną z nich była HILDEGARDA Z BINGEN...

Zofia szeroko otworzyła oczy.

— Czy ona ma coś wspólnego z Hildą?

— Dziwne pytanie! Hildegarda była mniszką z doliny Renu, żyła w latach 1098–1179. Choć była kobietą, wygłaszała kazania, była autorką traktatów, lekarką, zajmowała się botaniką i badaniem przyrody. Można traktować ją jako symbol tego, że w średniowieczu kobiety trzymały się bliżej ziemi, interesowały się nauką.

— Pytałam, czy ona ma coś wspólnego z Hildą?

— Był taki dawny żydowski i chrześcijański pogląd, że Bóg nie jest wyłącznie mężczyzną. Ma także kobiecą stronę, „matczyną naturę". Bo także kobieta została stworzona na podobieństwo Boga. Po grecku kobieca strona boskiej osoby nazywa się *Sofia*. Sofia, czyli Zofia, znaczy „mądrość".

Zofia z niedowierzaniem pokręciła głową. Dlaczego nikt jej do tej pory tego nie powiedział? I dlaczego ona sama o to nie pytała?

Alberto mówił dalej:

— Zarówno wśród żydów jak i w chrześcijaństwie wschodnim Sofia, czyli matczyna natura Boga, odgrywała pewną rolę w okresie średniowiecza. Na Zachodzie zapomniano o niej. Oto pojawia się jednak Hildegarda, która twierdzi, że Sofia ukazała jej się w wizjach. Ubrana w złocistą tunikę ozdobioną szlachetnymi kamieniami...

Zofia podniosła się z ławki. *Sofia* objawiła się Hildegardzie w wizjach...

— Może ja objawię się Hildzie...

Usiadła. Po raz trzeci Alberto położył jej rękę na ramieniu.

— Tę kwestię musimy rozwiązać. Ale jest już prawie pierwsza. Powinnaś zjeść śniadanie, a poza tym nadchodzą nowe czasy. Wezwę cię na spotkanie na temat renesansu. Hermes przyjdzie po ciebie do ogrodu.

Niezwykły mnich wstał i ruszył w stronę kościoła. Zofia siedziała pogrążona w myślach o Hildegardzie i *Sofii,* Hildzie i Zofii. Nagle drgnęła. Wstała gwałtownie i krzyknęła za nauczycielem filozofii w opończy mnicha:

— Czy w średniowieczu żył też jakiś Alberto?

Odrobinę zwolnił kroku, lekko odwrócił głowę i odparł:

— Tomasz z Akwinu pobierał nauki u słynnego nauczyciela filozofii. Nazywał się on Albert Wielki...

Pochylił głowę w drzwiach kościoła św. Marii i zniknął.

Zofii to jednak nie wystarczyło. Wbiegła z powrotem do kościoła. Świątynia jednak była pusta. Czyżby Alberto zapadł się pod ziemię?

Kiedy wychodziła z kościoła, zauważyła obraz Marii. Podeszła do niego i uważnie mu się przyjrzała. Nagle pod jednym okiem namalowanej postaci dostrzegła kropelkę wody. Czyżby łzę?

Zofia wypadła z kościoła i jak wicher pognała do domu Jorunn.

RENESANS

...o, boski rodzie w ludzkim przebraniu...

Było wpół do drugiej, kiedy Zofia zdyszana pojawiła się przy wejściu do ogrodu. Jorunn stała na placyku koło żółtego domu.

— Minęło ponad dziesięć godzin! — wykrzyknęła Jorunn.

Zofia potrząsnęła głową:

— Przez ten czas minęło ponad tysiąc lat.

— Ale gdzie byłaś?

— Miałam umówione spotkanie ze średniowiecznym mnichem. Zabawny facet!

— Zwariowałaś? Twoja mama dzwoniła pół godziny temu.

— I co powiedziałaś?

— Że poszłaś do kiosku.

— Co ona na to?

— Żebyś zadzwoniła, jak wrócisz. Gorzej było z moimi rodzicami. Stawili się koło dziesiątej z kakao i bułeczkami. Okazało się, że jedno łóżko jest puste.

— I co powiedziałaś?

— Okropnie głupia sytuacja. Powiedziałam, że poszłaś do domu, bo się pokłóciłyśmy.

— No to teraz szybko musimy się pogodzić. I twoi rodzice przez kilka dni nie mogą rozmawiać z moją mamą. Myślisz, że nam się to uda?

Jorunn wzruszyła ramionami. W następnej chwili w ogrodzie pojawił się ubrany w kombinezon roboczy ojciec Jorunn z taczką.

Wyraźnie widać było, że nie mógł dojść do porozumienia z liśćmi, które w zeszłym roku opadły z drzew.

— Panny obrażalskie już się pogodziły? — zapytał. — W każdym razie przy zejściu do piwnicy nie ma już ani jednego listka.

— To świetnie — odparła Zofia. — Bo w takim razie możemy tam wypić kakao, zamiast w łóżku.

Ojciec zaśmiał się cokolwiek sztucznie, a Jorunn wyraźnie drgnęła. W domu u Zofii zawsze zwracano się do siebie bardziej bezpośrednio niż w domu rodziców Jorunn — doradcy finansowego Ingebrigtsena i jego małżonki.

— Przepraszam, Jorunn, ale uznałam, że też muszę pomóc w tej mistyfikacji.

— Powiesz mi, o co chodzi?

— Jeśli mnie odprowadzisz do domu. To nie nadaje się dla uszu doradców finansowych ani podstarzałych lalek Barbie.

— Jesteś wstrętna! Uważasz, że lepsze jest rozpadające się małżeństwo, które wypędza jedną ze stron na morze?

— Na pewno nie. Ale prawie nie spałam dziś w nocy. W dodatku zaczynam się zastanawiać, czy przypadkiem Hilda nie *widzi* wszystkiego, co robimy.

— Chcesz powiedzieć, że ona jest jasnowidzem?

— Może tak, a może nie.

Widać było wyraźnie, że Jorunn bynajmniej nie jest zachwycona całą tą atmosferą tajemniczości.

— Ale to i tak nie wyjaśnia, dlaczego jej ojciec wysyła zwariowane kartki do opuszczonej chałupy w lesie.

— Przyznaję, że to słaby punkt.

— Zdradzisz mi w końcu, gdzie byłaś?

Zofia wreszcie opowiedziała wszystko, nawet o tajemniczym kursie filozofii. Przyjaciółka musiała przedtem złożyć uroczystą przysięgę, że dochowa tajemnicy.

Długo szły w milczeniu.

— Nie podoba mi się to — oświadczyła w końcu Jorunn, gdy już zbliżały się do ulicy Koniczynowej 3.

Zatrzymała się przy furtce prowadzącej do ogrodu Zofii i oświadczyła, że zawraca.

— Tu nie ma nic do podobania. Filozofia to nie jest wcale, ot taka sobie niegroźna zabawa towarzyska. Dotyczy tego, kim jesteśmy i skąd pochodzimy. Uważasz, że wystarczająco nas tego uczą w szkole?

— Na takie pytania nikt i tak nie zna odpowiedzi.

— Nie uczymy się nawet zadawać takich pytań.

Kiedy Zofia weszła do kuchni, sobotnia legumina stała na stole. Nie padł żaden komentarz o tym, że nie zatelefonowała od Jorunn.

Po jedzeniu Zofia oświadczyła, że chce się zdrzemnąć. Przyznała się, że u Jorunn prawie nie spała. Po noclegu u przyjaciółki nie było to wcale takie dziwne.

Zanim się położyła, stanęła przed lustrem w mosiężnych ramach, które przed kilkoma dniami zawiesiła na ścianie. Najpierw zobaczyła tylko odbicie własnej twarzy, bladej i wymęczonej. Ale potem nagle z tyłu pojawił się bardzo niewyraźny zarys jakiejś innej twarzy.

Zofia kilkakrotnie głęboko odetchnęła. Nie wolno mi niczego sobie wmawiać, powtarzała w duchu.

Wyraźnie widziała swoją pobladłą twarz, obramowaną czarnymi włosami, które za nic nie dawały się ułożyć w inną fryzurę niż w naturalne „proste włosy". Ale gdzieś za tą twarzą czaił się obraz jakiejś innej dziewczynki.

Nagle obca dziewczynka energicznie zamrugała obojgiem oczu, jak gdyby chciała zasygnalizować, że naprawdę znajduje się tam, po drugiej stronie. Trwało to zaledwie kilka sekund i obca dziewczynka zniknęła.

Zofia usiadła na łóżku. Nie miała wątpliwości, że w lustrze zobaczyła twarz Hildy. Kiedyś, przez parę krótkich sekund, widziała jej zdjęcie w legitymacji szkolnej w Chacie Majora. To było zdjęcie tej samej dziewczynki, którą ujrzała teraz w lustrze.

Czy to nie dziwne, że takie tajemnicze historie przytrafiały się jej zawsze, kiedy padała ze zmęczenia? Później musiała zadawać sobie pytanie, czy wszystko to po prostu jej się nie przyśniło.

Zofia położyła ubranie na krześle i wsunęła się pod kołdrę. Zasnęła, ledwie przyłożyła głowę do poduszki. Przyśnił jej się niezwykle realny, wyraźny sen.

Śniło jej się, że stoi w dużym ogrodzie, dochodzącym do czerwonej szopy. Na pomoście przy szopie siedziała jasnowłosa dziewczynka, wpatrując się w morze. Zofia podeszła do niej i usiadła. Tamta jednak wydawała się jej nie zauważać. „Mam na imię Zofia!" — przedstawiła się, ale dziewczynka najwyraźniej jej nie widziała ani nie słyszała. „Jesteś chyba głucha i ślepa" — powiedziała Zofia i dziewczynka chyba rzeczywiście była głucha na jej słowa. Nagle Zofia usłyszała jakiś głos, który wołał: „Hilduniu!". Dziewczynka zerwała się z pomostu i popędziła w stronę domu, a to znaczyło, że nie mogła być ani głucha, ani ślepa. Od strony domu biegł jej na spotkanie mężczyzna w średnim wieku, w mundurze i niebieskim berecie. Dziewczynka rzuciła mu się na szyję, mężczyzna kilka razy okręcił ją w kółko. Zofia zorientowała się, że na pomoście, w miejscu, gdzie siedziała dziewczynka, leży złoty krzyżyk. Wzięła go do ręki i w tej samej chwili się obudziła.

Zofia spojrzała na zegarek. Spała przez kilka godzin. Usiadła na łóżku i zaczęła rozpamiętywać niezwykły sen. Był tak wyraźny, tak prawdziwy, jakby rzeczywiście wszystko to przeżyła. Zofia była pewna, że dom i przystań, które widziała we śnie, gdzieś naprawdę istnieją. Czy całe otoczenie nie przypominało obrazka, który widziała w Chacie Majora? W każdym razie nie miała wątpliwości, że dziewczynką była Hilda Møller Knag, a mężczyzną — jej ojciec powracający z Libanu. We śnie przypominał nieco Alberta Knoxa...

Zofia wstała i zaczęła ścielić łóżko, a wtedy pod poduszką odkryła złoty łańcuszek z krzyżykiem. Na tylnej stronie krzyżyka wygrawerowano trzy litery: *HMK*.

Zofii nie pierwszy raz śniło się, że znalazła skarby. Pierwszy raz jednak udało jej się wyrwać je ze snu.

— Cholera! — powiedziała głośno do siebie.

Ogarnęła ją taka złość, że nie patrząc rzuciła delikatny naszyjnik prosto do szafy, na półkę, gdzie leżała już jedwabna apaszka, biała podkolanówka i wszystkie pocztówki z Libanu.

W niedzielę rano, kiedy Zofia się obudziła, czekało już na nią obfite śniadanie: gorące bułeczki, sok pomarańczowy, jajka i sałatka włoska. Rzadko się zdarzało, by w niedzielę matka była na nogach wcześniej niż ona, a w takich razach za punkt honoru uważała przyrządzenie wystawnego śniadania, zanim obudzi Zofię.

Kiedy zjadły, matce przypomniało się:

— Po ogrodzie biega jakiś obcy pies. Od rana kręci się wokół starego żywopłotu. Nie wiesz, co on tu robi?

— Tak! — wykrzyknęła Zofia i w tym momencie ugryzła się w język.

— Był już tu kiedyś?

Zofia zdążyła już wstać i podejść do okna w salonie, które wychodziło na ogród. Było tak, jak myślała. Hermes ułożył się przy tajemniczym wejściu do Zaułka.

Co mogła powiedzieć? Nie zdążyła zaplanować żadnej odpowiedzi, a już matka stała przy niej.

— Powiedziałaś, że kiedyś już tu był?

— Na pewno zakopał jakąś kość, a teraz wrócił, żeby zabrać skarb. Psy też mają pamięć...

— Może masz rację. Z nas dwóch ty na pewno jesteś lepszym znawcą dusz zwierzęcych.

Zofia myślała gorączkowo.

— Zaprowadzę go do domu — oznajmiła wreszcie.

— Wiesz, gdzie on mieszka?

Dziewczynka wzruszyła ramionami.

— Na pewno ma obrożę z adresem.

Parę minut później Zofia zbiegła do ogrodu. Hermes, gdy tylko ją zauważył, poderwał się i pędem ruszył do niej, jak szalony na nią skakał i machał ogonem.

— Hermes, dobry piesek — przywitała go Zofia.

Wiedziała, że matka stoi w oknie. Byle tylko nie wyszedł przez żywopłot! Ale pies ruszył ku żwirowanej alejce, przebiegł przez dziedziniec i skierował się do furtki.

Kiedy furtka już się za nimi zamknęła, Hermes pobiegł naprzód, cały czas utrzymując się o parę metrów przed Zofią. Szli drogą prowadzącą między willami. Nie tylko Zofia i Hermes wybrali się na niedzielną przechadzkę, ruchu na świeżym powietrzu zażywały całe rodziny. Zofia poczuła ukłucie zazdrości.

Od czasu do czasu Hermes oddalał się, żeby obwąchać innego psa albo coś wyjątkowo ciekawego na poboczu, ale na dźwięk komendy „do nogi!" stawiał się natychmiast u boku Zofii.

Wkrótce minęli dawne pastwisko, wielkie boisko sportowe i plac zabaw. Znaleźli się w okolicy, gdzie ruch był większy. Szli dalej w kierunku miasta szeroką brukowaną ulicą, którą jeździły trolejbusy.

Kiedy już byli w centrum, Hermes poprowadził Zofię przez Wielki Rynek i dalej ulicą Kościelną. Weszli do starej dzielnicy miasta, zabudowanej wielkimi kamienicami z przełomu wieków. Zbliżało się pół do drugiej.

Byli teraz na drugim końcu miasta. Zofia nie bywała tu zbyt często, ale w dzieciństwie odwiedzała starą ciotkę, mieszkającą przy jednej z tych ulic.

Wkrótce znaleźli się na niewielkim placyku otoczonym starymi kamienicami. Plac nazywał się Nowy Rynek, choć wszystko tu było takie stare. Ale przecież i samo miasto było stare, założono je w średniowieczu.

Hermes skierował się do bramy numer 14 i tu czekał, aż Zofia otworzy drzwi. Dziewczynka czuła, jak kręci ją w żołądku.

Na klatce schodowej wisiały równiutkie rzędy zielonych skrzynek na listy. Zofia zobaczyła, że do jednej ze skrzynek w najwyższym rzędzie przyklejona jest pocztówka. Na kartce widniał stempel listonosza: *Adresat nieznany!* A adresat... *Hilda Møller Knag, Nowy Rynek 14*... Data na stemplu pocztowym — 15/6. Do tego dnia pozostawało jeszcze ponad dwa tygodnie, ale listonosz najwidoczniej nie zwrócił na to uwagi.

Zofia odczepiła kartkę od skrzynki i przeczytała:

Kochana Hildo!

Zofia idzie teraz do domu nauczyciela filozofii. Niedługo skończy piętnaście lat, ale Ty miałaś piętnaste urodziny już wczoraj. A może to dzisiaj, córeczko? Jeśli to dzisiaj, to pora musi już być późna. Ale nasze zegarki nie zawsze chodzą tak samo. Jedno pokolenie się starzeje, podczas gdy inne dopiero się rodzi. A historia i tak kroczy własnym torem. Czy myślałaś kiedykolwiek o tym, że historię Europy da się porównać z życiem człowieka? Starożytność to dzieciństwo Europy.

Później długie średniowiecze — to okres szkolny. A potem przychodzi renesans. Koniec szkoły, a młoda Europa wprost kipi z niecierpliwości, by używać życia. Możemy nawet powiedzieć, że renesans to piętnaste urodziny Europy. Jest środek czerwca, moje dziecko, i „jak dobrze wcześnie wstać wiosną lat!”.

PS Przykro mi, że zgubiłaś złoty krzyżyk. Musisz się nauczyć lepiej pilnować swoich rzeczy.

Ucałowania,

Tatuś, który jest tuż za rogiem

Hermes już wspinał się po schodach. Zofia zabrała pocztówkę i ruszyła za nim. Musiała biec, by dotrzymać mu kroku, merdał ogonem jak oszalały. Minęli pierwsze, drugie, trzecie i czwarte piętro. Stąd w górę prowadziły już tylko wysokie stopnie. Chyba nie szli aż na sam dach? Ale Hermes piął się dalej w górę. Zatrzymał się dopiero przy wąskich drzwiach, w które zaczął drapać pazurami.

Zaraz też Zofia usłyszała wewnątrz odgłos zbliżających się kroków. Drzwi się otworzyły i stanął w nich Alberto Knox. Zmienił kostium, ale dzisiaj także się przebrał. Nosił białe podkolanówki, szerokie podkasane czerwone spodnie i żółty kubrak z mocno wywatowanymi ramionami. Przypominał Zofii dżokera z talii kart. O ile się nie myliła, był to typowy ubiór z okresu renesansu.

— Ty klaunie! — wykrzyknęła Zofia, odpychając go na bok i wchodząc do mieszkania.

I znów biedny nauczyciel filozofii padł ofiarą jej zakłopotania pomieszanego ze strachem. Umysł Zofii burzył się poza tym z powodu kartki, którą znalazła na klatce schodowej.

— Nie tak gwałtownie, moje dziecko — napomniał ją Alberto zamykając drzwi.

— Poczta, proszę — oznajmiła Zofia, podając mu pocztówkę, jakby to on był za nią odpowiedzialny.

Alberto przeczytał kartkę i pokręcił głową.

— On się robi coraz bezczelniejszy. Przekonasz się, że on nas wykorzystuje jako zabawkę na urodziny dla swojej córki.

Podarł kartkę na drobne kawałeczki i rzucił je do kosza na papiery.

— Na kartce napisane było, że Hilda zgubiła złoty krzyżyk — powiedziała Zofia.

— Widziałem.

— Ale ja znalazłam ten krzyżyk w domu, we własnym łóżku. Czy rozumiesz, w jaki sposób mógł tam trafić?

Alberto z powagą popatrzył jej w oczy.

— To może się wydawać niezwykłe, ale to tylko tania sztuczka, która nie kosztuje go ani odrobiny wysiłku. Skoncentrujmy się raczej na wielkim króliku wyciąganym z czarnego cylindra wszechświata.

Przeszli do salonu, najdziwniejszego ze wszystkich pokoi, jakie Zofia kiedykolwiek widziała.

Alberto zajmował duże mieszkanie na poddaszu. Dach opadał ukośnie, wycięto w nim okno, które przepuszczało ostre światło prosto z nieba. Ale w pokoju znajdowało się także drugie, które wychodziło na miasto. Przez nie Zofia mogła patrzeć na dachy starych kamienic.

Najbardziej jednak dziwiło Zofię to, co znajdowało się wewnątrz. Pokój zapełniały meble i przedmioty z najprzeróżniejszych epok. Kanapa, być może z lat trzydziestych, stary sekretarzyk z przełomu wieków, a jedno z krzeseł musiało sobie liczyć kilka setek lat. Ale meble to dopiero połowa. Na półkach i szafach tłoczyły się przemieszane ze sobą przedmioty ozdobne i użytkowe. Stare zegary i dzbanki, moździerze i retorty, noże i lalki, gęsie pióra i podpory na książki, oktanty i sekstanty, kompasy i barometry. Całą jedną ścianę pokrywały książki, ale nie takie, jakie można znaleźć w księgarni. Księgozbiór także reprezentował przekrój setek lat produkcji drukarskiej. Na ścianach wisiały rysunki i malowidła, niektóre powstałe w ciągu ostatnich dziesięcioleci, ale wiele było bardzo starych. Zauważyła też kilka map. Na jednej z nich fiord Sogne umieszczono w Trondelagu, a fiord Trondheim gdzieś daleko na północy.

Zofia stała oniemiała przez kilka dobrych minut. Kręciła głową na wszystkie strony, dopóki nie obejrzała pokoju ze wszystkich stron.

— Widzę, że zbierasz stare rupiecie — powiedziała w końcu.

— Zaraz zaraz. Zastanów się, ile setek lat historii udało się ocalić w tym pokoju. Nie nazwałbym tego rupieciami.

— Prowadzisz antykwariat czy coś w tym rodzaju?

Na twarzy Alberta odmalował się smutek.

— Nie wszyscy mogą po prostu dać się unosić z prądem historii, Zosiu. Niektórzy muszą się zatrzymać i pozbierać to, co zostało na brzegu rzeki.

— Dziwne.

— Ale prawdziwe, moje dziecko. Żyjemy nie tylko w naszych własnych czasach. Dźwigamy także naszą historię. Pamiętaj, że wszystkie rzeczy, które widzisz w tym pokoju, lśniły niegdyś nowością. Tę małą drewnianą laleczkę z XVI wieku wyrzeźbiono, być może, na piąte urodziny jakiejś dziewczynki. Może zrobił ją jej stary dziadek... A później dziewczynka zmieniła się w nastolatkę, potem dorosła i wyszła za mąż. Może urodziła jej się córeczka i odziedziczyła lalkę. Kobieta zestarzała się i pewnego dnia odeszła. Owszem, żyła długo, ale odeszła na zawsze. I nigdy więcej nie powróci. W zasadzie złożyła na świecie zaledwie krótką wizytę. Za to jej lalka — patrz, stoi na półce.

— Kiedy mówisz w ten sposób, wszystko staje się takie smutne i podniosłe.

— Bo życie naprawdę jest smutne i podniosłe. Wpuszczeni jesteśmy do cudownego świata, spotykamy się tutaj, poznajemy, przez krótką chwilę przebywamy ze sobą. A później rozstajemy się i znikamy, równie nagle i niezrozumiale, jak się kiedyś pojawiliśmy.

— Czy mogę cię o coś zapytać?

— Przestaliśmy się już bawić w chowanego.

— Dlaczego przeniosłeś się do Chaty Majora?

— Po to, byśmy nie mieli do siebie tak daleko, kiedy porozumiewaliśmy się listownie. Wiedziałem, że ta stara chata stoi pusta.

— I tak po prostu się wprowadziłeś?

— I tak po prostu się wprowadziłem.

— To może potrafisz mi wyjaśnić, skąd ojciec Hildy wiedział, że tam jesteś?

— O ile mam rację, to on wie prawie wszystko.

— I tak nie rozumiem, jak można załatwić, żeby listonosz przynosił listy tak głęboko w las.

Alberto uśmiechnął się kpiąco.

— Nawet takie rzeczy to dla ojca Hildy bagatelka. Tani hokus-pokus, prostacki dowcip. Żyjemy być może pod najsurowszym nadzorem na świecie.

Zofia poczuła się głęboko dotknięta.

— Jeśli go kiedyś spotkam, to wydrapię mu oczy.

Alberto usiadł na kanapie. Zofia poszła za jego przykładem i usadowiła się w głębokim fotelu.

— Jedynie filozofia może przybliżyć nas do ojca Hildy — oświadczył. — Dzisiaj opowiem ci o renesansie.

— No to zaczynaj.

— Już wkrótce po śmierci Tomasza z Akwinu w jednorodnej kulturze chrześcijańskiej zaczęły rysować się pęknięcia. Filozofia i nauka coraz bardziej odrywały się od teologii kościelnej, ale to przyczyniło się także do rozluźnienia ścisłego dotąd związku wiary z rozumem. Coraz częściej napotykało się pogląd, że rozumem nie możemy zbliżyć się do Boga, gdyż mimo wszystko Bóg pozostaje niepojęty dla myśli. Dla człowieka najważniejsze nie jest zrozumienie chrześcijańskiego misterium, lecz poddanie się woli Bożej.

— Rozumiem.

— Ponieważ związek między wiarą i wiedzą nie był już tak ścisły, otworzyła się droga dla nowej metody naukowej i dla nowych religijnych prądów. W ten sposób dano podstawy dwóm ważnym przemianom w XV i XVI wieku, to znaczy *renesansowi* i *reformacji.*

— Weźmy się za te przemiany po kolei, po jednej.

— Renesans to szeroko rozumiany rozkwit kulturalny, poczynając od końca XIV wieku. Rozpoczął się w północnych Włoszech, ale w XV i XVI wieku szybko rozprzestrzenił się na północ.

— Czy nie mówiłeś, że słowo „renesans" oznacza odrodzenie?

— Owszem, a odrodzić się miała kultura i sztuka antyku. Mówimy także o *humanizmie renesansowym,* ponieważ znów za punkt wyjścia przyjmowano człowieka, po długim okresie średniowiecza, które wszystkie strony życia stawiało w boskim świetle. Mottem stał się „powrót do źródeł", co przede wszystkim oznaczało humanizm antyku. Odkopywanie starych rzeźb i antycznych rękopisów stało się nieomalże sportem. Modna zrobiła się też nauka greki. Umożliwiało to odrodzenie badań nad kulturą grecką. Studiowanie humanizmu greckiego miało też cel pedagogiczny. Studia przedmiotów humanistycznych dawały wykształcenie klasyczne i rozwijały to, co nazywamy „wartościami ludzkimi". „Konie się rodzą — mówiono — ale ludzie się nie rodzą, oni się kształcą".

— To znaczy, że musimy być dopiero wychowani na ludzi?

— Tak, taka była idea. Zanim jednak przyjrzymy się ideom humanizmu renesansowego, powiemy sobie co nieco o politycznym i kulturowym tle renesansu.

Alberto wstał z kanapy i zaczął chodzić po pokoju. Wskazał na jakiś bardzo wiekowy przedmiot, stojący na jednej z półek.

— Co to jest? — zapytał.

— Wygląda na jakiś stary kompas.

— Masz rację.

Teraz wskazał na strzelbę wiszącą na ścianie nad kanapą.

— A to?

— Stara strzelba.

— Dobrze, a to?

Alberto wyciągnął z półki wielką księgę.

— To jakaś stara książka.

— Mówiąc dokładniej, to *inkunabuł*.

— Inkunabuł?

— Właściwie to słowo oznacza „dzieciństwo". Określa się nim książki, które zostały wydrukowane w dzieciństwie drukarstwa, czyli przed rokiem 1500.

— Czy ona naprawdę jest taka stara?

— Tak, taka stara. I właśnie te trzy wynalazki, które ci pokazałem, stały się ważnym przyczynkiem do nowych czasów, które nazywamy renesansem.

— Musisz mi to wyjaśnić dokładniej.

— Kompas ułatwił nawigację. Innymi słowy umożliwił podróże, których rezultatem stały się wielkie odkrycia geograficzne. Duże znaczenie miało także zastosowanie prochu, dzięki czemu Europejczycy osiągnęli przewagę militarną nad kulturami amerykańskimi i azjatyckimi. Ale i w Europie proch odegrał wielką rolę. Wynalezienie druku natomiast miało istotne znaczenie w propagowaniu nowych myśli humanistów okresu renesansu. Druk przyczynił się także do przełamania monopolu Kościoła na rozpowszechnianie wiedzy. Później pojawiały się coraz to inne instrumenty i pomoce naukowe, jednym z ważniejszych wynalazków była na przykład luneta. Dzięki niej zaistniały całkiem nowe warunki dla rozwoju astronomii.

— A skończyło się na rakietach i pojazdach lądujących na Księżycu?

— Zbyt szybko posuwasz się myślą naprzód. Ale prawdą jest, że w renesansie rozpoczął się proces, który w końcu zawiódł ludzi na Księżyc. No i do Hiroszimy i Czernobyla. Zaczęło się od przemian w dziedzinie kultury i ekonomii. Bardzo ważne było przejście od gospodarki naturalnej do gospodarki pieniężnej. Pod koniec średniowiecza nastąpił rozwój miast, w których kwitło rzemiosło i handel, pojawiły się nowe towary, gospodarka pieniężna i banki. Rosło w siłę mieszczaństwo, które uniezależniło się od warunków dyktowanych przez przyrodę. Zaspokojenie potrzeb życiowych można było osiągnąć dzięki pieniądzom. Rozwój w tym kierunku faworyzował indywidualność, fantazję i zdolności twórcze poszczególnych ludzi. Człowiekowi stawiano więc całkiem nowe wymagania.

— Przypomina to trochę powstawanie miast greckich dwa tysiące lat wcześniej.

— Masz rację. Opowiadałem ci, jak filozofia grecka oderwała się od mitycznego obrazu świata, związanego z kulturą wieśniaczą. Podobnie obywatele epoki renesansu zaczęli uwalniać się od panów feudalnych i władzy Kościoła. Nastąpiło to jednocześnie z ponownym odkryciem kultury greckiej, spowodowanym bliższymi kontaktami z Arabami w Hiszpanii i kulturą bizantyjską na Wschodzie.

— Trzy rzeki antyku znów popłynęły jednym wspólnym szerokim korytem.

— Widzę, że jesteś pilną uczennicą. Ale wystarczy już o tle renesansu. Powiem ci teraz o nowych myślach.

— Dobrze, zaczynaj. Ale muszę wrócić do domu na obiad.

Dopiero teraz Alberto znów usiadł na kanapie. Popatrzył Zofii prosto w oczy.

— Przede wszystkim renesans prowadził do *nowego spojrzenia na człowieka*. Renesansowi humaniści wyznawali całkiem nową wiarę w człowieka i jego wartość, co pozostawało w wyraźnej sprzeczności z tak powszechnym w średniowieczu jednostronnym podkreślaniem grzesznej natury ludzkiej. Teraz człowieka postrzegano jako coś nieskończenie wielkiego i wartościowego. Jedną z centralnych postaci renesansu był FICINO. To on wykrzyknął: „Poznaj samego siebie, o boski rodzie w człowieczym przebraniu!". Z kolei PICO DELLA MIRANDOLA napisał mowę *O wielkości i godności człowieka.* W średniowieczu byłoby to nie do pomyślenia. Poprzez całe średniowiecze w centrum zainteresowania był Bóg. Humaniści renesansu za punkt wyjścia przyjmowali człowieka.

— Ale tak samo postępowali filozofowie greccy.

— Dlatego właśnie mówimy o odrodzeniu humanizmu antycznego. Humanizm renesansowy jednak w większym stopniu, niż było to w antyku, cechował *indywidualizm.* Jesteśmy nie tylko ludźmi, jesteśmy także unikalnymi osobowościami. Taki pogląd mógł prowadzić do niepohamowanego wręcz czczenia geniuszu. Ideałem stał się „człowiek renesansu" — jak go dziś nazywamy — taki, który zajmuje się wszystkimi dziedzinami życia, sztuki i nauki. Nowy sposób patrzenia na człowieka wzbudził poza tym zainteresowanie anatomią ludzkiego ciała. Tak jak w antyku, zaczęto przeprowadzać sekcje zwłok, by dowiedzieć się, jak zbudowane jest ciało. Było to ważne zarówno dla nauk medycznych, jak i dla sztuki. W sztuce powszechne stało się znów przedstawianie nagiego ciała. Można powiedzieć, że nastąpiło to po tysiącletniej cnotliwości. Człowiek znów miał odwagę być sobą. Nie miał się dłużej czego wstydzić

— To było oszołomienie — stwierdziła Zofia, pochylając się nad stolikiem, który oddzielał ją od filozofa.

— Bez wątpienia. Nowy pogląd na człowieka prowadził do nowego *nastawienia do życia.* Człowiek przestał istnieć tylko dla Boga. Bóg stworzył człowieka również dla samego człowieka. Dlatego ludzie mogą cieszyć się życiem doczesnym. A jeśli tylko człowiek może się swobodnie rozwijać, odkryje w sobie nieograniczone możliwości. Celem stało się przekroczenie wszelkich granic. I to także było nowością w stosunku do humanizmu antyku. Humaniści antyczni wskazywali wszak, że człowiek powinien zachować spokój ducha, umiar i opanowanie.

— A humaniści renesansowi stracili umiar?

— W każdym razie nie wykazywali się szczególnym umiarem. Mieli uczucie, że cały świat przebudził się ze snu. W ten sposób narodziła się silna świadomość epoki. W użycie weszło określenie „średniowiecze", obejmujące stulecia dzielące nowe czasy od antyku. We wszystkich dziedzinach nastąpił wyjątkowy rozkwit. Dotyczyło to zarówno sztuki, architektury, literatury, muzyki, filozofii i nauki. Wspomnę o konkretnym przykładzie. Mówiliśmy o starożytnym Rzymie, znanym pod dumnym określeniem „miasto miast" i „pępek świata". W średniowieczu Rzym podupadł, w roku 1417 dawne milionowe miasto liczyło zaledwie 17 000 mieszkańców.

— Prawie tyle samo ludzi mieszka w Lillesand.

— Dla humanistów renesansowych celem kulturalno-politycznym stała się odbudowa Rzymu. Przede wszystkim rozpoczęto budowę wielkiej Bazyliki Świętego Piotra nad grobem apostoła. A jeśli chodzi o tę świątynię, zapomnijmy o tym, co nazywa się umiarem czy opanowaniem. W największy projekt budowlany świata zaangażowano wielu wybitnych przedstawicieli renesansu. Prace rozpoczęły się w roku 1506 i trwały przez sto dwadzieścia lat, a upłynąć musiało jeszcze lat pięćdziesiąt, zanim gotowy był cały Plac Świętego Piotra.

— To musi być ogromny kościół.

— Ma ponad 200 metrów długości, 130 metrów wysokości i powierzchnię ponad 16 000 metrów kwadratowych. Ale dosyć o tym, na co porywali się ludzie renesansu. Wielkie znaczenie miał fakt, że renesans przyniósł *nowe spojrzenie na przyrodę*. Człowiek poczuł się na Ziemi jak ryba w wodzie. Życie doczesne przestało być tylko przygotowaniem do życia w niebie, a to pociągnęło za sobą całkiem nowy stosunek do świata fizycznego. Przyrodę traktowano jako coś pozytywnego. Wielu uważało również, że Bóg jest obecny w dziele stworzenia. Jest przecież nieskończony, a to znaczy, że jest wszędzie. Taki pogląd nazywany jest *panteizmem*. Filozofia średniowieczna często podkreślała, że pomiędzy Bogiem a dziełem stworzenia istnieje nieprzebyta przepaść. Teraz mówiło się, że natura jest boska, że jest „rozwinięciem" Boga. Tego rodzaju nowoczesne poglądy nie zawsze były łaskawie przyjmowane przez Kościół. Tragicznym tego wyrazem był los GIORDANA BRUNA. Twierdził on nie tylko, że Bóg jest obecny w przyrodzie, lecz uważał także, że wszechświat jest nieskończony. Poniósł za to wielce surową karę.

— Jaką?

— Został spalony na stosie, na Rynku Kwietnym w Rzymie w 1600 roku...

— To wstrętne... i głupie. I to nazywasz humanizmem?

— Nie, nie. To Bruno był humanistą, a nie jego oprawcy. Ale w renesansie kwitł także antyhumanizm. Mam tu na myśli autorytarną władzę Kościoła i państwa. W renesansie odbywały się procesy czarownic, płonęły stosy, na których palono heretyków, kwitała magia i przesądy, toczono krwawe wojny religijne, no i dokonał się brutalny podbój Ameryki. Ale humanizm zawsze miał mroczne tło. Żadna epoka nie jest dobra ani zła. Dobro i zło są jak dwie nitki wątku, którym tkane są całe dzieje ludzkości. Bardzo często splatają się ze sobą. Dotyczy to także kolejnego hasła — *nowej metody naukowej,* którą także przyniósł renesans.

— Czy w tym czasie wybudowano pierwsze fabryki?

— Nie, nie tak od razu. Ale podstawą całego rozwoju techniki, który nastąpił w późniejszych epokach, była nowa metoda naukowa. Myślę tu o całkiem odmiennym spojrzeniu na naukę. Techniczne owoce nowej metody pojawiły się dopiero z czasem.

— Na czym polegała ta nowa metoda?

— Przede wszystkim na badaniu przyrody własnymi zmysłami. Już w XIV wieku rozlegały się ostrzeżenia przed ślepą wiarą w dawne autorytety, takie jak kościelne dogmaty i filozofia przyrody Arystotelesa. Ostrzegano także przed przyjmowaniem za pewnik, że każdy problem da się rozwiązać jedynie dzięki samym przemyśleniom. Przez całe średniowiecze dominowała właśnie przesadna wiara w znaczenie rozumu. Teraz zaczęto twierdzić, że każde badanie przyrody musi opierać się na obserwacji, doświadczeniu i eksperymencie. Nazywamy to *metodą empiryczną.*

— A to znaczy?

— To znaczy, że wiedzę o świecie buduje się na własnych doświadczeniach, a nie zakurzonych zwojach pergaminu lub myślach powstałych w mózgu. W starożytności również stosowano metodę emipryczną, wiele istotnych obserwacji przyrody zebrał przede wszystkim Arystoteles. Jednakże systematyczne *eksperymenty* były czymś całkiem nowym.

— Ale przecież oni nie mieli takich aparatów jak dzisiaj?

— Nie, nie mieli oczywiście maszyn liczących ani elektronicznych wag. Ale mieli matematykę i zwykłe wagi. Podkreślano teraz, jak ważne jest wyrażanie obserwacji naukowych w dokładnym, matematycznym języku. „Zmierz to, co się da zmierzyć, i spraw, by to, czego się nie da zmierzyć, dało się zmierzyć" — powiedział GALILEO GALILEI (Galileusz), jeden z z najwybitniejszych uczonych XVII wieku. Powiedział także, że „księgę natury napisano językiem matematyki".

— I dzięki tym wszystkim eksperymentom i pomiarom droga do nowych wynalazków stanęła otworem?

— Pierwszą fazą była nowa metoda naukowa. Otworzyła ona drogę rewolucji technicznej, dzięki której pojawiły się wszystkie wynalazki. Można powiedzieć, że ludzie zaczęli przekraczać ograniczenia, jakie stawiała przyroda. Człowiek przestał być jedynie jej częścią. Przyszedł czas, by zacząć ją wykorzystywać. „Wiedza to potęga" — powiedział angielski filozof FRANCIS BACON. Podkreślił więc praktyczne korzyści płynące z wiedzy, a to było coś zupełnie nowego. Człowiek zaczął ingerować w naturę i ujarzmiać ją.

— Ale nie tylko w pozytywnym znaczeniu?

— Nie, ale mówiliśmy już o tym, że nici dobra i zła stale przeplatają się we wszystkim, co robi człowiek. Przełom techniczny, który rozpoczął się w renesansie, doprowadził do powstania maszyn włókienniczych i bezrobocia, do nowych praktycznych urządzeń, takich jak pralki i lodówki, ale i do zanieczyszczenia i zaśmiecenia środowiska. W obliczu wielkich zagrożeń ekologicznych, jakie obserwujemy dzisiaj, wiele osób uważa rewolucję techniczną za niebezpieczne zboczenie z drogi wyznaczonej przez naturę. Wskazuje się na to, że ludzie uruchomili proces, którego sami nie potrafią już kontrolować. Optymiści natomiast uważają, że nadal przeżywamy dzieciństwo techniki. Cywilizacja techniczna cierpi na choroby wieku dziecięcego, ale z czasem ludzie nauczą się panować nad naturą, nie zagrażając przy tym jej życiu.

— A co ty sam o tym myślisz?

— Że być może rację mają obie strony. W niektórych dziedzinach ludzie powinni przestać ingerować w przyrodę, w innych możemy to robić z powodzeniem. Pewne jest w każdym razie, że nie ma powrotu do średniowiecza. Od czasów renesansu człowiek nie jest tylko częścią dzieła stworzenia. Sam zaczął ingerować w przyrodę i formować ją według własnych wyobrażeń. Mówi nam to także co nieco o tym, jak zadziwiającą istotą jest człowiek.

— Byliśmy już na Księżycu. W średniowieczu nikt pewnie nawet by nie przypuszczał, że to w ogóle możliwe?

— O, tego możesz być całkiem pewna. A to przenosi nas od razu do *nowego obrazu świata*. Przez cały okres średniowiecza ludzie chodzili pod niebem, patrzyli na słońce, księżyc, gwiazdy i planety. Nikt jednak nie miał wątpliwości, że Ziemia jest centrum wszechświata. Żadne obserwacje nie podały w wątpliwość twierdzenia, że Ziemia pozostaje w spoczynku, a ciała niebieskie obracają się dookoła niej. Nazywamy to geocentrycznym obrazem świata, a to znaczy, że wszystko krąży wokół Ziemi. Chrześcijańskie wyobrażenie Boga królującego nad ciałami niebieskimi przyczyniało się do utrzymania takiego obrazu świata.

— Chciałabym, żeby to wszystko naprawdę było takie proste.

— Ale w roku 1543 ukazała się nieduża książeczka pod tytułem *O obrotach ciał niebieskich*. Napisał ją polski astronom KOPERNIK, który zmarł w dniu wydania swego dzieła. Kopernik twierdził, że to nie Słońce krąży wokół Ziemi, lecz odwrotnie, a w każdym razie obserwacje ciał niebieskich wskazują, że jest to możliwe. Jego zdaniem ludzie sądzą, że Słońce krąży wokół Ziemi, dlatego że Ziemia obraca się wokół własnej osi. Napisał, że wszystkie obserwacje ciał niebieskich łatwiej jest zrozumieć, kiedy założy się, że Ziemia i inne planety krążą wokół Słońca po torach w kształcie okręgu. Nazywamy to *heliocentrycznym obrazem świata*, a to znaczy, że wszystko kręci się wokół Słońca.

— I taki obraz świata jest właściwy?

— Niezupełnie. Jego najważniejszy element, czyli to, że Ziemia krąży wokół Słońca, jest oczywiście prawdziwy. Ale Kopernik twierdził także, że Słońce jest centralnym punktem wszechświata. Dzisiaj wiemy, że Słońce jest jedną z niezliczonych gwiazd i że wszystkie gwiazdy wokół nas tworzą tylko jedną z wielu miliardów galaktyk. Kopernik uważał poza tym, że Ziemia i inne planety poruszają się wokół Słońca po torach w kształcie okręgu.

— A to się nie zgadza?

— Nie, jeśli chodzi o ruch po okręgu, Kopernik nie miał żadnych innych przesłanek poza dawnym przekonaniem, że ciała niebieskie są dokładnie okrągłe i poruszają się po okręgu po prostu dlatego, że są „niebieskie". Już bowiem od czasów Platona kulę i okrąg uważano za idealne figury geometryczne. Ale na początku XVII wieku niemiecki astronom JOHANNES KEPLER przedstawił rezultaty dokładnych obserwacji, wykazujące, że planety poruszają się po elipsach — czyli torach owalnych, przy czym Słońce znajduje się w jednym z ognisk elipsy. Stwierdził poza tym, że prędkość planet jest największa, gdy znajdują się najbliżej Słońca, czyli planeta porusza się po swoim torze tym wolniej, im dalej jest od Słońca. Dopiero on powiedział, że Ziemia jest taką samą planetą jak inne. Kepler uważał również, że takie same prawa fizyczne obowiązują w całym wszechświecie.

— Jak mógł być tego taki pewien?

— Mógł, ponieważ zbadał ruchy planet za pomocą zmysłów, zamiast ślepo ufać średniowiecznym przekazom. Mniej więcej współczesny Keplerowi był słynny włoski uczony Galileusz. Posługiwał się on do obserwacji ciał niebieskich lunetą. Obserwował kratery na Księżycu i stwierdził, że są tam, tak samo jak na Ziemi, góry i doliny. Galileusz odkrył także, że planeta Jowisz ma cztery księżyce, a więc Ziemia nie jest pod tym względem wyjątkiem. Najważniejsze jednak, że Galileusz pierwszy sformułował tak zwaną *zasadę bezwładności*.

— A co ona mówi?

— Galileusz sformułował ją w następujący sposób: „Bez działania siły ciało pozostaje w stanie spoczynku, jeżeli uprzednio spoczywało, albo porusza się po linii prostej ruchem jednostajnym, jeżeli uprzednio było w ruchu".

— No cóż, może i tak.

— Ależ to była bardzo ważna obserwacja! Już od czasów starożytności jednym z głównych argumentów przeciwko hipotezie, że

Ziemia obraca się wokół własnej osi, był fakt, iż kamień rzucony do góry spada w to samo miejsce, z którego go wyrzucono, a nie wiele metrów dalej.

— A dlaczego tak się nie dzieje?

— Kiedy siedzisz w przedziale jadącego pociągu i z ręki wypadnie ci jabłko, nie upadnie ono gdzieś za tobą, chociaż pociąg jest w ruchu. Upadnie prosto na podłogę. To właśnie z powodu bezwładności. Jabłko zachowuje dokładnie taką samą prędkość, jaką miało w chwili, gdy je upuszczałaś.

— Chyba już rozumiem.

— Co prawda w czasach Galileusza nie było pociągów. Ale kiedy toczysz kulę po podłodze i nagle ją puścisz...

— ...to kula poturla się dalej...

— ...bo prędkość pozostanie ta sama.

— Ale w końcu się zatrzyma, jeśli pokój będzie dostatecznie długi.

— To dlatego, że inne siły hamują ruch. Przede wszystkim hamuje podłoga, zwłaszcza jeśli jest zrobiona ze źle wyheblowanych desek. Ale poczekaj, zaraz ci coś pokażę.

Alberto Knox wstał i podszedł do starego sekretarzyka. Wyciągnął coś z jednej z szuflad. Położył to na stoliku przed Zofią. Była to po prostu zwykła drewniana deseczka grubości kilkunastu milimetrów z jednego końca, a z drugiego całkiem cieniutka. Obok deski, która zakryła niemal cały stolik, położył zieloną kamienną kulkę.

— To równia pochyła — oznajmił. — Jak sądzisz, co się stanie, gdy upuszczę kulkę z grubszego końca?

Zofia westchnęła zniecierpliwiona.

— Założę się o dziesięć koron, że stoczy się na stolik, a w końcu spadnie na podłogę.

— Zaraz zobaczymy.

Alberto upuścił kulkę i stało się dokładnie tak, jak przewidziała Zofia. Kulka stoczyła się na stolik, poturlała po blacie i z cichym stuknięciem uderzyła o podłogę, aż wreszcie zatrzymała się na progu przy wejściu.

— Imponujące — powiedziała Zofia.

— Prawda? Właśnie takie eksperymenty przeprowadzał Galileusz.

— Naprawdę był taki głupi?

— Spokojnie, spokojnie. Chciał zbadać wszystko własnymi zmysłami, a poza tym dopiero zaczynamy. Powiedz mi najpierw, dlaczego kulka stoczyła się z równi pochyłej.

— Zaczęła się toczyć, ponieważ jest ciężka.

— Dobrze. A czym właściwie jest ciężar, moje dziecko?

— Zadajesz niemądre pytania.

— Pytanie nie jest niemądre, jeśli nie potrafisz na nie odpowiedzieć. Dlaczego kulka stoczyła się na podłogę?

— Z powodu siły ciążenia.

— Świetnie, albo — jak to się inaczej nazywa — siły grawitacji. Ciężar ma więc związek z siłą ciążenia. To właśnie ta siła wprawiła kulkę w ruch.

Alberto zdążył już podnieść kulkę z podłogi i znów pochylił się nad równią.

— Spróbuję teraz potoczyć kulkę wzdłuż równi, ale w drugą stronę — powiedział. — Uważaj dokładnie, jak będzie się poruszać.

Schylił się jeszcze niżej i wycelowawszy, spróbował pchnąć kulkę po pochylni skośnie w górę. Zofia zobaczyła, że kulka zaraz skręciła i znów stoczyła się z równi.

— Co się stało? — zapytał Alberto.

— Potoczyła się krzywo, bo płyta jest krzywa.

— Zaraz pomaluję kulkę flamastrem... i być może uda nam się dokładnie zaobserwować, co znaczy twoje „krzywo".

Wyciągnął flamaster i całą kulkę zabarwił na czarno, po czym znów ją pchnął. Zofia mogła teraz zobaczyć dokładnie, jaką drogę kulka przebyła po równi, bo na desce zaznaczyła się czarna linia.

— Jak opiszesz ruch kulki? — zapytał Alberto.

— Jest wygięty... To jakby część okręgu.

— A widzisz!

Alberto popatrzył na nią i podniósł brwi.

— Chociaż właściwie to nie jest okrąg. Ta figura nazywa się parabolą.

— Może i tak, wszystko jedno.

— Ale dlaczego kulka porusza się właśnie w ten sposób?

Zofia zastanowiła się dobrze i w końcu powiedziała:

— Ponieważ płyta jest nachylona, kulkę ściągnęła na ziemię siła ciążenia.

— Proste, prawda? To dopiero sensacja. Sprowadzam przypadkową dziewczynkę tu do siebie na strych, a ona po jednej jedynej próbie dostrzega to samo, co kiedyś Galileusz.

Zaczął klaskać w dłonie. Zofia na moment przestraszyła się, że oszalał. Alberto mówił dalej:

— Widziałaś, co się dzieje, kiedy *dwie* siły wprawiają przedmiot w ruch. Galileusz odkrył, że to samo dotyczy na przykład kuli armatniej. Wystrzelona w powietrze, kontynuuje lot, ale w końcu zostaje przyciągnięta ku ziemi. Poruszać się będzie torem przypominającym drogę kulki po równi pochyłej. W czasach Galileusza było to nowe odkrycie. Arystoteles uważał, że pocisk wyrzucony w powietrze najpierw będzie poruszał się łagodnym łukiem, ale w końcu spadnie pionowo na ziemię. W rzeczywistości jest inaczej, ale nie można było wiedzieć, że Arystoteles się mylił, dopóki się tego nie zademonstrowało.

— Może i tak. Ale czy to takie ważne?

— Czy to ważne? Ogromnie! Ma to znaczenie wręcz kosmiczne, moje dziecko. Wśród wielu odkryć naukowych w dziejach ludzkości to należy do absolutnie najważniejszych.

— Zgaduję, że zaraz wytłumaczysz mi, dlaczego.

— Później pojawił się angielski fizyk ISAAC NEWTON, który żył w latach 1642 – 1727. To on ostatecznie opisał Układ Słoneczny i ruch planet. Nie tylko przedstawił sposób, w jaki planety poruszają się wokół Słońca, lecz także dokładnie wyjaśnił, dlaczego tak się zachowują. Mógł tego dokonać, nawiązując między innymi do tego, co odkrył Galileusz.

— Czy planety są kulami na równi pochyłej?

— W pewnym sensie tak. Ale poczekaj chwilę, Zosiu.

— Nie mam innego wyjścia.

— Już Kepler zauważył, że musi istnieć siła, która sprawia, że ciała niebieskie przyciągają się wzajemnie. Musi istnieć na przykład jakaś siła pochodząca od Słońca, utrzymująca planety na ich torach.

Taka siła może poza tym wyjaśnić, dlaczego planety poruszają się wokół Słońca tym wolniej, im bardziej się od niego oddalają. Kepler uważał także, że przypływ i odpływ — czyli podnoszenie się i opadanie powierzchni morza — musi wywoływać jakaś siła z Księżyca.

— I to jest prawda.

— Tak, to prawda. Ale Galileusz w to nie wierzył. Wyśmiał Keplera, który sądził, że Księżyc włada wodą. Galileusz odrzucał bowiem myśl, iż siły grawitacji mogą działać na tak wielkie odległości i *pomiędzy* różnymi ciałami niebieskimi.

— To znaczy, że się mylił.

— Tak, w tym punkcie się mylił. I jest to właściwie dość zdumiewające, bo przecież zajmował się siłą przyciągania ziemskiego i spadaniem ciał na ziemię. Obserwował poza tym, jak kilka sił może sterować ruchem jednego ciała.

— Wspomniałeś też coś o Newtonie.

— Tak, później przyszedł Newton. Sformułował on zasadę zwaną przez nas prawem powszechnego ciążenia. Prawo to mówi, że każdy przedmiot przyciąga każdy inny przedmiot z siłą, która jest tym większa, im większą masę mają przedmioty, i która zmniejsza się, gdy rośnie odległość między przedmiotami.

— Chyba rozumiem. Przyciąganie jest większe między dwoma słoniami niż między dwiema myszami. Większe jest też między dwoma słoniami w tym samym ogrodzie zoologicznym niż między słoniem indyjskim w Indiach i afrykańskim w Afryce.

— Rzeczywiście, zrozumiałaś. A teraz najważniejsze: Newton stwierdził, że prawo przyciągania się mas — prawo grawitacji — jest uniwersalne. To znaczy, że działa wszędzie, także w przestrzeni kosmicznej i między ciałami niebieskimi. Podobno idea ta przyszła mu do głowy, kiedy siedział pod jabłonią. Zobaczył jabłko spadające z drzewa i zadał sobie pytanie, czy tak samo Księżyc jest przyciągany do Ziemi i czy właśnie dlatego Księżyc krąży wokół Ziemi przez całą wieczność.

— Sprytnie wymyślone. Ale mimo wszystko niezbyt sprytnie.

— Dlaczego, Zosiu?

— Jeśliby Księżyc był przyciągany do Ziemi tak jak jabłko, które spada z drzewa, w końcu spadłby na Ziemię, zamiast krążyć wokół niej jak kot koło spyrki...

— Powoli zbliżamy się do praw Newtona dotyczących ruchów planet. Jeśli chodzi o siłę, z jaką Ziemia przyciąga Księżyc, to w pięćdziesięciu procentach masz rację, a w pięćdziesięciu się mylisz. Dlaczego Księżyc nie spada na Ziemię, Zosiu? Bo prawdą jest, że przyciąganie Ziemi działa na Księżyc z ogromną siłą. Pomyśl tylko, jakiej siły potrzeba, by podnieść morze o metr albo dwa, kiedy jest przypływ.

— Nie, tego nie rozumiem.

— Pomyśl o równi pochyłej Galileusza. Co się stało, kiedy pchnąłem kulkę po równi w górę?

— Czy ruch Księżyca zależy od dwóch różnych sił?

— Właśnie. Kiedyś, kiedy powstawał system słoneczny, Księżyc został odrzucony daleko od Ziemi, wprawiła go w ruch bardzo gwałtowna siła. Ten ruch trwa przez całą wieczność, ponieważ Księżyc porusza się w próżni, nie napotykając żadnego oporu...

— Ale jest także przyciągany do Ziemi za sprawą grawitacji?

— Tak. Dlatego Księżyc będzie krążył wokół Ziemi.

— Czy to naprawdę takie proste?

— Tak, takie proste, i właśnie prostota była cechą myślenia Newtona. Wskazał on, że kilka zaledwie fizycznych praw obowiązuje w całym wszechświecie. W odniesieniu do ruchów planet sformułował jedynie dwa prawa natury, które wcześniej odkrył Galileusz. Jednym z nich było *prawo bezwładności,* które sam Newton wyraził w następujący sposób: „Każde ciało zachowuje swój stan spoczynku albo ruch jednostajnie prosty, dopóki nie zostanie zmuszone do opuszczenia tego stanu pod działaniem sił zewnętrznych". Drugie prawo odkryte przez Galileusza dotyczyło kulek poruszających się po równi pochyłej: „Jeżeli na dane ciało działają jednocześnie dwie siły, to o jego ruchu decyduje ich wypadkowa i od niej zależy tor ruchu".

— I w ten sposób Newton mógł wyjaśnić, dlaczego wszystkie planety krążą wokół Słońca.

— Właśnie tak. To, że wszystkie planety obiegają Słońce po torach eliptycznych, jest rezultatem złożenia dwóch różnych ruchów:

po pierwsze, ruchu jednostajnego liniowego, w który zostały wprawione, gdy tworzył się system słoneczny, a po drugie, ruchu ku Słońcu, będącego wynikiem grawitacji, czyli siły ciążenia.

— Bardzo sprytnie wymyślone.

— Można to i tak określić. Newton stwierdził, że te same zasady ruchu ciał dotyczą całego wszechświata. Tym samym usunął z drogi dawne średniowieczne przekonanie, że „w niebie" obowiązują inne prawa niż tu, na Ziemi. Heliocentryczny obraz świata uzyskał ostateczne potwierdzenie i ostateczne wyjaśnienie.

Alberto wstał i schował równię pochyłą do szuflady, z której ją wyjął. Schylił się, podniósł z podłogi kulkę, ale ją położył na stoliku.

Zofia pomyślała sobie, że niezmiernie dużo dała im zwykła, ukośnie ścięta drewniana deseczka i mała kulka do zabawy. Wpatrywała się w zieloną kulkę, ciągle jeszcze przyczernioną flamastrem, i przyszedł jej na myśl ziemski glob. Zapytała:

— I ludzie po prostu musieli pogodzić się z myślą, że żyją na całkiem przypadkowej planecie, gdzieś w ogromnym wszechświecie?

— Owszem, prawdą jest, że nowy obraz świata był dla wielu niezwykle przykrym przeżyciem. Można tę sytuację porównać do tego, co działo się później, gdy Darwin ogłosił, że człowiek wywodzi się od zwierząt. W obu przypadkach Kościół wyraził zdecydowany sprzeciw.

— To akurat świetnie rozumiem. No bo, gdzie w tym wszystkim podział się Bóg? Wszystko było prostsze, kiedy Ziemia znajdowała się w centrum, a Bóg i ciała niebieskie umieszczone były piętro wyżej.

— Nie to jednak okazało się największym wyzwaniem. Kiedy Newton wykazał, że te same prawa fizyczne dotyczą całego wszechświata, można by przypuszczać, że tym samym podważył wiarę we wszechmoc Boga. Ale wiara samego Newtona wcale się nie zachwiała. Potraktował on prawa natury jako świadectwo istnienia potężnego, wszechmogącego Boga. Gorzej natomiast było z obrazem człowieka.

— Nie wiem, o czym mówisz.

— Od czasów renesansu człowiek musiał przywyknąć do myśli, że żyje na przypadkowej planecie, zawieszonej gdzieś w wielkim wszechświecie. Nie wiem, czy do dzisiaj zdołaliśmy się z tym pogodzić. Ale już w renesansie znaleźli się ludzie, którzy twierdzili, że wobec tego człowiek zajmuje teraz bardziej centralne miejsce, niż było to wcześniej.

— Nie rozumiem.

— Przedtem Ziemia była środkiem świata. Kiedy jednak astronomowie pokazali, że we wszechświecie nie ma żadnego środka, nagle pojawiło się tyle środków, ilu było ludzi.

— Teraz już pojmuję.

— Renesans prowadził także do *nowego stosunku do Boga*. Kiedy z czasem filozofia i nauka oderwały się od teologii, narodziła się nowa chrześcijańska pobożność. A potem nastąpił renesans, który przyniósł indywidualistyczny pogląd na człowieka. Miało to wielkie znaczenie dla wiary. Od stosunku do Kościoła jako organizacji ważniejszy stał się osobisty stosunek do Boga pojedynczego człowieka.

— Na przykład osobista wieczorna modlitwa?

— I to także. W średniowiecznym Kościele katolickim liturgia łacińska i obrzędowe modlitwy podczas nabożeństw były kręgosłupem życia religijnego. Biblię czytali jedynie księża i mnisi, dostępna była bowiem tylko jej łacińska wersja. Ale od czasów renesansu zaczęto tłumaczyć Biblię z hebrajskiego i greki na języki narodowe. Było to ważne dla prądu, który nazywamy reformacją.

— Marcin Luter...

— Owszem. LUTER był ważny, ale on nie był jedynym reformatorem. Byli także tacy reformatorzy, którzy pozostali przy Kościele rzymskokatolickim. Jednym z nich był ERAZM Z ROTTERDAMU.

— Luter zerwał z Kościołem katolickim, bo nie chciał kupować odpustów?

— Tak, ale sprawa dotyczyła czegoś znacznie ważniejszego. Według Lutra, by otrzymać Boże wybaczenie, człowiek nie musi wcale podporządkować się Kościołowi i księżom. W jeszcze mniejszym stopniu odpuszczenie grzechów zależy od kupowania odpustów. Zresztą tak zwany handel odpustami został zabroniony w Kościele katolickim od połowy XVI wieku.

— Myślę, że Bóg się z tego ucieszył.

— Luter nie zgadzał się z wieloma obrzędami katolickimi i prawdami wiary, które nagromadziły się w historii Kościoła w ciągu średniowiecza. Pragnął wrócić do pierwotnego chrześcijaństwa, takiego, o jakim mówi Nowy Testament. „Samo Pismo" — głosił. Z tym mottem Luter pragnął wrócić do źródeł chrześcijaństwa, tak jak humaniści renesansowi pragnęli powrotu do antycznych źródeł sztuki i kultury. Przełożył Biblię na niemiecki, dając tym samym początek niemieckiemu piśmiennictwu. Każdy mógł teraz czytać Biblię i być w pewnym sensie kapłanem dla siebie.

— Swym własnym księdzem? Czy to nie lekka przesada?

— Uważał, że księża nie zajmują żadnej szczególnej pozycji wobec Boga. W parafiach luterańskich z powodów praktycznych zatrudniano pastorów, którzy odprawiali nabożeństwa i zajmowali się sprawami kościoła w ramach codziennych zajęć, ale Luter był zdania, że człowiek otrzymuje Boskie przebaczenie i zostaje zbawiony od grzechów wcale nie przez kościelne obrzędy. Twierdził, że zbawienie otrzymuje się „gratis", tylko dzięki wierze. Do takiego wniosku doszedł studiując Biblię.

— A więc Luter także był typowym człowiekiem renesansu?

— I tak, i nie. W sposób typowo renesansowy postrzegał pojedynczego człowieka i wagę jego osobistego stosunku do Boga. Później nauczył się greki i mając trzydzieści pięć lat, rozpoczął mozolną pracę przekładania Biblii. Również fakt, że łacinę zastąpił językiem narodowym, był typowy dla renesansu. Luter jednak nie był humanistą jak Ficino czy LEONARDO DA VINCI. Przeciwstawiali mu się także tacy humaniści jak Erazm z Rotterdamu, uważając jego pogląd na człowieka za zbyt negatywny. Luter podkreślał bowiem, że człowiek po grzesznym upadku pierwszych rodziców jest całkiem zepsuty. I może stać się „sprawiedliwym" tylko dzięki łasce Bożej. Losem grzeszników jest śmierć.

— Owszem, to zabrzmiało dość ponuro.

Alberto Knox wstał. Podniósł ze stołu zieloną kulkę i schował ją do kieszonki na piersi.

— Już po czwartej! — wykrzyknęła Zofia.

— Następną wielką epoką w historii ludzkości jest barok. Ale to zostawimy sobie na inny dzień, droga Hildo.

— Co ty powiedziałeś?

Zofia gwałtownie zerwała się z fotela.

— Powiedziałeś: „Droga Hildo!".

— Paskudne przejęzyczenie.

— Ale takie przejęzyczenia nigdy nie są przypadkowe.

— Może masz i rację. Wygląda na to, że ojciec Hildy zaczął nam wkładać słowa w usta. Podejrzewam, że wykorzystuje sytuację, kiedy jesteśmy zmęczeni, bo wtedy trudniej nam się bronić.

— Powiedziałeś, że nie jesteś ojcem Hildy. Przysięgnij, że to najprawdziwsza prawda!

Alberto pokiwał głową.

— A czy to ja jestem Hildą?

— Jestem już zmęczony, Zosiu. Siedzieliśmy ponad dwie godziny i prawie cały czas tylko ja mówiłem. Miałaś chyba wrocić do domu na obiad.

Zofia odniosła wrażenie, że Alberto prawie ją wyrzuca. Wyszła do przedpokoju zastanawiając się, dlaczego tak się przejęzyczył. Alberto odprowadził ją do drzwi.

Pod niewielkim wieszakiem, zawieszonym dziwnymi ubraniami, przypominającymi kostiumy teatralne, spał rozciągnięty Hermes. Alberto ruchem głowy wskazał psa i powiedział:

— On po ciebie przyjdzie.

— Dziękuję za dzisiejszy dzień.

Podskoczyła i mocno uścisnęła Alberta.

— Jesteś najlepszym i najmilszym nauczycielem filozofii — oświadczyła.

Otworzyła drzwi na klatkę schodową; kiedy je zamykała za sobą, Alberto powiedział:

— Niedługo znów się zobaczymy, Hildo.

Znowu: Hildo!

Alberto, ten drań, znów się przejęzyczył! Zofia miała ochotę zapukać do niego jeszcze raz, ale coś ją powstrzymało.

Na ulicy przypomniało jej się, że nie ma przy sobie ani grosza i wobec tego całą długą drogę do domu będzie musiała przejść piechotą. Cholera! Jeśli nie stawi się w domu koło szóstej, matka na pewno będzie wystraszona i zła.

Uszła zaledwie kilka metrów, kiedy na chodniku dostrzegła dziesięciokoronówkę. Bilet na autobus z przesiadką kosztował dokładnie dziesięć koron.

Zofia poszukała przystanku i zaczekała na autobus, który jechał na Wielki Rynek. Stamtąd miała drugi, który zawiezie ją prawie do samego domu.

Dopiero kiedy stała na Wielkim Rynku, czekając na następny autobus, uświadomiła sobie, ile miała szczęścia, znajdując dychę akurat wtedy, gdy tak jej potrzebowała.

A może to ojciec Hildy ją tam umieścił? On był przecież mistrzem w lokowaniu rozmaitych przedmiotów w najbardziej zaskakujących miejscach.

Ale jak mógł tego dokonać, jeżeli jest w Libanie?

I dlaczego Alberto się przejęzyczył? I to nie raz, lecz dwa razy.

Zofia poczuła, jak dreszcze przebiegły jej po plecach.

BAROK

...istota nasza równa snów tworzywu...

Upłynęło kilka dni, podczas których Alberto nie dawał znaku życia. Zofia kilka razy dziennie wychodziła do ogrodu, wyglądając Hermesa. Poprzednio powiedziała matce, że pies sam trafił do domu, a jego właściciel, stary nauczyciel fizyki, zaprosił ją do siebie i opowiedział o systemie słonecznym i nowej nauce, która rozkwitła w XVI wieku.

Jorunn dowiedziała się więcej. Zofia opowiedziała jej o wizycie u Alberta, o widokówce na klatce schodowej i dziesięciokoronówce, którą znalazła w drodze do domu. Sen o Hildzie i złotym krzyżyku zachowała dla siebie.

We wtorek, 29 maja Zofia wycierała w kuchni naczynia, a matka usiadła w salonie, by obejrzeć wieczorny dziennik. Kiedy ucichł sygnał początkowy, Zofia usłyszała, że jakiś major z norweskiego batalionu ONZ poniósł śmierć od wybuchu granatu.

Zofia rzuciła lnianą ścierkę na kuchenny blat i pobiegła do salonu. Przez kilka sekund widziała na ekranie zdjęcie żołnierza ONZ, ale zaraz nadano następne wiadomości.

— Och, nie! — jęknęła ze szlochem.

Matka podniosła głowę i popatrzyła na nią uważnie.

— Tak, wojna jest straszna...

Zofia wybuchnęła płaczem.

— Ależ Zosiu, aż tak się tym przejmujesz?

— Powiedzieli, jak się nazywał?

— Taak... Ale nie pamiętam. Chyba był z Grimstad.

— Czy to nie to samo, co Lillesand?

— Och, nie żartuj.

— Ale jeśli ktoś jest z Grimstad, to może chodzić do szkoły w Lillesand.

Przestała już płakać. Teraz nadeszła pora na reakcję matki. Podniosła się z fotela i wyłączyła telewizor.

— Co się z tobą dzieje, Zosiu?

— Nic takiego...

— A i owszem. Na pewno masz jakąś sympatię i podejrzewam, że on jest od ciebie znacznie starszy. Odpowiedz mi natychmiast: znasz jakiegoś człowieka, który przebywa w Libanie?

— Nie, to nie to...

— Poznałaś *syna* kogoś, kto jest w Libanie?

— Nie, słyszysz, nie! Nie znam nawet jego córki.

— Jakiego „jego"?

— Nic ci do tego.

— Mnie nic do tego?

— A może ja cię o coś zapytam? Dlaczego taty nigdy nie ma w domu? Czy dlatego, że jesteście zbyt tchórzliwi, żeby się rozwieść? Może ty masz innego kochanka, o którym ani ja, ani tatuś nie wiemy? I tak dalej, i tak dalej. Obie mamy parę pytań.

— W każdym razie uważam, że powinnyśmy porozmawiać.

— Może i tak, ale teraz jestem zmęczona i śpiąca, i idę się położyć. W dodatku dostałam okres.

Pobiegła po schodach na górę, czując, jak płacz dławi ją w gardle.

Kiedy tylko się umyła i położyła pod kołdrę, do pokoju wsunęła się matka.

Zofia udawała, że śpi, choć wiedziała, że matka w to nie wierzy. Wiedziała także, że matka nie wierzy, że Zofia wierzy, że ona wierzy, że Zofia śpi. A mimo to matka udawała, że wierzy, że Zofia śpi. Przysiadła na brzegu łóżka i delikatnie głaskała ją po głowie.

Jak trudno jest prowadzić takie podwójne życie, pomyślała Zofia. Zaczęła się cieszyć, że kurs filozofii kiedyś się skończy. Może będzie go już miała za sobą w dniu urodzin, a już na pewno w noc świętojańską, bo wtedy ojciec Hildy wraca do domu z Libanu...

— Chcę wyprawić przyjęcie urodzinowe — oświadczyła.

— Doskonale. A kogo zaprosisz?

— Dużo osób... Mogę?

— Oczywiście. Mamy przecież wielki ogród... Może utrzyma się taka ładna pogoda.

— Ale najbardziej chciałbym wyprawić urodziny w wieczór świętojański.

— Dobrze, wobec tego urządzimy je wtedy.

— To bardzo ważny dzień — powiedziała Zofia, myśląc nie tylko o urodzinach.

— O, tak...

— Nie uważasz, że ostatnio dorosłam?

— Czy to niedobrze?

— Nie wiem.

Zofia przez cały czas rozmowy leżała z twarzą wbitą w poduszkę. Usłyszała prośbę matki:

— Ale Zosiu... Musisz mi powiedzieć, dlaczego ostatnio jesteś taka... taka niezrównoważona.

— A ty byłaś zrównoważona, kiedy miałaś piętnaście lat?

— Na pewno nie. Ale dobrze wiesz, o czym mówię.

Zofia odwróciła się do matki.

— Ten pies nazywa się Hermes — powiedziała.

— Tak?

— A jego właściciel ma na imię Alberto.

— Ach tak.

— Mieszka na Starówce.

— Odprowadziłaś psa taki kawał drogi?

— Chyba nic w tym złego, prawda?

— Powiedziałaś, że ten pies był tutaj już wcześniej wiele razy.

— Naprawdę tak powiedziałam?

Musiała się zastanowić. Chciała wyjawić jak najwięcej, ale nie mogła przyznać się do wszystkiego.

— Ciebie prawie nigdy nie ma w domu — zaczęła.

— Owszem, jestem bardzo zajęta.

— Alberto i Hermes byli tu wielokrotnie.

— Ale dlaczego? Czy wpuściłaś ich do domu?

— Czy nie możesz przynajmniej zadawać po jednym pytaniu na raz? Nie wchodzili do domu. Ale często spacerują po lesie. Uważasz, że to takie tajemnicze?

— Nie, to w ogóle nie jest tajemnicze.

— Jak wszyscy inni, kiedy idą na spacer, przechodzą koło furtki. Kiedyś wróciłam ze szkoły, spotkałam Hermesa i zaprzyjaźniłam się z nim. W ten sposób poznałam Alberta.

— A co z białym królikiem i całą resztą?

— To coś, o czym mówił mi Alberto. On jest najprawdziwszym filozofem. Opowiedział mi o wszystkich filozofach.

— Tak przez płot?

— Usiedliśmy sobie, tyle chyba rozumiesz, ale pisał też do mnie listy, właściwie to nawet dosyć sporo. Listy czasami przynosił listonosz, kiedy indziej po prostu on sam wrzucał je do skrzynki, idąc na spacer.

— I to był ten „list miłosny", który kiedyś dostałaś?

— Tak, tylko że to wcale nie był żaden list miłosny.

— Pisał tylko o filozofach?

— Wyobraź sobie, że tak. I nauczyłam się od niego więcej niż w ciągu ośmiu lat w szkole. Czy słyszałaś na przykład o Giordanie Brunie, który zginął spalony na stosie w roku 1600? Albo o prawie powszechnego ciążenia Newtona?

— Nie, jest bardzo wiele rzeczy, których nie wiem...

— O ile cię dobrze znam, to nie wiesz nawet, dlaczego Ziemia krąży wokół Słońca, chociaż to dotyczy twojej planety.

— Ile on ma lat, mniej więcej?

— Nie mam pojęcia. Na pewno co najmniej pięćdziesiąt.

— A co on ma wspólnego z Libanem?

Pytanie padło znienacka. Zofii zabłysnęło w głowie dziesięć myśli naraz. Wybrała jedyną, którą mogła wykorzystać:

— Alberto ma brata, który jest majorem w batalionie ONZ. I on właśnie jest z Lillesand. To na pewno ten, który kiedyś mieszkał w Chacie Majora, przekonasz się.

— Czy Alberto to nie jest trochę dziwaczne imię?

— Może i tak.

— Brzmi tak jakoś z włoska.

— Wiem. Prawie wszystko, co ma jakieś znaczenie, pochodzi albo z Grecji, albo z Włoch.

— Ale on mówi po norwesku?

— Bez odrobiny akcentu.

— Wiesz, co myślę, Zosiu? Uważam, że któregoś dnia powinnaś zaprosić tego swojego Alberta do domu. Nigdy nie spotkałam prawdziwego filozofa.

— Zobaczymy.

— Może moglibyśmy go zaprosić na twoje wielkie przyjęcie. To bardzo miłe łączyć różne pokolenia. Może i mnie pozwoliłabyś zostać. Mogłabym na przykład podawać do stołu. Nie uważasz, że to dobry pomysł?

— Jeśli on zechce. W każdym razie o wiele ciekawiej się z nim rozmawia niż z chłopakami z klasy. Ale...

— Tak?

— Na pewno pomyślą, że Alberto jest twoim nowym kochankiem.

— No to powiesz, że wcale tak nie jest.

— Zobaczymy.

— Tak, zobaczymy. I, Zosiu, to prawda, że między mną a ojcem nie zawsze układało się najlepiej. Ale nigdy nie było nikogo innego...

— Chce mi się spać. Okropnie mnie boli brzuch.

— Przynieść ci proszek?

— Chyba tak.

Kiedy matka wróciła z tabletką i szklanką wody, Zofia już spała.

31 maja przypadał w czwartek. Zofia z trudem wytrzymywała ostatnie godziny w szkole. Po rozpoczęciu kursu filozofii z niektórymi przedmiotami radziła sobie lepiej. Zwykle z większości przedmiotów krążyła między czwórką a piątką, ale ostatnio dostała całe piątki z klasówki z wychowania obywatelskiego i wypracowania domowego. Nieco gorzej było z matematyką.

Na ostatniej lekcji nauczyciel oddał wypracowania, które pisali w klasie. Zofia wybrała sobie temat „Człowiek i technika". Napisała o renesansie i przełomie, jaki dokonał się w nauce, o nowym spojrzeniu na przyrodę, Francisie Baconie, który powiedział, że „wiedza to potęga", i nowej naukowej metodzie. Starannie sprecyzowała, że metoda empiryczna pojawiła się przed wynalazkami technicznymi. Później napisała to, co wpadło jej do głowy o złych stronach rozwoju techniki. Ale wszystko, co robią ludzie, można wykorzystać dla dobra i zła, zakończyła. Dobro i zło to jak czarna i biała nitka, które stale splatają się ze sobą. Czasami są tak mocno splątane, że rozdzielenie ich jest niemożliwe.

Nauczyciel rozdając zeszyty z wypracowaniami, kiwnął Zofii głową, zerkając na nią z przebiegłym błyskiem w oku.

Dostała pięć z plusem i komentarz: „Skąd o tym wszystkim wiesz?".

Zofia wyjęła flamaster i wielkimi literami napisała pod pytaniem: „Studiuję filozofię".

Już miała zamknąć zeszyt, kiedy nagle spomiędzy środkowych kartek coś wypadło. Pocztówka z Libanu.

Zofia pochyliła się nad pulpitem i przeczytała treść kartki:

Kochana Hildo!

Kiedy zaczniesz to czytać, będziemy już po rozmowie telefonicznej o tragicznym wypadku, który tu miał miejsce. Zdarza się, że sam sobie zadaję pytanie, czy wojny i gwałtów dałoby się uniknąć, gdyby ludzie potrafili rozsądnie myśleć. Może najlepszym sposobem uwolnienia się od wojen byłby krótki kurs filozofii? Co powiesz na krótki podręcznik filozofii wydany przez ONZ, który w prezencie otrzymywałby każdy nowy obywatel świata w swym ojczystym języku? Przedstawię ten pomysł sekretarzowi generalnemu ONZ.

Mówiłaś mi przez telefon, że lepiej pilnujesz swoich rzeczy. To świetnie, bo jesteś chyba najbardziej roztrzepanym człowiekiem, jakiego w życiu spotkałem. Powiedziałaś, że jedyne, co zgubiłaś od czasu naszej ostatniej rozmowy, to dziesięciokoronówka. Zrobię, co mogę, żeby pomóc Ci ją odnaleźć. Jestem co prawda daleko od domu, ale mam w starym kraju kilka pomocnych dłoni (jeśli znajdę tę dychę, to dołączę ją do prezentu urodzinowego).

Pozdrowienia,

Tatuś, który czuje, że już wyruszył w długą drogę do domu

Zofia akurat zdążyła przeczytać kartkę do końca, kiedy zadzwonił dzwonek na koniec lekcji. W jej głowie rozpętała się burza myśli.

Na dziedzińcu szkolnym jak zwykle spotkała Jorunn. W drodze do domu Zofia otworzyła plecak i pokazała kartkę przyjaciółce.

— Jaka jest data na stemplu? — zapytała Jorunn.

— Na pewno 15 czerwca...

— Nie, poczekaj... Tu jest 30 maja 1990.

— To wczoraj... Czyli dzień po wypadku w Libanie.

— Wątpię, żeby kartka z Libanu mogła dotrzeć do Norwegii w ciągu jednej doby — stwierdziła Jorunn.

— Zwłaszcza gdy popatrzymy na ten dość szczególny adres: *Hilda Møller Knag, c/o Zofia Amundsen, Szkoła Podstawowa na Sosnowym Wzgórzu.*

— Myślisz, że nadeszła pocztą? I nauczyciel po prostu wsadził ją do twojego zeszytu z wypracowaniami?

— Nie mam pojęcia. I chyba nie mam odwagi pytać.

Więcej o pocztówce nie rozmawiały.

— W wieczór świętojański urządzam wielkie przyjęcie w ogrodzie — oznajmiła Zofia.

— Z chłopcami?

Zofia wzruszyła ramionami.

— Nie musimy zapraszać tych najgłupszych.

— Ale zaprosisz Jørgena?

— Jeśli chcesz. Wiewiórka pasuje do przyjęcia w ogrodzie. A poza tym może się zdarzyć, że zaproszę też Alberta Knoxa.

— Całkiem już zwariowałaś.

— Wiem.

Na tym rozmowa musiała się zakończyć, bo rozstały się przy sklepie spożywczym.

Zofia natychmiast po powrocie do domu rozejrzała się za Hermesem. I rzeczywiście, kręcił się wśród jabłoni.

— Hermes!

Pies na krótką chwilę zamarł w bezruchu. Zofia wiedziała dokładnie, co odbywa się w czasie tej sekundy. Hermes usłyszał wołanie Zofii, rozpoznał jej głos i postanowił sprawdzić, czy ona rzeczywiście jest tam, skąd dobiega głos. Dopiero gdy ją zobaczył, zdecydował się podbiec. Wreszcie cztery łapy zaczęły poruszać się tak szybko jak pałeczki werblisty.

Sporo jak na jedną sekundę.

Podbiegł do Zofii jak szalony, merdając ogonem, i zaczął skakać na powitanie.

— Hermes, dobry piesek, dobry! No już, już... Nie, nie liż mnie, nie liż. Połóż się, o tak!

Zofia otworzyła drzwi domu. Z krzaków wypadł teraz także Shere Khan, dość niechętnie nastawiony do obcego zwierzęcia. Zofia napełniła mu miseczkę jedzeniem, nasypała ziarenek do ptasiego korytka, położyła liść sałaty żółwiowi w łazience i napisała kartkę do matki.

Poinformowała, że idzie odprowadzić Hermesa i że jeśli nie stawi się w domu o siódmej, to zadzwoni.

Ruszyli przez miasto. Tym razem Zofia pamiętała o zabraniu ze sobą pieniędzy. Miała ochotę pojechać autobusem razem z Hermesem, ale doszła do wniosku, że powinna najpierw uzyskać zgodę Alberta.

Maszerując za Hermesem, zastanawiała się, czym jest zwierzę.

Jaka jest różnica między psem a człowiekiem? Pamiętała, co mówił na ten temat Arystoteles, że zarówno ludzie, jak i zwierzęta są żywymi istotami o wielu ważnych cechach wspólnych. Między człowiekiem a zwierzęciem jest też jednak pewna istotna różnica, a mianowicie — ludzki rozum.

Jak mógł być tak pewien tej różnicy?

Demokryt ze swej strony uważał, że ludzie i zwierzęta są bardzo do siebie podobni, ponieważ i ludzie, i zwierzęta zbudowani są z atomów. Jego zdaniem dusza także składa się z maleńkich atomów, które rozpierzchają się na wszystkie strony, kiedy człowiek umiera. Uważał więc, że dusza ludzka nierozerwalnie związana jest z mózgiem.

Ale jak dusza może składać się z atomów? Przecież duszy nie można dotknąć, wziąć do ręki, jak resztę ciała. Jest czymś duchowym.

Minęli Wielki Rynek i zbliżali się do starej części miasta. Kiedy doszli do miejsca, gdzie poprzednim razem leżało dziesięć koron, Zofia odruchowo zerknęła na chodnik. I tam, dokładnie w tym samym miejscu, w którym przed kilkoma dniami pochyliła się i podniosła z ziemi monetę, leżała teraz widokówka zdjęciem do góry. Fotografia przedstawiała gaj z palmami i drzewkami pomarańczowymi.

Zofia nachyliła się i podniosła kartkę, Hermes od razu zaczął warczeć, jakby nie podobało mu się, że Zofia dotyka pocztówki.

Na kartce napisane było:

Kochana Hildo!

Życie składa się z jednego długiego łańcucha przypadków. Nie jest wcale nieprawdopodobne, by zgubione przez Ciebie dziesięć koron znalazło się akurat tutaj. Może podniosła je na rynku w Lillesand jakaś starsza pani, która czekała na autobus do Kristiansand. Z Kristiansand pojechała dalej pociągiem, w odwiedziny do wnuków, i wiele, wiele godzin później mogła zgubić dziesiątkę akurat tutaj, na Nowym Rynku. Bardzo możliwe, że tę samą dychę podniosła trochę później dziewczynka, której akurat pieniądze były potrzebne na autobus. Nigdy nic nie wiadomo, Hildo, ale jeśli naprawdę tak jest, to trzeba przynajmniej zadać sobie pytanie, czy nie kryje się za tym taka czy inna opatrzność. Ucałowania od ojca, który duchem siedzi już na pomoście w domu w Lillesand.

PS Pisałem przecież, że pomogę Ci odnaleźć tę dychę.

Na pocztówce był adres: *Hilda Møller Knag, c/o przypadkowy przechodzień...* Na stemplu była data 15/6.

Zofia wbiegła za Hermesem na górę po schodach. Gdy tylko Alberto otworzył drzwi, powiedziała:

— Z drogi, staruszku, listonosz idzie!

Uznała, że ma powód, by się tak zachować.

Wpuścił ją do środka, a Hermes, tak jak ostatnio, ułożył się pod wieszakiem z półką.

— Czyżby major zostawił kolejną wizytówkę, moje dziecko?

Zofia podniosła głowę i popatrzyła na Alberta. Dopiero teraz zorientowała się, że przebrał się w nowy kostium. W oczy rzuciła jej się przede wszystkim długa peruka, cała z loczków. Miał też na sobie obszerny, workowaty strój przybrany masą koronek. Na szyi zawiązał sobie strojny jedwabny żabot, a na ramiona zarzucił czerwoną pelerynę. Na nogach miał białe pończochy i cienkie lakierki z kokardami. Cały kostium przypomniał Zofii obrazy przedstawiające dwór Ludwika XIV.

— Ale z ciebie strojniś! — wykrzyknęła, podając mu kartkę.

— Hm... I naprawdę znalazłaś dziesięć koron w tym miejscu, gdzie umieścił pocztówkę?

— Dokładnie tam.

— Robi się coraz bezczelniejszy. Ale może to i dobrze.

— Dlaczego?

— Bo ławiej będzie go odkryć. Ale ta aranżacja była pompatyczna i wstrętna. Czuć ją tanimi perfumami.

— Tanimi perfumami?

— Tylko udaje elegancję, ale wszystko to tylko oszustwo. Widzisz, jak ośmiela się porównywać własny nadzór nad nami z boską opatrznością?

Postukał palcem w kartkę i zaraz podarł ją na drobne kawałeczki, tak jak poprzednią. By nie psuć mu jeszcze bardziej humoru, Zofia nie wspomniała o kartce, którą znalazła w szkole w zeszycie z wypracowaniami.

— Usiądziemy w salonie, droga uczennico. Która godzina?

— Czwarta.

— Będziemy dzisiaj mówić o XVII wieku.

Przeszli do pokoju o spadzistym suficie z oknem. Zofia zauważyła, że Alberto schował kilka rzeczy, które stały tu ostatnio. Zamiast nich wystawił nowe przedmioty.

Na stoliku stała stara skrzynka ze zbiorem różnych szkieł optycznych. Obok niej leżała rozłożona książka, widać, że bardzo, bardzo stara.

— Co to jest? — zapytała Zofia.

— Książka. Pierwsze wydanie słynnego dzieła Kartezjusza *Rozprawa o metodzie*. Opublikowano ją w 1637 roku i jest jedną z najdroższych mi rzeczy, jakie posiadam.

— A skrzynka...

— ...to unikalny zbiór soczewek, czyli szkieł optycznych. Zostały oszlifowane przez holenderskiego filozofa Spinozę gdzieś w połowie XVII wieku. Sporo mnie kosztowały, ale należą do moich najcenniejszych skarbów.

— Na pewno lepiej zrozumiałabym, jak bardzo wartościowe są ta książka i ta skrzynka, gdybym wiedziała, kim byli ten twój Spinoza i Kartezjusz.

— Dowiesz się, oczywiście. Ale najpierw spróbujemy wczuć się w epokę, w której żyli. Usiądźmy.

Siedzieli tak jak poprzednio, Zofia w głębokim fotelu, a Alberto Knox na kanapie. Dzielił ich stół, na którym leżała książka i skrzynka. Alberto, zanim usiadł, zdjął perukę i położył ją na sekretarzyku.

— Będziemy mówić o wieku XVII, nazywanym epoką baroku.

— Barok? To taka dziwna nazwa...

— Wyraz „barok" pochodzi od słowa oznaczającego nierówną perłę. Dla sztuki baroku charakterystyczne były formy pełne kontrastów, w przeciwieństwie do sztuki renesansowej, prostej i bardziej harmonijnej. W ogóle wiek XVII cechuje napięcie pomiędzy kontrastami, które trudno pogodzić. Z jednej strony nadal kultywowano renesansową pochwałę życia, a z drugiej wiele osób popadało w przeciwną skrajność — odrzucenie świata i religijną melancholię. Zarówno w sztuce, jak i w życiu tej epoki stykamy się z pompatycznym i jaskrawym rozkwitem form. Jednocześnie zaś powstawały ruchy klasztorne, głoszące odwrócenie się od świata.

— A więc wspaniałe pałace i zamknięte klasztory.

— Owszem, można to tak podsumować. Jednym z haseł baroku było łacińskie porzekadło *carpe diem*, które znaczy: „chwytaj dzień". Innym powszechnie używanym łacińskim hasłem było *memento mori*, co znaczy: „pamiętaj o śmierci". W sztuce malarskiej jeden i ten sam obraz mógł przedstawiać pełną przepychu scenę, a w rogu na dole szkielet. Pod wieloma względami epokę baroku cechowała *próżność* czy afektacja. Wielu ludzi zajmowało się jednak także drugą stroną medalu, *przemijaniem wszystkiego*, a więc tym, że całe piękno, które nas otacza, kiedyś umrze i ulegnie rozkładowi.

— Bo to przecież prawda. Uważam, że to bardzo smutne, myśleć o tym, że nic nie trwa wiecznie.

— Myślisz dokładnie tak samo, jak wielu ludzi w XVII wieku. Również pod względem politycznym epoka baroku to okres wielkich sprzeczności. Po pierwsze, Europą targały wojny. Najstraszniejsza była wojna trzydziestoletnia, która w okresie od roku 1618 do 1648 ogarnęła znaczną część kontynentu. W rzeczywistości chodziło o całą serię wojen, które przyniosły wiele zniszczeń, zwłaszcza w Niemczech. Wojna trzydziestoletnia była jedną z najważniejszych przyczyn wzrostu potęgi Francji, która z czasem uzyskała w Europie dominującą rolę.

— A o co szła walka?

— Była to przede wszystkim wojna pomiędzy protestantami a katolikami, ale w dużej mierze chodziło także o władzę polityczną.

— To mniej więcej tak jak w Libanie.

— Poza tym w XVII wieku występowały duże różnice klasowe. Na pewno słyszałaś o francuskiej szlachcie i o dworze w Wersalu. Nie wiem, czy równie dużo uczyłaś się o ubóstwie ludu. Ale po to, żeby cieszyć się *przepychem*, potrzeba *władzy*. Mówi się, że sytuację polityczną okresu baroku można przyrównać do sztuki i architektury epoki. Barokowe budowle odznaczają się licznymi załomami i zakamarkami, zaś w życiu politycznym posługiwano się skrytobójstwem, intrygą i oszustwem.

— Chyba któryś ze szwedzkich królów został zastrzelony w teatrze?

— Myślisz o Gustawie III i jest to rzeczywiście dość dobry przykład tego, o czym mówię. Zabójstwo Gustawa III miało co prawda miejsce dopiero w roku 1792, ale okoliczności były iście barokowe. Zamordowano go na wielkim balu maskowym.

— Sądziłam, że w teatrze.

— Bal maskowy odbywał się w operze. Możemy powiedzieć, że dopiero z morderstwem Gustawa III zakończyła się szwedzka epoka baroku. Za jego czasów panował oświecony absolutyzm, podobnie jak we Francji Ludwika XIV, prawie sto lat wcześniej. Gustaw III był także ogromnie próżnym człowiekiem, uwielbiał wszelkie francuskie ceremonie i konwenanse. Warto też dodać, że kochał teatr...

— I tam znalazł śmierć.

— Ale w epoce baroku teatr był czymś więcej niż formą sztuki. Stanowił także symbol owych czasów.

— Symbol czego?

— Życia, Zosiu. Nie wiem, ile razy w XVII wieku powtarzano, że życie to teatr, ale na pewno bardzo wiele. Właśnie w epoce baroku narodził się współczesny teatr z całym wyposażeniem kulis i maszyn teatralnych. W teatrze budowano na scenie iluzję, w ten sposób teatr stał się odzwierciedleniem życia ludzi. Teatr mógł pokazywać, że pycha jest przyczyną upadku. Mógł bezlitośnie obnażać ludzką małość.

— Czy SZEKSPIR żył w okresie baroku?

— Stworzył swe wielkie sztuki około roku 1600, jedną nogą stał więc jeszcze w renesansie, a drugą w baroku. Ale już u Szekspira aż roi się od stwierdzeń, że życie jest jak teatr. Chcesz usłyszeć kilka przykładów?

— Bardzo chętnie.

— W sztuce *Jak wam się podoba* mówi:

Cały świat to scena,
A ludzie na nim to tylko aktorzy.
Każdy z nich wchodzi na scenę i znika,
A kiedy na niej jest, gra różne role.

A w *Makbecie* mówi:

Życie jest tylko przechodnim półcieniem,
Nędznym aktorem, który swoją rolę
Przez parę godzin wygrawszy na scenie
W nicość przepada — powieścią idioty,
Głośną, wrzaskliwą, a nic nie znaczącą.

— To bardzo pesymistyczne.

— Ale on bardzo się przejmował tym, że życie jest krótkie. Może słyszałaś najbardziej znany cytat z Szekspira?

— *To be or not to be — that is the question.*

— Tak, powiedział to Hamlet. Jednego dnia chodzimy po ziemi, następnego już nas nie ma.

— Dziękuję, z tego już zaczęłam zdawać sobie sprawę.

— Kiedy poeci barokowi nie przyrównywali życia do teatru, porównywali je do snu. Już Szekspir powiedział na przykład: „Istota nasza równa snów tworzywu, a krótki żywot nasz snem okolony...".

— To bardzo poetyckie.

— Hiszpański poeta CALDERON, urodzony w 1600 roku, napisał sztukę pod tytułem *Życie snem*. Mówi on w niej:

Czym jest życie? Szaleństwem?
Czym życie? Iluzji tłem,
Snem cieniów, nicości dnem.
Cóż szczęście dać może nietrwałe,
Skoro snem życie jest całe
I nawet sny tylko snem!

— Może ma rację. Czytaliśmy w szkole taką sztukę, nazywa się *Jeppe na górze*.

— Tak, napisał ją LUDVIG HOLBERG. W Skandynawii był bardzo znaną osobą, postacią łączącą epokę baroku z czasami oświecenia.

— Jeppe zasypia w rowie... A budzi się w łóżku barona. Wydaje mu się wtedy, że śniło mu się, iż był kiedyś ubogim wieśniakiem. Potem znów zasypia i znów się budzi w rowie. Wtedy wydaje mu się, że śnił, iż leży w łóżku barona.

— Ten motyw Holberg zaczerpnął od Calderona, a Calderon zapożyczył go z arabskich *Baśni tysiąca i jednej nocy*. Ale porównanie życia do snu znajdujemy jeszcze wcześniej w historii, zwłaszcza w Indiach i Chinach. Stary chiński mędrzec Czuang-tsy powiedział na przykład: „Śniłem kiedyś, że jestem motylem, i teraz nie wiem już, czy jestem Czuang-tsy, który śnił, że jest motylem, czy też jestem motylem, który śni, że jest Czuang-tsy".

— W każdym razie niemożliwe jest rozstrzygnięcie, co jest prawdą.

— W Norwegii mieliśmy barokowego poetę z prawdziwego zdarzenia, nazywał się PETTER DASS i żył w latach 1647 – 1707. Z jednej strony zajmował się opisywaniem życia tu i teraz, a z drugiej podkreślał, że tylko Bóg jest wieczny i stały.

— „Bóg jest Bogiem, nawet jeśli zginą wszystkie kraje. Bóg jest Bogiem, nawet jeśli umrą wszyscy ludzie...”.

— Ale w tym samym psalmie opisuje także przyrodę północnej Norwegii, pisze o kawałku kamienia, czarniakach, dorszach i wątłuszach. To typowo barokowa cecha. W tym samym utworze Dass opisuje życie ziemskie — doczesne, i niebiańskie — w zaświatach. Może to trochę przypominać Platona i podział między konkretnym światem zmysłów a niezmiennym światem idei.

— A co z filozofią?

— I ją także charakteryzują mocne zderzenia całkowicie przeciwnych sposobów myślenia. Jak już wspomnieliśmy, niektórzy uważali, że byt w swojej istocie jest natury duchowej. Taki pogląd nazywamy *idealizmem.* Przeciwny pogląd to *materializm,* czyli filozofia, która chce sprowadzić wszystkie zjawiska bytu do konkretnych wielkości fizycznych. W XVII wieku materializm także miał swoich wyznawców, najbardziej znanym był angielski filozof THOMAS HOBBES. Uważał on, że wszystkie zjawiska — także ludzie i zwierzęta — składają się wyłącznie z cząsteczek materii. Nawet ludzka świadomość czy dusza to tylko ruch drobniutkich cząsteczek mózgu.

— To znaczy, że myślał tak samo jak Demokryt dwa tysiące lat temu.

— Zarówno idealizm jak i materializm przeplatają się niczym czerwone nici przez całą historię filozofii. Rzadko jednak te dwa poglądy występowały tak wyraźnie równolegle, w tej samej epoce, jak to było w okresie baroku. Dzięki rozwojowi nauk przyrodniczych materializm miał stale nową pożywkę. Newton wskazał, że te same prawa ruchu obowiązują wszędzie, w całym wszechświecie. Uważał, że wszystkie zmiany w przyrodzie — zarówno na Ziemi, jak i w przestrzeni niebieskiej — wywołane są siłą ciążenia i prawami ruchu ciał. Wszystkim więc kieruje ta sama niezłomna prawidłowość, czyli ta sama *mechanika.* Jest więc zasadniczo możliwe obliczenie z matematyczną dokładnością każdej zmiany zachodzącej w przyrodzie. W ten sposób Newton umieścił na właściwym miejscu ostatnie cegiełki tego, co nazywamy *mechanistycznym obrazem świata.*

— Czy wyobrażał sobie świat jako wielką maszynę?

— Właśnie tak. Słowo „mechanistyczny" pochodzi od greckiego słowa *mechane*, co oznacza maszynę. Warto jednak zauważyć, że ani Hobbes ani Newton nie dostrzegali żadnych sprzeczności pomiędzy mechanistycznym obrazem świata a wiarą w Boga. Wśród materialistów XVIII i XIX wieku nie zawsze tak było. Francuski lekarz i filozof LA METTRIE napisał w połowie XVIII wieku książkę pod tytułem *L'homme machine*. Znaczy to „człowiek-maszyna". Tak jak w nodze są mięśnie, dzięki którym możemy chodzić, tak w mózgu są „mięśnie", dzięki którym możemy myśleć. Później matematyk francuski LAPLACE dał wyraz skrajnie mechanistycznemu poglądowi następującą myślą: „Inteligencja, która by w danej chwili znała wszystkie siły ożywiające przyrodę i wzajemne położenie rzeczy, które wchodzą w skład przyrody, (...) ogarnęłaby tą samą formułą ruchy zarówno największych ciał wszechświata, jak i najmniejszego atomu; nic nie byłoby dla niej niepewnym i przyszłość byłaby jej przytomna, podobnie jak przeszłość". A zatem Laplace uważa, że wszystko, co się dzieje, jest postanowione z góry. To, co się zdarzy, jest z góry określone. Taki pogląd określany jest jako *determinizm*.

— To znaczy, że człowiek nie może mieć wolnej woli.

— Nie, bo wtedy wszystko jest produktem procesów mechanicznych, nawet nasze myśli i sny. W wieku XIX niemieccy materialiści twierdzili, że procesy myślowe mają się do mózgu tak jak mocz do nerek, a żółć do wątroby.

— Ale przecież mocz i żółć są materialne. Trudno to powiedzieć o myślach.

— Wpadłaś tu na coś ważnego. Opowiem ci historyjkę, która wyraża mniej więcej to samo. Pewnego razu w Rosji astronauta i neurochirurg dyskutowali o religii. Neurochirurg w przeciwieństwie do astronauty był wierzący. „Wiele razy byłem w przestrzeni kosmicznej — chwalił się astronauta — ale nigdy nie widziałem ani Boga, ani aniołów". „A ja zoperowałem wiele mądrych mózgów — odparł neurochirurg. — Ale nigdy nie widziałem ani jednej myśli".

— A to wcale nie znaczy, że myśli nie istnieją.

— Ale podkreśla, że myśli są czymś zupełnie innym niż to, co można zoperować albo podzielić na coraz mniejsze cząstki. Nie tak łatwo jest na przykład usunąć operacyjnie jakieś błędne mniemanie, tkwi ono jakby zbyt głęboko. Wybitny osiemnastowieczny filozof LEIBNIZ wskazał, że jest ogromna różnica między tym, co zrobione jest z *materii*, a tym, co z *ducha*, właśnie dlatego, że materialną rzecz można podzielić na coraz mniejsze kawałki, a duszy na pół nie da się podzielić.

— Nie, zresztą jakiego noża trzeba by do tego użyć?

Alberto tylko pokręcił głową, a potem wskazując ręką na stół, powiedział:

— Najważniejszymi filozofami XVII wieku byli Kartezjusz i Spinoza. Także oni zastanawiali się nad stosunkiem między duszą a ciałem. Ich poglądom przyjrzymy się nieco bardziej szczegółowo.

— Dobrze, startuj. Ale jeśli nie uporamy się z tym przed siódmą, będę musiała skorzystać z telefonu.

KARTEZJUSZ

...chciał usunąć z placu budowy wszystkie stare materiały...

Alberto wstał i zsunął z ramion czerwoną pelerynę. Położył ją na krześle i usiadł wygodnie na kanapie.

— KARTEZJUSZ, czyli René Descartes, urodził się w 1596 roku. Prowadził burzliwe życie, jeżdżąc po Europie. Już od młodości kierowała nim żądza poznania prawdy o naturze człowieka i wszechświata. Studiując filozofię, nabierał coraz głębszego przekonania o własnej niewiedzy.

— Mniej więcej tak jak Sokrates?

— Tak, mniej więcej tak jak on. I tak jak Sokrates był przekonany, że pewną, bezsporną wiedzę dać nam może tylko rozum. Nigdy nie możemy ufać temu, co napisano w starych książkach. Nie możemy ufać nawet temu, co mówią nam zmysły.

— Platon też tak myślał. Uważał, że pewną wiedzę może dać tylko rozum.

— Owszem. Możemy poprowadzić linię od Sokratesa i Platona przez Augustyna do Kartezjusza. Wszyscy byli zdecydowanymi racjonalistami. Uważali, że rozum jest jedynym pewnym źródłem poznania. Po gruntownych studiach Kartezjusz doszedł do wniosku, że wiedzy przekazanej przez średniowiecze nie zawsze można zaufać. Możesz go chyba znów przyrównać do Sokratesa, który nie wierzył utartym opiniom, z jakimi stykał się na rynku w Atenach. A co się robi w takiej sytuacji, Zosiu? Czy potrafisz mi na to odpowiedzieć?

— Zaczyna się filozofować na własną rękę.

— Właśnie. Sokrates poświęcił życie na rozmowy z mieszkańcami Aten, Kartezjusz postanowił wybrać się w podróż po Europie. Sam powiedział, że od tej pory pragnie tylko szukać wiedzy, jaką może znaleźć albo w samym sobie, albo w „wielkiej księdze świata". Wziął więc udział w wyprawie wojennej i w ten sposób dotarł do wielu miejsc w Europie Środkowej. Później żył przez kilka lat w Paryżu, ale w roku 1629 wyjechał do Holandii, gdzie mieszkał przez 20 lat i pracował nad pismami filzoficznymi. W roku 1649 został zaproszony do Szwecji przez królową Krystynę, ale pobyt w „krainie niedźwiedzi, lodów i skał" przyprawił go o zapalenie płuc. Kartezjusz zmarł zimą roku 1650.

— To znaczy, że żył tylko 54 lata.

— Ale także po śmierci miał wielkie znaczenie dla filozofii. Stwierdzenie, że to właśnie Kartezjusz jest twórcą filozofii nowożytnej, to nie przesada. Po renesansowym upojeniu ponownym odkryciem człowieka i natury znów pojawiła się potrzeba zebrania myśli epoki w jeden spójny system filozoficzny. Pierwszym wielkim twórcą systemu filozoficznego był Kartezjusz, po nim nastąpili Spinoza i Leibniz, Locke i Berkeley, Hume i Kant.

— Co rozumiesz przez „system filozoficzny"?

— Chodzi mi o filozofię, która zbudowana jest od podstaw, która próbuje znaleźć jakieś wyjaśnienie wszystkich istotnych problemów filozoficznych. Starożytność miała wielkich twórców systemów, takich jak Platon i Arystoteles. Średniowiecze wydało Tomasza z Akwinu, który pragnął wybudować pomost między filozofią Arystotelesa a teologią chrześcijańską. Później nastąpił renesans z gmatwaniną dawnych i nowych myśli o naturze i nauce, Bogu i człowieku. Dopiero w XVII wieku filozofia próbowała zebrać nowe myśli w jeden spójny system filozoficzny. Pierwszym, któremu to się udało, był Kartezjusz. To on nadał ton temu, co miało stać się najważniejszym założeniem filozofii dla następnych pokoleń. Przede wszystkim interesował się tym, co możemy wiedzieć, a więc zagadnieniem *pewności naszego poznania.* Drugim wielkim problemem, jaki rozważał, był *stosunek między duszą a ciałem.* Oba te zagadnienia zajmowały poczesne miejsce w dyskusji filozoficznej przez następne 150 lat.

— To znaczy, że wyprzedził swój czas.

— Ale i dla jego czasów pytania te były charakterystyczne. Co do możliwości osiągnięcia pewnej wiedzy, wielu filozofów wyrażało pełny sceptycyzm. Sądzili, że człowiek musi pogodzić się z myślą, że nic nie wie. Kartezjusza to jednak nie zadowoliło. Gdyby tak było, nie byłby prawdziwym filozofem. I znów możemy przyrównać go do Sokratesa, który nie zadowolił się sceptycyzmem stoików. Właśnie w czasach Kartezjusza nauki przyrodnicze wypracowały metodę, która miała dać bezsporny i dokładny opis procesów zachodzących w przyrodzie. Kartezjusz zadał sobie pytanie, czy nie istnieje taka pewna i dokładna metoda także dla refleksji filozoficznej.

— Rozumiem.

— To była dopiero jedna kwestia. Nowa fizyka postawiła ponadto pytanie o naturę materii, czyli o to, co decyduje o procesach fizycznych w przyrodzie. Coraz liczniejsze grono uczonych opowiadało się za mechanistycznym rozumieniem przyrody. Ale im bardziej mechanistycznie pojmowano świat fizyczny, tym natrętniej nasuwało się pytanie o stosunek duszy do ciała. Przed wiekiem XVII zwykle traktowano duszę jako swoisty „życiodajny oddech", który przenika wszystkie żywe istoty. Pierwotne znaczenie słów „dusza", „duch" to właśnie „tchnienie życia", „zaczerpnięcie oddechu". Tak jest niemal we wszystkich językach europejskich. Według Arystotelesa dusza była obecna w całym organizmie jako jego zasada życiowa, a więc coś, co było nierozerwalnie związane z ciałem. Dlatego mógł mówić o duszy roślinnej czy duszy zwierzęcej. Dopiero w XVII wieku filozofowie wprowadzili radykalny rozdział duszy od ciała. Stało się tak dlatego, że wszystkie przedmioty fizyczne — a więc także ciało zwierzęcia lub człowieka — wyjaśniano jako proces mechaniczny. Ale dusza ludzka nie mogła przecież być częścią tej „cielesnej maszynerii". Czymże więc jest dusza? Należało też wyjaśnić, w jaki sposób coś duchowego może rozpocząć proces mechaniczny.

— Właściwie to dziwne.

— O co ci chodzi?

— Postanawiam podnieść rękę, no i ręka się podnosi. Albo postanawiam biec do autobusu i w następnej chwili nogi już same mnie niosą. Kiedy indziej myślę o czymś smutnym i natychmiast z oczu płyną mi łzy. To znaczy, że musi istnieć jakieś tajemnicze powiązanie między ciałem a świadomością.

— Właśnie ten problem pobudził Kartezjusza do myślenia. Był tak jak Platon przekonany, że istnieje wyraźna granica między duchem a materią. Ale na pytanie, jak ciało oddziałuje na duszę — albo dusza na ciało — Platon nie znalazł żadnej odpowiedzi.

— Ja też nie znajduję i ciekawa jestem, do czego doszedł Kartezjusz.

— Spróbujmy prześledzić jego sposób myślenia.

Alberto wskazał na książkę leżącą na stoliku między nimi i mówił dalej:

— W tej niewielkiej książeczce pod tytułem *Rozprawa o metodzie* Kartezjusz stawia pytanie, jaką metodą powinien się posługiwać filozof przy rozwiązywaniu problemu filozoficznego. Nauki przyrodnicze miały już swoją metodę...

— Już o tym mówiłeś.

— Kartezjusz stwierdza najpierw, że nie wolno nam uważać czegoś za prawdziwe, dopóki całkiem jasno i wyraźnie nie poznamy, że to prawda. By to osiągnąć, konieczne może się okazać rozłożenie problemu na tak wiele pojedynczych cząstek, jak to tylko możliwe. Można chyba powiedzieć, że każdą myśl należy „zważyć i zmierzyć", mniej więcej tak, jak chciał Galileusz, by wszystko zostało zmierzone, a wszystko to, czego nie da się zmierzyć, zostało uczynione możliwym do zmierzenia. Kartezjusz uważał, że filozofia może przechodzić od szczegółu do ogółu. W ten sposób możliwe byłoby budowanie nowej wiedzy. Na koniec, stale podsumowując i kontrolując, należało się upewnić, czy nic nie zostało opuszczone. Dopiero wtedy filozoficzna konkluzja może znaleźć się w zasięgu ręki.

— To brzmi niemal jak zasady arytmetyczne.

— Owszem, Kartezjusz pragnął wykorzystać metodę matematyczną również w odniesieniu do refleksji filozoficznej. Chciał dowodzić prawd filozoficznych w podobny sposób, jak to się czyni z twierdzeniami matematycznymi. Pragnął więc wykorzystać dokładnie to samo narzędzie, którym się posługujemy, pracując z liczbami, a mianowicie *rozum*. Tylko rozum może dać nam pewną wiedzę, natomiast nie jest wcale oczywiste, że w pełni możemy zaufać zmysłom.

Mówiliśmy już o pokrewieństwie z Platonem. I on także wskazał, że matematyka i stosunki liczbowe dają nam pewniejsze poznanie niż świadectwo zmysłów.

— Ale czy możliwe jest rozwiązywanie w ten sposób problemów filozoficznych?

— Powróćmy do sposobu myślenia Kartezjusza. Stawia on sobie za cel osiągnięcie pewnej wiedzy o naturze istnienia i zaczyna od stwierdzenia, że w punkcie wyjścia powinno się zwątpić we wszystko. Nie chce bowiem budować swego systemu filozoficznego na piasku.

— Bo jeśli fundamenty nie wytrzymają, runie cały dom.

— Dziękuję za podpowiedź, moje dziecko. Kartezjusz nie uważa za rozsądne, by wątpić we wszystko, lecz twierdzi, że z zasady możliwe jest podanie wszystkiego w wątpliwość. Po pierwsze, nie jest wcale takie pewne, że posuniemy się dalej w naszym poszukiwaniu filozoficznym, czytając Platona albo Arystotelesa. Owszem, poszerzymy w ten sposób naszą wiedzę historyczną, ale nie wiedzę o świecie. Dla Kartezjusza było bardzo ważne, by pozbyć się wszelkich dawnych wytworów myśli, zanim rozpocznie się własne filozoficzne dociekania.

— Chciał usunąć z placu budowy wszystkie stare materiały, zanim rozpocznie budowę nowego domu?

— Tak. Aby mieć całkowitą pewność, że nowa budowla myśli utrzyma się, chciał wykorzystać tylko nowe i świeże materiały. Ale wątpliwości Kartezjusza sięgają jeszcze głębiej. Uważał, że nie możemy ufać nawet temu, co mówią nam zmysły. Być może bowiem jesteśmy przedmiotem drwin.

— Ale jak to możliwe?

— Nawet kiedy śnimy, wydaje nam się, że to, co przeżywamy, jest rzeczywiste. Czy w ogóle istnieje coś, co odróżnia nasze odczucia na jawie od tych we śnie? „Kiedy to dokładnie rozważam, nie znajduję ani jednej cechy, która by zdecydowanie odróżniała jawę od snu" — pisze Kartezjusz. I dalej: „Skąd możesz mieć pewność, że całe twoje życie nie jest snem?".

— Jeppe myślał, że tylko mu się śniło, że leżał w łóżku barona.

— A kiedy leżał w łóżku barona, myślał, że snem było jego życie jako ubogiego wieśniaka. Tak więc Kartezjusz kończy na tym, że wątpi absolutnie we wszystko. Już przed nim wielu filozofów w tym miejscu zakończyło swe filozoficzne rozważania.

— To znaczy, że nie zaszli szczególnie daleko.

— Ale Kartezjusz usiłował wypracować coś więcej poza tym punktem zerowym. Doszedł do tego, że wątpił we wszystko, i tylko tego jednego mógł być pewny. I wtedy właśnie go olśniło. Mimo wszystko mógł być czegoś pewien, a mianowicie tego, że wątpi. A jeśli wątpi, to może być pewien, że myśli, a jeśli myśli, musi być pewne, że jest istotą myślącą. Czyli, jak sam to ujął: *Cogito, ergo sum.*

— A to znaczy?

— Myślę, więc jestem.

— Wcale mnie nie dziwi, że doszedł do takiej konkluzji.

— To prawda. Ale zauważ, z jaką intuicyjną pewnością pojmuje samego siebie jako myślące ja. Pamiętasz być może, że Platon twierdził, iż to, co pojmujemy rozumem, jest bardziej rzeczywiste od tego, co postrzegamy zmysłami. Tak jest też i dla Kartezjusza. Pojmuje nie tylko, że jest myślącym ja, rozumie także, że owo myślące ja jest bardziej rzeczywiste niż fizyczny świat, który postrzegamy zmysłami. I kontynuuje, Zosiu. Wcale nie kończy na tym swoich filozoficznych dociekań.

— To i ty kontynuuj.

— Kartezjusz zadaje sobie pytanie, czy jest coś jeszcze, co postrzega z taką samą intuicyjną pewnością, jak to, że jest istotą myślącą. Dochodzi do wniosku, że ma także jasne i wyraźne wyobrażenie istoty doskonałej. Ideę taką miał zawsze i oczywiste jest dla niego, że nie może ona pochodzić od niego samego. Twierdzi, że wyobrażenie istoty doskonałej nie może pochodzić od istoty, która doskonała nie jest. Tak więc idea istoty doskonałej musi pochodzić od tej właśnie doskonałej istoty — innymi słowy, od Boga. Dla Kartezjusza więc istnienie Boga jest równie bezpośrednio oczywiste jak to, że ktoś, kto myśli, musi być istotą myślącą.

— Uważam, że trochę za szybko wyciąga wnioski. Z początku był ostrożniejszy.

— Owszem, wielu wskazywało na to jako na najsłabszy punkt w systemie Kartezjusza. Ale mówisz „wnioski". Właściwie nie chodzi tu o żaden dowód. Kartezjusz uważa tylko, że wszyscy mamy ideę istoty doskonałej i że w samej tej idei tkwi pewność istnienia takiej doskonałej istoty. Bo istota doskonała nie byłaby doskonała, gdyby nie istniała. Zresztą, gdyby jej nie było, nie mielibyśmy jej wyobrażenia. My bowiem jesteśmy niedoskonali, a więc idea doskonałości nie może pochodzić od nas samych. Idea Boga jest, zdaniem Kartezjusza, ideą wrodzoną, wpisaną w nas od czasów narodzin, tak jak „artysta odciska swoją sygnaturę na dziele".

— Ale przecież nawet jeśli mam wyobrażenie krokorożca, nie znaczy to wcale, że krokorożec istnieje.

— Kartezjusz odpowiedziałby ci, że przecież w pojęciu krokorożca nie tkwi wcale pewność jego istnienia. Natomiast w samej idei istoty doskonałej tkwi jej istnienie. Jest to, zdaniem Kartezjusza, równie pewne jak fakt, że z samej idei okręgu wynika, że wszystkie jego punkty umieszczone są w równej odległości od jego środka. Nie możesz więc mówić o okręgu, jeśli nie spełnia on tego warunku. Tak samo nie możesz mowić o istocie doskonałej, która nie spełnia najważniejszej ze wszystkich cech, a mianowicie istnienia.

— To dość szczególny sposób myślenia.

— To zdecydowanie racjonalistyczny sposób myślenia. Kartezjusz uważał, podobnie jak Sokrates i Platon, że istnieje związek między myślą a istnieniem. Im bardziej coś jest oczywiste dla myśli, tym pewniejsze jest tego istnienie.

— Na razie doszedł do tego, że sam jest istotą myślącą, a poza tym, że istnieje istota doskonała.

— Przyjmując to za punkt wyjścia, posuwa się dalej. Jeśli chodzi o wszystkie nasze idee o zewnętrznej rzeczywistości — na przykład o słońcu czy księżycu — to możliwe jest, że wszystko są to jedynie obrazy ze snu. Ale również zewnętrzna rzeczywistość posiada cechy, które możemy poznać za pomocą rozumu. Należą do nich relacje matematyczne, czyli to, co da się zmierzyć, a mianowicie długość, szerokość i głębokość. Takie ilościowe własności są dla rozumu równie jasne i wyraźne jak to, że ja sam jestem istotą myślącą. Cechy jakościowe, takie jak kolor, zapach i smak, są natomiast związane z naszym aparatem zmysłów i właściwie nie opisują zewnętrznej rzeczywistości.

— A więc przyroda mimo wszystko nie jest snem?

— Nie, w tym momencie Kartezjusz znów powraca do naszej idei istoty doskonałej. Kiedy rozum poznaje coś jasno i wyraźnie, tak jak w przypadku relacji matematycznych w zewnętrznej rzeczywistości, to właśnie takie to musi być. Doskonały Bóg bowiem nie wprowadzałby nas w błąd. Kartezjusz powoływał się na gwarancję Bożą, że to, co poznajemy rozumem, odpowiada także rzeczywistości.

— Niech i tak będzie. Teraz doszedł już do tego, że jest istotą myślącą, że istnieje jakiś Bóg, a ponadto, że istnieje zewnętrzna rzeczywistość.

— Ale rzeczywistość zewnętrzna różni się w swej istocie od rzeczywistości myśli. Kartezjusz stwierdził, że istnieją dwie różne formy rzeczywistości — czyli dwie „substancje". Jedną z substancji jest *myślenie,* czyli dusza, drugą — *rozciągłość,* czyli materia. Dusza jest tylko świadoma, nie zajmuje miejsca w przestrzeni i dlatego nie można jej podzielić na mniejsze cząstki. Materia natomiast jest tylko rozciągła, zajmuje miejsce w przestrzeni i zawsze można ją podzielić na mniejsze cząstki, ale nie jest świadoma. Zdaniem Kartezjusza, obie te substancje pochodzą od Boga, bo tylko sam Bóg istnieje niezależnie od wszystkiego innego. Ale nawet jeśli myślenie czy rozciągłość pochodzą od Boga, obie substancje są od siebie niezależne. Myśl pozostaje wolna w stosunku do materii i odwrotnie: procesy materialne działają całkiem niezależnie od myśli.

— I w ten sposób podzielił Boskie dzieło stworzenia na dwie części.

— Właśnie tak. Mówimy, że Kartezjusz jest *dualistą,* a to znaczy, że przeprowadza ostry podział między rzeczywistością duchową a rzeczywistością rozciągłą. Na przykład tylko człowiek ma duszę. Zwierzęta w pełni należą do rzeczywistości rozciągłej, żyją i poruszają się mechanicznie. Kartezjusz traktował zwierzęta jako swego rodzaju skomplikowane automaty. Jeśli więc chodzi o rzeczywistość rozciągłą, przyjmuje on całkowicie mechanistyczne pojęcie rzeczywistości — dokładnie tak jak materialiści.

— Szczerze wątpię w to, by Hermes był maszyną albo automatem. Kartezjusz najwidoczniej nie wiedział, co to znaczy lubić zwierzęta. A co z nami? Czy także jesteśmy automatami?

— I tak, i nie. Kartezjusz doszedł do wniosku, że człowiek jest *istotą podwójną*, która zarówno myśli, jak i zajmuje miejsce w przestrzeni. Człowiek ma więc i duszę, i rozciągłe ciało. Podobnie mówili już Augustyn i Tomasz z Akwinu. Uważali, że człowiek ma ciało dokładnie tak jak zwierzęta, ale ma również ducha, jak anioły. Zdaniem Kartezjusza ludzkie ciało to fragment delikatnego mechanizmu. Ale człowiek ma również duszę, która może działać niezależnie od ciała. Procesy cielesne nie mają takiej wolności, przestrzegają własnych praw. Ale to, co myślimy rozumem, nie dzieje się w ciele, tylko w duszy, która jest całkiem wolna w stosunku do rozciągłej rzeczywistości. Dodam jeszcze, że Kartezjusz nie wykluczał wcale, iż zwierzęta potrafią myśleć. Ale jeśli posiadają tę zdolność, oznacza to, że ten podział między myśleniem a rozciągłością dotyczy także ich.

— Mówiliśmy już o tym wcześniej. Jeśli postanowię pobiec do autobusu, cały „automat" zaczyna się poruszać. A jeśli mimo wszystko autobus mi ucieknie, z oczu popłyną mi łzy.

— Sam Kartezjusz nie mógł zaprzeczyć, że dusza i ciało są ze sobą sprzężone. Uważał, że dopóki dusza pozostaje w ciele, połączona jest z nim specjalnym organem w mózgu, który nazwał *szyszynką*. Według Kartezjusza przez szyszynkę dusza i ciało oddziałują wzajemnie na siebie. W ten sposób spokój duszy ciągle zakłócają odczucia i emocje związane z potrzebami ciała. Ale dusza potrafi także oderwać się od takich „niskich" impulsów i funkcjonować niezależnie od ciała. Celem powinno być pozwolenie rozumowi, by przejął kierowanie. Bo nawet jeśli okropnie boli mnie brzuch, to suma kątów w trójkącie nadal wynosi 180 stopni. Tak więc myśl posiada zdolność wyniesienia się ponad cielesne potrzeby i rozumnego działania. Jeśli przyjmiemy ten punkt widzenia, to dusza stoi znacznie wyżej niż ciało. Nasze kości z czasem zestarzeją się i będą się łamać, plecy nam się zgarbią, a zęby wypadną, ale 2 plus 2 jest i będzie 4, dopóki choć trochę w nas rozumu. Bo rozum nie starzeje się i nie słabnie. Starzeją się nasze ciała. Dla Kartezjusza sam rozum jest duszą. Niższe uczucia i nastroje, takie jak pożądanie i nienawiść, są blisko związane z funkcjami ciała, a więc blisko rozciągłej rzeczywistości.

— Jakoś się jeszcze nie uporałam z tym, że Kartezjusz porównywał ciało do maszyny albo automatu.

— Porównanie wywodziło się stąd, że ludzie w czasach Kartezjusza byli zafascynowani maszynami i mechanizmami, które z pozoru mogły funkcjonować same z siebie. Słowo „automat" oznacza właśnie coś, co działa samo. Oczywiście tylko tak się zdaje, że coś porusza się samo z siebie. Zegar astronomiczny, na przykład, jest zarówno skonstruowany, jak i nakręcany przez ludzi. Kartezjusz podkreśla, że takie sztuczne aparaty są w bardzo prosty sposób złożone z niewielkiej liczby części, niewielkiej zwłaszcza w porównaniu z liczbą kości, mięśni, nerwów i naczyń krwionośnych, z jakich zbudowane jest ciało ludzi i zwierząt. Dlaczego więc Bóg nie mógłby zbudować ciała ludzkiego czy zwierzęcego na podstawie praw mechaniki?

— Dzisiaj wiele mówi się o sztucznej inteligencji.

— Tu chodzi o automaty *naszych* czasów. Stworzyliśmy maszyny, które potrafią nas wprowadzić w błąd i sprawić, byśmy uwierzyli, że naprawdę są inteligentne. Kartezjusza takie maszyny na pewno przeraziłyby do szaleństwa. Być może zacząłby wątpić w to, że ludzki rozum jest wolny i samodzielny, jak mu się wydawało. Są bowiem filozofowie, którzy uważają, że życie duchowe człowieka jest tak samo ograniczone, jak procesy zachodzące w ciele. Dusza ludzka jest, rzecz jasna, nieskończenie bardziej skomplikowana od jakiegokolwiek programu komputerowego, ale niektórzy uważają, że w gruncie rzeczy jesteśmy również z góry zaprogramowani. Ale zobacz, Zosiu, coś ci pokażę.

Alberto wskazał na niewielkie biurko w drugim końcu pokoju. Stał na nim nieduży monitor komputerowy. Alberto wstał i poszedł w tę stronę, Zofia ruszyła za nim.

Alberto włączył komputer i zaraz na górze ekranu pojawiło się: *C:*. Wystukał „Laila" i powiedział:

— To zaawansowany program konwersacyjny.

Wkrótce na ekranie pojawił się tekst:

Cześć, mam na imię Laila. Siedzisz wygodnie?

Zofia nacisnęła trzy litery:

„Tak" — napisała, choć jeszcze nie usiadła. Dopiero teraz Alberto przysunął jej krzesło.

Jak się nazywasz?' — ukazał się napis na ekranie.

„Zofia Amundsen" — wystukała Zofia, a maszyna odpowiedziała:

Koniczynowa 3. Miło cię poznać, Zofio. Cieszysz się na piętnaste urodziny?

Zofia drgnęła przestraszona, ale Alberto położył jej dłoń na ramieniu i powiedział:

— Podałem jej tylko twoje imię, nazwisko, adres i datę urodzenia. To trochę tak, jakby ci przedstawiano nowego znajomego. Trochę danych chciałabyś mieć z góry.

„Nieźle" — napisała Zofia.

Chyba nie czujesz się źle, Zofio? Proszę, staraj się mówić całymi zdaniami.

„Dziękuję, czuję się absolutnie znakomicie. Czy mogę cię o coś zapytać?".

Dobrze, że czujesz się absolutnie znakomicie. Bardzo proszę, pytaj mnie o coś.

„Ile masz lat?" — napisała Zofia.

Zostałam ukończona w Atlancie 8 sierpnia 1988, ale przetłumaczono mnie na norweski na Politechnice Norweskiej 28 marca 1990.

„Gosh!".

Prosiłam, żebyś mówiła pełnymi zdaniami.

„Powiedziałam tylko «gosh!»".

Nie rozumiem angielskiego slangu. Znam ponad 100 000 słów, ale najbliższe „gosh" jest „gospel".

„To oznacza ewangelię".

Jesteś wierząca, Zofio?

„Nie wiem".

Niewiedza bywa z reguły stadium na drodze ku nowemu poznaniu.

„To samo powiedziałby Sokrates. A może i Kartezjusz".

Sokrates był filozofem greckim, żył 470–399 przed Chrystusem. Jeśli chcesz wiedzieć więcej, naciśnij F7. Kartezjusz był filozofem francuskim, żył w latach 1596–1650. Jeśli chcesz wiedzieć więcej, naciśnij F8.

„Dziękuję, to wystarczy. Czy mogę zapytać cię o coś innego?".

Dobrze, że to wystarczy. Bardzo proszę, pytaj o coś innego.

Alberto dusił się ze śmiechu. Zofia napisała:

„Kim jest Hilda Møller Knag?".

Hilda Møller Knag mieszka w Lillesand i ma dokładnie tyle samo lat co Zofia Amundsen.

„Skąd o tym wiesz?".

Nie wiem, skąd wiem, ale znalazłam to gdzieś na twardym dysku.

Zofia poczuła dłoń na ramieniu.

— Podałem jej te skąpe informacje, jakie mamy o Hildzie.

„Czy wiesz coś więcej o Hildzie?" — napisała Zofia.

Ojciec Hildy jest obserwatorem z ramienia ONZ w Libanie. Ma stopień majora i stale wysyła córce pocztówki.

„Chcę, żebyś go odnalazła!".

Nie mogę. Nie ma go w żadnym z moich plików, a nie jestem podłączona do innej bazy danych.

„Powiedziałam: znajdź go!!!".

Jesteś zła, Zofio? Tak wielka liczba wykrzykników jest wyraźną oznaką gwałtownych uczuć.

„Chcę porozmawiać z ojcem Hildy!".

Masz problemy z kierowaniem swoją wolą. Jeśli chcesz porozmawiać o swoim dzieciństwie, naciśnij F9.

I znów Alberto położył dłoń na ramieniu Zofii.

— Ona ma rację. To nie jest kryształowa kula, moje dziecko. „Laila" to tylko program komputerowy.

„Zamknij się!" — wystukała Zofia.

Jak chcesz, Zofio. Nasza znajomość trwała zaledwie 13 minut i 52 sekundy. Zapamiętam wszystko, co powiedziałyśmy. Wyłączam się.

I znów na ekranie ukazał się znak *C:*.

— No, usiądźmy przy stole — zaproponował Alberto.

Ale Zofia zdążyła już wystukać kilka nowych liter:

„Knag" — napisała.

W następnej sekundzie na ekranie ukazał się następujący komunikat:

Oto jestem.

Tym razem Alberto się przestraszył.

„Kim jesteś?" — zapytała Zofia.

Major Albert Knag, do usług. Przybywam bezpośrednio z Libanu. Czego państwo sobie życzą?

— To najgorsze, co może być — jęknął Alberto. — Ten cwaniak wdarł się na twardy dysk.

Odsunął Zofię i sam usiadł przy klawiaturze.

„Jak, u diabła, zdołałeś dostać się do mojego komputera?" — napisał.

To bagatelka, drogi kolego. Jestem dokładnie tam, gdzie chcę się zjawić.

„Paskudny wirusie komputerowy!".

Dobrze, dobrze. Chwilowo występuję jako wirus urodzinowy. Czy mogę przesłać specjalne życzenia?

„Zaczynam mieć ich już dość".

Będę się streszczał. To wszystko na Twoją cześć, kochana Hildo. Jeszcze raz najlepsze życzenia z okazji piętnastych urodzin. Musisz wybaczyć okoliczności, ale chcę, by moje gratulacje pojawiały się wszędzie tam, gdzie tylko się obrócisz. Ucałowania od ojca, który bardzo chciałby Cię przytulić.

Zanim Alberto zdążył napisać coś więcej, na ekranie znów pojawił się znak *C:*.

Alberto wystukał „dir knag.*" i na monitorze pojawił się następujący komunikat:

knag.lib	147.643	15/06–90	12.47
knag.lil	326.439	23/06–90	22.34

Alberto napisał „erase knag.*" i wyłączył komputer.

— No, usunąłem go — oznajmił. — Ale nie można przewidzieć, gdzie się znów pojawi.

Nadal nie ruszał się z miejsca, wpatrzony w ekran, i dodał:

— Najgorsze to imię. Albert Knag...

Dopiero teraz Zofia zdała sobie sprawę z podobieństwa imion i nazwisk. Albert Knag i Alberto Knox. Ale Alberto był tak wzburzony, że nie śmiała odezwać się ani słowem. Po chwili znów usiedli przy stoliku.

SPINOZA

...Bóg nie jest lalkarzem...

Długą chwilę siedzieli w milczeniu. W końcu Zofia odezwała się, tylko po to, by wyrwać Alberta z zamyślenia.

— Kartezjusz musiał być dziwnym człowiekiem. Czy stał się sławny?

Alberto zanim odpowiedział, kilka razy ciężko westchnął.

— Jego poglądy miały ogromne znaczenie. Największy wpływ wywarły chyba na kolejnego filozofa. Mam na myśli holenderskiego myśliciela BARUCHA SPINOZĘ, który żył w latach 1632–1677.

— Opowiesz mi o nim?

— Taki miałem plan, owszem. I nie pozwolimy się powstrzymać żołdackim prowokacjom.

— Zamieniam się w słuch.

— Spinoza wywodził się z gminy żydowskiej w Amsterdamie, ale szybko został z niej wyklęty i odtrącony z powodu niewłaściwych poglądów. Mało który filozof w nowszych czasach był tak lżony i prześladowany za swe przekonania jak ten człowiek. Dokonano nawet zamachu na jego życie. Powodem była jego otwarta krytyka oficjalnej religii. Uważał, że chrześcijaństwo i judaizm utrzymują się przy życiu jedynie dzięki zesztywniałym dogmatom i zewnętrznym obrzędom. Był pierwszym, który zastosował do tekstu Biblii to, co dziś nazywamy „krytyką historyczną".

— Wyjaśnij!

— Odrzucił pogląd, że tekst Biblii aż do najdrobniejszej litery powstał z inspiracji Boga. Kiedy czytamy Pismo Święte, przez cały czas powinniśmy pamiętać o tym, w jakich czasach zostało napisane. Takie krytyczne czytanie pozwala odkryć wiele niezgodności między różnymi fragmentami. Spod tych przekazów wyłania się jednak Jezus, którego można nazwać głośnikiem Boga. Nauka Jezusa prowadziła bowiem właśnie do uwolnienia się od skostniałego judaizmu. Jezus głosił religię rozumu, która najwyżej stawiała miłość. Spinoza myśli tu zarówno o miłości do Boga, jak i do bliźnich. Ale i chrześcijaństwo prędko skostniało, zmieniając się w sztywne dogmaty i pompatyczne obrzędy.

— Rozumiem, że takie myśli trudne były do przełknięcia w kościołach i synagogach.

— Kiedy sytuacja bardzo się zaogniła, Spinozę zawiodła nawet najbliższa rodzina. Za jego nieprawowierne przekonania chciano go wydziedziczyć. Paradoks polegał na tym, że naprawdę niewielu myślicieli tak mocno opowiadało się za wolnością poglądów i tolerancją religijną jak właśnie Spinoza. Napotkany opór sprawił, że Spinoza żył jakby na uboczu, poświęcając się wyłącznie nauce. Na utrzymanie zarabiał, szlifując szkła optyczne. Niektóre z jego soczewek znalazły się w moim posiadaniu.

— Imponujące.

— W tym, że Spinoza żył ze szlifowania szkieł, tkwi coś niemal symbolicznego. Zadaniem filozofów jest przecież pomóc ludziom spojrzeć na życie z całkiem nowej perspektywy. Jądrem filozofii Spinozy jest właśnie postrzeganie rzeczy z punktu widzenia wieczności.

— Z punktu widzenia wieczności?

— Tak, Zosiu. Myślisz, że zdołałabyś spojrzeć na swoje życie z perspektywy kosmicznej? Musisz jakby przymrużyć oczy i popatrzyć na siebie i swoje życie, tutaj i teraz...

— Hm... To wcale nie takie łatwe.

— Uprzytomnij sobie, że żyjesz zaledwie przez moment całego życia przyrody. Jesteś cząstką niezmiernie wielkiej całości.

— Chyba już wiem, o co ci chodzi.

— Czy potrafisz to także przeżyć? Czy umiesz pojąć całą naturę, ba, nawet cały wszechświat, ogarnąć jednym jedynym spojrzeniem?

— To zależy. Chyba potrzebne mi do tego jakieś szkła optyczne.

— Chodzi mi nie tylko o nieskończoną przestrzeń. Myślę też o nieskończonym czasie. Kiedyś, trzydzieści tysięcy lat temu w dolinie Renu żył mały chłopiec. Był malusieńką cząstką wszechnatury, maleńką zmarszczką na powierzchni rozciągającego się w nieskończoność olbrzymiego oceanu. I tak samo ty, Zosiu, tak samo ty żyjesz tylko przez maleńką chwilę życia przyrody. Między tobą a tym chłopcem nie ma żadnej różnicy.

— Ja w każdym razie żyję teraz.

— Owszem, ale to właśnie miałaś potraktować z przymrużeniem oka. Kim będziesz za trzydzieści tysięcy lat?

— Czy to były nieprawowierne poglądy?

— No... Spinoza twierdził nie tylko, że wszystko, co istnieje, jest przyrodą. Postawił ponadto znak równości między Bogiem a przyrodą. Dostrzegał Boga we wszystkim, co istnieje, i wszystko, co istnieje, w Bogu.

— To znaczy, że był panteistą.

— Masz rację. Dla Spinozy Bóg nie był kimś, kto stworzył świat, a sam pozostawał poza dziełem stworzenia. Nie, Bóg *był* światem. Zdarzało się, że Spinoza wyrażał się nieco inaczej. Twierdził, że świat jest w Bogu. Wskazywał na to, czego Paweł nauczał Ateńczyków na wzgórzu Areopagu. „Bo w Nim żyjemy, poruszamy się i jesteśmy" — powiedział Paweł. Ale zajmijmy się myśleniem samego Spinozy. Jego najważniejsza książka nosiła tytuł *Etyka przedstawiona według metody geometrycznej*.

— Etyka... i metoda geometryczna.

— W naszych uszach może to zabrzmieć dziwacznie. Przez etykę filozofowie rozumieją naukę mówiącą o tym, jak żyć, aby osiągnąć szczęście. W tym właśnie znaczeniu mówimy o etyce Sokratesa czy Arystotelesa. To tylko w naszych czasach etyka została zredukowana do pewnych reguł, jak żyć, by nie deptać innym ludziom po odciskach.

— Bo myślenie o własnym szczęściu uważane jest za egoizm?

— Mniej więcej tak. Kiedy Spinoza używa słowa „etyka", można to przetłumaczyć równie dobrze jako „sztuka życia" albo jako „moralność".

— Mimo wszystko jednak... „sztuka życia przedstawiona według metody geometrycznej”?

— Metoda geometryczna wskazuje na sam język, czyli formę przedstawienia. Przypomnij sobie Kartezjusza, który chciał posługiwać się metodą matematyczną także w odniesieniu do refleksji filozoficznej. Chodziło mu o refleksję zbudowaną niczym surowe twierdzenia, wymagające precyzji myślenia. Spinoza trzyma się tej samej racjonalistycznej tradycji. W swej etyce chce udowodnić, że o życiu człowieka decydują prawa przyrody. Dlatego musimy uwolnić się od naszych odczuć i afektów. Tylko w ten sposób, zdaniem Spinozy, odnajdziemy spokój i będziemy szczęśliwi.

— Ale o nas nie decydują chyba wyłącznie prawa przyrody?

— No cóż, Zosiu, Spinoza nie jest łatwym filozofem. Zajmijmy się wszystkim po kolei. Pamiętasz, że Kartezjusz uważał, iż rzeczywistość składa się z dwóch ostro odgraniczonych od siebie substancji, a mianowicie myślenia i rozciągłości?

— Jak mogłam zdążyć to zapomnieć?

— Słowo *substancja* można przetłumaczyć jako „to, z czego coś się składa, co stanowi najgłębszy początek rzeczy, do którego można tę rzecz sprowadzić”. Kartezjusz operował dwiema takimi substancjami. Jego zdaniem wszystko jest albo myśleniem, albo rozciągłością.

— Naprawdę nie potrzebuję powtórki.

— Ale Spinoza nie uznawał takiego podziału. Twierdził, że jest tylko jedna *substancja* i wszystko, co istnieje, da się do niej sprowadzić. Nazywał ją po prostu *Substancją.* Innym razem określa to samo pojęcie słowem „Bóg” albo „przyroda”. Spinoza więc, inaczej niż Kartezjusz, nie pojmuje rzeczywistości dualistycznie. Mówimy, że jest *monistą,* co znaczy, że całą przyrodę i wszelkie zachodzące w niej zjawiska sprowadza do jednej tylko substancji.

— Już chyba bardziej nie można się nie zgadzać.

— Różnica między Kartezjuszem a Spinozą wcale nie jest taka duża, jak to się często twierdzi. Również Kartezjusz wskazywał, że tylko Bóg istnieje sam z siebie. Dopiero kiedy Spinoza w jednym szeregu stawia Boga i przyrodę — albo Boga i dzieło stworzenia

— oddala się znacznie zarówno od Kartezjusza, jak i od poglądów głoszonych przez judaizm i chrześcijaństwo.

— Bo wtedy przyroda *jest* Bogiem, koniec i kropka.

— Ale gdy Spinoza używa słowa „przyroda", myśli nie tylko o przyrodzie „rozciągłej". Przez substancję, Boga czy przyrodę rozumie wszystko, co istnieje, także i to, co jest z ducha.

— A więc i myślenie i rozciągłość.

— Tak, bardzo dobrze. Zdaniem Spinozy my, ludzie, znamy dwie z Bożych cech albo form występowania. Spinoza określa te cechy jako *atrybuty* Boga, a są nimi właśnie kartezjańskie myślenie i rozciągłość. Bóg — albo przyroda — występują więc albo jako rzecz myśląca albo rzecz rozciągła. Możliwe, że Bóg posiada nieskończenie wiele innych atrybutów poza myśleniem i rozciągłością, ale ludzie znają tylko te dwa.

— Świetnie, ale to bardzo zagmatwane.

— To prawda. By przebić się przez język wywodów Spinozy, potrzeba nieomal dłuta i młotka. Pociechą może być fakt, że na końcu znajduje się myśl równie kryształowo przejrzystą jak diament.

— Czekam w napięciu.

— Wszystko, co istnieje w przyrodzie, jest więc albo myśleniem albo rozciągłością. Poszczególne zjawiska, jakie napotykamy w codziennym życiu — na przykład kwiat czy wiersz Henrika Wergelanda — są różnymi *objawami* (*modi*) atrybutu myślenia i rozciągłości. Przez *modus* — w liczbie mnogiej *modi* — rozumie on określony sposób, w jaki wyraża się substancja, Bóg albo przyroda. Kwiat jest modusem atrybutu rozciągłości, a wiersz o tym samym kwiatku modusem atrybutu myślenia. Oba jednak, najgłębiej patrząc, są wyrazem substancji, Boga albo przyrody.

— Kurczę, co za typ!

— Ale to tylko jego język jest taki zawiły. W sztywnych sformułowaniach kryje się cudowne poznanie, które jest straszliwie proste; tak proste, że codzienny język nie wystarcza, by je wyrazić.

— A ja chyba jednak wolę zwykły, potoczny język.

— No, dobrze. Zacznę od ciebie samej. Kiedy cię boli brzuch, to kogo boli?

— Przecież już to powiedziałeś. Mnie.

— To prawda. A kiedy później myślisz, że bolał cię brzuch, to kto wtedy myśli?

— Także ja.

— Bo jesteś osobą, którą raz boli brzuch, a która innym razem może odczuwać jakiś nastrój. Tak, Spinoza uważał, że wszystkie rzeczy fizyczne, które istnieją albo dzieją się wokół nas, są wyrazem Boga albo przyrody. Tak więc wszystkie myśli, które zostaną pomyślane, są myślami Boga albo przyrody. Bo wszystko jest jednym. Istnieje tylko jeden Bóg, jedna przyroda albo jedna substancja.

— Ale kiedy o czymś myślę, to przecież *ja* myślę. A kiedy się poruszam, to *ja* się poruszam. Dlaczego mieszasz w to Boga?

— Podoba mi się twoje zaangażowanie. Ale kim ty jesteś? Jesteś Zofią Amundsen, ale jesteś także wyrazem czegoś o wiele większego. Możesz powiedzieć, że to *ty* myślisz, albo że to *ty* się poruszasz, ale czy równie dobrze nie możesz powiedzieć, że to przyroda snuje twoje myśli lub że to przyroda porusza się w tobie? Właściwie pozostaje tylko kwestia, przez którą soczewkę postanowisz spojrzeć.

— Uważasz, że ja sama nie decyduję o sobie.

— Hmm. Być może pozostawiono ci jakąś dowolność w poruszaniu palcem tak, jakbyś chciała. Ale on może się poruszać tylko zgodnie ze swą naturą. Nie może zeskoczyć z dłoni i biegać po pokoju. I ty także masz swoje miejsce w całości, moje dziecko. Jesteś Zofią, ale jesteś także palcem bożego ciała.

— To znaczy, że Bóg decyduje o wszystkim, co robię?

— Bóg albo przyroda, albo prawa przyrody. Spinoza uważał, że Bóg — albo przyroda — jest *wewnętrzną przyczyną* wszystkiego, co się dzieje. Bóg nie jest przyczyną zewnętrzną, bo wyraża się przez prawa natury i tylko poprzez nie.

— Nie wiem, czy dostrzegam różnicę.

— Bóg nie jest lalkarzem z teatrzyku kukiełkowego, który pociąga za sznurki i w ten sposób decyduje o wszystkim, co się dzieje. Taki „mistrz marionetek" kieruje kukiełkami z zewnątrz, jest więc zewnętrzną przyczyną ruchu laleczek. Bóg nie w taki sposób kieruje światem, Bóg kieruje światem przez prawa przyrody. Bóg więc — albo przyroda — jest wewnętrzną przyczyną wszystkiego, co się dzieje. Oznacza to, że cokolwiek się dzieje, jest konieczne. Spinoza miał deterministyczny pogląd na życie przyrody.

— Wydaje mi się, że już kiedyś powiedziałeś coś podobnego.

— Może chodzi ci o *stoików*. Oni także podkreślali, że wszystko wydarza się, bo musi się wydarzyć. Dlatego ważne jest, by wszystko przyjmować ze „stoickim spokojem". Człowiek nie powinien dać się ponieść uczuciom. Tak w najogólniejszym zarysie przedstawia się etyka Spinozy.

— Chyba rozumiem, o co mu chodzi. Ale nie podoba mi się pomysł, że nie decyduję sama o sobie.

— Cofnijmy się do tego chłopca z epoki kamiennej, sprzed trzydziestu tysięcy lat. Z czasem, kiedy dorastał, zaczął ciskać włócznią w dzikie zwierzęta, pokochał kobietę, która została matką jego dzieci, poza tym możesz być pewna, że oddawał cześć plemiennym bogom. Co masz na myśli mówiąc, że kierował samym sobą?

— Nie wiem.

— Albo wyobraź sobie lwa w Afryce. Sądzisz, że on postanawił żyć jako drapieżnik i dlatego rzuca się na kulejącą antylopę? Może zamiast tego powinien przejść na wegetarianizm?

— Nie, lwy żyją zgodnie ze swą naturą.

— A więc według praw przyrody. I ty także, Zosiu, bo i ty jesteś przyrodą. Możesz oczywiście — przy poparciu Kartezjusza — wtrącić, że lew jest zwierzęciem, a nie człowiekiem obdarzonym wolnymi własnościami duchowymi. Ale pomyśl o nowo narodzonym dziecku. Krzyczy, płacze, a jeśli nie dostanie mleka, zaczyna ssać palec. Czy niemowlę ma wolną wolę?

— Nie.

— A kiedy maluch zaczyna ją mieć? W wieku dwóch lat gania w kółko i pokazuje palcem na wszystko dokoła. Kiedy ma trzy lata, marudzi, nie dając matce chwili spokoju, a kiedy ma cztery, nagle zaczyna bać się ciemności. I gdzie tu wolność, Zosiu?

— Nie wiem.

— Kiedy dzieciak zmienia się w piętnastoletnią pannę, staje przed lustrem i zaczyna eksperymentować ze szminką. Czy teraz podejmuje osobiste decyzje i robi to, co się jej podoba?

— Rozumiem, o co ci chodzi.

— Ona — Zofia Amundsen — nie ma co do tego wątpliwości. Ale ona także żyje według praw przyrody. Faktem jest natomiast, że sama tego nie dostrzega, ponieważ za każdą rzeczą kryje się tak strasznie dużo zawikłanych przyczyn.

— Chyba już nie mam ochoty dłużej o tym słuchać.

— Musisz mi jeszcze odpowiedzieć na ostatnie pytanie. W wielkim ogrodzie rosną dwa drzewa, posadzone w tym samym czasie. Jedno z nich rośnie w słonecznym miejscu, ma dostęp do żyznej ziemi i do wody. Drugie rośnie w cieniu, na jałowej ziemi. Jak myślisz, które z nich jest większe? I które wyda więcej owoców?

— Oczywiście to, które ma lepsze warunki wzrostu.

— Zdaniem Spinozy to właśnie drzewo jest wolne. Miało wolność, by w pełni rozwinąć tkwiące w nim wrodzone możliwości. Ale jeśli to jabłonka, to nie miała możliwości zaowocować gruszkami albo śliwkami. Podobnie jest też z nami, ludźmi. Nasz wzrost i nasz rozwój osobisty może się zatrzymać, na przykład z powodu warunków politycznych. Zewnętrzne warunki mogą nas hamować. Jedynie kiedy możemy swobodnie rozwijać tkwiące w nas możliwości, żyjemy jako wolni ludzie. Ale o naszym życiu tak samo decydują wewnętrzne możliwości i warunki zewnętrzne, jak o życiu chłopca z epoki kamiennej w dolinie Renu, lwa z Afryki czy jabłonki w ogrodzie.

— Chyba zaraz się poddam.

— Spinoza podkreśla, że istnieje tylko jedna istota, która w pełni jest „przyczyną samej siebie", która ma pełną wolność działania. Jedynie Bóg, czyli przyroda, nie ma żadnych ograniczeń. Człowiek może walczyć o wolność, tak by nie podlegać działaniom z zewnątrz. Nigdy jednak nie osiągnie wolnej woli. Nie my sami decydujemy o tym, co się stanie z naszym ciałem, które jest modusem atrybutu rozciągłości. Nie wybieramy też swoich myśli. Człowiek nie jest więc wolną duszą, która została schwytana w mechaniczne ciało.

— Akurat to raczej trudno pojąć.

— Spinoza uważał, że ludzkie namiętności — takie jak ambicja czy pożądanie — przeszkadzają nam w osiągnięciu prawdziwego szczęścia i harmonii. Ale jeśli przyjmiemy, że wszystko dzieje się z racji konieczności, możemy osiągnąć intuicyjne poznanie przyrody jako całości. Możemy dostąpić jasnego jak kryształ doświadczenia, że wszystko jest ze sobą powiązane, że wszystko jest jednym. Celem jest ogarnięcie wszystkiego jednym spojrzeniem. Dopiero wtedy osiągniemy najwyższe szczęście i spokój ducha. Właśnie to Spinoza nazwał widzeniem wszystkiego *sub specie aeternitatis*.

— To znaczy?

— Widzenie wszystkiego z punktu widzenia wieczności. Czy nie od tego zaczęliśmy?

— I na tym też trzeba zakończyć. Muszę wracać do domu.

Alberto wstał i z półki na książki zdjął dużą misę z owocami. Postawił ją na stole.

— Nie masz ochoty na jakiś owoc przed wyjściem?

Zofia poczęstowała się bananem. Alberto wybrał zielone jabłko.

Dziewczynka odłamała koniuszek banana i zaczęła ściągać skórkę.

— Coś tu jest napisane — oznajmiła nagle.

— Gdzie?

— Tutaj, na wewnętrznej stronie skórki. Wygląda, jak napisane czarnym tuszem...

Zofia pochyliła się ku Albertowi i pokazała mu banana. Przeczytał na głos:

Jestem tu znów, Hildo. Jestem wszędzie, moje dziecko. Najserdeczniejsze życzenia!

— Bardzo śmieszne — powiedziała Zofia.

— On działa w coraz bardziej wyrafinowany sposób.

— Ale czy to nie jest... całkiem niemożliwe? Nie wiem, czy w Libanie rosną banany?

Alberto pokręcił głową.

— W każdym razie nie będę go jadła.

— Odłóż go. Ktoś, kto pisze życzenia urodzinowe dla córki we wnętrzu nieobranego banana, jest oczywiście osobą o pomieszanych zmysłach. Ale jest też dość przebiegły.

— Owszem, i to, i to.

— A więc możemy tu i teraz stwierdzić, że Hilda ma przebiegłego ojca? Po prostu wcale nie jest taki głupi.

— Już to powiedziałam. I równie dobrze to on mógł nagle sprawić, że nazwałeś mnie Hildą poprzednio, kiedy tu byłam. Może to on wkłada nam w usta wszystkie słowa.

— Niczego nie można wykluczyć, ale we wszystko należy też wątpić.

— Z tego, co wiemy, całe nasze istnienie może być tylko snem.

— Ale nie wolno nam się spieszyć. Wszystko może mieć także znacznie prostsze wyjaśnienie.

— Bez względu na to muszę jak najprędzej wracać do domu. Mama czeka.

Alberto odprowadził Zofię do wyjścia. Gdy wychodziła, powiedział:

— Jeszcze się zobaczymy, droga Hildo.

W następnej sekundzie drzwi zatrzasnęły się za nią.

LOCKE

...równie pusta, jak niezapisana tablica przed wejściem nauczyciela do klasy...

Zofia wróciła do domu o pół do dziewiątej. A więc półtorej godziny po umówionej godzinie. Właściwie nie była to żadna umowa. Zofia po prostu zrezygnowała z obiadu i zostawiła matce wiadomość, że wróci najpóźniej o siódmej.

— Tak już dłużej być nie może, Zosiu. Zadzwoniłam do informacji i spytałam, czy na Starówce mieszka jakiś Alberto. Zaczęli się ze mnie śmiać.

— Trudno mi było się oderwać. Myślę, że jesteśmy już u progu rozwiązania wielkiej tajemnicy.

— Głupstwa!

— Nie, to najprawdziwsza prawda!

— Zaprosiłaś go na przyjęcie w ogrodzie?

— Och, zapomniałam!

— Życzę sobie go poznać, i to jutro. To nie jest zdrowe, by taka młoda dziewczyna spotykała się ze starszym mężczyzną, i to w takich okolicznościach.

— Nie mam w każdym razie powodów, żeby bać się Alberta. Gorzej jest z ojcem Hildy.

— Jakiej Hildy?

— Córki tego, który jest w Libanie. To chyba niezły drań. Być może kontroluje cały świat...

— Jeśli natychmiast nie przedstawisz mi tego Alberta, zabronię ci się z nim spotykać. Nie będę się czuła bezpieczna, dopóki przynajmniej nie zobaczę, jak on wygląda.

Zofii wpadł do głowy pewien pomysł. Popędziła na górę do swojego pokoju.

— Czyś ty już całkiem zwariowała? — zawołała za nią matka.

Ale Zofia po chwili wróciła do salonu.

— Zaraz zobaczysz, jak on wygląda. Ale mam nadzieję, że później zostawisz mnie w spokoju.

Pomachała trzymaną w ręku kasetą wideo i podeszła do magnetowidu.

— Podarował ci kasetę wideo?

— Z Aten...

Wkrótce na ekranie zaczęły się przewijać obrazy z Akropolu. Matka oniemiała ze zdumienia, kiedy Alberto wystąpił naprzód i zaczął przemawiać do Zofii.

Teraz dopiero Zofia zwróciła uwagę na coś, o czym całkiem zapomniała. Na Akropolu wprost roiło się od wycieczek, przechadzały się tłumy ludzi. W środku jednej z grup wyłaniał się nieduży transparent. A na nim napis: *Hilda...*

Alberto kontynuował swą wędrówkę po Akropolu. Wkrótce przeszedł przez bramę wejściową i stanął na wzgórzu Areopag, z którego Paweł przemawiał do Ateńczyków. Później Alberto przemawiał do Zofii z dawnego rynku.

Matka komentowała urywane obrazy urywanymi zdaniami:

— Niewiarygodne... więc to jest Alberto? O, znów ten królik... Ale... on naprawdę mówi do ciebie, Zosiu. Nie wiedziałam, że Paweł był w Atenach...

Akcja filmu zbliżała się do momentu, kiedy stare Ateny powstawały z ruin. W ostatniej chwili Zofia zatrzymała taśmę. Alberto został matce przedstawiony, nie było potrzeby, by jeszcze przedstawiać jej Platona.

W salonie zapadła cisza.

— Nie uważasz, że jest dość przystojny? — spytała Zofia z drwiną.

— Ale to mimo wszystko musi być dość dziwna persona. Sfilmować się w Atenach, żeby przesłać film dziewczynce, którą ledwo zna? *Kiedy* on był w Atenach?

— Nie mam pojęcia.

— Ale jest w tym coś jeszcze...

— Co takiego?

— Bardzo jest podobny do tego majora, który przez kilka lat mieszkał w tej małej chatce w lesie.

— No, to może to on, mamo.

— Ale nikt go tu nie widział przez ponad piętnaście lat.

— Może się wyprowadził. Na przykład do Aten.

Matka pokręciła głową.

— Kiedy go widziałam w siedemdziesiątym którymś roku, nie był nawet o dzień młodszy od tego Alberta, którego zobaczyłam dzisiaj. Nosił jakieś cudzoziemskie nazwisko...

— Knox?

— Może i tak, Zosiu. Może nazywał się Knox.

— A może Knag?

— Nie, naprawdę nie pamiętam... O jakim Knoxie czy Knagu mówisz?

— Jeden to Alberto, drugi to ojciec Hildy.

— Chyba zaczynam tracić głowę.

— Jest coś do zjedzenia?

— Odgrzej sobie klopsiki.

Upłynęły dokładnie dwa tygodnie, podczas których Alberto nie dawał znaku życia. Zofia dostała kolejną kartkę z życzeniami urodzinowymi dla Hildy, ale chociaż zbliżał się także jej dzień urodzin, ona sama nie otrzymała jeszcze żadnych życzeń.

Pewnego popołudnia Zofia wybrała się na Starówkę i zapukała do drzwi Alberta. Nie było go w domu, a na drzwiach wisiała kartka, na której napisano:

Najlepsze życzenia, Hildo!

Punkt zwrotny już za płotem. To chwila prawdy, moje dziecko. Za każdym razem, gdy o tym pomyślę, mało nie pęknę. Oczywiście ma to związek z Berkeleyem, musisz się mocno trzymać.

Zofia zerwała kartkę i wychodząc z klatki schodowej, wsunęła ją do skrzynki Alberta.

Cholera! Chyba nie wyjechał znów do Aten? Jak mógł zostawić ją samą z tyloma pytaniami, na które nie było odpowiedzi?

Kiedy w czwartek, 14 czerwca, wróciła do domu ze szkoły, Hermes był w ogrodzie. Zofia zawołała i pies przybiegł do niej w podskokach. Objęła go mocno i przytuliła, jakby to pies miał rozwiązać wszystkie zagadki.

Znów napisała kartkę do matki, tym razem podając już adres Alberta.

Kiedy wędrowali przez miasto, Zofia myślała o jutrzejszym dniu. Nie zajmowały jej własne urodziny, bo przecież tak naprawdę miały być obchodzone dopiero w wieczór świętojański. Ale jutro przypadały także urodziny Hildy. Zofia była przekonana, że tego dnia wydarzy się coś nadzwyczajnego. W każdym razie będzie koniec tych pozdrowień z Libanu.

Kiedy minęli już Wielki Rynek, kierując się ku Starówce, i przechodzili przez park z placem zabaw dla dzieci, Hermes zatrzymał się przed jedną z ławek. Wyglądało na to, że chce, by Zofia usiadła.

Dziewczynka siadła więc i zaczęła głaskać płowego psa po karku, jednocześnie zaglądając mu w oczy. Skóra na psim pysku kilkakrotnie zmarszczyła się, jakby przebiegł go dreszcz. Na pewno zaraz zacznie szczekać, pomyślała Zofia.

Ale Hermes ani nie zaszczekał, ani nie zawarczał. Otworzył pysk i powiedział:

— Wszystkiego najlepszego, Hildo!

Zofia siedziała jak skamieniała. Pies naprawdę przemówił ludzkim głosem?

Nie, musiała to sobie wyobrazić, bo Hilda nie schodziła jej z myśli. Ale w głębi duszy była przekonana, że Hermes naprawdę wypowiedział te trzy słowa. Mówił głębokim, dźwięcznym basem.

W następnej chwili wszystko było jak dawniej. Hermes demonstracyjnie szczeknął ze dwa razy, jakby chciał zatrzeć wspomnienie, że właśnie przemówił ludzkim głosem, i poczłapał dalej w stronę domu Alberta. Kiedy już mieli wejść na klatkę schodową, Zofia popatrzyła na niebo. Przez cały dzień utrzymywała się ładna pogoda, ale teraz z oddali nadciągało kilka ciężkich chmur.

Kiedy Alberto otworzył drzwi, Zofia oznajmiła:

— Żadnych konwencjonalnych uprzejmości. Jesteś prawdziwym głuptasem i sam dobrze o tym wiesz.

— Co się tym razem stało, moje dziecko?

— Major nauczył Hermesa mówić.

— Och, jej! A więc sprawy zaszły już tak daleko?

— Wyobraź sobie, że tak!

— I co powiedział?

— Zgadnij!

— Pewnie „wszystkiego najlepszego" albo coś w tym rodzaju.

— Trafiony, zatopiony.

Alberto wpuścił Zofię do środka. Dziś także założył nowy kostium, niewiele różniący się od poprzedniego, ale tym razem nie ozdobiony aż tak wielką liczbą kokard, wstążek i koronek.

— Ale jest jeszcze coś — oświadczyła Zofia.

— O czym myślisz?

— Nie znalazłeś kartki w skrzynce?

— A, to. Wyrzuciłem ją od razu.

— Niech pęka za każym razem, kiedy pomyśli o Berkeleyu. Ale co w tym filozofie prowokuje go do tego?

— Poczekamy, zobaczymy.

— Ale to dzisiaj masz zamiar mi o tym opowiedzieć.

— Owszem, dzisiaj.

Alberto oparł się wygodnie i zaczął mówić:

— Ostatnim razem, kiedy tu siedzieliśmy, opowiadałem ci o Kartezjuszu i Spinozie. Uzgodniliśmy, że obaj mieli jedną bardzo ważną cechę wspólną. Byli zdecydowanymi *racjonalistami.*

— A racjonalista to ktoś, kto bezgranicznie ufa rozumowi.

— Tak, racjonalista wierzy w rozum jako źródło poznania. Uważa, że człowiek posiada pewne wrodzone idee, które istnieją w ludzkiej świadomości poza wszelkim doświadczeniem. A im wyraźniejsza jest taka idea czy wyobrażenie, tym pewniejsze jest, że odpowiada czemuś rzeczywistemu. Pamiętasz pewnie Kartezjusza, który miał jasną i wyraźną ideę istoty doskonałej. Poprzez nią doszedł do wniosku, że Bóg naprawdę istnieje.

— Nie jestem szczególnie zapominalska.

— Myślenie racjonalistyczne było typowe dla XVII wieku. Popularne było także w średniowieczu, pamiętamy jednak, że pojawiło się już w antyku, u Platona i Sokratesa. Ale w XVIII wieku stało się przedmiotem ostrej krytyki. Wielu filozofów stało na stanowisku, że nasza świadomość nie ma absolutnie żadnej zawartości, dopóki nie mamy doświadczeń zmysłowych. Taki pogląd nazywamy empiryzmem.

— I o tych empirystach będziesz dzisiaj mówił?

— Spróbuję. Najważniejsi empiryści — czyli filozofowie doświadczenia — to Locke, Berkeley i Hume, wszyscy trzej Brytyjczycy. Najbardziej liczącymi się racjonalistami XVII wieku byli Francuz Kartezjusz, Holender Spinoza i Niemiec Leibniz. Dlatego rozróżniamy *brytyjski empiryzm* od *kontynentalnego racjonalizmu.*

— Świetnie, ale to trochę zbyt wiele słów. Czy mógłbyś powtórzyć, co to jest empiryzm?

— Empirysta pragnie wyprowadzić wszelką wiedzę o świecie od tego, co mówią nam zmysły. Klasyczne sformułowanie stanowiska empirycznego pochodzi od Arystotelesa. Powiedział on, że „nie ma nic w umyśle, czego nie było przedtem w zmysłach". W tym zdaniu zawiera się kwintesencja krytyki Platona, który uważał, że ludzie przychodzą na świat z wrodzonym zestawem idei pochodzących ze świata idei. Locke powtórzył słowa Arystotelesa, tym razem skierowane są one przeciwko Kartezjuszowi.

— Nie ma nic w umyśle... czego by najpierw nie było w zmysłach?

— Nie posiadamy żadnych wrodzonych idei czy wyobrażeń o świecie. Nie wiemy absolutnie nic o świecie, na który przychodzimy, dopóki go nie *zobaczymy.* Jeśli mamy jakieś wyobrażenie, którego nie można powiązać z doświadczeniem, to wyobrażenie to jest fałszywe. Jeśli na przykład używamy słów takich jak Bóg, wieczność czy substancja, rozum wykonuje jałową pracę. Nikt bowiem nie *doświadczył* ani Boga, ani wieczności, ani tego, co filozofowie nazwali substancją. Można na ten temat pisać uczone rozprawy, ale gdy przychodzi co do czego, tak naprawdę nie zawierają one żadnej nowej wiedzy. Drobiazgowo przemyślany system filozoficzny może wydawać się imponujący, ale to tylko puste słowa. Filozofowie XVII i XVIII wieku odziedziczyli sporo takich uczonych rozpraw. Teraz należało wziąć je pod lupę, wypłukać z jałowych myśli. Możemy to porównać do płukania złota. Większość to piasek i glina, ale od czasu do czasu zabłyśnie złota bryłka.

— I tymi bryłkami złota są prawdziwe doświadczenia?

— A przynajmniej myśli, które dadzą się odnieść do ludzkiego doświadczenia. Dla empirystów brytyjskich bardzo ważne było zbadanie wszystkich ludzkich idei, by sprawdzić, czy znajdą one poparcie w prawdziwym doświadczeniu. Ale zajmijmy się tymi filozofami po kolei.

— No to zaczynaj!

— Pierwszym z nich był Anglik, JOHN LOCKE, żyjący od roku 1632 do 1704. Jego najważniejsze dzieło nosi tytuł *Rozważania dotyczące rozumu ludzkiego* i ukazało się w roku 1690. Stara się on w nim znaleźć odpowiedź na dwa pytania. Po pierwsze, skąd biorą się ludzkie myśli i wyobrażenia. Po drugie, czy możemy zaufać temu, co mówią nam zmysły.

— To dopiero założenie!

— Zajmijmy się tymi problemami po kolei. Locke jest przekonany, że wszystkie nasze myśli i wyobrażenia są jedynie odbiciem tego, co widzieliśmy i słyszeliśmy. Dopóki nie poznamy czegoś za pomocą zmysłów, nasza świadomość jest *tabula rasa,* czyli „niezapisaną tablicą".

— Wystarczy mi ojczysty język.

— Zanim poznamy coś zmysłami, nasz umysł jest równie pusty i bez zawartości jak tablica przed wejściem nauczyciela do klasy. Locke przyrównuje świadomość także do nieumeblowanego pokoju. Wkrótce jednak nasze zmysły zaczynają działać. Widzimy świat, który nas otacza, wąchamy, smakujemy, dotykamy i słyszymy. I nikt nie robi tego z większym zapałem niż małe dzieci. W ten sposób powstaje to, co Locke nazywa *prostymi ideami zmysłowymi.* Ale świadomość nie tylko biernie przyjmuje takie zewnętrzne wrażenia. Proste idee zmysłowe opracowywane są przez myślenie, zastanawianie się, dociekanie, wiarę i wątpliwość. W ten sposób powstaje to, co Locke nazwał *ideami refleksji.* Odróżnia on więc postrzeganie od refleksji. Świadomość nie jest bowiem biernym odbiorcą.

Porządkuje i opracowuje napływające wrażenia zmysłowe. I tu właśnie należy się pilnować.

— Pilnować?

— Locke podkreśla, że jedyne, co postrzegamy dzięki zmysłom, to *proste wrażenia*. Gdy na przykład jem jabłko, nie postrzegam całego jabłka jako jednego jedynego wrażenia. W rzeczywistości odbieram wiele prostych wrażeń — to coś jest zielone, świeżo pachnie, jest soczyste i smakuje kwaśno. Dopiero po wielokrotnym zjedzeniu jabłka myślę o tym, że teraz jem „jabłko". Locke mówi, że stworzyliśmy sobie *złożone wyobrażenie* jabłka. Kiedy jako dzieci po raz pierwszy spróbowaliśmy jabłka, nie mieliśmy takiego złożonego wyobrażenia. Ale widzieliśmy coś zielonego, spróbowaliśmy czegoś świeżego i soczystego, mniam, mniam... choć trochę było kwaśne. Z czasem łączymy wiele takich spostrzeżeń zmysłowych i tworzymy pojęcia, takie jak „jabłko", „gruszka", „pomarańcza". Ale całego materiału do budowy naszej wiedzy tak czy inaczej dostarczają nam zmysły. Dlatego wiedza, której nie można sprowadzić do prostych wrażeń zmysłowych, jest fałszywa i wobec tego należy ją odrzucić.

— W każym razie możemy być pewni, że to, co widzimy, słyszymy, wąchamy i smakujemy, jest takie, jak mówią nam zmysły.

— I tak, i nie. To drugie pytanie, na które starał się odpowiedzieć Locke. Najpierw dociekał, skąd się biorą nasze myśli i wyobrażenia. Teraz pyta, czy świat jest rzeczywiście taki, jakim go postrzegamy za pomocą zmysłów. Nie jest to bowiem wcale takie oczywiste, Zosiu. Nie wolno nam się zbytnio spieszyć. To jedno, czego nie wolno prawdziwemu filozofowi.

— Milczę jak grób.

— Locke rozróżniał między tym, co nazwał „pierwotnymi" i „wtórnymi" własnościami rzeczy, które postrzegamy. I tu podaje rękę filozofom, którzy byli przed nim, na przykład Kartezjuszowi.

— Wyjaśnij!

— Przez *własności pierwotne* rzeczy rozumie się rozciągłość, ciężar, kształt, ruch i liczbę. Jeśli chodzi o takie własności, możemy być pewni, że zmysły wiernie oddają rzeczywiste cechy rzeczy. Ale postrzegamy także inne własności rzeczy. Mówimy, że coś jest słodkie albo kwaśne, zielone albo czerwone, gorące albo zimne. Locke określił to jako *własności wtórne*. Płynące ze zmysłów wrażenia, jak kolor, zapach, smak albo dźwięk, nie oddają wiernie cech tkwiących w samych rzeczach. Oddają one tylko działanie zewnętrznej rzeczywistości na nasze zmysły.

— O smaku nie ma dyskusji...

— Właśnie. Co do własności pierwotnych, takich jak wielkość i waga, wszyscy będą zgodni, ponieważ one tkwią w samych rzeczach. Ale własności wtórne — takie jak kolor czy smak — mogą być różne dla różnych zwierząt i dla różnych ludzi, w zależności od tego, jaki jest ich aparat zmysłów.

— Kiedy Jorunn je pomarańczę, krzywi się tak jak inni, kiedy jedzą cytrynę. Zwykle nie może zjeść więcej niż jedną cząstkę na raz. Mówi, że kwaśne. A ja najczęściej uważam, że ta sama pomarańcza jest wystarczająco słodka i smaczna.

— I żadna z was dwóch nie ma racji, żadna się też nie myli. Opisujecie jedynie, w jaki sposób pomarańcza działa na wasze zmysły. Podobnie jest z odbieraniem kolorów. Powiedzmy, że nie podoba ci się jakiś konkretny odcień czerwonego. Jeśli Jorunn właśnie kupiła sobie sukienkę w tym kolorze, być może mądrze będzie zatrzymać swoją opinię dla siebie. Po prostu inaczej postrzegacie kolory, a sukienka nie jest ani ładna, ani brzydka.

— Ale wszyscy są zgodni co do tego, że pomarańcza jest okrągła.

— No tak, jeśli masz okrągłą pomarańczę, trudno uważać, że ma kształt sześcianu. Możesz sądzić, że jest słodka albo kwaśna, ale nie możesz uważać, że waży osiem kilo, jeśli waży tylko dwieście gramów. Owszem, możesz wierzyć, że waży kilka kilogramów, ale to znaczy, że spadłaś z księżyca. Jeśli kilka osób ma zgadywać, ile waży jakaś rzecz, zawsze jedna jest bliżej prawdy niż inne. Dotyczy to również liczby rzeczy: albo w butelce jest 986 ziarenek grochu, albo nie. Tak samo jest z ruchem: samochód albo się porusza, albo stoi w miejscu.

— Rozumiem.

— Jeśli więc chodzi o rzeczywistość rozciągłą, Locke zgadza się z Kartezjuszem, że istotne są pewne właściwości, które człowiek może pojąć swoim rozumem.

— Nietrudno się z tym zgodzić.

— Również w innych dziedzinach Locke dopuszcza istnienie tego, co nazwał „wiedzą intuicyjną" albo „demonstracyjną". Uważał na przykład, że pewne zasady etyczne są dane wszystkim. Poparł więc myśl o istnieniu tak zwanego *prawa naturalnego,* a to cecha racjonalistyczna. Podobnie wyraźnie racjonalistyczną cechą jest przekonanie Locke'a, że istnienie Boga tkwi w ludzkim rozumie.

— Może miał rację.

— W czym?

— W tym, że Bóg istnieje.

— Oczywiście, można tak myśleć. Ale Locke nie poprzestał na stwierdzeniu, że jest to kwestia wiary. Uważał, że poznanie Boga wypływa z ludzkiego rozumu, a to cecha racjonalistyczna. Dodam jeszcze, że popierał wolność duchową i tolerancję, a poza tym interesował się równouprawnieniem płci. Uważał, że pogląd o zwierzchności mężczyzny nad kobietą jest wytworem ludzkim, dlatego też ludzie mogą go zmienić.

— Trudno się z tym nie zgodzić.

— Locke był jednym z pierwszych filozofów w nowożytnych czasach, który zajmował się rolami płci. Wywarł znaczny wpływ na swojego imiennika, JOHNA STUARTA MILLA, który z kolei odegrał istotną rolę w kształtowaniu nowego myślenia o równouprawnieniu płci. Locke w ogóle należał do pionierów liberalnych poglądów, które rozkwitły później, w czasach francuskiego oświecenia, w XVIII wieku. To on pierwszy opowiedział się za tym, co dziś nazywamy *zasadą podziału władzy...*

— To znaczy, że władza w państwie podzielona jest na wiele instytucji.

— Pamiętasz, o jakie instytucje chodzi?

— O władzę ustawodawczą, czyli zgromadzenie narodowe, potem... władzę sądowniczą, czyli sądy. No i władza wykonawcza, czyli rząd.

— Ten twój podział pochodzi od francuskiego filozofa oświecenia, MONTESKIUSZA. Locke przede wszystkim wskazał na to, że władza ustawodawcza i wykonawcza muszą być od siebie oddzielone, by uniknąć tyranii. Żył współcześnie z Ludwikiem XIV, który całą władzę zebrał w jednym ręku. „Państwo to ja" — powiedział. Mówimy, że był władcą absolutnym. Dzisiaj taką tyranię nazwalibyśmy bezprawiem. Zdaniem Locke'a, aby zbudować państwo prawa, reprezentanci narodu powinni ustanawiać prawa, a król albo rząd wprowadzać je w życie.

HUME

...w ogień ją!...

Alberto siedział ze spuszczoną głową, wpatrując się w stolik. Raz odwrócił się i wyjrzał przez okno.

— Chmurzy się — zauważyła Zofia.

— Tak, i jest duszno.

— Teraz opowiesz mi o Berkeleyu?

— Był następnym z trzech empirystów brytyjskich. Ale ponieważ pod wieloma względami stanowi odrębną kategorię, skoncentrujemy się najpierw na filozofie, który nazywał się DAVID HUME i żył w latach 1711 - 1776. Jego koncepcja uznana została za najdojrzalszą pośród empirystów. Odegrała wielką rolę w historii filozofii, ponieważ odwoływał się do niej inny wielki myśliciel, Immanuel Kant. Można powiedzieć, że dzięki Hume'owi wpadł na trop swojego systemu.

— Pewnie nie ma żadnego znaczenia, że bardziej ciekawa jestem filozofii Berkeleya?

— Rzeczywiście, to bez znaczenia. Hume dorastał w Szkocji, niedaleko Edynburga. Rodzina pragnęła, by został prawnikiem, ale jak sam się wyraził, „czuł nieprzezwyciężony opór przeciw wszystkiemu, co nie jest filozofią i nauką". Żył w epoce oświecenia, był współczesny wielkim francuskim myślicielom, takim jak WOLTER i ROUSSEAU. Wiele podróżował po Europie, by u schyłku życia ponownie osiąść w Edynburgu. Najważniejsze dzieło Hume'a, *Rozprawa o naturze człowieka,* ukazało się, kiedy miał 28 lat. Twierdził jednak, że na pomysł napisania tej książki wpadł już jako piętnastolatek.

— Rozumiem, że muszę jak najprędzej zabrać się do roboty

— Już się zabrałaś.

— Ale jeśli mam stworzyć własną filozofię, to będzie dość odmienna od tego wszystkiego, czego się do tej pory od ciebie dowiedziałam.

— Czy czegoś ci w tym brakowało?

— Przede wszystkim wszyscy filozofowie, o których słyszałam, to mężczyźni. A mężczyźni najwidoczniej żyją w swym własnym świecie. Mnie bardziej interesuje świat rzeczywisty. Kwiaty, zwierzęta, dzieci, które się rodzą i dorastają. Twoi filozofowie ciągle mówią o człowieku, a teraz znów rozprawa o naturze człowieka. Ale wygląda na to, że ten człowiek to mężczyzna w średnim wieku. A przecież życie zaczyna się od ciąży i porodu. Uważam, że jak na razie za mało w tej filozofii było pieluch i płaczu niemowlęcia. I chyba za mało miłości i przyjaźni.

— Masz oczywiście całkowitą rację. Ale może właśnie Hume wyda ci się filozofem, który myślał nieco inaczej. Bardziej niż ktokolwiek inny przejmował się codziennym życiem. Sądzę poza tym, że Hume interesował się bardzo, jak dzieci — a więc nowi obywatele świata — postrzegają istnienie.

— Spróbuję się skupić.

— Jako empirysta, Hume uważał za swoje zadanie uporządkowanie wszelkich niejasnych pojęć i konstrukcji myślowych, które wymyślili wszyscy ci twoi mężczyźni. Zarówno w piśmie, jak i w mowie roiło się od pozostałości po filozofach średniowiecza i XVII-wiecznych racjonalistach. Hume pragnął powrócić do spontanicznego postrzegania świata za pomocą zmysłów. Żadna filozofia „nigdy nie potrafi nas wznieść ponad zwyczajny bieg doświadczenia (...), dostarczyć nam prawideł postępowania i zachowania, prócz tych, które daje nam rozważanie potocznego życia" — powiedział.

— Na razie brzmi to bardzo obiecująco. Masz jakieś przykłady?

— W czasach Hume'a powszechnie wierzono w istnienie aniołów. Anioły to męskie postaci ze skrzydłami. Czy kiedykolwiek widziałaś taką istotę, Zosiu?

— Nie.

— Ale widziałaś postać mężczyzny?

— Zadajesz głupie pytania.

— Widziałaś także skrzydła?

— Oczywiście, ale nigdy u człowieka.

— Według Hume'a „anioł" to pojęcie złożone. Składają się na nie dwa różne doświadczenia, które w rzeczywistości nie występują łącznie, a mimo to są ze sobą łączone w wyobraźni ludzkiej. Innymi słowy, jest to fałszywe wyobrażenie, które natychmiast należy wyrzucić za burtę. W ten sposób musimy uporządkować nasze myśli i idee. Bo, jak powiedział Hume, „gdy bierzemy do ręki książkę z dziedziny teologii lub metafizyki, to musimy pytać: Czy zawiera badania wielkości i liczb prowadzone drogą czystego rozumowania? Nie. Czy zawiera badania faktów i istnienia? Nie. To należy wrzucić ją w ogień, gdyż może zawierać jedynie fikcję i złudzenia".

— To bardzo drastyczne.

— Ale pozostaje świat, Zosiu. Świeższy, ostrzejszy w zarysach niż przedtem. Hume pragnął powrócić do dziecięcego sposobu przeżywania świata, zanim wszelkie myśli i refleksje zagnieżdżą się w świadomości. Czy nie powiedziałaś, że wielu filozofów, o których słyszałaś, żyje we własnym świecie, a ciebie bardziej interesuje rzeczywistość?

— Tak, owszem, powiedziałam coś takiego.

— Hume mógłby powiedzieć dokładnie to samo. Ale przyjrzyjmy się uważniej jego sposobowi rozumowania.

— Słucham uważnie.

— Hume zaczyna od stwierdzenia, że człowiek ma dwa różne rodzaje przedstawień. Nazwał je wrażeniami i ideami. Przez *wrażenia* rozumiał spontaniczne postrzeganie rzeczywistości zewnętrznej zmysłami. *Ideami* zaś, czy wyobrażeniami, nazywał wspomnienia takich wrażeń.

— Proszę o przykład!

— Jeśli sparzysz się o gorący piec, doznajesz bezpośredniego wrażenia, a później wracasz myślą do momentu, kiedy się sparzyłaś. To właśnie Hume nazwał ideą. Różnica polega na tym, że wrażenie jest silniejsze i żywsze niż późniejsze jego wspomnienie. Można powiedzieć, że wrażenie zmysłowe to oryginał, podczas gdy idea, czyli wspomnienie o nim, to jedynie przyblakła kopia. Bo przecież to wrażenie jest bezpośrednią przyczyną idei skrywanej w świadomości.

— Na razie się z nim zgadzam.

— Następnie Hume podkreśla, że zarówno wrażenia, jak i idee mogą być *proste* albo *złożone*. Pamiętasz, jak w związku z Lockiem mówiliśmy o jabłku? Bezpośrednie doświadczenie jabłka jest właśnie takim złożonym wrażeniem. Podobnie wyobrażenie jabłka w umyśle jest złożoną ideą.

— Przepraszam, że przerywam, ale czy to naprawdę takie ważne?

— Czy to ważne? Oczywiście. Choć filozofowie z pewnością zajmowali się pewną liczbą sztucznych problemów, nie możesz cofać się przed braniem udziału w rozumowaniu. Hume z pewnością przyznałby rację Kartezjuszowi, że bardzo ważne jest budowanie sposobu myślenia od podstaw.

— Poddaję się.

— Hume twierdził, że czasami zdarza się nam składać takie idee, które nie znajdują odbicia w rzeczywistości. W ten sposób powstają fałszywe idee i wyobrażenia czegoś, co nie istnieje w przyrodzie. Wspomnieliśmy już o aniołach, a wcześniej mówiliśmy o krokorożcach. Jeszcze innym przykładem może być Pegaz, skrzydlaty koń. We wszystkich tych przypadkach musimy przyznać, że świadomość zabrała się za cięcie i klejenie na własną rękę. Z jednego wrażenia wzięła skrzydła, z innego konia. Obie części zostały kiedyś postrzeżone zmysłami i dostały się do teatru świadomości jako prawdziwe wrażenia. Nic właściwie nie zostało wymyślone przez samą świadomość, ona tylko pocięła i skleiła, konstruując w ten sposób fałszywe idee czy wyobrażenia.

— Rozumiem. Rozumiem także, że to może być ważne.

— To świetnie. Hume pragnął sprawdzić wszystkie złożone wyobrażenia, by przekonać się, czy znajdą odbicie w rzeczywistości. Zadaje więc pytanie: Od jakich wrażeń pochodzi ta idea? Przede wszystkim należy stwierdzić, z jakich prostych idei utworzone zostało złożone pojęcie. W ten sposób ma gotową metodę krytycznego analizowania ludzkich wyobrażeń. Za jej pomocą pragnie uporządkować nasze myśli i pojęcia.

— Czy możesz mi podać jakiś przykład?

— W czasach Hume'a wielu miało konkretne wyobrażenia nieba czy Nowego Jeruzalem. Pamiętasz chyba, że zdaniem Kartezjusza jasne i wyraźne wyobrażenia same w sobie mogą stanowić gwarancję tego, że ich odpowiednik istnieje w rzeczywistości.

— Mówiłam już, że mam niezłą pamięć.

— Na pierwszy rzut oka widać, że niebo to ogromnie skomplikowane wyobrażenie. Wspomnijmy choćby o kilku elementach. W tym niebie są perłowe wrota, są ulice ze złota, tłumy aniołów i tak dalej, i tak dalej. Ale nie rozłożyliśmy jeszcze wszystkiego na czynniki pierwsze, bo także perłowe wrota, ulice ze złota czy aniołowie są wyobrażeniami złożonymi. Dopiero gdy skonstatujemy, że nasze wyobrażenie nieba składa się z prostych wyobrażeń, takich jak perła, brama, ulica, złoto, postać z Biblii i skrzydła, możemy zapytać, czy w rzeczywistości doznaliśmy odpowiadających temu prostych wrażeń.

— Owszem, doznaliśmy. Ale potem pocięliśmy i skleiliśmy wszystkie te proste wrażenia, tworząc z nich obraz ze snów.

— No, proszę, sama do tego doszłaś. Bo właśnie my, ludzie, kiedy śnimy, nie robimy nic innego, jak posługujemy się nożyczkami i klejem. Hume podkreśla jednak, że wszystkie materiały, z których składamy marzenia senne, musiały kiedyś dostać się do naszej świadomości jako proste wrażenia. Ktoś, kto nigdy nie widział złota, nie będzie też umiał wyobrazić sobie ulicy ze złota.

— On jest dość niegłupi. A co z Kartezjuszem, który miał jasne i wyraźne wyobrażenie Boga?

— I na to Hume ma odpowiedź. Powiedzmy, że wyobrażamy sobie Boga jako nieskończenie inteligentną, mądrą i dobrą istotę. Mamy więc złożoną ideę, która składa się z czegoś nieskończenie inteligentnego, czegoś nieskończenie mądrego i czegoś nieskończenie dobrego. Gdybyśmy nigdy nie doświadczyli inteligencji, mądrości i dobroci, nie moglibyśmy stworzyć takiego pojęcia Boga. Być może w naszym wyobrażeniu Boga jest także i to, że jest on surowym, lecz sprawiedliwym ojcem, a więc wyobrażenie złożone z „surowy", „sprawiedliwy" i „ojciec". Za Hume'em wielu krytyków religii twierdziło, że takie wyobrażenie Boga można sprowadzić do tego, czego doświadczyliśmy od własnego ojca, kiedy byliśmy dziećmi. Mówiono, że wyobrażenie ojca prowadziło do wyobrażenia „ojca w niebie".

— Może to i prawda, ale ja nigdy nie mogłam pogodzić się z tym, że Bóg koniecznie musi być mężczyzną. Mama czasami dla równowagi nazywała Boga — Bogną.

— Hume pragnął więc zaatakować wszelkie myśli i wyobrażenia, których nie da się sprowadzić do odpowiadających im wrażeń zmysłowych. Pragnął, jak mówi, odegnać bezsensowną gadaninę, która tak długo władała metafizycznym sposobem myślenia i okryła go niesławą. Ale również na co dzień posługujemy się złożonymi pojęciami, nie zastanawiając się, czy są one rzeczywiście prawdziwe. Dotyczy to na przykład wyobrażenia „ja", czyli jądra osobowości. Wyobrażenie to było przecież podstawą filozofii Kartezjusza. Było jedynym jasnym i wyraźnym wyobrażeniem, wokół którego zbudowana była cała jego filozofia.

— Mam nadzieję, że Hume nie starał się zaprzeczyć, że ja to ja. Byłby wtedy kolejnym ględziarzem.

— Zosiu, zależy mi, żebyś w trakcie tego kursu nauczyła się jednej rzeczy, a mianowicie, że nie należy spieszyć się z wyciąganiem wniosków.

— Dobrze, mów dalej.

— Nie, ty sama możesz wykorzystać metodę Hume'a, żeby przeanalizować to, co pojmujesz jako twoje „ja".

— Muszę chyba najpierw zapytać, czy wyobrażenie „ja" jest proste czy złożone.

— Do jakiego wniosku dochodzisz?

— Muszę przyznać, że czuję się dość złożona. Jestem na przykład trochę humorzasta, poza tym często trudno mi się na coś zdecydować. I potrafię jednocześnie lubić i nie lubić jakiegoś człowieka.

— A więc wyobrażenie „ja" jest ideą złożoną.

— OK. Muszę teraz zadać sobie pytanie, czy mam również odpowiadające temu złożone wrażenia mojego „ja". No, i chyba tak jest? Chyba je mam przez cały czas?

— Czy jesteś o tym przekonana?

— Przez cały czas się zmieniam. Nie jestem dzisiaj taka sama jak wtedy, gdy miałam trzy lata. Z minuty na minutę zmienia się nie tylko mój humor, ale i sposób widzenia siebie. Czasami nagle czuję się jak nowo narodzona.

— To znaczy, że poczucie niezmiennego jądra osobowości jest fałszywym wyobrażeniem. Wyobrażenie „ja" jest w rzeczywistości długim łańcuchem pojedynczych wrażeń, których nigdy nie doświadczasz *jednocześnie*. Jest „niczym innym niż wiązką czy też zbiorem rozmaitych wrażeń, które następują po sobie z niepojętą szybkością, ulegają zmianom i pozostają w ciągłym ruchu" — jak mówi Hume. Świadomość jest „swoistym teatrem, gdzie rozmaite postrzeżenia pokazują się, mijają, poruszają, rozpływają i mieszają ze sobą w nieskończenie wielu pozycjach i sytuacjach". Hume twierdzi, że nie jesteśmy żadną „osobowością", kryjącą się pod lub za takimi postrzeżeniami i odczuciami, które pojawiają się i znikają. Jest trochę tak, jak z klatkami filmu na ekranie. Zmieniają się tak prędko, że nie widzimy, iż film jest złożony z pojedynczych zdjęć. Ale właściwie te zdjęcia nie są ze sobą połączone. W rzeczywistości film jest tylko sumą pojedynczych obrazów.

— Chyba się poddaję.

— Czy to znaczy, że rezygnujesz z wyobrażenia, że masz niezmienne jądro osobowości?

— Chyba to właśnie znaczy.

— A jeszcze przed chwilą miałaś zupełnie inne zdanie! Dodam, że przeprowadzona przez Hume'a analiza ludzkiej świadomości i odrzucenie przezeń poglądu o niezmiennym jądrze osobowości głoszone było niemal 2500 lat wcześniej w zupełnie innym miejscu na kuli ziemskiej.

— Przez kogo?

— Przez BUDDĘ. Obaj zaskakująco podobnie formułują swoje poglądy. Budda traktuje życie ludzkie jako nieprzerwany ciąg procesów psychicznych i fizycznych, który z chwili na chwilę zmienia człowieka. Niemowlę nie jest tym samym człowiekiem co dorosły, a ja nie jestem dzisiaj tym samym, czym byłem wczoraj. Budda twierdził, że o niczym nie mogę powiedzieć: „To jest moje", ani też o niczym nie mogę powiedzieć: „To ja". Nie ma więc żadnego „ja" ani żadnego niezmiennego jądra osobowości.

— To rzeczywiście zdumiewająco bliskie Hume'owi.

— Wierząc w istnienie niezmiennego „ja" wielu racjonalistów przyjmowało także za pewnik, że człowiek posiada nieśmiertelną duszę.

— Ale i to także jest fałszywym wyobrażeniem?

— I zdaniem Hume'a, i Buddy. Wiesz, co Budda powiedział swym uczniom tuż przed śmiercią?

— Nie, skąd mogę to wiedzieć?

— „Wszystkie rzeczy złożone ulegają rozkładowi". Zapewne Hume mógłby powiedzieć to samo. A może także i Demokryt. Wiemy w każdym razie, że Hume odrzucał wszelkie próby udowodnienia nieśmiertelności duszy czy też istnienia Boga. Nie oznacza to wcale, że wyklucza istnienie Boga, natomiast twierdzenie, że prawdy wiary da się udowodnić ludzkim rozumem, ocenia jako racjonalistyczne brednie. Hume nie był wierzący, ale nie był też ateistą. Był *agnostykiem.*

— A to znaczy?

— Agnostyk to ktoś, kto nie wie, czy istnieje Bóg. Kiedy Hume'a leżącego na łożu śmierci odwiedził przyjaciel i zapytał, czy wierzy w istnienie życia po śmierci, Hume podobno odpowiedział: „Możliwe jest także, że kawałek węgla położony na ogień nie będzie się palił...".

— Ach, tak...

— Odpowiedź ta świadczy o jego postawie nie dopuszczającej żadnych z góry przyjętych przekonań. Uznawał za prawdziwe tylko to, czego w pewien sposób doświadczył zmysłowo. Wszystkie inne możliwości pozostawiał otwarte. Nie odrzucał ani chrześcijaństwa, ani wiary w cuda. Ale obydwie te kwestie dotyczą właśnie *wiary,* a nie wiedzy czy rozumu. Możesz powiedzieć, że Hume zerwał ostatnie połączenie między wiarą a wiedzą.

— Powiedziałeś, że on nie odrzucał cudów.

— Nie znaczy to wcale, że w nie wierzył, raczej przeciwnie. Twierdził, że ludzie, jak się wydaje, odczuwają silną potrzebę, by wierzyć w to, co dziś być może nazwalibyśmy zdarzeniami nadprzyrodzonymi. Wygląda jednak na to, że wszystkie cuda, o których się opowiada, zdarzyły się albo w jakimś odległym miejscu, albo też bardzo dawno temu. I tak na to patrząc, Hume odrzuca cuda po prostu dlatego, ż nigdy ich nie doświadczył. Ale nie doświadczył także tego, że cuda nie mogą się zdarzyć.

— Chyba musisz mi to bliżej wyjaśnić.

— Cud to według Hume'a złamanie prawa natury. Doświadczamy, że kamień wypuszczony z rąk spada na ziemię, a gdyby *nie* spadł, tego także byśmy doświadczyli.

— Ja powiedziałabym, że cud to coś nadprzyrodzonego.

— Wierzysz więc, że istnieją dwie przyrody: przyroda i nadprzyroda. Czy to nie prosta droga do mglistej gadaniny racjonalistów?

— Może i tak, ale uważam, że kamień upadnie na ziemię za każdym razem, gdy wypuścimy go z rąk.

— A dlaczego?

— Jesteś wstrętny.

— Wcale nie jestem wstrętny, Zosiu. Dla filozofa zadawanie pytań zawsze jest właściwe. Być może mówimy teraz o najważniejszym punkcie w filozofii Hume'a. Odpowiedz mi, skąd możesz mieć pewność, że kamień za każdym razem upadnie na ziemię?

— Widziałam to już tyle razy, że mogę być całkiem pewna.

— Hume powiedziałby, że wielokrotnie doświadczyłaś, że kamień spada na ziemię. Ale nie doświadczyłaś, że *zawsze będzie* spadał. Zwykle mówi się, że kamień spada na ziemię z powodu prawa ciążenia. Ale nigdy nie doświadczyliśmy takiego prawa. Doświadczyliśmy jedynie, że przedmioty spadają.

— Czy to nie to samo?

— Nie całkiem. Powiedziałaś, że twoim zdaniem kamień spadnie na ziemię, ponieważ widziałaś to już wiele razy. I to właśnie zwróciło uwagę Hume'a. Jesteś już tak przyzwyczajona, że jedno zjawisko pociąga za sobą drugie, że po pewnym czasie spodziewasz się, że to samo stanie się za każdym razem, gdy upuścisz kamień. W ten sposób powstają wyobrażenia o tym, co nazywamy „nieuchronnymi prawami natury".

— Czy on naprawdę uważał, że można oczekiwać, iż kamień nie spadnie na ziemię?

— Na pewno za każdym razem, gdy go podrzucał, był tak samo przekonany jak ty, że kamień spadnie na ziemię. Ale, jak mówi, nie doświadczył, *dlaczego* tak się dzieje.

— Czy znów nie oddaliliśmy się zbytnio od dzieci i kwiatków?

— Nie, przeciwnie. Możesz posłużyć się dziećmi jako świadkami prawdy Hume'a. Jak myślisz, kto bardziej by się zdziwił na widok kamienia unoszącego się przez godzinę w powietrzu nad ziemią, ty czy roczne dziecko?

— Na pewno ja byłabym bardziej zdumiona.

— A dlaczego, Zosiu?

— Prawdopodobnie dlatego, że lepiej niż to dziecko rozumiałabym, że to jest sprzeczne z naturą.

— A dlaczego dziecko nie zrozumiałoby, że to sprzeczne z naturą?

— Ponieważ jeszcze nie zdążyło się nauczyć, jaka jest natura.

— Albo dlatego, że natura nie zdążyła jeszcze stać się *przyzwyczajeniem*.

— Zdobyłeś punkt. Hume chciał, żeby ludzie wyostrzyli sobie zmysły.

— Zadam ci następujące ćwiczenie do rozwiązania. Gdybyś była z małym dzieckiem na występach sztukmistrza, który na przykład potrafi sprawić, że rzeczy unoszą się w powietrzu, to które z was lepiej by się bawiło podczas godzinnego pokazu?

— Myślę, że dla mnie zabawa byłaby lepsza.

— A dlaczego?

— Ponieważ rozumiałabym, jakie to niezwykłe.

— No, dobrze. Czyli że dziecko nie ma żadnej radości z patrzenia na łamanie praw natury, dopóki ich nie pozna?

— Można tak powiedzieć.

— Nadal znajdujemy się w samym środku filozofii doświadczenia Hume'a. On dodałby, że dziecko nie stało się jeszcze niewolnikiem przyzwyczajeń. Z was dwojga dziecko ma mniej z góry przyjętych przekonań. Pytanie, czy to dziecko nie jest największym filozofem, nie ma bowiem żadnych uprzedzeń. Dziecko postrzega zmysłami świat taki, jakim on jest, nie przypisując rzeczom niczego ponad to, co widzi.

— Wstydzę się za wszystkie razy, kiedy miałam jakieś uprzedzenia.

— Kiedy Hume zastanawia się nad władzą przyzwyczajenia, koncentruje się na *prawie przyczynowości*. Prawo to stwierdza, że wszystko, co się dzieje, musi mieć jakąś przyczynę. Hume jako przykładu używa dwóch kul bilardowych. Jeśli czarna kula potoczy się ku białej, która jest w spoczynku, to co stanie się z białą kulą?

— Jeśli czarna kula trafi białą, to biała zacznie się poruszać.

— Tak, ale dlaczego?

— Dlatego że uderzyła w nią czarna kula.

— W tym przypadku mówi się, że uderzenie czarnej kuli jest *przyczyną* wprawienia w ruch białej kuli. Ale musimy pamiętać, że wolno nam twierdzić z całą pewnością tylko to, czego doświadczyliśmy.

— Faktycznie doświadczyłam tego wiele razy. Jorunn ma w piwnicy stół do bilardu.

— Hume twierdzi, że jedyne, czego doświadczyłaś, to to, że czarna kula uderza w białą, no i że biała kula zaczyna toczyć się po stole. Nie doświadczyłaś samej przyczyny tego, że biała kula zaczyna się poruszać. Doświadczyłaś, że jedno wydarzenie następuje po drugim w czasie, ale nie doświadczyłaś, że drugie wydarzenie ma miejsce *z powodu* pierwszego.

— Czy nie jest to zbyt wyrafinowane?

— Nie, to ważne. Hume podkreśla, że oczekiwanie, iż jedno wydarzenie pociągnie za sobą drugie, nie tkwi w przedmiotach, lecz w naszej świadomości. A oczekiwanie, jak już widzieliśmy, ma związek z przyzwyczajeniem. I znów bardzo prawdopodobne jest, że małe dziecko nie otworzyłoby szeroko oczu ze zdziwienia, gdyby jedna kula uderzyła o drugą i obie pozostałyby nieruchome. Mówiąc o prawach natury czy o przyczynie i skutku, mówimy właściwie o przyzwyczajeniu człowieka, a nie o tym, co rozumne. Prawa natury nie są ani rozumne, ani nierozumne, one po prostu są. Oczekiwanie, że biała kula bilardowa zostanie wprawiona w ruch pod wpływem uderzenia czarnej kuli, nie jest więc wrodzone. W ogóle nie rodzimy się z zestawem oczekiwań dotyczących tego, jaki jest świat i jak zachowują się rzeczy w tym świecie. Świat jest taki, jaki jest, jest czymś, czego z czasem doświadczamy.

— I znów nie mogę się oprzeć wrażeniu, że to nie jest wcale takie ważne.

— To może być ważne, jeśli nasze oczekiwania sprawią, że zbyt się spieszymy z wyciąganiem wniosków. Hume nie zaprzecza istnieniu „nieuchronnych praw natury", ale ponieważ nie jesteśmy w stanie ich doświadczyć, bardzo łatwo możemy wyciągnąć zbyt pochopne wnioski.

— Czy możesz mi dać na to jakiś przykład?

— Chociaż widzę cały tabun czarnych koni, nie znaczy to wcale, że wszystkie konie są czarne.

— Oczywiście masz rację.

— I choć przez całe życie widywałem tylko czarne kruki, nie znaczy to wcale, że biały kruk nie istnieje. Zarówno dla filozofa, jak i dla uczonego ważne jest, by nie odrzucać możliwości istnienia białego kruka. Możesz właściwie powiedzieć, że polowanie na „białego kruka" jest najważniejszym zadaniem nauki.

— Rozumiem.

— Jeśli chodzi o stosunek między przyczyną a skutkiem, to wiele osób uważa prawdopodobnie, że błyskawica jest przyczyną grzmotu, ponieważ grzmot zawsze następuje po błyskawicy. Ten przykład nie różni się zbytnio od przykładu z dwiema kulami bilardowymi. Ale czy naprawdę jest tak, że błyskawica wywołuje grzmot?

— Nie całkiem, bo właściwie błyska się i grzmi jednocześnie.

— Ponieważ zarówno błyskawica jak i grzmot są następstwem wyładowań elektrycznych. I nawet jeśli zawsze doświadczamy, że grzmot następuje po błyskawicy, nie znaczy to wcale, że błyskawica jest jego przyczyną. W rzeczywistości oba zjawiska wywołuje trzeci czynnik.

— Rozumiem.

— Empirysta z naszego stulecia, BERTRAND RUSSELL, podaje bardziej dobitny przykład. Kurczak, który codziennie doświadcza, że dostaje jeść po tym, jak jego opiekun przechodzi przez podwórze, wyciągnie w końcu wniosek, że istnieje związek przyczynowo-

-skutkowy między tym, że opiekun idzie przez podwórze, a tym, że w korytku pojawia się jedzenie.

— Ale pewnego dnia nie dostanie jedzenia?

— Pewnego dnia opiekun przejdzie przez podwórze i ukręci kurczakowi łepek.

— Okropne!

— Nawet jeśli zjawiska następują po sobie w czasie, nie znaczy to wcale, że istnieje między nimi konieczny związek przyczynowy. Ostrzeganie ludzi przed zbyt pochopnym wyciąganiem wniosków jest jednym z najważniejszych zadań filozofii. Zbyt pochopne konkluzje są przyczyną wielu przesądów.

— Jak to?

— Widzisz czarnego kota przebiegającego ci drogę. Trochę później przewracasz się i łamiesz rękę. Ale to przecież nie znaczy, że między tymi dwoma zjawiskami istnieje związek przyczynowy. Powstrzymanie się od zbyt pochopnego wyciągania wniosków jest bardzo istotne, zwłaszcza w nauce. Choć wielu ludzi wyzdrowieje po połknięciu jakiegoś leku, nie oznacza to wcale, że uzdrowiło ich właśnie to lekarstwo. Dlatego dobrze jest zbadać także dużą grupę kontrolną ludzi, którzy sądzą, że otrzymują to samo lekarstwo, choć w rzeczywistości dostają tylko mąkę z wodą. Jeśli również ci ludzie wyzdrowieją, musi istnieć jakiś trzeci czynnik — na przykład wiara w działanie leku — który przyczynił się do ich powrotu do zdrowia.

— Chyba zaczynam rozumieć, co uważa się za empiryzm.

— Również jeśli chodzi o etykę i moralność Hume dokonał przewrotu. Racjonaliści uważali, że w ludzkim rozumie tkwi zdolność odróżniania dobra od zła. Myśl o istnieniu *prawa naturalnego* spotkaliśmy już u wielu filozofów, od Sokratesa do Locke'a. Ale zdaniem Hume'a, wcale nie rozum decyduje o tym, co mówimy i robimy.

— No, a co takiego?

— Nasze *uczucia*. Jeśli postanowisz pomóc komuś, kto tej pomocy potrzebuje, powodują tobą uczucia, nie rozum.

— A jeśli nie chce mi się pomagać?

— Również wtedy zależy to od twoich uczuć. Nieudzielenie pomocy komuś, kto jej potrzebuje, nie jest ani rozumne, ani nierozumne, ale może być łajdactwem.

— Ale gdzieś chyba jest jakaś granica. Wszyscy *wiedzą,* że źle jest zabić innego człowieka.

— Zdaniem Hume'a wszyscy ludzie *czują,* co znaczy dobro innych. Mamy więc zdolność okazywania współczucia. Ale to nie ma nic wspólnego z rozumem.

— Nie wiem, czy jestem o tym tak do końca przekonana.

— Usunięcie innego człowieka z drogi nie zawsze bywa nierozumne, Zosiu. Jeśli chce się coś osiągnąć, może się to okazać wręcz skuteczne.

— No, wiesz! Protestuję!

— No to może spróbujesz mi wyjaśnić, dlaczego nie należy zabijać człowieka, który nam przeszkadza.

— Bo i ten drugi człowiek chce żyć. Dlatego nie powinno się go zabijać.

— Czy to dowód logiczny?

— Nie wiem.

— To, co powiedziałaś, było przejściem od *zdania opisowego* — „i ten drugi człowiek chce żyć" — do tego, co nazywamy *zdaniem normatywnym* — „dlatego nie powinno się go zabijać". Z czysto rozumowego punktu widzenia jest to nonsens. Równie dobrze możesz stwierdzić: „Wielu ludzi popełnia przestępstwa podatkowe, dlatego ja także powinnam oszukiwać". Hume podkreślał, że nigdy nie wolno przechodzić od zdań *jest* do zdań *powinno.* A przecież jest to bardzo powszechne, zwłaszcza w artykułach prasowych, programach partyjnych i przemowach w parlamencie. Czy mam podać ci parę przykładów?

— Proszę.

— „Coraz więcej ludzi pragnie podróżować samolotem. Dlatego powinno się budować coraz więcej lotnisk". Uważasz, że takie wnioskowanie trzyma się kupy?

— Nie, to głupota. Musimy myśleć także o środowisku. Moim zdaniem powinno się budować więcej linii kolejowych.

— A na przykład takie: „Rozbudowa nowych obszarów wydobycia ropy naftowej podnosi standard życia w kraju o 10%. Dlatego jak najprędzej trzeba tworzyć nowe obszary wydobycia ropy".

— Nie mogę się z tym zgodzić. I tu także powinniśmy myśleć o środowisku. Poza tym standard życia w Norwegii i tak już jest dość wysoki.

— Czasami słyszy się: „To prawo zostało ustalone przez parlament, dlatego wszyscy obywatele kraju muszą się mu podporządkować”. Nierzadko jednak podporządkowanie się takiemu prawu stanowionemu jest sprzeczne z czyimiś najgłębszymi przekonaniami.

— Rozumiem.

— Wykazaliśmy więc, że za pomocą rozumu nie można stwierdzić, w jaki sposób powinniśmy postępować. Odpowiedzialne postępowanie nie oznacza wcale kierowania się rozumem, lecz kierowanie się uczuciami mającymi na względzie dobro innych. „Nie sprzeciwia się rozumowi przedkładanie zniszczenia całego świata ponad zadraśnięcie palca” — powiedział Hume.

— To straszne stwierdzenie.

— Jeszcze straszniejsze jest mylenie uczuć z rozumem. Wiesz o tym, że naziści zamordowali miliony Żydów. Czy powiedziałabyś, że coś było nie w porządku z rozumem tych ludzi, czy też że z ich uczuciami?

— Nie w porządku były przede wszystkim ich uczucia.

— Wielu z nich obdarzonych było bardzo bystrym umysłem. Za lodowatymi, bezdusznymi decyzjami często może kryć się zimne wyrachowanie. Po wojnie wielu nazistów zostało skazanych, nie dlatego jednak, że byli nierozumni. Zostali postawieni przed sądem dlatego, że byli okrutni. Odwrotnie, bywa, że ludzie, którzy mają nie po kolei w głowie, zostają uniewinnieni od kary za swe złe czyny. Mówi się, że mają trwale obniżone zdolności umysłowe lub że byli niepoczytalni w momencie popełnienia czynu. Nigdy natomiast nie zdarzyło się, by kogoś uniewinniono ze względu na to, że był pozbawiony uczuć.

— Tego by jeszcze brakowało.

— Nie musimy jednak trzymać się najbardziej drastycznych przykładów. Podczas powodzi wielu ludzi potrzebuje ratunku. O tym, czy przystąpimy do działania, decydują nasze uczucia.

Gdybyśmy byli pozbawieni uczuć i decyzję pozostawili chłodnemu rozumowi, być może doszlibyśmy do wniosku, że właściwie przydałoby się, aby parę milionów ludzi zginęło na świecie, któremu grozi przeludnienie.

— Złość mnie ogarnia, że można coś takiego wymyślić.

— I to wcale nie twój rozum się złości.

— Dziękuję, tyle mi wystarczy.

BERKELEY

...jak oszołomiony glob wokół palącego słońca...

Alberto wstał i podszedł do okna, przez które widać było miasto. Zofia stanęła przy nim.

Nagle ujrzeli, jak niebo nad dachami domów przeciął nieduży samolot ciągnący długą wstęgę. Zofia pomyślała sobie, że na długim paśmie materiału, ciągnącym się za samolotem niczym ogon, na pewno wypisano informację o jakimś wielkim koncercie lub podobnym wydarzeniu. Kiedy jednak wstęga znalazła się bliżej, zobaczyła, że jest to coś zupełnie innego.

WSZYSTKIEGO NAJLEPSZEGO Z OKAZJI PIĘTNASTYCH URODZIN, HILDO!

— Natrętne — taki był jedyny komentarz Alberta.

Znad wzgórz na południu nadciągały ciemne chmury. Mały samolot skrył się wkrótce za nimi.

— Obawiam się, że będzie burza — rzekł Alberto.

— Wrócę do domu autobusem.

— Oby i za tą burzą także nie krył się major.

— On chyba nie jest wszechmogący?

Alberto nie odpowiedział. Odszedł od okna i usiadł przy stoliku.

— Musimy powiedzieć sobie trochę o Berkeleyu — oznajmił po chwili.

Zofia także już zdążyła usiąść. Złapała się na tym, że zaczęła ogryzać paznokcie.

— GEORGE BERKELEY był irlandzkim biskupem, żył w latach 1685 – 1753 — rozpoczął Alberto i umilkł na dłuższą chwilę.

— Berkeley był irlandzkim biskupem — podjęła Zofia, chcąc mu podpowiedzieć.

— Ale był także filozofem...

— Tak?

— Uważał, że filozofia i nauka epoki zagrażają światopoglądowi chrześcijańskiemu. Czuł zwłaszcza, że coraz bardziej konsekwentny materializm stanowi zagrożenie dla chrześcijańskiej wiary w Boga, który stwarza i utrzymuje wszystko w przyrodzie...

— Tak?

— Jednocześnie zaś Berkeley był najbardziej konsekwentnym empirystą.

— Uważał, że nie możemy wiedzieć o świecie nic więcej ponad to, co postrzegamy zmysłami?

— Posunął się jeszcze dalej. Berkeley uważał, że rzeczy na świecie są dokładnie takie, jakimi je postrzegamy, ale nie są „rzeczami".

— Chyba musisz mi to wyjaśnić.

— Pamiętasz, że Locke twierdził, iż nie możemy się wypowiadać o wtórnych własnościach rzeczy. Nie możemy mówić, że jabłko *jest* zielone i kwaśne. To tylko my je tak postrzegamy. Ale Locke powiedział, że pierwotne własności — takie jak gęstość czy ciężar — naprawdę należą do otaczającej nas zewnętrznej rzeczywistości. Rzeczywistość zewnętrzna jest więc fizyczną substancją.

— Nadal mam tę samą dobrą pamięć. Poza tym, moim zdaniem, Locke wskazał na bardzo istotny podział.

— Tak, tak, Zosiu, gdyby to było takie proste.

— Mów dalej!

— Locke uważał więc, podobnie jak Kartezjusz i Spinoza, że świat fizyczny jest realny.

— No i?

— A Berkeley to właśnie podaje w wątpliwość i czyni to, głosząc konsekwentny empiryzm. Twierdzi, że istnieje jedynie to, co postrzegamy zmysłami. Nie postrzegamy jednak materii czy substancji. Nie postrzegamy, że rzeczy są namacalnymi „rzeczami". Założenie, że za tym, co postrzegamy, kryje się jakaś substancja, jest właśnie wyciąganiem zbyt pochopnych wniosków. Takiego twierdzenia nie możemy oprzeć na żadnym doświadczeniu.

— To jakieś głupstwa. Zobacz tylko!

Zofia walnęła pięścią w stół.

— Auu! — krzyknęła, tak mocno się uderzyła. — Czy to nie jest dowód na to, że stół jest prawdziwym stołem, namacalnym i materialnym?

— Co poczułaś?

— Coś twardego.

— Dzięki zmysłom poczułaś coś twardego, ale nie poczułaś materii stołu. Tak samo możesz śnić, że uderzyłaś się o coś twardego, ale we śnie niczego twardego chyba nie ma?

— Nie, we śnie nie ma.

— Człowiekowi można poza tym zasugerować to czy tamto. Można go zahipnotyzować tak, by czuł gorąco i zimno, delikatne pieszczoty i brutalne uderzenia pięści.

— Ale jeśli to nie stół był taki twardy, to co sprawiło, że to poczułam?

— Berkeley uważał, że to *wola*, czyli *duch*. Uważał, że wszystkie nasze idee mają przyczynę poza naszą świadomością, ale przyczyna ta nie jest natury materialnej. Jest duchowa.

Zofia znów zaczęła obgryzać paznokcie. Alberto mówił dalej:

— Zdaniem Berkeleya moja własna dusza może być przyczyną moich własnych wyobrażeń — jak to się dzieje, kiedy śpię — ale tylko jakaś inna wola czy duch mogą być przyczyną idei tworzących nasz materialny świat. Wszystko, jak mówił, „powodowane jest duchem, który jest przyczyną wszystkiego we wszystkim" i „z którego składają się wszystkie rzeczy".

— Jakiż to miałby być „duch"?

— Berkeley, rzecz jasna, myśli o Bogu. Powiada, iż „możemy nawet twierdzić, że istnienie Boga jest dużo wyraźniej pojmowalne niż istnienie ludzi".

— Czy nie jest pewne nawet to, że istniejemy?

— No cóż... Wszystko, co widzimy i czujemy, jest zdaniem Berkeleya „działaniem siły Bożej". Bóg bowiem jest „obecny w naszej świadomości i wywołuje w niej całą ową mnogość idei i postrzeżeń, na które ciągle jesteśmy narażeni". Cała otaczająca nas przyroda i całe nasze istnienie spoczywa więc w Bogu. Jest on jedyną przyczyną, która istnieje.

— Jestem, łagodnie mówiąc, zdumiona.

— „Być albo nie być" nie jest więc całym pytaniem. Pytanie także, *czym* jesteśmy. Czy jesteśmy prawdziwymi ludźmi z krwi i kości? Czy nasz świat składa się z prawdziwych rzeczy, czy też otacza nas świadomość?

Palce Zofii znowu powędrowały do ust. Alberto mówił dalej:

— Bo Berkeley podaje w wątpliwość nie tylko rzeczywistość materialną. Wątpi także, by czas i przestrzeń istniały absolutnie, czyli samodzielnie. Również nasze postrzeganie czasu i przestrzeni może być czymś, co jedynie tkwi w naszej świadomości. Tydzień czy dwa dla nas nie musi być wcale tygodniem czy dwoma dla Boga...

— Powiedziałeś, że dla Berkeleya owym duchem, w którym wszystko spoczywa, jest chrześcijański Bóg.

— Owszem, tak powiedziałem. Ale dla nas...

— Tak?

— ...dla nas tą wolą czy duchem, który jest przyczyną wszystkiego we wszystkim, może być ojciec Hildy.

Zofia siedziała, jakby nagle odebrało jej mowę. Jej twarz była jak jeden wielki znak zapytania, a jednocześnie nagle zdała sobie z czegoś sprawę.

— I ty myślisz, że tak jest?

— Nie widzę żadnego innego rozwiązania. To chyba jedyne możliwe wyjaśnienie wszystkiego, co przeżywamy. Chodzi mi o rozmaite kartki i wydarzenia, które nas zaskakują. Chodzi mi o Hermesa, który nagle zaczyna mówić ludzkim głosem i moje własne mimowolne przejęzyczenia.

— Ja...

— I pomyśleć tylko, że nazywałem cię Zofią, Hildo! Przecież przez cały czas wiedziałem, że nie masz na imię Zofia.

— Co ty mówisz? Chyba już kompletnie pokręciło ci się w głowie.

— Owszem, kręci się i kręci, moje dziecko. Jak oszołomiony glob wokół palącego słońca.

— I tym słońcem jest ojciec Hildy?

— Możesz tak powiedzieć.

— Uważasz, że on jest dla nas jak gdyby Bogiem?

— Nieskromny. Powinien się wstydzić!

— A co z samą Hildą?

— Ona jest aniołem, Zosiu.

— Aniołem?

— Hilda jest tym, do kogo zwraca się Duch.

— Uważasz, że Albert Knag opowiada Hildzie o nas?

— Albo o nas pisze. Bo nie możemy postrzec zmysłami samej materii, z której w rzeczywistości jesteśmy zbudowani, tyle się już nauczyliśmy. Nie możemy wiedzieć, czy nasza zewnętrzna rzeczywistość powstała z fal dźwiękowych, czy też z papieru i atramentu. Zdaniem Berkeleya możemy wiedzieć jedynie, że jesteśmy z ducha.

— A Hilda jest aniołem...

— Tak, ona jest aniołem. Niech to będzie ostatnia rzecz, jaką sobie powiemy. Wszystkiego najlepszego, Hildo!

Pokój wypełnił się niebieskawym światłem. Kilka sekund później usłyszeli huk grzmotu, tak silny, że cały dom zatrząsł się w posadach.

Alberto siedział ze wzrokiem utkwionym w dal.

— Muszę wracać do domu — oświadczyła Zofia. Wstała i pobiegła ku wyjściu. Kiedy otwierała drzwi, Hermes, który spał pod wieszakiem, obudził się i powiedział coś, co zabrzmiało jak:

— Do zobaczenia, Hildo.

Zbiegła ze schodów i wypadła na ulicę. Nie było na niej żywej duszy, ale przecież z nieba siekącymi strugami lał deszcz.

Kilka samochodów przejechało po mokrym asfalcie, ale autobusu nie było widać. Zofia pobiegła przez Wielki Rynek i dalej przez miasto. Kiedy biegła, w głowie kołatała jej tylko jedna myśl.

Jutro są moje urodziny, myślała. Jakie to gorzkie, kiedy musi się przyznać akurat w przededniu piętnastych urodzin, że życie jest tylko snem. To tak jakby się śniło, że wygrało się milion, a potem nagle tuż przed odebraniem wielkiej nagrody zrozumiało się, że to był sen.

Zofia biegła przez zalane deszczem boisko. Wkrótce dostrzegła, że z przeciwka biegnie ku niej jakaś kobieta. Poznała matkę. W miasto raz za razem trafiały włócznie błyskawic.

Kiedy się spotkały, matka mocno ją przytuliła.

— Co się z nami dzieje, moje dziecko?

— Nie wiem — Zofia wybuchnęła płaczem. — To wszystko jest jak zły sen.

BJERKELY

...stare zaczarowane lustro, które prababka kupiła od sędziwej Cyganki...

Hilda Møller Knag obudziła się na poddaszu, w pokoiku starej willi kapitańskiej niedaleko Lillesand. Zerknęła na zegarek. Choć wskazywał dopiero szóstą, na dworze było całkiem jasno. Szeroka smuga porannego słońca pokrywała niemal całą ścianę.

Wstała z łóżka i podeszła do okna. Po drodze schyliła się nad biurkiem i zerwała kartkę ze stojącego kalendarza. Czwartek, 14 czerwca 1990. Zgniotła kartkę i wrzuciła ją do kosza na papiery.

Z kalendarza uśmiechała się teraz do niej kolejna data: piątek, 15 czerwca 1990. Już w styczniu napisała na tej kartce *15 lat*. Uważała, że jest coś niesamowitego w tym, że kończy piętnaście lat piętnastego. Niczego podobnego nigdy już nie przeżyje.

Piętnaście lat! Czy to nie pierwszy dzień w jej „dorosłym" życiu? Nie mogła ot tak, po prostu, wrócić do łożka. W dodatku był to ostatni dzień szkoły, od jutra wakacje. Na dzisiaj zaplanowano tylko spotkanie w kościele o pierwszej. A poza tym za tydzień tatuś wraca z Libanu. Obiecał, że będzie w domu w wieczor świętojański.

Hilda stanęła przy oknie, wyjrzała na ogród i dalej ku przystani i czerwonej szopie na łodzie. Żaglówka nie była jeszcze zwodowana, ale stara łodź wiosłowa kołysała się przycumowana do pomostu. Musi pamiętać, by wylać z niej wodę po wczorajszej ulewie.

Kiedy tak rozglądała się po małej zatoczce, przypomniało jej się, jak kiedyś, miała wtedy może sześć albo siedem lat, wdrapała się do łodzi i sama wypłynęła na fiord. Wypadła za burtę i ledwie zdołała dobrnąć do lądu; ociekająca wodą przedarła się przez gęste krzewy.

Kiedy już stała w ogrodzie przed domem, podbiegła do niej matka. Łódź i dwa wiosła samotnie unosiły się na wodzie fiordu. Nadal zdarzało się, że śniła jej się opuszczona łódź, kołysząca się samotnie. To było bardzo przykre przeżycie.

Ogród nie zachwycał szczególną bujnością ani też starannym utrzymaniem. Był za to duży, no i był jej, Hildy. Pochylona do ziemi jabłonka i kilka krzewów, które prawie nie rodziły owoców, ledwie zdołały przetrzymać zimowe wichury.

Między skałami i zaroślami, na małym trawniku stała stara ogrodowa huśtawka. W ostrym świetle poranka sprawiała wrażenie opuszczonej i zagubionej. Wrażenie potęgował fakt, że zdjęto z niej poduszki; najwidoczniej mama późnym wieczorem zbiegła i uratowała je przed burzą.

Cały wielki ogród otaczały brzozy, chroniąc go przynajmniej trochę przed najmocniejszymi uderzeniami wiatru. Właśnie z powodu tych drzew posiadłość otrzymała ponad sto lat temu nazwę „Bjerkely".

Dom w końcu ubiegłego wieku zbudował pradziadek Hildy, był kapitanem na jednym z ostatnich żaglowców. Do dzisiaj wiele osób nazywało dom „willą kapitańską"

Tego ranka ogród nosił ślady silnej ulewy, która nadciągnęła późnym wieczorem. Hildę wiele razy budził dźwięk grzmotu. Teraz na niebie nie było widać ani jednej chmurki.

Po letnim deszczu wszystko zawsze było takie świeże. Przez ostatnie tygodnie panowały upały i susza, na zielonych sukienkach brzóz zdążyły gdzieniegdzie pojawić się brzydkie żółte plamy. Teraz świat wyglądał na wypucowany do czysta. Tego ranka miała poza tym wrażenie, jakby z ulewą spłynęło całe jej dzieciństwo.

„Pewno, że to boli, kiedy pęka pąk..". Czy to nie jakaś szwedzka poetka powiedziała coś podobnego? A może fińska?

Hilda stanęła przed dużym lustrem w mosiężnych ramach, zawieszonym nad starą komodą po babci.

Czy była ładna? W każdym razie chyba niebrzydka? Ot tak, przeciętnie.

Hilda miała długie, jasne włosy, ale zawsze uważała, że mogłyby być albo trochę jaśniejsze, albo trochę ciemniejsze. Takie jak teraz, były zupełnie bez wyrazu. Po stronie plusów zanotowała miękkie loki. Wiele koleżanek mordowało się z układaniem włosów, by choć trochę układały się w fale, ale włosy Hildy zawsze kręciły się naturalnie. Do plusów zaliczyła też zielone, bardzo zielone oczy. „Naprawdę są całkiem zielone?" — pytały zwykle ciocie i wujkowie, pochylając się nad nią.

Hilda zastanawiała się, czy odbicie, któremu się tak bacznie przyglądała, jest wizerunkiem dziewczynki, czy też młodej kobiety. Doszła do wniosku, że ani tym, ani tym. Ciało, owszem, ma dość kobiece, ale twarz jak niedojrzałe jabłko.

Stare lustro miało w sobie coś takiego, co sprawiało, że przeglądając się w nim, Hilda zawsze myślała o ojcu. Kiedyś wisiało w „atelier", pokoiku ojca na strychu szopy na łodzie, będącego połączeniem biblioteki, bezpiecznej samotni i miejsca pracy twórczej. Albert, jak nazywała go Hilda, gdy był w domu, zawsze pragnął napisać coś wielkiego. Kiedyś spróbował sił w powieści, ale nie wytrwał do końca. Wiersze i szkice z wybrzeża publikował regularnie w lokalnej gazecie. Hilda była niemal tak samo dumna jak on, gdy widziała jego nazwisko w druku. ALBERT KNAG. Miało ono szczególny wydźwięk, przynajmniej w Lillesand. Pradziadek także nosił imię Albert.

Lustro... Wiele lat temu ojciec zażartował sobie, mówiąc, że owszem, można puścić do siebie oko, patrząc w lustro, ale nie można mrugnąć do siebie obojgiem oczu. Jedynym wyjątkiem było to właśnie mosiężne lustro, bo ono było starym, czarodziejskim zwierciadłem, które prababcia tuż po swoim ślubie kupiła od sędziwej Cyganki.

Hilda wiele czasu spędziła na próbach, ale mrugnięcie do siebie obojgiem oczu okazało się sztuką równie trudną jak ucieczka od własnego cienia. Stanęło na tym, że miała to lustro na własny użytek. Przez cały okres dorastania regularnie podejmowała kolejne próby wykonania niemożliwej sztuki.

Nic dziwnego, że dzisiaj jest taka zamyślona. Nic też dziwnego, że tak zajęta sobą. Piętnaście lat...

Dopiero teraz zerknęła na nocny stolik. Leżała na nim wielka paczka! Opakowana w śliczny, błękitny papier, przewiązana czerwoną jedwabną wstążką. Prezent urodzinowy!

Czy to był ten prezent? Czy to mógł być owiany aurą tajemniczości wielki PREZENT od taty? Ojciec wspominał o nim w wielu tajemniczych kartkach z Libanu. Ale „nałożył sam na siebie surową cenzurę".

Pisał, że prezent to coś, co „stale rośnie". Wspomniał też o dziewczynce, którą Hilda wkrótce pozna, i o tym, że wysyłał jej kopie wszystkich pocztówek. Hilda próbowała wyciągnąć od matki o co mu chodzi, ale i matka nie miała o niczym pojęcia.

Najdziwniejsza była wzmianka o tym, że prezentem, być może, będzie mogła podzielić się z innymi ludźmi. Nie na darmo ojciec pracował dla ONZ. Gdyby ojciec Hildy miał tylko jedną idée fixe — a miał ich wiele — byłoby nią na pewno przyznanie ONZ-owi prawa do rządzenia całym światem. „Oby ONZ-owi naprawdę udało się kiedyś zjednoczyć ludzkość" — napisał w jednej z kartek.

Czy wolno jej otworzyć paczkę, zanim mama z piosenką na ustach, machając norweską flagą, przyjdzie na górę z bułeczkami i lemoniadą? Raczej tak, bo przecież chyba właśnie po to leży tu paczka.

Hilda na palcach przeszła przez pokój i podniosła paczkę ze stolika. Ale ciężka! Znalazła bilecik. *Dla Hildy z okazji piętnastych urodzin, od taty.*

Usiadła na łóżku i ostrożnie zaczęła rozwiązywać czerwoną wstążkę. Potem odwinęła papier.

W środku był duży segregator!

Czy to był ten prezent? Prezent na piętnaste urodziny, o którym tyle się mówiło? Czy to ten prezent, który „stale rósł", a ponadto można się z nim dzielić z innymi?

Jeden rzut oka wystarczył, by stwierdzić, że segregator pełny jest zapisanych na maszynie kartek. Hilda poznała charakterystyczną czcionkę maszyny do pisania, którą ojciec zabrał ze sobą do Libanu.

Czyżby stworzył dla niej całą książkę?

Na pierwszej stronie napisane było odręcznie dużymi literami:

ŚWIAT ZOFII

A nieco poniżej, już na maszynie:

CZYM PROMIEŃ SŁOŃCA DLA CZARNEJ ROLI
TYM OŚWIECENIE DLA ŻNIWIARZA

N. F. S. GRUNDTVIG

Hilda odwróciła kartkę. Od góry następnej strony rozpoczynał się pierwszy rozdział, pod tytułem *Ogród Edenu*. Hilda usadowiła się wygodnie na łożku, oparła segregator o kolana i zaczęła czytać.

Zofia Amundsen wracała ze szkoły do domu. Pierwszy odcinek drogi przeszła razem z Jorunn. Rozmawiały o elektronicznych robotach. Jorunn twierdziła, że mózg człowieka jest jak skomplikowany komputer, ale Zofia nie była pewna, czy się z nią zgadza. Człowiek musi być chyba czymś więcej niż tylko maszyną?

Hilda czytała dalej. Wkrótce zapomniała o całym świecie, nawet o tym, że dziś są jej urodziny. Czasami jednak jakaś urwana myśl zdołała wcisnąć się między linijki.

Czy tatuś napisał powieść? Nareszcie podjął pisanie swej wielkiej powieści i skończył ją w Libanie? Wielokrotnie skarżył się, że czas na tych szerokościach geograficznych potrafi się dłużyć.

Ojciec Zofii także jeździł po świecie. To chyba ona była tą dziewczynką, którą Hilda miała poznać...

Dopiero gdy świadomość, że pewnego dnia przestanie istnieć, stała się dostatecznie silna, naprawdę zdała sobie sprawę, jak nieskończenie cenne jest życie... Skąd wziął się świat?... W końcu coś kiedyś musiało powstać z niczego. Ale czy to możliwe? Czy nie jest to równie nieprawdopodobne, jak wyobrażenie sobie, że świat istnieje od zawsze?

Hilda czytała i czytała, podekscytowana rzucała się na łóżku, czytając o Zofii Amundsen, która dostała pocztówkę z Libanu. *Hilda Møller Knag, c/o Zofia Amundsen, Koniczynowa 3.*

Kochana Hildo!

Najserdeczniejsze życzenia z okazji piętnastych urodzin! Jak pewnie rozumiesz, chciałbym Ci ofiarować prezent, który pomoże Ci dorastać. Wybacz, że wysyłam kartkę do Zofii. Tak było najłatwiej.

Ucałowania,

Tatuś

Co za przebiegły drań! Hilda pomyślała sobie, że ojciec zawsze był spryciarzem, ale dziś kompletnie ją zaskoczył. Zamiast położyć kartkę z życzeniami przy paczce, wplótł ją bezpośrednio w prezent.

Biedna ta Zofia! Wszystko jej się pomieszało!

Dlaczego jakiś ojciec wysłał kartkę z życzeniami urodzinowymi pod adresem Zofii, jeśli jasne było, że przeznaczone są dla kogoś zupełnie innego? Jaki ojciec chciałby pozbawić własną córkę przyjemności z otrzymania urodzinowej kartki, wysyłając ją, ot tak sobie, gdzieś w świat? Dlaczego tak miałoby być „najłatwiej"? I przede wszystkim: w jaki sposób zdoła odnaleźć Hildę?

No tak, w jaki sposób miałaby tego dokonać?

Hilda przewróciła kartkę i zaczęła czytać drugi rozdział. Nosił tytuł *Cylinder*. Wkrótce doszła do długiego listu, który tajemnicza osoba napisała do Zofii. Hilda wstrzymała oddech.

Zainteresowanie sensem i przyczyną istnienia nie jest równie przypadkowe jak zainteresowanie zbieraniem znaczków. Ten, kto szuka odpowiedzi na pytania dotyczące istoty życia, zajmuje się tym, nad czym ludzie zastanawiali się, odkąd żyjemy na Ziemi...

„Zofia była kompletnie oszołomiona". Hilda także. Tato nie tylko napisał książkę dla niej na piętnaste urodziny, w dodatku książkę zadziwiającą i pełną tajemnic.

Krótkie podsumowanie: Z pustego cylindra wyciągnięty zostaje biały królik. Ponieważ królik jest olbrzymi, sztuczka ta trwa wiele miliardów lat. Na samych koniuszkach cieniuteńkich włosków króliczego futerka rodzą się ludzkie dzieci. Z tego miejsca potrafią się dziwić nieprawdopodobną, czarodziejską sztuczką. Ale z czasem są coraz starsze, wślizgują się coraz dalej w głąb króliczego futra. Tam już zostają...

Nie tylko Zofia przeżywała, że oto właśnie próbowała znaleźć sobie wygodne miejsce w głębi białego króliczego futra... Dzisiaj Hilda kończyła piętnaście lat. I ją także ogarnęło uczucie, że nadszedł czas, by obrać drogę, którą miała dalej podążać. Przeczytała o greckich filozofach przyrody. Hilda wiedziała, że ojciec interesuje się filozofią. Napisał artykuł w gazecie, w którym proponował, by filozofię włączono do programu szkolnego jako jeszcze jeden przedmiot. Artykuł nosił tytuł: *Dlaczego przedmiot „filozofia" musi znaleźć się w programie?*. Poruszył ten problem nawet na zebraniu rodziców w klasie Hildy. Hilda czuła się wtedy okropnie głupio.

Popatrzyła na zegarek. Było już pół do ósmej. Na pewno upłynie jeszcze godzina, zanim matka wejdzie na górę z urodzinową tacą. Na szczęście, bo Hilda była przecież teraz tak pochłonięta Zofią i wszystkimi filozoficznymi problemami. Zaczęła czytać rozdział pod tytułem *Demokryt*. Najpierw Zofia musiała się zastanowić nad pytaniem: „Dlaczego klocki Lego są najgenialniejszą zabawką na świecie?", później w skrzynce na listy znalazła „dużą żółtą kopertę".

Demokryt zgadzał się ze swymi poprzednikami, że zmiany zachodzące w przyrodzie nie mogą być powodowane tym, że coś naprawdę się zmienia. Dlatego właśnie uznał, że wszystko musi być zbudowane z małych, niewidocznych cząsteczek-cegiełek, z których każda jest wieczna i niezmienna. Te najmniejsze cząsteczki Demokryt nazwał *atomami*.

Hildę ogarnęło wzburzenie, kiedy Zofia pod łóżkiem znalazła jej czerwoną, jedwabną apaszkę. Więc chusteczka aż tam zawędrowała!

Ale jak apaszka mogła po prostu zawieruszyć się w opowiadaniu? Musiała być chyba w jakimś jeszcze całkiem innym miejscu...

Rozdział o Sokratesie zaczynał się od tego, że Zofia przeczytała w gazecie „kilka linijek o norweskim batalionie ONZ w Libanie". Cały tatuś! Tak bardzo się przejmował, że ludzie w Norwegii mało interesują się działalnością pokojową oddziałów ONZ. Jeśli nikt inny się tym nie interesuje, to niech przynajmniej Zofia to robi. W ten sposób można sobie zmyślić spore zainteresowanie mediów.

Czytając *PS* w liście nauczyciela filozofii do Zofii, musiała się uśmiechnąć:

Gdybyś kiedyś znalazła czerwoną jedwabną apaszkę, proszę, byś dobrze jej pilnowała. Czasami zdarza się, że takie rzeczy zostają zamienione. Zwłaszcza w szkole i podobnych instytucjach. A to przecież jest szkoła filozofii.

Hilda usłyszała jakiś odgłos na schodach. To na pewno matka z tacą. Zanim zapukała do drzwi, Hilda zaczęła już czytać o tym, jak Zofia w swej tajnej kryjówce w ogrodzie znalazła film wideo z Aten.

— Sto lat, sto lat, niech żyje, żyje nam...

Mama zaczęła śpiewać już w połowie schodów.

— ...jeszcze raz, jeszcze raz...

— Wejdź — powiedziała Hilda, czytała właśnie o nauczycielu filozofii, który przemawiał do Zofii bezpośrednio z Akropolu. Był prawie dokładnie taki sam jak ojciec Hildy, miał „ufryzowaną czarną brodę" i niebieski beret.

— Wszystkiego najlepszego, Hildo!

— Mmm...

— Ależ Hildo!

— Po prostu postaw to tutaj.

— Czy nie zamierzasz...

— Widzisz przecież, że jestem zajęta.

— Pomyśl sobie, że masz piętnaście lat.

— Byłaś w Atenach, mamo?

— Nie, a dlaczego pytasz?

— To takie dziwne, że stare świątynie zachowały się do dzisiaj. Mają 2500 lat. Największa nazywa się „Siedziba Dziewicy".

— Otworzyłaś prezent od ojca?

— Jaki prezent?

— Popatrz na mnie wreszcie, Hildo. Jesteś całkiem nieprzytomna.

Hilda upuściła wielki segregator na kolana.

Matka pochyliła się nad łóżkiem. Na tacy stały zapalone świece, posmarowane bułeczki i napój pomarańczowy. Leżała na niej także nieduża paczuszka. Matka miała tylko dwie ręce, norweską flagę wsunęła więc pod pachę.

— Bardzo dziękuję, mamo. Jesteś kochana, ale widzisz, mam mało czasu.

— W kościele spotykacie się przecież o pierwszej.

Dopiero teraz Hilda naprawdę zdała sobie sprawę, gdzie jest, i dopiero teraz matka postawiła tacę na stoliku przy łóżku.

— Przepraszam. Całkiem mnie to pochłonęło.

Wskazała na segregator i mówiła dalej:

— To od taty...

— Co on takiego napisał, Hildo? Byłam tego co najmniej tak ciekawa jak ty. Od wielu miesięcy nie dało się z nim zamienić jednego rozsądnego słowa.

Z jakiegoś powodu Hilda się zawstydziła.

— O, to tylko takie opowiadanie.

— Opowiadanie?

— Tak, opowiadanie. No i książka do filozofii. Coś takiego.

— Nie odpakujesz prezentu ode mnie?

Hilda uznała, że nie może robić różnicy między rodzicami, otworzyła więc i paczuszkę od matki. Była w niej złota bransoletka.

— Prześliczna! Bardzo dziękuję!

Hilda podniosła się i uściskała matkę.

Przez chwilę rozmawiały.

— Oj, idź już — powiedziała w końcu Hilda. — Bo właśnie teraz on stoi na Akropolu.

— Kto taki?

— Nie mam pojęcia, Zofia też nie. I na tym polega cały numer.

— No dobrze, zresztą już pora wyjść do biura. Zjedz coś jednak. Sukienka wisi na dole.

Nareszcie matka zeszła po schodach. Nauczyciel filozofii Zofii akurat zrobił to samo, zszedł po stopniach Akropolu i stanął na wzgórzu Areopag, by nieco później pojawić się na starym rynku w Atenach.

Hilda wzdrygnęła się, kiedy dawne budowle nagle podniosły się z ruin. Jedną z idée fixe ojca było odbudowanie wiernej kopii rynku w Atenach przez wszystkie kraje, które są członkami ONZ. W tym miejscu mogliby się spotykać filozofowie i uczeni, wymieniać myśli i tworzyć, a także zajmować się problemami związanymi z rozbrojeniem. Uważał, że taki gigantyczny projekt zjednoczy ludzkość. „Potrafimy przecież budować platformy wiertnicze i pojazdy do lądowania na Księżycu".

Wkrótce czytała o Platonie. „Na skrzydłach miłości dusza powróci do domu, do świata idei. Uwolni się z cielesnego więzienia".

Zofia przedarła się przez żywopłot i ruszyła za Hermesem, ale zniknął jej z oczu. Przeczytawszy o Platonie, poszła dalej lasem i wkrótce dotarła do czerwonej chaty nad wodą. W środku wisiał obraz przedstawiający Bjerkely. Z opisu widać było wyraźnie, że to Bjerkely, w którym mieszka Hilda. Wisiał tam także portret mężczyzny, który nazywał się Berkeley. „Czy to nie dziwaczne?".

Hilda położyła segregator na łóżku, podeszła do półki z książkami i zaczęła sprawdzać w trzytomowym leksykonie Klubu Książki, który dostała na czternaste urodziny. Berkeley... jest!

> Berkeley George, 1685 – 1753, ang. filozof, biskup w Cloyne. Zaprzeczał istnieniu świata materialnego poza ludzką świadomością. Nasze wrażenia zmysłowe wywołane są przez Boga. B. krytykował abstrakcyjne wyobrażenia ogólne. Główne dzieło: *Traktat o zasadach poznania ludzkiego* (1710).

Rzeczywiście dziwaczne. Hilda przez kilka sekund stała zamyślona, zanim wróciła do łóżka i do segregatora.

W pewnym sensie to ojciec zawiesił tam oba obrazki. Czy za podobieństwem nazw krył się jeszcze jakiś inny związek?

Berkeley był więc filozofem, który zaprzeczał istnieniu materialnego świata poza ludzką świadomością. Naprawdę dużo różnych dziwnych rzeczy można twierdzić. Ale nie zawsze łatwo jest udowodnić fałszywość tych twierdzeń. Do świata Zofii ten opis dość dobrze pasował. Jej wrażenia zmysłowe zostały wszak wywołane przez ojca Hildy.

Na pewno dowie się czegoś więcej, kiedy poczyta dalej. Hilda oderwała oczy od segregatora i wybuchnęła głośnym śmiechem, kiedy przeczytała o tym, jak Zofia ujrzała w lustrze odbicie dziewczynki, mrugającej obojgiem oczu. „Jakby dziewczynka w lustrze mrugnęła właśnie do Zofii. Jakby chciała powiedzieć: Widzę cię, Zosiu. Jestem tu, po drugiej stronie".

Znalazła też zielony portfelik z pieniędzmi i całą resztą! Jak mógł tam zawędrować?

Głupstwa! Na sekundę czy dwie Hilda uwierzyła, że Zofia naprawdę go znalazła. Ale i później także starała się wczuć, jak musiała to przeżywać Zofia. Dla niej wszystko przecież było niezbadane i tajemnicze.

Pierwszy raz Hilda odczuła pragnienie, by spotkać Zofię osobiście. Miała nawet ochotę porozmawiać z nią o tym, jak wszystko łączy się ze sobą.

Ale teraz Zofia musiała jak najprędzej wyjść z chaty, by nie zostać przyłapaną na gorącym uczynku. Łódź, rzecz jasna, kołysała się na wodzie daleko od brzegu. A więc znów *musiał* przypomnieć jej o tej starej historii!

Hilda upiła łyk lemoniady i zaczęła jeść bułkę z sałatką z krewetek, czytając list o „porządnickim" Arystotelesie, który krytykował teorię idei Platona:

Arystoteles twierdził, że w świadomości nie istnieje nic, czego przedtem nie doświadczyliśmy zmysłami. Platon mógłby powiedzieć, że w naturze nie istnieje nic, czego przedtem nie było w świecie idei. Arystoteles uważał, że Platon w ten sposób „podwaja liczbę przedmiotów".

Hilda do tej pory nie zdawała sobie sprawy z tego, że to Arystoteles wynalazł zabawę w „królestwo roślin, królestwo zwierząt, królestwo minerałów".

Arystoteles pragnął więc zrobić gruntowne porządki w panieńskim pokoiku przyrody. Starał się udowodnić, że wszystkie rzeczy w przyrodzie należą do różnych grup i podgrup.

Gdy przeczytała o poglądach Arystotelesa na kobiety, poczuła się zawiedziona i mocno zirytowana. Że też można być takim bystrym filozofem, a mimo wszystko takim głupcem.

Arystoteles zainspirował Zofię do uporządkowania jej własnego „panieńskiego pokoju". I wtedy w całym bałaganie znalazła białą podkolanówkę, która przed miesiącem wyparowała z szafy Hildy! Zofia wpięła wszystkie kartki, które dostała od Alberta, do segregatora. „Miała ich już ponad pięćdziesiąt". Hilda natomiast doszła już do strony 138, ale ona przecież poza wszystkimi „listami z kursem" od Alberta Knoxa miała jeszcze dodatkowo całą historię o Zofii.

Kolejny rozdział nosił tytuł *Hellenizm*. Pierwszym wydarzeniem w tym rozdziale było znalezienie przez Zofię widokówki ze zdjęciem dżipa ONZ. Na stemplu widniał napis: *Batalion ONZ, 15/6*. Kolejna kartka do Hildy, którą ojciec wkleił w opowiadanie, zamiast wysłać pocztą:

Kochana Hildo!

Zakładam, że nadal świętujesz piętnaste urodziny. A może jest już dzień później? No, to nie ma znaczenia, dopóki prezent trwa. W pewnym sensie będzie trwał całe życie. Ale jeszcze raz życzę Ci wszystkiego najlepszego. Być może zrozumiałaś już, dlaczego wysyłam kartki do Zofii. Pewien jestem, że ona Ci je przekaże.

PS Mama mówiła mi, że zgubiłaś portfel. Obiecuję niniejszym zwrócić Ci te 150 koron. W szkole na pewno wydadzą Ci nową legitymację jeszcze przed wakacjami.

Ucałowania, Tatuś

Całkiem nieźle, a więc jest o 150 koron bogatsza. Ojciec uznał na pewno, że własnoręcznie wykonany prezent nie wystarczy.

Okazało się, że urodziny Zofii również wypadają 15 czerwca, ale kalendarz Zofii dotarł zaledwie do pierwszej połowy maja. Ojciec pewnie właśnie wtedy pisał ten rozdział i opatrzył kartkę urodzinową dla Hildy wcześniejszą datą.

Biedna Zofia biegła spotkać się z Jorunn pod sklepem spożywczym.

Kim jest Hilda? Jak jej ojciec może przyjmować za pewnik, że Zofia ją odnajdzie? Bez względu na wszystko i tak nic nie tłumaczy, dlaczego wysyła kartki do Zofii, a nie bezpośrednio do córki.

Czytając o Plotynie, Hilda także miała wrażenie, że unosi się w przestrzeni.

We wszystkim, co istnieje, jest jakaś część boskiego misterium. Widzimy jego delikatny odblask w słoneczniku i czerwonym maku. Więcej owego niezgłębionego misterium dostrzegamy w motylu, który podrywa się do lotu, czy w złotej rybce pływającej w akwarium. Ale najbliżej Boga znajdujemy się my, nasza dusza. Tylko tam możemy się połączyć z owym wielkim misterium życia. Tak, w rzadkich chwilach możemy nawet doznać, że *sami jesteśmy owym wielkim boskim misterium*.

Było to najbardziej oszałamiające ze wszystkiego, co Hilda do tej pory przeczytała, a zarazem najprostsze: Wszystko jest jednym, a to „jedno" to boskie misterium, którego jesteśmy częścią.

Właściwie nie trzeba nawet w to wierzyć, pomyślała Hilda. Po prostu tak *jest*. A słowo „boskie" każdy może rozumieć, jak chce.

Zabrała się za następny rozdział. Zofia i Jorunn szykowały się na biwak. Miały zamiar spędzić noc z 16 na 17 maja pod namiotem. Poszły do Chaty Majora...

To najbezczelniejszy z dotychczasowych chwytów. Ojciec pozwolił, by w małej chatce w lesie dziewczęta znalazły kopie wszystkich widokówek, które wysłał do Hildy w pierwszej połowie maja. I kopie te były prawdziwe. Hilda zwykle czytała kartki od ojca po kilka razy, poznawała teraz każdziuteńkie słowo.

Kochana Hildo!

Mało nie pęknę od wszystkich tajemnic związanych z Twoimi urodzinami i wiele razy dziennie muszę się powstrzymywać, żeby do Ciebie nie zadzwonić i wszystkiego nie opowiedzieć. To cały czas rośnie. A jak wiesz, kiedy coś się stale powiększa, coraz trudniej jest też zatrzymać to dla siebie...

Zofia dostała kolejny odcinek kursu od Alberta. Opowiadał o Żydach, Grekach i dwóch wielkich kręgach kulturowych. Hildę bardzo ucieszyło spojrzenie na historię z lotu ptaka. W szkole nie uczyli się w taki sposób. Ciągle musieli wbijać sobie do głowy szczegóły, szczegóły i jeszcze raz szczegóły. Kiedy przeczytała list do końca, zrozumiała, że ojciec pozwolił jej spojrzeć z całkiem nowej perspektywy na Jezusa i chrześcijaństwo.

Spodobał jej się cytat z Goethego mówiący o tym, że „komu trzy tysiące lat nie mówią nic, ten w ciemności niewiedzy żyje z dnia na dzień".

Następny rozdział zaczynał się od tego, że do kuchennego okna przykleił się kartonik. Były to oczywiście kolejne pozdrowienia dla Hildy.

Kochana Hildo!

Nie wiem, czy kiedy będziesz czytać tę kartkę, nadal trwać będą Twoje urodziny. W pewnym sensie mam taką nadzieję, a przynajmniej mam nadzieję, że nie upłynęło od nich zbyt wiele dni. Jeśli dla Zofii minął tydzień lub dwa, nie musi to wcale znaczyć, że i dla nas upłynęło tyle samo czasu. Wracam do domu w wigilię świętego Jana. Usiądziemy wtedy na ogrodowej huśtawce i razem będziemy patrzeć na morze, Hildo. Wiele mamy sobie do powiedzenia...

Później Alberto zatelefonował do Zofii; wtedy po raz pierwszy usłyszała jego głos.

— Czy tu chodzi o jakąś wojnę?

— Nazwałbym to raczej walką duchową. Musimy przykuć uwagę Hildy i przeciągnąć ją na naszą stronę, zanim jej ojciec wróci do domu, do Lillesand.

Tak doszło do tego, że Zofia spotkała Alberta Knoxa przebranego za średniowiecznego mnicha, w starym kamiennym kościele z XII wieku.

O właśnie, kościół. Hilda zerknęła na zegarek. Kwadrans po pierwszej... Całkiem zapomniała o czasie.

Wagary w dniu urodzin nie były może tak wielkim przestępwem, ale zirytowało ją właśnie to, że są jej urodziny. Sama pozbawiła się wielu życzeń. Choć, co prawda, na ich brak także nie mogła narzekać.

Wkrótce i tak musiała wysłuchać długiego kazania. Alberto bez problemów wszedł w rolę księdza.

Kiedy czytała o Sophii, która w wizjach objawiła się Hildegardzie, znów musiała zajrzeć do leksykonu. Nie znalazła tam jednak nic, ani o jednej, ani o drugiej. Czy to nie typowe? Gdy tylko chodziło o kobiety lub o coś związane z kobietami, leksykon pozostawał niemy jak krater na Księżycu. Czyżby ocenzurowało go jakieś męskie stowarzyszenie samoobrony?

Hildegarda z Bringen była autorką kazań, pisarką, lekarką, zajmowała się botaniką i badaniem przyrody. Mogła poza tym „stanowić symbol tego, że w średniowieczu kobiety trzymały się bliżej ziemi, interesowały się nauką". Ale w leksykonie Klubu Książki nie wspomniano o niej ani słowem. Wstyd!

Hilda nigdy przedtem nie słyszała, że Bóg ma jakąś kobiecą stronę czy naturę matczyną. Nazywała się ona „Sofia", ale i ona nie była warta farby drukarskiej.

W leksykonie najbliższa Sofii była wzmianka o kościele Sofii w Konstantynopolu. Kościół nazywał się Hagia Sofia, a oznacza to

„świętą mądrość”. Imieniem mądrości nazwano jedną stolicę i niezliczoną ilość królowych, ale ani słowem w leksykonie nie wspomniano, że była płci żeńskiej. Czy to nie cenzura?

Poza tym prawdą było, że Zofia objawiła się „wewnętrznemu wzrokowi Hildy”. Wydawało jej się, że przez cały czas ma przed oczami dziewczynkę o czarnych włosach...

Kiedy Zofia wróciła do domu, spędziwszy prawie całą noc w kościele św. Marii, stanęła przed lustrem w mosiężnych ramach, które przyniosła z chaty w lesie.

Wyraźnie widziała swoją pobladłą twarz, obramowaną czarnymi włosami, które za nic nie dawały się ułożyć w inną fryzurę niż w naturalne „proste włosy”. Ale gdzieś za tą twarzą czaił się obraz jakiejś innej dziewczynki.

Nagle obca dziewczynka energicznie zamrugała obojgiem oczu, jak gdyby chciała zasygnalizować, że naprawdę znajduje się tam, po drugiej stronie. Trwało to zaledwie kilka sekund i obca dziewczynka zniknęła.

Ile to razy sama Hilda stawała przed lustrem, jakby szukając czyjegoś odbicia? Ale skąd tatuś mógł o tym wiedzieć? A może szukała w nim wizerunku ciemnowłosej kobiety? Prababcia kupiła przecież lustro od Cyganki...

Hilda poczuła, że jej dłonie trzymające wielki segregator drżą. Miała wrażenie, że Zofia naprawdę istnieje gdzieś po drugiej stronie.

Zofia śniła o Hildzie i o Bjerkely. Hilda jej nie widziała ani nie słyszała, a potem Zofia na pomoście znalazła złoty krzyżyk Hildy. A kiedy obudziła się ze snu, złoty krzyżyk — z wygrawerowanymi inicjałami Hildy — leżał w jej, Zofii, łóżku!

Hilda musiała się zastanowić. Nie zgubiła chyba także i krzyżyka? Podeszła do komody i wyciągnęła kasetkę z biżuterią. Złoty krzyżyk, który dostała w dniu chrztu w prezencie od babci, zniknął!

To znaczy, że naprawdę zdołała go gdzieś zgubić. No cóż. Ale skąd tatuś mógł o tym wiedzieć, jeśli ona nie zdawała sobie z tego sprawy?

A poza tym było coś jeszcze: Zofii najwyraźniej śnił się powrót ojca Hildy z Libanu. Ale do tego momentu wciąż pozostawał jeszcze tydzień. Czy sen Zofii był proroczy? Czy ojciec uważał, że kiedy wróci do domu, to Zofia w jakiś sposób także tu będzie? Napisał, że spotka nową koleżankę...

Podczas jasnej jak słońce, lecz trwającej ledwie mgnienie oka wizji, Hilda poczuła, że Zofia z całą pewnością jest czymś więcej niż tuszem z taśmy maszyny do pisania. Ona istnieje naprawdę.

OŚWIECENIE

...od sposobu, w jaki robi się igły, do sposobu odlewania armat...

Gdy Hilda zaczęła czytać rozdział o renesansie, usłyszała, że do domu wchodzi matka. Popatrzyła na zegarek. Dochodziła czwarta.

Matka wbiegła po schodach na górę i zajrzała do jej pokoju.

— Nie byłaś w kościele?

— Byłam.

— Ale... w co się ubrałaś?

— Tak samo jak teraz.

— W nocnej koszuli?

— Mhm... Byłam w kościele św. Marii.

— Kościele św. Marii?

— To stary średniowieczny kościół z kamienia.

— Hilda!

Dziewczynka odłożyła segregator i spojrzała na matkę.

— Zapomniałam o czasie, mamo. Bardzo mi przykro, ale widzisz, czytam coś naprawdę bardzo interesującego.

Matka nie mogła powstrzymać uśmiechu.

— To magiczna książka — dodała Hilda.

— Dobrze już, dobrze. Jeszcze raz wszystkiego najlepszego, Hildo.

— Chyba już nie mam siły na więcej życzeń!

— Ale ja przecież nie... Odpocznę chwilę, a potem zrobię pyszny obiad. Udało mi się kupić truskawki.

— Ja poczytam.

Matka wyszła, a Hilda znów wsadziła nos w segregator.

Hermes prowadził Zofię przez miasto. Na klatce schodowej domu, w którym mieszkał Alberto, Zofia znalazła kolejną pocztówkę z Libanu. Na stemplu była data *15/6*.

Hilda dopiero teraz pojęła system dat: kartki datowane przed 15 czerwca były kopiami pocztówek, które Hilda dostała już wcześniej. Ale te, które nosiły dzisiejszą datę, dostała w segregatorze.

Kochana Hildo!

Zofia idzie teraz do domu nauczyciela filozofii. Niedługo skończy piętnaście lat, ale Ty miałaś piętnaste urodziny już wczoraj. A może to dzisiaj, córeczko? Jeśli to dzisiaj, to pora musi już być późna. Ale nasze zegarki nie zawsze chodzą tak samo...

Hilda czytała, jak Alberto opowiada Zofii o epoce renesansu i nowej nauce, XVII-wiecznych racjonalistach i angielskich empirystach.

Wzdrygała się raz po raz, gdy dochodziła do nowych kartek z kolejnymi życzeniami, które ojciec wplótł w opowiadanie. Gratulacje z okazji urodzin to wypadały z zeszytu z wypracowaniami, to pojawiały się po wewnętrznej stronie skórki banana, to znów wkradały się do komputera. Sprawienie, by Alberto „przejęzyczył się", nazywając Zofię imieniem Hilda, nie kosztowało ojca ani odrobiny wysiłku. Szczytem było zmuszenie Hermesa, by powiedział ludzkim głosem: „Wszystkiego najlepszego, Hildo!".

Hilda zgodziła się z Albertem, że ojciec posunął się za daleko, porównując samego siebie z Bogiem i boską opatrznością. Ale właściwie to z kim się zgadzała? Bo czyż to nie ojciec włożył oskarżycielskie — a więc samooskarżycielskie — słowa w usta Alberta? Doszła do wniosku, że porównanie z Bogiem mimo wszystko miało jakiś sens. Dla świata Zofii ojciec był przecież niemal wszechmogący.

Kiedy Alberto rozpoczynał opowiadanie o Berkeleyu, Hilda była tak samo spięta jak Zofia. Co się teraz stanie? Od dawna już wiadomo było, że wydarzy się coś niezwykłego, gdy dojdą do tego filozofa, który zaprzeczył istnieniu materialnego świata poza ludzką świadomością. Hilda skorzystała przecież z podpowiedzi w Leksykonie.

Zaczęło się od tego, że stali przy oknie i ujrzeli wysłany przez ojca Hildy samolot, który ciągnął długą wstęgę z życzeniami. Jednocześnie „zaczynały nadciągać ciemne chmury".

„Być albo nie być" nie jest więc całym pytaniem. Pytanie także, *czym* jesteśmy. Czy jesteśmy prawdziwymi ludźmi z krwi i kości? Czy nasz świat składa się z prawdziwych rzeczy, czy też otacza nas świadomość?

Nic dziwnego, że Zofia zaczęła obgryzać paznokcie. Hilda nigdy nie padła ofiarą tego brzydkiego nawyku, ale w tej chwili ona także miała niewyraźną minę.

A potem wpadli na to: „...dla nas tą wolą albo duchem, który jest przyczyną wszystkiego we wszystkim, może być ojciec Hildy".

— Uważasz, że on jest dla nas jak gdyby Bogiem?
— Nieskromny. Powinien się wstydzić!
— A co z samą Hildą?
— Ona jest aniołem, Zosiu.
— Aniołem?
— Hilda jest tym, do kogo zwraca się Duch.

Po tym Zofia uciekła od Alberta i wybiegła w burzę. Czy to przypadkiem nie ta sama burza, która dziś w nocy przeszła nad Bjerkely, zaledwie kilka godzin po tym, jak Zofia pędziła przez miasto?

Jutro są moje urodziny, myślała. Jakie to gorzkie, kiedy musi się przyznać akurat w przededniu piętnastych urodzin, że życie jest tylko snem. To tak jakby się śniło, że wygrało się milion, a potem nagle tuż przed odebraniem wielkiej nagrody zrozumiało się, że to był sen.

Zofia biegła przez zalane deszczem boisko. Wkrótce dostrzegła, że z przeciwka biegnie ku niej jakaś kobieta. Poznała matkę. W miasto raz za razem trafiały włócznie błyskawic.

Kiedy się spotkały, matka mocno ją przytuliła.

— Co się z nami dzieje, moje dziecko?

— Nie wiem — Zofia wybuchnęła płaczem. — To wszystko jest jak zły sen.

Hilda poczuła, że zwilgotniały jej oczy. *To be or not to be — that is the question.*

Rzuciła segregator na łóżko i wstała. Zaczęła chodzić po pokoju tam i z powrotem, tam i z powrotem. W końcu stanęła przed mosiężnym lustrem i wpatrywała się w swoje odbicie aż do chwili, gdy matka zawołała ją na obiad. Kiedy rozległo się pukanie do drzwi, Hilda nie miała pojęcia, jak długo tak stoi nieruchomo. Miała za to pewność, całkowitą pewność, że ta w lustrze mrugnęła obojgiem oczu.

Podczas obiadu starała się być wdzięcznym dzieckiem świętującym urodziny, ale Zofia i Alberto przez cały czas nie schodzili jej z myśli.

Co się z nimi stanie teraz, kiedy *wiedzą* już, że to ojciec Hildy decyduje o wszystkim? Chociaż, czy naprawdę wiedzą? Jak mogą wiedzieć cokolwiek? To przecież tylko ułuda. To przecież tylko ojciec udaje, że oni wiedzą. Ale i tak problem pozostawał: ponieważ Zofia i Alberto „wiedzieli", jak to wszystko się składa, w pewnym sensie znaleźli się u kresu drogi.

O mały włos nie zakrztusiła się sporym kawałkiem ziemniaka, kiedy przyszło jej do głowy, że być może to samo dotyczy także jej własnego świata. Ludzie posuwają się coraz dalej w odkrywaniu i poznawaniu praw przyrody. Czy historia może toczyć się dalej po tym, gdy ostatnie elementy łamigłówki filozofii i nauki znajdą swoje miejsce? Czy ludzie zbliżają się do kresu dziejów? Czyż jest związek między rozwojem myśli i nauki a efektem cieplarnianym i wypalonymi lasami tropikalnymi? Może nazwanie dążenia człowieka do poznania „grzesznym upadkiem" nie było wcale takie głupie?

Zagadnienie to było tak wielkie i tak przerażające, że Hilda starała się o nim zapomnieć. Z pewnością zrozumie więcej, gdy będzie po prostu dalej czytać prezent urodzinowy od ojca.

— „Powiedz mi, czego jeszcze chcesz" — zaśpiewała matka, kiedy już zjadły lody z włoskimi truskawkami. — Będziemy robić dokładnie to, na co w tej chwili masz największą ochotę.

— Wiem, że to może zabrzmieć dziwnie, ale mam największą ochotę czytać dalej prezent od tatusia.

— Nie pozwól tylko, by całkiem namieszał ci w głowie.

— Na pewno nie zamiesza.

— W czasie *Derricka* możemy zjeść pizzę...

— Może i tak...

Hilda zaczęła myśleć o tym, jak Zofia rozmawiała ze swoją matką. Chyba ojciec nie wplótł matki Hildy w tę drugą matkę? Na wszelki wypadek postanowiła nie mówić o białych królikach wyciągniętych z cylindra wszechświata, a w każdym razie nie dzisiaj.

— Wiesz co? — zagadnęła, mając zamiar wstać od stołu.

— Co takiego?

— Nie mogę znaleźć swojego złotego krzyżyka.

Matka popatrzyła na nią z tajemniczym błyskiem w oku.

— Kilka tygodni temu znalazłam go na pomoście. Musiałaś go tam zostawić, panno zawieruszalska!

— Mówiłaś o tym tacie?

— Nie pamiętam. Chociaż, chyba tak...

— Gdzie jest krzyżyk?

Matka wstała, żeby przynieść swoją szkatułkę z biżuterią. Hilda usłyszała okrzyk zdziwienia dobiegający z sypialni. Wkrótce matka wróciła do salonu.

— Wiesz, akurat w tym momencie nie mogę go znaleźć.

— Tak przypuszczałam.

Uściskała matkę i biegiem wróciła do pokoiku na poddaszu. Nareszcie, teraz będzie mogła czytać dalej o Zofii i Albercie. Ułożyła się na łóżku tak jak przedtem, z ciężkim segregatorem na kolanach.

Następnego ranka Zofia obudziła się, gdy matka weszła do jej pokoju. Matka przyniosła tacę pełną prezentów, a w butelkę po oranżadzie wetknęła norweską flagę.

— Wszystkiego najlepszego, Zosiu!

Zofia przetarła oczy, odpędzając sen. Starała się przypomnieć sobie wszystko, co wydarzyło się wczoraj. Ale w głowie miała jakby rozsypane kawałki puzzle. Jednym z kawałków był Alberto, innym Hilda i major, jeszcze inne to Berkeley i Bjerkely. Najbardziej tajemniczym ze wszystkich kawałków była gwałtowna burza. Zofia przeżyła załamanie nerwowe. Matka wytarła ją ręcznikiem i zwyczajnie położyła do łóżka z kubkiem gorącego mleka z miodem. Dziewczynka zasnęła, ledwie przyłożyła głowę do poduszki.

— Myślę, że żyję — oznajmiła, nieco od rzeczy.

— Oczywiście, że żyjesz. I kończysz dzisiaj piętnaście lat.

— Pewna jesteś?

— Owszem, całkowicie pewna. Czy matka może nie wiedzieć, kiedy urodziło się jej jedyne dziecko? 15 czerwca 1975 roku... o pół do drugiej, Zosiu. To była najszczęśliwsza chwila w moim życiu.

— Jesteś pewna, że to wszystko nie jest tylko snem?

— W każdym razie musi to być dość przyjemny sen: obudzić się na bułeczki, lemoniadę i prezenty urodzinowe.

Ustawiła tacę z prezentami na krześle i na chwilę wyszła z pokoju. Wróciła z kolejną tacą, tym razem z bułeczkami i lemoniadą. Ustawiła ją w nogach łóżka Zofii.

Teraz nastąpił już zwykły urodzinowy poranek, pełen rozpakowywania prezentów i wspomnień sięgających pierwszych bólów porodowych piętnaście lat temu. Od matki Zofia dostała rakietę tenisową. Nigdy nie grała w tenisa, ale o kilka minut drogi od ulicy Koniczynowej był odkryty kort. Ojciec przesłał mini-telewizor połączony z radiem. Ekran nie był większy od zwykłej fotografii. Dostała też podarunki od starych ciotek i przyjaciół rodziny.

Po pewnym czasie matka zapytała:

— Myślisz, że nie powinnam dzisiaj iść do pracy?

— Nie, a dlaczego?

— Wczoraj byłaś kompletnie oszołomiona. Jeśli to potrwa dłużej, myślę, że powinnyśmy zamówić wizytę u psychologa.

— Daj spokój!

— Czy to tylko burza, czy także ten Alberto?

— A co z tobą? Krzyczałaś: „Co się z nami dzieje, moje dziecko".

— Myślałam o tym, że zaczęłaś się włóczyć po mieście i spotykać z dziwnymi ludźmi. Może to moja wina...

— Nie jest niczyją winą, że w wolnym czasie przerabiam krótki kurs filozofii. Idź do pracy. Mamy się spotkać w szkole o dziesiątej. Tylko rozdanie świadectw i pożegnalny poczęstunek.

— Wiesz, jakie będziesz miała stopnie?

— Na pewno więcej piątek niż na semestr.

Wkrótce po wyjściu matki rozdzwonił się telefon.

— Zofia Amundsen.

— Mówi Alberto.

— Ooo...

— Major wczoraj nie szczędził prochu.

— Nie wiem, o co ci chodzi.

— O burzę, Zosiu.

— Nie wiem, w co mam wierzyć.

— To najprzedniejsza cnota prawdziwego filozofa. Dumny jestem, że tak wiele się nauczyłaś w tak krótkim czasie.

— Boję się, że nic nie jest rzeczywiste.

— Określane jest to jako lęk egzystencjalny i z reguły bywa tylko etapem do nowego poznania.

— Chyba potrzebna mi jest krótka przerwa w kursie.

— Tak dużo żab jest w twoim ogrodzie?

Zofia zaczęła się śmiać. Alberto mówił dalej:

— Myślę, że raczej powinniśmy kontynuować. A przy okazji, wszystkiego najlepszego. Musimy skończyć kurs przed nocą świętojańską. To nasza ostatnia nadzieja.

— Ostatnia nadzieja na co?

— Siedzisz wygodnie? Potrzebuję trochę czasu.

— Owszem, dość wygodnie.

— Pamiętasz Kartezjusza?

— „Myślę, więc jestem".

— W naszym metodycznym zwątpieniu absolutnie nie mamy w tym momencie czego się trzymać. Nie wiemy nawet, czy myślimy. Być może okaże się, że *jesteśmy* myślą, a to zupełnie co innego niż myśleć samemu. Mamy powody, by przypuszczać, że jesteśmy wymyśleni przez ojca Hildy i stanowimy tylko rozrywkę urodzinową dla córki majora z Lillesand. Słuchasz mnie?

— Tak...

— Ale wobec tego wszystko sobie przeczy. Jeśli jesteśmy wymyśleni, to nie mamy prawa w cokolwiek wierzyć. W takiej sytuacji cała ta rozmowa telefoniczna jest czystą fantazją.

— I wtedy nie mamy ani odrobiny wolnej woli. Major planuje wszystko, co mówimy i robimy. Równie dobrze więc możemy odłożyć słuchawki.

— Nie, zbytnio upraszczasz.

— Wyjaśnij!

— Czy sądzisz, że człowiek planuje wszystko, o czym śni? Owszem, może być prawdą, że ojciec Hildy *zdaje sobie sprawę* ze wszystkiego, co robimy. Ucieczka od jego wszechwiedzy może okazać się równie trudna jak ucieczka przed własnym cieniem. Ale — i właśnie w związku z tym zacząłem opracowywać pewien plan — nie jest wcale pewne, że major z góry postanowił o wszystkim, co się będzie działo. Możliwe, że czasem podejmuje decyzję dopiero w ostatniej chwili, w momencie tworzenia. Właśnie w takich momentach mamy szansę wykazać się odrobiną własnej inicjatywy i pokierować tym, co mówimy i myślimy. Nasza inicjatywa ograniczona będzie, rzecz jasna, do impulsów niezmiernie słabych w porównaniu z hałaśliwymi posunięciami majora. Jesteśmy co prawda bezbronni wobec natrętnych okoliczności zewnętrznych, takich jak mówiące psy, samoloty ze wstęgami, wiadomości w bananie i burze z piorunami na zamówienie. Ale nie możemy wykluczyć, że w pewnym, niewielkim zakresie mamy wolną wolę.

— Jak to możliwe?

— W naszym małym świecie major jest oczywiście wszechmogący. Ale musimy próbować żyć tak, jakby to była nieprawda.

— Chyba rozumiem, o czym myślisz.

— Cała sztuka polega na tym, żeby udało nam się chyłkiem zrobić coś całkowicie samodzielnie, coś, czego nawet major nie mógłby odkryć.

— Jak to możliwe, jeśli nie istniejemy?

— A kto powiedział, że nie istniejemy? Pytanie nie brzmi, *czy* jesteśmy, lecz *czym* jesteśmy i *kim*. Choćby się nawet miało okazać, że jesteśmy zaledwie impulsami w rozdwojonej wyobraźni majora, nie odbiera nam to wcale naszej odrobiny egzystencji.

— Ani też naszej wolnej woli?

— Pracuję nad tą sprawą, Zosiu.

— Ale przecież tego, że pracujesz nad tą sprawą, ojciec Hildy musi być także aż do bólu świadomy.

— Oczywiście. Ale on nie zna samego planu. Próbuję znaleźć Archimedesowy punkt oparcia.

— Archimedesowy?

— ARCHIMEDES był uczonym okresu hellenizmu. Powiedział: „Dajcie mi punkt oparcia, a poruszę Ziemię". Taki właśnie punkt musimy znaleźć, by wyrwać się z wewnętrznego wszechświata majora.

— To będzie śmiałe posunięcie.

— Ale nie uda nam się wymknąć, dopóki nie uporamy się z całym kursem filozofii. Do tego czasu on będzie nas zbyt mocno trzymać. Najwyraźniej postanowił, że przeprowadzę cię przez stulecia aż do naszych czasów. Ale mamy przed sobą zaledwie kilka dni, zanim on wsiądzie do samolotu gdzieś na Bliskim Wschodzie. Jeśli nie zdołamy uwolnić się od jego lepkiej wyobraźni, zanim przybędzie do Bjerkely, to jesteśmy straceni.

— Przerażasz mnie...

— Najpierw muszę ci podać wszystkie najważniejsze informacje o francuskim oświeceniu. Później w ogólnym zarysie musimy omówić Kanta, zanim zabierzemy się za romantyzm. Dla nas dwojga szczególnie istotnym elementem układanki będzie Hegel. Będziemy się też musieli przyjrzeć, jak Kierkegaard rozprawia się z filozofią heglowską. Nie unikniemy też kilku słów o Marksie, Darwinie i Freudzie. Jeśli zdążymy z paroma końcowymi uwagami na temat Sartre'a i egzystencjalizmu, plan może zostać wdrożony w życie.

— To sporo jak na jeden tydzień.

— Dlatego musimy zacząć od razu. Czy możesz przyjść?

— Muszę iść do szkoły. Będzie pożegnalny poczęstunek i rozdanie świadectw.

— Zrezygnuj z tego! Jeśli jesteśmy czystą świadomością, to złudą jest, że oranżada i słodycze będą miały jakikolwiek smak.

— Ale świadectwo...

— Zosiu, albo żyjesz w niesamowitym wszechświecie, na malusieńkiej planecie w jednej z wielu setek miliardów galaktyk, albo jesteś tylko kilkoma elektromagnetycznymi impulsami w świadomości jakiegoś majora. I ty mówisz o świadectwie! Powinnaś się wstydzić!

— Sorry.

— Ale dobrze, idź do szkoły, spotkamy się później. Gdybyś poszła na wagary w ostatni dzień przed wakacjami, mogłoby to mieć zły wpływ na Hildę. Ona na pewno pójdzie do szkoły, chociaż są jej urodziny, bo ona przecież jest aniołem.

— Dobrze, przyjdę zaraz po szkole.

— Możemy się spotkać w Chacie Majora.

— W Chacie Majora?

...klik...

Hilda opuściła segregator na kolana. Ojciec miał wyrzuty sumienia, ponieważ ona opuściła ostatni dzień szkoły. Co za chytrus!

Przez chwilę zastanawiała się, jaki plan może wykluć się w głowie Alberta. Może zajrzeć na ostatnią stronę? Nie, to by było oszustwo, lepiej jak najszybciej po prostu czytać dalej.

Była przekonana, że w pewnym istotnym punkcie Alberto ma rację. Owszem, prawdą było, że ojciec Hildy ma wgląd w to, co dzieje się z Zofią i Albertem. Ale kiedy siedział i pisał, z pewnością nie przewidywał wszystkiego, co nastąpi. Może w pośpiechu napisał coś, co odkryje dopiero po długim czasie? Właśnie w takim momencie nieuwagi Zofia i Alberto mieli pewną wolność.

I znów Hildę ogarnęło bliskie pewności uczucie, że Zofia i Alberto naprawdę istnieją. Choć powierzchnia morza jest całkiem spokojna, nie znaczy to wcale, że w głębinie nic się nie dzieje, pomyślała.

Ale dlaczego tak myślała?

Nie była to w każdym razie myśl, która poruszała się po powierzchni wody.

W szkole nie było końca hałaśliwym życzeniom dla Zofii z okazji urodzin. Być może fakt, że poświęcano jej aż tyle uwagi, wynikał z ogólnego podniecenia wywołanego świadectwami i butelkami z oranżadą.

Kiedy tylko przebrzmiały słowa nauczyciela życzącego im wesołych wakacji i pozwolono im odejść, Zofia jak strzała pomknęła do domu. Jorunn próbowała ją zatrzymać, ale Zofia odkrzyknęła tylko, że bardzo się spieszy.

W skrzynce na listy znalazła dwie kartki z Libanu. Na obu widniał napis „HAPPY BIRTHDAY — 15 YEARS". Były to kupione w sklepie kartki z gotowym nadrukiem.

Jedna z nich zaadresowana była do *Hildy Møller Knag, c/o Zofia Amundsen...* Ale druga była osobiście dla Zofii. Obie ostemplowano: *Batalion ONZ, 15 czerwca.*

Zofia przeczytała najpierw kartkę adresowaną do siebie:

Droga Zosiu Amundsen!

Dzisiaj Tobie także należą się życzenia z okazji urodzin. Wszystkiego najlepszego, Zosiu. Bardzo dziękuję za wszystko, co dotychczas zrobiłaś dla Hildy.

Serdeczne pozdrowienia,

Albert Knag, major

Zofia nie bardzo wiedziała, jak ma zareagować na to, że ojciec Hildy nareszcie przysłał kartkę także i dla niej. Na swój sposób było to wzruszające.

Na kartce do Hildy napisano:

Kochana Hilduniu!

Nie wiem, jaki jest dzień i jaka pora dnia w Lillesand, ale jak już wspomniałem, nie ma to większego znaczenia. O ile Cię dobrze znam, nie spóźnię się z ostatnimi, a już na pewno przedostatnimi życzeniami stąd. Ale Ty też nie siedź za długo! Alberto niedługo opowie o ideach francuskiego oświecenia. Skoncentruje się na następujących siedmiu punktach:

1. *Bunt przeciw autorytetom*
2. *Racjonalizm*
3. *Idea oświecenia*
4. *Optymizm*
5. *Powrót do natury*
6. *Zhumanizowane chrześcijaństwo*
7. *Prawa człowieka*

Najwyraźniej nadal miał na nich oko.

Zofia otworzyła kluczem drzwi domu i położyła świadectwo z samymi piątkami na kuchennym stole. Potem wymknęła się przez żywopłot i pobiegła do lasu.

Znów musiała przeprawić się łodzią przez małe jeziorko. Kiedy znalazła się po drugiej stronie, Alberto siedział już na schodku. Dał jej znak, by zajęła miejsce obok niego.

Pogoda była ładna, ale od wody ciągnęło chłodem, jakby jeszcze nie doszła do siebie po nocnej burzy.

— Od razu przystępujemy do dzieła — oznajmił Alberto. — Po Humie następnym wielkim twórcą całego systemu filozoficznego był Niemiec, KANT. Ale i Francja w XVIII wieku wydała wielu wybitnych myślicieli. Możemy powiedzieć, że filozoficzny punkt ciężkości Europy w pierwszej połowie XVIII wieku znajdował się w Anglii, w połowie XVIII wieku we Francji, a pod koniec stulecia w Niemczech.

— Czyli przejście od zachodu na wschód.

— Owszem. Szybko przedstawię ci niektóre myśli wspólne dla francuskich filozofów oświecenia. Chodzi tu o takie ważne nazwiska, jak MONTESKIUSZ, WOLTER, ROUSSEAU, i wielu innych. Skoncentrujemy się na siedmiu ważnych punktach.

— Dziękuję, znam je doskonale.

Zofia podała mu kartkę od ojca Hildy. Alberto westchnął ciężko.

— Mógł sobie tego oszczędzić... Pierwsze hasło brzmi więc: *Bunt przeciw autorytetom.* Wielu francuskich filozofów oświecenia odwiedzało Anglię, która pod wieloma względami jawiła im się jako bardziej wolnomyślicielska niż ich własna ojczyzna. Fascynowała ich angielska nauka, a zwłaszcza Newton i jego uniwersalna fizyka. Zainspirowała ich także angielska filozofia, szczególnie Locke i jego filozofia polityki. Po powrocie do Francji stopniowo podejmowali walkę z dawnymi autorytetami. Przyjmowali sceptyczną postawę wobec wszystkich odziedziczonych prawd. Uważali, że każdy człowiek powinien samodzielnie szukać odpowiedzi na wszystkie pytania. Inspirujące były dla nich także poglądy Kartezjusza.

— Bo on chciał przecież budować wszystko od podstaw.

— No właśnie. Bunt przeciw autorytetom zwrócił się szczególnie przeciw władzy Kościoła, króla i szlachty. Instytucje te w XVIII wieku były o wiele potężnjesze we Francji niż w Anglii.

— A potem wybuchła rewolucja.

— Tak w 1789 roku. Ale nowe idee pojawiły się wcześniej. Następnym punktem jest *racjonalizm.*

— Sądziłam, że racjonalizm umarł z Hume'em.

— Sam Hume zmarł dopiero w roku 1776, około dwadzieścia lat po Monteskiuszu i zaledwie dwa lata przed Wolterem i Rousseau. Wszyscy trzej odwiedzali Anglię i dobrze znali filozofię Locke'a. Pamiętasz pewnie, że Locke nie był wcale konsekwentnym empirystą. Uważał na przykład, że zarówno wiara w Boga, jak i pewne normy moralne są właściwościami ludzkiego rozumu. Pogląd ten stanowi również trzon francuskiej filozofii oświecenia.

— Powiedziałeś też, że Francuzi zawsze byli większymi racjonalistami od Anglików.

— Różnica ta ma swe korzenie jeszcze w średniowieczu. Anglik mówi *common sense* — zdrowy rozsądek, Francuz w zbliżonym znaczeniu używa słowa *evidence.* Zwrot angielski można przetłumaczyć dosłownie jako „wspólne doświadczenie", zaś francuski jako „oczywistość" — a więc coś, co podpowiada rozum.

— Rozumiem.

— Podobnie do starożytnych humanistów — takich jak Sokrates i stoicy — większość filozofów oświecenia niezłomnie wierzyła w potęgę ludzkiego rozumu. Było to tak uderzające, że często epokę francuskiego oświecenia nazywa się po prostu okresem racjonalizmu. Nowe nauki przyrodnicze niezbicie dowodziły, że przyroda urządzona jest rozumnie. Filozofowie oświecenia upatrywali swe zadanie w określeniu podstaw moralności, religii i etyki zgodnej z niezmiennym rozumem człowieka. To doprowadziło ich do *idei oświecenia.*

— To już trzeci punkt.

— Należało „nieść kaganek oświaty" szerokim rzeszom ludu, taki był warunek, by mogło powstać lepsze społeczeństwo. Uważano, że nędza i ucisk powodowane są nieświadomością i przesądami. Dlatego właśnie wiele uwagi poświęcono wychowaniu dzieci i ludu. Nic dziwnego, że pedagogika jako nauka wywodzi się z epoki oświecenia.

— Tak więc system szkolnictwa narodził się w średniowieczu, a pedagogika w oświeceniu.

— Można to tak ująć. Pomnikiem myśli oświeceniowej, co zresztą jest typowe, był wielki leksykon. Myślę tu o tak zwanej Encyklopedii, która w 28 tomach ukazała się w latach 1751–1772 przy udziale wszystkich wielkich filozofów oświecenia. „Jest tu wszystko — mówiono — od sposobu, w jaki robi się igłę, do sposobu odlewania armaty".

— Następnym punktem był *optymizm.*

— Czy możesz być tak dobra i odłożyć tę kartkę na czas, kiedy mówię?

— Przepraszam.

— Filozofowie oświecenia uznali, że gdy rozum i wiedza zwyciężą, ludzkość uczyni wielki krok naprzód. Nadejście chwili, kiedy bezrozumność i niewiedza będą musiały ugiąć się przed „oświeconą" ludzkością, to tylko kwestia czasu. Myśl ta panowała w Europie Zachodniej jeszcze pięćdziesiąt lat temu. Dziś nie jesteśmy już tak przekonani, że każdy rozwój ma tylko dobre strony. Ale krytyka cywilizacji została przedstawiona już przez francuskich filozofów oświecenia.

— Może powinniśmy byli ich usłuchać.

— Dla niektórym hasłem stał się *powrót do natury.* Za naturę filozofowie oświecenia uważali niemal to samo co rozum. Ludzki rozum jest bowiem dany przez naturę, w przeciwieństwie do Kościoła i cywilizacji. Podkreślano, że „ludzie natury" często są zdrowsi i szczęśliwsi od Europejczyków, właśnie dlatego, że nie są cywilizowani. Rousseau sformułował hasło „powrotu do natury". Natura jest bowiem dobra i człowiek z natury jest dobry. Zło tkwi w społeczeństwie. Rousseau uważał także, że dziecko powinno żyć w „naturalnym" stanie niewinności tak długo, jak to możliwe. Można powiedzieć, że myśl, iż dzieciństwo jest samoistną wartością, wywodzi się z oświecenia. Wcześniej traktowano je tylko jako przygotowanie do dorosłego życia. Ale jesteśmy przecież ludźmi i przeżywamy swoje życie na Ziemi, również kiedy jesteśmy mali.

— Ja też tak uważam.

— Naturalną należało uczynić szczególnie religię.

— Co to miało znaczyć?

— Religię także należało doprowadzić do zgodności z „naturalnym" rozumem człowieka. Walczono o to, co nazywamy *zhumanizowanym pojmowaniem chrześcijaństwa,* co jest szóstym punktem na naszej liście. Wielu było w tym czasie konsekwentnych materialistów, którzy nie wierzyli w żadnego Boga, stali więc na stanowisku ateistycznym. Większość jednak filozofów oświecenia uważała za nierozumne wyobrażanie sobie świata bez Boga. Świat był na to zbyt rozumnie urządzony. Ten sam pogląd wyrażał na przykład Newton. Podobnie za rozsądną uważano wiarę w nieśmiertelność duszy. Tak jak dla Kartezjusza pytanie, czy człowiek ma nieśmiertelną duszę, było raczej kwestią rozumu niż wiary.

— To właśnie jest trochę dziwne. Dla mnie to typowy przykład czegoś, w co można jedynie wierzyć, a czego nie można wiedzieć.

— Ale też i nie żyjesz w XVIII wieku. Zdaniem filozofów oświecenia chrześcijaństwo należało oczyścić ze wszystkich nie dających się objąć rozumem dogmatów czy prawd wiary, które przez całą historię Kościoła dopisywano do nauki głoszonej przez Jezusa.

— Zgadzam się z tym.

— Wielu wyznawało także *deizm*.

— Wyjaśnij!

— Deizm to pogląd, zgodnie z którym Bóg stworzył świat dawno, dawno temu, ale później się światu nie objawiał. W ten sposób Bóg został zredukowany do istoty najwyższej, która daje się poznać ludziom jedynie przez naturę i jej prawa, a więc nie objawia się w sposób nadprzyrodzony. Takiego „filozoficznego Boga" spotykamy także u Arystotelesa. Dla niego Bóg jest „pierwszą przyczyną" świata, „pierwszym poruszającym".

— Został jeszcze tylko jeden punkt, *prawa człowieka*.

— Ostatni, ale być może najważniejszy. Ogólnie można powiedzieć, że francuska filozofia oświecenia była nastawiona bardziej praktycznie niż filozofia angielska.

— Ponosili konsekwencje swojej filozofii i działali według jej założeń?

— Tak. Francuscy filozofowie oświecenia nie zadowalali się teoretycznym określeniem miejsca człowieka w społeczeństwie. Aktywnie walczyli o to, co nazywali „naturalnymi prawami" obywateli. Przede wszystkim chodziło o walkę z cenzurą, czyli o wolność słowa. Zarówno w dziedzinie religii, moralności, jak i polityki, każdy człowiek powinien mieć zapewnione prawo do swobody myśli i swobodnego wyrażania opinii. Walczono także o zniesienie niewolnictwa i bardziej humanitarne traktowanie przestępców.

— Sądzę, że podpisałabym się pod większością tych postulatów.

— Zasada poszanowania godności człowieka przekształciła się wreszcie w *Deklarację praw człowieka i obywatela* przyjętą przez francuskie zgromadzenie narodowe w roku 1789. Deklaracja była jedną z ważnych podstaw konstytucji norweskiej uchwalonej w 1814 roku.

— Ale nadal wielu ludzi musi walczyć o te prawa.

— Niestety, to prawda. Ale filozofowie oświecenia pragnęli ustalić pewne prawa należne wszystkim ludziom po prostu z racji tego, że urodzili się ludźmi. To właśnie mieli na myśli mówiąc o naturalnych prawach. Nadal często mówimy o prawie naturalnym, które może pozostawać w sprzeczności ze stanowionymi prawami danego kraju. Ciągle słyszymy, że pojedynczy ludzie albo całe grupy ludności powołują się na to naturalne prawo, buntując się przeciw bezprawiu, niewoli i uciskowi.

— A co z prawami kobiet?

— Rewolucja w roku 1789 ustaliła wiele praw, które miały dotyczyć wszystkich obywateli. Ale przez obywatela rozumiano właściwie mężczyznę. Jednak właśnie podczas rewolucji francuskiej widzimy pierwsze przykłady walki o prawa kobiet.

— Najwyższy czas.

— Już w roku 1787 jeden z filozofów oświecenia, CONDORCET, wydał pracę o prawach kobiet. Uważał, że kobiety mają te same prawa naturalne co mężczyźni. Podczas rewolucji 1789 roku kobiety bardzo aktywnie uczestniczyły w walce przeciwko staremu, feudalnemu porządkowi społecznemu. To właśnie kobiety na przykład prowadziły demonstracje, które w końcu zmusiły króla, by opuścił pałac w Wersalu. W Paryżu powstało wiele grup kobiecych. Oprócz żądania takich samych uprawnień politycznych jak dla mężczyzn, wysuwano również postulaty zmian prawa o zawieraniu małżeństw i poprawy socjalnych warunków kobiet.

— Czy otrzymały te prawa?

— Nie. Jak wiele razy później, problem praw kobiet wypłynął z związku z rewolucją. Ale gdy tylko wszystko uspokoiło się w nowym systemie, wprowadzono z powrotem dawne porządki „społeczeństwa mężczyzn".

— Typowe.

— Jedną z tych, które walczyły o prawa kobiet podczas rewolucji francuskiej, była OLYMPE DE GOUGES. W roku 1791 — a więc dwa lata po rewolucji — ogłosiła deklarację praw kobiet. Deklaracja praw obywateli nie zawierała żadnego artykułu o naturalnych prawach k o b i e t. Olympe de Gouges żądała dla nich tych samych uprawnień, jakie posiadali mężczyźni.

— I jak jej poszło?

— Została zgładzona w roku 1793. W tymże roku zakazano kobietom wszelkiej politycznej działalności.

— Och!

— Dopiero w XIX wieku walka o wyzwolenie kobiet ruszyła całą parą, obejmując zarówno Francję, jak i większość Europy. Stopniowo też zaczęła wydawać owoce. Ale na przykład w Norwegii kobiety otrzymały prawo wyborcze dopiero w 1913 roku. A w wielu krajach kobiety nadal o nie walczą.

— Mogą liczyć na moje pełne wsparcie.

Alberto siedział zapatrzony w jezioro. Po chwili milczenia rzekł:

— To już najwidoczniej wszystko, co miałem powiedzieć o filozofii oświecenia.

— Dlaczego „najwidoczniej"?

— Nie czuję, by miało przyjść coś więcej.

Kiedy wypowiadał to zdanie, w jeziorze nagle coś się zaczęło dziać. Na samym środku woda wysoką fontanną strzeliła w górę. Wkrótce nad powierzchnię wyłoniło się coś wielkiego, obrzydliwego.

— Wąż morski! — zawołała Zofia.

Wstrętny stwór zakołysał się kilkakrotnie w przód i w tył, potem opadł na dno i woda znów była spokojna jak przedtem.

Alberto tylko się odwrócił.

— Wejdźmy do środka.

Oboje podnieśli się i weszli do chatki.

Zofia stanęła przed obrazami przedstawiającymi Berkeleya i Bjerkely. Wskazała na widoczek Bjerkely i powiedziała:

— Myślę, że Hilda mieszka gdzieś tu na tym obrazku.

Między obrazkami wisiała teraz także haftowana wstążka. Wyszywane literki układały się w napis: *WOLNOŚĆ, RÓWNOŚĆ, BRATERSTWO*.

Zofia odwróciła się do Alberta:

— Czy to ty powiesiłeś?

Potrząsnął głową, krzywiąc się ze smutkiem.

Nagle Zofia dostrzegła na półeczce nad kominkiem kopertę. Zaadresowano ją *Do Hildy i Zofii*. Zofia natychmiast zrozumiała, kto jest nadawcą, ale nowością było, że zaczął brać pod uwagę także i ją.

Otworzyła kopertę i przeczytała na głos:

Kochane dziewczyny! Nauczyciel filozofii Zofii powinien także podkreślić znaczenie, jakie miała francuska filozofia oświecenia dla ideałów i zasad, na których opiera się ONZ. Dwieście lat temu hasło „Wolność, równość, braterstwo" przyczyniło się do zjednoczenia francuskiej burżuazji. Dzisiaj te same słowa muszą zjednoczyć cały świat. Jak nigdy dotąd ważne jest, aby ludzkość stała się jedną wielką rodziną. Nasi następcy to nasze dzieci i wnuki. Jaki świat odziedziczą po nas?

Matka Hildy krzyknęła, że włożyła już pizzę do piekarnika, bo za dziesięć minut zaczyna się *Derrick*. Hilda czuła się po wszystkim, co przeczytała, całkowicie wykończona. Od szóstej przecież była na nogach.

Postanowiła poświęcić resztę wieczoru na uczczenie piętnastych urodzin razem z matką. Najpierw jednak musiała sprawdzić coś w leksykonie.

— Gouges... Nie. De Gouges? Nie, także nie. Może Olympe de Gouges? Niestety. Leksykon Klubu Książki ani słowem nie wspomniał o kobiecie zgładzonej za polityczne zaangażowanie w sprawę kobiet. Czy to nie skandaliczne?

Bo chyba ojciec nie wymyślił także i jej?

Hilda zbiegła na dół po większy leksykon.

— Muszę tylko coś sprawdzić — rzuciła zdumionej matce.

Zabrała ten tom leksykonu wydawnictwa Aschehoug, który obejmował hasła od FOR do GR i pobiegła do swego pokoju.

Gouges... Jest!

GOUGES Marie Olympe (1748–93), fr. pisarka, aktywna uczestniczka rewolucji francuskiej, m.in. autorka licznych dramatów i broszur dot. kwestii społecznych. Działaczka na rzecz wyzwolenia kobiet. 1791 wydała *Deklarację praw kobiety.* Stracona 1793 za obronę Ludwika XVI i atakowanie Robespierre'a (Lit. L. Laqur, *Les Origines du feminisme contemporain,* 1990).

KANT

...niebo gwiaździste nade mną, prawo moralne we mnie...

Dopiero około północy major Albert Knag zadzwonił do domu, by złożyć Hildzie życzenia z okazji piętnastych urodzin.

Telefon odebrała matka.

— To do ciebie, Hildo.

— Halo?

— Mówi tatuś.

— Zwariowałeś? Już prawie dwunasta.

— Chciałem ci tylko złożyć życzenia...

— Robiłeś to przez cały dzień.

— ...ale chciałem zaczekać aż dzień się skończy.

— Dlaczego?

— Nie dostałaś prezentu?

— Dostałam. Bardzo dziękuję.

— Nie dręcz mnie. Co o nim myślisz?

— Fantastyczny! Prawie nic dzisiaj nie jadłam.

— Musisz jeść.

— Ale to takie pasjonujące.

— Jak daleko dotarłaś? Musisz mi to wreszcie powiedzieć, Hildo.

— Weszli do Chaty Majora, bo zacząłeś ich drażnić wężem morskim...

— Oświecenie.

— I Olympe de Gouges.

— W takim razie aż tak bardzo się nie pomyliłem.

— Jak to „pomyliłem"?

— Wydaje mi się, że zostały już tylko jedne życzenia. Będzie do nich melodia.

— Przeczytam trochę w łóżku przed snem.

— Rozumiesz coś z tego?

— Więcej się nauczyłam przez ten dzień niż... niż kiedykolwiek przedtem. To niewiarygodne, że nie upłynęła nawet doba od chwili, kiedy Zofia wróciła do domu ze szkoły i znalazła pierwszą kopertę.

— To dziwne, jak niewiele potrzeba.

— Ale trochę mi jej szkoda.

— Mamy?

— Nie, skąd! Zofii.

— Ooo...

— Wszystko jej się pomieszało, biedaczce.

— Ale przecież ona jest tylko... To znaczy...

— Chcesz powiedzieć, że jest tylko czymś, co wymyśliłeś.

— Coś w tym rodzaju.

— Ale ja myślę, że Zofia i Alberto i s t n i e j ą.

— Porozmawiamy, kiedy wrócę do domu.

— Dobrze.

— I życzę ci nadal dobrego dnia.

— Co powiedziałeś?

— To znaczy dobrej nocy.

— Dobranoc.

Pół godziny później, kiedy Hilda położyła się, na dworze wciąż było tak jasno, że mogła popatrzeć na ogród i na zatokę. O tej porze roku nie robiło się zupełnie ciemno.

Przez chwilę bawiła się myślą, że znajduje się w środku obrazu zawieszonego na ścianie w małej leśnej chatce. Czy można wyjrzeć z tego obrazu na świat, który jest poza nim?

Przed snem postanowiła przeczytać jeszcze choć parę kartek z segregatora.

Zofia odłożyła list ojca Hildy na półeczkę nad kominkiem.

— To z ONZ może rzeczywiście być ważne — powiedział Alberto. — Ale nie podoba mi się, że się wcina w moje opowiadanie.

— Nie przejmuj się tym aż tak.

— Postanowiłem od tej chwili nie zwracać uwagi na te nadzwyczajne zjawiska, węże morskie i temu podobne. Siądźmy przy oknie, opowiem ci o Kancie.

Na stoliczku między dwoma fotelami Zofia dostrzegła parę okularów. Zauważyła, że szkła są czerwone. Czy to jakieś specjalne okulary słoneczne?

— Dochodzi druga — stwierdziła. — Muszę być w domu przed piątą. Mama na pewno ma jakieś plany związane z urodzinami.

— To znaczy, że mam trzy godziny.

— Zaczynaj!

— IMMANUEL KANT urodził się w roku 1724 w rodzinie siodlarza w Królewcu. Spędził w tym wschodniopruskim mieście prawie całe życie, aż do śmierci, a umarł mając osiemdziesiąt lat. Odebrał surowe religijne wychowanie. Na kształt filozofii Kanta bez wątpienia wywarły wpływ jego przekonania chrześcijańskie. Podobnie jak Berkeley, Kant chciał ratować podstawy wiary chrześcijańskiej.

— O Berkeleyu nasłuchałam się już dość, dziękuję bardzo.

— Kant, jako jedyny wśród filozofów, o których do tej pory mówiliśmy, był zatrudniony na uniwersytecie w roli profesora filozofii. Był zawodowym filozofem.

— Zawodowy filozof?

— Słowa „filozof" używa się dzisiaj w dwóch nieco różniących się od siebie znaczeniach. Filozof to przede wszystkim ktoś, kto stara się sformułować własne odpowiedzi na pytania filozoficzne. Ale filozof to także ktoś, kto jest ekspertem z dziedziny historii filozofii i wcale nie musi koniecznie tworzyć własnych systemów.

— I Kant był właśnie takim zawodowym filozofem.

— I tym, i tym. Gdyby był tylko profesorem, a więc znawcą poglądów innych myślicieli — nie zająłby miejsca w historii filozofii. Ale ważne jest również, by pamiętać, że Kant doskonale orientował się w poprzedzającej go tradycji filozoficznej. Dobrze znał poglądy zarówno Kartezjusza i Spinozy, jak empirystów, Locke'a, Berkeleya i Hume'a.

— Prosiłam cię, żebyś nie wspominał więcej o Berkeleyu.

— Jak pamiętamy, racjonaliści uważali, że podstawa wszelkiego ludzkiego poznania tkwi w ludzkiej świadomości. Pamiętamy także twierdzenie empirystów, że wszelka wiedza o świecie pochodzi ze zmysłów. Hume wskazał ponadto, że istnieją wyraźne granice tego, jakie wnioski możemy wysnuć z naszych postrzeżeń zmysłowych.

— Z kim zgadzał się Kant?

— Uważał, że obie strony mają nieco racji, lecz był zdania, że obie także trochę się mylą. Wszyscy szukali odpowiedzi na jedno pytanie: co możemy wiedzieć o świecie. Po Kartezjuszu założenie filozofów było wspólne. Wskazywano dwie możliwości: albo świat jest dokładnie taki, jakim postrzegamy go dzięki zmysłom, albo też taki, jakim rysuje się w naszym rozumie.

— A jakie było zdanie Kanta?

— Kant uważał, że zarówno zmysły, jak i rozum odgrywają ważną rolę w procesie poznawania świata. Uważał jednak, że racjonaliści posunęli się za daleko, przykładając tak wielką wagę do roli rozumu, a empiryści zbyt jednostronnie ufali tylko zmysłom.

— Jeśli nie podasz mi zaraz jakiegoś trafnego przykładu, będą to jedynie puste słowa.

— W punkcie wyjścia Kant zgadza się z Hume'em i empirystami, że cała nasza wiedza o świecie pochodzi z doświadczeń uzyskanych za pomocą zmysłów. Ale — i tu podaje rękę racjonalistom — również w naszym rozumie tkwią istotne właściwości, mające wpływ na *sposób*, w jaki pojmujemy otaczający nas świat. W rozumie ludzkim są więc właściwości, biorące udział w naszym pojmowaniu świata.

— Czy to miał być przykład?

— Zrobimy raczej drobne ćwiczenie. Weź te okulary ze stolika, o tak. A teraz je załóż!

Zofia wsadziła okulary na nos. Wszystko dookoła zabarwiło się na czerwono. Jasne kolory zrobiły się jasnoczerwone, a ciemne — ciemnoczerwone.

— Co widzisz?

— Dokładnie to, co poprzednio, tyle że teraz wszystko jest czerwone.

— To dlatego, że szkła okularów wyznaczają sposób, w jaki odbierasz rzeczywistość. Wszystko, co widzisz, pochodzi ze świata zewnętrznego, ale *sposób,* w jaki to postrzegasz, ma związek z okularami. Nie możesz przecież powiedzieć, że świat *jest* czerwony, choć tak właśnie go widzisz.

— Oczywiście, że nie.

— Gdybyś poszła teraz do lasu albo do domu przy Zakręcie Kapitańskim, widziałabyś wszystko dokładnie tak jak zawsze. Ale bez względu na to, co byś widziała, i tak byłoby to czerwone.

— Owszem, dopóki nie zdejmę okularów.

— I właśnie tak, Zosiu, uważał Kant — że w naszym rozumie tkwią pewne dyspozycje, które wywierają wpływ na wszelkie nasze doświadczenia.

— O jakich dyspozycjach jest tu mowa?

— Bez względu na to, co widzimy, postrzegamy to przede wszystkim jako zjawiska *w czasie i przestrzeni.* Kant określił czas i przestrzeń jako dwie „formy oglądu" człowieka. Podkreśla, że te dwie formy *poprzedzają* w naszej świadomości wszelkie doświadczenie. Oznacza to, że *zanim* czegoś doświadczymy, możemy z góry założyć, że postrzeżemy to jako zjawisko w czasie i przestrzeni. Nie potrafimy bowiem zdjąć „okularów rozumu".

— Uważał, że postrzeganie rzeczy w czasie i przestrzeni jest cechą wrodzoną?

— W pewien sposób tak. To, *co* widzimy, zależy od tego, czy żyjemy w Indiach czy na Grenlandii. Ale wszędzie postrzegamy rzeczywistość jako zbiór procesów zachodzących w czasie i przestrzeni. To coś, co możemy stwierdzić z góry.

— Ale czy czas i przestrzeń nie jest czymś, co *istnieje* poza nami?

— Nie, zdaniem Kanta czas i przestrzeń są właśnie częścią konstytucji człowieka. Czas i przestrzeń to właściwości naszego rozumu, a nie właściwości świata.

— To całkiem nowe spojrzenie.

— Świadomość człowieka nie jest więc bierną „tablicą", która jedynie przyjmuje wrażenia zmysłowe z zewnątrz. Ona je od razu formuje. Świadomość ma wpływ na nasze pojmowanie świata. Możesz porównać to z sytuacją, gdy wlewasz wodę do szklanego dzbana. Woda „układa się" zgodnie z kształtem dzbanka. Podobnie nasze wrażenia zmysłowe dopasowują się do naszych „form zmysłowości".

— Chyba już rozumiem.

— Kant twierdził, że nie tylko świadomość dopasowuje się do rzeczy, lecz także rzeczy dopasowują się do świadomości. Sam Kant określał to jako „przewrót kopernikański" w dziedzinie ludzkiego poznania. Bo był to zupełnie nowy sposób myślenia, tak radykalnie różniący się od starego, jak kopernikańska teoria, że Ziemia krąży wokół Słońca, od teorii geocentrycznej.

— Rozumiem teraz, o co mu chodziło, gdy mówił, że zarówno racjonaliści, jak i empiryści mieli po trosze rację. Racjonaliści w pewnym sensie zapomnieli o znaczeniu doświadczenia, a empiryści przymknęli oczy na wpływ naszego rozumu na postrzeganie świata.

— I sama *przyczynowość,* której zdaniem Hume'a człowiek nie może doświadczyć, jest według Kanta częścią ludzkiego rozumu.

— Wyjaśnij!

— Pamiętasz, że Hume twierdził, iż to tylko nasze przyzwyczajenie sprawia, że dostrzegamy konieczny związek przyczynowy we wszystkich procesach zachodzących w przyrodzie. Zdaniem Hume'a nie możemy postrzec zmysłami, że to czarna kula bilardowa jest przyczyną ruchu białej. Dlatego też nie możemy udowodnić, że czarna kula zawsze wprawi w ruch białą.

— To pamiętam.

— Ale właśnie to, czego zdaniem Hume'a nie możemy udowodnić, Kant uważa za cechę ludzkiego rozumu. Przyczynowość działa zawsze i wszędzie po prostu dlatego, że ludzki rozum postrzega wszystko, co się dzieje, jako związek przyczyny i skutku.

— I znów byłabym raczej skłonna przypuszczać, że zasada przyczynowości tkwi w przyrodzie, a nie w nas, ludziach.

— Kant uważa, że na pewno w nas. W pewnym sensie zgadza się z Hume'em, że nie możemy mieć pewności co do tego, jaki jest świat „sam w sobie". Możemy wiedzieć jedynie, jaki jest „dla mnie" — czyli dla wszystkich ludzi. Przeprowadzone przez Kanta oddzielenie *das Ding an sich* od *das Ding für mich* jest jego najważniejszym wkładem w filozofię.

— Nie jestem aż tak obkuta z niemieckiego.

— Kant wprowadził istotny podział między „rzeczą w sobie" a „rzeczą dla mnie". Nigdy nie możemy osiągnąć pewnej wiedzy o rzeczy samej w sobie. Wiemy tylko, jak rzeczy nam się ukazują. Natomiast możemy z góry, przed jakimkolwiek doświadczeniem, powiedzieć, jak rzeczy będą postrzegane przez ludzki rozum.

— Naprawdę możemy?

— Zanim wyjdziesz rano z domu, nie możesz wiedzieć, co tego dnia zobaczysz czy przeżyjesz. Ale możesz być pewna, że to, co zobaczysz i przeżyjesz, zostanie postrzeżone jako zdarzenie w czasie i przestrzeni. Możesz poza tym być pewna, że działa zasada przyczynowości, dlatego po prostu, że nosisz ją w sobie jako część swojej świadomości.

— Ale moglibyśmy zostać stworzeni inaczej?

— Tak, moglibyśmy mieć całkiem inny aparat zmysłów. Moglibyśmy mieć także inne poczucie czasu i inne poczucie przestrzeni. Poza tym moglibyśmy zostać stworzeni tak, że nie doszukiwalibyśmy się przyczyn otaczających nas zdarzeń.

— Podasz mi jakiś przykład?

— Wyobraź sobie, że w pokoju na podłodze leży kot. Nagle do izby wtacza się piłeczka. Jak myślisz, co zrobi wtedy kot?

— Próbowałam tego wielokrotnie. Kot pobiegnie za piłeczką.

— Dobrze. A wyobraź sobie, że to ty siedzisz w pokoju na miejscu kota. Jeśli nagle zauważysz toczącą się piłeczkę, to też od razu za nią pobiegniesz?

— Przede wszystkim odwrócę się, żeby sprawdzić, skąd wzięła się ta piłeczka.

— Tak, ponieważ jesteś człowiekiem, pragniesz koniecznie dotrzeć do przyczyn każdego zdarzenia. Wiązanie zdarzeń w związki przyczynowe jest więc częścią twojej konstytucji.

— Czy naprawdę tak jest?

— Hume twierdził, że praw przyrody nie możemy ani postrzec zmysłami, ani udowodnić. Zaniepokoiło to Kanta. Uznał on, że jednak można wykazać nieuchronność praw przyrody, pokazując, że tak naprawdę mówimy o prawach ludzkiego poznania.

— Czy małe dziecko także odwróci się, żeby sprawdzić, kto rzucił piłeczkę?

— Być może nie. Kant uważał, że rozum u dziecka nie rozwinie się w pełni, dopóki nie otrzyma od zmysłów dostatecznej ilości materiału, nad którym może pracować. Mówienie o pustym rozumie nie ma żadnego sensu.

— To musiałby rzeczywiście być niezwykły rozum.

— Możemy teraz przeprowadzić pewne podsumowanie. Zdaniem Kanta wpływ na sposób, w jaki człowiek postrzega świat, mają dwa czynniki. Jednym są warunki zewnętrzne, o których nie możemy nic wiedzieć, dopóki nie postrzeżemy ich zmysłami. Możemy je nazwać *materią* poznania. Drugim są wewnętrzne warunki tkwiące w samym człowieku, na przykład fakt, że postrzegamy wszystko jako zdarzenia w czasie i przestrzeni, a poza tym jako procesy podlegające nieuchronnemu prawu przyczynowości. Nazywamy je *formą* poznania.

Alberto i Zofia przez chwilę siedzieli zapatrzeni w okno. Nagle między drzewami po drugiej stronie jeziora Zofia dostrzegła małą dziewczynkę.

— Spójrz! — zawołała Zofia. — Kto to jest?

— Nie wiem, naprawdę nie wiem.

Dziewczynkę widać było zaledwie przez kilka sekund, wkrótce zniknęła. Zofia zauważyła, że miała ona na głowie coś czerwonego.

— Za nic nie pozwolimy, żeby jakieś takie nas rozpraszały.

— No, to mów dalej.

— Kant wskazał także, że istnieją wyraźne granice tego, co człowiek może poznać rozumem. Sama możesz pewnie stwierdzić, że „okulary" rozumu stwarzają ograniczenia.

— Jak to?

— Pamiętasz, że filozofowie przed Kantem zastanawiali się nad prawdziwie wielkimi problemami filozoficznymi — na przykład: czy człowiek ma nieśmiertelną duszę, czy istnieje jakiś bóg, czy przyroda składa się z niepodzielnych, najmniejszych cząstek albo czy wszechświat gdzieś się kończy, czy też jest bezkresny?

— Tak.

Kant uważał, że człowiek nie może w tych sprawach osiągnąć pewnej wiedzy. Nie oznacza to wcale, że odrzucał ten rodzaj problemów. Przeciwnie, gdyby odrzucił takie pytania, nie można by go nazwać prawdziwym filozofem.

— No, to co zrobił?

— Poczekaj, troszeczkę cierpliwości. Gdy chodzi o takie wielkie pytania filozoficzne, rozum operuje, według Kanta, poza granicami tego, co my, ludzie, możemy poznać. A jednocześnie w naturze człowieka — albo w rozumie człowieka — tkwi podstawowa potrzeba zadawania sobie takich właśnie pytań. Kiedy jednak pytamy o to, czy wszechświat jest skończony czy nieskończony, zadajemy pytanie o całość, której sami jesteśmy częścią. Dlatego właśnie tej całości nie możemy poznać.

— Dlaczego?

— Przypomnij sobie oglądanie świata przez czerwone okulary. Zdaniem Kanta, do uzyskania naszej wiedzy o świecie przyczyniają się dwa elementy.

— Tak, doświadczenie, jakie dają nam zmysły, i rozum.

— Materiał naszego poznania napływa przez zmysły, ale formuje się według własności rozumu. Do własności rozumu należy na przykład pytanie o przyczynę zdarzenia.

— Na przykład, dlaczego piłeczka toczy się po podłodze.

— Owszem. Ale kiedy zastanawiamy się, skąd wziął się świat, rozważając możliwe odpowiedzi, to w pewnym sensie rozum pracuje na jałowym biegu. Nie ma wówczas „do obróbki" żadnego materiału dostarczanego przez zmysły, nie ma żadnych doświadczeń, na których mógłby się oprzeć. Nigdy bowiem nie doświadczyliśmy całej tej ogromnej rzeczywistości, której sami stanowimy zaledwie cząstkę.

— Jesteśmy jakby maleńką cząstką piłeczki, która toczy się po podłodze. I nie możemy wiedzieć, skąd się wzięła piłka.

— Ale właściwością ludzkiego rozumu jest *pytanie,* skąd taka piłka się toczy. Dlatego ciągle pytamy, wysilamy się, by znaleźć odpowiedź na ostateczne pytania. Nie mamy jednak nic pewnego, czego moglibyśmy się uchwycić, nigdy nie otrzymamy żadnej pewnej odpowiedzi, ponieważ rozum pracuje na jałowym biegu.

— Dziękuję, akurat to uczucie świetnie znam.

— Gdy chodzi o takie wielkie pytania, dotyczące całej rzeczywistości, Kant pokazał, że dwa przeciwne stanowiska zawsze będą, według kryteriów ludzkiego rozumu, równie prawdopodobne lub równie nieprawdopodobne.

— Proszę o przykład.

— Równie sensowne jest twierdzenie, że świat musi mieć początek w czasie, jak i to, że nie ma takiego początku. Obie te możliwości są jednak równie niemożliwe do wyobrażenia dla rozumu. Możemy twierdzić, że świat istniał zawsze, ale czy coś *może* istnieć od zawsze, bez momentu, który byłby początkiem? Zmuszeni więc jesteśmy zająć stanowisko przeciwne. Mówimy, że świat musiał kiedyś powstać, a wobec tego musiał powstać *z niczego.* Gdyby było inaczej, mówilibyśmy tylko o przejściu z jednego stanu w drugi. Ale czy coś *może* powstać z niczego, Zosiu?

— Nie, obie te możliwości są równie niepojęte. A jednocześnie któraś z nich musi być prawdziwa, a któraś błędna.

— Pamiętasz, że Demokryt i materialiści twierdzili, że przyroda musi składać się z najmniejszych cząstek, z których zbudowane są wszystkie rzeczy. Inni — na przykład Kartezjusz — uważali, że rozciągła rzeczywistość zawsze daje się podzielić na coraz mniejsze cząsteczki. Ale która ze stron miała rację?

— Obie... Żadna.

— Następnie wielu filozofów wskazywało na wolność człowieka jako jedną z jego najważniejszych właściwości. Jednocześnie zetknęliśmy się z filozofami — na przykład ze stoikami i Spinozą — którzy twierdzili, że wszystko się dzieje z racji koniecznych praw przyrody. I tu także, zdaniem Kanta, ludzki rozum nie może wydać żadnego pewnego wyroku.

— Oba twierdzenia są równie rozumne, jak nierozumne.

— Nieźle się też zaplączemy, gdy przy użyciu rozumu będziemy próbowali udowodnić istnienie Boga. Racjonaliści — na przykład Kartezjusz — starali się wykazać, że musi istnieć jakiś Bóg po prostu dlatego, że mamy ideę istoty doskonałej. Inni — jak Arystoteles czy Tomasz z Akwinu — doszli do tego, że Bóg istnieje, ponieważ wszystko musi mieć pierwszą przyczynę.

— A co sądził Kant?

— Odrzucał oba te dowody na istnienie Boga. Ani rozum, ani doświadczenie nie dają żadnych pewnych podstaw, by twierdzić, że Bóg istnieje. Dla rozumu jest równie prawdopodobne jak nieprawdopodobne, że istnieje Bóg.

— Ale zacząłeś od stwierdzenia, że Kant pragnął ocalić podstawy wiary chrześcijańskiej.

— Tak, wykazując ograniczenia poznania, zostawił miejsce na boski wymiar. Tam, gdzie doświadczenie i rozum nie wystarczają, powstaje pustka, którą może wypełnić *wiara* religijna.

— I w ten sposób uratował chrześcijaństwo.

— Owszem. Warto jednak zauważyć, że Kant był protestantem. Już od czasów reformacji cechą protestanckiego odłamu chrześcijaństwa było odwoływanie się do wiary. Kościół katolicki od czasów wczesnego średniowiecza większe zaufanie pokładał w rozumie, który miał wspierać wiarę.

— Rozumiem.

— Ale Kant nie poprzestał na twierdzeniu, że ostateczne pytania należy pozostawić wierze. Uważał, że dla istnienia moralności konieczne jest założenie, że człowiek ma *nieśmiertelną duszę*, że *Bóg istnieje* i że człowiek ma *wolną wolę*.

— Postąpił niemal tak samo jak Kartezjusz. Z początku krytycznie oceniał ludzką zdolność rozumienia. A później tylnym wejściem przemyca Boga.

— Ale w przeciwieństwie do Kartezjusza stara się jak najwyraźniej podkreślić, że do takiego przekonania nie przywiódł go rozum, lecz wiara. Wiarę w nieśmiertelność duszy, istnienie Boga i wolną wolę człowieka nazwał *postulatami praktycznymi*.

— A to znaczy...?

— Postulat to założenie, które przyjmuje się bez dowodu. Kant przez postulat praktycznego rozumu rozumie coś, co należy przyjąć dla praktycznych celów człowieka, czyli dla jego moralności. „Moralną koniecznością jest zakładać istnienie Boga" — powiedział.

Nieoczekiwanie rozległo się pukanie do drzwi. Zofia natychmiast się poderwała, ale ponieważ Alberto nie uczynił żadnego gestu wskazującego, że ma zamiar wstać, powiedziała:

— Chyba musimy otworzyć?

Alberto wzruszył ramionami, ale wreszcie i on się podniósł. Otworzyli drzwi i zobaczyli w nich dziewczyneczkę w letniej sukience i czerwonym kapturku na głowie. To ją właśnie widzieli po drugiej stronie jeziora. W jednej ręce trzymała koszyczek z jedzeniem.

— Cześć! — przywitała ją Zofia. — Kto ty jesteś?

— Nie widzisz, że jestem Czerwony Kapturek?

Zofia popatrzyła na Alberta, on pokiwał głową.

— Słyszałaś, co powiedziała.

— Szukam domku babci — oznajmiła dziewuszka. — Ona jest stara i chora, a ja niosę jej jedzenie.

— Źle trafiłaś — odparł Alberto. — Musisz szukać gdzie indziej.

Zofia zauważyła, że Alberto cały czas machał ręką, jakby odganiał natrętną muchę.

— Ale miałam zostawić tu list — mówiła dalej dziewczynka w czerwonym kapturku.

Wyjęła małą kopertę i podała ją Zofii, a w następnej chwili już dreptała dalej.

— Strzeż się wilka! — zawołała za nią Zofia.

Alberto już wycofywał się do pokoju. Zofia poszła za nim, usadowili się tak jak poprzednio.

— Pomyśl tylko, to był Czerwony Kapturek — nie przestawała dziwić się Zofia.

— Ostrzeganie jej nie ma najmniejszego sensu. Pójdzie do chatki babci i tam zje ją wilk. Ona się nigdy nie nauczy, wszystko będzie powtarzać się przez całą wieczność.

— Ale nigdy nie słyszałam, żeby przed pójściem do babci po drodze zapukała do innej chaty.

— To bagatelka, Zosiu.

Dopiero teraz Zofia zerknęła na kopertę, którą dostała. Napisano na niej *Dla Hildy*. Otworzyła kopertę i zaczęła czytać na głos:

Kochana Hildo! Gdyby ludzki mózg był tak prosty, że moglibyśmy go zrozumieć, bylibyśmy wtedy tak głupi, że nie zrozumielibyśmy go i tak.

Ucałowania,

Ojciec

Alberto skinął głową.

— To prawda. I myślę, że Kant także mógłby powiedzieć coś podobnego. Nie możemy oczekiwać, że zrozumiemy to, *czym jesteśmy*. Być może uda nam się w pełni zrozumieć kwiat albo owada, ale nigdy nie zrozumiemy samych siebie. W jeszcze mniejszym stopniu możemy się spodziewać, że zrozumiemy cały wszechświat.

Zofia musiała przeczytać owo dziwne stwierdzenie jeszcze parę razy, a Alberto mówił dalej:

— Nie możemy pozwolić, by węże morskie i temu podobne zakłócały nam spokój. Zanim się dziś rozstaniemy, opowiem ci o etyce Kanta.

— Tylko się pospiesz, niedługo muszę wracać do domu.

— Powątpiewanie Hume'a w to, co mogą nam powiedzieć zmysły i rozum, sprawiło, że Kant od nowa przemyślał wiele istotnych kwestii życiowych. Dotyczyło to zwłaszcza moralności.

— Hume stwierdził, że nie da się udowodnić, co jest dobre, a co złe, bo nie możemy przechodzić od zdań „jest" do zdań „powinien".

— Zdaniem Hume'a o różnicy między dobrem a złem nie decydują ani rozum, ani też doświadczenia, lecz po prostu nasze uczucia. Według Kanta takie twierdzenie opierało się na zbyt chwiejnych podstawach.

— Owszem, mogę się z nim zgodzić.

— Kant od samego początku żywił silne przeświadczenie, że różnica między dobrem a złem jest czymś jak najbardziej realnym. Zgadzał się z racjonalistami, którzy twierdzili, że cechą ludzkiego rozumu jest rozróżnienie między dobrem a złem. Wszyscy ludzie wiedzą, co jest dobre, a co złe, i wiemy to nie tylko dlatego, że się tego nauczyliśmy, ale ponieważ to tkwi w naszym rozumie. Zdaniem Kanta wszyscy ludzie mają *praktyczny rozum,* czyli taką zdolność rozumu, która w każdym momencie pozwala nam dokonać oceny moralnej, powiedzieć co jest dobre, a co złe.

— A więc to wrodzone?

— Zdolność do odróżniania dobra od zła jest tak samo wrodzona, jak wszystkie inne właściwości rozumu. Tak jak wszyscy ludzie posiadają te same formy rozumu — na przykład postrzegamy każdą rzecz jako skutek innej — tak wszyscy podlegają także temu samemu uniwersalnemu *prawu moralnemu.* Owo prawo moralne obowiązuje w taki sam absolutny sposób jak fizyczne prawa przyrody. Jest ono równie podstawowe dla naszego życia moralnego, jak podstawowe dla naszego życia umysłowego jest to, że wszystko ma swoją przyczynę, czy też, że 7 plus 5 równa się 12.

— A co mówi to prawo moralne?

— Stoi ponad wszelkim doświadczeniem, jest zatem zasadą formalną. Oznacza to, że nie wiąże się z żadnymi określonymi sytuacjami wyboru. Dotyczy wszystkich ludzi we wszystkich społeczeństwach i we wszystkich czasach. Nie mówi więc, że masz robić to i to, gdy znajdziesz się w takiej a takiej sytuacji. Mówi, jak masz postępować we *wszystkich* sytuacjach.

— Ale jaki cel ma noszenie w sobie prawa moralnego, jeśli nie mówi ono, co mamy robić w określonych sytuacjach?

— Kant określa prawo moralne jako *imperatyw kategoryczny*. Prawo moralne jest kategoryczne, to znaczy obowiązuje bezwarunkowo we wszystkich sytuacjach. Poza tym jest imperatywem, co znaczy, że jest nakazem absolutnie nie do odrzucenia.

— Aha...

— Kant formułuje imperatyw kategoryczny na wiele sposobów. Po pierwsze, powiada: *Postępuj wedle takiej tylko zasady, co do której mógłbyś jednocześnie chcieć, aby stała się prawem powszechnym.*

— To znaczy, że kiedy coś robię, zawsze muszę upewnić się, czy pragnę, by inni ludzie postępowali tak samo, gdy znajdą się w podobnej sytuacji.

— Właśnie. Tylko wtedy będziesz działać zgodnie z prawem moralnym, które masz w sobie. Kant określił także imperatyw kategoryczny mówiąc, że: „Zawsze masz traktować człowieka jako cel sam w sobie, a nie tylko środek do celu".

— Nie możemy więc wykorzystywać innych ludzi, by osiągnąć korzyści.

— Tak, bo wszyscy ludzie są celem sami w sobie. Ale dotyczy to nie tylko innych ludzi, lecz także ciebie samej. Nie wolno ci „wykorzystywać" samej siebie jako środka do osiągnięcia celu.

— To przypomina co nieco „złotą zasadę", która mówi, że musisz postępować wobec innych tak, jak chciałbyś, by oni postępowali wobec ciebie.

— Tak, i to także jest formalny postulat, który obejmuje wszystkie sytuacje wyboru etycznego. Możesz powiedzieć, że złota zasada wyraża to, co Kant nazwał prawem moralnym.

— Ale to przecież tylko hipotezy. Hume miał chyba rację, że nie potrafimy udowodnić rozumem, co jest dobre, a co złe.

— Zdaniem Kanta prawo moralne jest równie absolutne i powszechne jak na przykład związki przyczynowe, których nie da się udowodnić za pomocą rozumu, a mimo to żaden człowiek im nie zaprzeczy.

— Mam wrażenie, że właściwie rozmawiamy o sumieniu. Bo chyba wszyscy ludzie mają sumienie.

— Owszem, Kant opisując prawo moralne, opisuje ludzkie sumienie. Nie potrafimy udowodnić słuszności tego, co mówi nam sumienie, ale i tak to wiemy.

— Może się zdarzyć, że będę dobra i miła dla innych tylko dlatego, że to leży w moim interesie. To może być na przykład sposób zdobycia popularności.

— Ale jeśli dzielisz się z innymi tylko po to, by zyskać popularność, nie działasz z poszanowaniem dla prawa moralnego. Być może działasz zgodnie z prawem moralnym, i to dobrze, ale by nazwać coś czynem prawdziwie moralnym, musi to być rezultatem samoprzezwyciężenia się. Jedynie kiedy robisz coś, bo uważasz za swój *obowiązek* przestrzeganie prawa moralnego, możesz mówić o czynie moralnym. Dlatego etykę Kanta nazywa się często *etyką obowiązku.*

— Mogę czuć, że moim obowiązkiem jest zbieranie pieniędzy na Czerwony Krzyż lub głodujących w Afryce.

— Tak, i decydujące znaczenie ma tu fakt, że robisz to, ponieważ uważasz to za właściwe. Nawet gdyby pieniądze, które zebrałaś, zaginęły po drodze i nie nakarmiły nikogo, to usłuchałaś prawa moralnego. Postąpiłaś z właściwych pobudek, a zdaniem Kanta właśnie nastawienie decyduje o tym, czy możemy nazwać coś czynem moralnie właściwym. Konsekwencje działania nie są wcale decydujące. Etykę Kanta można określić jako *etykę intencji.*

— Dlaczego tak ważne jest dla niego, aby wiedzieć, kiedy postępuje się zgodnie z prawem moralnym? Czy nie jest najważniejsze, by to, co robimy, służyło innym ludziom?

— O, tak! Kant z pewnością by nie protestował. Ale tylko wtedy, kiedy świadomie postępujemy w imię prawa moralnego, działamy jako ludzie *wolni*. ŁŁ — Tylko gdy przestrzegamy jakiegoś prawa, działamy jako ludzie wolni? Czy to nie jest trochę dziwne?

— Zdaniem Kanta — nie. Pamiętasz, postulował on, że człowiek ma wolną wolę. To bardzo ważny punkt, bo Kant przecież uważał także, że we wszystkim działa przyczynowość. Jak więc możemy mieć wolną wolę?

— Mnie o to nie pytaj.

— Kant dzieli człowieka na dwoje — może to przypominać twierdzenie Kartezjusza, że człowiek jest „istotą podwójną", ponieważ ma zarówno ciało, jak i rozum. Zdaniem Kanta, jako istoty postrzegające zmysłami, w pełni podlegamy niezłomnym prawom przyczynowym. Nie decydujemy o tym, co postrzegamy, spostrzeżenia napływają nieuchronnie i wywierają na nas wpływ bez względu na to, czy tego chcemy, czy nie. Ale człowiek jest nie tylko istotą zmysłową. Jesteśmy także istotami rozumnymi.

— Wyjaśnij!

— Jako istoty zmysłowe w pełni należymy do porządku przyrody i podlegamy prawu przyczynowości. Tak na to patrząc, nie mamy także żadnej wolnej woli. Ale jako istoty rozumne należymy do świata „rzeczy samych w sobie" — czyli świata takiego, jakim jest sam w sobie, niezależnie od naszych postrzeżeń zmysłowych. Gdy kierujemy się naszym „rozumem praktycznym", który sprawia, że możemy dokonać moralnego wyboru, mamy wolną wolę. Kiedy bowiem uginamy się przed prawem moralnym, to sami wyznaczamy prawo, którym się kierujemy.

— Tak, to w pewnym sensie prawda. To przecież ja sama, coś co we mnie tkwi i mówi, że nie powinnam postępować podle w stosunku do innych.

— Kiedy decydujesz, że nie będziesz działać podle, choć to może być sprzeczne z twoim interesem, wówczas korzystasz z wolności.

— Nie jest się też szczególnie wolnym i samodzielnym, gdy folguje się tylko własnym żądzom.

— Łatwo można stać się niewolnikiem. Tak, można nawet stać się niewolnikiem własnego egoizmu. Natomiast przezwyciężenie własnych żądz i zachcianek wymaga samodzielności i wolności.

— A co ze zwierzętami? One słuchają jedynie swoich żądz i potrzeb. Nie mają wolności, by słuchać prawa moralnego?

— Nie, to właśnie owa wolność czyni z nas ludzi.

— Teraz to zrozumiałam.

— Na koniec jeszcze mogę ci powiedzieć, że Kantowi udało się wskazać drogę na bezdrożach, w które zapędziła się filozofia w walce racjonalistów z empirystami. Wraz z Kantem kończy się pewna epoka w historii filozofii. Kant zmarł w roku 1804, tuż przed rozkwitem romantyzmu. Na jego grobie w Królewcu wyryto jedną z jego bardziej znanych wypowiedzi. „Są dwie rzeczy, które napełniają duszę podziwem i czcią, niebo gwiaździste nade mną, prawo moralne we mnie". I dalej: „Są to dla mnie dowody, że jest Bóg nade mną i Bóg we mnie".

Alberto oparł się wygodnie w fotelu.

— Więcej nie napływa — oznajmił. — Myślę, że powiedzieliśmy sobie najważniejsze rzeczy o Kancie.

— Poza tym jest już kwadrans po czwartej.

— Ale jest coś jeszcze. Proszę, zostań jeszcze przez chwilę.

— Nigdy nie wychodzę z lekcji, dopóki nauczyciel nie powie, że już się skończyła.

— Czy mówiłem, że zdaniem Kanta nie mamy żadnej wolności, jeśli żyjemy tylko jako istoty zmysłowe?

— Tak, powiedziałeś coś takiego.

— Ale jeśli będziemy słuchać uniwersalnego rozumu, to będziemy wolni i samodzielni. Czy o tym także mówiłem?

— Tak. Dlaczego to teraz powtarzasz?

Alberto pochylił się nad Zofią, spojrzał jej głęboko w oczy i szepnął:

— Nie ufaj wszystkiemu, co widzisz, Zosiu.

— O co ci chodzi?

— Po prostu się odwróć, moje dziecko.

— Nie rozumiem, o co ci chodzi.

— Zwykle się mówi: „Nie uwierzę, dopóki nie zobaczę". Ale ty i wtedy nie powinnaś wierzyć.

— Powiedziałeś już kiedyś coś podobnego.

— Tak, o Parmenidesie.

— Ale ja nadal nie rozumiem, o co ci chodzi.

— Widzisz, siedzieliśmy sobie w pokoju i rozmawialiśmy. I naraz jakiś wąż morski wynurzył się z wody.

— Czy to nie dziwne?

— Wcale nie. A potem w drzwiach stanął Czerwony Kapturek. „Szukam chatki babci". To wprawia w zakłopotanie, Zosiu. Ale to wszystko to tylko kolejny pokaz sztuczek majora. Jak list w bananie i nienormalna burza.

— Myślisz...

— Mówiłem ci, że mam plan. Dopóki słuchamy własnego rozumu, nie uda mu się wywieść nas w pole. Wtedy w pewnym sensie będziemy wolni. Bo on może sprawić, byśmy postrzegali zmysłami to czy tamto, i nic mnie już nie zdziwi. Kiedy niebo zaciągnie się latającymi słoniami, w najlepszym razie się uśmiechnę. Ale siedem plus pięć *jest* dwanaście. To wiedza, która przeżyje wszystkie te efekty z filmów rysunkowych. Filozofia jest przeciwieństwem baśni.

Zofia przez chwilę siedziała nieruchomo, przypatrując mu się ze zdziwieniem.

— Możesz już iść — rzekł wreszcie. — Wezwę cię na spotkanie o romantyzmie. Usłyszysz wtedy o Heglu i Kierkegaardzie. Ale do chwili, gdy major wyląduje na lotnisku Kjevik, został tylko tydzień. Do tego czasu musimy wyrwać się z jego lepkiej fantazji. Niczego więcej nie zdradzę, Zosiu, ale wiedz, że pracuję nad cudownym planem dotyczącym nas obojga.

— No, to idę.

— Poczekaj, zapomnieliśmy o tym, co może najważniejsze.

— O czym znów?

— O piosence urodzinowej, Zosiu. Dzisiaj Hilda kończy piętnaście lat.

— Ja też.

— Tak, ty też. No to zaśpiewajmy.

Wstali oboje i zaczęli śpiewać.

— Happy birthday to you! Happy birthday to you! Happy birthday to Hilda! Happy birthday to you!

Było już pół do piątej. Zofia zbiegła nad wodę i przeprawiła się łodzią na drugą stronę jeziora. Wciągnęła łódkę w sitowie i popędziła przez las.

Kiedy wyszła na ścieżkę, dostrzegła nagle, że coś się rusza wśród pni. Przypomniał jej się Czerwony Kapturek wędrujący samotnie przez las do babci, ale postać migająca między drzewami była znacznie mniejsza.

Zofia podeszła bliżej. To coś nie było większe od lalki, brunatne, ale w czerwonym sweterku.

Zofia stanęła jak wryta, gdy zrozumiała, że to pluszowy miś.

Że ktoś zostawił w lesie pluszową zabawkę, nie było niczym dziwnym. Ale ten miś był jak najbardziej żywy i bardzo, bardzo czymś zajęty.

— Hej, hej! — powitała go Zofia.

Mały miś odwrócił się gwałtownie.

— Nazywam się Kubuś Puchatek — powiedział. — Niestety, zabłądziłem w lesie w tym dniu, który gdyby nie to, byłby taki piękny. Ciebie w każdym razie nigdy jeszcze nie widziałem.

— Może po prostu nigdy dotąd mnie tu nie było — powiedziała Zofia. — I wobec tego może nadal jesteś w domu, w Stumilowym Lesie.

— Nie, to za trudne dla mnie. Musisz pamiętać, że jestem Misiem o Bardzo Małym Rozumku.

— Słyszałam o tobie.

— To pewnie ty jesteś Alicja. Krzyś opowiadał mi kiedyś o tobie i pewnie w ten sposób się spotkaliśmy. Wypiłaś trochę z jednej butelki i zaczęłaś się zmniejszać, a potem upiłaś z drugiej butelki i wtedy znów zaczęłaś rosnąć. W ogóle trzeba uważać na to, co się bierze do ust. Ja sam zjadłem kiedyś tyle, że ugrzęzłem w norze Królika.

— Nie jestem Alicją.

— Nie ma znaczenia, kim jesteśmy. Najważniejsze, *że* jesteśmy. Tak mówi Sowa Przemądrzała, a ona ma bardzo duży rozum. Kiedyś, pewnego zwyczajnego słonecznego dnia powiedziała, że siedem plus cztery jest dwanaście. Kłapouchemu i mnie bardzo to zaimponowało, bo liczby są bardzo trudne do liczenia. O wiele łatwiej jest liczyć na pogodę.

— Mam na imię Zofia.

— Bardzo mi przyjemnie, Zosiu. Jak już mówiłem, musisz być nowa w naszych stronach. Ale teraz Mały Miś musi już iść. Bo muszę znaleźć drogę do Prosiaczka. Jesteśmy zaproszeni do Królika i jego Krewnych-i-Znajomych na przyjęcie w ogrodzie.

Pomachał jej łapką. Dopiero teraz Zofia odkryła, że miś w drugiej łapce trzyma kawałek papieru.

— Co tam masz?

Kubuś Puchatek podniósł papier do góry i odpowiedział:

— To właśnie przez to zabłądziłem!

— Ale to przecież zwykła karteczka!

— O nie, to nie jest wcale jakaś tam „zwykła karteczka". To list do Lustrzanej Hildy.

— To znaczy, że ja go mogę wziąć.

— Ale to przecież nie ty jesteś dziewczynką z lustra?

— Nie, ale...

— Listy należy zawsze oddawać do rąk własnych. Krzyś uczył mnie tego nie dalej jak wczoraj.

— Ale ja znam Hildę.

— To nie ma żadnego znaczenia. Choćby się znało kogoś bardzo dobrze, to i tak nie powinno się czytać jego listów.

— Chodzi mi o to, że mogę przekazać list Hildzie.

— A, to zupełnie inna sprawa. Bardzo proszę, Zosiu. Jak się pozbędę tego listu, na pewno odnajdę także drogę do Prosiaczka. Żeby dotrzeć do Lustrzanej Hildy, musisz najpierw znaleźć wielkie lustro. A to w tych stronach nie jest wcale takie łatwe.

Oznajmiwszy to, mały miś wręczył Zofii kartkę, którą trzymał w łapce i na krótkich nóżkach pomaszerował przez las. Kiedy zniknął już całkiem za drzewami, Zofia rozwinęła karteczkę i przeczytała:

Kochana Hildo!

To wstyd, że Alberto nie powiedział Zofii, iż Kant był zwolennikiem założenia „ligi narodów". W artykule pt. „Do wiecznego pokoju" napisał, że wszystkie kraje powinny się zjednoczyć w ligę, która dbałaby o pokojowe współistnienie poszczególnych narodów. Praca ta ukazała się w roku 1795, a około 125 lat później, po pierwszej wojnie światowej, rzeczywiście powstała Liga Narodów. Po drugiej wojnie światowej zastąpił ją ONZ. Możesz więc powiedzieć, że Kant był jak gdyby ojcem chrzestnym idei ONZ. Kant uważał, że „praktyczny rozum" człowieka nakłada na państwa obowiązek odstąpienia od „stanu naturalnego", który wywołuje coraz to nowe wojny, i założenia międzynarodowej organizacji, która by im zapobiegała. Choć droga do założenia takiej ligi narodów może być długa, naszym obowiązkiem jest praca dla zapewnienia powszechnego i trwałego pokoju. Dla Kanta założenie takiego związku było odległym celem, można chyba nawet powiedzieć, że było ostatecznym celem filozofii. Ja obecnie przebywam w Libanie.

Ucałowania,

Ojciec

Zofia schowała kartkę do kieszeni i poszła dalej w stronę domu. To właśnie przed takimi spotkaniami w lesie ostrzegał ją Alberto. Ale przecież nie mogła pozwolić, by mały miś błąkał się w nieskończoność, poszukując Lustrzanej Hildy.

ROMANTYZM

...tajemna droga wiedzie do wnętrza...

Hilda pozwoliła, by segregator osunął się jej z kolan na podłogę.

W pokoju już było jaśniej, niż kiedy się kładła. Popatrzyła na zegarek, dochodziła trzecia. Odwróciła się na bok i ułożyła do snu. Zasypiając, zastanawiała się, dlaczego ojciec zaczął pisać o Czerwonym Kapturku i Kubusiu Puchatku...

Następnego dnia spała aż do jedenastej. Kiedy się obudziła, czuła, że musiała intensywnie o czymś śnić, ale niczego nie pamiętała. Miała tylko wrażenie, jakby przeniosła się w inną rzeczywistość.

Zeszła na dół i zrobiła sobie śniadanie. Matka, ubrana w niebieski kombinezon, szykowała się, by pójść do szopy, gdzie zamierzała czyścić łódź. Żaglówka, nawet gdyby nie miała być spuszczona na wodę, musiała być gotowa przed powrotem ojca z Libanu.

— Może zejdziesz mi pomóc?

— Najpierw muszę trochę poczytać. Później przyniosę ci herbatę i drugie śniadanie.

— Drugie śniadanie po południu?

Hilda zjadła i wróciła do swojego pokoju. Pościeliła łóżko, a potem usadowiła się wygodnie z segregatorem na kolanach.

Zofia przemknęła się przez żywopłot i wkrótce stała już w ogrodzie, który kiedyś przyrównała do ogrodu Edenu...

Zobaczyła, że po wieczornej burzy wszędzie pełno jest gałązek i liści. Miała wrażenie, że między burzą, połamanymi

gałązkami i faktem, że spotkała Czerwonego Kapturka i Kubusia Puchatka, istnieje jakiś związek.

Podeszła do ogrodowej huśtawki i oczyściła ją z opadłych igieł i liści. Dobrze, że były na niej plastykowe poduszki. Nie trzeba było wnosić ich do domu za każdym razem, gdy niebo groziło choćby przelotnym deszczem.

Dziewczynka poszła do domu. Akurat wróciła matka, wkładała właśnie butelki z oranżadą do lodówki. Na kuchennym stole stało udekorowane kremem ciasto w kształcie ósemki i piramida z obwarzanków.

— Będziesz miała gości? — zapytała Zofia, która prawie już zdążyła zapomnieć, że są jej urodziny.

— W przyszłą sobotę urządzamy wielkie przyjęcie w ogrodzie, ale uznałam, że i dzisiaj także musimy zrobić coś ekstra.

— To znaczy co?

— Zaprosiłam Jorunn z rodzicami.

Zofia wzruszyła ramionami.

— No, dobrze! Wszystko mi jedno.

Goście przyszli trochę przed pół do ósmej. Wizyta przebiegała raczej sztywno, bo matka Zofii rzadko spotykała się z rodzicami Jorunn.

Wkrótce dziewczynki poszły do pokoju Zofii, by ułożyć tekst zaproszenia na przyjęcie w ogrodzie. Ponieważ miały zaprosić także Alberta Knoxa, Zofia wpadła na pomysł, by zorganizować przyjęcie filozoficzne. Jorunn nie protestowała, bo przecież miało to być święto Zofii, a poza tym imprezy tematyczne stały się ostatnio dość modne.

Wreszcie, po dwóch godzinach, podczas których omal nie pękły ze śmiechu, udało im się skomponować treść zaproszenia:

Droga(i) ....

Zapraszamy na filozoficzne przyjęcie w ogrodzie przy Koniczynowej 3, w sobotę, 23 czerwca (wieczór świętojański) o godzinie 19.00. W czasie spotkania prawdopodobnie rozwiążemy tajemnicę istnienia. Prosimy zabrać ze sobą ciepły sweter i błyskotliwe pomysły, które pomogą w rychłym wyjaśnieniu zagadek filozofii. Niestety, ze względu na niebezpieczeństwo pożaru w lesie nie wolno palić ognisk, ale za to chorągwie fantazji będą mogły swobodnie łopotać. Wśród zaproszonych będzie co najmniej jeden prawdziwy filozof. Przyjęcie jest imprezą zamkniętą.

(Prosimy o nieinformowanie prasy!)

Z poważaniem

Jorunn Ingebrigtsen (komitet organizacyjny)
i Zofia Amundsen (gospodyni)

Zeszły na dół, do dorosłych, którzy rozmawiali teraz nieco swobodniej niż przed wyjściem dziewczynek. Zofia podała matce wykaligrafowane zaproszenie.

— Zamawiam osiemnaście kopii — oznajmiła. Już wcześniej zdarzało się, że prosiła, by matka powieliła jej coś w pracy.

Matka szybko przeczytała zaproszenie i podała je doradcy finansowemu.

— Zobaczcie państwo. Ona już zupełnie oszalała.

— Ale to zapowiada się naprawdę ciekawie — powiedział doradca finansowy, podając arkusik małżonce. — Sam bardzo chciałbym wziąć udział w tym przyjęciu.

Barbie też zdążyła już przeczytać zaproszenie.

— Nie wytrzymam! Czy my także możemy przyjść, Zosiu?

— No, to wobec tego dwadzieścia kopii — powiedziała Zofia, biorąc ich za słowo.

— Zwariowałaś — syknęła Jorunn.

Przed snem Zofia długo wyglądała przez okno. Przypomniało jej się, jak kiedyś w ciemności widziała zarys postaci Alberta. Od tego czasu minął już ponad miesiąc. Teraz także było już późno, ale noc była jasna. Lato.

Alberto dał znak życia dopiero we wtorek rano. Zgłosił się telefonicznie, tuż po tym, jak matka wyszła do pracy.

— Zofia Amundsen.

— Tu Alberto Knox.

— Tak myślałam.

— Przepraszam, że nie dzwoniłem wcześniej, ale intensywnie pracowałem nad naszym planem. Tylko wtedy, gdy major w pełni koncentruje się na tobie, mogę być sam i nic nie zakłóca mi pracy.

— To dziwne.

— Wtedy po prostu mogę się wymknąć. Nawet najlepsza służba wywiadowcza świata ma swoje ograniczenia, kiedy pełni ją tylko jedna osoba... Dostałem kartkę od ciebie.

— Chciałeś powiedzieć zaproszenie.

— Będziesz miała odwagę?

— Odwagę? Na co?

— Trudno przewidzieć, co może się zdarzyć na takim przyjęciu.

— Przyjdziesz?

— Oczywiście, że przyjdę. Ale przeczuwam jeszcze jeden kłopot. Czy zastanawiałaś się nad tym, że wypada to akurat tego samego dnia, kiedy ojciec Hildy wraca z Libanu?

— Nie, nie pomyślałam o tym.

— To nie może być zbieg okoliczności, że pozwolił ci urządzić filozoficzne przyjęcie w ogrodzie akurat tego samego dnia, kiedy wraca do Bjerkely.

— Jak już mówiłam, wcale o tym nie pomyślałam.

— Ale on pomyślał. No cóż, porozmawiamy jeszcze na ten temat. Czy możesz przyjść do Chaty Majora teraz, przed południem?

— Obiecałem, że powyrywam chwasty z kilku rabat.

— No, to powiedzmy o drugiej. Zdążysz?

— Przyjdę.

Dzisiaj także Alberto czekał na Zofię na progu.

— Siadaj tutaj — zachęcił i od razu przystąpił do rzeczy. — Mówiliśmy wcześniej o renesansie, baroku i oświeceniu. Dzisiaj porozmawiamy o *romantyzmie*, który można określić jako ostatnią wielką epokę kulturalną w dziejach Europy. Zbliżamy się do końca długiej historii, moje dziecko.

— To romantyzm trwał aż tak długo?

— Rozpoczął się u schyłku osiemnastego wieku i trwał do połowy zeszłego stulecia. Po roku 1850 nie ma już właściwie sensu mówić o epokach obejmujących literaturę, filozofię, malarstwo, naukę i muzykę.

— Ale romantyzm był taką epoką?

— Mówi się, że romantyzm był ostatnim „wspólnym nastawieniem" do istnienia, wspólnym dla całej Europy. Rozpoczął się w Niemczech jako reakcja na jednostronny kult rozumu w oświeceniu. Jakby po Kancie i jego chłodnym rozumie młodzi Niemcy odetchnęli z ulgą.

— Co czcili zamiast tego?

— Nowe hasła to „uczucie", „fantazja", „przeżycie" i „tęsknota". Również niektórzy z myślicieli oświecenia podkreślali znaczenie uczucia — zwłaszcza Rousseau — ale to było w ramach krytyki zbyt jednostronnego zwrócenia się ku rozumowi. Teraz ten poboczny prąd stał się głównym nurtem w niemieckim życiu kulturalnym.

— Kant przestał już być tak bardzo popularny?

— I tak, i nie. Wielu romantyków uważało się także za spadkobierców Kanta. Kant stwierdził przecież, że istnieją granice tego, co możemy wiedzieć o rzeczach samych w sobie. Z drugiej strony wskazał, jak ważny jest wkład „ja" w poznanie. Teraz każdy miał absolutną swobodę, mógł bez przeszkód dokonywać własnej interpretacji wszechświata. Romantycy wykorzystali to, tworząc prawie nieograniczony kult „ja". Prowadziło to również do uwielbienia geniuszu artystycznego.

— Czy wielu było takich geniuszy?

— Jednym z przykładów może być BEETHOVEN. W jego muzyce odnajdujemy osobę, która wyraża swe uczucia i tęsknoty. Kiedy tak na to spojrzymy, widzimy, że Beethoven był „wolnym" artystą, w przeciwieństwie do mistrzów baroku, takich jak na przykład BACH czy HAENDEL, którzy komponowali swe dzieła na chwałę Boga, według bardzo surowych reguł.

— Znam tylko *Sonatę księżycową* i symfonię *Przeznaczenie*.

— Więc wiesz, jak romantyczna jest *Księżycowa* i jak dramatyczne napięcie wyraża Beethoven w V Symfonii.

— Mówiłeś, że humaniści renesansu także byli indywidualistami.

— Owszem, między renesansem i romantyzmem jest wiele podobieństw. Jedną z cech wspólnych jest przekonanie o znaczeniu sztuki dla ludzkiego poznania. I tu także Kant wtrącił swoje trzy grosze. W swej estetyce badał, co się dzieje, kiedy zafascynuje nas coś pięknego, na przykład dzieło sztuki. Kiedy oddajemy się kontemplacji dzieła sztuki bez żadnych innych odczuć poza przeżyciem artystycznym, zbliżamy się także do „rzeczy samej w sobie".

— To znaczy, że artysta może przekazać coś, czego nie potrafią wyrazić filozofowie?

— Tak uważali romantycy. Zdaniem Kanta, artysta igra swobodnie ze swą zdolnością poznania. Niemiecki poeta SCHILLER rozwinął myśl Kanta. Pisał on, że działalność artysty jest jak zabawa, a człowiek jest wolny tylko wtedy, gdy się bawi, bo wówczas tworzy własne prawa. Romantycy uważali, że tylko sztuka może nas zbliżyć do tego, co niewypowiedziane. Niektórzy poszli o krok dalej i przyrównali artystę do Boga.

— No, bo przecież artysta tworzy własną rzeczywistość, tak jak Bóg stworzył świat.

— Mówiono, że artysta obdarzony jest tworzącą świat siłą wyobraźni. W uniesieniu artystycznym przeżywa zatarcie granic między snem a rzeczywistością. NOVALIS, jeden z młodych geniuszy, powiedział: „Świat staje się snem, sen staje się rzeczywistością". Był on twórcą powieści o czasach średniowiecza, która nosiła tytuł *Heinrich von Ofterdingen*. Nie była jeszcze ukończona, gdy jej autor zmarł w roku 1801, ale i tak miała ogromne znaczenie. Opowiada o młodym Heinrichu, wyruszającym na poszukiwanie błękitnego kwiatu, który raz ujrzał we śnie i od tej pory za nim tęskni. Angielski romantyk COLERIDGE wyraził tę samą myśl w następujący sposób:

Gdyby człowiek mógł we śnie przejść przez raj i dostałby kwiat na dowód, że jego dusza rzeczywiście tam była, i gdyby, przebudziwszy się, dostrzegł kwiat w swej dłoni — ach, co wtedy?

— To piękne.

— Tęsknota za czymś odległym, nieosiągalnym, była typowa dla romantyków. Tęsknili oni za minionymi epokami, na przykład za średniowieczem, które oceniano teraz znacznie pozytywniej niż w czasach oświecenia. Romantycy tęsknili także do odległych kultur, na przykład do Orientu i jego mistyki. Pociągała ich noc i szare światło świtu, stare ruiny i nadprzyrodzone zjawiska. Interesowali się tym, co nazywamy „ciemną stroną bytu", czyli tym, co mroczne, straszne, tajemnicze.

— Moim zdaniem to bardzo interesujący okres. Kim byli romantycy?

— Romantyzm był zjawiskiem przede wszystkim miejskim. Właśnie w pierwszej połowie ubiegłego stulecia w wielu miejscach w Europie, zwłaszcza w Niemczech, rozkwitła kultura mieszczańska. Typowi romantycy to młodzi mężczyźni, wielu z nich było studentami, choć prawdę powiedziawszy ze studiami szło im o tyle, o ile. Zdecydowanie potępiali oni „mieszczański" światopogląd. Nazywali na przykład policję czy gospodynie, u których mieszkali na stancji, „filisterskimi mieszczuchami" albo wręcz wrogami.

— Chyba nie miałabym odwagi być gospodynią romantyka.

— Pokolenie, które w wiek młodzieńczy weszło około roku 1800, było pierwszym pokoleniem romantyków i tę falę romantyzmu możemy nazwać pierwszym buntem młodzieżowym w Europie. Wiele jest podobieństw między romantykami a kulturą hippisowską 150 lat później.

— Dzieci-kwiaty, długie włosy, brzdąkanie na gitarze i lenistwo?

— Tak, mówiono, że „nieróbstwo jest ideałem geniusza, a lenistwo romantyczną cnotą". Obowiązkiem romantyka było chłonąć życie, a także oderwać się od niego i zatopić w marzeniach. Codziennym sklepikarstwem niech się zajmują „wygoleni mieszczanie".

— Czy Henrik Wergeland był romantykiem?

— I WERGELAND, i WELHAVEN byli romantykami. Wergeland wyznawał także wiele ideałów oświecenia, ale w jego stylu życia — charakteryzującym się natchnionym, lecz chaotycznym buntem — odnaleźć można wszystkie typowe cechy romantyka. Zwłaszcza jego marzycielskie miłości były typowe dla romantyzmu. Stella, do której pisał swe wiersze miłosne, była równie odległa i nieosiągalna jak błękitny kwiat Novalisa. Sam Novalis zaręczył się z dziewczyną, która miała ledwie czternaście lat. Zmarła cztery dni po ukończeniu lat piętnastu, ala Novalis przez całe życie nie przestał jej kochać.

— Powiedziałeś, że zmarła cztery dni po tym, jak skończyła piętnaście lat?

— Tak...

— Ja mam piętnaście lat i cztery dni *dzisiaj*.

— No tak, masz rację.

— Jak miała na imię?

— Sophie.

— Co powiedziałeś?

— Że miała...

— Przerażasz mnie! Czy to może być przypadek?

— Nie wiem, Zosiu. Ale ona naprawdę miała na imię Sophie.

— Mów dalej!

— Sam Novalis dożył zaledwie 29 lat. Był jednym z „młodych zmarłych". Wielu romantyków umierało młodo, najczęściej na gruźlicę. Niektórzy popełnili samobójstwo...

— To okropne!

— Ci, którzy dożyli późniejszych lat, często koło trzydziestki przestawali być romantykami. Niektórzy stali się konserwatywnymi mieszczanami.

— A więc przechodzili do obozu wroga.

— Może i tak. Ale mówiliśmy o miłości romantycznej. Nieosiągalna miłość przedstawiona została już przez GOETHEGO, w napisanej w formie listów powieści *Cierpienia młodego Wertera,* która ukazała się w roku 1774. Opowieść kończy się tym, że młody Werter strzela do siebie, ponieważ nie może dostać tej, którą kocha...

— Czy trochę nie przesadził?

— Okazało się, że liczba samobójstw po ukazaniu się powieści gwałtownie wzrosła i przez pewien czas książka w Danii i Norwegii była zakazana. Wyznawanie ideałów romantycznych nie zawsze więc było bezpieczne. W grę wchodziły bardzo silne uczucia.

— Kiedy mówisz „romantyk", myślę o wielkich malowidłach, pejzażach. Przed oczami stają mi tajemnicze lasy i dzika przyroda, spowita w opary mgły.

— Jedną z najważniejszych cech romantyzmu była właśnie tęsknota za przyrodą i mistyka natury. A jak już mówiliśmy, takie zjawisko nie rodzi się na wsi. Pamiętasz może lansowane przez Rousseau hasło „powrotu do natury". Dopiero w romantyzmie naprawdę nabrało ono wyrazu. Romantyzm reprezentował także reakcję na mechanistyczny wszechświat oświecenia. Wskazywano, że romantyzm łączy się z odrodzeniem dawnej *świadomości wszechświata.*

— Wyjaśnij!

— To znaczy, że natura traktowana jest jako całość. Romantycy nawiązywali tu do Spinozy, a także do Plotyna i filozofów renesansu, takich jak JACOB BOEHME i Giordano Bruno. Wspólne dla nich wszystkich było dostrzeganie boskiego Ja w przyrodzie.

— Byli panteistami...

— I Kartezjusz, i Hume wyznaczyli ostrą granicę pomiędzy „ja" z jednej strony, a „rozciągłą" rzeczywistością z drugiej. Również Kant zostawił po sobie ostry podział na poznające „ja" i przyrodę „samą w sobie". Teraz twierdzono, że przyroda jest jednym wielkim „ja". Romantycy posługiwali się wyrażeniem „dusza świata" czy „duch świata".

— Rozumiem.

— Filozofem, który nadawał ton w romantyzmie, był SCHELLING, żyjący w latach 1775 - 1854. Starał się znieść rozgraniczenie między duchem a materią. Uważał, że cała przyroda, zarówno dusza ludzka, jak i rzeczywistość fizyczna, jest wyrazem jednego Boga czy też *ducha świata.*

— Tak, to rzeczywiście przypomina Spinozę.

— „Przyroda jest widzialnym duchem, duch jest niewidzialną przyrodą" — powiedział Schelling. Wszędzie bowiem w przyrodzie możemy dopatrywać się „ducha tworzącego struktury". Powiedział także, że „materia to drzemiąca inteligencja".

— To musisz mi dokładniej wyjaśnić.

— Schelling widział ducha świata w przyrodzie, ale tego samego ducha świata dostrzegał w ludzkiej świadomości. W takim ujęciu przyroda i ludzka świadomość są właściwie wyrazem tego samego.

— No tak...

— Ducha świata można więc szukać i w przyrodzie, i we własnym umyśle. Dlatego Novalis mógł powiedzieć, że „tajemna droga wiedzie do wnętrza". Uważał, że człowiek nosi w swoim wnętrzu cały wszechświat i najgłębiej przeżyje tajemnicę wszechświata, zgłębiając siebie.

— To była piękna myśl.

— Dla wielu romantyków filozofia, badania przyrodnicze czy poezja były częścią większej całości. Czy siedziało się w gabinecie i w natchnieniu pisało wiersze, czy też studiowało życie kwiatów i budowę kamieni, w rzeczywistości były to dwie strony tej samej sprawy. Przyroda bowiem nie jest martwym mechanizmem, jest jednym żywym duchem świata.

— Jeśli powiesz mi coś jeszcze, to chyba zostanę romantyczką.

— Urodzony w Norwegii przyrodnik HENRIK STEFFENS, którego Wergeland nazwał „zdmuchniętym liściem laurowym Norwegii", ponieważ osiedlił się w Niemczech, przybył w roku 1801 do Kopenhagi, by wygłosić wykłady o romantyzmie niemieckim. Scharakteryzował ruch romantyczny następujacymi słowami: „Zmęczeni odwiecznymi próbami walki z surową materią, wybraliśmy inną drogę, pragnąc wybiec na spotkanie nieskończoności. Weszliśmy w samych siebie i stworzyliśmy nowy świat...".

— Jak ci się udaje pamiętać wszystko tak dokładnie?

— To bagatelka, moje dziecko.

— Mów dalej!

— Schelling dostrzegał także rozwój w przyrodzie, od ziemi i kamienia do świadomości człowieka. Wskazał na stopniowe przejście od nieożywionej przyrody do coraz bardziej skomplikowanych form życia. W ogóle cechą romantycznego poglądu na przyrodę było postrzeganie jej jako organizmu, który przez cały czas rozwija tkwiące w nim możliwości. Przyroda jest jak kwiat, który rozwija liście i rozkłada płatki kielicha. Albo jak poeta tworzący swe wiersze.

— Czy to nie przypomina trochę Arystotelesa?

— Owszem. Romantyczna filozofia przyrody posiada cechy zarówno Arystotelesowe jak i neoplatońskie. Arystoteles miał wszak bardziej organiczny pogląd na przyrodę niż mechanistyczni materialiści.

— Rozumiem.

— Podobne myśli znajdujemy także w nowym spojrzeniu na historię. Duży wpływ na romantyków wywarł filozof historii HERDER, który żył w latach 1744–1803. Uważał, że także przebieg dziejów cechuje jedność, rozwój i celowość. Mówimy, że jego pogląd na historię był „dynamiczny", ponieważ traktował ją jako proces. Filozofowie oświecenia często postrzegali historię na sposób „statyczny". Dla nich istniał jeden uniwersalny, powszechny rozum, którego w różnych epokach było mniej lub więcej. Herder twierdził, że każda epoka ma swoją odrębność, czyli swoją wartość. I tak samo każdy naród ma swoją odrębność, czyli „duszę narodu". Pytanie tylko, czy uda nam się wczuć w inne kultury.

— Tak jak musimy wczuć się w sytuację innego człowieka, by móc lepiej go zrozumieć, tak samo musimy wczuć się w inne kultury.

— Dzisiaj stało się to chyba rzeczą oczywistą. Ale w romantyzmie było to nowe. Romantyzm przyczynił się także do wzmocnienia poczucia własnej tożsamości poszczególnych narodów. Nie jest przypadkiem, że i nasza walka o niepodległość narodową rozgorzała właśnie w roku 1814.

— Rozumiem.

— Ponieważ romantyzm wyznaczył nowe kierunki w wielu dziedzinach, przyjęło się rozróżnienie dwóch jego nurtów. Rozumiany potocznie romantyzm to przede wszystkim to, co nazywamy *romantyzmem uniwersalnym*. Myślimy wtedy o romantykach zafascynowanych przyrodą, duszą świata i geniuszem artystycznym. Ta forma romantyzmu rozkwitła jako pierwsza, szczególnie w Jenie około roku 1800.

— A drugi nurt?

— To tak zwany *romantyzm narodowy*. Rozkwitł nieco później, w Heidelbergu. Romantycy tego nurtu interesowali się przede wszystkim historią ludu, jego językiem i kulturą. Lud bowiem przechował narodową tradycję. A naród traktowano jako organizm, który rozwija tkwiące w nim możliwości, dokładnie tak, jak przyroda i historia.

— Powiedz mi, gdzie żyjesz, a powiem ci, kim jesteś.

— Romantyzm uniwersalny z romantyzmem narodowym łączyło przede wszystkim hasło „organizm". Romantycy uważali zarówno roślinę, jak i naród za żywy organizm. Podobnie żywym organizmem był utwór poetycki. Organizmem był język i nawet cała przyroda. Dlatego między romantyzmem narodowym a uniwersalnym nie ma szczególnie ostrego podziału. Duch świata był tak samo obecny w narodzie i kulturze ludowej, jak i w przyrodzie i sztuce.

— Rozumiem.

— Już Herder zbierał piosenki ludowe z wielu krajów i zbiorowi swemu nadał wiele mówiący tytuł *Głosy ludów w pieśniach*. Tak, ludową twórczość określał jako „matczyny język narodów". W Heidelbergu zaczęto zbierać piosenki i baśnie ludowe. Słyszałaś może o baśniach braci GRIMM?

— Pewnie. *Królewna Śnieżka, Czerwony Kapturek, Kopciuszek, Jaś i Małgosia...*

— I wiele, wiele innych. W Norwegii byli ASBJØRNSEN i MOE, którzy jeżdżąc po kraju zbierali twórczość pisarską ludu. To było jak zerwanie z drzewa soczystego owocu, bo nagle zorientowano się, jaki jest smaczny i pożywny. I trzeba było się spieszyć, bo owoce zaczęły już spadać z drzewa. LANDSTAD zbierał piosenki ludowe, a IVAR AASEN zajął się „zbieraniem" języka norweskiego. W połowie zeszłego stulecia odkryto także dawne mity i opowieści o bogach. Poza tym kompozytorzy w całej Europie zaczęli w swych utworach wykorzystywać melodie ludowe. W ten sposób starali się zbudować pomost między muzyką ludową a muzyką artystyczną.

— Muzyka artystyczna?

— To muzyka skomponowana przez jednego konkretnego człowieka, na przykład Beethovena. Natomiast muzyki ludowej nie ułożyła żadna określona osoba, lecz sam lud. Dlatego nie wiemy dokładnie, kiedy powstały różne melodie ludowe. W podobny sposób rozróżniamy między baśniami ludowymi a baśniami artystycznymi.

— Co to jest artystyczna baśń?

— To baśń wymyślona przez jakiegoś autora, na przykład JANA CHRISTIANA ANDERSENA. Romantycy z wielką namiętnością uprawiali ten właśnie gatunek. Jednym z niemieckich mistrzów był HOFFMAN.

— Chyba słyszałam o *Opowieściach Hoffmana*.

— Baśń była dla romantyków literackim ideałem. Dawała pisarzowi pełną możliwość zabawy z własną wyobraźnią twórczą.

— Mógł bawić się w Boga zmyślonego świata.

— Właśnie tak. A teraz przydałoby nam się pewne podsumowanie.

— Bardzo proszę!

— Filozofowie romantyzmu postrzegali duszę świata jako „ja", które w stanie mniej lub bardziej zbliżonym do snu tworzy rzeczy na świecie. Filozof FICHTE wskazał, że przyroda pochodzi od wyższej, podświadomej wyobraźni. Schelling wprost stwierdził, że „świat istnieje w Bogu". Jego zdaniem, niektórych rzeczy Bóg jest świadomy, ale istnieją także pewne strony przyrody, które reprezentują to, co w Bogu nieświadome. Bóg bowiem także ma swą ciemną stronę.

— Ta myśl jest jednocześnie przerażająca i fascynująca. Przypomina mi Berkeleya.

— W podobny sposób pojmowano stosunek między pisarzem a jego dziełem. Baśń dawała pisarzowi możliwość zabawy z własną wyobraźnią tworzącą świat. I sam akt tworzenia nie zawsze bywał świadomy. Pisarz mógł doświadczyć, że opowieść, którą tworzył, posuwała do przodu jej własna, tkwiąca w niej siła. Pisząc, mógł siedzieć niemal jak zahipnotyzowany.

— I co?

— A potem nagle mógł przerywać iluzję. Ingerował w opowiadanie, umieszczając tu i ówdzie ironiczne komentarze dla czytelnika, by przypomnieć mu choć na chwilę, że baśń jest baśnią.

— Rozumiem.

— W ten sposób pisarz przypominał czytelnikowi, że również całe jego istnienie jest baśniowe. Tę formę zerwania z iluzją nazywamy „ironią romantyczną". Henryk Ibsen na przykład każe jednej z postaci *Peer Gynta* powiedzieć: „Nikt nie umiera w samym środku piątego aktu".

— Rozumiem, że ta kwestia jest dość śmieszna. Bohater przecież mówi zarazem, że sam jest tylko wytworem fantazji.

— Ta wypowiedź jest tak paradoksalna, że dobrze zrobimy, jeśli zaznaczymy ją pustą linią, czyli jak to się mówi fachowo, „światłem".

— O co ci chodzi?

— Nic, nic, Zosiu, o nic. Ale powiedzieliśmy sobie, że ukochana Novalisa miała na imię Sophie, tak jak ty, a poza tym zmarła, gdy miała zaledwie piętnaście lat i cztery dni.

— Rozumiesz chyba, że się wystraszyłam.

Alberto siedział, patrząc przed siebie nieruchomym wzrokiem. Za chwilę podjął:

— Ale nie musisz się bać, że spotka cię taki sam los co ukochaną Novalisa.

— Dlaczego?

— Dlatego, że zostało jeszcze wiele rozdziałów.

— O czym ty mówisz?

— Mówię, że osoba, która czyta książkę o Zofii Amundsen wyczuwa czubkami palców, że zostało jeszcze wiele stron opowiadania. Doszliśmy dopiero do romantyzmu.

— Słabo mi się robi.

— W rzeczywistości to major stara się sprawić, by Hildzie zrobiło się słabo. Czy to nie prostackie, Zosiu? Światło!

Alberto nie skończył jeszcze mówić, gdy z lasu wybiegł chłopiec w arabskich szatach, w turbanie na głowie. W dłoni niósł lampkę oliwną.

Zofia mocno złapała się ramienia Alberta.

— Kto to jest? — spytała.

Ale chłopiec sam odpowiedział:

— Na imię mam Aladyn i przybywam aż z Libanu.

Alberto popatrzył na niego surowo.

— A co masz w swojej lampie, chłopcze?

Chłopiec potarł lampę dłonią i z lampy zaczął wydobywać się gęsty obłok dymu, z którego wyłoniła się postać mężczyzny. Miał czarną brodę jak Alberto i niebieski beret. Unosząc się w powietrzu nad lampą, powiedział:

— Słyszysz mnie, Hildo? Pewnie spóźniłem się z kolejnymi gratulacjami. Chciałem ci tylko powiedzieć, że także Bjerkely i Sorlandet wydają mi się trochę jak wyjęte z baśni. Za kilka dni się zobaczymy.

Oznajmiwszy to, mężczyzna rozpłynął się w dymie i cały obłok zniknął w lampie. Chłopiec w turbanie wziął ją pod pachę i pobiegł w las.

— To... to nieprawdopodobne — wyjąkała Zofia.

— To bagatelka, moje dziecko.

— Duch mówił dokładnie tak, jak ojciec Hildy.

— Bo to przecież był jego duch.

— Ale...

— I ty, i ja, i wszystko, co nas otacza, rodzi się w głębi świadomości majora. Jest późna noc, sobota, 28 kwietnia, wokół majora śpią żołnierze ONZ i on sam także najchętniej by się położył. Ale musi skończyć książkę, którą ma zamiar ofiarować Hildzie jako prezent z okazji piętnastej rocznicy urodzin. Dlatego musi pracować, Zosiu, dlatego ten biedaczysko nie odpoczywa albo ma za mało odpoczynku.

— Chyba mam już tego dosyć!

— Światło!

Zofia i Alberto siedzieli zapatrzeni w toń jeziora. Alberto tkwił jak skamieniały. Po chwili Zofia zebrała się na odwagę i klepnęła go w ramię.

— Zamyśliłeś się.

— Tak, on ingerował bezpośrednio. Ostatnie fragmenty, każda najmniejsza literka, zostały napisane w natchnieniu. Powinien się wstydzić. Ale tym samym się zdradził, pozwolił się w pełni poznać. Wiemy teraz, że żyjemy w książce, którą ojciec Hildy wyśle córce w prezencie urodzinowym. Bo słyszałaś chyba, co powiedziałem? Chociaż to wcale nie „ja" to powiedziałem.

— Jeśli to prawda, to chcę uciec z całej tej książki i pójść własną drogą.

— I taki właśnie jest mój tajemny plan. Ale zanim to nastąpi, musimy postarać się pomówić z Hildą. Ona przecież czyta każde słowo, które teraz wypowiadamy. Gdy uciekniemy stąd, będzie nam dużo trudniej nawiązać z nią kontakt. Musimy teraz wykorzystać tę szansę.

— Co jej powiemy?

— Wydaje mi się, że major zaraz zaśnie nad maszyną do pisania, chociaż jego palce nadal gorączkowo mkną po klawiszach.

— Jakie to dziwne!

— Właśnie teraz może napisać coś, czego później będzie żałować. A nie ma korektora, Zosiu. To niezmiernie ważne ogniwo mojego planu. Niech się strzeże ten, co się ośmieli podarować majorowi Albertowi Knagowi buteleczkę korektora!

— Ode mnie nie dostanie nawet strzępka taśmy korygującej!

— Tu i teraz wzywam tę biedną dziewczynkę do buntu przeciwko własnemu ojcu. Powinna się wstydzić, że pozwala mu na jego ulubioną zabawę cieniami. Gdyby tu był, odczułby naszą pogardę na własnej skórze.

— Ale jego tu nie ma.

— Jest tu z nami duchem, ale siedzi także bezpiecznie w Libanie. Bo wszystko wokół nas to „jaźń" majora.

— Ale on jest także czymś więcej niż to, co nas otacza.

— Bo my jesteśmy tylko cieniami w duszy majora. A cieniom niełatwo zaatakować swego mistrza, Zosiu. Wymaga to sprytu i rozważnych posunięć. Ale mamy możliwość wywarcia wpływu na Hildę. Tylko anioł może zbuntować się przeciw Bogu.

— Możemy zachęcić Hildę, by zrobiła awanturę natychmiast, gdy on wróci do domu. Jak tylko stanie w drzwiach. Może mu powiedzieć, że jest łajdakiem. Może zniszczyć jego łódź albo przynajmniej stłuc latarnię.

Alberto pokiwał głową, a potem powiedział:

— Poza tym ona może od niego uciec. Dla niej to znacznie prostsze niż dla nas. Może opuścić dom majora i nigdy więcej już się tam nie pokazać. Czy nie tak powinna się zachować wobec majora, który naszym kosztem bawi się swoją „wyobraźnią tworzącą świat"?

— Wyobrażam to sobie. Major jeździ po świecie i szuka Hildy. Ale Hilda zniknęła, bo ma już dość życia z ojcem, który udaje, że jest zabawny, wykorzystując Alberta i Zofię.

— Tak, udaje, że jest zabawny. O to właśnie mi chodziło, kiedy mówiłem, że wykorzystuje nas jako zabawkę na urodziny. Ale powinien mieć się na baczności, Zosiu. Hilda także.

— O co ci chodzi?

— Siedzisz dobrze?

— Byle tylko nie pojawiło się więcej duchów.

— Spróbuj sobie wyobrazić, że to, co przeżywamy, odbywa się w świadomości innego człowieka. My *jesteśmy* tą świadomością. Nie mamy własnej duszy, jesteśmy cudzą duszą. Na razie stąpamy po pewnym filozoficznym gruncie. I Berkeley i Schelling nadstawiliby uszu.

— Tak?

— Można sobie wyobrazić, że tą duszą jest ojciec Hildy Møller Knag. Siedzi sobie w Libanie i pisze podręcznik filozofii na piętnaste urodziny córki. Kiedy Hilda obudzi się 15 czerwca, znajdzie książkę na nocnym stoliku i od tej pory ona i inni ludzie będą mogli o nas czytać. Od dawna już major napomykał, że prezentem można będzie dzielić się z innymi.

— Pamiętam.

— A więc to, co teraz do ciebie mówię, zostanie przeczytane przez Hildę po tym, jak jej ojciec siedział w Libanie i wyobrażał sobie, że opowiadam ci, że on siedział w Libanie... i wyobrażał sobie, że opowiadam ci, że siedział w Libanie i...

Zofii zawirowało w głowie. Starała się przemyśleć to, co usłyszała o Berkeleyu i romantykach. Alberto Knox podjął:

— Ale nie powinni czuć się aż tak pewnie z tego powodu, a już na pewno nie powinni się śmiać, bo od takiego śmiechu mogą się udławić.

— Kto?

— Hilda i jej ojciec. Czy nie o nich mówiliśmy?

— Ale dlaczego nie powinni czuć się tak pewnie?

— Dlatego że można pomyśleć, że o n i także są tylko świadomością.

— Ale jak to możliwe?

— Jeśli możliwe było dla Berkeleya i romantyków, musi być możliwe i dla nich. Może major także jest cieniem w książce, która opowiada o nim i o Hildzie, i oczywiście także o nas, bo przecież my także stanowimy niewielką część ich życia.

— To byłoby jeszcze gorsze. Znaczyłoby, że jesteśmy tylko cieniami cieni.

— Ale można sobie wyobrazić, że jakiś całkiem inny pisarz siedzi gdzieś i pisze książkę o majorze ONZ Albercie Knagu, który pisze książkę dla swojej córki Hildy. Książka ta opowiada o pewnym Albercie Knoxie, który nagle zaczął wysyłać listy filozoficzne do Zofii Amundsen zamieszkałej przy Koniczynowej 3.

— Wierzysz w to?

— Chciałem tylko powiedzieć, że to możliwe. Dla nas ten pisarz byłby ukrytym bogiem, Zosiu. Choć wszystko, czym jesteśmy, wszystko, co mówimy i robimy, pochodzi od niego, a my *jesteśmy nim*, to nigdy niczego się o nim nie dowiemy. Zostaliśmy włożeni do najbardziej wewnętrznego pudełka.

Tym razem oboje, i Zofia i Alberto, pogrążyli się w długiej zadumie. Wreszcie ciszę przerwała Zofia:

— Ale jeśli naprawdę istnieje pisarz, który wymyśla historię o ojcu Hildy w Libanie, który wymyśla historię o nas...

— Tak?

— ...to możliwe, że i on nie powinien czuć się *pewnie*...

— O czym myślisz?

— On sobie siedzi i gdzieś głęboko w swej głowie ma Hildę i mnie. Ale czy nie jest możliwe, że i on żyje swoim życiem w jakiejś wyższej świadomości?

Alberto pokiwał głową.

— Oczywiście, Zosiu. I to także jest możliwe. A jeśli tak jest, pozwolił nam przeprowadzić tę rozmowę filozoficzną, by wskazać tę właśnie możliwość. Chciał podkreślić, że i on jest bezbronnym cieniem i że książka, w której żyją Hilda i Zofia, w rzeczywistości jest podręcznikiem filozofii.

— Podręcznikiem?

— Bo wszystkie rozmowy, jakie prowadziliśmy, wszystkie dialogi, Zosiu...

— Tak?

— W rzeczywistości są monologiem.

— Wydaje mi się, że wszystko rozpłynęło się w świadomości i duchu. Cieszę się, że zostało jeszcze kilku filozofów. Bo chyba filozofia, która rozpoczęła się tak dumnie od Talesa, Empedoklesa i Demokryta, nie może w tym miejscu utknąć na mieliźnie?

— Nie, nie. Mam zamiar opowiedzieć ci teraz o Heglu. Był pierwszym filozofem, który próbował uratować filozofię po tym, jak romantyzm roztopił wszystko w duchu.

— Bardzo jestem ciekawa.

— Wejdziemy do środka, żeby nie przeszkadzały nam już żadne duchy ani cienie.

— Poza tym zrobiło się trochę chłodno.

— Światło!

HEGEL

...co jest rzeczywiste, to jest rozumne...

Hilda upuściła segregator na podłogę. Spadł z hukiem. Hilda nie zareagowała. Leżała na łóżku, wpatrując się w sufit. W górze coś jakby bezustannie się kręciło, wirowało.

Jasne, że ojcu udało się zakręcić jej w głowie. Co za spryciarz! *Jak mógł!*

Zofia próbowała przemówić bezpośrednio do niej. Namawiała ją do buntu przeciw ojcu. I naprawdę udało jej się zasiać w niej jakąś myśl. Pewien plan...

Zofia i Alberto nie mogli ojcu nic zrobić. Ale ona, Hilda, mogła. W ten sposób Zofii udałoby się zbliżyć się do ojca przez nią.

Zgadzała się w pełni z Zofią i Albertem, że w zabawie w cienie posunął się za daleko. Chociaż Alberto i Zofia byli wytworami jego wyobraźni, istniały jednak granice demonstrowania władzy.

Biedna Zofia i Alberto! Byli równie bezbronni wobec wyobraźni majora, jak ekran filmowy bezbronny jest wobec operatora aparatu projekcyjnego.

Jasne, że kiedy ojciec wróci do domu, Hilda da mu porządną nauczkę! Miała już zarys przebiegłego planu wyprowadzenia go w pole.

Podeszła do okna i spojrzała na zatokę. Dochodziła już prawie druga. Otworzyła okno i zawołała w stronę szopy na łodzie:

— Mamo!

Matka wyszła na zewnątrz.

— Za godzinę przyniosę kanapki. W porządku?

— Dobrze, dobrze...

— Przeczytam tylko o Heglu.

Alberto i Zofia zasiedli, każde w swoim fotelu, przy oknie wychodzącym na jezioro.

— GEORG WILHELM FRIEDRICH HEGEL był prawdziwym dzieckiem romantyzmu — zaczął Alberto. — Można wręcz powiedzieć, że rozwijał się wraz z duchem niemieckiego romantyzmu. Urodził się w roku 1770 w Stuttgarcie i w wieku osiemnastu lat rozpoczął studia teologiczne w Tybindze. Od roku 1801 współpracował z Schellingiem w Jenie, a było to w okresie najbardziej burzliwego rozkwitu romantyzmu. Jako docent wykładał na Uniwersytecie Jenajskim, później otrzymał tytuł profesora w Heidelbergu, centrum niemieckiego romantyzmu narodowego. Wreszcie od roku 1818 wykładał w Berlinie. Był to okres, gdy to miasto zaczynało stawać się kulturalnym ośrodkiem Niemiec. W listopadzie 1831 roku zmarł na cholerę, ale „heglizm" cieszył się już wtedy wielką popularnością na wszystkich niemal uniwersytetach w Niemczech.

— A więc dopiął swego?

— Tak, dotyczy to także jego filozofii. Hegel połączył w jedno i rozwinął niemal wszystkie, tak różnorodne myśli, które narodziły się wśród romantyków. Był jednak także ostrym krytykiem filozofii romantycznej, na przykład Schellinga.

— Co krytykował?

— Zarówno Schelling, jak i inni romantycy uważali, że najgłębsza podstawa istnienia tkwi w tym, co nazywali „duchem świata". Hegel także posługuje się wyrażeniem „duch świata", ale nadaje mu nowe znaczenie. Kiedy Hegel mówi o duchu świata czy rozumie świata, ma na myśli sumę wszystkich ludzkich doświadczeń. Tylko człowiek bowiem posiada ducha. W tym znaczeniu można mówić o biegu ducha świata przez historię. Nie wolno nam zapomnieć, że mówimy o ludzkim życiu, myślach i kulturze.

— Ten duch od razu przestaje być taki straszny. Nie czai się już jako inteligencja drzemiąca w kamieniach i drzewach.

— Pamiętasz na pewno, że Kant mówił o czymś, co nazwał rzeczą samą w sobie. Choć odrzucał możliwość zdobycia przez człowieka pełnej wiedzy o najgłębszych tajemnicach przyrody, to uważał, że prawda, choć nierozpoznawalna, jednak istnieje. Hegel stwierdził, że prawda jest subiektywna. Odrzucił więc istnienie jakiejkolwiek prawdy stojącej ponad czy poza ludzkim rozumem. Uważał, że wszelkie poznanie jest ludzkim poznaniem.

— Chciał jakby ściągnąć filozofię z powrotem na ziemię?

— Tak, chyba można to i tak nazwać. Filozofia Hegla jest tak wielostronna i pełna niuansów, że będziemy musieli zadowolić się skoncentrowaniem na kilku najważniejszych punktach. Właściwie trudno powiedzieć, by Hegel stworzył własną filozofię. To, co nazywamy filozofią Hegla, jest przede wszystkim *metodą* pojmowania biegu historii. Dlatego nie można w zasadzie mówić o Heglu w oderwaniu od historii ludzkości. Filozofia Hegla nie uczy nas tego czy owego o najgłębszej naturze istnienia, ale za to może nas nauczyć myśleć w owocny sposób.

— A to przecież także może być dość ważne.

— Dla wszystkich systemów filozoficznych przed Heglem wspólne było dążenie do wyznaczenia niezmiennych kryteriów tego, co człowiek może wiedzieć o świecie. Dotyczy to na równi Kartezjusza, Spinozy, Hume'a i Kanta. Każdy z nich starał się zbadać, co jest dostępne ludzkiemu poznaniu. I wszyscy mówili o *ponadczasowym uwarunkowaniu* ludzkiej wiedzy o świecie.

— Czy nie jest to obowiązkiem filozofa?

— Hegel uważał, że nie jest to możliwe. Jego zdaniem to, co jest dostępne ludzkiemu poznaniu, zmienia się z pokolenia na pokolenie. Dlatego nie istnieją żadne wieczne prawdy. Nie istnieje ponadczasowy rozum. Jedyną stałą, której chwycić się może filozof, jest sama historia.

— Zaraz, zaraz, to musisz mi wytłumaczyć dokładniej. Historia przecież ulega ciągłym przemianom, jak więc może być czymś stałym?

— Rzeka także ciągle się zmienia. Nie znaczy to, że nie pozostaje rzeką. I bez sensu jest pytanie, w którym miejscu doliny rzeka jest najbardziej prawdziwa.

— No tak, bo rzeka jest rzeką na całej długości.

— Dla Hegla historia jest jak bieg rzeki. Każde najdrobniejsze poruszenie wody w danym punkcie rzeki w rzeczywistości określane jest przez prądy wodne i wiry w górnym jej biegu. Ale decydują o nim także kamienie i ukształtowanie koryta rzecznego akurat w tym miejscu, w którym stoisz i przyglądasz się wodzie.

— Chyba zaczynam rozumieć.

— Również historia myśli — czy też historia rozumu — jest jak bieg rzeki. Zarówno myśli, które „napływają" jako tradycja od ludzi, którzy żyli przed tobą, jak i warunki materialne, które panują w twoich czasach, współuczestniczą w określaniu twojego systemu myślenia. Dlatego nie możesz twierdzić, że jakaś myśl jest na zawsze i wiecznie prawdziwa. Ale myśl ta może być właściwa w tym momencie, w którym się znajdujesz.

— To nie znaczy chyba, że wszystko jest złe albo wszystko dobre?

— Nie, nie, ale coś może być złe lub dobre w odniesieniu do warunków historycznych. Gdybyś w roku 1990 wzywała, by przywrócić niewolnictwo, poczytano by cię w najlepszym razie za wariatkę. Ale 2500 lat temu nie było to wcale takie bulwersujące, choć co prawda i wtedy postępowe jednostki opowiadały się za zniesieniem niewolnictwa. Ale posłużmy się bliższym nam przykładem. Przed stu laty wypalanie wielkich połaci lasów w celu pozyskania ziemi pod pola uprawne nie było wcale uważane za nierozsądne. Dzisiaj uważa się to za bardzo nierozumne. Mamy inne — lepsze — podstawy do takich ocen.

— To już zrozumiałam.

— Także gdy chodzi o refleksję filozoficzną, Hegel wskazał, że rozum jest czymś bardziej dynamicznym, że jest procesem. I *prawdą* jest właśnie sam ów proces. Poza samym procesem historycznym nie istnieją żadne kryteria, za pomocą których można by zdecydować, co jest najprawdziwsze czy najbardziej rozsądne.

— Proszę o przykłady.

— Nie możesz powyciągać pojedynczych myśli z antyku czy średniowiecza, odrodzenia czy oświecenia i twierdzić, że to było właściwe, a tamto złe. Dlatego też nie możesz powiedzieć, że Platon się mylił, a Arystoteles miał rację. Nie możesz też stwierdzić, że Hume rozumował błędnie, a Kant i Schelling wysunęli właściwe wnioski. To niehistoryczny sposób myślenia.

— To brzmi nieciekawie.

— W ogóle nie możesz oderwać żadnego filozofa od warunków historycznych, w jakich żył, ani nawet żadnej myśli od warunków, w jakich się ukształtowała. Ale — i teraz zbliżamy się do kolejnego punktu — ponieważ stale dochodzi coś nowego, rozum jest *progresywny*. Oznacza to, że poznanie człowieka stale się rozwija, posuwa się naprzód.

— I może jednak mimo wszystko filozofia Kanta jest właściwsza od filozofii Platona?

— Tak, bo „duch świata" się rozwinął — i rozszerzył — od Platona do Kanta. Bo jakżeby inaczej. Ale, wracając do rzeki, możemy powiedzieć, że przybyło w niej wody. Upłynęło wszak ponad dwa tysiące lat. Kant mylił się, przypuszczając, że jego prawdy pozostaną na brzegu rzeki niczym kamienie, których nic nie ruszy z miejsca. Również myśli Kanta poddawane są dalszej obróbce i także jego rozum stał się przedmiotem krytyki następnego pokolenia.

— Ale rzeka, o której mówiłeś...

— Tak?

— Dokąd ona płynie?

— Hegel stwierdził, że duch świata rozwija się ku coraz większej świadomości samego siebie. A z rzekami bywa tak, że im bliżej morza, tym stają się szersze. Według Hegla, w historii chodzi o to, że duch świata powoli budzi się do świadomości samego siebie. Świat przecież jest tu od dawna, ale przez ludzką kulturę i rozwój ludzkości duch świata staje się coraz bardziej świadomy swej istoty.

— Dlaczego jest tego taki pewien?

— Wskazuje na to jako realność historyczną, wcale nie ma zamiaru wróżyć. Każdy, kto studiuje historię, dostrzeże, że ludzkość stale kroczy ku lepszemu poznaniu samej siebie, ku samorozwojowi. Zdaniem Hegla, studia dziejów wykazują, że ludzkość porusza się ku coraz większej *racjonalności i wolności*. Śmiesznymi, niezgrabnymi krokami rozwój historyczny postępuje naprzód. Mówimy, że historia „przekracza samą siebie" albo że jest „celowa".

— Tak więc rozwój trwa.

— Tak, historia jest jak jeden długi łańcuch refleksji. Hegel wskazał również na pewne zasady, rządzące tym łańcuchem refleksji. Ktoś, kto gruntownie bada historię, zauważy, że każda myśl powstaje z innych, wcześniejszych myśli. Natychmiast jednak, gdy myśl zostaje przedstawiona, przeciwstawia się jej inna myśl. W ten sposób rodzi się napięcie pomiędzy dwoma przeciwstawnymi sposobami myślenia. Ale napięcie to neutralizowane jest przez trzecią myśl, która czerpie z obu to, co najlepsze.

— Masz jakiś przykład?

— Pamiętasz może przedsokratyków, którzy dyskutowali o zagadnieniu pramaterii i zmiany?

— Mniej więcej.

— Eleaci twierdzili, że właściwie jakakolwiek zmiana jest niemożliwa. W konsekwencji musieli zaprzeczyć istnieniu jakichkolwiek zmian, choć w każdej chwili rejestrowali je zmysłami. Eleaci bronili pewnego poglądu. Takie zajęcie stanowiska Hegel nazwał *tezą*.

— I co?

— Za każdym razem, gdy wysunięte zostaje jakieś zdecydowane twierdzenie, pojawia się twierdzenie przeciwne. Hegel nazwał je *negacją*. Negacją filozofii eleatów była koncepcja Heraklita, który powiedział: „Wszystko płynie". Powstało napięcie pomiędzy dwoma diametralnie różniącymi się od siebie poglądami. Ale napięcie to „zostało zniesione", gdy Empedokles stwierdził, że obie strony mają trochę racji, a trochę się mylą.

— Powoli rozjaśnia mi się w głowie...

— Eleaci mieli rację, że nic właściwie się nie zmienia, ale nie mieli racji, twierdząc, że nie możemy zaufać naszym zmysłom.

Heraklit miał rację, gdy mówił, że możemy ufać zmysłom, ale nie miał racji, upierając się, że w s z y s t k o płynie.

— Ponieważ pierwiastków jest więcej niż tylko jeden. I one się nie zmieniają, zmieniają się tylko połączenia między nimi.

— Właśnie. Punkt widzenia Empedoklesa, który łączył te dwa przeciwne stanowiska, Hegel nazwał *negacją negacji*.

— Cóż za słowa!

— Te etapy procesu rozwoju nazwał *tezą*, *antytezą* i *syntezą*. Możesz na przykład powiedzieć, że racjonalizm Kartezjusza był tezą, której przeciwstawiła się empiryczna antyteza. Wreszcie przeciwieństwo to, napięcie między dwoma różnymi sposobami myślenia, zostało zniesione przez syntezę Kanta. Kant w pewnych punktach przyznawał rację racjonalistom, a w pewnych — empirystom. Wskazał także, że obie strony myliły się co do pewnych ważnych punktów. Ale historia nie kończy się na Kancie. Synteza Kanta stała się punktem wyjścia do kolejnego trójczłonowego łańcucha refleksji, czyli „triady". Bo również syntezę neguje nowa antyteza.

— To było bardzo teoretyczne.

— Owszem, wiele tu teorii. Ale Hegel wcale nie ma zamiaru wciskać historii w jakiś schemat. Uważał, że taki *dialektyczny* wzór da się odczytać z samej historii. Podkreślał, że odkrył pewne prawa rozwoju rozumu — czyli biegu ducha świata przez historię.

— Rozumiem.

— Ale dialektykę Hegla można zastosować nie tylko do historii. Również kiedy o czymś dyskutujemy czy coś rozważamy, myślimy dialektycznie. Próbujemy wytropić słabe punkty danego sposobu myślenia. Hegel nazwał to „myśleniem negatywnym". Kiedy jednak wynajdziemy wady tego sposobu myślenia, możemy zachować z niego to, co najlepsze.

— Przykład!

— Gdy socjalista i prawicowiec zasiadają, by rozwiązać jakiś problem społeczny, szybko uwidoczni się napięcie między dwoma sposobami myślenia. Nie oznacza to, że jeden ma w pełni rację, a drugi całkiem się myli. Prawdopodobnie obaj mają trochę racji, i obaj się trochę mylą. Podczas dyskusji najprawdopodobniej zachowa się to, co najlepsze w argumentacji obu stron.

— Miejmy nadzieję.

— Ale kiedy tkwimy w samym środku takiej dyskusji, nie zawsze łatwo jest stwierdzić, co jest najbardziej rozumne. Właściwie dopiero historia rozsądzi, co było dobre, a co złe. Rozumne jest to, co rzeczywiste.

— Czyli właściwe jest to, co przetrwa.

— A może: przetrwa to, co jest właściwe.

— Nie miałbyś dla mnie przypadkiem jakiegoś przykładu?

— Sto pięćdziesiąt lat temu wielu ludzi walczyło o równouprawnienie kobiet. Ale wielu także zajadle się temu sprzeciwiało. Gdy dzisiaj zapoznamy się z argumentami obu stron, nietrudno stwierdzić, czyje były bardziej rozumne. Ale nie wolno nam zapomnieć, że jesteśmy mądrzy po szkodzie. *Okazało się,* że ci, którzy walczyli o równouprawnienie, mieli rację. Wiele osób oblałoby się rumieńcem ze wstydu, gdyby czarno na białym ujrzeli, jaki poglądy w tej kwestii wyrażał ich dziadek.

— O, na pewno. A co o tym myślał sam Hegel?

— O równouprawnieniu?

— A nie o tym mówiliśmy?

— Chcesz usłyszeć cytat?

— Chętnie!

— „Różnica między mężczyzną a kobietą jest taka sama jak między zwierzęciem a rośliną — pisał. — Zwierzę jest czymś bardziej zgodnym z charakterem mężczyzny, roślina czymś bardziej zgodnym z charakterem kobiety, ponieważ kobieta to raczej spokojne (podobne do rośliny) rozwijanie się, którego zasadą jest pewna bardziej nieokreślona jednia uczucia. Jeśli kobiety stoją na czele państwa — państwo znajduje się w niebezpieczeństwie. Działają one bowiem nie podług wymagań ogólności, lecz podług przypadkowej skłonności i przypadkowego mniemania. Kobiety zdobywają wykształcenie nie wiadomo jak, jak gdyby w atmosferze wyobrażeń, bardziej dzięki życiu niż dzięki zdobywaniu wiadomości, gdy tymczasem mężczyzna zdobywa sobie stanowisko tylko dzięki osiągnięciom myśli i dzięki wielu wysiłkom”.

— Dziękuję, to mi wystarczy. Nie chciałabym już słuchać podobnych cytatów.

— Ale ten cytat jest doskonałym przykładem, że uznawanie czegoś za rozumne podlega ciągłym zmianom. Pokazuje, że również Hegel był dzieckiem swoich czasów. I my także nimi jesteśmy. Nasze „oczywiste” opinie również nie wytrzymają próby dziejów.

— Czy masz jakiś przykład?

— Nie, na to, niestety, nie mam przykładu.

— Dlaczego?

— Dlatego że musiałbym wskazać coś, co już w tej chwili się zmienia. Nie mogę ci jako przykładu podać, że jeżdżenie samochodem jest nierozumne, ponieważ samochód zanieczyszcza przyrodę. Przecież już wielu ludzi sądzi podobnie. Byłby to więc zły przykład. Ale wiele z tego, co postrzegamy jako oczywiste, nie wytrzyma osądu historii.

— Rozumiem.

— Poza tym możemy zauważyć coś jeszcze: właśnie to, że wielu mężczyzn w czasach Hegla wypowiadało podobnie bezlitosne opinie o niższości przeciwnej płci, przyspieszyło wyzwolenie kobiet.

— Jak to możliwe?

— Wysunęli tezę, czyli zajęli pozycję. Powodem tego, że w ogóle musieli zająć jakieś stanowisko, był początek buntu kobiet. Nie trzeba przecież wyrażać swego zdania o czymś, co do czego wszyscy są zgodni. A im ostrzej się wypowiadali o niższości kobiet, tym silniejsza stała się negacja.

— Chyba rozumiem.

— Można więc powiedzieć, że najlepiej jest mieć energicznych przeciwników. Im bardziej skrajne są poglądy, tym silniejszą wywołują reakcję. Jest coś takiego, co nazywa się wodą na młyn.

— Mam wrażenie, że mój młyn zaczął się obracać bardzo energicznie.

— Również w sensie czysto logicznym czy filozoficznym często istnieje dialektyczne napięcie pomiędzy dwoma pojęciami.

— Podasz przykład?

— Kiedy zastanawiam się nad pojęciem *byt*, będę nieuchronnie musiał wprowadzić również pojęcie przeciwstawne, czyli *niebyt*. Nie można przecież zastanawiać się, czy się istnieje, bez refleksji, że się kiedyś przestanie istnieć. Napięcie między bytem a niebytem niweluje pojęcie „stawania się". To, że coś się staje, oznacza w pewnym sensie, że jest i że nie jest.

— Rozumiem.

— U Hegla rozum jest więc *rozumem dynamicznym*. Ponieważ rzeczywistość cechują sprzeczności, również opis rzeczywistości musi być pełen przeciwieństw. Zaraz usłyszysz pewien przykład: podobno duński fizyk NIELS BOHR miał nad drzwiami wejściowymi zawieszoną podkowę.

— To przynosi szczęście.

— Ale to przecież przesąd, a Bohrowi można było przypisać wszystko, tylko nie wiarę w przesądy. Pewnego razu odwiedził go przyjaciel. „Nie wierzysz chyba w coś takiego?" — zapytał. „Nie wierzę — odparł Niels Bohr — ale słyszałem, że to działa, nawet jeśli się nie wierzy".

— Zatkało mnie.

— Jego odpowiedź była właśnie dialektyczna, ktoś powiedziałby, że wewnętrznie sprzeczna. Niels Bohr, który podobnie jak nasz poeta VINJE znany był z ironicznego spojrzenia na życie i wychwytywania paradoksów, powiedział kiedyś: „Istnieją dwa rodzaje prawd. Są prawdy powierzchowne, których przeciwieństwo jest wyraźnie nieprawdziwe. Ale istnieją także prawdy głębokie, których przeciwieństwo jest równie prawdziwe jak one same".

— I jakie to miałyby być prawdy?

— Jeśli na przykład powiem, że życie jest krótkie...

— Zgodzę się z tym.

— Ale przy innej okazji mogę rozłożyć ręce i stwierdzić, że życie jest długie.

— Masz rację. To też w pewnym sensie prawda.

— Dam ci jeszcze przykład, jak napięcie dialektyczne może wywołać spontaniczne działanie prowadzące do nagłej zmiany.

— Mów!

— Wyobraź sobie dziewczynkę, która stale odpowiada matce: „Tak, mamo. Dobrze, mamo. Jak chcesz, mamo. Oczywiście, zaraz to zrobię, mamo".

— Aż mi ciarki chodzą po plecach!

— Z czasem matkę zaczyna irytować, że córka we wszystkim okazuje posłuszeństwo. Wreszcie krzyczy zdenerwowana: „Przestań być taka posłuszna!", a dziewczynka odpowiada: „Dobrze, mamo".

— Chyba bym ją trzasnęła.

— Prawda? A co byś zrobiła, gdyby zamiast tego odpowiedziała: „Właśnie, że chcę być posłuszna!"?

— Byłaby to dziwna odpowiedź. Może i wtedy bym ją uderzyła.

— Innymi słowy sytuacja ugrzęzła. Napięcie dialektyczne było tak zaostrzone, że *musiała* nastąpić jakaś zmiana.

— Masz na myśli rękoczyny?

— Powinniśmy jeszcze wspomnieć o ostatniej spośród cech filozofii Hegla.

— Siedzę i słucham.

— Pamiętasz, jak mówiliśmy o tym, że romantycy byli indywidualistami?

— „Tajemna droga wiedzie do wnętrza".

— Właśnie ten indywidualizm napotkał swą negację czy przeciwieństwo w filozofii Hegla. Hegel nadawał wielkie znaczenie temu, co nazywał „siłami obiektywnymi". Miał na myśli rodzinę i państwo. Można powiedzieć, że Hegel z przymrużeniem oka traktował jednostkę. Uważał, że jednostka jest organiczną cząstką wspólnoty. Rozum czy duch świata uwidacznia się przede wszystkim we wzajemnym oddziaływaniu ludzi na siebie.

— Wyjaśnij mi to.

— Rozum przejawia się przede wszystkim w języku. A język nas kształtuje. Język norweski doskonale poradzi sobie bez pana Hansena, ale pan Hansen nie poradzi sobie bez norweskiego. A więc to nie jednostka tworzy język, lecz język tworzy jednostkę.

— No tak, można tak powiedzieć.

— Tak jak jednostka kształtowana jest przez język, tak samo kształtują ją także określone warunki historyczne. I nikt nie jest niezależny od tych warunków. Dlatego ten, kto nie znajdzie swojego miejsca w państwie, jest człowiekiem niehistorycznym. Pamiętasz może, że ta myśl była ważna także dla wielkich filozofów w Atenach. Tak jak nie można sobie wyobrazić państwa bez obywateli, tak też nie można sobie wyobrazić obywateli bez państwa.

— Rozumiem.

— Zdaniem Hegla, państwo to coś więcej niż pojedynczy obywatel. To nawet więcej niż suma obywateli. Według Hegla nie można „wypisać się" ze społeczeństwa. Dlatego ktoś, kto tylko wzrusza ramionami na społeczeństwo, w którym żyje, i pragnie odnaleźć siebie, jest po prostu błaznem.

— Nie wiem, czy całkiem się z tym zgadzam, ale dobrze, niech i tak będzie.

— Zdaniem Hegla, to nie jednostka odnajduje siebie, lecz duch świata.

— Duch świata odnajduje siebie?

— Hegel twierdził, że duch świata powraca do siebie trójstopniowo. To znaczy, że trójstopniowo uświadamia sobie siebie.

— Dobrze, opowiedz mi o całych tych schodach.

— Najpierw duch świata uświadamia sobie siebie w jednostce. To Hegel nazwał *rozumem subiektywnym.* Wyższą świadomość duch świata osiąga w rodzinie, społeczeństwie i państwie. To Hegel nazwał *rozumem obiektywnym,* ponieważ jest to rozum, który objawia się we wzajemnym oddziaływaniu ludzi na siebie. Ale pozostał jeszcze ostatni stopień...

— Bardzo jestem ciekawa.

— Najwyższą formę samopoznania duch świata osiąga w *rozumie absolutnym*. A rozum absolutny to sztuka, religia i filozofia. Z nich wszystkich filozofia jest najwyższą formą rozumu, bo w filozofii duch świata zgłębia swą działalność w dziejach. Tak więc dopiero w filozofii duch świata spotyka samego siebie. Można chyba powiedzieć, że filozofia jest lustrem ducha świata.

— To jest takie tajemnicze, że chyba potrzeba mi trochę czasu, żeby to przetrawić. Ale podobało mi się to, co powiedziałeś na końcu.

— Powiedziałem, że filozofia jest lustrem ducha świata.

— To było piękne. Myślisz, że ma to coś wspólnego z lustrem w mosiężnych ramach?

— Tak, skoro już o to pytasz.

— Co chcesz przez to powiedzieć?

— Zakładam, że to mosiężne lustro ma jakieś szczególne znaczenie, jako że stale jest wspominane.

— I pewnie domyślasz się, jakie jest to znaczenie?

— Nie, nie. Powiedziałem tylko, że lustro nie powracałoby tak często, gdyby nie miało jakiegoś szczególnego znaczenia dla Hildy i jej ojca. *Jakie* ma znaczenie, może nam zdradzić jedynie Hilda.

— Czy to ironia romantyczna?

— Beznadziejne pytanie, Zosiu.

— Ale dlaczego?

— Dlatego, że to nie my tym się zajmujemy. Jesteśmy tylko bezbronnymi *ofiarami* ironii. Gdy przerośnięte dziecko rysuje coś na kartce, nie możesz pytać papieru, co ma przedstawiać rysunek.

— Ciarki chodzą mi po krzyżu.

KIERKEGAARD

...Europa na skraju bankructwa...

Hilda popatrzyła na zegarek. Było już po czwartej. Odłożyła segregator na biurko i zbiegła do kuchni. Musiała zdążyć do szopy, zanim matce znudzi się czekanie. W pędzie rzuciła jeszcze okiem na lustro w mosiężnych ramach.

Szybko nastawiła wodę na herbatę i błyskawicznie przygotowała kilka kanapek.

Tak, tak, oczywiście, że spłata ojcu niezłego figla. Hilda coraz bardziej czuła się sprzymierzeńcem Zofii i Alberta. Zacznie się to już w Kopenhadze...

Wkrótce stała z wielką tacą w szopie na łodzie.

— Oto i drugie śniadanie — oznajmiła.

Matka trzymała w dłoni klocek z papierem ściernym. Odgarnęła włosy z czoła. Były trochę przykurzone.

— Ale chyba odpuścimy sobie dzisiaj obiad.

Usiadły na pomoście i zaczęły jeść.

— Kiedy tata wraca? — zapytała Hilda po chwili.

— W sobotę. Przecież wiesz.

— Ale o której? Mówiłaś, że najpierw przyjeżdża do Kopenhagi.

— Taak...

Matka żuła kanapkę z pasztetem i ogórkiem.

— Przylatuje do Kopenhagi około piątej. Samolot do Kristiansand odlatuje kwadrans po ósmej. Myślę, że gdzieś koło pół do dziesiątej wyląduje na Kjevik.

— To znaczy, że na Kastrup będzie miał parę godzin...

— A o co ci chodzi?

— O nic... Zastanawiałam się tylko, jak będzie wracał.

Jadły. Kiedy Hilda uznała, że upłynęło już dość dużo czasu, zapytała:

— Czy Anne i Ole odzywali się jakoś ostatnio?

— Dzwonią od czasu do czasu. Chyba w lipcu przyjadą na urlop.

— Nie wcześniej?

— Nie, raczej nie.

— To znaczy, że w tym tygodniu będą w Kopenhadze...

— Co ty znów wymyślasz, Hildo?

— Nic. O czymś przecież musimy rozmawiać.

— Ale już dwukrotnie wspomniałaś o Kopenhadze.

— Naprawdę?

— No tak, ustaliłyśmy przecież, że tata ma międzylądowanie...

— To pewnie dlatego przyszli mi na myśl Anne i Ole.

Gdy skończyły jeść, Hilda pozbierała talerzyki i filiżanki na tacę.

— Muszę czytać dalej, mamo.

— Może i musisz...

Czy w tonie jej głosu nie zabrzmiał wyrzut? Umówiły się przecież, że razem wyczyszczą łódź przed powrotem ojca.

— Tatuś w pewnym sensie odebrał ode mnie przyrzeczenie, że skończę czytać tę książkę przed jego przyjazdem.

— I to właśnie jest niemądre. Że nie ma go w domu, to trudno, ale nie powinien na odległość dyrygować wszystkim, co tu się dzieje.

— Gdybyś tylko wiedziała, jak bardzo on dyryguje — powiedziała Hilda tajemniczo. — I możesz być pewna, że sprawia mu to dużo przyjemności.

Wróciła do pokoju i znów zabrała się do czytania.

Nagle Zofia usłyszała pukanie do drzwi. Alberto skarcił ją spojrzeniem.

— Nie pozwolimy, by nam przeszkadzano.

Pukanie przybrało na sile.

— Opowiem ci o pewnym duńskim filozofie, któremu nie w smak była filozofia Hegla — zapowiedział Alberto.

Ale pukanie przerodziło się w łomot, od którego całe drzwi się trzęsły.

— To oczywiście major znów przysłał kolejną postać z bajki, chcąc sprawdzić, czy damy się złapać na ten lep — stwierdził Alberto. — Podobne sztuczki nic go nie kosztują.

— Ale jeśli nie otworzymy drzwi i nie zobaczymy, kto to jest, nic go nie będzie kosztowało zburzenie całego domu.

— Może masz rację. A więc otwórzmy.

Podeszli do drzwi. Zofia przypuszczała, że ujrzy jakąś ogromną postać. Ale na schodkach prowadzących do chaty stała nieduża dziewczynka w letniej, kwiecistej sukience. Miała długie jasne włosy. W dłoni trzymała dwie małe buteleczki, jedną czerwoną, drugą niebieską.

— Cześć! — przywitała ją Zofia. — Kto ty jesteś?

— Mam na imię Alicja — przedstawiła się dziewczynka i dygnęła onieśmielona.

— Dokładnie tak jak myślałem — pokiwał głową Alberto. — To Alicja w Krainie Czarów.

— Ale jak tu trafiła?

Alicja sama odpowiedziała:

— Kraina Czarów to kraina bez żadnych granic. To znaczy, że Kraina Czarów jest wszędzie — mniej więcej tak jak ONZ. Dlatego nasza kraina powinna zostać członkiem honorowym ONZ. Powinniśmy mieć swoich reprezentantów we wszystkich komisjach. Bo także ONZ pochodzi z krainy ludzkich snów.

— Och, ten major! — burknął Alberto.

— A co cię tu sprowadza? — zapytała Zofia.

— Miałam przekazać Zofii te dwie filozoficzne buteleczki.

Podała Zofii buteleczki. Obydwie były zrobione z przezroczystego szkła, ale jedna zawierała płyn czerwony, a druga niebieski. Na czerwonej butelce widniał napis: *Wypij mnie*, a na niebieskiej: *Mnie też wypij*.

W następnej chwili obok chaty przebiegł biały królik. Poruszał się wyprostowany na dwóch nogach, a na dodatek ubrany był w kamizelkę i surdut. Tuż przed chatką wyciągnął z kamizelki zegarek i westchnął:

— Och, mili moi! Spóźnię się!

Znów zaczął pędzić. Alicja pobiegła za nim. W biegu dygnęła jeszcze raz i oświadczyła:

— Znów się zaczyna.

— Pozdrów Dinę i Królową! — zawołała za nią Zofia.

Alicja zniknęła. Alberto i Zofia dalej stali na schodach i badawczo przyglądali się buteleczkom.

— „Wypij mnie" i „Mnie też wypij" — przeczytała Zofia. — Nie wiem, czy się odważę. Może to trujące.

Alberto tylko wzruszył ramionami.

— To przecież od majora, a wszystko, co jest od majora, jest tylko świadomością. A więc to taki sok z myśli.

Zofia otworzyła czerwoną butelkę i ostrożnie przyłożyła ją do ust. Płyn miał dziwny, słodki smak, ale to nie wszystko: jednocześnie coś zaczęło się dziać z otoczeniem.

Nagle jezioro, las i chata zaczęły jakby zlewać się ze sobą. Miała wrażenie, że wszystko, co widzi, jest jedną osobą, a tą osobą była sama Zofia. Podniosła wzrok na Alberta, ale wydało jej się, że i on jest częścią jej duszy.

— To bardzo dziwne — powiedziała. — Widzę tak jak przedtem, ale wszystko się ze sobą łączy. Czuję, że wszystko jest jedną świadomością.

Alberto kiwnął głową, ale to było tak, jakby Zofia skinęła samej sobie.

— To panteizm, czyli filozofia jedności — powiedział. — Duch świata romantyków. Postrzegali wszystko jako jedno wielkie „ja". To także Hegel, który nie doceniał pojedynczego człowieka i postrzegał wszystko jako wyraz jednego rozumu świata.

— Czy mam napić się z tej drugiej buteleczki?

— Tak mówi napis.

Zofia odkręciła korek niebieskiej flaszeczki i upiła spory łyk. Ten sok miał smak bardziej orzeźwiający, nieco kwaśniejszy niż czerwony. Ale i tym razem we wszystkim, co ją otaczało, nastąpiła nagła zmiana.

W ciągu sekundy działanie czerwonego napoju ustąpiło i wszystko powróciło na dawne miejsca. Alberto z powrotem stał się sobą, drzewa w lesie były po prostu drzewami, a jeziorko — niedużym oczkiem wodnym.

Ale i to trwało zaledwie sekundę, bo wszystko, co Zofia widziała, zaczęło się od siebie odsuwać. Las przestał być lasem, każde drzewo rosło oddzielnie, niczym cały odrębny świat. Każda najdrobniejsza gałązka była niczym baśń, o której można opowiedzieć tysiące baśni.

Jeziorko nagle stało się bezkresnym morzem, nie ze względu na głębokość czy szerokość, ale lśniące szczegóły i delikatnie rzeźbione zatoczki. Zofia zrozumiała, że mogłaby poświęcić całe życie na przyglądanie się temu, ale nawet gdy jej życie dobiegnie kiedyś końca, jezioro pozostanie niezgłębioną tajemnicą.

Podniosła wzrok na koronę drzewa. Trzy wróbelki zajęte były swą dziwną zabawą. Zofia już wcześniej wiedziała, że ptaszki siedzą na tym drzewie, zauważyła je także, kiedy wypiła napój z czerwonej buteleczki, ale wtedy nie widziała ich jakby naprawdę. Czerwona buteleczka zatarła wszelkie przeciwieństwa i wszelkie indywidualne różnice.

Zofia zeszła z kamiennej płyty progu i pochyliła się nad trawą. Odkryła całkiem nowy świat, czuła się mniej więcej tak jak nurek, który głęboko pod wodą po raz pierwszy otworzy oczy. W mchu między kępkami trawy i na źdźbłach wprost roiło się od żywych stworzonek. Zofia spostrzegła pająka, który z mozołem gramolił się po mchu, czerwoną mszycę wędrującą w górę i w dół źdźbła trawy i nieduży oddział mrówek, zajętych jakąś bardzo ważną pracą. Ale każda mrówka unosiła nogi w swój szczególny sposób.

Najdziwniejsze jednak było to, że kiedy znów się podniosła i spojrzała na Alberta, który stał na progu chaty, dostrzegła w nim teraz zadziwiającą osobę. Był jak człowiek z innej planety albo bohater zupełnie innej bajki. Jednocześnie w całkiem nowy sposób przeżywała to, że ona sama jest wyjątkową osobą. Była nie tylko człowiekiem, nie tylko piętnastoletnią dziewczynką. Była Zofią Amundsen i tylko ona nią była.

— Co widzisz? — zapytał Alberto.

— Widzę, że jesteś niezwykłym cudakiem.

— Naprawdę?

— Myślę, że nigdy nie zrozumiem, jak to jest: być innym człowiekiem. Na całym świecie przecież nie ma dwóch identycznych ludzi.

— A las?

— Nie jest już stopiony w jedno. Jest jak wszechświat pełen cudownych baśni.

— Wobec tego jest tak, jak myślałem. Niebieska buteleczka to indywidualizm, na przykład reakcja SØRENA KIERKEGAARDA na romantyczną filozofię jedności. Ale współczesny Kierkegaardowi był także inny Duńczyk; myślę o słynnym baśniopisarzu Andersenie. Obdarzony był przenikliwym spojrzeniem, wyczulonym na niepojęte szczegóły przyrody. Filozofem, który dostrzegł to samo ponad sto lat wcześniej, był Niemiec LEIBNIZ. Zareagował na filozofię jedności Spinozy podobnie jak Søren Kierkegaard zareagował na Hegla.

— Słucham, co mówisz, a jednocześnie wydajesz mi się taki dziwny, że mam ochotę się śmiać.

— Rozumiem. Upij jeszcze raz łyczek z czerwonej butelki. Usiądziemy na schodach i zanim się dzisiaj rozstaniemy, powiemy sobie kilka słów o Kierkegaardzie.

Zofia przysiadła na schodach koło Alberta. Wypiła łyk z czerwonej buteleczki i wszystko znów zaczęło się ze sobą zlewać. Prawdę mówiąc, zlało się aż za bardzo, bo Zofię ogarnęło uczucie, że żadna różnica nie ma już znaczenia. Musiała jeszcze raz umoczyć język w niebieskiej butelce, by świat stał się mniej więcej taki, jaki był przed przybyciem Alicji.

— Ale co jest *prawdą?* — zapytała. — Czy to czerwona butelka czy niebieska daje właściwe odczucia?

— I czerwona, i niebieska, Zosiu. Nie możemy powiedzieć, że romantycy się mylili, istnieje bowiem tylko jedna rzeczywistość. Ale może byli zbyt jednostronni.

— A co z niebieską butelką?

— Sądzę, że Kierkegaard pociągnął z niej kilka głębszych łyków. Był w każdym razie bardzo wyczulony na znaczenie jednostki. Jesteśmy nie tylko dziećmi swojego czasu. Każdy z nas jest poza tym wyjątkową osobowością, która żyje tylko ten jeden raz.

— A tym Hegel szczególnie się nie przejmował?

— Nie, bardziej interesowały go grube rysy historii. To właśnie tak oburzyło Kierkegaarda. Uważał, że zarówno filozofia jedności romantyków, jak i „historyzm" Hegla zagubiły gdzieś odpowiedzialność jednostki za własne życie. Dlatego dla Kierkegaarda Hegel i romantycy byli jak dwa łokcie tej samej materii.

— Rozumiem, że mogło go to denerwować.

— Søren Kierkegaard urodził się w roku 1813 i został przez ojca wychowany bardzo surowo. Odziedziczył też po nim religijną melancholię.

— To zabrzmiało naprawdę ponuro.

— Właśnie z powodu swej melancholii czuł się zobowiązany zerwać zaręczyny. W środowisku kopenhaskiego mieszczaństwa nie zostało to potraktowane łaskawie. Wcześnie więc stał się osobą wyklętą, odrzuconą. Z czasem, co prawda zaczął coraz mocniej atakować. Stawał się coraz bardziej jednym z tych, których Ibsen nazwał później „wrogami ludu".

— Z powodu zerwanych zaręczyn?

— Nie, nie tylko. Pod koniec życia przedstawił ostrą krytykę kultury. Powiedział: „Cała Europa znalazła się na skraju bankructwa". Uważał, że żyje w czasach zupełnie pozbawionych namiętności i zaangażowania. Szczególnie ostro reagował na brak zaangażowania religijnego wśród członków Kościoła. Był bezlitosny w krytyce tego, co nazywamy „niedzielnym" chrześcijaństwem.

— Dzisiaj powinno się raczej mówić o „chrześcijaństwie konfirmacyjnym". Większość przystępuje do konfirmacji tylko i wyłącznie ze względu na prezenty.

— Tak, dobrze to zrozumiałaś. Dla Kierkegaarda chrześcijaństwo jest tak przytłaczające i tak sprzeczne z rozumem, że stawia człowieka w sytuacji albo – albo. Nie można być chrześcijaninem „trochę" czy „do pewnego stopnia". Bo albo Jezus zmartwychwstał pierwszego dnia Wielkanocy, albo nie. A jeśli rzeczywiście powstał z martwych, jeśli naprawdę umarł, by nas zbawić, to jest to tak niesamowite, że musi przeniknąć całe nasze życie.

— Rozumiem.

— Kierkegaard dostrzegał, że zarówno Kościół, jak i większość ludzi ma bardzo przyziemny stosunek do zagadnień religijnych. Dla niego samego religia i rozum były jak ogień i woda. Nie wystarczy wierzyć w prawdziwość Chrystusa. Wiara chrześcijańska oznacza pójście w ślady Chrystusa.

— A co to ma wspólnego z Heglem?

— No, może zaczęliśmy od niewłaściwego końca.

— Wobec tego proponuję, żebyś włączył wsteczny bieg i ruszył jeszcze raz.

— Kierkegaard rozpoczął studia teologiczne już w siedemnastym roku życia, ale z czasem coraz bardziej interesowały go zagadnienia filozoficzne. Gdy miał lat dwadzieścia siedem, uzyskał stopień magistra, pisząc pracę *O pojęciu ironii*. Rozprawia się w niej z ironią romantyczną i swawolną zabawą romantyków z iluzją. Tej formie ironii przeciwstawił „ironię sokratesową". Sokrates także posługiwał się ironią jako środkiem działania, ale czynił to, by dotrzeć do najgłębszych prawd życia. W przeciwieństwie do romantyków Sokrates należał do tych, których Kierkegaard nazywał „myślicielami egzystencji". Myśliciel egzystencji całym swym istnieniem oddaje się dociekaniom filozoficznym.

— Ach tak.

— Po zerwanych zaręczynach Kierkegaard wyjechał w roku 1841 do Berlina, gdzie, między innymi przysłuchiwał się wykładom Schellinga.

— Czy spotkał Hegla?

— Nie, Hegel zmarł dziesięć lat wcześniej, ale duch Hegla panował zarówno w Berlinie, jak i dużej części Europy. Jego „system" wykorzystywano jako swego rodzaju ogólne wyjaśnienie wszystkich typów zagadnień. Natomiast Kierkegaard stwierdził, że obiektywne prawdy, którymi zajmowała się filozofia heglowska, są dla egzystencji pojedynczego człowieka całkowicie nieistotne.

— A jakie prawdy są istotne?

— Kierkegaard uważał, że ważniejsze od znalezienia Prawdy przez wielkie P jest odszukiwanie prawd ważnych dla życia konkretnego człowieka. Ważne jest, by znaleźć „prawdę dla mnie". W taki oto sposób przeciwstawił pojedynczego człowieka — czyli jednostkę — „systemowi". Jego zdaniem, Hegel zapomniał, że sam jest człowiekiem. Kierkegaard pisze o heglowskim typie profesora w następujących słowach: „Podczas gdy oddający się spekulacjom Pan Profesor wysokiego rodu wyjaśnia całe istnienie, w roztargnieniu zapomniał, jak sam się nazywa: że jest człowiekiem, po prostu człowiekiem, a nie fantastycznym punktem 3/8 jakiegoś paragrafu".

— A czym, zdaniem Kierkegaarda, jest człowiek?

— Na takie pytanie nie można odpowiedzieć ogólnie. Uniwersalny opis natury człowieka czy jego istoty w ogóle nie interesuje Kierkegaarda. Istotna jest *egzystencja* jednostki. A człowiek nie przeżywa swego istnienia siedząc za biurkiem. Dopiero gdy człowiek działa — a zwłaszcza gdy dokonuje ważnych *wyborów* — odnosi się do swego własnego istnienia. Opowiada się pewną historię o Buddzie, która może zilustrować, o co chodziło Kierkegaardowi.

— O Buddzie?

— Tak, bowiem także filozofia Buddy za punkt wyjścia przyjmuje istnienie człowieka. Pewnego razu jakiś mnich zarzucił mu, że daje niejasne odpowiedzi na ważne pytania, takie jak czym jest świat albo czym jest człowiek. W odpowiedzi Budda podał przykład człowieka zranionego zatrutą strzałą. Ranny nie pytałby, powodowany ciekawością, z czego wykonana została strzała, jakiej trucizny użyto i pod jakim kątem została wystrzelona.

— Wolałby raczej, by ktoś usunął strzałę i opatrzył ranę.

— Prawda? Bo to było ważne dla jego istnienia. Zarówno Budda, jak i Kierkegaard mieli niezachwianą świadomość tego, że istnieją zaledwie przez krótką chwilę. A człowiek nie doświadcza swego istnienia za biurkiem, spekulując o naturze ducha świata.

— Rozumiem.

— Kierkegaard stwierdził także, że prawda jest subiektywna. Nie uważał przez to wcale, że wszystko jedno, co myślimy czy sądzimy. Uważał, że prawdy, które mają dla nas istotne znaczenie, są *osobiste*. Jedynie takie prawdy są „prawdami dla mnie".

— Czy możesz mi podać przykład takiej subiektywnej prawdy?

— Istotne na przykład jest pytanie, czy nauka Chrystusa jest prawdą. Nie jest to pytanie, do którego można mieć stosunek teoretyczny, czyli akademicki. Dla kogoś, kto „rozumie samego siebie w istnieniu", chodzi tu o życie albo śmierć. Nie jest więc to zagadnienie, o którym się dyskutuje wyłącznie dla samej dyskusji. To coś, do czego człowiek się zbliża z największą namiętnością i żarliwością.

— Rozumiem.

— Jeśli wpadniesz do wody, nie masz teoretycznego stosunku do tego, czy utoniesz, czy nie. Pytanie, czy w wodzie są krokodyle, nie jest ani interesujące, ani nieinteresujące. To kwestia życia i śmierci.

— Jasne.

— Musimy więc odróżnić filozoficzne pytanie o to, czy istnieje Bóg, od stosunku pojedynczego człowieka do takiego pytania. Wobec takich pytań każdy człowiek stoi całkiem sam. Zbliżyć się do nich możemy jedynie poprzez *wiarę*. Rzeczy, które możemy poznać rozumem, są zdaniem Kierkegaarda absolutnie nieistotne.

— To chyba musisz mi wytłumaczyć.

— 8 plus 4 równa się 12, Zosiu. Możemy to stwierdzić z całą pewnością. To przykład „prawd rozumu", o których mówili wszyscy filozofowie po Kartezjuszu. Ale czy taką prawdę mamy włączyć do modlitwy wieczornej? Czy nad tym będziemy się zastanawiać w chwili śmierci? Nie, takie prawdy są, być może, obiektywne i powszechne, ale właśnie dlatego są całkowicie obojętne dla istnienia jednostki.

— A co z wiarą?

— Nie możesz wiedzieć, czy jakiś człowiek wybaczył ci twój zły postępek. Dlatego właśnie jest to dla ciebie ważne z punktu widzenia twojego istnienia. To pytanie, do którego masz żywy stosunek. Nie możesz też wiedzieć, czy jakaś inna osoba cię lubi. Możesz tylko w to wierzyć lub mieć taką nadzieję. Ale jest to dla ciebie ważniejsze od faktu, że suma kątów w trójkącie wynosi 180 stopni. A poza tym nie myśli się o prawie przyczynowości czy formach postrzegania, gdy przeżywa się swój pierwszy w życiu pocałunek.

— To by było rzeczywiście odjazdowe!

— Wiara ważna jest przede wszystkim, gdy chodzi o kwestie religijne. Kierkegaard pisał o tym: „Jeśli Boga mogę pojąć obiektywnie, to nie wierzę, ale właśnie dlatego, że nie mogę go ująć obiektywnie, muszę wierzyć. I jeśli pragnę zachować wiarę, muszę stale pilnować, by utrzymać obiektywną niepewność, by w obiektywnej niepewności znaleźć się na głębinie wody i nadal wierzyć".

— To dość skomplikowane.

— Wcześniej wielu starało się udwodnić istnienie Boga, a w każdym razie pojąć go rozumem. Ale gdy ktoś zadowoli się takimi dowodami na istnienie Boga czy argumentami rozumowymi, traci przy tym samą wiarę, a wraz z nią żarliwość religijną. Nie jest bowiem istotne, czy nauka Chrystusa jest prawdziwa, lecz czy jest ona prawdziwa *dla mnie*. W średniowieczu tę samą myśl wyrażano w stwierdzeniu: *credo quia absurdum*.

— Och, znów używasz obcych słów!

— To znaczy: Wierzę, ponieważ jest to sprzeczne z rozumem. Gdyby religia odwoływała się do rozumu, a nie do innych stron człowieka, nie byłaby wtedy kwestią wiary.

— Teraz rozumiem.

— Przyjrzeliśmy się już, co Kierkegaard rozumiał przez egzystencję, co było dla niego prawdą subiektywną i jak rozumiał pojęcie wiary. Wszystkie te trzy pojęcia zostały ukształtowane jako krytyka tradycji filozoficznej, a w szczególności Hegla. Mieściła się w tym także „krytyka cywilizacji". Zdaniem Kierkegaarda człowiek we współczesnym społeczeństwie miejskim stał się publicznością czy ogółem, a główną cechą tłumu jest „czcza gadanina". Dziś chyba posłużylibyśmy się słowem „konformizm", co oznacza, że wszyscy uważają tak samo i są za tym samym, nie mając do tego namiętnego stosunku.

— Zastanawiam się, czy Kierkegaard nie miałby czegoś do powiedzenia rodzicom Jorunn.

— Ale nie zawsze był tak łaskawy w swoich charakterystykach. Miał ostre pióro i posługiwał się gorzką ironią. Potrafił na przykład używać tak drastycznych sformułowań, jak „tłum jest nieprawdą" lub „prawda jest zawsze w mniejszości". Twierdził także, że większość ludzi ma beztroski stosunek do istnienia.

— Zbieranie lalek Barbie to jedno. Gorzej, jeśli samemu jest się taką lalką...

— To zbliża nas do nauki Kierkegaarda o trzech „stadiach na drodze życia".

— Co powiedziałeś?

— Kierkegaard uważał, że istnieją trzy różne typy życia. On sam używa określenia *stadia*. Są to: „stadium estetyczne", „stadium etyczne" i „stadium religijne". Posługuje się słowem „stadium", by podkreślić, że człowiek może żyć na którymś z dwóch niższych stadiów i nagle przeskoczyć na wyższe. Ale wielu ludzi przez całe życie pozostaje w tym samym stadium.

— Zgaduję, że zaraz nastąpi dokładniejsze wyjaśnienie. Bardzo jestem ciekawa, w którym stadium ja sama się znajduję.

— Ktoś, kto żyje w *stadium estetycznym*, żyje chwilą i w każdym momencie stara się osiągnąć przyjemność. Dobre jest to, co jest piękne, ładne albo przyjemne. Taki człowiek żyje tylko i wyłącznie w świecie zmysłów. Estetyk jest piłeczką, którą miotają jego własne żądze i nastroje. Negatywne jest to, co jest nudne czy niefajne.

— Bardzo dziękuję, dobrze znam takie nastawienie do życia.

— Dlatego typowy romantyk żyje w stadium estetycznym. Nie chodzi tu bowiem tylko o przyjemności zmysłowe. Również ktoś, kto ma beztroski stosunek do rzeczywistości — albo na przykład do sztuki czy filozofii, którą uprawia — żyje w stadium estetycznym. Nawet do żałoby i cierpienia można odnosić się w sposób estetyczny. Wówczas rządzi próżność. Ibsen naszkicował wizerunek typowego estetyka w *Peer Gyncie.*

— Chyba rozumiem już, o co chodzi.

— Poznajesz w tym siebie?

— Nie całkiem. Ale uważam, że trochę przypomina to majora.

— No, może i tak, Zosiu... Chociaż to znów był przykład lepkiej ironii romantycznej.

— Mów dalej!

— Kogoś, kto żyje w stadium estetycznym, łatwo może ogarnąć lęk i poczucie pustki. Ale jeśli tak się stanie, to jest w tym także nadzieja. Zdaniem Kierkegaarda *lęk* jest czymś niemal pozytywnym. Jest on wyrazem tego, że człowiek znalazł się w „sytuacji egzystencjalnej". W tym momencie estetyk może zdecydować się na przeskok do wyższego stadium. Ale zrobi to, albo nie. Na nic się nie zda bliskość przeskoku, jeśli nie wykona się go w całości. A więc jest to kwestia „albo-albo". Ale nikt nie wykona tego skoku za ciebie. Musisz o tym zdecydować sama.

— To mi trochę przypomina zerwanie z piciem lub z narkotykami.

— Tak, może i tak. Kiedy Kierkegaard przedstawia tę „kategoryczność decyzji", może przypominać Sokratesa, który twierdził, że wszelka prawdziwa wiedza pochodzi z głębi. Również *wybór,* który prowadzi do przeskoku z estetycznego do etycznego czy religijnego stadium, musi pochodzić z głębi. Ibsen opisuje to w *Peer Gyncie.* Inny mistrzowski opis tego, jak wewnętrzna potrzeba i rozpacz rodzi konieczność dokonania wyboru egzystencjalnego, przedstawia rosyjski pisarz DOSTOJEWSKI w swej wielkiej powieści o Raskolnikowie.

— A więc w najlepszym razie człowiek wybiera inny typ życia.

— I w ten sposób, być może, zaczyna żyć w *stadium etycznym*, które charakteryzuje się konsekwentnym wyborem według miary moralnej. Ten typ życia może przypominać etykę obowiązku Kanta. Człowiek stara się żyć zgodnie z prawem moralnym. Jak Kant, tak i Kierkegaard zwraca przede wszystkim uwagę na nastawienie człowieka. Istotne nie jest to, co się uważa za dobre, a co za złe. Istotne jest, że człowiek w ogóle decyduje się zająć stanowisko wobec tego, co dobre, a co złe. „Estetyk" interesował się tylko tym, co jest „fajne"i odrzucał to, co „nudne".

— Czy żyjąc w ten sposób nie można stać się *zbyt* poważnym człowiekiem?

— Oczywiście. Ale zdaniem Kierkegaarda również „stadium etyczne" nie jest zadowalające. Człowiek obowiązku także zmęczy się wreszcie swą obowiązkowością i dokładnością. Wielu ludzi może przeżywać taką reakcję zmęczenia w późnym wieku. Niektórzy mogą powrócić do beztroskiego życia stadium estetycznego. Niektórzy jednak dokonują kolejnego przeskoku do *stadium religijnego*. To naprawdę wymagający wielkiej odwagi skok na „głęboką wodę" wiary. Przenoszą wiarę nad przyjemność estetyczną i rozumowe przykazanie obowiązku. I choć może być „straszne wpaść w ręce żywego Boga" — jak to wyraża Kierkegaard, dopiero teraz człowiek znajduje ukojenie.

— A więc chrześcijaństwo.

— Tak, dla Kierkegaarda stadium religijne oznaczało chrześcijaństwo. Ale jego filozofia miała także znaczenie dla niechrześcijańskich myślicieli. W XX wieku narodziła się „filozofia egzystencji" — egzystencjalizm — zainspirowana przez tego duńskiego myśliciela.

Zofia popatrzyła na zegarek.

— Już prawie siódma, muszę pędzić do domu. Mama będzie odchodzić do zmysłów.

Pomachała nauczycielowi ręką na pożegnanie i zbiegła nad jezioro do łodzi.

MARKS

...widmo krąży po Europie...

Hilda wstała z łóżka i stanęła przy oknie wychodzącym na zatokę. Rozpoczęła sobotę od czytania o piętnastych urodzinach Zofii. Dzień wcześniej sama Hilda miała urodziny.

Jeśli ojciec obliczał, że ona zdąży doczytać aż do urodzin Zofii, to był wobec niej zbyt bezlitosny. Przecież cały wczorajszy dzień nie robiła nic innego, tylko czytała. Ale miał rację, mówiąc, że zostały jeszcze tylko jedne życzenia urodzinowe. To wtedy, gdy Alberto i Zofia śpiewali „Happy Birthday". Hilda poczuła się wówczas trochę głupio.

A później Zofia przygotowała zaproszenia na filozoficzne przyjęcie w ogrodzie, na ten sam dzień, kiedy ojciec Hildy miał wrócić z Libanu. Hilda była przekonana, że tego dnia wydarzy się coś, nad czym ani ona, ani ojciec nie będą mieli kontroli.

Jedno w każdym razie było pewne: zanim ojciec przyjedzie do Bjerkely, czeka go pewna niespodzianka. Uznała, że przynajmniej tyle może zrobić dla Zofii i Alberta. Zwrócili się przecież do niej, Hildy, o pomoc...

Matka nadal tkwiła w szopie przy łodzi. Hilda po cichutku zeszła na parter, do stolika, na którym stał telefon. Znalazła numer do Anne i Olego w Kopenhadze i po kolei wykręciła wszystkie cyfry.

— Anne Kvamsdal.

— Cześć, mówi Hilda.

— Jak miło! Jak się miewacie w Lillesand?

— Świetnie, są wakacje i w ogóle. No i za tydzień tatuś wraca z Libanu.

— To wspaniale, prawda, Hilda?

— Tak, bardzo się cieszę. I wiesz, właściwie to dlatego dzwonię...

— A co takiego?

— Myślę, że wyląduje na Kastrup dwudziestego trzeciego, w sobotę, koło piątej. Będziecie wtedy w Kopenhadze?

— Tak przypuszczam.

— Zastanawiałam się, czy mogę was prosić o drobną przysługę.

— Oczywiście, jakbym mogła odmówić!

— Ale to dość szczególna prośba, nie wiem nawet, czy to da się zrobić.

— Zaciekawiłaś mnie...

Hilda zaczęła mówić. Opowiedziała o segregatorze, o Albercie i Zofii, o wszystkim. Kilkakrotnie musiała zaczynać od nowa, bo albo ona sama, albo ciotka na drugim końcu linii wybuchała śmiechem. Ale kiedy odłożyły słuchawki, plan Hildy był przypieczętowany.

Czekały ją jeszcze pewne przygotowania w domu, w Lillesand i okolicy. No, ale nie musiała się tak bardzo spieszyć.

Resztę popołudnia i wieczór Hilda spędziła z matką. Stanęło na tym, że pojechały do Kristiansand do kina. Musiały jakoś odrobić wczorajszy dzień, bo przecież nie były to prawdziwe urodziny. Kiedy mijały zjazd na Kjevik, na właściwe miejsce trafiły kolejne kawałki układanki, o której Hilda nie przestawała myśleć.

Dopiero późnym wieczorem położyła się do łóżka, sięgnęła po segregator i zaczęła czytać.

Kiedy Zofia przeczołgała się przez Zaułek, była już prawie ósma. Matka pełła właśnie rabaty kwiatowe przed wejściem.

— Którędy weszłaś?

— Przeszłam przez żywopłot.

— Przez żywopłot?

— Nie wiedziałaś, że po drugiej stronie jest ścieżka?

— Ale gdzieś ty była, Zosiu? Kolejny raz po prostu nie stawiłaś się na obiad, i to w dodatku bez uprzedzenia.

— Bardzo przepraszam. Na dworze było prześlicznie, poszłam na długi spacer.

Dopiero teraz matka oderwała się do chwastów i podniosła na nią wzrok.

— Nie spotkałaś się chyba znów z tym filozofem?

— Owszem. Mówiłam ci, że on lubi spacerować.

— Czy przyjdzie na przyjęcie?

— Tak, bardzo się cieszy.

— Ja też. Już liczę dni, Zosiu.

Czy w jej głosie nie brzmiała odrobina jadu? Dla pewności Zofia dodała:

— Cieszę się, że zaprosiłam też rodziców Jorunn. Inaczej mogłoby to głupio wyglądać.

— Hmmm... W każdym razie mam zamiar porozmawiać z tym twoim Albertem w cztery dorosłe oczy.

— Możecie pożyczyć sobie mój pokój. Jestem pewna, że on ci się spodoba.

— Mam jeszcze jedną sprawę. Przyszedł do ciebie list.

— Aha...

— Na stemplu jest napisane „Batalion ONZ".

— To od brata Alberta.

— No, Zosiu, tego już za wiele.

Zofia gorączkowo szukała wytłumaczenia i w ciągu sekundy wpadła na odpowiednią odpowiedź. Jakby odebrała impuls od jakiegoś pomocnego ducha.

— Powiedziałam Albertowi, że zbieram stemple pocztowe, a bracia czasami się do czegoś przydają.

Tą odpowiedzią zdołała uspokoić matkę.

— Obiad jest w lodówce — oznajmiła matka nieco łagodniejszym tonem.

— A gdzie jest list?

— Na lodówce.

Zofia wbiegła do domu. Koperta miała stempel „15/6–1990". Po otworzeniu koperty wypadł z niej malutki arkusik papieru.

Na cóż tworzenie wieczne, na cóż uganianie,
jeśli stworzone pada w nicości otchłanie?!

Nie, na to pytanie Zofia nie miała żadnej odpowiedzi. Zanim zaczęła jeść, schowała karteczkę w szafie razem z innymi znaleziskami, które zgromadziła w ciągu ostatnich tygodni. We właściwym czasie na pewno dowie się, dlaczego to pytanie zostało zadane.

Następnego dnia przed południem odwiedziła ją Jorunn. Pograły trochę w badmintona, a później zabrały się za dalsze planowanie filozoficznego przyjęcia w ogrodzie. Musiały mieć w zanadrzu jakieś niespodzianki, na wypadek, gdyby impreza zaczęła robić się nudna.

Matka wróciwszy z pracy do domu, również przyłączyła się do dyskusji o przyjęciu w ogrodzie. Stale powtarzała jedno zdanie: „Nie, na niczym się tu nie będzie oszczędzać". I nie mówiła tego wcale z ironią.

Sprawiało to wrażenie, jakby uważała, że filozoficzne przyjęcie w ogrodzie jest akurat tym, czego Zofii potrzeba, by mogła zejść z powrotem na ziemię po wielu niespokojnych tygodniach intensywnej nauki filozofii.

Zanim upłynął wieczór, uzgodniły już wszystko, poczynając od piramidy z obwarzanków i japońskich lampionów do filozoficznej zgaduj-zgaduli, w której nagrodą miała być książka o filozofii dla młodzieży. O ile, rzecz jasna, taka książka istniała — Zofia nie była wcale tego taka pewna.

W czwartek, 21 czerwca, zaledwie dwa dni przed nocą świętojańską, zadzwonił Alberto.

— Zofia.

— Tu Alberto.

— Jak się miewasz?

— Doskonale. Chyba znalazłem wyjście.

— Wyjście z czego?

— Dobrze wiesz, z czego. Z tej duchowej niewoli, w której i tak żyjemy już zbyt długo.

— Ach, to...

— Ale nie mogę zdradzić planu choćby jednym słowem, dopóki nie zostanie wdrożony.

— Czy to nie będzie za późno? Muszę chyba wiedzieć, w czym będę brała udział?

— Okazujesz się teraz bardzo naiwna. Wszystko, co mówisz, jest przecież podsłuchiwane. Dlatego najrozsądniej jest milczeć.

— Naprawdę jest aż tak źle?

— Oczywiście, moje dziecko. Najważniejsze musi nastąpić, kiedy nie będziemy ze sobą rozmawiać.

— O...

— Nasze życie toczy się w fikcyjnej rzeczywistości, która kryje się za słowami długiego opowiadania. Każdą literę major wystukuje na taniej, przenośnej maszynie do pisania. Dlatego nic, co jest wydrukowane, nie może umknąć jego uwadze.

— To rozumiem. Ale jak zdołamy się przed nim ukryć?

— Ciiicho!

— Co takiego?

— Między wierszami także się coś dzieje. Dlatego staram się zachowywać tak chytrze, na ile tylko stać moją przebiegłość o podwójnym dnie.

— Rozumiem.

— Ale musimy wykorzystać czas, jaki nam został dzisiaj i jutro. W sobotę wybuchnie bomba. Możesz przyjść od razu?

— Już wychodzę.

Zofia nakarmiła papużki i rybki, wyjęła duży liść sałaty dla Gowindy i otworzyła puszkę kociego jedzenia dla Shere Khana. Wychodząc postawiła miseczkę z jedzeniem dla kota na schodach.

Prześlizgnęła się przez żywopłot i weszła na ścieżkę po jego drugiej stronie. Nagle zobaczyła wielkie biurko, stojące wśród wrzosów. Za biurkiem siedział starszy mężczyzna. Wyglądało, jakby coś liczył. Zofia podeszła do niego i zapytała, jak się nazywa.

Ledwie raczył podnieść na nią wzrok.

— Scrooge — odparł i znów pochylił się nad swoimi papierzyskami.

— Ja mam na imię Zofia. Czy jesteś może przedsiębiorcą?

Kiwnął głową.

— W dodatku bajecznie bogatym. Żaden grosz nie może przepaść. Dlatego muszę skupić się na rachunkach.

— Że też ci się chce!

Zofia pomachała mu ręką i poszła dalej. Nie uszła jednak daleko, gdy pod jednym z wysokich drzew zobaczyła siedzącą samotnie małą dziewczynkę. Dziewczynka ubrana była w łachmany, była blada i wyglądała na chorowitą. Kiedy Zofia ją mijała, dziewczynka wsunęła rączkę do woreczka i wyjęła pudełko zapałek.

— Czy kupisz zapałki? — spytała.

Zofia pomacała ręką w kieszeni, sprawdzając, czy ma przy sobie pieniądze. Tak, znalazła przynajmniej koronę.

— Ile kosztują?

— Koronę.

Zofia dała dziewczynce monetę i stanęła z pudełkiem zapałek w ręce.

— Jesteś pierwszą osobą, która kupiła coś ode mnie od ponad stu lat. Czasami umieram z głodu, kiedy indziej zabija mnie mróz.

Zofia pomyślała sobie, iż nie ma w tym nic dziwnego, że bidulce nie udało się sprzedać ani jednego pudełka tu, w lesie, ale zaraz przypomniał jej się przedsiębiorca, który siedział niedaleko. Nie było wcale konieczne, by dziewczynka z zapałkami umierała z głodu, kiedy on miał tyle pieniedzy.

— Chodź — powiedziała Zofia.

Wzięła dziewczynkę za ręce i pociągnęła do bogacza.

— Musisz zadbać o to, by ta mała miała lepsze życie — oświadczyła.

Mężczyzna podniósł głowę znad papierów i odparł:

— To kosztuje pieniądze, a mówiłem ci już, że nie można zmarnować ani jednego grosza.

— Ale to niesprawiedliwe, żebyś ty był taki bogaty, a ona taka biedna — nalegała Zofia.

— Co za głupstwa! Sprawiedliwość może panować tylko między równymi!

— O co ci chodzi?

— Dorobiłem się, praca powinna się opłacać. To się nazywa postęp.

— No, wiesz co!

— Jeśli mi nie pomożesz, umrę — powiedziała uboga dziewczynka.

Przedsiębiorca zerknął znad papierów. Z hałasem uderzył piórem o biurko.

— Nie jesteś żadną pozycją w moich rachunkach. Idź do przytułku!

— Jeśli mi nie pomożesz, podpalę las — zagroziła dziewczynka.

Dopiero teraz mężczyzna podniósł się zza biurka, ale dziewczynka zdążyła już potrzeć zapałkę. Przystawiła ją do suchych kępek trawy, które zaraz buchnęły płomieniem.

Bogacz rozłożył ramiona.

— Ratunku! — zawołał. — Czerwony kur!

Dziewczynka popatrzyła na niego z szelmowskim uśmiechem.

— Nie wiedziałeś, że jestem komunistką.

W następnej chwili dziewczynka, bogacz i biurko zniknęli. Zofia stała sama wśród coraz gwałtowniej palącej się suchej trawy. Zaczęła nogą dusić płomienie i po pewnym czasie pożar został ugaszony.

Dzięki Bogu! Zofia spojrzała na poczerniałe kępy trawy. W ręku trzymała pudełko zapałek.

To chyba nie ona podłożyła ogień?

Kiedy spotkała Alberta przed chatą, opowiedziała mu, co przeżyła.

— Scrooge był skąpym kapitalistą z *Opowieści wigilijnej* CHARLESA DICKENSA. Dziewczynkę z zapałkami pamiętasz na pewno z baśni Andersena.

— Czy to nie dziwne, że spotkałam ich w lesie?

— Ależ skąd! To nie jest przecież zwyczajny las, a poza tym dzisiaj będziemy mówić o KAROLU MARKSIE. Akurat w odpowiednim momencie miałaś przykład ogromnych różnic klasowych w połowie ubiegłego wieku. Ale wejdźmy do środka. Mimo wszystko tam będziemy lepiej osłonięci przed wtrętami majora.

Znów usiedli przy stole pod oknem wychodzącym na jezioro. W duszy Zofii nadal żywe było wrażenie, jakie wywarło na niej to małe oczko wodne po wypiciu niebieskiego napoju.

Teraz obie buteleczki, i czerwona, i niebieska, stały na półce nad kominkiem. Na stole ktoś ustawił mały model greckiej świątyni.

— Co to jest? — zapytała Zofia.

— Wszystko w swoim czasie, moje dziecko.

Alberto zaczął opowiadać o Marksie:

— Kiedy Kierkegaard przybył do Berlina w roku 1841, słuchając wykładów Schellinga, siadywał być może obok Karola Marksa. Kierkegaard napisał rozprawę magisterską o Sokratesie, a jednocześnie Marks napisał pracę doktorską o Demokrycie i Epikurze, czyli o starożytnym materializmie. Tym samym wytyczyli kurs swych filozofii.

— Bo Kierkegaard stał się filozofem egzystencji, a Marks materialistą?

— Marks stał się *materialistą historycznym.* Ale do tego jeszcze wrócimy.

— Co dalej?

— I Kierkegaard, i Marks, każdy na swój sposób, za punkt wyjścia przyjęli filozofię Hegla. Na obydwu wywarł wpływ jego sposób myślenia, ale obaj także odcięli się od Heglowskiego ducha świata, czyli tego, co nazywamy idealizmem Hegla.

— To było pewnie dla nich zbyt ulotne.

— Zdecydowanie. Bardzo ogólnie możemy stwierdzić, że wraz z Heglem nastąpił kres wielkich systemów filozoficznych. Po nim filozofia obrała całkiem nowy kierunek. W miejsce wielkich systemów spekulatywnych pojawia się to, co nazywamy filozofią egzystencji czy filozofią działania. To właśnie Marks miał na myśli, twierdząc, że „filozofowie jedynie różnie odczytywali świat, teraz rzecz w tym, by go zmienić". Właśnie te słowa wyznaczają bardzo ważny punkt zwrotny w historii filozofii.

— Po spotkaniu Scrooge'a i dziewczynki z zapałkami rozumiem, o co chodziło Marksowi.

— Myślenie Marksa ma więc cel praktyczny — i polityczny. Możemy też zauważyć, że był on nie tylko filozofem, lecz także historykiem, socjologiem i ekonomistą.

— I we wszystkich tych dziedzinach kruszył mury?

— W każdym razie nie było innego filozofa, który miałby większe znaczenie dla polityki. Z drugiej strony musimy być bardzo ostrożni w identyfikowaniu wszystkiego, co nazywa się *marksizmem,* z poglądami samego Marksa. O Marksie mówi się, że stał się „marksistą" w połowie lat czterdziestych ubiegłego wieku, ale również później zdarzało się, że odczuwał potrzebę zaznaczenia, iż nie jest marksistą.

— Czy Jezus był chrześcijaninem?

— Na ten temat także można dyskutować.

— Mów dalej.

— Już od pierwszej chwili swój wkład w to, co później zostało nazwane marksizmem, miał jego przyjaciel i kolega po fachu. W naszym stuleciu swój wkład do marksizmu czy marksizmu-leninizmu wnieśli Lenin, Stalin, Mao i wielu innych.

— Proponuję, byśmy trzymali się samego Marksa. Powiedziałeś, że był materialistą historycznym?

— Nie był materialistą filozoficznym, jak atomiści antyku czy materialiści mechanistyczni w XVI i XVII wieku. Ale uważał, że w decydującym stopniu o sposobie naszego myślenia stanowią materialne warunki życia społeczeństwa. Są one decydujące także dla rozwoju historycznego.

— To coś innego niż duch świata Hegla.

— Hegel wskazał, że rozwój historyczny wywołują napięcia między przeciwieństwami, które następnie uwalniane są przez gwałtowną zmianę. Marks rozwinął tę myśl. Ale, zdaniem Marksa, dobry Hegel stał na głowie.

— Chyba nie przez całe życie?

— Hegel nazwał siłę, która popycha historię naprzód, „duchem świata" czy „rozumem świata". To właśnie, zdaniem Marksa, było stawianiem rzeczy na głowie. On sam pragnął pokazać, że decydujące są stosunki materialne. A więc to nie założenia duchowe prowadzą do zmian materialnych, lecz odwrotnie. To zmiany materialne stwarzają nowe założenia duchowe. Marks podkreślał, że to siły ekonomiczne w społeczeństwie tworzą zmiany i w ten sposób popychają historię naprzód.

— Nie mógłbyś mi podać jakiegoś przykładu?

— Filozofia i nauka starożytna miały cel czysto teoretyczny. Nie zajmowano się jakoś szczególnie zastosowaniem wiedzy do wprowadzania zmian praktycznych.

— Tak?

— Miało to związek z organizacją życia ekonomicznego na co dzień. Produkcja w dużym stopniu opierała się na pracy niewolniczej. Dlatego wysoko urodzeni obywatele nie mieli potrzeby ulepszania produkcji praktycznymi wynalazkami. Jest to przykład wpływu warunków materialnych na refleksję filozoficzną w społeczeństwie.

— Rozumiem.

— Takie warunki materialne, ekonomiczne i społeczne Marks nazywa *bazą* społeczeństwa. Natomiast myśli, poglądy, a także istniejące w społeczeństwie instytucje polityczne, prawa, a zwłaszcza religia, moralność, sztuka, filozofia i nauka — to wszystko Marks określił jako *nadbudowę*.

— To znaczy baza i nadbudowa.

— Tak, a teraz proszę, podaj mi tę grecką świątynię.

— Proszę.

— To pomniejszony model dawnej świątyni Ateny, Partenonu, z Akropolu. Widziałaś ją także w rzeczywistości.

— Chcesz powiedzieć — na wideo.

— Widzisz, że dach budynku jest bardzo elegancki i starannie wykonany. Być może właśnie na sam dach i fasadę zwraca się uwagę w pierwszej chwili. I to właśnie możemy nazwać „nadbudową". Ale dach sam z siebie nie może unosić się w powietrzu.

— Podtrzymują go kolumny.

— Cały budynek ma przede wszystkim mocny fundament — czyli bazę — który dźwiga całą konstrukcję. Zdaniem Marksa, tak właśnie warunki materialne utrzymują wszelkie myśli i idee w społeczeństwie. Tak więc nadbudowa społeczeństwa jest odbiciem bazy tego społeczeństwa.

— Czy chcesz powiedzieć, że nauka Platona o ideach jest odbiciem lepienia garnków i uprawy winorośli?

— Nie, to nie jest wcale takie proste. Pomiędzy bazą społeczeństwa a jego nadbudową zachodzi wzajemne oddziaływanie. Gdyby Marks zaprzeczył tej wzajemności, byłby materialistą mechanistycznym. Ale ponieważ przyznaje, że baza i nadbudowa wzajemnie na siebie wpływają, mówimy, że jest *materialistą dialektycznym.* Poza tym możesz sobie zapamiętać, że Platon nie zajmował się lepieniem garnków czy uprawianiem winorośli.

— Rozumiem. Czy powiesz mi jeszcze coś o tej świątyni?

— Tak, jeszcze parę słów. Jeśli dokładnie przyjrzysz się bazie świątyni, będziesz mogła mi ją opisać.

— Kolumny stoją na fundamencie zbudowanym jakby z trzech poziomów czy stopni.

— I podobnie możemy wyróżnić trzy poziomy w bazie społeczeństwa. Najbardziej „bazowe" jest to, co nazywamy „warunkami produkcji", czyli warunki naturalne i zasoby naturalne, do jakich ma dostęp społeczeństwo. Chodzi mi tutaj o warunki związane z klimatem i surowcami naturalnymi. Od nich zależy kształtowanie się bazy, gdyż one wyznaczają wyraźne granice tego, jaki rodzaj produkcji może istnieć w danym społeczeństwie. Tym samym wyznaczają także granice kultury, jaka może w ogóle rozwinąć się w tym społeczeństwie.

— Nie można na przykład łowić śledzi na Saharze ani uprawiać daktyli w północnej Norwegii.

— Doskonale to ujęłaś. Ale także sposób myślenia w kulturze nomadów bardzo różni się od myślenia w wiosce rybackiej w północnej Norwegii. Następny stopień bazy to „siły wytwórcze", jakie dane społeczeństwo posiada. Tu Marks ma na myśli narzędzia, urządzenia i maszyny, jakimi się dysponuje.

— W dawnych czasach na połów wyprawiano się łodziami wiosłowymi, teraz ryby łowią olbrzymie trawlery.

— I od razu dotykasz następnego stopnia w bazie społeczeństwa, to znaczy — kto jest właścicielem środków produkcji. Organizację pracy, czyli podział pracy i stosunek do własności, Marks nazwał „stosunkami produkcji" w społeczeństwie.

— Rozumiem.

— Na razie możemy powiedzieć, że to *sposób produkcji* charakterystyczny dla danego społeczeństwa decyduje o tym, jakie stosunki polityczne i ideologiczne panują w tym społeczeństwie. Nie jest wcale przypadkiem, że dziś myślimy nieco inaczej — i mamy inną moralność — niż w czasach dawnego systemu feudalnego.

— To znaczy, że Marks nie wierzył w prawo naturalne, które obowiązuje we wszystkich czasach.

— Tak. Określenie, co jest moralnie właściwe, wynika, zdaniem Marksa, z bazy społeczeństwa. Nie jest, dajmy na to, przypadkowe, że w dawnym społeczeństwie chłopskim rodzice decydowali, kogo mają poślubić dzieci. Wiązało się to z problemem dziedziczenia gospodarstwa. We współczesnym wielkim mieście stosunki społeczne są zupełnie inne. Można spotkać przyszłego małżonka na przyjęciu czy w dyskotece i byle tylko człowiek naprawdę się zakochał, z czasem znajdzie jakieś miejsce, gdzie będzie mógł zamieszkać.

— Nie zgodziłabym się, żeby moi rodzice decydowali, za kogo mam wyjść za mąż.

— Oczywiście, bo ty także jesteś dzieckiem swego czasu. Marks podkreśla ponadto, że to na ogół klasa rządząca w społeczeństwie decyduje o tym, co dobre, a co złe. Bo cała historia jest historią walki klas. To znaczy, że w historii przede wszystkim chodzi o to, kto ma posiadać środki produkcji.

— Czy ludzkie myśli i idee nie mają wpływu na zmiany w historii?

— I tak, i nie. Marks zdawał sobie sprawę, że to, co jest produktem nadbudowy społeczeństwa, może oddziaływać na bazę, ale odrzucał pogląd, że nadbudowa ma samodzielną historię. O tym, co popychało historię naprzód od starożytnego społeczeństwa niewolniczego do dzisiejszego społeczeństwa przemysłowego, decydowały przede wszystkim zmiany w bazie społeczeństwa.

— Tak, to już mówiłeś.

— Zdaniem Marksa, we wszystkich fazach historii istniała sprzeczność pomiędzy dwiema głównymi klasami społecznymi. W starożytnym *społeczeństwie niewolniczym* było to przeciwieństwo między wolnym obywatelem a niewolnikiem, w średniowiecznym *społeczeństwie feudalnym* między panem feudalnym a pańszczyźnianym chłopem, a później między szlachcicem a mieszczaninem. Ale w czasach Marksa przede wszystkim istniał konflikt między kapitalistą a robotnikiem, czyli proletariuszem. Jest więc sprzeczność między tymi, którzy posiadają środki produkcji, a tymi, którzy ich nie posiadają. A ponieważ klasa wyższa nie chce oddać władzy, zmiana może dokonać się jedynie poprzez rewolucję.

— A co ze społeczeństwem komunistycznym?

— Marks w szczególny sposób interesował się przejściem od społeczeństwa kapitalistycznego do komunistycznego. Przeprowadził również szczegółową analizę kapitalistycznego sposobu produkcji. Ale zanim się temu przyjrzymy, musimy sobie co nieco powiedzieć o poglądach Marksa na ludzką pracę.

— No to mów!

— Młody Marks, zanim został komunistą, interesował się, co się dzieje z człowiekiem, kiedy pracuje. Analizował to także Hegel. Hegel uważał, że między człowiekiem a przyrodą istnieje wzajemny, czyli dialektyczny stosunek. Gdy człowiek oddziałuje na przyrodę, przyroda także nań oddziałuje. Wyrażając to w inny sposób, można powiedzieć: Kiedy człowiek pracuje, ingeruje w przyrodę i wywiera na nią wpływ. Ale w tym procesie przyroda także ingeruje w człowieka i wywiera wpływ na ludzką świadomość.

— Powiedz mi, jaką masz pracę, a powiem ci, kim jesteś.

— W skrócie jest to pogląd Marksa. Sposób, w jaki pracujemy, wywiera wpływ na naszą świadomość, ale także nasza świadomość wywiera wpływ na sposób, w jaki pracujemy. Można powiedzieć, że pomiędzy ręką a duchem istnieje wzajemny stosunek. Tak więc wiedza człowieka ma ścisły związek z jego pracą.

— To musi być okropne, być bezrobotnym.

— Tak, ktoś, kto nie pracuje, jest w pewnym sensie pusty. Już Hegel zwracał na to uwagę. Dla obu, i dla Hegla, i dla Marksa, praca była czymś pozytywnym, blisko związanym z tym, co znaczy być człowiekiem.

— To znaczy, że być robotnikiem jest także czymś pozytywnym?

— Tak, w punkcie wyjścia. Ale właśnie w tym punkcie Marks występuje z ostrą krytyką kapitalistycznego sposobu produkcji.

— Opowiedz mi o tym!

— W systemie kapitalistycznym robotnik nie pracuje dla siebie. Praca staje się czymś zewnętrznym, co nie należy do niego samego. Robotnikowi jego własna praca staje się obca. Traci on swą ludzką rzeczywistość. Marks posługuje się wyrażeniem heglowskim, że robotnik staje się *wyalienowany.*

— Mam ciotkę, która od dwudziestu lat pracuje w fabryce czekoladek; bez żadnych problemów więc rozumiem, o co ci chodzi. Ciotka mówi, że każdego ranka z nienawiścią myśli o pójściu do pracy.

— Ale jeśli nienawidzi swojej pracy, Zosiu, to w pewnym sensie nienawidzi też samej siebie.

— W każdym razie nienawidzi czekoladek.

— W społeczeństwie kapitalistycznym praca zorganizowana jest w taki sposób, że robotnicy w rzeczywistości wykonują niewolniczą pracę, która przynosi zyski innej klasie społecznej. Robotnik oddaje swą siłę, a wraz z nią całe swoje człowieczeństwo — burżuazji.

— Czy naprawdę jest aż tak źle?

— Mówimy teraz o Marksie, musimy więc pamiętać o stosunkach społecznych, jakie panowały w połowie ubiegłego stulecia. A wtedy odpowiedzią będzie głośne i zdecydowane „tak". Nie należało do rzadkości, że robotnicy pracowali po dwanaście godzin dziennie w lodowatych halach produkcyjnych. Zapłata była tak marna, że często również dzieci i kobiety ciężarne zmuszone były do podjęcia pracy. Warunki socjalne wprost trudno opisać. W wielu miejscach wynagrodzenie wypłacano w taniej wódce, a kobiety zmuszone były do prostytucji. Klientami ich byli „panowie z miasta". Krótko mówiąc, właśnie to, co miało być szlachetnym znamieniem człowieka, czyli praca, zmieniało człowieka w zwierzę.

— Zaczynam się robić zła.

— Marksa także to gniewało, bo jednocześnie dzieci mieszczan grywały na skrzypcach w wielkich, ciepłych salonach, wziąwszy uprzednio odświeżającą kąpiel. Albo siadały przy fortepianie, żeby uprzyjemnić sobie czas oczekiwania na obiad z czterech dań. Choć, co prawda, na skrzypcach i fortepianach grywano na ogół wieczorem, po dłuższej konnej przejażdżce.

— Co za niesprawiedliwość!

— Marks również tak uważał. W roku 1848 wydał wraz z Engelsem *Manifest komunistyczny*. Pierwsze zdanie manifestu brzmi następująco: „Widmo krąży po Europie — widmo komunizmu".

— Boję się.

— Mieszczanie także się przestraszyli, bo teraz proletariusze zaczęli się buntować. Chcesz wiedzieć, jak kończy się *Manifest?*

— Oczywiście.

— „Komuniści uważają za niegodne ukrywanie swych poglądów i zamiarów. Oświadczają oni otwarcie, że cele ich mogą być osiągnięte jedynie przez obalenie przemocą całego dotychczasowego ustroju społecznego. Niech drżą panujące klasy przed rewolucją komunistyczną. Proletariusze nie mają w niej nic do stracenia oprócz kajdan. Do zdobycia mają cały świat. *Proletariusze wszystkich krajów, łączcie się!*".

— Jeśli sytuacja była rzeczywiście aż tak zła, jak opowiadasz, myślę, że podpisałabym się pod tym manifestem. Ale dziś jest chyba inaczej?

— W Norwegii owszem, ale nie wszędzie. Nadal wielu ludzi żyje w nieludzkich warunkach. Jednocześnie produkują towary, na których kapitaliści coraz bardziej się bogacą. Marks określił to jako *wyzysk*.

— Czy możesz mi dokładniej wytłumaczyć to słowo?

— Gdy robotnik produkuje jakiś towar, towar ten ma pewną wartość.

— No, tak.

— Kiedy odejmiesz wynagrodzenie pracownika i inne koszty produkcji od wartości sprzedażnej towaru, zawsze pozostaje pewna suma. Tę sumę Marks określił jako *wartość dodatkową*, czyli zysk. Oznacza to, że kapitalista zatrzymuje pewną wartość, stworzoną właściwie przez robotnika. To właśnie jest wyzysk.

— Rozumiem.

— Teraz kapitalista może zainwestować część zysku i powiększyć swój kapitał — na przykład modernizując zakład produkcyjny. Robi to, ponieważ ma nadzieję, że będzie mógł produkować towar jeszcze taniej. Ma więc nadzieję, że zysk następnym razem będzie większy.

— To logiczne.

— Owszem, może się to wydać logiczne. Ale zarówno w tej dziedzinie, jak i w innych dziedzinach na dłuższą metę nie będzie szło tak, jak wyobraża sobie kapitalista.

— O czym mówisz?

— Marks uważał, że w kapitalistycznym sposobie produkcji tkwi wiele sprzeczności. Kapitalizm to system ekonomiczny, który niszczy sam siebie, ponieważ brakuje mu racjonalnego zarządzania.

— To chyba w pewnym sensie dobrze dla uciskanych.

— Tak. Cechą ustroju kapitalistycznego jest, że idzie naprzeciw własnemu zniszczeniu. Kapitalizm jest więc postępowy — ukierunkowany na przyszłość, ponieważ jest stadium na drodze do komunizmu.

— Czy możesz dać mi jakiś przykład na to, że kapitalizm sam siebie niszczy?

— Wspomnieliśmy już o kapitaliście, który miał sporo pieniędzy na zbyciu i część ich wykorzystał na modernizację zakładu. Część szła także na lekcje gry na skrzypcach, a poza tym jego żona zaczęła mieć kosztowne zachcianki.

— No i?

— Kapitalista kupuje nowe maszyny i nie potrzebuje już tak wielu pracowników. Robi to, by jego towary były bardziej konkurencyjne.

— Rozumiem.

— Ale nie on jeden myśli podobnie. Oznacza to, że cała produkcja staje się coraz bardziej efektywna. Fabryki się rozrastają, skupione w coraz mniejszej liczbie rąk. I co się wtedy dzieje, Zosiu?

— Nie wiem...

— Potrzeba coraz mniej robotników, i co za tym idzie, jest coraz więcej bezrobotnych. Problemy społeczne narastają i takie *kryzysy* świadczą o tym, że kapitalizm zbliża się ku zagładzie. Ale w kapitalizmie jest jeszcze sporo takich samoniszczących cech. Kiedy coraz więcej zysku inwestuje się w wyposażenie do produkcji, a jednak *nie stwarza* to dostatecznie dużej nadwyżki, by utrzymać konkurencyjne ceny...

— To co?

— No właśnie, co wtedy robi kapitalista? Odpowiesz mi na to?

— Nie, naprawdę nie umiem.

— Wyobraź sobie, że jesteś właścicielką fabryki. Nie możesz związać końca z końcem, grozi ci bankructwo. I pytam cię: co możesz zrobić, żeby zaoszczędzić pieniądze?

— Może mogłabym obniżyć płace?

— Bystra jesteś! To rzeczywiście najsprytniejsze, co możesz zrobić. Ale jeśli wszyscy kapitaliści są równie bystrzy jak ty, a tacy są, to robotnicy będą wkrótce już tak ubodzy, że nie będzie ich stać na to, by cokolwiek kupić. Mówimy, że maleje siła nabywcza. I teraz znajdujemy się naprawdę w błędnym kole. „Wybiła godzina kapitalistycznej własności prywatnej" — mówi Marks. Wkrótce znajdziemy się w sytuacji rewolucyjnej.

— Rozumiem.

— Krótko mówiąc, kończy się na tym, że proletariusze siłą przejmują władzę nad środkami produkcji.

— I co się wtedy dzieje?

— Na pewien okres powstanie nowe społeczeństwo klasowe, w którym proletariusze będą rządzić innymi. Marks nazwał to *dyktaturą proletariatu*. Ale po okresie przejściowym dyktaturę proletariatu zastąpi społeczeństwo bezklasowe, czyli *komunizm*. Będzie to społeczeństwo, w którym środki produkcji będą własnością wszystkich — a więc ludu. W takim społeczeństwie każdy będzie pracował według możliwości, ale dostawał według potrzeb. Ponadto owoce pracy będą należały do ludu i ustanie alienacja, typowa dla kapitalizmu.

— To wszystko brzmi bardzo pięknie i obiecująco, ale jak się to dalej potoczyło? Czy z rewolucji coś wyszło?

— I tak, i nie. Współcześni ekonomiści mogą z całą pewnością stwierdzić, że Marks mylił się co do wielu istotnych punktów. Dotyczy to zwłaszcza jego analizy kryzysów kapitalistycznych. Marks nie przykładał poza tym dostatecznie dużej wagi do wykorzystania zasobów natury, na co dzisiaj patrzymy z coraz większą powagą. Ale — i to duże ale...

— Tak?

— Marksizm mimo wszystko doprowadził do wielkich zmian. Bez wątpienia socjalistom udało się w dużej mierze zwalczyć nieludzkie warunki wczesnego kapitalizmu. W każdym razie w Europie żyjemy w bardziej sprawiedliwym i solidarnym społeczeństwie, niż było ono za czasów Marksa. Marks i cały ruch socjalistyczny mają tu swoje niewątpliwe zasługi.

— A co się wydarzyło?

— Po Marksie ruch socjalistyczny podzielił się na dwa główne nurty. Po jednej stronie mieliśmy *socjaldemokrację*, a po drugiej *leninizm*. Socjaldemokracja, która opowiadała się za stopniowym i pokojowym zbliżeniem do socjalizmu, stała się drogą Europy Zachodniej. Możemy to nazwać „powolną rewolucją”. Leninizm, który zachował wiarę Marksa, że jedynie rewolucja może przełamać dawne zróżnicowanie klasowe społeczeństwa, był wprowadzany w Europie Wschodniej, Azji i Afryce. Oba te ruchy, każdy na swój sposób, miały zwalczać nędzę i ucisk.

— Ale czy nie wytworzyła się nowa forma ucisku? Na przykład w Związku Radzieckim i Europie Wschodniej?

— Niewątpliwie tak, i znowu widzimy, że wszystko, do czego człowiek przyłoży rękę, jest mieszaniną dobra i zła. Z drugiej strony nierozumne byłoby obwinianie Marksa za to, co stało się w tak zwanych krajach socjalistycznych pięćdziesiąt czy sto pięćdziesiąt lat po jego śmierci. Być może jednak zbyt mało zastanawiał się nad tym, że także w komunizmie rządzić będą ludzie. „Kraina szczęścia" chyba nigdy nie powstanie, bo ludzie zawsze stworzą sobie nowe problemy, z którymi będą walczyć.

— Na pewno.

— I tym samym stawiamy kropkę na Marksie, Zosiu.

— Zaczekaj! Czy nie powiedziałeś, że sprawiedliwość możliwa jest tylko między równymi sobie?

— Nie, to nie ja, to Scrooge.

— Skąd wiesz, że to on powiedział?

— No cóż, ty i ja mamy wspólnego autora. Jesteśmy bliżej ze sobą związani, niż mogłoby się to wydawać na pierwszy rzut oka.

— Przeklęty ironisto!

— Podwójny ironisto, Zosiu, to była podwójna ironia.

— Ale wróćmy do sprawiedliwości. Powiedziałeś w każdym razie, że Marks uważał kapitalizm za niesprawiedliwy. A jak zdefiniowałbyś społeczeństwo sprawiedliwe?

— Zainspirowany marksizmem filozof, JOHN RAWLS, próbował powiedzieć coś o tym, posługując się następującym przykładem: Wyobraź sobie, że jesteś członkiem wysokiej rady, która miałaby stworzyć wszystkie prawa dla przyszłego społeczeństwa.

— Z wielką ochotą zasiadłabym w takiej radzie.

— Członkowie tej rady powinni przewidzieć i uwzględnić absolutnie wszystkie okoliczności, a gdy tylko uzgodnią poglądy i podpiszą wszystkie prawa — padną martwi.

— Co za pomysł!

— Ale potem powrócą do życia właśnie w tym społeczeństwie, dla którego sami ustanowili prawa. Chodzi o to, by tworząc je, nie mieli żadnych podejrzeń co do tego, jakie miejsce przypadnie im w tym społeczeństwie.

— Pojmuję.

— I takie społeczeństwo byłoby społeczeństwem sprawiedliwym. Bo powstałoby wśród „równych".

— Mężczyzn i kobiet!

— To oczywisty warunek. Nikt nie wiedziałby, czy obudzi się jako mężczyzna czy jako kobieta. Ponieważ szansa wynosi 50 na 50, oznacza to, że takie społeczeństwo musiałoby być równie dobre dla kobiet, jak dla mężczyzn.

— To brzmi bardzo kusząco.

— Powiedz mi teraz, czy Europa za czasów Marksa była takim społeczeństwem?

— Nie!

— A może potrafisz mi wskazać takie społeczeństwo w dzisiejszym świecie?

— Hmm... to zależy.

— Zastanów się nad tym. Tu i teraz nie napływa już nic więcej o Marksie.

— Co powiedziałeś?

— Światło!

DARWIN

...łódź, która żegluje przez życie z ładunkiem genów...

W niedzielę rano Hildę obudził nagły hałas. To segregator spadł na podłogę. Wieczorem na leżąco czytała o tym, jak Alberto i Zofia rozmawiali o Marksie. Zasnęła na wznak, z segregatorem na kołdrze. Lampka nad łóżkiem paliła się całą noc.

Zielone cyferki budzika na biurku wskazywały ósmą pięćdziesiąt dziewięć.

Śniły jej się wielkie fabryki i zasypane sadzą miasta. Na rogu ulicy siedziała mała dziewczynka i sprzedawała zapałki. Elegancko ubrani ludzie w długich płaszczach mijali ją obojętnie.

Siadając na łóżku, pomyślała o członkach rady, budzących się w społeczeństwie, dla którego prawa sami stworzyli. Hilda w każdym razie cieszyła się, że każdego ranka znajduje się w Bjerkely.

Czy miałaby odwagę zbudzić się w Norwegii, gdyby nie wiedziała, w jakim to będzie miejscu?

Ale kwestia, *gdzie* się obudzi, to nie wszystko. Co by było, gdyby obudziła się w całkiem innych czasach? Na przykład w średniowieczu albo w epoce kamiennej, dziesięć albo dwadzieścia tysięcy lat temu? Hilda próbowała wyobrazić sobie, że siedzi przed wejściem do jaskini. Może zajmowałaby się wyprawianiem skór?

Jakie by to było uczucie, być piętnastoletnią dziewczynką, zanim istniało coś, co nazywa się kulturą? Jak by wtedy myślała?

Hilda naciągnęła bluzę, podniosła segregator z podłogi i zabrała się za dalsze czytanie długiego listu od ojca.

Właśnie, gdy Alberto powiedział „światło", rozległo się pukanie do drzwi Chaty Majora.

— Chyba nie mamy wyboru? — zapytała Zofia.

— Rzeczywiście, nie mamy — burknął Alberto.

W progu stał bardzo stary mężczyzna z długimi siwymi włosami i wielką brodą. W prawej ręce trzymał kostur wędrowca, w lewej dużą planszę z rysunkiem łodzi, w której aż roiło się od zwierząt wszelkich możliwych kształtów.

— A kim to pan jest, panie starszy? — spytał Alberto.

— Nazywam się Noe.

— Tak przypuszczałem.

— Jestem twoim przodkiem, mój chłopcze. Ale chyba pamięć o własnych przodkach wyszła z mody?

— Co trzymasz w ręku? — zainteresowała się Zofia.

— To rysunek wszystkich zwierząt, które zostały ocalone z potopu. Bardzo proszę, moja córko, to dla ciebie.

Zofia wzięła od niego planszę, a staruszek oznajmił:

— Muszę wracać do domu, podlać winnicę...

Podskoczył, w powietrzu uderzył piętą o piętę i żwawo pobiegł przez las, tak jak potrafią to tylko starzy ludzie w bardzo dobrym humorze.

Zofia i Alberto weszli do środka i usiedli. Zofia pochyliła się nad planszą, ale zanim zdążyła jej się dokładnie przyjrzeć, Alberto władczym ruchem odebrał jej rysunek.

— Najpierw skoncentrujemy się na ogólnym zarysie.

— No to zaczynaj.

— Zapomnieliśmy powiedzieć, że Marks przez ostatnie trzydzieści cztery lata swego życia mieszkał w Londynie. Przeniósł się tam w roku 1849, a zmarł w 1883. W tym samym czasie pod Londynem mieszkał także KAROL DARWIN, który zmarł w roku 1882 i został pochowany uroczyście w Westminster Abbey, jako jeden z wielkich synów Anglii. Drogi Marksa i Darwina przecięły się nie tylko w czasie i przestrzeni. Marks pragnął zadedykować Darwinowi angielskie wydanie swego wielkiego dzieła — *Kapitału,* ale Darwin odmówił. Kiedy Marks zmarł, jego przyjaciel FRYDERYK ENGELS powiedział: „Jak Darwin odkrył prawo rozwoju świata organicznego, tak Marks odkrył prawo rozwoju historii ludzkości".

— Rozumiem.

— Innym ważnym myślicielem, który wiązał swą działalność z Darwinem, był psycholog ZYGMUNT FREUD. Także i on ostatni rok życia spędził w Londynie. Freud powiadał, że teoria ewolucji Darwina i jego własna psychoanaliza upokorzyły „naiwną miłość własną" człowieka.

— Wymieniłeś wiele nazwisk. Mówimy o Marksie, Darwinie i Freudzie?

— W szerszym rozumieniu możemy mówić o prądzie *naturalistycznym,* ciągnącym się od połowy XIX wieku daleko w nasze stulecie. Naturalizm to takie pojmowanie rzeczywistości, które nie uznaje innej rzeczywistości poza przyrodą i światem postrzeganym przez zmysły. Dlatego też naturalista traktuje człowieka jako część przyrody. Badacz-naturalista opiera swoje twierdzenia wyłącznie na badaniu zjawisk przyrody, a więc nie na racjonalistycznych spekulacjach ani też żadnej formie boskiego objawienia.

— I to dotyczy Marksa, Darwina i Freuda?

— Absolutnie. Hasła połowy zeszłego wieku to przyroda, środowisko, historia, rozwój, wzrost. Marks wskazał, że ideologia jest produktem materialnej bazy społeczeństwa. Darwin wykazał, że człowiek jest wynikiem długotrwałego rozwoju biologicznego, a Freudowska analiza podświadomości dowiodła, że działania człowieka wynikają często z pewnych zwierzęcych popędów czy instynktów.

— Myślę, że mniej więcej już wiem, co rozumiesz przez naturalizm, ale czy nie lepiej będzie mówić o nich po kolei?

— Będziemy mówić o Darwinie, Zosiu. Pamiętasz pewnie, że przedsokratycy starali się znaleźć *naturalne wyjaśnienia* dla procesów zachodzących w przyrodzie. Jak oni musieli odstąpić od dawnego, mitologicznego wyjaśnienia świata, tak również Darwin musiał uwolnić się od poglądów Kościoła na stworzenie zwierząt i ludzi.

— Ale czy on właściwie był filozofem?

— Darwin to biolog i badacz przyrody. Ale był tym właśnie uczonym, który rzucił najpoważniejsze w nowożytnych czasach wyzwanie biblijnym poglądom na miejsce człowieka w dziele stworzenia.

— Dobrze, a więc pewnie masz zamiar opowiedzieć mi co nieco o teorii ewolucji Darwina.

— Zacznijmy od samego Darwina. Urodził się w 1809 roku w małym miasteczku Shrewsbury. Ojciec, doktor Robert Darwin, był znanym miejscowym lekarzem, bardzo surowo wychowującym syna. Kiedy Karol uczęszczał do średniej szkoły w Shrewsbury, jej dyrektor skarżył się, że chłopak wałęsa się, zajmuje próżną gadaniną, pustymi przechwałkami, i marnuje czas na nieużyteczne rzeczy. Przez rzeczy użyteczne dyrektor rozumiał kucie greckich i łacińskich słówek. Kiedy mówił o wałęsaniu się, myślał między innymi o tym, że Darwin zajmuje się zbieraniem różnego rodzaju chrząszczy.

— Na pewno później żałował swoich słów.

— Również podczas studiów teologicznych Darwina bardziej interesowało polowanie na ptaki i zbieranie owadów niż właściwe studia. Dlatego też jako teolog nie zaszedł wysoko. Ale właśnie w czasie studiów zdołał wyrobić sobie pewną markę jako badacz przyrody. Zajmował się także geologią, najbardziej chyba ekspansywną nauką tamtych czasów. Gdy tylko w kwietniu 1831 roku zdał końcowy egzamin teologiczny w Cambridge, wyruszył do północnej Walii, by tam obserwować formacje skalne i poszukiwać skamielin. W sierpniu tego samego roku, kiedy miał zaledwie dwadzieścia dwa lata, otrzymał list, który miał wytyczyć drogę całego jego życia...

— Co było w tym liście?

— List przysłał jego nauczyciel i przyjaciel John Steven Henslow. Napisał: „Poproszono mnie, bym (...) polecił badacza przyrody, który miałby towarzyszyć kapitanowi Fitz-Royowi, zaangażowanemu przez rząd do opracowania mapy południowego krańca Ameryki. Oświadczyłem, że uważam Cię za osobę, która ma pełne kwalifikacje, by podjąć się takiego zadania. Jeśli chodzi o wynagrodzenie, to nic mi na ten temat nie wiadomo. Podróż potrwa dwa lata...".

— Ile ty umiesz na pamięć!

— To bagatelka, Zosiu.

— I zgodził się?

— Miał wielką ochotę wykorzystać tę szansę, ale w owych czasach młody człowiek nie robił niczego bez zgody rodziców. Po długich namowach ojciec uległ wreszcie, i to jemu właśnie przyszło opłacić podróż syna. Jeśli bowiem chodziło o wynagrodzenie, to okazało się, że nie stawiło się na wyprawę.

— Ach...

— Statek, jednostka marynarki H.M.S. „Beagle", odbił 27 grudnia 1831 roku z Plymouth, biorąc kurs na Amerykę Południową, i powrócił do Anglii dopiero w październiku 1836 roku. Dwa lata rozciągnęły się więc na pięć, ale też i podróż do Ameryki zmieniła się w opłynięcie Ziemi dookoła. Mówimy o najważniejszej wyprawie badawczej naszych czasów.

— Czy oni dosłownie opłynęli Ziemię dookoła?

— Dosłownie. Z Ameryki Północnej dalsza droga wiodła przez Ocean Spokojny do Nowej Zelandii, Australii i Afryki Południowej. Stamtąd ponownie popłynęli do Ameryki Północnej, by wreszcie powrócić do Anglii. Sam Darwin napisał: „Podróż na «Beagle» była najdonioślejszym zdarzeniem mego życia i zadecydowała o całej mej dalszej karierze".

— Nie było chyba łatwo być badaczem przyrody na morzu?

— Ale przez pierwsze lata „Beagle" krążył tam i z powrotem wzdłuż wybrzeża Ameryki Południowej. Dało to Darwinowi okazję do zapoznania się z kontynentem także od strony lądu. Decydujące znaczenie miały wypady na archipelag Galapagos, czyli Wyspy Żółwie na Oceanie Spokojnym, na zachód od Ameryki Południowej. W trakcie podróży mógł więc zebrać obszerny materiał, który stopniowo wysyłał do domu, do Anglii, ale swe liczne refleksje na temat przyrody i historii życia zachował mimo wszystko dla siebie. Kiedy powrócił do domu, miał zaledwie dwadzieścia siedem lat, a już był słynnym badaczem przyrody. W głębi ducha miał już jasne poglądy na to, co miało stać się jego teorią ewolucji. Upłynęło jednak wiele lat do czasu opublikowania jego głównego dzieła. Darwin był bowiem ostrożnym człowiekiem, Zosiu. Takim zresztą powinien być badacz przyrody.

— Jaki tytuł nosiło jego główne dzieło?

— No cóż, było ich kilka. Ale dziełem, które wywołało najostrzejszą debatę w Anglii, było *O pochodzeniu gatunków*. Książka ukazała się w roku 1859, a jej pełny tytuł brzmiał: *On the Origin of Species by Means of Natural Selection or the Preservation of Favoured Races in the Struggle of Life*. Ten długi tytuł jest właściwie podsumowaniem teorii Darwina.

— Mógłbyś mi go przetłumaczyć.

— „O pochodzeniu gatunków drogą doboru naturalnego, czyli o utrzymaniu się doskonalszych ras w walce o byt".

— Rzeczywiście ten tytuł zawiera wiele treści.

— Zajmijmy się nim po kawałku. W *Pochodzeniu gatunków* Darwin przedstawił dwie teorie czy główne tezy: po pierwsze, twierdził, że wszystkie obecnie żyjące rośliny i zwierzęta pochodzą od wcześniejszych, bardziej prymitywnych form. Twierdził więc, że następuje ciągła ewolucja. Drugą głoszoną przez niego tezą było, że rozwój powodowany jest „doborem naturalnym".

— Ponieważ przeżywa najsilniejszy, prawda?

— Ale najpierw skoncentrujemy się na samej teorii ewolucji. Nie była ona bowiem wcale aż tak bardzo oryginalna. W niektórych kręgach już około roku 1800 pojawił się pogląd, że dokonała się ewolucja biologiczna. Ton takim opiniom nadawał francuski zoolog LAMARCK. Przed nim dziadek Darwina, ERASMUS DARWIN, bronił poglądu, że rośliny i zwierzęta rozwinęły się z niewielu prymitywnych gatunków. Żaden z nich jednak nie przedstawił wiarygodnych wyjaśnień, *w jaki sposób* następuje taki rozwój. Dlatego też nie byli niebezpiecznymi przeciwnikami dla Kościoła.

— Czy Darwin stał się niebezpieczny?

— Tak, i nie bez powodu. Zarówno w środowiskach kościelnych, jak i w wielu środowiskach naukowych trzymano się nauki Biblii, głoszącej, że wszystkie gatunki roślin i zwierząt są niezmienne. Ów chrześcijański pogląd harmonizował również z poglądami Platona i Arystotelesa.

— Jak to?

— Teoria Platona o ideach polegała na twierdzeniu, że wszystkie gatunki zwierząt są niezmienne, ponieważ zostały stworzone według wzorca wiecznych idei, czyli form. Niezmienność gatunków zwierzęcych była również kamieniem węgielnym filozofii Arystotelesa. Ale właśnie w czasach Darwina dokonano wielu obserwacji i znalezisk, które wystawiły tradycyjne myślenie na ciężką próbę.

— Jakie były te znaleziska i obserwacje?

— Po pierwsze, odnajdywano coraz to nowe skamieliny. Odkryto także resztki kości wielkich wymarłych zwierząt. Sam Darwin zdumiał się znaleziskami resztek zwierząt morskich w głębi lądu. W Ameryce Południowej odkryć takich dokonano wysoko w Andach. Ale co mogą robić w Andach zwierzęta morskie, Zosiu? Czy potrafisz mi na to odpowiedzieć?

— Nie.

— Niektórzy uważali, że jacyś ludzie lub zwierzęta po prostu je tam rzucili. Znaleźli się też i tacy, którzy twierdzili, że Bóg stworzył skamieliny i resztki zwierząt morskich po to, by sprowadzić bezbożników na manowce.

— A jakie było stanowisko nauki?

— Większość geologów skłaniała się ku teorii katastrof, w myśl której Ziemię wielokrotnie nawiedzały wielkie powodzie, trzęsienia ziemi i inne klęski niszczące całe życie. Z Biblii także dowiadujemy się o takiej katastrofie, myślę tu o potopie i arce Noego. Po każdej katastrofie Bóg odnawiał Ziemię, tworząc nowe — bardziej doskonałe — rośliny i zwierzęta.

— A więc skamieliny miały być śladami wcześniejszych form życia, które wyginęły po takich gwałtownych katastrofach?

— Właśnie tak. Mówiono na przykład, że skamieliny to ślady po zwierzętach, dla których zabrakło miejsca w arce Noego. Ale kiedy Darwin wyruszył na wyprawę „Beagle", zabrał ze sobą pierwszy tom dzieła angielskiego geologa CHARLESA LYELLA *Zasady geologii.* Lyell uważał, że współczesna geografia Ziemi

— z wysokimi górami i głębokimi dolinami — jest wynikiem nieskończenie długiego i powolnego rozwoju. Jego myśl polegała na tym, że drobne zmiany mogą prowadzić do wielkich przekształceń geograficznych, jeśli tylko weźmie się pod uwagę długie przedziały czasu.

— O jakich zmianach myślał?

— Chodziło mu o takie same siły, jakie działają dzisiaj: deszcze i wichry, topnienie lodów, trzęsienia ziemi i inne zmiany na powierzchni. Mówi się, że kropla drąży skałę nie swą siłą, lecz uporczywością kapania. Lyell uważał, że takie drobne, stopniowe zmiany mogą całkowicie odmienić przyrodę. Ta myśl nie tylko dawała wyjaśnienie, dlaczego Darwin odnalazł pozostałości zwierząt morskich wysoko w Andach. Darwin także nigdy nie porzucił myśli, że *drobne, stopniowe zmiany* mogą prowadzić do dramatycznych przemian, jeśli tylko zachodzić będą odpowiednio długo.

— Uważał zapewne, że można się posłużyć podobnym wyjaśnieniem, jeśli chodzi o rozwój zwierząt?

— Owszem, zadawał sobie to pytanie. Ale jak już mówiłem, Darwin był człowiekiem ostrożnym. Zadawał pytania i mijało dużo czasu, zanim ośmielił się dać jakąkolwiek odpowiedź. Posługiwał się więc metodą wszystkich prawdziwych filozofów: istotne jest zadawanie pytań, ale nie zawsze trzeba spieszyć się z odpowiedzią.

— Rozumiem.

— Decydującym czynnikiem w teorii Lyella był wiek Ziemi. Za czasów Darwina przypuszczano, że od momentu, gdy Bóg stworzył Ziemię, upłynęło około 6000 lat. Taka liczba wynikała z rachunku wszystkich pokoleń od Adama i Ewy do dzisiaj.

— Jakie to naiwne!

— Łatwo jest być mądrym dziś. Sam Darwin ocenił wiek Ziemi na 300 milionów lat. Jedno bowiem było pewne: ani teoria Lyella o stopniowym rozwoju geologicznym, ani teoria ewolucji Darwina nie miałyby sensu, gdyby nie brano pod uwagę niezmiernie długiego przedziału czasu.

— A ile lat ma Ziemia?

— Dziś wiemy, że Ziemia ma 4,6 miliarda lat.

— To wystarczy...

— Na razie skoncentrujemy się na jednej z przesłanek, która według Darwina przemawiała za istnieniem rozwoju biologicznego. Było nim *warstwowe występowanie* skamielin w różnych pokładach skorupy ziemskiej. Innym argumentem było *geograficzne rozdzielenie* żyjących gatunków. Tu wyprawa badawcza Darwina przyniosła nowy, niezmiernie bogaty materiał. Na własne oczy zobaczył, że niektóre gatunki w danym regionie minimalnie różnią się od siebie. Interesujące obserwacje poczynił zwłaszcza na wyspach Galapagos na zachód od Ekwadoru.

— Opowiedz!

— Mówimy o archipelagu wysp wulkanicznych. Flora i fauna poszczególnych wysp nie była silnie zróżnicowana, ale Darwina przede wszystkim interesowały nieznaczne odchylenia. Na wszystkich wyspach napotkał żółwie olbrzymie, ale na każdej wyspie były troszkę inne. Czyżby Bóg naprawdę stworzył odrębną rasę olbrzymich żółwi dla każdej z wysp?

— Wątpliwe.

— Jeszcze ważniejsze były obserwacje ptaków na Galapagos. Istniały wyraźne różnice między gatunkami łuszczaków, zwłaszcza w kształcie dzioba. Darwin stwierdził, że różnice te mają ścisły związek z tym, jak na poszczególnych wyspach ptaki zdobywały pożywienie. Ostrodzioby łuszczak naziemny żywił się nasionami szyszek, mały łuszczak śpiewający — owadami łowionymi w locie, łuszczak dzięciołowaty — owadami żyjącymi w pniach i gałęziach... Każdy z gatunków miał dziób idealnie dopasowany do sposobu zdobywania pożywienia. Czy wszystkie te łuszczaki mogły pochodzić od jednego wspólnego gatunku? Czy ten gatunek zdołał dopasować się do otoczenia na poszczególnych wyspach, tak że w końcu powstały nowe gatunki?

— Do takiego chyba wniosku doszedł?

— Tak, być może właśnie na wyspach Galapagos Darwin stał się „darwinistą". Zwrócił także uwagę na to, że wiele gatunków zwierząt, jakie widział na wyspach, przypomina te, które spotkał w Ameryce Północnej. Czy rzeczywiście Bóg kiedyś raz na zawsze stworzył gatunki zwierząt tak mało różniące się od siebie, czy też nastąpiła ewolucja? Coraz bardziej zaczął wątpić w pogląd o niezmienności gatunków. Nie miał jednak na razie odpowiedniego wytłumaczenia, *w jaki sposób* miałaby nastąpić ewolucja czy dopasowanie do otoczenia. Ale miał jeszcze jeden argument przemawiający za tym, że wszystkie zwierzęta na Ziemi są spokrewnione.

— Jaki?

— Ma to związek *z rozwojem płodowym* u ssaków. Jeśli porównasz płody psa, nietoperza, królika i człowieka we wczesnym stadium rozwoju, zobaczysz, iż są do siebie tak podobne, że niemal nie dostrzeżesz różnicy. Dopiero w bardzo późnym stadium rozwoju odróżnisz płód człowieka od płodu królika. Czy nie jest to znak, że jesteśmy dalekimi krewnymi?

— Ale ciągle nie mógł znaleźć wyjaśnienia, w jaki sposób dokonał się rozwój?

— Rozważał stale teorię Lyella o nieznacznych zmianach, które zachodząc przez długi czas, mogą przynieść ogromne przemiany. Nie znalazł jednak w niej uniwersalnej zasady, która mogłaby wyjaśnić ewolucję gatunków. Znał teorię francuskiego zoologa Lamarcka, który zwrócił uwagę na fakt, że poszczególne gatunki zwierząt rozwinęły w sobie to, co było im najbardziej potrzebne. Żyrafy na przykład mają tak długą szyję, ponieważ przez wiele pokoleń wyciągały głowy do liści na drzewach. Lamarck uważał więc, że cechy, które dany osobnik nabędzie własnym wysiłkiem, dziedziczy jego potomstwo. Jednakże Darwin tę teorię o dziedziczności cech nabytych odrzucił po prostu dlatego, że Lamarck nie miał żadnych dowodów na poparcie swych śmiałych twierdzeń. W zasięgu ręki znajdowało się jednak coś, o czym Darwin nie przestawał myśleć. Można niemal powiedzieć, że mechanizm, wpływający na ewolucję gatunków, leżał tuż pod jego nosem.

— Czekam na rozwiązanie.

— Ale ja chciałbym, żebyś sama odkryła ten mechanizm. Dlatego zapytam cię: jeśli masz trzy krowy, ale dość paszy tylko dla dwóch, to co wtedy zrobisz?

— Muszę chyba zarżnąć jedną krowę?

— Taak... A którą zarżniesz?

— Na pewno zarżnęłabym tę, która daje najmniej mleka.

— Naprawdę?

— Tak, to logiczne.

— I dokładnie tak samo postępowali ludzie przez tysiące lat. Ale nie pozbędziemy się tych dwóch krów tak łatwo. Wyobraź sobie, że chcesz, by jedna z nich miała cielaka. Którą wybierasz?

— Tę, która daje najwięcej mleka. Bo wtedy z cielaka też wyrośnie na pewno dobra krowa mleczna.

— To znaczy, że wolisz krowy, które dają dużo mleka od tych, które dają mało? No, to wystarczy jeszcze tylko jedno zadanie: często jeździsz na polowania i masz dwa psy myśliwskie. Jednego musisz się pozbyć. Którego psa zatrzymasz?

— Oczywiście tego, który potrafi lepiej tropić zwierzynę.

— To znaczy, że faworyzujesz lepszego psa myśliwskiego. I właśnie tak, Zosiu, właśnie tak ludzie zajmują się hodowlą zwierząt od ponad dziesięciu tysięcy lat. Nie zawsze kury znosiły pięć jajek tygodniowo, owce nie zawsze miały tak dużo wełny, a konie nie zawsze były takie silne i szybkie. Ale ludzie dokonują *sztucznego doboru*. Dotyczy to także królestwa roślin. Nie sadzi się złych ziemniaków, jeśli ma się dostęp do lepszych sadzeniaków. Nie zbiera się kłosów, które nie dają ziarna. Darwin stwierdził, że żadne dwie krowy, dwa kłosy, psy czy łuszczaki nie są identyczne. Przyroda wykazuje tu ogromną różnorodność. Być może sama tego doświadczyłaś po wypiciu niebieskiego napoju.

— I to jeszcze jak!

— Darwin musiał zadać sobie pytanie: czy podobny mechanizm może działać w przyrodzie? Czy to możliwe, że sama natura dokonuje naturalnego doboru, decydując, które osobniki mają przeżyć? I przede wszystkim: czy taki mechanizm, działając przez naprawdę długi czas może się przyczynić do powstania całkiem nowych gatunków roślin i zwierząt?

— Zgaduję, że odpowiedź brzmi „tak”.

— Darwin nadal nie potrafił sobie wyobrazić, jak może dokonywać się taki dobór naturalny. Ale w październiku 1838 roku — dokładnie w dwa lata po powrocie z wyprawy „Beagle" — przypadkiem natrafił na pracę angielskiego duchownego i ekonomisty, który zajmował się zagadnieniem przyrostu liczby ludzi, THOMASA MALTHUSA. Książeczka nosiła tytuł *Prawo ludności*. Pomysł napisania tej książki Malthus zaczerpnął od BENJAMINA FRANKLINA, Amerykanina, który między innymi wynalazł piorunochron. Franklin stwierdził, że gdyby w przyrodzie nie istniały czynniki ograniczające, pojedynczy gatunek rośliny czy zwierzęcia rozprzestrzeniłby się na całą Ziemię. Ponieważ jest jednak wiele gatunków, trzymają się nawzajem w szachu.

— Rozumiem.

— Malthus rozwinął tę teorię i odniósł ją do zaludnienia Ziemi. Stwierdził, że zdolność rozmnażania się człowieka jest tak wielka, że zawsze będzie się rodzić większa liczba dzieci, niż może przeżyć. Ponieważ produkcja żywności nigdy nie zdoła dotrzymać kroku przyrostowi ludności, jego zdaniem wielka liczba ludzi z góry skazana jest na przegraną w walce o byt. Ci, którzy najlepiej poradzą sobie w walce o przetrwanie, przeżyją, i co za tym idzie, podtrzymają gatunek.

— To brzmi logicznie.

— To właśnie był ów uniwersalny mechanizm, którego poszukiwał Darwin. Nagle miał już wyjaśnienie sposobu, w jaki dokonuje się ewolucja. Powoduje ją *dobór naturalny* w walce o byt — osobnik, który jest najlepiej przystosowany do otoczenia, przeżyje i poprowadzi ród dalej. Taka była druga część teorii, którą Darwin przedstawił w książce *O pochodzeniu gatunków*. Pisał w niej: „Słoń uchodzi za gatunek rozmnażający się najwolniej ze wszystkich znanych zwierząt". Gdyby wszystkie młode zdołały przeżyć, „po upływie 740-750 lat z jednej pary słoni powstałoby około 19 milionów osobników".

— Nie mówiąc już o tysiącach jajeczek ikry pochodzących od jednego tylko dorsza.

— Następnie Darwin wskazał, że najbardziej zacięta walka o przeżycie toczy się między gatunkami, które są sobie najbliższe. Muszą wszak walczyć o ten sam rodzaj pożywienia. Wówczas to drobne zalety — niewielkie odchylenia od przeciętności, które dają przewagę — nabierają znaczenia. Im bardziej zacięta jest walka o byt, tym szybciej następuje rozwój nowych gatunków. Przeżyją jedynie osobniki najlepiej przystosowane, wszystkie inne wyginą.

— To znaczy, że im mniej jedzenia i im liczniejsze mioty, tym szybciej nastąpi ewolucja?

— Ale nie jest to tylko kwestia pożywienia. Równie istotna może być umiejętność ukrycia się przed wrogiem, by samemu nie paść ofiarą. Zaletą może się na przykład okazać odpowiednia barwa ochronna, zdolność do szybkiego biegania, do zauważania wrogów albo w najgorszym razie okazanie się niesmacznym. Trucizna zabijająca drapieżniki jest również nie do pogardzenia. Nie jest wcale przypadkiem, że wiele kaktusów to rośliny trujące, Zosiu. Na pustyni rosną przecież niemal tylko kaktusy. Są więc szczególnie narażone na zniszczenie przez roślinożerne zwierzęta.

— Większość kaktusów ma poza tym kolce.

— Fundamentalne znaczenie ma, rzecz jasna, także zdolność do rozmnażania się. Darwin prowadził szczegółowe obserwacje, chcąc stwierdzić, na ile celowy jest mechanizm zapylania roślin. Rośliny zachwycają przepięknymi barwami i wysyłają słodkie zapachy właśnie po to, by zwabić owady, które pomagają przy zapyleniu. Z tego samego powodu ptaki wyśpiewują swe przecudne trele. Spokojny byk o melancholijnym usposobieniu, który nie interesuje się krowami, sam nie jest ani trochę interesujący z punktu widzenia historii gatunku. Takie odbiegające od normy cechy wyginą więc prawie od razu, ponieważ głównym zadaniem każdego osobnika jest osiągnięcie dojrzałości płciowej i podtrzymanie gatunku, czyli rozmnażanie się. To przypomina długą sztafetę. Ci, którzy z takiego czy innego powodu nie potrafią przekazać dalej swego materiału dziedzicznego, w każdych czasach zostaną wyeliminowani. Gatunek stale się uszlachetnia. Również odporność na choroby jest cechą, która przez cały czas się rozwija i zostaje zachowana w odmianach, które przeżywają.

— Wszystko więc staje się coraz lepsze?

— Ciągły dobór sprawia, że właśnie te osobniki, które są najlepiej przystosowane do *określonego środowiska* — czyli do określonej niszy ekologicznej — będą podtrzymywać gatunek w tym środowisku. Ale to, co jest zaletą w jednym środowisku, nie musi być wcale cechą pozytywną w innym. Dla niektórych łuszczaków na wyspach Galapagos ogromnie ważna była umiejętność latania. Ale latanie przestaje być tak istotne, gdy pożywienie można wygrzebać z ziemi, na której nie ma drapieżników. Właśnie dlatego, że w przyrodzie jest tak wiele różnych nisz, z biegiem czasu powstało tak wiele różnych gatunków zwierząt.

— Ale istnieje tylko jeden gatunek człowieka.

— Tak, ponieważ ludzie posiadają fantastyczną zdolność przystosowywania się do rozmaitych warunków życia. Ogromnie zdumiało Darwina, kiedy ujrzał, że Indianie na Ziemi Ognistej potrafią żyć w tamtejszym chłodnym klimacie. Ale nie znaczy to wcale, że wszyscy ludzie są tacy sami. Ci, którzy mieszkają wokół równika, mają ciemniejszą skórę od mieszkańców Północy, a to dlatego że ciemniejsza skóra jest bardziej odporna na działanie promieni słonecznych. Biali ludzie, którzy wiele przebywają na słońcu, są na przykład bardziej narażeni na raka skóry.

— Czy dla mieszkańców Północy biała skóra jest także zaletą?

— Tak, gdyby tak nie było, z pewnością na całym świecie żyliby ciemnoskórzy ludzie. Ale dzięki białej skórze łatwiej wytwarzają się „witaminy słońca", i to może być ważne tam, gdzie słońca jest mało. Dzisiaj ma to niewielkie znaczenie, ponieważ dostateczną ilość wszystkich witamin dostarcza nam pożywienie. Ale w naturze nic nie jest przypadkowe. Wszystko spowodowane jest bardzo drobnymi zmianami, działającymi przez niezliczone pokolenia.

— Właściwie brzmi to zupełnie jak bajka.

— Prawda? Wobec tego możemy wstępnie podsumować teorię ewolucji Darwina następującą konkluzją.

— Mów, proszę.

— Możemy powiedzieć, że surowcem, czyli materiałem, który kryje się za rozwojem życia, są nieustanne *warianty* wśród osobników tego samego gatunku, a także *liczne mioty,* z których zaledwie ułamek zdoła przeżyć. Sam mechanizm, czyli siła napędowa ewolucji, to *dobór naturalny* w walce o byt. Dobór ten sprawia, że przeżywają zawsze osobniki najsilniejsze, czyli najlepiej przystosowane.

— Uważam, że to brzmi równie logicznie jak rachunek matematyczny. A jak przyjęto książkę *O pochodzeniu gatunków?*

— Rozpętała się prawdziwa burza. Kościół protestował bardzo ostro, podzieliło się także środowisko naukowe w Anglii. Prawdę mówiąc, to wcale nie takie dziwne. Wszak Darwin odsunął Boga o dobry kawałek od aktu stworzenia. Niektórzy, co prawda, uważali, że o wiele wspanialsze jest stworzenie czegoś, w czym tkwią możliwości rozwoju, od stworzenia wszystkiego raz na zawsze z najdrobniejszymi szczegółami.

Zofia nagle poderwała się z fotela.

— Zobacz! — wykrzyknęła.

Wskazała palcem za okno. Nad wodą, trzymając się za ręce, spacerowali mężczyzna i kobieta. Byli całkiem nadzy.

— To Adam i Ewa — objaśnił Alberto. — Z czasem musieli się pogodzić z faktem, że przyszło im dzielić los Czerwonego Kapturka i Alicji w Krainie Czarów. Dlatego właśnie pojawili się tutaj.

Zofia podeszła do okna, by lepiej się im przyjrzeć, ale wkrótce skryli się między drzewami.

— Bo Darwin uważał, że także ludzie rozwinęli się ze zwierząt?

— W roku 1871 opublikował książkę *Descent of Man,* czyli „O pochodzeniu człowieka". Wymienia w niej wszystkie znaczące podobieństwa ludzi i zwierząt i twierdzi, że ludzie i małpy człekokształtne musieli kiedyś mieć wspólnego przodka. Znaleziono już pierwsze skamieniałe czaszki wymarłego gatunku człowieka, najpierw w skałach Gibraltaru, a kilka lat później w Neanderthal w Niemczech. O dziwo, w roku 1871 protesty były mniejsze niż w 1859, kiedy Darwin wydał *O pochodzeniu gatunków*. Ale twierdzenie o pochodzeniu człowieka od zwierząt wynikało także jasno już z pierwszej książki. I, jak już mówiłem, kiedy Darwin zmarł w roku 1882, został uroczyście pochowany jako pionier nauki.

— W końcu więc zyskał sobie uznanie i szacunek?

— W końcu tak. Ale najpierw mówiono o nim jako o „najbardziej niebezpiecznym człowieku w Anglii".

— O rany!

— „Miejmy nadzieję, że to nie jest prawda — powiedziała jakaś elegancka dama — ale jeśli to prawda, to miejmy nadzieję, że nie przedostanie się to do wiadomości publicznej". Znany uczony wyraził się podobnie: „Poniżające odkrycie, im mniej będzie się o nim mówić, tym lepiej".

— To był prawie dowód na to, że człowiek jest spokrewniony ze strusiem!

— Owszem, możesz i tak powiedzieć. Ale teraz łatwo być mądrym. Wielu ludzi nagle musiało zweryfikować swoje poglądy na opis stworzenia świata przedstawiony w Biblii. Młody pisarz, JOHN RUSKIN, wyraził się w następujący sposób: „Gdyby geolodzy mogli zostawić mnie w spokoju! Pod koniec każdego wersetu Biblii słyszę uderzenia ich młotków".

— Stukanie młotków to zwątpienie w słowo Boże?

— Z pewnością to właśnie miał na myśli. Bo w gruzach legło nie tylko dosłowne rozumienie biblijnej opowieści o stworzeniu świata. Esencja teorii Darwina tkwiła w tym, że to zupełnie *przypadkowe* odchylenia doprowadziły w końcu do zaistnienia człowieka. I co więcej: Darwin uczynił z człowieka produkt czegoś tak bardzo odartego z romantyzmu jak walka o byt.

— Czy Darwin powiedział coś o tym, jak powstają takie „przypadkowe wariacje"?

— Dotykasz najsłabszego punktu w jego teorii. Darwin miał bardzo niejasne wyobrażenia o dziedziczeniu. Przy krzyżowaniu się coś przecież ginie. Ten sam ojciec i ta sama matka nigdy nie będą mieli dwojga identycznych dzieci. Już w tym momencie powstaje pewna odmiana. Z drugiej strony, naprawdę trudno osiągnąć w ten sposób coś zupełnie nowego. Poza tym istnieją rośliny i zwierzęta, które rozmnażają się przez pączkowanie lub przez prosty podział komórek. Jeśli chodzi o pytanie, w jaki sposób powstają nowe warianty, teorię Darwina uzupełnił tak zwany *neodarwinizm*.

— Opowiedz mi o tym!

— Całe życie i całe rozmnażanie polega w gruncie rzeczy na podziale komórek. Kiedy komórka się dzieli, powstają dwie identyczne komórki o dokładnie takim samym materiale genetycznym. Przez podział komórki rozumiemy więc to, że komórka kopiuje samą siebie.

— Tak?

— Ale czasami w tym procesie popełniony zostaje maleńki błąd i skopiowana komórka mimo wszystko nie jest identyczna z komórką macierzystą. Współczesna biologia nazywa to *mutacją*. Mutacje takie mogą być zupełnie nieistotne, ale mogą też prowadzić do wyraźnych zmian cech osobnika. Mogą też być wręcz szkodliwe, i takie „mutanty" są stale eliminowane w wielkich miotach. Również wiele chorób powodowanych jest w rzeczywistości przez mutacje. Czasami jednak mutacja może obdarzyć danego osobnika pozytywną cechą, przydatną w walce o byt.

— Na przykład dłuższą szyją?

— Na pytanie, dlaczego żyrafa ma taką długą szyję, Lamarck odpowiedział, że to dlatego, iż żyrafy stale wyciągały głowy. Według darwinizmu jednak żadna nabyta cecha nie jest dziedziczna. Darwin uważał, że wydłużanie się szyi u przodków żyrafy było wykorzystaniem naturalnych odchyleń. Neodarwinizm uzupełnia to, wskazując na wyraźną *przyczynę*.

— A były nią mutacje.

— Tak, przypadkowe zmiany w materiale genetycznym dały kilku przodkom żyrafy nieco dłuższe szyje niż przeciętne. Kiedy ilość pożywienia była ograniczona, mogło to być ważne. Ten, kto sięgał do najwyższych liści drzew, radził sobie najlepiej. Moglibyśmy sobie także wyobrazić, że niektóre z takich prażyraf rozwinęły zdolność kopania w ziemi w poszukiwaniu pożywienia. Po długim czasie gatunek podzielił się na dwa.

— Rozumiem.

— Przyjrzyjmy się nieco mniej odległemu w czasie przykładowi funkcjonowania doboru naturalnego. Zasada jest bardzo prosta.

— Mów, proszę!

— W Anglii żyje pewien gatunek nocnych motyli, miernikowiec brzozowy. Jak wskazuje nazwa, miernikowce żyją na jasnych pniach brzóz. W XVIII wieku ubarwienie większości miernikowców brzozowych było jasnoszare. Dlaczego, Zosiu?

— Głodnym ptakom trudno je było zauważyć.

— Ale od czasu do czasu zdarzało się, że na świat przychodziły także ciemne okazy. Winne temu były całkiem przypadkowe mutacje. Jak myślisz, co się działo z ciemniejszymi osobnikami?

— Łatwiej je było zauważyć i dlatego łatwiej padały łupem głodnych ptaków.

— Ponieważ w tym środowisku — na jasnych pniach drzew — ciemne ubarwienie było cechą niekorzystną. Dlatego cały czas rosła liczba białych miernikowców brzozowych. Ale nagle coś zaczęło się dziać w środowisku. Z powodu uprzemysłowienia pewnych rejonów białe pnie rosnących tam drzew pokryły się sadzą. I co się stało z miernikowcami brzozowymi, jak sądzisz?

— Chyba ciemne osobniki radziły sobie wówczas lepiej?

— Owszem, nie minęło wiele czasu, a ich liczba zaczęła rosnąć. Od roku 1848 do 1948 odsetek czarnych miernikowców zwiększył się w niektórych okolicach od 1 do 99%. Środowisko się zmieniło, jasne ubarwienie przestało być zaletą w walce o byt. Stało się wręcz przeciwnie! Biali przegrani padali ofiarą ptaków natychmiast, gdy pojawiali się na drzewach. Ale znów nastąpiła bardzo istotna zmiana. W ciągu ostatnich lat, dzięki mniejszemu zużyciu węgla i lepszym systemom oczyszczającym stosowanym w fabrykach, zanieczyszczenie środowiska znacznie się zmniejszyło.

— I pnie brzóz znów są białe?

— I dlatego miernikowce brzozowe powracają do białego ubarwienia. To właśnie nazywa się *przystosowaniem*. Mówimy o prawie przyrody.

— Rozumiem.

— Jest wiele przykładów ingerencji człowieka w środowisko.

— O czym myślisz?

— Usiłowano na przykład zwalczać szkodniki rozmaitymi substancjami trującymi. Za pierwszym razem rezultat był dobry. Ale gdy opryskuje się pole czy sad środkiem owadobójczym, w rzeczywistości wywołuje się małą katastrofę ekologiczną dla szkodników, które pragnie się zwalczyć. Z powodu ciągłych mutacji może pojawić się grupa szkodników bardziej odpornych na truciznę, którą się posłużono. Ci wygrani mają teraz swobodniejsze pole do działania i w ten sposób rozmaite szkodniki stają się coraz trudniejsze do zwalczania, właśnie na skutek prób ich zniszczenia podejmowanych przez człowieka. Bo przecież przeżywają najbardziej odporne osobniki.

— Wieje grozą.

— W każdym razie jest się nad czym zastanawiać. Staramy się zwalczyć szkodliwych intruzów również w naszym ciele. Myślę tu o bakteriach.

— Używamy penicyliny i innych antybiotyków.

— A kuracja penicylinowa wywołuje właśnie katastrofę ekologiczną dla tych małych potworów. Ale z czasem, gdy coraz hojniej używamy penicyliny, pewne bakterie uodporniają się na nią. W ten sposób wyhodowaliśmy grupę bakterii, które o wiele trudniej zwalczyć niż poprzednie. Musimy używać coraz silniejszych antybiotyków, aż w końcu...

— W końcu opanują nas bakterie? Aż wreszcie trzeba będzie do nich strzelać?

— Może posunęłaś się zbyt daleko? Ale pewne jest, że współczesna medycyna stworzyła poważny dylemat. Dotyczy to nie tylko faktu, że niektóre bakterie stają się bardziej złośliwe niż przedtem. Kiedyś wielu dzieciom nie dane było przeżyć, ich organizmy nie pokonywały rozmaitych chorób. Tak, tak, bardzo często przeżywały jedynie nieliczne. Ale współczesna medycyna w pewnym sensie wykluczyła dobór naturalny. To, co pomaga jakiemuś osobnikowi, może na dłuższą metę osłabić odporność rodzaju ludzkiego na rozmaite choroby. Jeśli w ogóle nie będziemy mieć na względzie „higieny dziedziczenia", może to doprowadzić do degeneracji naszego gatunku — dziedziczna odporność na poważne choroby zostanie osłabiona.

— To dość straszna perspektywa.

— Ale prawdziwy filozof nie powinien unikać wskazywania tego, co straszne, jeśli uważa to za prawdziwe. Spróbujmy podsumować jeszcze raz.

— Bardzo proszę!

— Można powiedzieć, że życie to wielka loteria, w której widoczne są tylko wygrane losy.

— Co chcesz przez to powiedzieć?

— Ci, którzy w walce o byt okazali się stroną przegraną, odeszli. Za każdym istniejącym na Ziemi gatunkiem roślin czy zwierząt stoi wiele milionów lat dobierania „wygranych losów". A „losy przegrane", no cóż, one pokazują się tylko raz. Nie ma więc dziś żadnego gatunku roślin czy zwierząt, którego nie można by nazwać wygranym losem w wielkiej loterii życia.

— Bo zostają tylko najlepsi.

— Możesz tak powiedzieć. A teraz podaj mi planszę, którą przyniósł ten... no, ten opiekun zwierząt.

Zofia podała mu rysunek przedstawiający arkę Noego. Z drugiej strony planszy naszkicowano drzewo genealogiczne rozmaitych gatunków zwierząt. Ten właśnie schemat pragnął jej teraz pokazać Alberto.

— Ten rysunek ilustruje podział różnych gatunków roślin i zwierząt. Widzisz, że poszczególne gatunki należą do różnych grup, klas i rzędów.

— Tak?

— Człowiek wraz z małpami zalicza się do naczelnych. Naczelne to ssaki, a wszystkie ssaki należą do kręgowców, które z kolei zaliczają się do zwierząt wielokomórkowych.

— To mi przypomina Arystotelesa.

— Zgoda. Ale ten schemat pokazuje nie tylko podział gatunków taki, jaki mamy dzisiaj. Mówi nam też o historii rozwoju życia. Widzisz na przykład, że ptaki w pewnym momencie wyodrębniły się z gadów, gady wyodrębniły się z płazów, a płazy z ryb.

— Tak, widać to wyraźnie.

— Za każdym razem, gdy jakaś linia rozdziela się na dwie, oznacza to, że zaistniały mutacje, które doprowadziły do powstania nowych gatunków. W podobny sposób z biegiem lat powstały także różne typy i gromady zwierząt. Ale ten szkic jest bardzo uproszczony. W rzeczywistości na świecie żyje dzisiaj ponad milion różnych gatunków zwierząt, a ten milion stanowi zaledwie ułamek wszystkich gatunków, jakie żyły na Ziemi. Widzisz na przykład, że pewna grupa stawonogów, nosząca nazwę trylobitów, całkiem wymarła.

— A na samym dole są organizmy jednokomórkowe.

— Niektóre z nich nie zmieniły się być może od paru miliardów lat. Widzisz też, że od organizmów jednokomórkowych wiedzie linia do królestwa roślin. Bo najprawdopodobniej rośliny także pochodzą od tej samej prakomórki, co wszystkie zwierzęta.

— To widzę. Ale zastanawiam się nad czymś.

— Tak?

— Skąd wzięła się ta pierwsza prakomórka? Czy Darwin miał na to jakąś odpowiedź?

— Mówiłem ci już, że był on ostrożnym człowiekiem. Ale odnośnie tej kwestii pokusił się jednak o czystą spekulację. Pisał:

...jeśli (i ach! cóż to za jeśli!) moglibyśmy wyobrazić sobie jakąś niedużą, ciepłą sadzawkę, gdzie obecne są wszystkie sole zawierające amoniak i fosfor, a także światło, ciepło, elektryczność

i temu podobne, i że utworzył się w niej poprzez reakcję chemiczną związek białkowy, gotów do jeszcze bardziej skomplikowanych zmian...

— To co?

— Darwin rozważał, w jaki sposób z materii nieorganicznej mogła powstać pierwsza żywa komórka. Współczesna nauka wyobraża sobie, że pierwsza prymitywna forma życia powstała właśnie w takiej „niedużej, ciepłej sadzawce", jaką naszkicował Darwin.

— Opowiedz mi o tym!

— Będziesz musiała zadowolić się jedynie bardzo powierzchownym zarysem, i pamiętaj, że rozstajemy się z Darwinem i przeskakujemy do najnowszych badań nad pochodzeniem życia na Ziemi.

— Aż się trochę zdenerwowałam. Bo nikt chyba nie *wie* na pewno, jak powstało życie?

— Pewności nie ma, ale na właściwym miejscu jest coraz więcej kawałków układanki, przedstawiającej obrazek, jak *mogło* powstać życie.

— Mów dalej!

— Ustalmy najpierw, że wszelkie życie na Ziemi — zarówno rośliny, jak i zwierzęta — zbudowane jest z dokładnie tych samych pierwiastków. Najprostsza definicja mówi, że życie to materia, która w roztworze pożywki ma zdolność dzielenia się na dwie identyczne części. Procesem tym steruje substancja nazywana DNA. DNA tworzy chromosomy, czyli materiał genetyczny, który znajduje się we wszystkich żywych komórkach. Mówimy także o *cząsteczce,* czyli molekule DNA, gdyż w rzeczywistości jest to skomplikowana molekuła czy makromolekuła.

— Tak?

— Ziemia narodziła się wraz z powstaniem systemu słonecznego 4,6 miliarda lat temu. Z początku była rozżarzoną masą, ale z czasem jej skorupa ostygła. Współczesna nauka uważa, że życie powstało około 3 – 4 miliardów lat temu.

— To brzmi zupełnie nieprawdopodobnie.

— Nie wolno ci tak mówić, dopóki nie wysłuchasz mnie do końca. Po pierwsze, musisz wziąć pod uwagę, że nasza planeta wyglądała wtedy zupełnie inaczej niż dzisiaj. Ponieważ nie istniało życie, w atmosferze nie było tlenu. Wolny tlen wytworzył się dopiero dzięki fotosyntezie zachodzącej w roślinach. I właśnie fakt, że nie było tlenu, jest ogromnie istotny. Nie do pomyślenia jest, aby cegiełki, z których zbudowane jest życie i z których z kolei powstało DNA, ukształtowały się w atmosferze zawierającej tlen.

— Dlaczego?

— Ponieważ tlen jest bardzo aktywnym pierwiastkiem. Cegiełki, z których jest zbudowane DNA, utleniłyby się, zanim powstałyby skomplikowane molekuły DNA.

— Aha.

— Dlatego wiemy z całą pewnością, że dziś nie powstaje żadne nowe życie, nawet najmniejsza bakteria ani wirus. *Wszelkie* życie na Ziemi trwa dokładnie tyle samo. Słoń ma równie długie drzewo genealogiczne jak najprostsza bakteria. Można niemal powiedzieć, że słoń — albo człowiek — jest w rzeczywistości połączoną kolonią zwierząt jednokomórkowych. Każda bowiem komórka w ciele zawiera dokładnie ten sam materiał genetyczny. Cały przepis na to, kim jesteśmy, tkwi więc ukryty w każdej najmniejszej komórce w ciele.

— Dziwnie o tym myśleć.

— Jedną z wielkich zagadek życia pozostaje fakt, że komórki zwierząt wielokomórkowych mają zdolność specjalizowania funkcji. Nie wszystkie bowiem właściwości dziedziczne uruchamiane są we wszystkich komórkach. Niektóre takie właściwości, czyli geny, są „wyłączone", a inne „włączone". Komórka wątroby produkuje inne białka niż komórka nerwowa czy komórka skóry. Ale i w komórce wątroby, i w komórce nerwowej czy komórce skóry znajduje się taka sama molekuła DNA, która zawiera cały przepis na organizm.

— To fascynujące!

— Kiedy w atmosferze nie było tlenu, wokół naszej planety nie było także ochronnej warstwy ozonu, swobodny dostęp miało więc promieniowanie kosmiczne. Najprawdopodobniej właśnie owo promieniowanie odegrało istotną rolę, kiedy tworzyły się pierwsze cząsteczki. Energia promieniowania kosmicznego sprawiła, że różne substancje chemiczne na Ziemi zaczęły się łączyć w skomplikowane makromolekuły.

— Zrozumiałam.

— Ale powtórzę: aby mogły powstać takie skomplikowane molekuły, z których zbudowane jest wszelkie życie, spełnione muszą być dwa warunki: w atmosferze *nie ma tlenu* i istnieje dostęp dla *promieniowania kosmicznego*.

— Rozumiem.

— W tej „małej, ciepłej sadzawce" — czyli prazupie, pierwotnym bulionie, jak często określa to współczesna nauka — powstała więc kiedyś niesłychanie skomplikowana makromolekuła, która miała zadziwiającą zdolność dzielenia się na dwie identyczne z nią samą. I wtedy rozpoczęła się długa ewolucja, Zosiu. Upraszczając, możemy powiedzieć, że był to pierwszy materiał genetyczny, pierwsze DNA i pierwsza żywa komórka. Komórka ta stale się dzieliła, ale od samego początku następowały także ciągłe mutacje. Po niezwykle długim czasie powstały jednokomórkowe organizmy, które zaczęły się łączyć, tworząc bardziej złożone organizmy wielokomórkowe. Ruszyła fotosynteza i w ten sposób powstała atmosfera zawierająca tlen. Miała ona podwójne znaczenie: po pierwsze, dzięki temu mogły rozwinąć się zwierzęta, które do życia potrzebują tlenu, a poza tym atmosfera chroniła przed szkodliwym wpływem promieniowania kosmicznego. Bo właśnie owo promieniowanie — zapewne będące iskrą, dzięki której mogła powstać pierwsza komórka — ma szkodliwy wpływ na wszelkie życie.

— Ale atmosfera nie mogła chyba powstać przez jedną noc. Jak poradziły sobie z tym pierwsze formy życia?

— Życie powstało w pierwotnym morzu — które nazywamy prazupą. Tam mogło istnieć, chronione przed niebezpiecznym promieniowaniem. Dopiero dużo później — a więc po tym, jak życie w morzu wytworzyło atmosferę — pierwsze płazy wypełzły na ląd. O reszcie już mówiliśmy. Siedzimy tu sobie w małej chatce w lesie i cofamy się myślą do początków procesu, który trwał trzy albo cztery miliardy lat. I właśnie w nas ten długi proces doszedł do świadomości samego siebie.

— Czy uważasz, że to wszystko wydarzyło się ot, tak sobie?

— Nie, tego nie powiedziałem. Fakt, że można narysować drzewo genealogiczne gatunków, dowodzi, że ewolucja miała pewien kierunek. Przez miliony lat tworzyły się zwierzęta o coraz bardziej skomplikowanym systemie nerwowym i z czasem o coraz większym mózgu. Osobiście uważam, że to nie może być przypadek. A co ty o tym sądzisz?

— Uważam, że to niemożliwe, aby absolutnie czysty przypadek stworzył ludzkie oko. Czy nie sądzisz, że w tym, iż możemy widzieć otaczający nas świat, kryje się jakiś sens?

— Darwina także zdumiewała ewolucja oka. Nie mógł pogodzić się z myślą, że coś tak wyrafinowanego jak oko mogło powstać wyłącznie przez dobór naturalny.

Zofia siedziała wpatrzona w Alberta. Zastanawiała się, jakie to dziwne, że żyje właśnie teraz, że żyje tylko ten jeden raz i że nigdy więcej nie wróci do życia. Nagle wykrzyknęła:

— Na cóż tworzenie wieczne, na cóż uganianie, jeśli stworzone pada w nicości otchłanie?!

Alberto popatrzył na nią surowo:

— Nie wolno tak mówić, moje dziecko. To słowa diabła.

— Diabła?

— Mefistofelesa, z *Fausta* Goethego. *Was soll uns denn das ew'ge Schaffen! Geschaffenes zu nichts hinwegzuraffen!*

— Ale jaki jest sens tych słów?

— Faust umierając — spoglądając wstecz na swoje życie — mówi triumfalnie:

I wtedy mógłbym rzec: trwaj chwilo,
o chwilo, jesteś piękną!
Czyny dni moich czas przesilą,
u wrót wieczności klękną.
W przeczuciu szczęścia, w radosnym zachwycie,
stanąłem oto już na życia szczycie!

— Pięknie powiedziane.

— Ale teraz kolej na diabła. Gdy tylko Faust umarł, Mefistofeles wykrzykuje:

Co „minęło”? — Myśl głupia, prostacza;
wszak mijanie a nicość — to samo oznacza!
Na cóż tworzenie wieczne, na cóż uganianie,
jeśli stworzone pada w nicości otchłanie?!
„Przeminęło!” — doprawdy powiedzieć trza śmiało:
co minęło — właściwie nigdy nie istniało,
jeno tą złudą bytu kręciło się w kole!
Już ja wieczystą pustkę w zamian tego wolę.

— To brzmi pesymistycznie, bardziej podobał mi się ten pierwszy cytat. Choć jego życie dobiega końca, Faust widzi sens śladów, jakie zostawił po sobie.

— Bo czyż nie jest także konsekwencją teorii ewolucji, że uczestniczymy w czymś wielkim, że każda najdrobniejsza forma życia ma znaczenie w wielkiej całości? To my jesteśmy żyjącą planetą, Zosiu! To my jesteśmy wielką łodzią, żeglującą przez wszechświat wokół płonącego słońca. Ale każdy z nas jest także łódką, która żegluje przez życie z ładunkiem genów. Jeśli przewieziemy ten ładunek do następnego portu, to znaczy, że nie żyliśmy na próżno. BJØRNSTJERNE BJØRNSON wyraża tę myśl w wierszu *Psalm II*.

Chwała bądź wiecznej wiośnie życia,
która stworzyła dobro wszelkie:
bytom najmniejszym powstać dano,
jedynie forma ich przemija.
Przez lat miliony życie kwitnie
i nieustannie pnie się w górę,
światy mijają i powstają,
z gatunków się gatunki rodzą.

Któryś jest kwiatem wiosny życia,
wstąp w jego radość ty, co żyjesz,
aby korzystać w ludzkim kształcie,
na cześć Wieczności, z toku czasu.
Wstąp w nieprzerwany trud Wieczności,
swobodnie wdychaj wieczny dzień.

— To bardzo piękne.
— Ale na razie na tym skończymy. Mówię już tylko: Światło!
— Musisz skończyć z tą ironią.
— Światło! — powiedziałem. Masz mnie słuchać!

FREUD

...brzydkie, egoistyczne pragnienie, które się w niej odezwało...

Hilda Møller Knag wyskoczyła z łóżka z segregatorem w objęciach. Odłożyła go na nocny stolik, chwyciła ubranie i ruszyła do łazienki. Na dwie minuty wskoczyła pod prysznic, ubrała się w biegu i popędziła na dół.

— Będziesz jadła śniadanie, Hildo?

— Muszę najpierw wypłynąć kawałek łodzią.

— Ależ, Hildo!

Dziewczynka wypadła z domu i pomknęła dalej przez ogród. Odcumowała łódź od pomostu i wskoczyła do środka. Wypłynęła na wodę zatoki, zrazu mocno, nerwowo poruszając wiosłami, aż wreszcie spłynął na nią spokój.

„To my jesteśmy żyjącą planetą, Zosiu! To my jesteśmy wielką łodzią, żeglującą przez wszechświat wokół płonącego słońca. Ale każdy z nas jest także łódką, która żegluje przez życie z ładunkiem genów. Jeśli przewieziemy ten ładunek do następnego portu, to znaczy, że nie żyliśmy na próżno...".

Umiała to na pamięć. Bo przecież dla niej właśnie zostało to napisane. Nie dla Zofii, ale dla niej. Wszystko, co zawierał segregator, było listem do niej, Hildy.

Wyjęła wiosła z dulek i ułożyła je na dnie. Pozwoliła łodzi swobodnie się kołysać. Woda z pluskiem uderzała o burtę.

Tak jak łódka unosiła się na powierzchni wody w małej zatoczce w Lillesand, tak ona sama była tylko skorupką orzecha na powierzchni życia.

A gdzie na tym obrazku są Zofia i Alberto? No, właśnie, gdzie Alberto i Zofia?

Hilda nie mogła się pogodzić z tym, że są oni jedynie kilkoma elektromagnetycznymi impulsami w mózgu ojca. Nie mogła przyjąć, że są jedynie papierem i tuszem z taśmy jego podróżnej maszyny do pisania. Wobec tego równie dobrze mogłaby powiedzieć, że ona sama jest tylko zbiorowiskiem związków białkowych, które kiedyś połączyły się w „małej, ciepłej sadzawce". Ale ona była przecież czymś więcej. Była Hildą Møller Knag.

Wielki segregator to naprawdę wspaniały prezent urodzinowy. I ojciec rzeczywiście dotknął w niej czegoś wielkiego. Ale nie podobał jej się ten bezczelny ton, na jaki sobie pozwalał, opisując Zofię i Alberta.

Będzie miał o czym myśleć już w drodze do domu. Tyle przynajmniej była winna tym dwojgu, o których czytała. Hilda spróbowała wyobrazić sobie ojca na lotnisku Kastrup. Może będzie chodził w kółko i błądził jak jakiś krasnoludek?

Wkrótce Hilda całkiem się uspokoiła. Założyła wiosła, dopłynęła do pomostu i przycumowała łódź. Później długo siedziała z matką przy śniadaniu. Wspaniale było móc powiedzieć, że jajko jest pyszne, ale może troszeczkę za miękkie.

Dopiero późnym wieczorem znów wzięła do ręki segregator. Niewiele już w nim stron pozostało.

I znów ktoś pukał do drzwi.

— Może po prostu zatkamy uszy? — zaproponował Alberto. — Może ten ktoś zrezygnuje.

— Nie, chcę zobaczyć, kto to jest.

Alberto poszedł za Zofią.

Na progu stał nagi mężczyzna. Przybrał pozę bardzo wyniosłą, ale jedyną rzeczą, jaką miał na sobie, była korona na głowie.

— No i jak? — zapytał. — Co państwo sądzą o nowych szatach cesarza?

Alberto i Zofia ze zdziwienia nie mogli wydobyć głosu. Nagiego mężczyznę zbiło to nieco z pantałyku.

— Dlaczego mi się nie kłaniacie? — oburzył się.

Alberto zebrał się na odwagę.

— Jesteśmy zaskoczeni, bo przecież cesarz jest całkiem nagi.

Nagi mężczyzna nadal stał w tej samej wyniosłej pozie. Alberto pochylił się i szepnął Zofii do ucha:

— Wydaje mu się, że jest w porządku.

Mężczyzna zrobił groźną minę.

— Czy w tym domu obowiązuje czyjaś cenzura? — spytał.

— Niestety — odparł Alberto. — Żyjemy na jawie i jesteśmy przy absolutnie zdrowych zmysłach. Ze względu na bezwstydny wygląd cesarza nie może on przestąpić progu tego domu.

Zofia uznała, że dostojny, ale nagi mężczyzna przedstawia sobą obraz tak komiczny, że wybuchnęła śmiechem. I jakby to właśnie miało być tajemnym sygnałem, mężczyzna w koronie na głowie zorientował się nareszcie, że nie ma na sobie żadnych szat. Próbując zakryć się obiema dłońmi, umknął w stronę zagajnika i zniknął. Pewnie spotkał się tam z Adamem i Ewą, Noem, Czerwonym Kapturkiem i Kubusiem Puchatkiem.

Alberto i Zofia stali na progu, zaśmiewając się do łez. Wreszcie Alberto powiedział:

— Czas już, byśmy wrócili do środka. Opowiem ci o Freudzie i jego teorii nieświadomości.

Znów usiedli przy oknie. Zofia popatrzyła na zegarek i oświadczyła:

— Jest już pół do trzeciej, a mam jeszcze masę spraw do załatwienia w związku z przyjęciem w ogrodzie.

— Ja także. Powiemy sobie tylko parę słów o ZYGMUNCIE FREUDZIE.

— Czy on był filozofem?

— W każdym razie możemy go nazwać filozofem kultury. Freud urodził się w roku 1856 i studiował medycynę na uniwersytecie w Wiedniu. W tym mieście spędził także większą część swego życia. Był to okres wielkiego rozkwitu kulturalnego Wiednia. Freud najpierw specjalizował się w dziedzinie medycyny, którą nazywamy *neurologią*. Na przełomie stuleci opracował swą *psychoanalizę*.

— Mam nadzieję, że wyjaśnisz mi to dokładniej.

— Przez psychoanalizę rozumiemy zarówno opis ludzkiej psychiki w ogóle, jak i metodę leczenia chorób nerwowych i psychicznych. Nie przedstawię ci pełnego obrazu działalności Freuda, ale poznanie jego teorii nieświadomości jest absolutnie konieczne dla zrozumienia, czym jest człowiek.

— Już zdążyłeś rozbudzić moją ciekawość. Mów!

— Freud uważał, że między człowiekiem a jego otoczeniem zawsze powstaje napięcie. Dokładniej, jest to napięcie — czy konflikt — między popędami i potrzebami człowieka a wymaganiami stawianymi mu przez otoczenie. Nie będzie przesadą, jeśli powiemy, że to Freud odkrył ludzkie popędy. Czyni to z niego typowego reprezentanta prądów naturalistycznych, tak wyraźnych w końcu ubiegłego stulecia.

— Co rozumiesz przez ludzkie popędy?

— Naszym działaniem nie zawsze steruje rozum. Człowiek nie jest więc istotą tak racjonalną, jak wyobrażali to sobie osiemnastowieczni racjonaliści. Często o tym, co myślimy, o czym śnimy i co robimy, decydują irracjonalne impulsy. Takie właśnie irracjonalne impulsy mogą być wyrazem głęboko ukrytych popędów czy pragnień. Równie podstawowy jak potrzeba ssania u niemowlęcia jest popęd płciowy.

— Rozumiem.

— Samo w sobie nie było to nowym odkryciem. Ale Freud wykazał, że takie podstawowe potrzeby mogą się „przebierać" lub „zmieniać kształt" i w ten sposób kierować naszym działaniem, choć jesteśmy tego nieświadomi. Udowodnił również, że popędy płciowe występują także u dzieci. Właśnie owo ujawnienie seksualizmu dziecięcego wywołało wrogą reakcję eleganckiego mieszczaństwa w Wiedniu i sprawiło, że Freud stał się bardzo niepopularny.

— Wcale mnie to nie dziwi.

— Mówimy przecież o tak zwanej epoce wiktoriańskiej, kiedy wszystko, co związane z seksem, objęte było tabu. Freud wpadł na trop seksualizmu dziecięcego podczas praktyki terapeutycznej. Swoje twierdzenia oparł więc na podstawach empirycznych.

Stwierdził także, że wiele form nerwic i innych zaburzeń psychicznych ma swoje źródło w konfliktach przeżytych w dzieciństwie. Z czasem opracował metodę leczenia, którą możemy określić jako „archeologię duszy".

— Co przez to rozumiesz?

— Archeolog usiłuje odnaleźć ślady odległej przeszłości, przedzierając się przez warstwy późniejszych kultur. Najpierw znajduje na przykład nóż z XVIII wieku. Nieco głębiej w ziemi natrafia na XIII-wieczny grzebień, a jeszcze głębiej odnajduje garnek z IV wieku.

— Tak?

— Psychoanalityk w podobny sposób, z udziałem pacjenta, grzebie głęboko w jego świadomości, chcąc dokopać się do przeżyć, które kiedyś wywołały u niego psychiczne cierpienia. Zdaniem Freuda bowiem przechowujemy wszystkie wspomnienia, tyle że ukryte gdzieś głęboko w nas.

— Teraz już rozumiem.

— Psychoanalityk dociera na przykład do przykrego przeżycia, o którym pacjent przez wszystkie lata pragnął zapomnieć, a które jednak tkwiło gdzieś w głębi i niszczyło jego siły. Kiedy pacjent uświadomi sobie to przeżycie, „zobaczy" je, wówczas może się z nim uporać, a więc wyzdrowieć.

— To brzmi dość logicznie.

— Ale zbyt prędko posuwam się naprzód. Zobaczymy najpierw, jak Freud opisuje psychikę człowieka. Czy miałaś kiedyś do czynienia z małym dzieckiem?

— Mam czteroletniego kuzyna.

— Gdy przychodzimy na świat, okazujemy nasze potrzeby psychiczne i fizyczne w sposób bezpośredni, nie wstydząc się ich. Gdy nie dostajemy mleka, zaczynamy krzyczeć. Tak samo zachowujemy się, kiedy mamy mokrą pieluchę. Przekazujemy także wprost, że pragniemy fizycznej bliskości i ciepła ciała. Te tkwiące w nas dążenia do zaspokajania popędów — „zasadę przyjemności" — Freud nazwał *id*, czyli *ono*. Jako niemowlęta jesteśmy prawie wyłącznie *id*.

— Mów dalej!

— *Id* kieruje się zasadą przyjemności i towarzyszy nam także w wieku dorosłym, przez całe życie. Z upływem lat jednak uczymy się panować nad naszymi żądzami i dostosowujemy się do otoczenia. Uczymy się rezygnować z zasady przyjemności na rzecz zasady rzeczywistości. Freud mówi, że budujemy własne *ja*, czyli *ego*, które pełni funkcje regulującą. Gdy mamy na coś ochotę, nie zaczynamy po prostu wrzeszczeć tak długo, dopóki nasze potrzeby czy pragnienia nie zostaną spełnione.

— Oczywiście.

— Może się zdarzyć, że pragniemy czegoś bardzo mocno, a jednocześnie nasze otoczenie nie chce tego zaakceptować. Bywa więc, że musimy *wyprzeć* nasze pragnienia, czyli odepchnąć je od siebie i zapomnieć o nich.

— Rozumiem.

— Ale Freud uważał, że w ludzkiej psychice istnieje jeszcze trzecia „instancja". Od maleńkości stykamy się z wymaganiami moralnymi rodziców i świata zewnętrznego. Kiedy robimy coś złego, rodzice mówią: „Nie, nie, nie rób tego" albo: „Fuj, ale jesteś niegrzeczny!". Nawet kiedy jesteśmy już dorośli, towarzyszy nam echo takich moralnych wymagań i uprzedzeń. Tak jakby oczekiwania moralne świata zewnętrznego przeniknęły nas i stały się częścią nas samych. To Freud nazwał nadjaźnią, czyli *superego*.

— Chodziło mu o sumienie?

— W tym, co nazwał *superego*, mieści się również sumienie. Ale zdaniem Freuda *superego* odzywa się, kiedy mamy „brudne" czy „nieodpowiednie" pragnienia. Dotyczy to zwłaszcza dążeń erotycznych czy seksualnych. A jak już mówiłem, Freud stwierdził, że takie nieodpowiednie czy nieprzyzwoite żądze budzą się już we wczesnym dzieciństwie.

— Wytłumacz mi to!

— Dzisiaj wiemy już i widzimy na własne oczy, że małe dzieci lubią się bawić swymi narządami płciowymi. Możemy to zaobserwować na każdej plaży. W czasach Freuda dwu- albo trzylatka czekało za to uderzenie po łapach. Może mama krzyknęła: „Fuj! Nie rób tak!" albo „Masz trzymać ręce na kołdrze!".

— To przecież całkiem chore!

— W ten sposób rodzi się poczucie winy w odniesieniu do wszystkiego, co ma związek z narządami płciowymi i seksualizmem. Ponieważ to poczucie winy tkwi w superego, wielu ludzi, zdaniem Freuda nawet zdecydowana większość, przez całe życie będzie nosić w sobie poczucie winy związane z seksem. Jednocześnie podkreślał, że potrzeby i pragnienia seksualne są naturalną i ważną częścią ludzkiej konstytucji. A wtedy, moja droga Zosiu, gotowy jest trwający całe życie konflikt pomiędzy żądzą a winą.

— Nie wydaje ci się, że ten konflikt od czasów Freuda został nieco złagodzony?

— Z całą pewnością. Ale wielu pacjentów Freuda przeżywało go tak silnie, że rozwinęły się w nich, jak określa to Freud, *nerwice*. Na przykład jedna z wielu jego pacjentek kochała się w tajemnicy w swym szwagrze. Kiedy jej siostra zmarła na skutek choroby, pomyślała sobie: „On nareszcie jest wolny i może ożenić się ze mną!". Ta myśl jednocześnie kolidowała z jej superego. Wydała jej się tak straszna, że natychmiast ją *wyparła*, jak mówi Freud, czyli zepchnęła głęboko w nieświadomość. Freud pisze: „Ta młoda dziewczyna rozchorowała się i przejawiała wyraźne objawy histerii. Kiedy przybyła do mnie na leczenie, okazało się, że całkowicie zapomniała o tej scenie przy łóżku siostry i o brzydkim, egoistycznym pragnieniu, które się w niej pojawiło. Ale w trakcie leczenia, w najsilniejszym wzburzeniu umysłu, przypomniała sobie ów patogenny moment i dzięki tej kuracji wyzdrowiała".

— Teraz lepiej rozumiem, co masz na myśli mówiąc o „archeologii duszy".

— Możemy teraz się zająć ogólnym opisem psychiki człowieka. Po długim doświadczeniu w leczeniu pacjentów Freud doszedł do wniosku, że *świadomość* stanowi zaledwie niewielką część psychiki człowieka. To, co uświadomione, jest jak mały fragment góry lodowej, który wystaje nad powierzchnię wody. Pod powierzchnią, czyli pod progiem świadomości, znajduje się podświadomość, czyli to, co nie pojawia się w świadomości.

— Nieświadome jest to, co w nas tkwi, ale o czym zapomnieliśmy i już nie pamiętamy?

— Nie wszystkie nasze doświadczenia na zawsze pozostają w świadomości. To, co myśleliśmy lub przeżyliśmy i co możemy sobie przypomnieć, jeśli tylko „się zastanowimy", Freud nazwał „przedświadomością". Wyrażenia „nieświadomość" używał w stosunku do przeżyć, które wyparliśmy, czyli takich, o których za wszelką cenę staraliśmy się zapomnieć, gdyż są albo przykre, albo nieprzyzwoite, albo obrzydliwe. Jeśli mamy pragnienia i żądze, których nie toleruje nasze *superego,* spychamy je w głąb, do piwnicy. Koniec z nimi!

— Rozumiem.

— Ten mechanizm funkcjonuje u wszystkich zdrowych ludzi. Niektórych jednak utrzymywanie nieprzyjemnych czy zabronionych myśli z dala od świadomości kosztuje tak wiele wysiłku, że może to doprowadzić do zaburzeń psychicznych. To bowiem, co w ten sposób zostało wyparte, próbuje samo z siebie powrócić do świadomości. Niektórzy ludzie muszą więc poświęcać coraz więcej energii na utrzymanie podobnych impulsów z dala od krytyki nadświadomości. Kiedy Freud w roku 1909 przybył do Ameryki, by wykładać o psychoanalizie, zaczął od przykładu działania mechanizmu wypierania.

— Opowiadaj!

— Powiedział: „Przypuśćmy, że tu, na tej sali, znajduje się osoba, która mi przeszkadza i odwraca uwagę od mojego wykładu, śmiejąc się, rozmawiając i szurając stopami. Ja mówię, że w takich warunkach nie mogę kontynuować, a wówczas kilku silnych panów wstaje i po krótkiej walce wyrzuca zakłócającego spokój. Zostaje on więc «wyparty», a ja mogę kontynuować wykład. Aby sytuacja się nie powtórzyła, panowie, którzy usłuchali mej prośby, przestawiają swe krzesła bliżej drzwi i tam zasiadają tworząc «zaporę». Jeśli teraz przyjmiecie te dwie lokalizacje jako «świadomość» i «nieświadomość», otrzymacie całkiem niezłą ilustrację procesu wypierania".

— Zgadzam się, że to istotnie dobra ilustracja.

— Ale „zakłócacz spokoju" *pragnie* powrócić, Zosiu. Tak przynajmniej bywa z wypartymi myślami i impulsami. Żyjemy pod ciągłym naciskiem wypartych myśli, które starają się wydostać z nieświadomości. Dlatego często się zdarza, że mówimy albo robimy coś, czego nie chcieliśmy zrobić. W taki sposób nieświadome reakcje mogą kierować naszymi uczuciami i działaniem.

— Masz dla mnie jakiś przykład?

— Freud opisuje wiele takich mechanizmów. Przykładem może być to, co nazwał *czynnościami pomyłkowymi*. Oznacza to, że odruchowo mówimy albo robimy coś, co staraliśmy się wyprzeć. Sam Freud podaje przykład brygadzisty, który miał wznieść toast za szefa. Problem polegał na tym, że ów szef był bardzo nielubiany.

— No i?

— Brygadzista wstał i uroczyście wzniósł kieliszek. A potem powiedział: „Wszystkiego najgorszego, szefie!".

— Zaniemówiłam.

— Brygadziście na pewno także odjęło mowę. Po prostu powiedział to, co myślał, chociaż nie miał takiego zamiaru. Chcesz usłyszeć jeszcze jeden przykład?

— Chętnie.

— Rodzina pewnego pastora, w której było kilka ślicznych i grzecznych córek, oczekiwała pewnego razu wizyty biskupa. Natura obdarzyła tego biskupa nieprawdopodobnie wielkim nosem. Córki zostały surowo pouczone, że absolutnie nie wolno im nic mówić na temat nosa. Często przecież się zdarza, że małe dzieci bardzo szczerze i spontanicznie dzielą się swymi spostrzeżeniami o kimś, ponieważ mechanizm tłumienia nie jest u nich tak silny.

— I co?

— Biskup przybył na plebanię, a czarujące panienki wysilały się jak mogły, byle słowem nie wspomnieć o długim nosie. I co więcej, starały się nawet nie spoglądać na ten nos, próbowały o nim zapomnieć. Aż nadeszła chwila, kiedy jedna z dziewczynek miała podać cukier do kawy. Stanęła przed dostojnym biskupem i zapytała: „Czy mogę zaproponować trochę cukru do nosa?".

— Przykra sytuacja.

— Czasami zdarza się także, że *racjonalizujemy*. Oznacza to, że zarówno innym ludziom, jak i samym sobie podajemy zupełnie odmienne od rzeczywistych powody naszego postępowania. Na ogół dzieje się to dlatego, że właściwa przyczyna jest zbyt wstydliwa.

— Proszę o przykład.

— Hipnotyzuję cię, żebyś otworzyła okno. Kiedy już jesteś uśpiona, mówię ci, że kiedy zacznę uderzać palcami w stół, masz wstać i otworzyć okno. Bębnię w stół, a ty otwierasz okno. Pytam cię później, dlaczego to zrobiłaś. Może odpowiesz, iż dlatego, że zrobiło ci się gorąco, ale to nie jest prawdziwy powód. Nie chcesz przyznać się przed sobą, że usłuchałaś polecenia wydanego ci, kiedy pogrążona byłaś w hipnozie. Wtedy właśnie racjonalizujesz, Zosiu.

— Rozumiem.

— I tak, prawie codziennie zdarza się, że „komunikujemy się podwójnie".

— Przypomina mi się mój czteroletni kuzyn. Myślę, że nie bardzo ma się z kim bawić, bo bardzo się cieszy, kiedy przychodzę z wizytą. Kiedyś powiedziałam, że muszę wracać do mamy. Wiesz, co mi odpowiedział?

— Bardzo jestem ciekaw.

— „Ona jest głupia!".

— Tak, to dobry przykład tego, co rozumiemy przez racjonalizację. Chłopczyk wcale nie uważał tak, jak powiedział. Chciał powiedzieć, że myśli, że to głupie, że musisz już iść, ale jakby wstydził się do tego przyznać. Czasami zdarza się też, że dokonujemy *projekcji*.

— Musisz mi to przetłumaczyć.

— Przez projekcję rozumiemy przypisywanie innym różnych cech, które sami posiadamy, ale staramy się je wyprzeć. Ktoś, kto jest bardzo skąpy, skłonny jest charakteryzować innych jako skąpców. Ktoś, kto przed samym sobą nie chce się przyznać, że interesuje się seksem, będzie najgłośniej wykrzykiwał, że inni są opętani seksem.

— Rozumiem.

— Freud uważał, że w naszym codziennym życiu wprost roi się od przykładów podobnych nieświadomych działań. Często zdarza się, że nie możemy sobie przypomnieć imienia danej osoby, rozmawiając mniemy w palcach ubranie albo przestawiamy, wydawałoby się przypadkowo, rzeczy w pokoju. Często też potykamy się o słowa, z ust wychodzą nam przejęzyczenia, które mogą wydawać się całkiem przypadkowe. Freud twierdził, że takie przejęzyczenia nie zawsze są tak przypadkowe i niewinne, jak sądzimy. Uważał, że należy je oceniać w kategorii objawów. Takie czynności pomyłkowe i działania przypadkowe mogą bowiem zdradzić najbardziej intymne tajemnice.

— Od tej chwili mam zamiar dokładnie się zastanawiać nad każdym słowem, które wypowiem.

— Ale i tak nie zdołasz uciec od własnych nieświadomych impulsów. Nie na tym polega sztuka, by wkładać wielki wysiłek w spychanie nieprzyjemnych przeżyć w nieświadomość. To tak, jakby się próbowało zatkać dziurę kreta. Możesz być pewna, że kret pojawi się w jakimś innym miejscu w ogrodzie. Zdrowo jest trzymać drzwi pomiędzy świadomością a nieświadomością półprzymknięte.

— A jeśli ktoś zamyka te drzwi, naraża się na jakieś zaburzenia?

— Tak, neurotyk to właśnie ktoś, kto zużywa zbyt wiele energii na utrzymywanie tego co nieprzyjemne z dala od świadomości. Często są to szczególne przeżycia, których wyparcie wydaje się tej osobie niezmiernie ważne. Freud nazwał takie przeżycia *urazami*.

— Rozumiem.

— W leczeniu pacjentów Freud uznał za bardzo istotne uchylenie tych zamkniętych drzwi albo otwarcie całkiem nowych. Współpracując z pacjentem, starał się wydobyć na powierzchnię wyparte przeżycia. Pacjent nie jest przecież świadomy tego, co wypiera. A mimo to może pragnąć, by lekarz pomógł mu odnaleźć ukryte urazy.

— Jak postępuje lekarz?

— Freud rozwinął *technikę wolnych skojarzeń,* jak sam ją nazwał. Pozwalał, by pacjent leżał rozluźniony i po prostu mówił o tym, co mu przyjdzie do głowy, bez względu na to, jak nieistotne, przypadkowe, nieprzyjemne czy wstydliwe mogło mu się to wydawać. Sztuka polega na tym, by zniszczyć kontrolę nad urazami. Bo właśnie nimi pacjent jest zajęty. One działają przez cały czas, ale nie są uświadomione.

— Im bardziej człowiek wysila się, by o czymś zapomnieć, tym więcej o tym myśli, nie uświadamiając sobie tego?

— Właśnie. Dlatego tak ważne jest wsłuchiwanie się w sygnały pochodzące z nieświadomości. „Królewski trakt" do nieświadomości prowadzi, zdaniem Freuda, przez nasze *sny.* Jego najważniejsza książka, która ukazała się w roku 1900, nosi właśnie tytuł *O marzeniu sennym.* Freud pokazał w niej, że to, co nam się śni, nie jest wcale przypadkowe. Przez sny nasze nieuświadomione myśli próbują przedostać się do świadomości.

— Mów dalej!

— Zebrawszy przez wiele lat doświadczenia wśród pacjentów, a przede wszystkim analizując własne sny, Freud stwierdził, że wszystkie nasze sny mają charakter *spełnienia życzeń.* Jego zdaniem, możemy to wyraźnie zaobserwować u dzieci. Im śnią się lasy i wiśnie. U dorosłych jednak pragnienia — które spełnią się we śnie — są zamaskowane. Bowiem również kiedy śpimy, działa surowa *cenzura* tego, na co naszym zdaniem możemy sobie pozwolić. Co prawda, podczas snu owa cenzura, czyli mechanizm wypierania, jest osłabiona w stosunku do stanu czuwania. Jest jednak dostatecznie silna, byśmy we śnie przekręcali pragnienia, do których nie chcemy się przyznać.

— Dlatego należy umiejętnie odczytywać sny?

— Freud twierdzi, że musimy odróżnić sam sen, taki, jakim go pamiętamy rano, od jego prawdziwego znaczenia. Sam obraz snu — czyli „film" albo „wideo", które nam się śni, Freud nazwał *jawną treścią marzenia sennego.* Owa jawna treść snu zawsze czerpie swój materiał — swoje rekwizyty — z wydarzeń dnia. Ale marzenie senne ma także głębsze znaczenie, ukryte przed świadomością. Freud nazwał to *ukrytymi myślami sennymi,* a owe ukryte myśli, o których opowiada, często pochodzą z dawniejszych czasów — na przykład z najwcześniejszego dzieciństwa.

— Musimy więc przeprowadzić analizę snu, by zrozumieć, o czym on mówi.

— Tak, a jeśli chodzi o ludzi z zaburzeniami, analizy takiej należy dokonać wspólnie z terapeutą. Ale nie lekarz odczytuje sen. On może jedynie pomóc w tym pacjentowi. W takiej sytuacji lekarz pełni rolę sokratesowej „akuszerki", obecnej i pomagającej przy odczytywaniu snu.

— Rozumiem.

— Samo przekształcanie ukrytych myśli marzenia sennego w jawną treść marzenia sennego nazwał Freud *opracowaniem marzenia sennego.* Możemy mówić o maskowaniu czy kodowaniu tego, o czym naprawdę mówi sen. Przy odczytywaniu snu należy przeprowadzić proces odwrotny. Trzeba zdemaskować czy zdekodować motyw marzenia sennego, by dotrzeć do tego, co jest tematem snu.

— Czy możesz mi podać jakiś przykład?

— W książkach Freuda pełno takich przykładów. Ale sami możemy także ułożyć prosty i bardzo freudowski przykład. Powiedzmy, młodemu mężczyźnie śni się, że dostaje dwa baloniki od swojej kuzynki...

— No i co?

— Wypróbuj swoje siły jako interpretator snów.

— Hmm... A więc jawna treść marzenia sennego będzie dokładnie taka, jak powiedziałeś: dostaje dwa baloniki od swej kuzynki.

— I co dalej?

— Powiedziałeś też, że wszystkie rekwizyty we śnie czerpane są z wydarzeń dnia. Ten młody człowiek był na przykład w wesołym miasteczku albo widział zdjęcie balonów w gazecie.

— Tak, a możliwe także, że widział gdzieś samo słowo „balon" albo coś, co mogło przypominać balonik.

— A jakie są ukryte myśli senne, o czym właściwie mówi sen?

— To ty masz go odczytać.

— Może on po prostu pragnie mieć dwa baloniki.

— Nie, to zbyt proste. Masz rację, że we śnie następuje spełnienie pragnień. Ale dorosłego mężczyznę trudno podejrzewać, by aż tak gorąco pragnął stać się posiadaczem dwóch baloników. A gdyby nawet tak było, nie musiałby o tym śnić.

— No, to myślę, że już wiem: w rzeczywistości on pragnie swojej kuzynki, a te dwa baloniki to jej piersi.

— Tak, to bardziej prawdopodobne wyjaśnienie. Warunkiem jest tylko, by uważał swe pragnienie za choć trochę wstydliwe.

— To znaczy, że także w naszych snach pojawiają się takie balony i temu podobne?

— Tak. Freud uważał, że sen to „przebrane spełnienie wypartych pragnień". Ale to, *co* wypieramy, mogło się znacznie zmienić od czasów, gdy Freud był lekarzem w Wiedniu. Natomiast sam mechanizm maskowania treści snu może pozostawać nietknięty.

— Rozumiem.

— Psychoanaliza Freuda zyskała wielkie znaczenie w latach dwudziestych naszego wieku, przede wszystkim jako metoda leczenia pacjentów szpitali psychiatrycznych. Jego teoria nieświadomości odegrała też dużą rolę w sztuce i literaturze.

— To znaczy, że artyści zaczęli się zajmować nieświadomym życiem duchowym człowieka?

— Owszem. Choć, co prawda, w literaturze rozkwitło to już w ostatnich dziesięcioleciach ubiegłego wieku, a więc zanim poznano psychoanalizę Freuda. Oznacza to, że fakt, iż psychoanaliza powstała w ostatniej dekadzie XIX stulecia, nie był wcale przypadkiem.

— Chcesz powiedzieć, że nadszedł na nią czas?

— Freud nie uważał wcale, że to on wynalazł zjawiska takie, jak wypieranie, czynności pomyłkowe czy racjonalizowanie. On jedynie jako pierwszy włączył te ludzkie doświadczenia do psychiatrii. Sprytnie też umiał posłużyć się przykładami literackimi dla zilustrowania swej teorii. Ale jak już mówiłem — od lat dwudziestych naszego stulecia psychoanaliza Freuda miała bardziej bezpośredni związek ze sztuką i literaturą.

— W jaki sposób?

— Poeci i malarze próbowali wykorzystać nieświadomość w swej pracy twórczej. Dotyczyło to szczególnie *surrealistów*.

— Co to znaczy?

— „Surrealizm" to francuskie słowo, które można przetłumaczyć jako „nadrzeczywistość". W roku 1924 ANDRÉ BRETON wydał *Manifest surrealistyczny*. Stwierdził w nim, że sztukę powinna tworzyć nieświadomość. Artysta pod wpływem niczym nieograniczonego natchnienia powinien przywoływać obrazy ze snu i wznosić się ku nadrzeczywistości, gdzie nie ma już granicy między snem a jawą. Dla artysty bowiem ważne może być przełamywanie cenzury świadomości, aby słowa i obrazy mogły napływać zupełnie swobodnie.

— Rozumiem.

— Freud w pewnym sensie dostarczył dowodu, że wszyscy ludzie są artystami. Sen jest wszak małym dziełem sztuki, a co noc przychodzi nowy. By znaleźć wytłumaczenie dla snów pacjentów, często musiał się przedzierać przez zagęszczone symbole, mniej więcej tak, jak odczytujemy obraz czy tekst literacki.

— I śnimy każdej nocy?

— Nowsze badania wykazują, że marzenia senne zajmują około dwudziestu procent naszego snu, to znaczy około 2–3 godzin co noc. Jeśli zakłóci się nam fazy snu, stajemy się nerwowi i skłonni do irytacji. Oznacza to, że wszyscy ludzie mają wrodzoną potrzebę wyrażania swej egzystencjalnej sytuacji w sposób artystyczny. Marzenia senne mówią przecież o nas samych. To my je reżyserujemy, my wyciągamy rekwizyty, my odgrywamy wszystkie role. Ktoś, kto mówi, że nie zna się na sztuce, źle zna samego siebie.

— Rozumiem.

— Freud przedstawił ponadto imponujący dowód na to, jak wspaniała jest ludzka świadomość. Praca z pacjentami przekonała go, że wszystko, co widzieliśmy i przeżyliśmy, przechowujemy gdzieś w głębi świadomości. Wszystkie takie wrażenia można ponownie wydobyć. Kiedy najpierw czujemy kompletną pustkę w głowie, później mamy coś na końcu języka, a jeszcze poźniej nagle samo wpada nam to do głowy, to mówimy właśnie o czymś, co tkwiło w nieświadomości i w pewnej chwili przemyka się przez półotwarte drzwi do świadomości.

— Ale czasami idzie to bardzo wolno.

— Wszyscy artyści zdają sobie z tego sprawę. A potem nagle otwierają się wszystkie drzwi i wszystkie szuflady są otwarte. Wrażenia napływają same i możemy z nich wybrać akurat te słowa i obrazy, których w danej chwili potrzebujemy. Następuje to wtedy, gdy „uchylimy lekko pokrywę" do nieświadomości. To jest to, co nazywamy *natchnieniem,* Zosiu. Wrażenie, jakby to, co rysujemy czy piszemy, nie pochodziło od nas.

— To musi być fantastyczne uczucie.

— Z pewnością sama to przeżyłaś. Taki stan natchnienia łatwo jest obserwować u bardzo zmęczonych dzieci. Zdarza się, że dzieci są tak zmęczone, że sprawiają wrażenie wyjątkowo rozbudzonych. Nagle zaczynają opowiadać — używają słów, których nigdy do tej pory się nie uczyły. Ale one przecież musiały je znać, słowa i myśli spoczywały głęboko ukryte i dopiero teraz, kiedy cała ostrożność, cała cenzura puściła, wypływają na powierzchnię. Również dla artysty może być ważne, by rozum przestał kontrolować mniej lub bardziej świadomy napływ wrażeń. Czy mam ci opowiedzieć bajkę, która to zilustruje?

— Chętnie posłucham!

— Ale to bardzo poważna i bardzo smutna bajka.

— Opowiedz, proszę!

— Była sobie kiedyś stonoga, która przepięknie potrafiła tańczyć na wszystkich swoich stu nogach. Kiedy zaczynała tańczyć, wszystkie zwierzęta z lasu gromadziły się wokół niej i patrzyły z podziwem. Bardzo imponował im ten wyrafinowany taniec. Ale znalazło się jedno zwierzę, któremu nie podobał się taniec stonogi. Był to żółw...

— Na pewno był zwyczajnie zazdrosny.

— „Co mam zrobić, żeby stonoga przestała tańczyć?" — zastanawiał się żółw. Nie mógł powiedzieć po prostu, że nie lubi tańca stonogi. Nie mógł też oświadczyć, że sam tańczy lepiej, bo padłby ofiarą własnej głupoty. Ale wreszcie uknuł szatański plan.

— Jaki?

— Zasiadł do pisania listu do stonogi. „O, wyjątkowa Stonogo! — pisał. — Jestem oddanym wielbicielem twego kunsztu tanecznego. Bardzo chciałbym dowiedzieć się, co robisz, kiedy tańczysz? Czy unosisz najpierw lewą nogę numer 74, a potem prawą nogę numer 59? A może rozpoczynasz taniec od podniesienia prawej nogi numer 26, zanim podniesiesz prawą nogę numer 99? Z niecierpliwością oczekuję na odpowiedź. Z wyrazami szacunku, Żółw".

— O kurczę!

— Kiedy stonoga dostała list, od razu zaczęła się zastanawiać, co właściwie robi, kiedy tańczy. Którą nogę unosi jako pierwszą? A którą jako następną? Jak myślisz, Zosiu, co się później stało?

— Sądzę, że stonoga nie zatańczyła już nigdy więcej.

— Tak, tak właśnie się to skończyło. I tak już bywa, kiedy opory rozumu zabiją fantazję.

— Zgadzam się, że to bardzo smutna historia.

— Dla artysty „wyrwanie się na swobodę" może więc być bardzo ważne. Surrealiści starali się to wykorzystać, wprowadzając się w stan, w którym słowa napływały same z siebie. Mieli przed sobą białą kartkę papieru i po prostu zaczynali pisać, nie myśląc o tym, co piszą. Nazwali to *zapisem automatycznym.* Wyrażenie przejęte jest właściwie ze spirytyzmu — „medium" sądziło, iż to duch zmarłego prowadzi pióro. Ale myślałem, że o tym porozmawiamy sobie jutro.

— Bardzo chętnie.

— Również artysta-surrealista jest w pewnym sensie medium, czyli przekaźnikiem, ogniwem łączącym. Jest on medium swej własnej nieświadomości. Ale być może coś z nieświadomości tkwi w każdym procesie twórczym. Bo co właściwie nazywamy twórczością?

— Nie mam pojęcia. Czy nie to, że tworzy się coś nowego?

— Owszem. A jest to możliwe dzięki odpowiedniemu współdziałaniu fantazji z rozumem. Zbyt często jednak dochodzi do zdławienia fantazji przez rozum. A to bardzo poważna sprawa, bo bez fantazji nie powstanie nic naprawdę nowego. Moim zdaniem fantazja jest jak system darwinowski.

— Bardzo mi przykro, ale tego ostatniego nie załapałam.

— Darwinizm wskazuje, że w przyrodzie często dochodzi do mutacji, ale tylko nieliczne są korzystne. Niewiele mutantów jest w stanie przeżyć.

— I co?

— Podobnie jest, kiedy myślimy, kiedy jesteśmy natchnieni i przychodzi nam do głowy mnóstwo nowych pomysłów. „Mutanty myślowe" pojawiają się w naszej świadomości jeden za drugim, a przynajmniej dzieje się tak, gdy nie nakładamy sobie zbyt surowej cenzury. Ale zaledwie niektóre z tych myśli można wykorzystać, rozum także upomina się o swoje prawa. I on także sprawuje istotną funkcję. Gdy mamy już całodzienny połów, nie wolno nam zapominać o tym, by go posortować.

— To bardzo trafne porównanie.

— Pomyśl tylko, co by się stało, gdyby wszystko, co wpadnie nam do głowy — a więc wszystkie pomysły — zostało głośno wypowiedziane! Albo wyszło z notesu lub opuściło szufladę biurka. Świat utonąłby w przypadkowych pomysłach. Nie byłoby żadnego doboru, Zosiu.

— I to rozum dokonuje doboru myśli spośród wszystkich nagłych pomysłów?

— A ty tak nie sądzisz? Być może to fantazja tworzy coś nowego, ale nie fantazja dokonuje wyboru. To nie fantazja „komponuje". Kompozycja — a jest nią każde dzieło sztuki — powstaje w wyniku zadziwiającego, harmonijnego współdziałania fantazji i rozumu, gdzieś między przeżyciem a przemyśleniem. W procesie twórczym istnieje bowiem zawsze element przypadkowości. W pewnej fazie istotne może okazać się puszczenie wodzy fantazji. Nie wolno od razu zamykać drogi przypadkowym pomysłom. Owce trzeba najpierw wypuścić na pastwisko, zanim zgoni się je do zagrody.

Alberto zapatrzył się w okno. Kiedy tak siedział, Zofia dostrzegła nad brzegiem jeziorka gwałtowny ruch. Była tam cała gromada postaci z filmów Disneya, lśniąca wszystkimi kolorami tęczy.

— To Pluto! — zawołała. — I Kaczor Donald, i jego siostrzeńcy... i Dolly... i wujek Sknerus. Widzisz Chipa i Dale'a? Słyszysz, co mówię, Alberto? Tam jest Myszka Miki i Bambi!

Alberto odwrócił głowę w jej stronę.

— Tak, to bardzo smutne, moje dziecko.

— O co ci chodzi?

— Siedzimy tu sobie i stajemy się bezbronnymi ofiarami owiec majora puszczonych samopas. Ale to naturalnie moja wina. To ja zacząłem mówić o swobodnych pomysłach.

— Nie powinieneś się o nic obwiniać.

— Chciałem tylko powiedzieć, że fantazja jest ważna także dla nas, filozofów. Aby wymyślić coś nowego, musimy mieć dość odwagi, by dać się swobodnie ponieść. Ale teraz zrobiło się chyba zbyt swobodnie.

— Nie bierz sobie tego tak do serca.

— Chciałem powiedzieć coś o znaczeniu spokojnego przemyślenia. A tu nagle ta kolorowa zgraja. Powinien się wstydzić!

— Czy teraz ironizujesz?

— To on jest ironiczny, nie ja. Ale mam pewną pociechę — i ona jest kamieniem węgielnym mojego planu.

— Nic już nie rozumiem.

— Mówiliśmy o marzeniach sennych. Również w tym kryje się odrobina ironii. Bo czymże innym jesteśmy niż obrazami ze snu majora?

— Oooch!

— A mimo wszystko jest coś, czego nie wziął pod uwagę.

— Co to może być?

— Być może jest on całkowicie świadomy swego snu. Orientuje się we wszystkim, co mówimy i robimy, tak jak osoba, która śni, pamięta jawną treść marzenia sennego. To przecież on prowadzi pióro. Ale choć pamięta wszystko, co do siebie mówimy, nadal nie jest w pełni rozbudzony.

— Co chcesz przez to powiedzieć?

— On nie zna ukrytych myśli marzenia sennego, Zosiu. Zapomina, że również i one są przebranym snem.

— Mówisz dziwne rzeczy.

— Major też tak uważa, a to dlatego, że nie rozumie mowy własnego snu. Powinniśmy się z tego cieszyć. To bowiem daje nam minimum wolności. Dzięki tej swobodzie wkrótce wyrwiemy się z jego zabagnionej świadomości, tak jak krety uciekają ze słońca w ciepły letni dzień.

— Myślisz, że nam się to uda?

— Musi się nam udać. Za parę dni pokażę ci nowe niebo. Major nie będzie już wiedział, gdzie są krety, ani gdzie się znów pokażą.

— Ale chociaż jesteśmy tylko obrazami ze snu, to ja jestem także córką swojej matki. Jest już piąta. Muszę wracać do domu, przygotowywać przyjęcie w ogrodzie.

— Mhm... Czy możesz mi wyświadczyć przysługę w drodze do domu?

— O co chodzi?

— Spróbuj ściągnąć na siebie uwagę. Postaraj się, by major przez całą twoją powrotną drogę nie spuszczał cię z oka. A kiedy wrócisz do domu, myśl o nim, to i on będzie myślał o tobie.

— Po co?

— Będę mógł bez przeszkód dalej pracować nad naszym tajemnym planem. Rzucam się w głębię nieświadomości majora, Zosiu. Zostanę tam do czasu, kiedy znów się spotkamy.

NASZE CZASY

...człowiek skazany jest na to, by być wolnym...

Budzik wskazywał dwudziestą trzecią pięćdziesiąt pięć. Hilda leżała, wpatrując się w sufit. Próbowała pozwolić na swobodną grę skojarzeń. Za każdym razem, gdy jakiś ciąg myśli się urywał, zadawała sobie pytanie, dlaczego nie może myśleć dalej?

Chyba niczego nie wypierała?

Gdyby zdołała wyłączyć wszelką cenzurę, może zaczęłaby śnić na jawie. To trochę straszna myśl.

Im bardziej udawało jej się rozluźnić i otworzyć na napływające myśli i obrazy, tym silniejsze miała wrażenie, że jest w Chacie Majora nad jeziorkiem otoczonym lasem.

Do czego nawiązywał Alberto? No cóż, to naturalnie ojciec nawiązywał do tego, że Alberto do czegoś nawiązywał. Czy on sam nie wiedział, co Alberto wymyśli? Może starał się tak popuścić cugli samemu sobie, żeby w końcu wydarzyło się coś, co i jego zaskoczy?

Niewiele stron już pozostało. Czy zajrzeć na ostatnią? Nie, to by było oszustwo. A poza tym, prawdę powiedziawszy, Hilda nie była całkiem przekonana, czy jest do końca postanowione, co wydarzy się na ostatniej stronie.

Czy to nie dziwny pomysł? Segregator był przecież tutaj. Niemożliwe, by ojciec mógł coś dodać. Chyba że Alberto podejmie coś na własną rękę. Zrobi niespodziankę...

Hilda w każdym razie sama zatroszczy się o parę niespodzianek. Nad nią ojciec nie miał żadnej kontroli. Ale czy ona sama miała kontrolę nad sobą?

Czym jest świadomość? Czy nie jest to największa zagadka wszechświata? Czym jest pamięć? Co sprawia, że pamiętamy wszystko, co widzieliśmy i przeżyliśmy?

Jaki mechanizm sprawia, że każdej nocy wyczarowujemy zachwycające sny?

Leżąc i rozmyślając, od czasu do czasu przymykała oczy. Potem otwierała je znów i dalej wpatrywała się w sufit. Za którymś razem zasnęła.

Kiedy obudził ją gniewny krzyk mew, budzik wskazywał szóstą sześćdziesiąt sześć. Czy to nie dziwna godzina? Hilda wstała z łóżka. Jak zwykle, stanęła przy oknie i popatrzyła na zatokę. Weszło jej to już w zwyczaj, lato czy zima.

Gdy tak stała, nagle odniosła wrażenie, że w jej głowie eksplodowało pudełko z farbami. Przypomniała sobie, co jej się śniło, ale było to jakby czymś więcej niż tylko zwykłym snem. Tak żywym i w kolorach, i konturach...

Śniło jej się, że ojciec wrócił z Libanu, a cały sen był jakby kontynuacją snu Zofii o tym, jak znalazła jej złoty krzyżyk na pomoście.

We śnie Hilda siedziała na pomoście — dokładnie tak, jak we śnie Zofii. A potem usłyszała niezmiernie słaby głos, który szepnął jej do ucha: „Mam na imię Zofia!". Hilda siedziała całkiem nieruchomo. Chciała sprawdzić, czy może się zorientować, skąd dochodził głos. I znów rozległo się słabiutkie brzęczenie, jakby jakiś owad próbował do niej przemówić: „Jesteś chyba ślepa i głucha!". W następnej chwili do ogrodu wszedł ojciec w mundurze ONZ. „Hilduniu!" — zawołał. Hilda podbiegła do niego i rzuciła mu się na szyję. Na tym sen się skończył.

Przypomniało jej się kilka linijek z wiersza ARNULFA ØVERLANDA.

Pewnej nocy obudził mnie przedziwny sen,
jakby mówił do mnie jakiś głos
odległy jak podziemny strumień —
wstałem. Czego chcesz ode mnie?

Ciągle jeszcze stała przy oknie, gdy do pokoju weszła matka.

— Dzień dobry! Już nie śpisz?

— Nie wiem...

— Wrócę do domu koło czwartej, jak zwykle.

— Dobrze.

— Miłego dnia, Hilda.

— Trzymaj się!

Kiedy Hilda usłyszała, że za matką zamknęły się drzwi wejściowe, wślizgnęła się z powrotem do łóżka i otworzyła segregator.

„...Rzucam się w głębię podświadomości majora, Zosiu. Zostanę tam do czasu, kiedy znów się spotkamy".

Tak, to tutaj. Hilda zaczęła czytać dalej. Czubkiem wskazującego palca prawej dłoni wyczuwała, że został tylko cienki plik kartek.

Kiedy Zofia opuściła Chatę Majora, nad rzeką nadal kręciły się postaci Disneya, ale rozpłynęły się, gdy zaczęła się do nich zbliżać. Zanim doszła do łodzi, nigdzie już nie było ich widać.

Już wiosłując i później, kiedy wciągnęła łódkę w sitowie po drugiej stronie, próbowała stroić głupie miny i wymachiwać rękami. Po to, by zwrócić na siebie uwagę majora, aby Alberto mógł nieobserwowany spokojnie siedzieć w Chacie Majora.

Biegnąc ścieżką, wykonała kilka szalonych skoków. Nieco później spróbowała iść, naśladując krok marionetki, a żeby majorowi się to nie znudziło, zaczęła także śpiewać.

W pewnej chwili przystanęła, zastanawiając się, na czym też może polegać plan Alberta. Złapała się na tym, że o tym myśli, i odezwały się w niej takie wyrzuty sumienia, że zaczęła wspinać się na drzewo.

Zofia wdrapała się tak wysoko, jak mogła. Kiedy była już prawie na samym czubku, musiała szczerze przyznać, że nie umie zejść na dół. Musi w każdym razie próbować, a przynajmniej coś robić, bo jeśli będzie siedzieć bezczynnie, majorowi znudzi się patrzenie na nią i zamiast tego zacznie podglądać, czym zajmuje się Alberto.

Zofia wymachiwała ramionami, kilkakrotnie próbowała zapiać jak kogut, aż wreszcie zaczęła jodlować. Po raz pierwszy

w swym piętnastoletnim życiu Zofia jodlowała i była całkiem zadowolona z efektu, jaki osiągnęła.

Znów próbowała zsunąć się na dół, ale wszystko na nic, tkwiła jak wmurowana. I wtedy nagle nadleciał wielki gąsior, i przysiadł na sąsiedniej gałęzi. Zofia kurczowo trzymała się drzewa. Ponieważ wcześniej widziała cały rój figurek Disneya, nie była ani odrobinę zdumiona, gdy gąsior odezwał się ludzkim głosem:

— Mam na imię Marcin — przedstawił sie grzecznie. — Właściwie jestem domowym ptakiem, ale wyjątkowo przyleciałem z dzikimi gęsiami z Libanu. Wygląda na to, że potrzebujesz pomocy, by zejść z drzewa.

— Ty jesteś za mały, żeby mi pomóc — odparła Zofia.

— Zbyt pospieszna konkluzja. To ty jesteś za duża.

— To chyba wszystko jedno?

— Jeśli chcesz wiedzieć, to woziłem wiejskiego chłopca w twoim wieku po całej Szwecji. Nazywał się Nils Holgersson.

— Ja mam piętnaście lat.

— Nils miał czternaście. Rok mniej czy więcej nie gra żadnej roli, kiedy się kogoś niesie.

— Jak zdołałeś go podnieść?

— Poczuł uderzenie w twarz, od którego zemdlał. A kiedy się ocknął, nie był większy od kciuka.

— Może i mnie spróbujesz tak uderzyć, bo nie mogę tu siedzieć przez całą wieczność. Poza tym w sobotę wydaję filozoficzne przyjęcie w ogrodzie.

— To bardzo interesujące. Wobec tego przypuszczam, że to filozoficzna książka. Kiedy leciałem nad Szwecją z Nilsem Holgerssonem, zatrzymaliśmy się kiedyś w Mårbacka w Värmlandii. Tam Nils spotkał pewną starszą panią, która miała zamiar napisać książkę o Szwecji dla dzieci. Powiedziała, że książka musi być pouczająca i jak najbardziej prawdziwa. Kiedy usłyszała, co przeżył Nils, postanowiła napisać o tym, co zobaczył, siedząc na grzbiecie gęsi.

— To doprawdy bardzo dziwne.

— Prawdę mówiąc, była w tym także odrobina ironii. Bo my przecież już byliśmy w tej książce.

Nagle Zofia poczuła, że coś uderzyło ją w policzek. W następnej chwili zrobiła się zupełnie malutka. Drzewo wydało jej się wielkim lasem, a gąsior w jej oczach przybrał rozmiary konia.

— No, teraz chodź — zaprosił ją gąsior.

Zofia powędrowała po gałęzi i wspięła się na grzbiet gąsiora. Pióra były miękkie, ale teraz, kiedy była taka maleńka, raczej kłuły, niż łaskotały.

Kiedy usadowiła się wygodnie, gąsior wzbił się w powietrze. Leciał wysoko nad drzewami. Zofia ujrzała w dole jeziorko i Chatę Majora, w której siedział Alberto, pochłonięty układaniem zawiłych planów.

— Wystarczy już tego zwiedzania — oświadczył gąsior trzepocząc skrzydłami.

Zszedł do lądowania u stóp drzewa, na które Zofia zupełnie niedawno zaczęła się wspinać. Stanął na ziemi, a Zofia sturlała się z jego grzbietu. Przetoczywszy się kilka razy we wrzosach, usiadła. Zdumiona stwierdziła, że w jednej chwili odzyskała swój normalny wzrost.

Gąsior parę razy obszedł ją dookoła.

— Bardzo dziękuję za to, że mi pomogłeś — powiedziała Zofia.

— To przecież bagatelka. Mówiłaś, że to książka filozoficzna?

— Nie, to ty tak powiedziałeś.

— To bez znaczenia. Gdyby o mnie chodziło, przeleciałbym z tobą całą historię filozofii, tak jak przewiozłem Nilsa Holgerssona przez Szwecję. Moglibyśmy odwiedzić Milet i Ateny, Jerozolimę i Aleksandrię, Rzym i Florencję. Londyn i Paryż. Jenę i Heidelberg, Berlin i Kopenhagę...

— Dziękuję, wystarczy.

— Ale nawet dla ironicznego gąsiora przesadą byłoby latanie przez stulecia. Dużo łatwiej jest przemierzać okręgi Szwecji.

Po tym oświadczeniu gąsior bijąc skrzydłami, wzniósł się w powietrze.

Zofia była krańcowo wyczerpana, ale kiedy nieco później przemykała przez Zaułek, pomyślała sobie, że Alberto byłby zadowolony z tego odwracającego uwagę manewru. Przez ostatnią godzinę major z pewnością niewiele miał czasu, by zastanowić się nad poczynaniami Alberta. Gdyby było inaczej, to musiałby cierpieć na poważne rozdwojenie jaźni.

Zofia zdążyła wejść do domu tuż przed powrotem matki z pracy. Na szczęście więc nie musiała tłumaczyć się, że utknęła na drzewie i pomagała jej domowa gęś.

Po obiedzie zabrały się za przygotowywanie przyjęcia. Zniosły ze strychu długą na trzy czy cztery metry drewnianą płytę i wytaszczyły ją do ogrodu. Musiały wrócić na strych jeszcze raz po kozły, na których miała leżeć płyta.

Długi stół ustawiony został pod drzewami owocowymi. Ostatnio używano drewnianej płyty przy okazji dziesięciolecia ślubu rodziców. Zofia miała wtedy dopiero osiem lat, ale dobrze pamiętała wielką uroczystość, na którą przybyli wszyscy krewni i znajomi, jeśli tylko umieli chodzić, a przynajmniej raczkować.

Pogoda zapowiadała się wspaniała. Po okropnej burzy w wieczór poprzedzający dzień urodzin Zofii, nie spadła już nawet kropla deszczu. Samo przystrajanie ogrodu i nakrywanie do stołu musiało poczekać aż do sobotniego przedpołudnia, ale matka uznała, że dobrze jest przynajmniej ustawić stół w ogrodzie.

Później wieczorem piekły drożdżówki i plecioną bułkę z dwóch różnych rodzajów ciasta. Miały zamiar podać kurczaka. I oranżadę. Zofia śmiertelnie się bała, że chłopcy z klasy przyniosą piwo. Najbardziej obawiała się awantury.

Kiedy już miała kłaść się spać, matka postanowiła jeszcze raz się upewnić, czy Alberto przyjdzie na przyjęcie.

— Oczywiście, że przyjdzie. Obiecał nawet przygotować jakąś filozoficzną sztuczkę.

— Filozoficzną sztuczkę? A co to ma być?

— No... gdyby był czarodziejem, na pewno zrobiłby czarodziejską sztuczkę. Może wyciągnąłby z czarnego cylindra białego królika...

— Znów?

— ...ale ponieważ jest filozofem, zrobi zamiast tego sztuczkę filozoficzną. To przecież filozoficzne przyjęcie.

— Masz ostry język, spryciulo.

— Zastanowiłaś się, z czym ty wystąpisz?

— Jasne, Zosiu. Coś na pewno pokażę.

— Wygłosisz mowę?

— Niczego ci nie zdradzę. Dobranoc!

Następnego dnia rano Zofia obudziła się, kiedy matka weszła na górę, by przed pójściem do pracy powiedzieć jej „cześć". Zostawiła też listę sprawunków potrzebnych na przyjęcie, po które Zofia miała jechać do miasta.

Kiedy tylko matka wyszła z domu, rozległ się dźwięk telefonu. Dzwonił Alberto. Widać nauczył się już, kiedy Zofia bywa sama w domu.

— I jak się miewają twoje tajemnice?

— Ciiicho! Ani słowa o tym. Nie dajmy mu nawet szansy pomyśleć na ten temat.

— Uważam, że wczoraj bardzo dzielnie się spisałam przy odwracaniu jego uwagi.

— To świetnie.

— Czy zostało coś jeszcze z kursu filozofii?

— Właśnie dlatego dzwonię. Doszliśmy już do naszego stulecia. Od tej pory powinnaś zacząć orientować się na własną rękę. Najważniejsze były podstawy. Ale mimo to spotkamy się na krótką rozmowę o naszych czasach.

— Ale ja muszę jechać do miasta...

— Doskonale. Mówiłem przecież, że będziemy rozmawiać o naszych czasach.

— I co z tego?

— Moim zdaniem lepiej to zrobić w mieście.

— Czy mam przyjechać do ciebie?

— Nie, nie tutaj. Straszny u mnie bałagan. Szukałem ukrytych mikrofonów.

— Och...

— Koło Wielkiego Rynku otwarto nową kawiarnię. „Café Pierre”. Wiesz, gdzie to jest?

— Wiem, wiem. O której mam przyjść?

— Czy możemy się spotkać o dwunastej?

— O dwunastej w kawiarni.

— Dobrze, to na razie kończymy.

— Cześć!

Parę minut po dwunastej Zofia wsunęła głowę do „Café Pierre”. Była to jedna z nowomodnych kawiarni, z okrągłymi stolikami i czarnymi krzesłami, odwróconymi do góry dnem butelkami wermutu z mechanizmem do nalewania, bagietkami i porcjami sałatek w miseczkach.

Lokal nie był duży i Zofia od razu zwróciła uwagę, że Alberta nie ma. Prawdę mówiąc, tylko to rzuciło jej się w oczy. Przy stolikach siedziało wielu ludzi, ale żaden z nich to nie był Alberto.

Nie przywykła do samotnego chodzenia po kawiarniach. Może zawrócić, zajrzeć tu nieco później i sprawdzić, czy Alberto jeszcze nie przyszedł?

Podeszła do marmurowego baru i zamówiła herbatę z cytryną. Wzięła filiżankę i usiadła przy jednym z wolnych stolików. Nie spuszczała oka z drzwi wejściowych. Wielu ludzi wchodziło i wychodziło, ale Zofia rejestrowała tylko, że Alberto ciągle się nie pojawia.

Gdyby miała przy sobie gazetę!

W końcu musiała rozejrzeć się dookoła. Ten i ów odpowiedział wzrokiem na jej spojrzenie. Przez moment Zofia czuła się jak młoda dama. Miała dopiero piętnaście lat, ale z powodzeniem mogła uchodzić za siedemnastolatkę, a już na pewno za osobę, która ma lat szesnaście i pół.

Co myśleli ci wszyscy ludzie w kawiarni o swoim istnieniu? Wyglądało na to, że po prostu tu są, jakby ot, tak sobie usiedli i już. Pogrążeni w rozmowie gwałtownie gestykulowali, ale nie wydawało się, by rozmawiali o czymś naprawdę ważnym.

Na moment przyszedł jej na myśl Kierkegaard, który powiedział, że najbardziej charakterystyczną cechą tłumu jest czcza gadanina. Czyżby ci wszyscy ludzie żyli w stadium estetycznym? Czy też było dla nich coś egzystencjalnie ważnego?

W jednym z pierwszych listów Alberto napisał, że istnieje podobieństwo między dziećmi a filozofami. I znów Zofia pomyślała sobie, że boi się stać dorosła. Co będzie, jeśli ona także skryje się głęboko w futrze białego królika wyciągniętego z czarnego cylindra wszechświata?

Przez cały czas, gdy tak siedziała pochłonięta myślami, nie spuszczała oka z drzwi wejściowych. Nagle, jakby niesiony podmuchem wiatru, wpadł do środka Alberto. Choć była pełnia lata, na głowie miał czarny beret. Poza tym ubrany był w półdługi płaszcz w szarą jodełkę. Dostrzegł ją natychmiast i od razu popędził w jej stronę. Zofia pomyślała sobie w głębi ducha, że to coś zupełnie innego spotkać się z nim w publicznym miejscu.

— Już piętnaście po dwunastej, nicponiu.

— To się nazywa akademicki kwadrans. Czy mogę zaproponować młodej damie coś do zjedzenia?

Usiadł i popatrzył jej prosto w poczy. Zofia wzruszyła ramionami.

— Wszystko mi jedno. Może jakąś bułkę.

Alberto podszedł do baru. Zaraz wrócił z filiżanką kawy i dwiema wielkimi bagietkami z serem i szynką.

— Czy to drogie?

— To bagatelka, Zosiu.

— Masz przynajmniej jakieś usprawiedliwienie na to, że się spóźniłeś?

— Nie, nie mam, bo to było celowe. Zaraz ci to wytłumaczę.

Ugryzł kilka wielkich kęsów bagietki i powiedział:

— Będziemy mówić o naszym stuleciu.

— Czy w filozofii wydarzyło się coś ciekawego?

— Mnóstwo, tak wiele, że filozofia rozbiegła się we wszystkich kierunkach. Przede wszystkim powiemy sobie o jednym bardzo istotnym nurcie, a jest nim *egzystencjalizm*. To wspólne określenie wielu prądów, które za punkt wyjścia przyjmują sytuację egzystencjalną człowieka. Mówimy chętnie o filozofii egzystencji XX wieku. Wielu filozofów egzystencji, czyli egzystencjalistów, odwoływało się do Kierkegaarda, ale także do Hegla i Marksa.

— Rozumiem.

— Filozofem, który miał wielkie znaczenie dla XX wieku, był Niemiec FRYDERYK NIETZSCHE, który żył w latach 1844 - 1900. Również Nietzsche zareagował na filozofię Hegla i niemiecki historyzm. W opozycji do anemicznego zainteresowania historią i tego, co nazwał chrześcijańską „moralnością niewolnika", postawił samo życie. Pragnął dokonać „przewartościowania wszelkich wartości", tak by rozwój życia najsilniejszych nie był hamowany przez słabych. Zdaniem Nietzschego, zarówno chrześcijaństwo, jak i tradycja filozoficzna odwróciły się od rzeczywistego świata i zwróciły ku „niebu" czy do „świata idei". Ale to właśnie, co uważano za prawdziwy świat, jest w rzeczywistości światem ułudy. „Zaklinam was, bracia — pisał. — Pozostańcie wierni Ziemi i nie wierzcie tym, co wam o nadziemskich mówią nadziejach!".

— No cóż...

— Innym filozofem, na którego wywarli wpływ zarówno Kierkegaard, jak i Nietzsche, był niemiecki filozof egzystencji MARTIN HEIDEGGER. My jednak skoncentrujemy się na egzystencjaliście francuskim, który żył w latach 1905 - 1980 i nazywał się JEAN PAUL SARTRE. W odbiorze szerokiej publiczności to on nadawał ton egzystencjalizmowi. Jego egzystencjalizm dojrzał w latach czterdziestych, tuż po wojnie. Później Sartre przyłączył się do ruchu marksistowskiego we Francji, ale nigdy nie został członkiem żadnej partii.

— Czy to dlatego spotkaliśmy się we francuskiej kawiarni?

— Tak, to wcale nie był przypadkowy wybór. Sartre był zagorzałym bywalcem kawiarnianym i w kawiarni takiej jak ta spotkał towarzyszkę życia, SIMONE DE BEAUVOIR. Ona również była egzystencjalistką.

— Kobieta-filozof?

— Owszem.

— To bardzo pocieszające, że ludzkość nareszcie zaczęła się cywilizować.

— Choć nasze czasy to okres wielu nowych trosk.

— Miałeś opowiadać o egzystencjalizmie.

— Sartre powiedział, że „egzystencjalizm jest humanizmem". Rozumiał przez to, że egzystencjaliści za punkt wyjścia przyjmują samego człowieka. Możemy dodać, że chodzi tu o humanizm, patrzący na sytuację człowieka z o wiele mroczniejszej perspektywy niż humanizm, z którym zetknęliśmy się w epoce renesansu.

— Dlaczego?

— Zarówno Kierkegaard, jak poszczególni filozofowie egzystencji w naszym stuleciu byli chrześcijanami. Ale Sartre należy do nurtu, który określamy jako egzystencjalizm ateistyczny. Jego filozofię możemy traktować jako bezlitosną analizę sytuacji człowieka w czasie, gdy „Bóg umarł". To wyrażenie, „Bóg umarł", pochodzi od Nietzschego.

— Trzymaj się tematu!

— Kluczowym słowem w filozofii Sartre'a jest, tak jak dla Kierkegaarda, „egzystencja". Ale przez egzystencję nie rozumie samego tylko istnienia. Rośliny i zwierzęta także istnieją, one również są, ale nie przejmują się tym. Sartre mówi, że rzeczy fizyczne istnieją tylko same w sobie, ale człowiek istnieje także dla samego siebie. Być człowiekiem jest więc czymś zupełnie innym niż być rzeczą.

— Chętnie się pod tym podpiszę.

— Sartre twierdzi następnie, że ludzka egzystencja wyprzedza jakikolwiek jej sens. Fakt, że jestem, wyprzedza więc to, *czym* jestem. „Egzystencja wyprzedza esencję" — powiedział.

— Powiedz to jakoś bardziej zrozumiale.

— Przez esencję rozumiemy to, z czego coś się składa, naturę czy istotę rzeczy. Ale zdaniem Sartre'a, człowiek nie posiada wrodzonej natury, dlatego sam musi tworzyć siebie. Musi stworzyć własną naturę, czyli esencję, ponieważ nie została mu ona dana z góry.

— Chyba już rozumiem, co masz na myśli.

— Przez całą historię filozofii filozofowie starali się znaleźć odpowiedź na pytanie, czym jest człowiek albo co jest naturą człowieka. Ale Sartre uważał, że człowiek nie ma takiej wiecznej natury, do której może się odwołać, dlatego też na nic się nie zda pytanie o sens życia w ogóle. Innymi słowy, skazani jesteśmy na improwizację. Jesteśmy jak aktorzy wypuszczeni na scenę bez uprzednio wystudiowanej roli, bez znajomości scenariusza i bez suflera, który w odpowiedniej chwili szepnie nam do ucha, co mamy robić. Sami musimy wybrać, jak chcemy żyć.

— To w pewnym sensie prawda. Jeśli wystarczyłoby zajrzeć do Biblii czy do podręcznika filozofii, by dowiedzieć się, jak mamy żyć, byłoby to bardzo proste.

— Trafiłaś w sedno. Ale kiedy człowiek przeżywa swoje istnienie, a także zdaje sobie sprawę, że kiedyś umrze i że nie ma żadnego sensu, którego można by się uchwycić — to zdaniem Sartre'a rodzi się *trwoga*. Pamiętasz być może, że Kierkegaard opisując człowieka, który znalazł się w sytuacji wyboru egzystencjalnego, również mówi o lęku.

— Tak.

— Sartre twierdzi poza tym, że człowiek czuję się *obco* w świecie, który nie ma sensu. Opisując wyobcowanie człowieka, nawiązuje również do głównych myśli Hegla i Marksa. Poczucie, że człowiek jest obcy w świecie, pociąga za sobą uczucie rozpaczy, nudy, obrzydzenia i absurdu.

— Często się zdarza, że ktoś jest w dołku i mówi, że wszystko jest okropne i bez sensu.

— Tak. Sartre opisuje XX-wiecznego mieszkańca miasta. Pamiętasz być może, że humaniści renesansowi niemal triumfalnie głosili wolność i niezależność człowieka. Sartre natomiast postrzegał wolność człowieka jako przekleństwo. „Człowiek skazany jest na to, by być wolnym — mówił. — Skazany, nie stworzył bowiem samego siebie, a mimo wszystko jest wolny.

Kiedy już raz rzucony zostanie w świat, jest odpowiedzialny za wszystko, co robi".

— Bo przecież nikogo nie prosiliśmy, by stworzył nas jako wolne jednostki.

— Taka właśnie jest główna myśl Sartre'a. *Jesteśmy* wolnymi jednostkami i nasza wolność sprawia, że przez całe życie zmuszeni jesteśmy wybierać. Nie istnieją żadne odwieczne wartości czy normy, którymi moglibyśmy się kierować. Tym ważniejsze jest, jakich wyborów dokonujemy. Jesteśmy bowiem całkowicie *odpowiedzialni* za wszystko, co robimy. Sartre podkreśla właśnie fakt, że człowiek nie może uwolnić się od odpowiedzialności za własne czyny. Dlatego dokonując wyborów, nie możemy zrzucać z siebie odpowiedzialności, tłumacząc się, że musimy iść do pracy czy też musimy podporządkować się pewnym społecznym oczekiwaniom. Ktoś, kto w taki sposób wtapia się w anonimową masę, staje się pozbawionym osobowości człowiekiem masowym. Ucieka od samego siebie w życiowe kłamstwo. Ale wolność narzuca mu, by coś z sobą zrobił, by istniał autentycznie, prawdziwie.

— Rozumiem.

— Dotyczy to zwłaszcza naszych wyborów etycznych. Nie wolno nam nigdy składać winy na naturę ludzką, nędzę człowieczeństwa czy temu podobne. Bywa czasami, że mężczyźni w podeszłym wieku przeżywają drugą młodość, zachowują się jak świnie, zrzucając winę na „praojca Adama". Ale praojciec Adam nie istnieje. Jest tylko figurą, którą wykorzystujemy, chcąc zrzucić z siebie odpowiedzialność za własne czyny.

— Muszą istnieć jakieś granice tego, o co można obwiniać biednego Adama.

— Chociaż Sartre utrzymuje, że byt nie ma wrodzonego sensu, nie oznacza to wcale, że pragnie, by tak było. Nie jest *nihilistą*.

— A co to znaczy?

— Nihilista to ktoś, kto uważa, że nic nie ma znaczenia i wszystko jest dozwolone. Sartre uważa, że życie *powinno* mieć sens. To imperatyw. Ale to my sami musimy nadać naszemu życiu sens. Istnieć — to tworzyć własne istnienie.

— Czy możesz to trochę pogłębić?

— Sartre stara się pokazać, że świadomość sama w sobie jest niczym, dopóki czegoś nie postrzeże zmysłami. Świadomość jest bowiem zawsze świadomością czegoś. A to „coś" jest tak samo naszym udziałem, jak i udziałem naszego otoczenia. Sami decydujemy o tym, co postrzegamy, wybierając to, co ma dla nas znaczenie.

— Czy mógłbyś mi to wytłumaczyć na przykładzie?

— Dwoje ludzi może przebywać w tym samym miejscu, a mimo to przeżywać to całkiem inaczej. Dzieje się tak dlatego, że postrzegając zmysłami nasze otoczenie, dokładamy do wrażeń nasze własne zdanie albo zainteresowania. Na przykład kobiecie, która spodziewa się dziecka, może się wydawać, że wszędzie spotyka ciężarne. Nie znaczy to wcale, że jest ich więcej niż zazwyczaj, ale ciąża nabrała dla niej nowego znaczenia. Ktoś, kto jest chory, zwraca uwagę na przykład na karetki pogotowia...

— Rozumiem.

— Nasze własne istnienie wywiera więc wpływ na sposób, w jaki postrzegamy rzeczy w przestrzeni. Jeśli coś jest dla mnie nieistotne, nie zauważam tego. I teraz mogę już wyjaśnić, dlaczego spóźniłem się na spotkanie.

— Powiedziałeś, że zrobiłeś to świadomie?

— Powiedz mi najpierw, co zobaczyłaś, kiedy weszłaś do kawiarni.

— Najpierw spostrzegłam, że cię tu nie ma.

— Czy to nie dziwne, że najpierw zauważyłaś w tym pomieszczeniu *brak* czegoś?

— Może i tak, ale przecież z tobą miałam się spotkać.

— Sartre wykorzystuje właśnie taki pobyt w kawiarni, by pokazać, jak „unicestwiamy" to, co nie ma dla nas znaczenia.

— Czy spóźniłeś się tylko po to, by mi to zademonstrować?

— Tak, chciałem, żebyś zrozumiała istotny punkt filozofii Sartre'a. Możesz nazwać to ćwiczeniem.

— Cholera!

— Jeśli jesteś zakochana i czekasz na telefon twojego najdroższego, to przez cały wieczór „słyszysz", że on nie dzwoni. Przez cały wieczór rejestrujesz właśnie to, że on nie dzwoni. Wychodzisz mu na spotkanie na stację, z pociągu wylewa się rzeka podróżnych, a ty nie dostrzegasz wśród nich ukochanego i nie zauważasz innych ludzi. Oni ci przeszkadzają, są dla ciebie nieistotni. Być może myślisz sobie wprost, że są paskudni, wstrętni, zajmują przecież tyle miejsca. Jedyne, co zauważasz, to że *jego* tam nie ma.

— Rozumiem.

— Simone de Beauvoir próbowała odnieść egzystencjalizm również do ról płci. Sartre wskazał, że człowiek nie ma „wiecznej natury, którą mógłby powielać". Sami tworzymy to, kim jesteśmy.

— Tak?

— Simone de Beauvoir twierdziła, że nie istnieje nic takiego, jak wieczna natura kobiety czy też natura mężczyzny, choć taki jest tradycyjny pogląd. Dość powszechnie panowało przekonanie, że mężczyzna ma naturę transcendentną, czyli zdolną do przekraczania granic, dlatego szuka opinii i podejmuje decyzje poza domem. O kobiecie mówiono, że ma przeciwną orientację życiową. Jest immanentna, czyli pragnie pozostać taką, jaka jest. Dlatego chroni rodzinę, przyrodę i bliskie jej rzeczy. Dziś powiemy, że kobietę bardziej interesują „miękkie" wartości.

— Czy ona naprawdę tak sądziła?

— Nie, tym razem nie słuchałaś mnie uważnie. Simone de Beauvoir była właśnie zdania, że *nie* istnieje nic takiego, jak natura kobiety czy natura mężczyzny. Przeciwnie, jej zdaniem kobiety i mężczyźni muszą uwolnić się od podobnych skamieniałych opinii i przesądów.

— Z tym się zgadzam.

— Jej najważniejsza książka ukazała się w roku 1949 i nosiła tytuł *Druga płeć*.

— O co jej chodziło?

— Myślała o kobiecie. Bo to kobietę w naszej kulturze uczyniono „drugą płcią". To mężczyzna występuje jako podmiot, kobietę uczyniono dopełnieniem mężczyzny. W ten sposób odmówiono jej prawa do odpowiedzialności za własne życie.

— Tak?

— Kobieta musi odzyskać to prawo. Musi się uwolnić i nie wiązać swej tożsamości wyłącznie z mężczyzną. Nie tylko bowiem mężczyzna uciska kobietę. Kobieta uciska także samą siebie, nie przyjmując odpowiedzialności za własne życie.

— Jesteśmy na tyle wolni i swobodni, na ile sami o tym postanowimy?

— Tak właśnie można powiedzieć. Egzystencjalizm wywiera wielki wpływ na literaturę od lat czterdziestych aż po dzień dzisiejszy. Dotyczy to zwłaszcza teatru. Sam Sartre pisał powieści i dramaty. Inne godne zapamiętania nazwiska to Francuz CAMUS, Irlandczyk BECKETT, Rumun IONESCO i Polak GOMBROWICZ. Charakterystyczne dla nich i wielu innych współczesnych twórców jest to, co nazywamy *absurdem*. Słowo to używane jest często w kontekście „teatru absurdu".

— Jak to?

— Rozumiesz znaczenie słowa „absurd"?

— Używa się go chyba w odniesieniu do czegoś, co jest bezsensowne i sprzeczne z rozumem?

— Właśnie tak. Teatr absurdu powstał jako opozycja do teatru realistycznego. Za cel stawiał sobie ukazanie bezsensowności istnienia w sposób, który zmusza publiczność do refleksji. Nie miał zamiaru czcić tego, co bezsensowne; przeciwnie, pokazując i demaskując absurd, na przykład w bardzo codziennych zdarzeniach — chciano zmusić publiczność do poszukiwania prawdziwej egzystencji.

— Mów dalej, proszę.

— W teatrze absurdu przedstawione bywają często sytuacje jak najbardziej trywialne, dlatego też określa się to często jako „hiperrealizm". Człowiek bywa pokazywany dokładnie takim, jakim jest. Ale jeśli na scenie teatralnej pokazujesz dokładnie, co odbywa się w łazience w zwykły poranek w jakimś zwyczajnym domu, to publiczność zaczyna się śmiać. Śmiech ten można tłumaczyć jako obronę przed ujrzeniem samego siebie.

— Rozumiem.

— Teatr absurdu może mieć również cechy surrealistyczne. Ludzie na scenie często wikłają się w najbardziej nieprawdopodobne sytuacje, jakby wyjęte ze snu. Jeśli akceptują to bez żadnej formy zdumienia, to właśnie na ten ich brak zdumienia zdumieniem zaczyna reagować publiczność. Dotyczyło to także niemych filmów CHAPLINA. Elementem komicznym tych filmów często jest to, że bohatera nie dziwią najbardziej absurdalne wydarzenia, w których uczestniczy. W ten sposób publiczność zmuszona zostaje do zajrzenia w siebie, do poszukiwania czegoś, co jest rzeczywiste i autentyczne.

— Dziwne jest w każdym razie to, że ludzie nie reagują na wiele spraw.

— Czasami warto pomyśleć: „Muszę się stąd *wyrwać,* chociaż nie wiem, dokąd pójdę".

— Jeśli dom płonie, to trzeba z niego wyjść, chociaż nie ma się innego domu, w którym by można było zamieszkać.

— Prawda? Masz ochotę na jeszcze jedną filiżankę herbaty? A może colę?

— Dobrze. Ale nadal uważam, że jesteś nicponiem, dlatego że się spóźniłeś.

— Chyba jakoś to przeżyję.

Alberto wkrótce wrócił, niosąc filiżankę kawy espresso i colę. W czasie, kiedy go nie było, Zofia doszła do wniosku, że podoba jej się kawiarniane życie. Osłabło też jej przekonanie, że wszystkie rozmowy przy sąsiednich stolikach dotyczą wyłącznie nieistotnych spraw.

Alberto z hukiem postawił butelkę coli na stoliku. Większość ludzi w kawiarni uniosła głowy.

— I tym samym dochodzimy do krańca drogi — oświadczył.

— Chcesz powiedzieć, że historia filozofii kończy się na Sartrze i egzystencjalizmie?

— Nie, to by była przesada. Filozofia egzystencjalna wywarła ogromny wpływ na wielu ludzi na całym świecie. Jej korzenie sięgają przez Kierkegaarda aż do Sokratesa. XX wiek ujrzał rozkwit i odnowę także innych poglądów filozoficznych, które omawialiśmy wcześniej.

— Podasz mi jakiś przykład?

— Jednym z takich prądów jest *neotomizm*, a więc myśli wywodzące się z tradycji Tomasza z Akwinu. Innymi są tak zwana *filozofia analityczna* i *empiryzm logiczny*, mające swe korzenie w poglądach Hume'a i empiryzmie brytyjskim, a także w logice Arystotelesa. A poza tym oczywiście dla wieku XX charakterystyczny jest kierunek, który możemy nazwać *neomarksizmem*, mający liczne rozgałęzienia. O *neodarwinizmie* już mówiliśmy, wskazaliśmy też na znaczenie *psychoanalizy*.

— Rozumiem.

— Ostatni prąd, o którym powinniśmy wspomnieć, to materializm, którego rozwój także możemy prześledzić przez historię. Istnieje wiele linii łączących współczesną naukę z dociekaniami przedsokratyków. Nadal na przykład trwa pogoń za niepodzielną cząstką elementarną, z której zbudowana jest materia. Ciągle jeszcze nikt nie może dać jednoznacznej odpowiedzi na pytanie, czym jest materia. Współczesne nauki przyrodnicze — na przykład fizyka jądrowa czy biochemia — są tak fascynujące, że dla wielu ludzi stanowią istotną część ich światopoglądu.

— A więc wymieszanie nowego i starego?

— Możesz tak powiedzieć, te same bowiem pytania, od których rozpoczęliśmy ten kurs, nadal pozostają bez odpowiedzi. Sartre wskazał tu na coś bardzo istotnego, mówiąc, że na pytania egzystencjalne nie można odpowiedzieć raz na zawsze. Pytanie filozoficzne jest z definicji czymś, co każde pokolenie, a nawet wręcz każdy człowiek, musi sobie zadawać wciąż od nowa.

— To właściwie bardzo pesymistyczne.

— Nie mogę się z tobą do końca zgodzić. Bo czy właśnie nie dzięki temu, że zadajemy takie pytania, czujemy, że żyjemy?

Poza tym zawsze było tak, że kiedy człowiek się wysilał, chcąc znaleźć odpowiedź na pytania ostateczne, znajdował jasne i ostateczne odpowiedzi na sporo innych pytań. Badania, nauka i technika zrodziły się kiedyś z filozoficznej refleksji. Czy nie zdziwienie istnieniem zawiodło wreszcie człowieka na Księżyc?

— Tak, to prawda.

— Kiedy ARMSTRONG postawił stopę na Księżycu, powiedział: „Dla człowieka to jeden mały krok, dla ludzkości skok ogromny". W ten sposób, podsumowując swoje wrażenia, włączył w to wszystkich ludzi, którzy żyli przed nim. Bo przecież pierwszy krok na Księżycu nie był wyłącznie jego zasługą.

— Oczywiście, że nie.

— Nasze czasy stanęły przed nowymi problemami. Przede wszystkim dotyczy to wszelkich zagadnień środowiska naturalnego, dlatego istotnym kierunkiem filozoficznym XX wieku jest *ekofilozofia*. Wielu zachodnich ekofilozofów twierdzi, że cała zachodnia cywilizacja wkroczyła na zasadniczo zły tor, obrała drogę, która grozi kolizją z wytrzymałością naszej planety. Starają się spojrzeć na problemy ekologiczne głębiej, nie tylko na poszczególne wypadki zanieczyszczeń czy niszczenia środowiska. Uważają, że cały zachodni sposób myślenia jest zły.

— Myślę, że mają rację.

— Ekofilozofowie inaczej patrzą na samą teorię ewolucji. Wynika z niej przecież, że to człowiek stoi najwyżej, że to właśnie my jesteśmy panami przyrody. Już sam taki tok myślenia może zagrozić całej żyjącej planecie.

— Złość mnie bierze, kiedy o tym myślę.

— W swej krytyce tego sposobu myślenia wielu ekofilozofów przejęło myśli i idee z innych kultur — na przykład indyjskiej. Studiują także poglądy i zwyczaje tak zwanych ludów pierwotnych, żyjących zgodnie z naturą, jak Indianie, by odnaleźć coś, co my utraciliśmy.

— Rozumiem.

— W ostatnich latach również w środowiskach naukowych pojawili się ludzie, którzy twierdzą, że nasz naukowy sposób myślenia stoi w obliczu zasadniczej zmiany, zmiany paradygmatu. W poszczególnych dziedzinach wydało to już owoce. Widzieliśmy wiele przykładów tak zwanych ruchów alternatywnych, które kładą nacisk na myślenie całościowe i pracują nad nowym stylem życia.

— To świetnie.

— Ale jednocześnie trzeba pamiętać, że tam, gdzie działają ludzie, zawsze należy odsiać ziarno od plew. Są tacy, którzy twierdzą, że wkraczamy w całkiem nową epokę „New Age". Ale nie wszystko co nowe jest tak samo dobre, i nie wszystko, co stare, należy odrzucić. Między innymi dlatego postanowiłem ci ofiarować ten kurs filozofii. Teraz, kiedy sama będziesz musiała orientować się w życiu, masz przynajmniej podstawy.

— Bardzo ci za to dziękuję.

— Przypuszczam, że sama stwierdzisz, iż wiele z tego, co żegluje pod banderą „New Age", to szalbierstwo, zwykła lipa. Bo dla ostatnich dziesięcioleci charakterystyczne jest także to, co nazywamy *neoreligijnością, neookultyzmem* czy też „współczesnymi przesądami". Zrobił się z tego prawie przemysł. Wraz z prądem, który przyniósł utratę popularności chrześcijaństwa, na rynku światopoglądów jak grzyby po deszczu zaczęły pojawiać się nowe oferty.

— Masz jakiś przykład?

— Lista jest tak długa, że nie śmiem jej nawet zaczynać, a poza tym naprawdę niełatwo jest opisywać swój czas. A teraz proponuję, byśmy się przeszli po mieście. Chcę ci coś pokazać.

Zofia wzruszyła ramionami.

— Nie mam zbyt wiele czasu. Nie zapomniałeś chyba o jutrzejszym przyjęciu?

— Ależ skąd! Przecież wtedy właśnie nastąpi cud. Musimy tylko uporać się z kursem filozofii Hildy. Major nie ma bowiem dalszych planów. Tym samym częściowo utraci przewagę.

I znów podniósł pustą już teraz butelkę po coli i z hukiem postawił ją na stoliku.

Wyszli na ulicę. Zabiegani ludzie kręcili się tam i z powrotem jak pracowite mrówki w mrowisku. Zofia bardzo była ciekawa, co też Alberto chce jej pokazać.

Wkrótce stanęli przy dużym sklepie ze sprzętem elektronicznym. Można w nim było kupić wszystko, od telewizorów, wideo i anten satelitarnych do telefonów komórkowych, komputerów i telefaksów.

Alberto wskazał wystawę i powiedział:

— Oto masz przed sobą wiek XX, Zosiu. Możemy powiedzieć, że od czasów renesansu świat eksplodował. Po wielkich odkryciach geograficznych Europejczycy zaczęli podróżować po całym świecie. Dzisiaj zachodzi przeciwne zjawisko. Możemy powiedzieć, że nastąpił proces odwrotny do eksplozji.

— Co masz na myśli?

— Chodzi mi o to, że cały świat został wessany w jedną wielką sieć komunikacji. Jeszcze nie tak dawno filozofowie, by poznać świat lub spotkać innych myślicieli, musieli przez wiele dni podróżować konnym powozem. Dzisiaj znajdując się w dowolnym miejscu na naszej planecie możemy otrzymać na ekranie komputera przekaz wszelkich ludzkich doświadczeń.

— To zupełnie fantastyczne, ale właściwie i trochę straszne.

— Pozostaje pytaniem, czy historia zbliża się do końca, czy też przeciwnie, stoimy u progu całkiem nowych czasów. Nie jesteśmy już dłużej mieszkańcami jakiegoś miasta czy nawet pojedynczego państwa. Żyjemy w cywilizacji planetarnej.

— To prawda.

— Takiego przyspieszenia rozwoju technicznego — dotyczy to zwłaszcza komunikacji — jak w ciągu ostatnich trzydziestu, czterdziestu lat, nie było chyba w całej historii. A być może to dopiero początek...

— Czy to właśnie chciałeś mi pokazać?

— Nie, musimy przejść za kościół.

Kiedy już odchodzili sprzed sklepu, na ekranie jednego z telewizorów ukazał się obraz żołnierzy ONZ.

— Spójrz! — zawołała Zofia.

Jednego z żołnierzy ONZ pokazano w zbliżeniu. Miał niemal taką samą czarną brodę jak Alberto. Nagle podniósł w górę kawałek tektury. Napisane na niej było: „Niedługo wracam, Hildo!”. Zamachał ręką i zniknął z ekranu.

— Co za typ! — wykrzyknął Alberto.

— Czy to był major?

— Nie chcę nawet odpowiadać na to pytanie.

Minęli park przed kościołem i weszli na nową główną ulicę. Alberto, ciągle zagniewany, wskazał na wielką księgarnię. Nazywała się „Libris” i była największa w mieście.

— To tu chcesz mi coś pokazać?

— Wejdźmy do środka.

W księgarni Alberto stanął przed najdłuższą ścianą. Podzielono ją na trzy działy: NEW AGE, ALTERNATYWNY STYL ŻYCIA i MISTYKA.

Na półkach stały książki o wielu bardzo interesujących tytułach: *Życie po śmierci, Tajemnice spirytyzmu, Tarot, Zjawiska UFO, Healing, Powrót bogów, Byłeś tu już wcześniej, Czym jest astrologia?* — i tak dalej. Wiele setek różnych tytułów. Na półce pod regałami podobne książki leżały ułożone w stosy.

— To także XX wiek, Zosiu. Świątynia naszych czasów.

— Nie wierzysz w to?

— Wiele z tego to szalbierstwo, ale sprzedaje się równie dobrze jak pornografia. Spora część to w istocie pornografia. Dorastające pokolenie może tu kupić myśli, które najbardziej je podniecają. Ale stosunek między prawdziwą filozofią a takimi książkami jest taki, jak między prawdziwą miłością a pornografią.

— Jesteś chyba trochę złośliwy?

— Usiądźmy sobie w parku.

Wyszli z księgarni. Przed kościołem znaleźli pustą ławkę. Pod drzewami przechadzały się gołębie, wśród nich podskakiwało kilka rozgorączkowanych wróbli.

— Nazywa się to ESP, czyli postrzeganie pozazmysłowe albo parapsychologia — zaczął Alberto. — Albo telepatia, jasnowidztwo, umiejętność czytania przyszłości i psychokineza. Spirytyzm, astrologia i ufologia. Ukochane dziecko ma wiele imion.

— Ale odpowiedz mi teraz — uważasz, że to wszystko oszustwo?

— Oczywiście prawdziwemu filozofowi nie wypada wszystkiego wkładać do jednej szuflady. Ale nie wykluczam, że te słowa, które wypowiedziałem, szkicują dość szczegółowo mapę krainy, która nie istnieje. W każdym razie wiele tu fikcji i złudzeń, które Hume chciał rzucić w ogień. W wielu takich książkach nie znajdzie się opisu bodaj jednego prawdziwego doświadczenia.

— Jak to możliwe, że powstaje aż tyle podobnych tytułów?

— Mamy do czynienia z najbardziej intratnym przedsięwzięciem świata. Wielu ludzi pragnie tego.

— A dlaczego, twoim zdaniem, tego pragną?

— To oczywiście wyraz tęsknoty za czymś mistycznym, za czymś, co jest inne, co przerywa rozciągłą materię dnia codziennego. Ale to jest trochę tak, jakby stojąc po kolana w rzece szukało się wody.

— O co ci chodzi?

— Poruszamy się w przecudownej baśni. U naszych stóp w pełnym słońcu roztacza się dzieło stworzenia, Zosiu! Czy samo to nie jest nadzwyczajne?

— Owszem.

— Dlaczego więc mielibyśmy odwiedzać namiot Cyganki albo przez tylne drzwi zaglądać do świątyni wiedzy, aby przeżyć coś ekscytującego czy przekraczającego granice?

— Uważasz więc, że ci, którzy piszą takie książki, tylko oszukują i mamią?

— Nie, wcale tego nie powiedziałem. Ale również tutaj można mówić o systemie darwinowskim.

— Wyjaśnij mi to.

— Pomyśl o wszystkim, co zdarza się w ciągu jednego dnia. Możesz to nawet ograniczyć do jednego dnia w twoim życiu. Pomyśl o wszystkim, co widzisz i co przeżywasz.

— No i?

— Czasami zachodzi niezwykły zbieg okoliczności. Idziesz do sklepu i kupujesz coś, co kosztuje 28 koron. Niedługo później przychodzi Jorunn i oddaje ci 28 koron, które kiedyś od ciebie pożyczyła. Idziecie do kina i siadasz na miejscu numer 28.

— Tak, to byłby rzeczywiście tajemniczy zbieg okoliczności.

— W każdym razie zbieg okoliczności. I ludzie *zbierają* takie zbiegi okoliczności. Kiedy takie przeżycia — wyłuskane z doświadczeń kilku miliardów ludzi — zostaną zgromadzone w książkach, można odnieść wrażenie, że to przekonujący materiał. Powiększa się więc jego objętość. Ale mamy tu do czynienia z loterią, w której widoczne są tylko losy wygrane.

— Czy nie istnieją osoby jasnowidzące albo „media", które naprawdę coś podobnego przeżywają?

— Owszem, jeśli pominąć zwykłych oszustów, znajdziemy także inne wyjaśnienie takich mistycznych przeżyć.

— Opowiedz!

— Czy pamiętasz naszą rozmowę o teorii podświadomości Freuda?

— Ile razy mam ci powtarzać, że mam całkiem niezłą pamięć?

— Już Freud wskazał, że często możemy występować jako swoiste „media" w kontaktach z własną podświadomością. Nagle łapiemy się na jakiejś myśli albo robimy coś, nie do końca rozumiejąc, dlaczego to robimy. A przyczyna tkwi w tym, że mamy nieskończenie więcej doświadczeń, myśli i przeżyć, niż jesteśmy tego świadomi.

— Tak?

— Zdarza się, że ludzie we śnie chodzą i mówią. Nazywamy to „automatyzmem duchowym". Również w hipnozie ludzie mówią i robią rzeczy „sami z siebie". Przypomnij sobie surrealistów, którzy próbowali stosować „zapis automatyczny". Występowali jako media swej własnej podświadomości.

— I to także pamiętam.

— Co jakiś czas w naszym stuleciu pojawiały się tak zwane ruchy spirytystyczne. Głoszono, że medium może nawiązać kontakt ze zmarłym. Przemawiając głosem zmarłego albo za pomocą zapisu automatycznego, medium przejmowało wiadomość od człowieka, który na przykład żył wiele setek lat temu. Uznawano to za dowód, że istnieje życie po śmierci lub też, że człowiek ma wiele wcieleń.

— Rozumiem.

— Nie twierdzę, że wszystkie media to oszustwo. Niektórzy z pewnością działali w dobrej wierze. I rzeczywiście byli mediami, ale mediami własnej podświadomości. Można wyliczyć wiele przykładów starannych badań mediów, które w transie ujawniały rozmaite umiejętności czy zdolności. Skąd się brały, nie rozumieli ani oni sami, ani nikt inny. Pewna pani, nie znająca hebrajskiego, zaprezentowała przesłanie właśnie w tym języku. A więc musiała żyć wcześniej, Zosiu, albo też weszła w kontakt z duchem jakiegoś zmarłego.

— A co ty o tym myślisz?

— Okazało się, że kiedy była mała, miała żydowską nianię.

— Och...

— Rozczarowałaś się? Ale czy nie jest samo w sobie fantastyczne, że niektórzy ludzie potrafią magazynować w podświadomości wcześniejsze doświadczenia?

— Wiem, o czym myślisz.

— Również wiele codziennych niezwykłości da sie wyjaśnić na podstawie freudowskiej teorii podświadomości. Jeśli przypadkiem zadzwoni do mnie przyjaciel, którego nie widziałem od wielu lat, akurat w chwili, gdy sam zacząłem szukać jego numeru telefonu...

— Aż mi ciarki przechodzą po plecach.

— Ale wyjaśnienie może na przykład polegać na tym, że obaj usłyszeliśmy w radio starą melodię, której słuchaliśmy, gdy widzieliśmy się ostatnio. Cały problem polega na tym, że ukryty związek nie jest uświadomiony.

— Albo szalbierstwo... albo efekt loterii... albo podświadomość.

— W każdym razie zdrowo jest podchodzić do takich regałów z pewnym sceptycyzmem. Ważne jest to zwłaszcza dla filozofa. W Anglii powstało stowarzyszenie sceptyków. Już wiele lat temu wyznaczyli wielką nagrodę dla pierwszego, kto potrafi dowieść jakiegoś nadprzyrodzonego zjawiska, choćby niepozornego. Nie musiałby to być żaden wielki cud, wystarczyłby bodaj mały przykład telepatii. Na razie jednak nikt się nie zgłosił.

— Rozumiem.

— Zupełnie innym problemem jest fakt, że my, ludzie, wielu rzeczy nie rozumiemy. Być może nie znamy także wszystkich praw przyrody. W ubiegłym stuleciu wielu uważało takie zjawiska jak magnetyzm i elektryczność za swego rodzaju czary. Założę się, że moja prababka zrobiłaby wielkie oczy, gdybym opowiedział jej o telewizji i komputerach.

— Nie wierzysz więc w nic nadprzyrodzonego?

— Mówiliśmy już o tym wcześniej. Samo wyrażenie „nadprzyrodzone" jest przecież trochę dziwaczne. Nie, ja uważam, że istnieje tylko jedna przyroda, ale za to jest ona niezwykła.

— A te tajemne zjawiska opisane w książkach, które mi pokazałeś?

— Wszyscy prawdziwi filozofowie muszą mieć oczy szeroko otwarte. Choć nigdy nie widzieliśmy białego kruka, nie wolno nam przestać go szukać. A pewnego dnia nawet taki sceptyk jak ja zmuszony zostanie do zaakceptowania zjawiska, w które wcześniej nie wierzył. Gdybym nie zostawił sobie takiej furtki, byłbym dogmatykiem. Nie byłbym wtedy prawdziwym filozofem.

Alberto i Zofia siedzieli na ławce w milczeniu. Gołębie gruchały, wyciągając szyje, od czasu do czasu straszyli je przejeżdżający rowerzyści albo jakiś gwałtowny ruch.

— Muszę wracać do domu, przygotowywać przyjęcie — oznajmiła wreszcie Zofia.

— Zanim się rozstaniemy, pokażę ci takiego białego kruka. Jest bowiem bliżej, niż nam się zdaje.

Wstał z ławki i powędrowali z powrotem do księgarni.

Tym razem minęli regały z książkami o nadprzyrodzonych zjawiskach. Alberto zatrzymał się przed wąską półeczką w głębi księgarni. Nad półką wisiał nieduży napis: *Filozofia*.

Alberto palcem pokazał konkretną książkę, a Zofia wzdrygnęła się, kiedy przeczytała tytuł: *ŚWIAT ZOFII*.

— Czy chcesz, bym ci ją kupił?

— Nie wiem, czy mam dość odwagi.

Ale wkrótce wracała już do domu, niosąc w jednej ręce torbę z zakupami na przyjęcie, a książkę w drugiej.

PRZYJĘCIE W OGRODZIE

...biały kruk...

Hilda siedziała jak przykuta do łóżka. Czuła, że zesztywniały jej ramiona, a dłonie trzymające segregator drżą.

Dochodziła już jedenasta, a to znaczyło, że czytała ponad dwie godziny. Czasami podnosiła wzrok znad maszynopisu i wybuchała gromkim śmiechem, ale niekiedy odwracała się na bok głośno jęcząc. Dobrze, że była w domu sama.

O czym to się naczytała przez te dwie godziny! Zaczęło się od tego, że Zofia z całych sił starała się odwrócić uwagę majora w drodze z Chaty Majora do domu. Wreszcie wspięła się na drzewo, a wtedy gąsior Marcin niczym Anioł Stróż przybył jej z pomocą aż z Libanu.

Choć było to już bardzo, bardzo dawno temu, Hilda nie zapomniała, jak ojciec czytał jej *Cudowną podróż*. Od tamtej pory przez wiele lat porozumiewali się tajemnym szyfrem, mającym związek z tą książką. A teraz ojciec znów wyciągnął starego gąsiora.

Potem Zofia zadebiutowała jako samotna kawiarniana bywalczyni i Hilda bardzo uważnie przeczytała to, co Alberto opowiedział o Sartrze i egzystencjalizmie. Prawie zdołał ją nawrócić, ale też udało mu się tego dokonać i w wielu innych miejscach maszynopisu.

Kiedyś, mniej więcej rok temu, Hilda kupiła książkę o astrologii. Innym razem wróciła do domu z kartami do tarota, a któregoś dnia przyniosła książeczkę o spirytyzmie. Za każdym razem ojciec wypowiadał kilka surowych słów o zmyśle krytycznym i przesądach, ale dopiero teraz wybiła godzina zemsty. Rzeczywiście, starannie wymierzył cios. Wyraźnie dał do zrozumienia, że nie życzy sobie, by jego córka dorastała, nie będąc ostrzeżona przed podobnym szalbierstwem. Dla pewności pomachał jej jeszcze ręką z ekranu telewizora w sklepie z elektroniką. Akurat tego mógł sobie oszczędzić...

Najbardziej dziwiła ją jednak ciemnowłosa dziewczynka.

Zofio, Zofio, kim jesteś? Skąd się wzięłaś? Dlaczego wtargnęłaś w moje życie?

Na końcu przeczytała, że Zofia dostała książkę o samej sobie. Czy to była ta sama książka, którą Hilda trzymała teraz w rękach? To przecież tylko segregator. Ale bez względu na wszystko: jak można znaleźć książkę o sobie samej w książce o sobie samej? Co się stanie, gdy Zofia zacznie ją czytać?

Co się teraz stanie? Co może się teraz stać?

Hilda czuła, że pod palcami zostało jej już tylko kilka luźnych kartek.

Wracając z miasta do domu, Zofia spotkała w autobusie matkę. Do diabła! Co matka powie, kiedy zobaczy książkę, którą Zofia trzyma w ręku?

Zofia próbowała wepchnąć tomiszcze do torebki z serpentynami i balonikami kupionymi na przyjęcie, ale nie zdążyła.

— Cześć, Zosiu! Jedziemy tym samym autobusem? To miło.

— Cześć...

— Kupiłaś jakąś książkę?

— No, niezupełnie...

— *Świat Zofii.* To bardzo dziwny tytuł.

Zofia zrozumiała, że nie ma nawet szansy, by rozsądnie skłamać.

— Dostałam ją od Alberta.

— Ach, tak. Jak już mówiłam, nie mogę doczekać się spotkania z tym człowiekiem. Mogę zobaczyć?

— Bardzo proszę, wstrzymaj się z tym przynajmniej, aż wrócimy do domu. To *moja* książka, mamo.

— Tak, tak, to twoja książka. Ale ja zajrzę tylko na pierwszą stronę. Ależ... „Zofia Amundsen wracała ze szkoły do domu. Pierwszy odcinek drogi szła razem z Jorunn. Rozmawiały o elektronicznych robotach...".

— Naprawdę to jest napisane?

— Tak, Zosiu, to właśnie jest napisane. Autorem jest jakiś Albert Knag. To musi być debiutant. A przy okazji, jak się nazywa ten twój Alberto?

— Knox.

— Zobaczysz, okaże się, że ten dziwny człowiek napisał o tobie całą książkę, Zosiu. Pod pseudonimem.

— To nie on, mamo. Już nic nie wymyślaj. I tak nic nie rozumiesz.

— Dobrze, dobrze, nie rozumiem, ale jutro jest przyjęcie. Wszystko znów będzie dobrze, zobaczysz.

— Albert Knag żyje w zupełnie innej rzeczywistości. Dlatego ta książka jest białym krukiem.

— Och, nie opowiadaj takich rzeczy! Przedtem był przecież biały królik?

— Przestań!

Rozmowa matki z córką urwała się, ponieważ musiały wysiąść z autobusu na początku ulicy Koniczynowej. Tam trafiły na demonstrację.

— To ci dopiero! — wykrzyknęła Helene Amundsen. — Miałam nadzieję, że w tej dzielnicy oszczędzi się nam ulicznego parlamentu.

Ludzi nie było więcej niż dziesięciu, góra dwunastu. Na transparentach widniały hasła: *Wkrótce przybędzie Major*, *Świętojańskim pysznościom — tak!* oraz *Więcej władzy dla ONZ!*

Zofii zrobiło się przykro ze względu na matkę.

— Nie przejmuj się nimi — powiedziała.

— Ale to naprawdę dziwny pochód, Zosiu. Właściwie trochę absurdalny.

— To tylko bagatelka.

— Świat zmienia się coraz szybciej. Właściwie nie jestem ani odrobinę zdziwiona.

— Powinnaś przynajmniej się dziwić, że się nie dziwisz.

— Ależ dlaczego, przecież oni nie są agresywni. Oby tylko nie podeptali naszych róż. Demonstracje nie muszą koniecznie odbywać się w ogrodzie. Wracajmy do domu, zobaczymy.

— To demonstracja filozoficzna, mamo. Prawdziwi filozofowie nie depczą róż.

— Wiesz co, Zosiu? Nie wiem, czy jeszcze wierzę w prawdziwych filozofów. W dzisiejszych czasach prawie wszystko jest syntetyczne.

Popołudnie i wieczór zeszły na przygotowaniach. Następnego dnia również były zajęte nakrywaniem stołu i dekorowaniem ogrodu. Przyszła również Jorunn.

— Rany boskie! — powiedziała. — Mama i tato też się tu wybierają. To twoja wina, Zosiu.

Pół godziny przed przybyciem gości wszystko było już zapięte na ostatni guzik. Drzewa w ogrodzie przystrojono serpentynami i japońskimi lampionami. Przez okno do piwnicy przeciągnięte zostały przedłużacze. Ogrodową furtkę, drzewa w alejce i fasadę domu zdobiły balony. Zofia i Jorunn całe popołudnie dmuchały i dmuchały.

Na stole stały kurczaki i miski z sałatkami, bułeczki i pleciona bułka. W kuchni czekały drożdżówki i tort, ósemka z kremem i ciasto czekoladowe, ale piramidę z dwudziestu czterech makaronikowych obwarzanków ustawiono już na stole. Na samym wierzchołku piramidy matka umieściła figurkę konfirmantki, ale zapewniała, że równie dobrze może to być po prostu figurka piętnastolatki. Zofia była jednak przekonana, że matka zrobiła tak, bo ona jeszcze się nie zdecydowała, czy chce przystąpić do konfirmacji. Wydawało się, że dla matki konfirmacja tkwi w samej obwarzankowej piramidzie.

— Na niczym nie oszczędzałyśmy — powtarzała raz po raz w ciągu ostatnich dwóch kwadransów przed przybyciem gości.

Wreszcie goście zaczęli się schodzić. Jako pierwsze przybyły trzy dziewczynki z klasy, w letnich bluzkach i lekkich swetrach robionych na drutach, w długich spódnicach i z delikatnie umalowanymi oczami. Nieco później pojawili się Jørgen i Lasse. Niedbałym krokiem weszli przez furtkę, jak uosobienie dziewczęcego zawstydzenia i chłopięcej arogancji.

— Wszystkiego najlepszego!

— A więc i ty wreszcie dorosłaś.

Zofia zauważyła, że Jorunn i Jørgen już zaczynają ukradkiem na siebie zerkać. Coś wisiało w powietrzu. Ale był przecież wieczór świętojański.

Wszyscy przynieśli prezenty, a ponieważ miało to być filozoficzne przyjęcie, większość zaproszonych przed imprezą postarała się dowiedzieć, co to jest filozofia. Choć nie wszystkim udało się wymyślić prawdziwie filozoficzny prezent, to większość bardzo wysiliła fantazję, by przynajmniej napisać coś filozoficznego na bileciku. Zofia dostała słownik filozoficzny i zamykany na kłódkę pamiętnik z napisem: *Moje osobiste zapiski filozoficzne*.

Kiedy goście się schodzili, podano cydr w wysokich kieliszkach do białego wina. Jako kelnerka wystąpiła matka.

— Witam... Jak masz na imię, młody człowieku?... Ciebie chyba jeszcze nie miałam okazji poznać... Jak miło, że przyszłaś, Cecilie...

Dopiero kiedy już wszyscy młodzi się stawili — i spacerowali teraz między drzewami owocowymi z kieliszkami do białego wina w dłoniach — przed furtką zaparkował biały mercedes rodziców Jorunn. Doradca finansowy był w przepisowym szarym garniturze o szykownym kroju. Małżonka włożyła czerwony spodnium ozdobiony ciemnoczerwonymi cekinami. Zofia gotowa była dać głowę, że poszła najpierw do sklepu z zabawkami i kupiła lalkę Barbie w takim stroju. Później zaniosła lalkę do krawca i poleciła mu uszyć identyczny kostium dla siebie. Zofia brała pod uwagę także i inne rozwiązanie. To sam doradca finansowy mógł kupić lalkę i zanieść ją do czarownika z poleceniem, by zmienił ją w żywą kobietę z krwi i kości. Ta możliwość była jednak tak nieprawdopodobna, że Zofia z miejsca ją odrzuciła.

Gdy wysiedli z mercedesa i weszli do ogrodu, młodzi goście ze zdumienia szeroko otworzyli oczy. Doradca finansowy osobiście wręczył prezent od rodziny Ingebrigtsenów. Zofia starała się zachować spokój, gdy okazało się, co jest w podłużnym pudełku — lalka Barbie. Jorunn nie wytrzymała:

— Czy wyście już całkiem zwariowali? Przecież Zofia nie bawi się lalkami!

Podbiegła pani Ingebrigtsen. Zadźwięczały cekiny na spodniumie.

— Rozumiesz chyba, że to do o z d o b y!

— W każdym razie serdecznie dziękuję — Zofia starała się załagodzić sytuację. — Już teraz mogę zacząć myśleć o moim przyszłym domu.

Goście niespokojnie zaczęli krążyć wokół stołu.

— Czekamy już tylko na Alberta — powiedziała matka do Zofii lekko podnieconym tonem, usiłując skryć zatroskanie. Wieść o szczególnym gościu już się rozeszła wśrod przybyłych.

— Obiecał, że przyjdzie, a to znaczy, że przyjdzie na pewno.

— Ale dopóki on się nie pojawi, nie możemy chyba usiąść do stołu?

— Nie, już siadamy.

Helene Amundsen zaczęła sadzać gości wokół długiego stołu. Zatroszczyła się o to, by wolne krzesło zostało między miejscem Zofii a jej własnym. Powiedziała kilka słów o poczęstunku, o tym, że pogoda taka piękna, i o tym, że Zofia stała się już dorosłą kobietą.

Siedzieli przy stole już dobre pół godziny, kiedy Koniczynową nadszedł mężczyzna w średnim wieku, z czarną ufryzowaną brodą i w berecie. Niósł wielki bukiet z piętnastu czerwonych róż.

— Alberto!

Zofia wstała od stołu i wyszła na spotkanie. Rzuciła mu się na szyję i przyjęła bukiet. Odpowiedział na jej powitanie, przeszukując kieszenie marynarki. Wyciągnął dwie race, podpalił je i rzucił za siebie. Podchodząc do stołu, podpalił jeszcze gwiaździsty fajerwerk i zanim stanął pomiędzy Zofią a jej matką, umieścił go na czubku piramidy z obwarzanków.

— Serdecznie witam wszystkich zebranych! — powiedział.

Goście byli wniebowzięci. Pani Ingebrigtsen posłała mężowi wiele mówiące spojrzenie, natomiast matka Zofii odczuła taką ulgę, kiedy ten człowiek nareszcie się pojawił, że gotowa była mu wybaczyć absolutnie wszystko. Sama jubilatka walczyła ze sobą, by powstrzymać śmiech.

Helene Amundsen zastukała w kieliszek i rzekła uroczystym tonem:

— My także witamy Alberta Knoxa na naszym filozoficznym przyjęciu w ogrodzie. Nie jest on moim nowym kochankiem, bo choć mój mąż wiele podróżuje, nie mam na razie żadnego przyjaciela. Ten niezwykły człowiek jest natomiast nowym nauczycielem filozofii mojej córki Zofii. Umie dużo więcej niż tylko podpalać race. Potrafi na przykład z czarnego cylindra wyciągnąć białego królika. A może to był kruk, Zosiu?

— Dziękuję, bardzo dziękuję — odpowiedział Alberto i usiadł.

— Pomyślności — rzekła Zofia, a zgromadzeni podnieśli w górę tym razem kieliszki do czerwonego wina napełnione colą.

Przez długi czas goście siedzieli i jedli kurczaki i sałatki. Nagle Jorunn wstała od stołu, zdecydowanym krokiem podeszła do Jørgena i wycisnęła na jego ustach soczysty pocałunek. Odpowiedział na to zbliżenie próbą przyciśnięcia jej górnej połowy ciała do stołu, by wygodniej mu było ją całować.

— Chyba zemdleję! — wykrzyknęła pani Ingebrigtsen.

— Nie na stole, dzieci — padł jedyny komentarz z ust pani Amundsen.

— Dlaczego nie? — zwrócił się do niej Alberto.

— To bardzo dziwne pytanie.

— Dla prawdziwego filozofa żadne pytanie nie jest dziwne.

Kilku chłopców, których nikt nie pocałował, zaczęło rzucać kości od kurczaka na dach. I znów z ust matki Zofii padł tylko jeden komentarz:

— Nie róbcie tak, proszę, bo jeszcze rynny się zapchają.

— Przepraszamy — powiedział jeden z chłopców. Teraz rzucali kości za płot.

— Chyba nadszedł czas, by zebrać talerze i podać ciasta — stwierdziła w końcu pani Amundsen. — Kto ma ochotę na kawę?

Małżonkowie Ingebrigtsen, Alberto i jeszcze dwoje gości podniosło ręce do góry.

— Zofia i Jorunn, może mi pomożecie...

W drodze do kuchni nadarzyła się okazja, by przyjaciółki zamieniły ze sobą kilka słów.

— Dlaczego go pocałowałaś?

— Siedziałam i patrzyłam na jego usta, i nagle poczułam, że mam taką straszną ochotę. Jemu przecież nie można się oprzeć.

— I jak to smakowało?

— Trochę inaczej niż myślałam, ale...

— A więc to był pierwszy raz?

— Ale na pewno nie ostatni.

Wkrótce kawa i ciasta wjechały na stół. Alberto zaczął rozdzielać race między chłopców, ale matka Zofii znów zastukała, tym razem w filiżankę:

— Nie mam zamiaru wygłaszać długiej mowy — zaczęła — ale mam tylko jedną córkę i tylko dzisiaj upływa dokładnie tydzień i jeden dzień od chwili, kiedy skończyła piętnaście lat. Jak widzicie, na niczym nie oszczędzałyśmy. W piramidzie są dwadzieścia cztery obwarzanki, a to znaczy, że na każdego wypada co najmniej jeden. Dlatego ci, którzy poczęstują się pierwsi, mogą wziąć po dwa wianuszki. Zaczynamy wszak od czubka, a z upływem czasu nadchodzi pora na coraz większe krążki. Podobnie jak z naszym życiem. Kiedy Zofia była małym brzdącem, nieśmiało dreptała sobie po niedużych kręgach. Teraz rozciągają się od domu aż do Starówki. W dodatku, kiedy ma się ojca, który tyle podróżuje, zatacza się też kręgi po całym świecie. Wszystkiego najlepszego w dniu piętnastych urodzin, Zosiu!

— Czarujące! — wykrzyknęła pani Ingebrigtsen.

Zofia nie była pewna, czy chodziło jej o matkę, jej mowę, obwarzankową piramidę, czy o samą Zofię.

Zerwały się oklaski, a jeden z chłopców rzucił racę w górę, aż na gruszę. Jorunn także wstała od stołu i próbowała ściągnąć Jørgena z krzesła. Nie protestował, zaraz ułożyli się na trawie i tam dalej się całowali. Po chwili poturlali się pod krzaki porzeczek.

— W dzisiejszych czasach dziewczęta przejmują inicjatywę — stwierdził doradca finansowy.

Z tymi słowami wstał, podszedł do krzewów porzeczek i stanął, z bliska przyglądając się niecodziennemu zjawisku. Reszta towarzystwa poszła za jego przykładem, na swoich miejscach zostali tylko Zofia i Alberto. Goście półkolem otoczyli Jorunn i Jørgena, którzy mając już za sobą pierwsze niewinne pocałunki, zastąpili je bardziej wyrafinowaną formą pieszczot.

— Najwidoczniej nie da się ich powstrzymać — orzekła pani Ingebrigtsen nie bez dumy w głosie.

— Tak, tak, gatunek podtrzymuje gatunek — zgodził się z nią mąż.

Rozejrzał się dokoła, chcąc sprawdzić, czy nie czekają go wyrazy uznania za tak trafnie dobrane słowa, ale gdy odpowiedziano mu tylko kiwaniem głową w milczeniu, dodał:

— Nic się na to nie poradzi.

Ze sporej odległości Zofia zauważyła, że Jørgen usiłuje rozpiąć Jorunn białą bluzkę, która już i tak zazieleniła się od trawy. Dziewczyna mocowała się z jego paskiem u spodni.

— Uważajcie, żebyście się nie przeziębili — powiedziała pani Ingebrigtsen.

Zofia zrezygnowana popatrzyła na Alberta.

— Sprawy postępują szybciej, niż przypuszczałem... Musimy jak najprędzej się wydostać. Wygłoszę tylko krótką mowę.

Zofia zaklaskała w dłonie.

— Czy możecie wrócić na swoje miejsca? Alberto chce wygłosić mowę.

Wszyscy z wyjątkiem Jorunn i Jørgena ociągając się, znów zasiedli przy stole.

— Naprawdę ma pan zamiar wygłosić mowę? — zapytała Helene Amundsen. — To bardzo uprzejmie z pana strony.

— Z góry dziękuję za uwagę.

— A w dodatku pan tak bardzo lubi spacerować. Podobno niezmiernie ważne jest utrzymywanie się w formie. Szczególnie sympatycznie jest, moim zdaniem, zabierać ze sobą psa. Czy on nie nazywa się Hermes?

Alberto wstał i zadzwonił w filiżankę.

— Droga Zosiu — zaczął. — Przypominam, że to filozoficzne przyjęcie w ogrodzie, dlatego wygłoszę mowę filozoficzną.

Już w tym miejscu przerwały mu oklaski.

— Na tym rozpasanym przyjęciu mimo wszystko przyda się odrobina rozumu. Nie zapomnijmy jednak pogratulować jubilatce z okazji piętnastych urodzin.

Nim skończył mówić, usłyszeli warkot zbliżającego się samolotu, który wkrótce zniżył się nad ogrodem. Za samolotem ciągnęła się długa szarfa z napisem: *Wszystkiego najlepszego z okazji piętnastych urodzin!*

Wywołało to kolejną, jeszcze silniejszą falę aplauzu.

— Sami widzicie! — wykrzyknęła pani Amundsen. — Ten człowiek potrafi więcej, niż tylko odpalać petardy.

— O, to tylko bagatelka. Wespół z Zofią przeprowadzaliśmy w ciągu ostatnich tygodni badania filozoficzne o dość szerokim zasięgu. Tu i teraz mamy zamiar ogłosić, do jakich wniosków doszliśmy. Zdradzimy najgłębszą tajemnicę naszego istnienia.

Wśród zgromadzonych zapadła taka cisza, że słychać było śpiew ptaków. Zza krzewów dobiegały także odgłosy namiętnych pocałunków.

— Mów dalej!

— Po gruntownych badaniach filozoficznych, rozciągających się od pierwszych filozofów greckich aż po dzień dzisiejszy, stwierdziliśmy, że żyjemy w świadomości pewnego majora. Pełni on obecnie służbę jako obserwator z ramienia ONZ w Libanie, ale napisał także książkę o nas dla swojej córki, która mieszka w Lillesand. Ona nazywa się Hilda Møller Knag i skończyła piętnaście lat dokładnie tego samego dnia, co Zofia. Kiedy obudziła się wcześnie rano piętnastego czerwca, książka o nas wszystkich, a ściślej mówiąc, duży segregator, leżała na nocnym stoliku. Właśnie w tej chwili czuje, że w palec wskazujący łaskoczą ją już końcowe strony.

Gości przy stole zaczęła ogarniać nerwowość.

— Nasze istnienie jest mniej lub bardziej zabawną rozrywką urodzinową dla Hildy Møller Knag. Wszyscy bowiem jesteśmy wymyśleni i stanowimy ramy dla filozoficznego wykształcenia córki majora. Oznacza to na przykład, że ten biały mercedes przed furtką nie jest warty złamanego grosza. To tylko bagatelka. Nie jest warty więcej niż podobne białe mercedesy jeżdżące w kółko w głowie biednego majora ONZ, który akurat usiadł sobie w cieniu palmy, chcąc uniknąć porażenia słonecznego. W Libanie są gorące dni, moi przyjaciele.

— Brednie! — wykrzyknął doradca finansowy. — Czyste, wierutne bzdury!

— Każdy, oczywiście, może się wypowiedzieć — kontynuował Alberto, niczym się nie przejmując. — Ale prawdą jest, że to właśnie to przyjęcie w ogrodzie jest czystą i wierutną bzdurą. Jedyną odrobiną rozumu na tym przyjęciu jest moja mowa.

Doradca finansowy wstał i oświadczył:

— Człowiek stara się, jak umie, prowadzić swoje interesy. Rzecz jasna, zatroszczył się też o zabezpieczenie. Dokłada wszelkich starań. I nagle musi wysłuchiwać, jak jakiś uchylający się od pracy nieudacznik próbuje zniszczyć wszystko pseudofilozoficznymi twierdzeniami.

Alberto twierdząco pokiwał głową.

— Na ten rodzaj filozoficznej wiedzy nie działa, niestety, żadne ubezpieczenie. Mowimy o czymś, co jest straszniejsze od klęski żywiołowej, panie doradco finansowy. Jak pewnie zdaje pan sobie sprawę, ubezpieczenia nie pokrywają tego rodzaju wypadków.

— To nie jest wcale klęska żywiołowa.

— Nie, to klęska egzystencjalna. Wystarczy na przykład rzut okiem na krzaki porzeczek i jasne stanie się, o czym mówię. Nie można się ubezpieczyć od tego, że czyjś cały świat się zawali, tak jak nie można ubezpieczyć się na wypadek, że słońce zgaśnie.

— Czy mamy to zaakceptować? — spytał ojciec Jorunn, patrząc z góry na swoją żonę.

Pokręciła głową, matka Zofii także.

— To bardzo smutne — powiedziała. — I to w dodatku teraz, kiedy na niczym nie oszczędzałyśmy.

Młodzi jednak nie spuszczali wzroku z Alberta. Często bywa tak, że młodzież jest bardziej otwarta na nowe pomysły i idee niż ci, którzy żyją już od jakiegoś czasu.

— Chętnie jeszcze posłuchamy — oświadczył jakiś chłopiec z jasnymi kręconymi włosami, w okularach na nosie.

— Dziękuję bardzo, ale niewiele więcej mam do powiedzenia. Kiedy już się zrozumie, że jest się tylko marzeniem sennym w rozespanej świadomości innego człowieka, najrozsądniej jest, moim zdaniem, milczeć. Ale zakończę tym, że polecałbym młodym krótki kurs historii filozofii. W ten sposób rozwiniecie w sobie krytyczne nastawienie do świata, w którym żyjecie. Dotyczy to zwłaszcza krytycyzmu wobec wartości pokolenia waszych rodziców. Najbardziej starałem się nauczyć Zofię właśnie krytycznego myślenia. Hegel określił to jako myślenie negatywne.

Doradca finansowy jeszcze nie usiadł. Stojąc, bębnił palcami w stół.

— Ten agitator usiłuje zniszczyć wszelkie zdrowe wartości, które szkoła, Kościół i my sami staramy się wpoić dorastającemu pokoleniu. To oni przecież mają przed sobą przyszłość, a w dodatku pewnego dnia odziedziczą nasz majątek. Jeśli on natychmiast nie zostanie usunięty z tego przyjęcia, zadzwonię do mojego adwokata. On już będzie wiedział, jakie środki przedsięwziąć.

— Nie ma najmniejszego znaczenia, jakie środki przedsięweźmiesz, bo jesteś niczym innym jak tylko cieniem. Poza tym i ja, i Zofia wkrótce opuścimy przyjęcie. Kurs filozofii nie był bowiem zajęciem czysto teoretycznym. Miał również swoją stronę praktyczną. Kiedy nadejdzie odpowiednia chwila, zrobimy pewną sztuczkę i ulotnimy się niepostrzeżenie. W ten sposób wykradniemy się także ze świadomości majora.

Helene Amundsen ujęła córkę za ramię.

— Chyba mnie nie zostawisz, Zosiu?

Zofia objęła matkę i podniosła wzrok na Alberta.

— Mamie będzie tak przykro...

— Bzdura. Nie możesz zapominać o tym, czego się nauczyłaś. Musimy się uwolnić od tych bredni. Twoja matka jest tak samo ładną i przyjemną kobietą, jak koszyczek Czerwonego Kapturka był pełen jedzenia dla babci. Będzie jej akurat tak przykro, jak temu samolotowi, który właśnie przelatywał, potrzebna jest benzyna do wykonania manewru z gratulacjami.

— Chyba rozumiem, co masz na myśli — przyznała Zofia i zwróciła się do matki. — Muszę zrobić tak, jak on mówi, mamo. Pewnego dnia i tak bym cię opuściła.

— Będzie mi ciebie brakowało — powiedziała matka. — Ale jeśli nad tym niebem jest jakieś inne, to leć. Obiecuję, że będę dbała o Gowindę. Czy dawać mu jeden liść sałaty dziennie czy dwa?

Alberto położył jej dłoń na ramieniu.

— Ani ty, ani nikt inny tutaj nie będzie za nami tęsknił, a to z tego powodu, że po prostu nie istniejecie. Nie jesteście wobec tego wyposażeni w żaden aparat, za pomocą którego moglibyście za nami tęsknić.

— To doprawdy najgorsza zniewaga! — oburzyła się pani Ingebrigtsen.

Doradca finansowy pokiwał głową.

— W każdym razie możemy oskarżyć go o zniesławienie. Przekonasz się, on na pewno jest komunistą. Chce nam zabrać wszystko, co kochamy. Ten człowiek to łajdak. Zdeprawowany łobuz...

Obaj, Alberto i doradca finansowy, usiedli, ten ostatni czerwony na twarzy z wściekłości. Pojawili się Jorunn z Jørgenem i usiedli przy stole brudni, w wymiętych ubraniach. Jasne włosy Jorunn usmarowane były ziemią i gliną.

— Mamo, będę miała dziecko — oznajmiła.

— Dobrze, ale wstrzymaj się z tym przynajmniej do czasu powrotu do domu.

Mąż natychmiast ją poparł.

— Tak, ona musi przetrzymać. A jeśli dziś wieczorem ma być chrzest, to będzie załatwiać wszystko sama.

Alberto z powagą popatrzył na Zofię.

— Nadszedł już czas.

— Czy przez wyjazdem możesz nam przynieść trochę kawy? — zapytała matka.

— Oczywiście, mamo, zrobię to od razu.

Zabrała dzbanek-termos, który stał na stole. W kuchni musiała nastawić ekspres. Czekając, aż kawa będzie gotowa, dała jeść ptaszkom i rybkom. Zajrzała też do łazienki i zostawiła liść sałaty Gowindzie. Kota nigdzie nie było, ale otworzyła dużą puszkę z kocim jedzeniem, włożyła jej zawartość do głębokiego talerza i postawiła na progu. Czuła, że wilgotnieją jej oczy.

Kiedy wróciła z kawą do ogrodu, impreza przypominała raczej kinderbal niż przyjęcie z okazji piętnastych urodzin: poprzewracane butelki z oranżadą, kawałki ciasta czekoladowego rozsmarowane po stole i patera ze słodkimi bułeczkami zrzucona na ziemię. Akurat kiedy nadeszła Zofia, jeden z chłopców umieścił petardę w torcie. Eksplodowała i cały krem wylądował na stole i na uczestnikach przyjęcia. Los okazał się najokrutniejszy dla spodniumu pani Ingebrigtsen.

Najbardziej osobliwy był fakt, że zarówno ona, jak i inni goście traktowali to, co się działo, z największym spokojem. Jorunn wzięła kawałek ciasta czekoladowego, rozsmarowała go na twarzy Jørgena i zaraz zaczęła wylizywać chłopaka do czysta.

Matka i Alberto przysiedli na ogrodowej huśtawce, w pewnym oddaleniu od innych. Zamachali do Zofii.

— Nareszcie mogliście porozmawiać w cztery oczy — stwierdziła Zofia.

— Miałaś całkowitą rację — oświadczyła matka uszczęśliwiona. — Alberto jest wspaniałym człowiekiem. Przekazuję cię w jego silne ramiona.

Zofia usiadła między nimi.

Dwóm chłopcom udało się wejść na dach. Jakaś dziewczynka chodziła po ogrodzie i spinką do włosów przekłuwała wszystkie balony. Na motorowerze przyjechał nieproszony gość, na bagażniku przywiózł skrzynkę piwa i wódkę. Pomocne dłonie zaopiekowały się nim od razu.

Doradca finansowy również podniósł się od stołu. Klasnął w ręce i spytał:

— Zabawimy się, dzieci?

Chwycił butelkę piwa, opróżnił ją jednym haustem i ustawił na trawie. Następnie podszedł do stołu i wziął garść najniższych obwarzanków z piramidy. Pokazał gościom, jak należy narzucać je na butelkę.

— Agonia — orzekł Alberto. — Musimy stąd odejść, zanim major postawi kropkę i Hilda zamknie segregator.

— Zostaniesz sama z całym sprzątaniem, mamo.

— To nie ma żadnego znaczenia, moje dziecko. To i tak nie jest życie dla ciebie. Jeśli Alberto może ci ofiarować lepszy byt, nikt nie będzie szczęśliwszy ode mnie. Powiedziałaś, że on ma białego konia?

Zofia rozglądała się po ogrodzie. Był nie do poznania. W trawie walały się butelki i kości od kurczaka, bułeczki i baloniki.

— To był kiedyś mój mały prywatny raj — powiedziała.

— A teraz nastąpi wypędzenie z raju — odparł Alberto.

Jeden z chłopców wsiadł do białego mercedesa. Samochód ruszył gwałtownie i rozwalił zamkniętą bramę, wjechał na wysypaną żwirem alejkę i dalej do ogrodu.

Zofia poczuła mocny uścisk na ramieniu i coś pociągnęło ją do Zaułka. Usłyszała głos Alberta:

— Teraz!

W tej samej chwili biały mercedes uderzył w jabłoń. Na maskę samochodu posypały się niedojrzałe jabłuszka.

— Tego już za wiele! — krzyknął doradca finansowy. — Żądam dużego odszkodowania!

Jego czarująca żona poparła go w pełni:

— To wina tego łobuza. Gdzie on jest?

— Jakby zapadli się pod ziemię — odparła Helene Amundsen; powiedziała to nie bez dumy w głosie.

Wstała, podeszła do zabrudzonego stołu i zaczęła sprzątać po filozoficznym przyjęciu w ogrodzie.

— Czy ktoś jeszcze ma ochotę na kawę?

KONTRAPUNKT

...dwie albo więcej melodii, których dźwięki brzmią jednocześnie...

Hilda wstała z łóżka. Na tym zakończyła się historia o Zofii i Albercie. Ale co się właściwie wydarzyło?

Dlaczego ojciec napisał ostatni rozdział? Czy tylko po to, by zademonstrować swą władzę nad światem Zofii?

Pogrążona w zadumie ruszyła do łazienki. Ubrała się i szybko zjadła śniadanie. Wyszła do ogrodu i usiadła na huśtawce.

Zgadzała się z Albertem, że jedyną rozumną rzeczą podczas całego przyjęcia w ogrodzie była wygłoszona przez niego mowa. Ojciec nie uważał chyba, że świat Hildy jest równie chaotyczny jak przyjęcie Zofii. A może także i jej świat w końcu ulegnie zagładzie?

Ale byli jeszcze Zofia i Alberto. Co się stało z ich tajemniczym planem?

Czy do Hildy należało wymyślanie ich dalszych losów? A może naprawdę zdołali wyrwać się z powieści?

Ale gdzie wobec tego mogą być?

Uderzyła ją pewna myśl: jeśli Alberto i Zofia naprawdę zdołali umknąć z opowiadania, nie mogło to być opisane na kartkach segregatora. Ze wszystkiego, co się tam znalazło, ojciec zdawał sobie sprawę.

Czy coś mogło kryć się między wierszami? Była o tym mowa. Hilda zdała sobie sprawę, że jeszcze nie raz i nie dwa będzie musiała przeczytać całą książkę.

Kiedy biały mercedes wjechał do ogrodu, Alberto pociągnął Zofię za sobą do Zaułka. Pobiegli przez las do Chaty Majora.

— Szybko! — popędzał ją Alberto. — To musi nastąpić, zanim on zacznie nas szukać.

— Czy już jesteśmy poza kontrolą majora?

— Jesteśmy na pograniczu.

Przeprawili się łódką na drugą stronę jeziora i wbiegli do chaty. Alberto podniósł klapę w podłodze, odsłaniając wejście do piwnicy. Wepchnął tam Zofię, a potem nastała ciemność.

W dniach, które teraz nastąpiły, Hilda dalej pracowała nad swoim planem. Wysłała kolejne listy do Anne Kvamsdal w Kopenhadze, parę razy dzwoniła. W Lillesand również zaangażowała do pomocy przyjaciół i znajomych, niemal połowę klasy włączyła do akcji.

Jednocześnie czytała *Świat Zofii*. Nie była to historia, którą po jednym przeczytaniu odkłada się na półkę. Do głowy przychodziły jej coraz to nowe pomysły, co mogło się stać z Zofią i Albertem po tym, jak opuścili przyjęcie w ogrodzie.

W sobotę, 23 czerwca obudziła się nagle o dziewiątej. Wiedziała, że ojciec wyjechał już z obozu w Libanie. Teraz pozostawało jedynie czekać. Pozostała część dnia została zaplanowana w najdrobniejszych szczegółach.

Przed południem zabrały się z matką za przygotowywanie wieczoru świętojańskiego. Hilda nie mogła oderwać się od wspomnienia, jak Zofia i jej matka organizowały swoje przyjęcie świętojańskie.

Ale one przecież robiły to wcześniej? Chyba nie w tej chwili odświętnie przystrajały ogród?

Zofia i Alberto siedzieli na trawniku przed dwoma wysokimi budynkami, ze ścian których wystawały brzydkie zakończenia urządzeń klimatyzacyjnych. Z jednego wyszła para młodych ludzi, kobieta i mężczyzna, on niósł brązową teczkę, ona miała przewieszoną przez ramię czerwoną torebkę. Uliczką z tyłu przejechał samochód.

— Co się stało? — zapytała Zofia.

— Udało nam się!

— Ale gdzie my jesteśmy?

— To się nazywa Majorstua, czyli Chata Majora.

— Ale... Majorstua?

— To dzielnica Oslo.

— Jesteś tego całkiem pewien?

— Absolutnie. Ten budynek nazywa się Chateau Neuf, co znaczy „nowy zamek". Studiują tam muzykę. Ten drugi to Fakultet Wspólnoty, tam studiują teologię. Dalej na wzgórzu studiuje się nauki przyrodnicze, a na samej górze literaturę i filozofię.

— Czy już wyszliśmy z książki Hildy i znajdujemy się poza kontrolą majora?

— Tak, i jedno, i drugie. On nigdy nas tu nie znajdzie.

— Ale gdzie byliśmy, kiedy biegliśmy przez las?

— Podczas gdy major zajęty był kolizją samochodu doradcy finansowego z drzewem, dostrzegliśmy dla siebie możliwość ukrycia się w Zaułku. Byliśmy wtedy w stadium płodu, Zosiu. Należeliśmy do starego i do nowego świata. Ale major nie mógł przewidzieć, że tam się ukryjemy.

— Dlaczego?

— Nie popuściłby nam tak łatwo. Wszystko potoczyło się przecież jak we śnie. Choć oczywiście można też sobie wyobrazić, że sam brał udział w tej zabawie.

— O co ci teraz chodzi?

— To przecież on uruchomił białego mercedesa. Może wysilał się do ostateczności, żeby stracić nas z oczu. Z pewnością był wyczerpany po tym wszystkim, co się wydarzyło...

Młodzi ludzie znajdowali się już w odległości kilku metrów od nich. Zofia uznała, że może trochę głupio wyglądać, gdy tak siedzi na trawie z mężczyzną o wiele od siebie starszym. Chciała poza tym, by ktoś potwierdził słowa Alberta.

Wstała i podbiegła do nich.

— Bardzo przepraszam, jak nazywa się to miejsce?

Nie odpowiedzieli jej, ani nawet na nią nie spojrzeli.

Zofia nie dała za wygraną i przyskoczyła do nich jeszcze raz.

— To chyba nic niezwykłego, odpowiedzieć na pytanie?

Młody mężczyzna najwyraźniej pochłonięty był wyjaśnianiem czegoś dziewczynie.

— Kontrapunktowa technika kompozycji działa w dwóch wymiarach, horyzontalnym — czyli melodycznym, i wertykalnym — czyli harmonicznym. Chodzi więc o dwie lub więcej melodii, których dźwięki brzmią jednocześnie...

— Przepraszam, że przerywam, ale...

— ...Melodie komponowane są w taki sposób, że rozwijają się jak najbardziej niezależnie od współbrzmienia. Ale musi zostać zachowana harmonia. Nazywamy to kontrapunktem, właściwie znaczy to: nuta przeciw nucie.

Co za bezczelność! Nie byli przecież ani ślepi, ani głusi. Zofia spróbowała po raz trzeci, stanęła na ścieżce i zagrodziła im drogę.

Została po prostu odsunięta na bok.

— Wiatr się zrywa — powiedziała kobieta.

Zofia biegiem wróciła do Alberta.

— Oni mnie nie słyszą! — oznajmiła, a mówiąc to, przypomniała sobie sen o Hildzie i złotym krzyżyku.

— To jest cena, jaką przyszło nam zapłacić. Kiedy już wymknęliśmy się z książki, nie możemy spodziewać się takiego samego statusu, jaki ma jej autor. Ale przecież jesteśmy tutaj. Od tej chwili nie będziemy ani o jeden dzień starsi niż w momencie opuszczenia przyjęcie w ogrodzie.

— I nigdy nie nawiążemy prawdziwego kontaktu z ludźmi, którzy nas otaczają?

— Prawdziwy filozof nigdy nie mówi: „nigdy". Masz zegarek?

— Wskazuje ósmą.

— Tak, godzinę, o której opuściliśmy Zakręt Kapitański.

— To dzisiaj ojciec Hildy wraca do domu z Libanu.

— Dlatego musimy się pospieszyć.

— Ale dlaczego?

— Nie jesteś ciekawa, co się stanie, kiedy major wróci do domu, do Bjerkely?

— Oczywiście, ale...

— No, to chodź.

Zaczęli schodzić ku miastu. Wiele razy napotykali ludzi, ale wszyscy mijali ich, jakby byli powietrzem.

Wzdłuż ulicy rzędem stały zaparkowane samochody. Alberto zatrzymał się przed czerwonym sportowym samochodem z odsuniętym składanym dachem.

— Myślę, że tym możemy się posłużyć. Musimy się tylko upewnić, czy to *nasz* samochód.

— Nic nie rozumiem.

— Zaraz ci wyjaśnię: nie możemy wziąć zwykłego samochodu, należącego do któregoś z mieszkańców miasta. Jak myślisz, co by się stało, gdyby ludzie odkryli, że samochód jedzie bez kierowcy? Poza tym watpię, byśmy zdołali go uruchomić.

— A ten sportowy samochód?

— Wydaje mi się, że widziałem go na jakimś starym filmie.

— Przepraszam, ale zaczynają mnie irytować te wszystkie tajemnicze niedopowiedzenia.

— To samochód z fantazji, Zosiu. Dokładnie taki, jak my. Ludzie z miasta widzą tylko puste miejsce. Musimy się upewnić, zanim wyruszymy.

Przystanęli. Po niedługiej chwili chodnikiem nadjechał chłopiec na rowerze. Nagle skręcił na ulicę, przejeżdżając przez czerwony samochód.

— Sama widzisz. Jest nasz!

Alberto otworzył przednie drzwi z prawej strony.

— Zapraszam do środka! — powiedział i Zofia usiadła.

Sam Alberto usiadł za kierownicą, przekręcił kluczyk tkwiący w stacyjce i samochód ruszył.

Zjechali w dół Kirkeveien i wkrótce byli już na Drammensveien. Minęli Lysaker i Sandvika. Dookoła dostrzegali coraz więcej olbrzymich ognisk świętojańskich, zwłaszcza kiedy byli już za Drammen.

— Mamy pełnię lata, Zosiu. Czy to nie cudowne?

— A w otwartym samochodzie tak przyjemnie chłodno. Czy naprawdę nikt nas nie widzi?

— Tylko ci, którzy są z naszego rodu. Być może kogoś z nich spotkamy. Która godzina?

— Pół do dziesiątej.

— Musimy jechać na skróty, a w każdym razie nie możemy dłużej wlec się za tą ciężarówką — powiedział Alberto i zjechał na duże pole zboża. Zofia obejrzała się do tyłu i zobaczyła, że zostawiają za sobą szeroki pas położonego zboża.

— Jutro powiedzą, że wiatr wyłożył zboże — stwierdził Alberto.

Major Albert Knag wylądował na lotnisku Kastrup. Była sobota, 23 czerwca, pół do piątej, ale jego dzień wcześnie się rozpoczął. Przedostatni etap podróży odbył samolotem z Rzymu.

Przeszedł przez kontrolę paszportową w mundurze ONZ, który zawsze nosił z dumą. Reprezentował nie tylko samego siebie i nie tylko swój kraj. Albert Knag reprezentował międzynarodowy organ porządku, a także prawie stuletnią tradycję, obejmującą całą planetę.

Niósł niedużą torbę przewieszoną przez ramię. Reszta bagażu została odprawiona w Rzymie. Wystarczyło, że zamachał czerwonym paszportem.

Nothing to declare

Major Knag miał prawie trzy godziny na Kastrup przed odlotem samolotu do Kristiansand. Postanowił, że kupi prezenty dla rodziny. Największy prezent swego życia wysłał już Hildzie prawie dwa tygodnie temu. Marit położyła go na jej nocnym stoliku, żeby zobaczyła, kiedy się obudzi w dniu swego święta. Po tym późnym telefonie w dniu urodzin nie rozmawiał już później z Hildą.

Albert kupił kilka norweskich gazet, usiadł w barze i zamówił filiżankę kawy. Ledwie zdążył rzucić okiem na tytuły, kiedy usłyszał coś przez głośnik:

„Wiadomość dla Alberta Knaga, osobiście. Albert Knag proszony jest o skontaktowanie się z okienkiem SAS!”.

Co to mogło być? Albert poczuł, że po plecach przebiegł mu zimny dreszcz. Nie każą mu chyba wracać do Libanu? A może coś się stało w domu?

Wkrótce stał już przed okienkiem informacji.

— Jestem Albert Knag.

— Bardzo proszę. To jakaś sprawa niecierpiąca zwłoki.

Natychmiast otworzył kopertę. W środku leżała druga, mniejsza koperta, na której napisano: *Major Albert Knag, c/o informacja SAS na lotnisku Kastrup, Kopenhaga.*

Albert był zdenerwowany. Otworzył małą kopertę, a w środku znalazł niedużą kartkę:

Kochany Tato!

Serdecznie witam po powrocie z Libanu. Jak pewnie rozumiesz, nie mogę czekać, aż przyjedziesz do domu. Przepraszam, że musiałam Cię wezwać przez głośnik. Tak było najłatwiej.

PS Z przykrością muszę Cię powiadomić, że od doradcy finansowego Ingebrigtsena nadeszło żądanie odszkodowania za uszkodzenie skradzionego mercedesa.

PS PS Być może, kiedy wrócisz do domu, będę siedziała w ogrodzie. Ale bardzo możliwe, że usłyszysz mnie jeszcze wcześniej.

PS PS PS Trochę się boję zbyt długo przesiadywać w ogrodzie. W takich miejscach nietrudno jest zapaść się pod ziemię.

Serdeczne ucałowania od Hildy, która miała dużo czasu, by przygotować się na Twój powrót do domu.

Major Albert Knag z początku nie mógł powstrzymać się od śmiechu, ale nie podobało mu się, że manipulowano nim w ten sposób. Zawsze lubił mieć pełną kontrolę nad swym życiem. Tymczasem ta dowcipnisia siedziała w domu w Lillesand i dyrygowała jego krokami na lotnisku Kastrup! Ale jak jej się to udało?

Wsunął kopertę do kieszonki na piersiach i ruszył w dół pasażem handlowym. Gdy już miał skręcić do sklepu z duńską żywnością, spostrzegł małą kopertę przyklejoną do szyby wystawowej. Grubym flamastrem napisano na niej: *MAJOR KNAG*. Albert odczepił kopertę od szyby i otworzył ją:

Wiadomość osobiście dla majora Alberta Knaga, c/o duńska żywność, lotnisko Kastrup.

Kochany Tato! Bardzo proszę, żebyś kupił duże duńskie salami, najlepiej 2 kilo. Mama na pewno ucieszy się z koktajlowych paróweczek.

PS Limfjordzki kawior jest też nie do pogardzenia.

Pozdrowienia,

Hilda

Albert rozejrzał się dookoła. Czy nie ma jej gdzieś w pobliżu? Chyba Marit nie zafundowała córce wycieczki do Kopenhagi tylko po to, by mogła go tu spotkać? To przecież pismo Hildy...

Nagle obserwator z ramienia ONZ odniósł wrażenie, że sam jest obserwowany. Jakby ktoś na odległość sterował wszystkimi jego poczynaniami. Czuł się jak lalka w rękach dziecka.

Wszedł do sklepu i kupił dwukilogramowe salami, parówki koktajlowe i trzy słoiczki kawioru, a potem ruszył dalej. Postanowił, że zrobi Hildzie także prawdziwy prezent urodzinowy. Może kalkulator? Albo małe przenośne radio? Tak, to świetny pomysł.

Kiedy wszedł do sklepu z artykułami elektrycznymi, stwierdził, że i tu na wystawie wisi koperta. *Major Albert Knag, c/o najbardziej interesujący sklep na Kastrup*. Na kartce, którą wyjął z białej koperty, przeczytał następującą wiadomość:

Kochany Tato!

Przekazuję pozdrowienia od Zofii i podziękowania za mini-telewizor z radiem, który dostała na urodziny od swego bardzo hojnego ojca. To było doprawdy fantastyczne, ale z drugiej strony to przecież bagatelka. Muszę jednak przyznać, że podzielam zainteresowanie Zofii takimi bagatelkami.

PS Jeśli jeszcze tam nie byłeś, to szczegółowe instrukcje wiszą także w sklepie spożywczym i dużym sklepie wolnocłowym, w którym sprzedają wino i papierosy.

PS PS Dostałam trochę pieniędzy i mogę dołożyć do mini-telewizora 350 koron. Pozdrowienia od Hildy, która już przygotowała nadzienie do indyka i sałatkę „Waldorf".

Mini-telewizor kosztował 985 koron duńskich. Można to jednak było nazwać bagatelką w porównaniu z tym, co odczuwał Albert

Knag, dyrygowany przez sprytną córkę. Czy ona tu jest, czy jej nie ma?

Od tej chwili rozglądał się na wszystkie strony. Czuł się zarazem jak szpieg i jak lalka poruszana za pomocą sznurków. Czy nie odebrano mu osobistej wolności?

Musiał przecież iść do dużego sklepu wolnocłowego. Wisiała tu kolejna koperta z jego imieniem i nazwiskiem. Miał wrażenie, że całe lotnisko zmieniło się w grę komputerową, w której on pełni rolę kursora. Na kartce napisane było:

Major Knag, c/o duży sklep wolnocłowy na Kastrup

Wszystko, czego żądam, to torebka gumy do żucia i parę pudełek marcepanów Anthona Berga. Pamiętaj, że w Norwegii to wszystko jest o wiele droższe! O ile dobrze pamiętam, mama bardzo lubi campari.

PS Przez całą drogę do domu miej wszystkie zmysły wyostrzone. Bo nie chcesz chyba, by umknęły Ci jakieś ważne wiadomości? Ucałowania od Twej bardzo pojętnej córki,

Hildy

Albert westchnął zrezygnowany, ale wszedł do sklepu i zrobił zakupy zgodnie z zamówieniem. Z trzema torbami plastikowymi i torbą na ramieniu przeszedł do wyjścia nr 28, by tam czekać na odlot swego samolotu. Jeśli gdzieś jeszcze wisiały jakieś kartki, to niech raczej zostaną, gdzie są.

Ale na słupie przy wyjściu nr 28 wisiała koperta: *Dla majora Knaga, c/o wyjście 28, lotnisko Kastrup*. Również i to napisane zostało pismem Hildy, ale czy samego numeru nie dodano innym charakterem pisma? Trudno było tego dociec, gdyż nie było innych cyfr, z którymi można by było porównać.

Usiadł na krześle, plecami do szerokiej ściany. Torby trzymał na kolanach. Doszło do tego, że dumny major siedział sztywno, spoglądając przed siebie, jakby był małym dzieckiem, które po raz pierwszy samodzielnie wybrało się w podróż. Jeśli ona rzeczywiście tu jest, to przynajmniej pozbawi ją tej radości, że dostrzeże go jako pierwsza.

Z lękiem przyglądał się wszystkim kolejno przybywającym pasażerom. Przez chwilę czuł się jak pilnie strzeżony przestępca. Kiedy zaczęto wpuszczać pasażerów do samolotu, odetchnął z ulgą. Na pokład wszedł jako ostatni.

Oddając kartę pokładową, zerwał jeszcze jedną kopertę, przyczepioną na stanowisku odpraw.

Zofia i Alberto minęli most w Brevik, a nieco później zjazd na Kragerø.

— Jedziesz sto osiemdziesiąt na godzinę — zauważyła Zofia.

— Dochodzi dziesiąta. On już wkrótce wyląduje na lotnisku w Kjevik. Ale nas nie zatrzyma żadna kontrola radarowa.

— A jeśli się z kimś zderzymy?

— Jeśli to będzie zwykły samochód, to nie ma znaczenia. Ale jeśli jeden z naszych...

— To co?

— To musimy uważać. Zauważyłaś, że minęliśmy samochód Jamesa Bonda?

— Nie?

— Stał zaparkowany gdzieś w Vestfold.

— Ten autokar trudno będzie wyprzedzić, po obu stronach ciągnie się przecież gęsty las.

— To nie ma znaczenia, Zosiu. Musisz się tego w końcu nauczyć.

Skręcił w las i ruszył przez gęsto rosnące drzewa.

Zofia odetchnęła z ulgą.

— Przestraszyłeś mnie.

— Nic byśmy nie poczuli, nawet gdybyśmy przejechali przez stalową ścianę.

— To znaczy, że w stosunku do otoczenia jesteśmy tylko powietrznymi duchami.

— Nie, nie, stawiasz wszystko na głowie. To otaczająca nas rzeczywistość jest jak powietrzna baśń.

— Musisz mi to wyjaśnić.

— Słuchaj mnie uważnie. Powszechnym nieporozumieniem jest pogląd, że duch to coś, co jest bardziej przezroczyste od pary wodnej. Jest bowiem odwrotnie. Duch jest twardszy od lodu.

— Nigdy tak o tym nie myślałam.

— Opowiem ci wobec tego pewną historię. Był sobie kiedyś pewien człowiek, który nie wierzył w anioły. Ale pewnego dnia, kiedy pracował w lesie, przyszedł do niego anioł.

— I co?

— Przeszli się razem kawałek. Wreszcie człowiek zwrócił się do swego towarzysza i powiedział: „Tak, muszę teraz przyznać, że anioły istnieją. Ale nie jesteście prawdziwi, tacy jak my". „Co masz na myśli?" — spytał anioł, a człowiek odparł: „Kiedy doszliśmy do wielkiego głazu, ja musiałem go okrążyć, ale zauważyłem, że ty przez niego przenikasz. Później zwalony pień zagrodził nam drogę i ja musiałem się na niego wspinać, a ty po prostu przez niego przeszedłeś". Odpowiedź ta bardzo zdumiała anioła i powiedział: „A czy zauważyłeś, co się stało, kiedy weszliśmy na mokradła? Wtedy obaj mogliśmy przeniknąć przez mgłę. To dlatego, że mamy o wiele twardszą konsystencję niż mgła".

— Ach...

— I tak jest też z nami, Zosiu. Duch może przeniknąć przez stalowe drzwi. Żaden czołg ani bombowiec nie zgniecie czegoś, co jest z ducha.

— Jakie to dziwne...

— Niedługo miniemy Risør, a nie upłynęła więcej niż godzina od chwili, kiedy wyjechaliśmy z Majorstua. Ale zaczynam mieć ochotę na kawę.

Kiedy dojechali do Fiane, tuż przed Søndeled, po lewej stronie minęli przydrożną kafeterię. Nazywała się „Cinderella". Alberto zawrócił i zaparkował samochód na trawniku.

W kafeterii Zofia usiłowała wyjąć butelkę coli z lodówki. Na próżno, butelka ani drgnęła, stała jak przyklejona. Nieco dalej Alberto starał się nalać sobie kawy do papierowego kubka, który znalazł w samochodzie. Wystarczyło tylko nacisnąć guzik, ale choć użył całej siły, nic z tego nie wyszło.

Wprawiło go to w taki gniew, że zwrócił się do pozostałych gości z prośbą o pomoc. Ponieważ nikt nie zareagował, krzyknął tak głośno, że Zofia musiała zakryć uszy dłońmi:

— Ja chcę kawy!

Gniew jednak nie był widać dość wielki, bo zaraz krzyk przerodził się w śmiech.

— Przecież oni nas nie słyszą. No, i oczywiście nie możemy też poczęstować się ich kawą.

Już mieli zawrócić do wyjścia, kiedy z krzesła podniosła się i ruszyła w ich stronę jakaś staruszka. Ubrana była w ogniście czerwoną spódnicę i dziergany sweter w kolorze lodowato niebieskim, a na głowie miała białą chustkę. I barwy jej ubrania, i sama postać wydawały się jakby ostrzejsze niż wszystko inne w małej kafeterii.

Staruszka podeszła do Alberta i rzekła:

— Okropnie wrzeszczysz, mój chłopcze.

— Przepraszam.

— Mówiłeś, że masz ochotę na kawę?

— Taak, ale...

— Tam, trochę dalej, mamy pewien przybytek.

Staruszka wyprowadziła ich z kawiarni i dalej, ścieżką za budynkiem. Kiedy szli, zapytała:

— Jesteście tu chyba nowi, co?

— Musimy przyznać, że tak — odparł Alberto.

— Tak, tak. Witajcie w wieczności, dzieci.

— A ty?

— Ja jestem z baśni ze zbioru braci Grimm. To już prawie dwieście lat temu. A skąd są nowo przybyli?

— Przychodzimy z książki filozoficznej. Ja jestem nauczycielem filozofii, a to Zofia, moja uczennica.

— Ho, ho... To coś zupełnie nowego.

Wkrótce wyszli spomiędzy drzew na otwartą przestrzeń. Wznosiło się na niej wiele ładnych, brązowych budyneczków. Na dziedzińcu między domkami rozpalono wielkie świętojańskie ognisko, wokół którego krążył różnobarwny tłum postaci. Wiele z nich Zofia natychmiast rozpoznała. Była tu Śnieżka i krasnoludki, Pinokio i Sherlock Holmes, Piotruś Pan i Fizia Pończoszanka, a także Czerwony Kapturek i Kopciuszek. Przy ogniu zebrało się też wiele znanych, lecz bezimiennych postaci:

karzełki i elfy, fauny i czarownice, aniołki i diabełki. Zofia dostrzegła ponadto prawdziwego trolla.

— Ale tu ruch! — wykrzyknął Alberto.

— Mamy wszak noc świętojańską — odpowiedziała staruszka. — Takiego zjazdu nie mieliśmy od nocy Walpurgi. Wtedy zebraliśmy się w Niemczech. Ja przybyłam tu dzisiaj z krótką rewizytą. Czy to o kawę chodziło?

— Tak, bardzo dziękuję.

Dopiero teraz Zofia zorientowała się, że wszystkie domki zrobiono z piernika ozdobionego karmelem i lukrem. Zgromadzeni częstowali się bezpośrednio nimi. Między domkami kręciła się piekareczka i na bieżąco naprawiała szkody. Zofia ułamała kawałek dachu. Był słodszy i smaczniejszy od wszystkiego, co kiedykolwiek jadła.

Staruszka wkrótce powróciła z filiżanką kawy.

— Bardzo dziękuję — powiedział Alberto.

— A czym goście zapłacą za poczęstunek?

— Zapłacą?

— Zwykle płacimy jakąś historyjką. Za kawę wystarczy króciutkie opowiadanie.

— Moglibyśmy opowiedzieć całą niezwykłą historię ludzkości — stwierdził Alberto. — Ale problem polega na tym, że okropnie nam się spieszy. Czy możemy tu wrócić kiedy indziej i wtedy zapłacić?

— Oczywiście. A dlaczego tak się wam spieszy?

Alberto wyjaśnił cel ich podróży, a staruszka rzekła:

— Tak, tak, jesteście naprawdę świeżymi twarzami. Ale musicie jak najprędzej przeciąć pępowinę łączącą was z cielesnym pochodzeniem. My nie jesteśmy już uzależnieni od ciała i krwi ludzkiej. Należymy do niewidzialnego ludku.

Zaraz potem Alberto i Zofia wrócili do kawiarni „Cinderella" i do czerwonego sportowego samochodu. Tuż przy samochodzie jakaś przejęta mama pomagała synkowi siusiać.

Jechali na skróty, przez kamienie i zwalone drzewa, i nie upłynęło wiele czasu, a już dotarli na miejsce, do Lillesand.

SK 876 z Kopenhagi miał zgodnie z rozkładem wylądować na Kjevik o dwudziestej pierwszej trzydzieści pięć. Kiedy samolot kołował po pasie startowym w Kopenhadze, major otworzył kopertę, która wisiała przy stanowisku odpraw. Na kartce przeczytał:

Major Knag, w chwili oddawania karty pokładowej na lotnisku Kastrup, wieczór świętojański 1990

Kochany Tato! Sądziłeś być może, że pojawię się w Kopenhadze, ale moja kontrola nad Twoimi poczynaniami jest znacznie bardziej rozległa. Widzę Cię wszędzie, Tato. Odwiedziłam bowiem pewną cygańską rodzinę o bogatych tradycjach, która kiedyś, wiele lat temu, sprzedała prababci magiczne lustro w mosiężnych ramach. Poza tym zdobyłam kryształową kulę. Akurat w tej chwili widzę, że właśnie usiadłeś w fotelu lotniczym. Przypominam Ci tylko, byś zapiął pasy i nie rozkładał fotela, dopóki nie zgaśnie napis: „Fasten seatbelt". Kiedy samolot już się wzniesie, możesz rozłożyć siedzenie i pozwolić sobie na krótki odpoczynek, bo powinieneś przyjechać do domu całkiem wypoczęty. Pogoda w Lillesand jest bez zarzutu, ale temperatura o kilka stopni niższa niż w Libanie. Życzę Ci przyjemnej podróży. Ucałowania od Twojej córki, czarownicy, Królowej Lustra i najtroskliwszej opiekunki Ironii.

Albert nie potrafił właściwie stwierdzić, czy się gniewa, czy też po prostu jest zmęczony i zrezygnowany. Nagle jednak zaczął się śmiać. Śmiał się tak głośno, że inni pasażerowie odwracali głowy, by mu się przyjrzeć. Wreszcie samolot wzbił się w powietrze.

Przyszło mu po prostu wypić piwo, którego sam sobie nawarzył. Ale czy nie było tu dość istotnej różnicy? Jego piwo pili przede wszystkim Zofia i Alberto, a oni — tak, oni byli tylko wytworami fantazji.

Postanowił zrobić tak, jak zaproponowała Hilda. Rozłożył siedzenie i zapadł w drzemkę. Przebudził się całkowicie dopiero, gdy przeszedł już kontrolę paszportową i stał w hali przylotów na lotnisku w Kjevik. Tu powitała go demonstracja.

W pochodzie szło jakieś osiem, dziesięć osób, w większości w wieku Hildy. Nieśli transparenty z napisami: *WITAJ W DOMU, TATO! HILDA CZEKA W OGRODZIE* i *IRONIA WIECZNIE ŻYWA*.

Najgorzej, że nie mógł ot, tak sobie wsiąść do taksówki. Musiał czekać na bagaż. W tym czasie szkolni koledzy Hildy maszerowali wokół niego i wszystkie transparenty musiał czytać wiele, wiele razy. Dopiero, gdy jedna z dziewcząt wręczyła mu bukiet róż, zmiękł. Pogrzebał w torbach i wręczył każdemu z demonstrantów batonik marcepanowy. Dla Hildy zostały już tylko dwa. Kiedy odebrał bagaż z taśmy, do przodu wystąpił jakiś młody człowiek, przedstawił się jako podkomendny Królowej Lustra i powiedział, że otrzymał rozkaz odwiezienia go do Bjerkely. Pozostali demonstranci rozpłynęli się w tłumie.

Wjechali na E18. Na wszystkich skrzyżowaniach, mostach i wjazdach do tuneli wisiały transparenty i wstęgi: *Witaj w domu! Indyk czeka, Widzę Cię, Tato.*

Kiedy zatrzymali się przed bramą Bjerkely, Albert Knag odetchnął z ulgą i podziękował kierowcy, wręczając mu 100 koron i trzy puszki piwa Carlsberg Elephant.

Przed domem czekała na niego żona, Marit. Po długim uścisku zapytał:

— Gdzie ona jest?

— Siedzi na pomoście, Albercie.

Alberto i Zofia zatrzymali czerwony samochód na rynku w Lillesand, przed hotelem „Norwegia". Było piętnaście po dziesiątej. Gdzieś w pasmie szkierów ujrzeli wielkie ognisko.

— Jak znajdziemy Bjerkely? — zapytała Zofia.

— Musimy szukać. Pamiętasz chyba obraz z Chaty Majora.

— Ale trzeba się pospieszyć. Chciałabym tam być, zanim on przyjdzie.

Zaczęli krążyć wąskimi uliczkami, a potem przez kamienie i głazy. Ważną informacją było, że Bjerkely leży nad morzem.

Nagle Zofia zawołała:

— Tam! Znaleźliśmy.

— Myślę, że masz rację, ale nie musisz tak krzyczeć.

— E tam, i tak nas nikt nie słyszy.

— Droga Zosiu, jestem bardzo rozczarowany, że po długim kursie filozofii nadal tak prędko wyciągasz wnioski.

— Ale...

— Nie myślisz chyba, że to miejsce jest całkowicie oczyszczone z krasnoludków i trolli, leśnych duszków i dobrych wróżek?

— Och, przepraszam!

Przejechali przez bramę i dalej alejką prowadzącą do domu. Alberto zaparkował samochód na trawniku koło ogrodowej huśtawki. Nieco poniżej stał stół nakryty na trzy osoby.

— Widzę ją — szepnęła Zofia. — Siedzi na pomoście dokładnie tak, jak we śnie.

— Czy widzisz, że ten ogród przypomina twój, na Koniczynowej?

— Tak, to prawda. Huśtawka i w ogóle. Czy mogę do niej zejść?

— Oczywiście. Ja zostanę tutaj...

Zofia zbiegła w dół, na pomost. O mały włos potknęłaby się o Hildę, ale zaraz przy niej usiadła.

Hilda obracała w palcach koniec sznura, którym do pomostu była przycumowana łódź. W lewej dłoni trzymała małą karteczkę. Widać było wyraźnie, że czeka. Raz po raz zerkała na zegarek.

Zofia uznała, że Hilda jest śliczna. Miała jasne kręcone włosy i bardzo zielone oczy. Ubrana była w żółtą letnią sukienkę. Trochę przypominała Jorunn.

Zofia spróbowała do niej przemówić, choć wiedziała, że to na nic się nie zda.

— Hilda! To ja, Zofia!

Hilda nie zareagowała.

Zofia uklękła i krzyknęła jej prosto do ucha:

— Słyszysz mnie, Hildo? A może jesteś ślepa i głucha?

Czy nie otworzyła szerzej oczu? Czy nie dała maleńkiego znaku, że coś usłyszała, choć słabiutko?

Potem gwałtownie odwróciła głowę w prawo i popatrzyła prosto w oczy Zofii. Ale jakby się na nich nie zatrzymała, patrzyła jakby przez Zofię, na wskroś.

— Nie tak głośno, Zosiu!

To wołał Alberto, siedzący w czerwonym samochodzie.

— Nie chcę mieć ogrodu pełnego syren.

Zofia siedziała całkiem spokojnie. Przyjemność sprawiało jej samo przebywanie w pobliżu Hildy.

Wkrótce rozległ się głęboki męski głos:

— Hilduniu!

To był major, w mundurze i niebieskim berecie. Stał na samej górze, w ogrodzie.

Hilda zerwała się i pobiegła w jego stronę. Spotkali się między ogrodową huśtawką a czerwonym samochodem. Major uniósł córkę w powietrze i zakręcił kilka razy dookoła.

Hilda siedziała na pomoście, czekając na ojca. Próbowała wyobrazić sobie każdy kwadrans, który mijał od chwili, gdy wylądował na Kastrup, gdzie on może być, co przeżywa i jak to przyjmuje. Spisała sobie wszystkie godziny na małej karteczce, z którą nie rozstawała się przez cały dzień.

Czy to możliwe, by się rozgniewał? Ale nie sądził chyba, że może ot tak sobie napisać dla niej tajemniczą książkę, a później wszystko będzie jak przedtem.

Jeszcze raz popatrzyła na zegarek, było już piętnaście po dziesiątej. Teraz już mógł się zjawić w każdej chwili.

Ale co to? Czy nie usłyszała jakiegoś słabego oddechu, dokładnie tak jak we śnie o Zofii?

Odwróciła się gwałtownie. Coś tu było, miała całkowitą pewność. Ale co?

Czyżby po prostu ten letni wieczór?

Przez moment pomyślała sobie, że boi się być jasnowidzem.

— Hilduniu!

Musiała odwrócić głowę w drugą stronę. To tatuś! Stał na górze w ogrodzie.

Hilda zerwała się i pobiegła do niego. Spotkali się przy huśtawce. Podniósł ją do góry i okręcił w koło.

Hilda zaczęła płakać, major także musiał przełknąć łzy.

— Jesteś już dorosłą kobietą, Hildo.

— A ty prawdziwym pisarzem.

Hilda otarła łzy rękawem żółtej sukienki.

— Możemy uznać, że jesteśmy kwita? — spytała.

— Tak, jesteśmy kwita.

Usiedli przy stole. Na początek Hilda zażądała dokładnej relacji o tym, co wydarzyło się na Kastrup i w drodze do domu. Jeden wybuch śmiechu przeradzał się w drugi.

— Nie zauważyłeś koperty w kafeterii?

— Nie zdążyłem nawet usiąść, żeby coś zjeść, spryciulko. Umieram z głodu.

— Biedaku.

— Indyk to zapewne blef?

— Ależ skąd! Wszystko przygotowane. Mama serwuje.

Teraz przyszła kolej na omówienie punkt po punkcie historii Zofii i Alberta. Wkrótce na stole pojawił się indyk, sałatka „Waldorf", różowe wino i upieczona przez Hildę bułka.

Ojciec mówił właśnie o Platonie, kiedy Hilda nagle mu przerwała.

— Ciiicho! Sza!

— Co się stało?

— Nie słyszałeś? Nie słyszałeś, że coś pisnęło?

— Nie?

— Pewna jestem, że coś tu było. Może to jakaś mysz?

Kiedy matka poszła po wino, ojciec oświadczył:

— Ale kurs filozofii jeszcze się nie skończył.

— O czym myślisz?

— Dziś w nocy opowiem ci o kosmosie.

Zanim rozpoczęli kolację, powiedział:

— Hilda jest już za duża, żeby siadać mi na kolana. Ale ty nie!

Objął Marit i wziął ją na kolana. Musiała tak siedzieć dość długo, zanim mogła coś zjeść.

— I pomyśleć tylko, że niedługo skończysz czterdzieści lat...

Kiedy Hilda pobiegła na spotkanie z ojcem, Zofii do oczu napłynęły łzy.

Nigdy nie będzie mogła do niej dotrzeć!

Zofia poczuła, jak bardzo zazdrości Hildzie, że jest prawdziwym człowiekiem z krwi i kości.

Gdy Hilda i major zasiedli przy nakrytym stole, Alberto nacisnął klakson samochodu.

Zofia podniosła głowę. Czy Hilda nie zrobiła dokładnie tego samego?

Zofia pobiegła do Alberta i wskoczyła na przednie siedzenie.

— Posiedzimy chwilę i zobaczymy, co się stanie — powiedział.

Zofia kiwnęła głową.

— Płakałaś?

Kiwnęła jeszcze raz.

— A co się stało?

— Ona jest taka szczęśliwa, że jest prawdziwym człowiekiem... Będzie dorastać, stanie się prawdziwą kobietą. Na pewno będzie miała prawdziwe dzieci...

— I wnuki, Zosiu. Ale każda rzecz ma dwie strony. Tego właśnie starałem się nauczyć cię od samego początku kursu filozofii.

— Co masz na myśli?

— Tak jak ty, uważam, że ona ma szczęście. Ale ten, kto wyciągnie los życia, musi także wyciągnąć los śmierci. Bo przeznaczeniem życia jest śmierć.

— Ale czy mimo wszystko nie jest lepiej żyć i umrzeć, niż nigdy nie żyć naprawdę?

— Nie jest nam dane żyć takim życiem jak Hilda... czy major. Za to nigdy nie umrzemy. Nie pamiętasz, co powiedziała staruszka tam, w lesie? Należymy do niewidzialnego ludku. Mówiła też, że ona sama ma prawie dwieście lat. A na zabawie świętojańskiej widziałem postacie, które mają lat ponad trzy tysiące...

— Najbardziej chyba zazdroszczę Hildzie tego... życia rodzinnego.

— Przecież ty sama masz rodzinę, a w dodatku kota, ptaszki i żółwia...

— Przecież tamtą rzeczywistość już opuściliśmy.

— Ależ nie. To tylko major ją opuścił. Postawił kropkę, moje dziecko. I nigdy już nie zdoła nas odnaleźć.

— Chcesz powiedzieć, że możemy tam wrócić?

— Kiedy tylko zechcemy. Spotkamy także naszych przyjaciół z kafeterii „Cinderella" w Fiane.

Rodzina Møller Knag zabrała się do jedzenia. Zofia przez chwilę obawiała się, że posiłek przyjmie taki sam obrót jak filozoficzne przyjęcie na Koniczynowej. W każdym razie wyglądało na to, że major zamierza przewrócić Marit na stół. Skończyło się jednak tak, że usiadła mu na kolanach.

Samochód stał w pewnej odległości od rodziny zajętej jedzeniem, chwilami tylko docierało do nich, co mówili. Zofia i Alberto siedzieli zapatrzeni w ogród. Mieli czas na podsumowanie nieszczęsnego przyjęcia w ogrodzie.

Dopiero około północy wszyscy wstali od stołu. Hilda i major podeszli do ogrodowej huśtawki. Pomachali matce, zmierzającej w stronę białego domu.

— Idź się położyć, mamo. My mamy sobie tyle do powiedzenia.

WIELKIE BUM

...i my jesteśmy gwiezdnym pyłem...

Hilda usadowiła się wygodnie na huśtawce, przytulona do ojca. Dochodziła dwunasta. Siedzieli zapatrzeni w zatokę, na niebie tu i tam pojawiały się blade gwiazdy. Lekkie fale uderzały o kamienie pod pomostem.

Milczenie przerwał ojciec.

— To niezwykłe, kiedy się pomyśli, że żyjemy na małym globie we wszechświecie.

— Tak...

— Ziemia jest jedną z wielu planet, które krążą wokół Słońca. Ale tylko na naszej planecie istnieje życie.

— Może tylko na niej w całym wszechświecie?

— Tak, to możliwe. Ale możliwe także, że kosmos wprost kipi życiem. Wszechświat jest bowiem niewyobrażalnie wielki. Odległości są tak ogromne, że mierzymy je w minutach świetlnych i latach świetlnych.

— Co to właściwe znaczy?

— Minuta świetlna to odległość, jaką przebywa światło w ciągu jednej minuty. A to daleko, bo światło porusza się we wszechświecie z prędkością trzystu tysięcy kilometrów na sekundę. Minuta świetlna to innymi słowy, trzysta tysięcy razy sześćdziesiąt, a więc osiemnaście milionów kilometrów. Rok świetlny to prawie dziesięć bilionów kilometrów.

— Jak daleko jest do Słońca?

— Nieco ponad osiem minut świetlnych. A więc promienie Słońca, które w ciepły czerwcowy dzień ogrzewają nam twarz, przez osiem minut wędrowały przez kosmos, zanim do nas dotarły.

— Mów dalej!

— Odległość z naszego globu do Plutona — najodleglejszej planety w naszym Układzie Słonecznym — wynosi pięć godzin świetlnych. Kiedy jakiś astronom patrzy na Plutona przez teleskop, w rzeczywistości cofa się o pięć godzin w czasie. Można powiedzieć, że obraz Plutona potrzebuje pięciu godzin, by przenieść się tutaj.

— Trudno to sobie wyobrazić, ale chyba naprawdę rozumiem, o czym mówisz.

— To świetnie, Hildo. Ale to dopiero początek. Nasze Słońce jest jedną z czterystu miliardów gwiazd w Galaktyce, którą nazywamy czasem *Układem Drogi Mlecznej*. Galaktyka ta wygląda jak wielki dysk, a w jednym z jego spiralnych ramion jest nasze Słońce. Kiedy w bezchmurną zimową noc popatrzymy na rozgwieżdżone niebo, ujrzymy szerokie pasmo Drogi Mlecznej — największe skupisko gwiazd i materii międzygwiezdnej leżące w płaszczyźnie równika Galaktyki.

— Po szwedzku Droga Mleczna nazywa się „Zimową Drogą".

— Odległość do najbliższej nam sąsiedniej gwiazdy na Drodze Mlecznej wynosi cztery lata świetlne. Może to ją widzimy nad tamtą wysepką? Wyobraź sobie, że właśnie w tej chwili jakiś podglądacz patrzy przez bardzo silną lunetę skierowaną na Bjerkely. Ujrzałby Bjerkely takie, jakie było cztery lata temu. Być może zobaczyłby jedenastoletnią dziewczynkę siedzącą na huśtawce i machającą nogami.

— Niesamowite!

— Ale to tylko najbliższa nam gwiazda. Cała nasza Galaktyka, czyli mgławica gwiezdna, ma szerokość dziewięćdziesięciu lat świetlnych. Oznacza to, że światło potrzebuje aż tylu lat na przebycie z jednego krańca Galaktyki do drugiego. Gdy kierujemy wzrok na gwiazdę Drogi Mlecznej, odległą o pięćdziesiąt tysięcy lat świetlnych od naszego Słońca, oznacza to, że patrzymy o pięćdziesiąt tysięcy lat wstecz.

— Ta myśl jest zdecydowanie za duża na moją głowę.

— Jedynym sposobem, w jaki możemy oglądać wszechświat, jest cofanie się w czasie. Nigdy nie dowiemy się, jak *jest* we wszechświecie. Wiemy jedynie, jak *było*. Kiedy patrzymy na gwiazdę odległą o tysiące lat świetlnych, w rzeczywistości cofamy się o tysiące lat w historii wszechświata.

— To zupełnie niepojęte.

— Wszystko, co widzimy, trafia do naszego oka w postaci fal świetlnych. A fale te potrzebują czasu, by przebyć przestrzeń. Możemy to przyrównać do grzmotu. Zawsze słyszymy grzmot w jakiś czas po tym, jak ujrzeliśmy błyskawicę. Dzieje się tak, ponieważ fale dźwiękowe poruszają się wolniej od świetlnych. Kiedy słyszę grzmot, to znaczy, że słyszę odgłos czegoś, co wydarzyło się króciutką chwilę wcześniej. Podobnie jest z gwiazdami. Kiedy patrzę na gwiazdę odległą od nas o tysiące lat świetlnych, to znaczy, że widzę „grzmot" wydarzenia sprzed tysięcy lat.

— Rozumiem.

— Ale dotychczas mówiliśmy jedynie o naszej Galaktyce. Astronomowie uważają, że we wszechświecie istnieje około stu miliardów takich galaktyk, a każda z nich składa się z około stu miliardów gwiazd. Najbliższa Układowi Drogi Mlecznej galaktyka nazywa się Mgławicą Andromedy. Leży w odległości dwóch milionów lat świetlnych od naszej Galaktyki. Oznacza to, że światło tej galaktyki potrzebuje dwóch milionów lat, by do nas dotrzeć. Znaczy to jednocześnie, że kiedy wysoko na niebie widzimy Mgławicę Andromedy, widzimy obraz sprzed dwóch milionów lat. Gdyby jakiś sprytny obserwator gwiazd siedział sobie w tej gwiezdnej mgławicy — wyobrażam sobie małego spryciarza, który właśnie w tej chwili kieruje swój teleskop na Ziemię — to nie zobaczyłby nas. W najlepszym razie ujrzałby praludzi z płaskim czołem.

— Jestem wstrząśnięta.

— Najodleglejsze galaktyki, o których nam dzisiaj wiadomo, znajdują się w odległości około dziesięciu *miliardów* lat świetlnych od nas. Gdy więc przejmujemy sygnały z tych galaktyk, patrzymy w historię wszechświata dziesięć miliardów lat wstecz. To mniej więcej dwa razy dłużej, niż istnieje nasz Układ Słoneczny.

— Kręci mi się w głowie.

— Owszem, niełatwo pojąć, co to znaczy patrzeć tak daleko w przeszłość. Ale astronomowie odkryli coś, co ma jeszcze większe znaczenie dla naszego obrazu świata.

— Powiedz!

— Żadna galaktyka we wszechświecie nie jest nieruchoma. Wszystkie galaktyki oddalają się od siebie z niesamowitą prędkością. Wydaje się, że im bardziej są od nas oddalone, tym szybciej się poruszają. Oznacza to, że odległość między galaktykami stale się powiększa.

— Próbuję to sobie wyobrazić.

— Jeśli weźmiesz balonik i narysujesz na nim kilka czarnych punkcików, a potem zaczniesz balon nadmuchiwać, punkciki stopniowo będą się od siebie oddalać. Podobnie jest z galaktykami we wszechświecie. Mówimy o ekspansji wszechświata albo o ucieczce galaktyk.

— Dlaczego tak się dzieje?

— Większość astronomów jest zgodna co do tego, że rozszerzanie się wszechświata może mieć tylko jedno wyjaśnienie. Kiedyś, około piętnastu miliardów lat temu, wszelka materia we wszechświecie skupiona była na stosunkowo niewielkim obszarze. Materia była wówczas tak zgęszczona, że siła ciążenia rozgrzała ją do niesłychanej temperatury. W końcu stała się tak gorąca i tak gęsta, że eksplodowała. Eksplozję tę nazywamy „Wielkim Wybuchem", a po angielsku — *Big Bang*.

— Już na samą myśl o tym się boję.

— „Wielkie bum" sprawiło, że cała materia wszechświata rozleciała się na wszystkie strony, a z czasem, gdy ostygła, utworzyły się gwiazdy i galaktyki, księżyce i planety...

— Ale powiedziałeś, że wszechświat nadal się rozszerza?

— Właśnie przez tę eksplozję, która nastąpiła przed miliardami lat. Wszechświat bowiem nie ma żadnej ponadczasowej geografii. Wszechświat to wydarzenie. Wszechświat to eksplozja. Ciągle jeszcze galaktyki w przestrzeni kosmicznej oddalają się od siebie z ogromną prędkością.

— I tak będzie przez całą wieczność?

— To jedna możliwość. Ale istnieje też druga. Pamiętasz być może, jak Alberto opowiadał Zofii o siłach, które sprawiły, że planety krążą wokół Słońca po stałych orbitach?

— Czy nie chodziło o siły grawitacji?

— Podobnie można myśleć o galaktykach. Od Wielkiego Wybuchu wszechświat ciągle się rozszerza, ale działają też siły grawitacji, które dążą do zmiany kierunku tego ruchu. I pewnego dnia — za kilka miliardów lat — być może siła ciążenia sprawi, że ciała niebieskie znów sie skupią. Nastąpi odwrócenie, czyli implozja. Odległości jednak są tak wielkie, że odbędzie się to jak na zwolnionym filmie. Możesz to porównać z tym, co się dzieje, kiedy wypuszczasz powietrze z balonika.

— Wszystkie galaktyki zostaną wessane do jednego gęstego środka?

— Tak, dobrze to zrozumiałaś. A co się stanie potem?

— Potem musi nastąpić nowy wybuch, który sprawi, że wszechświat zacznie się rozszerzać od nowa. Bo nadal działają te same prawa przyrody. W ten sposób powstaną nowe gwiazdy i nowe galaktyki.

— Dobrze myślisz. Jeśli chodzi o przyszłość wszechświata, astronomowie biorą pod uwagę dwie możliwości: albo będzie się on w nieskończoność rozszerzał i odległości między galaktykami będą coraz większe, albo też zacznie się kurczyć. Decydujące znaczenie dla dalszego losu wszechświata ma jego masa. A na pytanie o nią astronomowie nie potrafią jeszcze odpowiedzieć.

— Ale jeśli masa wszechświata jest wystarczająco duża, by pewnego dnia zaczął się on kurczyć, to znaczy, że może rozszerzał się i kurczył już wiele razy?

— To poprawna konkluzja. Ale w tym miejscu droga ludzkiej myśli się rozwidla. Można bowiem również wyobrazić sobie, że rozszerzanie się wszechświata odbywa się tylko ten jeden jedyny raz. Jeśli jednak wszechświat będzie się rozszerzał w nieskończoność, tym bardziej drażniące stanie się pytanie, jak się to wszystko zaczęło.

— Bo jak powstała ta materia, która nagle eksplodowała?

— Chrześcijanin mógłby uznać, że Wielki Wybuch to moment stworzenia. W Biblii napisano wszak, że Bóg wyrzekł: „Niech się stanie światłość!". Pamiętasz też, jak Alberto mowił o tym, że chrześcijaństwo ma linearny pogląd na historię. Do takiego podejścia bardziej pasuje hipoteza, że wszechświat nadal będzie się rozszerzał.

— Być może.

— Na Wschodzie natomiast wierzono w cykliczność dziejów. A to oznacza, że historia powtarza się w nieskończoność. W Indiach na przykład istnieje stara teoria mówiąca o tym, że świat stale się rozszerza po to, by wreszcie się skurczyć. W ten sposób na zmianę następuje to, co hinduizm nazywa „dniem Brahmy" i „nocą Brahmy". Ta myśl harmonizuje oczywiście z hipotezą, że wszechświat rozszerza się i kurczy — by następnie znów się rozszerzyć — w nieskończonym, cyklicznym procesie. Wyobrażam sobie ogromne kosmiczne serce, które bije, bije i bije...

— Uważam, że obie te teorie są równie niepojęte i równie pasjonujące.

— I można je porównać do wielkiego paradoksu wieczności, nad którym kiedyś zastanawiała się Zofia, siedząc w swoim ogrodzie: albo wszechświat istniał od zawsze, albo też pewnego razu powstał z niczego...

— Auu!

Hilda dotknęła ręką czoła.

— Co się stało?

— Chyba ukąsił mnie giez.

— To na pewno Sokrates próbował wyrwać cię ze snu.

Zofia i Alberto siedzieli w czerwonym sportowym samochodzie i przysłuchiwali się majorowi, opowiadającemu Hildzie o przestrzeni kosmicznej.

— Zastanawiałaś się nad tym, że role zostały całkowicie odwrócone? — spytał Alberto po chwili.

— O co ci chodzi?

— Przedtem to oni słuchali nas, a my nie mogliśmy ich widzieć. Teraz my słuchamy ich, ale oni nas nie widzą.

— Jest jeszcze coś.

— Co?

— Z początku nie zdawaliśmy sobie sprawy, że istnieje jakaś inna rzeczywistość, w której żyją Hilda i major. Teraz oni nie wiedzą o naszej rzeczywistości.

— Zemsta jest słodka.

— Ale major mógł ingerować w nasz świat...

— Nasz świat nie był przecież niczym innym jak jego ingerencją.

— Nie mam zamiaru tracić nadziei, że i nam uda się zaingerować w ich świat.

— Ale przecież dobrze wiesz, że to absolutnie niemożliwe. Nie pamiętasz, jak było w kafeterii „Cinderella"? Widziałem, jak ciągnęłaś tę butelkę coli.

Zofia siedziała przez chwilę zapatrzona w ogród, podczas gdy major opowiadał o „wielkim bum". Właśnie to wyrażenie naprowadziło ją na pewien pomysł. Zaczęła rozglądać się po samochodzie.

— Co się stało? — zapytał Alberto.

— Nic takiego.

— Otworzyła schowek na rękawiczki i znalazła tam klucz do śrub. Wyskoczyła z samochodu, podeszła do huśtawki i stanęła tuż przed Hildą i jej ojcem. Najpierw spróbowała pochwycić spojrzenie Hildy, ale to okazało się całkiem niemożliwe. W końcu uniosła klucz wysoko nad głowę i z całej siły uderzyła nim Hildę w czoło.

— Auu! — krzyknęła Hilda.

Zofia uderzyła kluczem również w czoło majora, ale on w ogóle nie zareagował.

— Co się stało? — zapytał.

Hilda podniosła na niego wzrok.

— Chyba ukąsił mnie giez.

— To na pewno Sokrates próbował wyrwać cię ze snu.

Zofia położyła się na trawie, usiłując poruszyć huśtawkę, ale huśtawka ani drgnęła. A może jednak troszeczkę się poruszyła, choćby o milimetr?

— Jakoś wieje chłodem od ziemi — stwierdziła Hilda.

— Nie, jest jeszcze całkiem ciepło.

— Ale to nie tylko to. Tu coś *jest*.

— Jesteśmy tylko my dwoje i piękna letnia noc.

— Nie, coś jest w powietrzu.

— Co?

— Pamiętasz tajemny plan Alberta?

— Jak mógłbym go nie pamiętać?

— Tak po prostu zniknęli z przyjęcia. Jakby zapadli się pod ziemię...

— Ale...

— „Jakby zapadli się pod ziemię..."

— W jakimś momencie historia musiała się skończyć. Po prostu tak tylko napisałem.

— To, owszem, napisałeś, ale nie to, co stało się później. Pomyśl, a jeśli oni tu są...

— Wierzysz w to?

— Czuję to, tatusiu.

Zofia biegiem wróciła do samochodu.

— Imponujące — musiał przyznać Alberto, kiedy wrzucała klucz do schowka. — Przekonasz się, że ta dziewczyna ma niespotykane zdolności.

Major otoczył Hildę ramieniem.

— Czy słyszysz, jaką niezwykłą muzykę grają fale?

— Tak.

— Jutro musimy spuścić żaglówkę na wodę.

— A słyszysz, jak dziwnie szepcze wiatr? Zobacz, jak drżą listki osiki.

— To żywa planeta...

— Napisałeś coś o tym, co kryje się między wierszami.

— Tak.

— Być może coś ukryło się między wierszami także i tu, w ogrodzie.

— Przyroda w każdym razie pełna jest zagadek. A teraz mówimy o gwiazdach na niebie.

— Niedługo pojawią się gwiazdy w wodzie.

— Kiedy byłaś mała, nazywałaś je błędnymi ognikami. I w pewnym sensie miałaś rację, bo błędne ogniki i wszystkie inne organizmy powstały z pierwiastków, które kiedyś gotowały się w gwieździe.

— My także?

— Tak, i my jesteśmy gwiezdnym pyłem.

— To pięknie powiedziane.

— Kiedy radioteleskopom udaje się pochwycić światło galaktyk odległych o miliardy lat świetlnych, szkicują one mapę wszechświata taką, jak wyglądała kiedyś, w zamierzchłej przeszłości, tuż po Wielkim Wybuchu. Wszystko, co człowiek widzi na niebie, to kosmiczne skamieliny sprzed tysięcy i milionów lat. Jedyne, czego dokonać może astrolog, to wróżenie z przeszłości.

— Ponieważ gwiazdy, które widzimy na niebie, zdążyły się już od siebie oddalić, zanim ich światło do nas dotarło?

— Zaledwie parę tysięcy lat temu niebo wyglądało zupełnie inaczej niż dzisiaj.

— O tym nie wiedziałam.

— Jeśli noc jest bezchmurna, możemy patrzeć miliony, ba, nawet miliardy lat wstecz, w przeszłość wszechświata. I w pewnym sensie zwracamy się w stronę domu.

— Musisz mi to jaśniej wytłumaczyć.

— I ty, i ja wzięliśmy swój początek od „wielkiego bum". Cała bowiem materia we wszechświecie jest organiczną jednością. Kiedyś, w pradawnych czasach, cała materia była jedną bryłą, tak potwornie gęstą, że łepek od szpilki ważyłby wiele miliardów ton. Ten praatom eksplodował z powodu ogromnej grawitacji, tak jakby coś rozpadło się na kawałki. Ale kiedy podnosimy wzrok na niebo, staramy się odnaleźć drogę do samych siebie.

— W dziwny sposób to wyraziłeś.

— Wszystkie gwiazdy i galaktyki w przestrzeni kosmicznej powstały z tej samej materii. Jej fragmenty skupiły się w różnych miejscach. Odległość między jedną galaktyką a drugą może wynosić miliardy lat świetlnych. Ale wszystkie mają wspólne pochodzenie. Wszystkie gwiazdy i planety mają wspólny rodowód...

— Rozumiem.

— Co jest tą materią świata? Co eksplodowało kiedyś, miliardy lat temu? Skąd się to coś wzięło?

— To wciąż pozostaje wielką zagadką.

— Ale to coś dotyczy nas bardzo głęboko, bo sami jesteśmy z tej materii. Jesteśmy iskrą z ogniska rozpalonego wiele miliardów lat temu.

— Pięknie powiedziane.

— Ale nie przeceniajmy znaczenia wielkich liczb. Wystarczy wziąć do ręki kamień. Wszechświat byłby równie niepojęty, gdyby składał się tylko z jednego kamienia wielkości pomarańczy. Pozostałoby to przeklęte pytanie: Skąd wziął się ten kamień?

Zofia uniosła się nagle z siedzenia czerwonego samochodu i wskazała na zatokę.

— Tak mam ochotę powiosłować łodzią! — wykrzyknęła.

— Jest przycumowana. A poza tym nie zdołamy unieść wioseł.

— Spróbujemy? Jest przecież noc świętojańska...

— W każdym razie możemy zejść nad wodę.

Wyskoczyli z samochodu i pobiegli przez ogród.

Na pomoście usiłowali poluzować linę, uwiązaną do metalowego kołka. Nie zdołali jednak unieść końca liny.

— Jak przymurowana — stwierdził Alberto.

— Mamy dużo czasu.

— Prawdziwy filozof nigdy nie powinien się poddawać. Gdybyśmy tylko... zdołali to odwiązać...

— Na niebie pojawiło się więcej gwiazd — zauważyła Hilda.

— Tak, to najciemniejszy moment letniej nocy.

— Ale zimą niebo się iskrzy. Pamiętasz noc przed twoim wyjazdem do Libanu? To było pierwszego dnia Nowego Roku.

— To właśnie wtedy postanowiłem napisać dla ciebie książkę o filozofii. Odwiedziłem wcześniej dużą księgarnię w Kristiansand, byłem także w bibliotece. Ale nie było tam niczego odpowiedniego dla młodzieży.

— To tak, jakbyśmy siedzieli na jednym z cienkich włosków białego króliczego futra.

— Ciekawe, czy w tej długiej nocy lat świetlnych istnieje jeszcze ktoś.

— Łódź się zerwała!

— Och, rzeczywiście...

— To niepojęte. Tuż przed twoim przyjazdem sprawdziłam cumowanie.

— Naprawdę?

— To przypomina trochę sytuację, kiedy Zofia pożyczyła łódź Alberta. Pamiętasz, jak łódka kołysała się na wodzie?

— Mówię ci, to znowu ona tu krąży.

— Ty sobie tylko tak żartujesz. A ja przez cały wieczór czułam, że tu coś jest.

— Któreś z nas musi popłynąć.

— Popłyniemy oboje, tatusiu.

ŹRÓDŁA CYTATÓW

K. Boye: *No pewno, że to boli,* [w:] *Liryka szwedzka,* przeł. Ł. Winiarski, Londyn 1975.

S. T. Coleridge: *Aforyzmy,* przeł. Z. Kubiak, Warszawa 1975.

Ch. Darwin: *Dzieła wybrane,* przeł. S. Dickstein i J. Nusbaum, Warszawa 1959 – 60.

J. W. Goethe: *Faust,* przeł. E. Zegadłowicz, Wadowice 1927.

G. Hegel: *Zasady filozofii prawa,* przeł. A. Landman, Warszawa 1969.

Hippokratesa Aforyzmy i Rokowania oraz Przysięga, przeł. H. Łuczkiewicz, Warszawa 1864.

H. Ibsen: *Peer Gynt,* przeł. Z. Krawczykowski, Wrocław 1967.

F. W. Nietzsche: *Tako rzecze Zaratustra,* przeł. W. Berent, Warszawa 1911.

W. Szekspir: *Burza,* przeł. W. Tarnawski, Wrocław 1958.

W. Szekspir: *Jak wam się podoba,* przeł. M. Słomczyński, Kraków 1983.

W. Szekspir: *Makbet,* przeł. J. Paszkowski, Łódź 1976.

Cytaty z Pisma świętego za *Biblią Tysiąclecia:* Mr 1,14, Dz.A. 17,22, List do Koryntian 15,14, List do Rzymian 9,20, Mt 7,12, Proroctwo Izajasza 9,1.

Inne cytaty przytoczone za:

W. Tatarkiewicz: *Historia filozofii,* Warszawa 1988.

J. Legowicz: *Wybrane teksty z historii filozofii. Filozofia starożytna,* Warszawa 1970.

Wiersz Bjørnstjerne Bjørnsona przełożył Tadeusz A. Olszański (na podstawie przekładu filologicznego I. Zimnickiej).

Motto książki (cytat z J. W. Goethego) przełożyła z oryginału niemieckiego Ewa Perucka.

INDEKS